KB271053

한국계몽주의문학사론

Unfinished Project : Korean Enlightenment Literature

최원식(崔元植)

1949년 인천 출생
1972년 서울대 문리대 국문과 졸업
1986년 서울대 문학박사
계명대·영남대를 거쳐 현재 인하대 인문학부 교수
1972년 『동아일보』 신춘문예 평론부문 입선
1996년 이후 현재 『창작과비평』 편집주간
2001년 이후 민족문학사연구소 공동대표
2001년 대산문학상 평론상 수상
저서로 『민족문학의 논리』, 『한국근대소설사론』, 『생산적 대화를 위하여』, 『한국 근대문학을 찾아서』, 『문학의 귀환』 등이 있다.

한국계몽주의문학사론

1판 1쇄 발행 2002년 9월 25일
1판 2쇄 발행 2003년 10월 10일

지은이 / 최원식
펴낸이 / 박성모
펴낸곳 / 소명출판
출판고문 / 김호영
등록 / 제13-522호
주소 / 137-878 서울시 서초구 서초동 1621-18 (란빌딩 1층)
대표전화 / (02) 585-7840
팩시밀리 / (02) 585-7848
somyong@korea.com

ⓒ 2002, 최원식

값 20,000원

ISBN 89-5626-008-7 93810

한국계몽주의문학사론

Unfinished Project : Korean Enlightenment Literature

최원식

소명출판

미완의 기획, 한국 계몽주의문학

요즘 들어 더욱 한국 근대문학사를 초(草)하고 싶다는 생각이 간절해
진다. 아니 그는 둘째치고 한국 근대소설사부터 착수해야 하지 않나 하
는 조바심도 없지 않다. 그러나 생각뿐이지 준비도 부족한 터에 긴 짬을
허용치 않는 상황에서 좀체 헤어나오질 못해 민망하기 짝이 없다. 이런
차에 소명출판의 박성모 사장이 내 책을 출간했으면 싶다고 간곡히 제
안하였다. 학술출판의 어려운 길을 걷는 박 사장은 신통한 사람이다. 구
중서(具仲書) 선생의 제자로서 일찍이 민족문학사연구소(약칭 '문사연')와
인연을 맺은 그는 '문사연'의 기관지(『민족문학사연구』)를 기꺼이 맡아주었
을 뿐 아니라, 연구소 회원들의 학술저서를 꾸준히 출간하는 것을 자기
의 소명으로 삼고 있다. 더구나 재작년부터 내가 연구소의 공동대표로
직(職)을 수행하는 처지라, 박 사장에 대한 우정으로 이 책을 준비하게
되었던 것이다.

이 책은, 주로 신소설 관계 논문들을 묶은 『한국근대소설사론』(창작사,
1986)의 후속편이다. 그 이후 틈틈이 진행해온, 초기소설에 대한 분석작업
들이 새 책의 밑천이 되었다. 그런데 이번에는 발표된 글들을 그냥 묶기
는 싫었다. 거개가 1986년 이후 15년간 띄엄띄엄 씌여진 글들이라 그 사
이의 편차들이 심하기도 하거니와, 이번에는 그래도 통일적인 저서로 만

들고 싶은 욕심이 컸기 때문이다. 이러매 작업은 지지부진했다. 보다 못해 조성면 박사가 서둘러 인하대(仁荷大) 제자들에게 활자본 논문들의 워드작업을 맡겼다. 나는 1993년부터 조금씩 컴퓨터 글쓰기를 시도했으니까 그 이전의 글들이 책으로 들어오려면 남의 수고를 빌지 않을 수 없던 것이다. 워드작업에 동원(?)된 이희환·윤진현·박정애·박성란·김면수·오향옥 군에게 고마움을 표한다.

워드작업이 완료되자 나는 비로소 대상 글 전체를 꼼꼼히 읽어나가면서 개제(改題)·수정·첨삭 등 편집작업에 착수하였다. 특히 몇 가지 용어의 통일을 기하였다. 우선 '국'자돌림 용어들, 예컨대 '국어'·'국문'·'국문학'·'국사' 등을 가능한 한 '한국어'·'한글'·'한국문학'·'한국사' 등으로 고쳤다. 이 '국'자돌림들은, 일본과 한국·타이완에만 통용되고 있다는 데 단적으로 드러나듯이, 일본제국주의에 대항하면서 그를 모방한 대표적 예가 아닐 수 없다. 이 용어들에 스민 정치적 무의식을 이제는 의식할 필요가 절실하다. 다음 '북한'을 가급적 '북' 또는 '이북'으로 바꿨다. 북은 남을 '남조선'(즉 조선의 남쪽)이라 부르고 남은 북을 '북한'(즉 한국의 북쪽)이라 통칭한다. 우선 나부터 충돌하는 두 용어의 정치적 무의식에서 놓여날 훈련을 시작하기로 하였다. 그리고 한국의 중세를 지칭해온 '봉건'을 사용하지 않으려고 노력했다. 지금까지 알려진 바로는 한국에 봉건제가 없다. 없는 것을 있는 듯이 관용적으로 사용하는 것은 실사구시가 아니다. 더구나 이는 노예제-봉건제-자본제라는 서양사의 3단계론을 하나의 이념형으로 의식적·무의식적으로 설정하는 태도와 짝하고 있다는 점에서 더욱 문제다. 그래서 한국의 '봉건'을 가리키는 말은 가능한 한 '중세'로 바꾸었다. 또한 '한일합방'은 완전 폐기하였다. '한국과 일본이 나라를 합쳤다'—이는 대한제국이 식민지로 추락한 1910년 8월 29일의 저 충격적 사건을 은폐하는 식민주의자들의 용어이기 때문이다. 언어의 습관은 무섭다. 이 무의식과 싸움을 시작하는 것, 나아가 이름을 바루는 것[正名]이야말로 바른 인식과 옳은 실천의 비로섬이다.

다음 나는 글들을 4부로 나누었다.

1부 '1910년대 계몽문학의 두 양상'에는 이인직의 계승자 최찬식과 이해조의 후계자 김교제 론을 배치하였다. 전자는 「이해조 문학연구」(1986) 이후 가장 긴 논문으로 최찬식과 그의 문학의 친일적 성격을 분명히 하면서 그럼에도 친일의 구도 안에서 이룬 일정한 근대적 성취를 복합적으로 파악하려고 시도하였다. 이 착잡한 글을 앞에 둔 것은 이 논문의 서론이 그 동안 나의 이 시대문학연구의 중간결산이기 때문이다. 요약컨대 애국계몽기(1905~1910)를 근대문학 기점으로 설정했던 설을 수정하여 1894년으로 올리고 1894년부터 1919년까지를 '계몽주의시대'로 다시 명명하였다.

2부 '애국계몽기의 경향들'에는 8편의 글을 모았다. 이해조와 이인직으로 각기 대표되는 애국계몽주의와 친일계몽주의의 두 경향을 유연적으로 변별하는 개괄적 글들과 구체적인 번역·번안·노래 등을 다룬 전문적 글들을 함께 배치하여 애국계몽기문학의 풍부한 흐름을 충실하게 보여주려고 애썼다. 실증에서도 작은 진전이 있었다. 이름만 알려진 작가·역자·번안자 등의 신원을 확인하는 한편, 결락된 채 전해진 우덕순 노래의 전모를 복원한 것도 다행스럽다.

3부 '근대단편으로 가는 길'에는 고전단편에서 근대단편으로 넘어가는 과도적 행보를 개괄한 글 1편과 구체적인 작품들을 분석한 글 2편을 두었다. 특히 「몽조」의 작가 반아의 신원을 확인함으로써 이 단편을 새롭게 이해하는 데 작은 이바지가 된 게 기쁘다. 그러나 밝히고 보니 친일파인 점이 또 걸린다. '온건친일파'라는 용어로 그를 구원(?)하려고 시도했지만, 친일문제는 계몽주의시대연구에서 '아킬레스의 건(腱)'이다. 친일파는 단수가 아니다. 그 안에 참으로 다양한 갈래가 존재한다. 침략과 저항의 이분법과 그를 해체하려는 포스트주의의 길항 속에서 친일문학 문제를 어떻게 다룰지 더 본격적인 분석과 토론이 절실하다.

4부의 제목 '문제의 역사'는 루카치의 『역사와 계급의식』에서 따왔다.

원래는 '문제들의 역사'지만 이 제목에서는 단수로 변형하였다. 여기에는 3편, 북의 계몽주의문학사를 비판적으로 검토한 글, 애국계몽기를 근대문학 기점으로 설정한, 수정 이전의 글, 그리고 상주(尙州) 동학교라는 가장 보수적인 동학분파를 통해 동학의 갈래들을 점검한 글을 거두었다. 나 나름대로 계몽주의문학사를 구성하려는 징검다리들의 흔적이다.

이렇게 부(部)를 갈라 배치해 놓고 전체적으로 다시 퇴고하여, 계몽주의시대 전체를 조망할 수 있는 저서로서 최소한의 완결성을 갖추고자 애썼다. 이 책이 나의 정본이다. 그래도 책 뒤에 초출일람(初出一覽)을 붙여 글들의 출전을 밝혔다.

책 전체의 제목은 고민 끝에 '한국계몽주의문학사론'이라고 평범하게 붙였다. 한국 계몽주의문학사를 위한 예비적 점검이란 뜻을 취한 것이다. 최근 포스트주의들의 공세 속에 근대국민국가 건설을 목표로 삼는 '계몽'과 '계몽의 기획'에 대한 부정론이 비등한다. 포스트주의의 통찰 덕분에 계몽적 이성주체론의 문제점을 더 명확히 인식하게 된 점은 유익하지만 그렇다고 대안 없이 포기하는 게 능사는 아니다. 그 무엇보다 해체적인 불교적 사유가 '나'를 버리기 위해서 '나'를 세우는 데 공력을 들이듯, '계몽'도 보존하면서 폐기하는 일종의 방편이다. 식민지시대와 분단시대의 전개 속에서 그 기획이 유산되었다는 점에서도 그러하거니와, 서구 또는 일본이라는 타자와 충돌하고 접촉하는 과정에서, 일변 '신하의 오성(悟性)'을 뒤집어쓴 채 굴종하면서 일변 발랄한 사상적 모험의 씨앗을 머금은 한국 계몽주의문학은 가난하지만 풍요로운 우리 근대의 기원이다.

끝으로 나의 까탈을 인내하며 이 책의 완성을 위해 노고한 소명출판에 다시 한번 감사한다.

2002년 8월 29일
최원식 삼가 씀

한국계몽주의문학사론

차례

안국선
이해조

제2장 민족문학의 근대적 전환 · 342
: 근대문학기점론을 중심으로

제3장 동학 보수파의 가사작업 · 372

초출일람(初出一覽) · 389
찾아보기 · 391

제1부

1910년대 계몽문학의 두 양상

제 **1** 장

1910년대 친일문학과 근대성

최찬식의 경우

1. 한국 계몽주의문학의 세 단계

나는 그 동안, 갑오경장(甲午更張, 1894)에서 3·1운동(1919)까지를 개화기 문학으로 설정해온 기존 문학사가들의 관행에 의문을 품고, 애국계몽기 문학(1905~1910)에 대한 집중적인 검토를 통해서 근대화론에 기초한 '개화기문학'이란 담론을 해체하는 작업에 몰두해 왔다. 이 일련의 작업에서 내가 주로 근거하고 있던 방법론은 한국문학이 맺고 있는 외재적 계기보다는 내적 동력을 더욱 소중히 갈무리하는 내재적 발전론이다.

일련의 작업을 중간 결산하면서 나는 근대성에 걸맞은 문학적 객관상관물들이 거의 부재하는 1894년에서 1905년 사이의 시기를 근대문학사에서 제외하고, 계몽사상이 내용과 형식 양면에서 본격적으로 표현되었던 애국계몽기를 근대문학의 기점으로 설정하였다.[1] 또한 나라의 식민지화와 함께 애국계몽사상이 급속히 변질·소멸된 1910년대의 문학을 애국계

몽기와 분리시켰다. 그리고 이 시기의 계몽사조에서 계몽을 자강(自强)의
방편으로 삼는 애국계몽사상과 매국의 빌미로 이용하는 친일개화론을 구
분하여, 전자를 주류로 후자를 방계로 배치하였다. 예컨대 후자를 대변하
는 이인직(李人植, 1862~1917) 대신에 전자를 대표하는 이해조(李海朝, 1869~
1927)를 애국계몽기문학사의 중심에 둠으로써,[2] 한국 근대문학의 아버지
를 바꾸는 정전(正典) 재편작업을 수행했던 것이다.

그 동안 한국 근대문학사에서 이해조가 간과되고 이인직만이 중심적
위치에서 확고했던 이유는 어디에 있을까? 물론 아무리 친일문학이지만
결코 문학사에서 제외할 수 없는 이인직 문학의 독특한 자질을 인정한
다고 하더라도, 한국 근대문학사의 얼개가 식민지시대에 조립되고 해방
이후 분단체제의 전개 속에서 그 관행이 그대로 승인된 데 근인(根因)이
있을 것이다. 이 점에서 프랑스 문학사의 구도가 왕정복고기에 짜여지는
바람에 프랑스혁명기의 문학이 문학사에서 거의 무시되어 왔다는 지적
은 유익한 참고로 된다.[3]

그런데 최근 나는 1970년대 이후 국내 한국학의 중심적 방법론 역할
을 해온 내재적 발전론을 다시 검토하기에 이르렀다. 맹목적 서구 추종
에 근거한 비교문학론도 문제지만 낭만적 서구 부정에 함몰한 내재적
발전론도 이제는 반성의 대상으로 삼지 않을 수 없었기 때문이다.[4]

이런 방법론적 반성 속에서 나는 이 시기를 다시 점검하면서, 애국계
몽기와 1910년대의 연속성에 더욱 주목하게 되었다. 무엇보다 애국계몽
기 신소설을 대표하는 이해조와 이인직이, 비록 창작력의 감퇴 속에서

---

1) 崔元植, 「민족문학의 근대적 전환」, 『민족문학사강좌』 하, 창작과비평사, 1995, 33~
   34면.
2) 최원식, 「이해조 문학연구」, 『한국근대소설사론』, 창작사, 1986, 171~178면.
3) Béatrice Didier, *La littérature de la Révolution française*, Paris : Presses Universitaires de France,
   1988, p.3.
4) 이에 대해서는 최원식, 「이식론과 내재적 발전론을 넘어서」(『창작과비평』, 1993년
   겨울호)와 「한국문학의 근대성을 다시 생각한다」(『창작과비평』, 1994년 겨울호)를 참
   조할 것.

변질된 형태로라도 1910년대에 작품활동을 계속했던 점, 일제의 탄압에
도 불구하고 애국계몽문학이 1910년대 초에 김교제(金敎濟, 1883~?)5)를 통
해, 물론 약화된 수준이지만 계승되고 있는 점에 유의하면 두 시기를 비
연속으로만 파악할 수는 없겠다. 그렇다고 애국계몽기와 1910년대 사이
의 심각한 단절을 간과하자는 것은 아니다. 1910년을 고비로 일제의 대
규모 출판 탄압을 통해서 애국계몽기문학의 강렬한 정치성이 현상적으
로는 급속히 약화되면서 친일개화론이 오히려 주류의 위치로 올라서게
된다. 애국계몽기를 진정으로 대표하는 이해조를 계승한 김교제보다, 애
국계몽기의 친일문학을 대표하는 이인직을 새로운 수준에서 계승한 최
찬식(崔瓚植, 1881~1951)이 1910년대 초의 문학사에서 더욱 두드러지고 있
기 때문이다. 그런데 최찬식의 경우도 친일적 구도 안에서나마 계몽주의
를 포기한 것은 아니라는 점에 주목해야 한다. 이는 또한 일본 신파소설
번안시대(1913년 『長恨夢』 연재부터 1917년 『無情』 연재 이전)에도 마찬가지다.
신파소설의 유행은 1910년대 초까지 계승되던 신소설시대를 실질적으로
종결시킴으로써 1910년대 문학의 애국계몽기문학에 대한 비연속성을 전
형적으로 보여주고 있다고 할 것이다.6) 그런데 신파번안소설도 계몽주
의의 흔적을 간직하고 있는 점에 유의할 필요가 있다. 가령 『장한몽』의
결말은 대표적이다. "우리가 인제는 일장춘몽을 늦게 깨달았으니 이후
로는 세상에서 공익사업에 힘을 쓰도록 합시다."7) 이는 물론 원작에 없
는 번안자의 계몽주의적 개작 내지 첨가인데, 이광수(李光洙, 1892~1950)의
『무정』의 결말과도 신통하게 연결되는 것이기도 하다. 신파번안시대를
끝장낸 『무정』이 『장한몽』과 맺고 있는 착종된 관련을 어떻게 해명할까?
신소설의 잔재, 신파번안의 유행, 그리고 이광수의 출현으로 이어지는

---

5) 최원식, 「이해조의 계승자, 김교제」, 『민족문학사연구』 2호, 1992 참조.
6) 최원식, 「長恨夢과 위안으로서의 문학」, 『민족문학의 논리』, 창작과비평사, 1982, 68
　~69면.
7) 『매일신보』, 1913.10.1.

1910년대 문학 전체가 비연속 속에서도 애국계몽기와 연속되고 있는 것이다.

요컨대 애국계몽기와 1910년대를 하나의 계몽주의시대로 통합적으로 파악하되, 1910년을 고비로 우리 계몽문학이 새로운 국면에 접어들었다고 보는 것이 온당하다. 그럼 우리 문학사에서 계몽주의문학시대를 종결시킨 마디는 어디일까? 3·1운동이 그 결절점일 터이다. 3·1운동 직전에 싹튼 새로운 양식적 실험(黃錫禹·金億의 신시와 玄相允·梁建植의 단편 등)이 이 운동 이후 1920년대 신문학운동의 전개 속에서, 시에 있어서 낭만주의, 소설에 있어서 자연주의로 본격적으로 개화하면서 한국문학의 근대성이 새로운 수준에서 성취되었던 것이다. 이것은 마치 1980년대 문학이 신군부의 폭력적 등장에 의해 1970년대와 날카로운 단층을 보임에도 불구하고 1970년대 민족문학운동과 근본적으로는 연속되는 양상과 유사한데, 6월항쟁(1987)을 고비로 앞 시대와 구분되는 새로운 계단을 맞이한 것과 대비되는 바이다.8)

여기서 문제는 애국계몽기와 1910년대의 친일문학도 계몽주의로 볼 수 있는가 하는 점이다. 칸트가 지적했듯이, 계몽주의는 "그 이성의 공적인 사용(der öffentliche Gebrauch seiner Vernunft)"을 통해서 인류가 미성년 상태로부터 해방되는 것을 핵심으로 함에 비추어볼 때,9) 이 시기 친일개화론자들의 논리는 이성을 사용하는 자유를 중도에서 반납한 꼴이라는 점에서 진정한 계몽주의와는 거리가 멀다고 아니할 수 없다. 더구나 계몽주의는 "근대시민계급의 정치적인 초등학교(the political elementary school of the modern middle class)"10)가 아닌가? 일제에 대항한 근대 국민국가 건설을 거의 포기한 그들은 이 점에서 더욱 계몽주의에 미달인 것이다.

---

8) 白樂晴, 「통일운동과 문학」, 『민족문학의 세 단계』, 창작과비평사, 1990, 101면.

9) Immanuel Kant, *Beantwortung der Frage : Was ist Aufklärung, Schriften zur Anthropologie, Geschichtsphilosophie, Politik und Pädagogik, erster Teil*, Darmstadt : Wissenschaftliche Buchgesellschaft, 1983, pp.53~55.

10) Arnold Hauser, *The Social History of Art*, v.3, London : Routledge & Kegan Paul, 1962, p.94.

그런데 서양의 계몽주의도 그 구체적 전개 양상을 보건대 간단치 않다. 가령 프랑스 대혁명의 길을 닦아놓은 바 있는 볼떼르나 디드로가 프로이쎈·오스트리아·러시아의 계몽군주들을 지지한 모순은 저명한 예이다.[11] 물론 이 시기 한국의 친일파는 볼떼르나 디드로가 아니고 메이지[明治]나 타이쇼오[大正]는 프리드리히 2세·마리아 테레지아·예까쩨리나가 아니어서 산술적 비교가 어렵지만, 친일의 방패 안에서나마 근대성의 성취를 기대했던 친일파들의 환상을 이해할 수 없는 것도 아니다. 요컨대 조선 시민계급의 상대적 후진성이라는 일반적 조건 속에서 그 가운데 일부가 친일개화론과 같은 비굴한 계몽주의로 투항해 갔던 것이다. 이는 독일의 전반적 후진성으로 말미암아 '편협한 신하의 오성'이라는 올가미를 스스로 뒤집어쓴 채 속물적 비굴함으로부터 결코 탈피하지 못했던 독일 계몽주의를 연상시키기도 하는데,[12] 이 점에서 친일개화론도 한국 계몽주의의 불구적 형태의 하나로 조정할 수 있을 터이다.

그러면 이제 문제는 1894년에서 1905년까지의 시기를 어떻게 처리하는가이다. 이미 지적했듯이 나는 이 시기를 한국 근대문학사에서 제외하고 애국계몽기를 근대문학의 기점으로 설정할 것을 제안했었다. 백낙청은 후발사회에서 근대전환의 타율성으로 말미암아 획기적인 근대문학의 출현 여부로 기점을 삼기는 어렵다는 점에서 1894년 설을 제기하였다. 1894년이 갑오경장뿐 아니라 갑오농민전쟁이 폭발한 해임을 강조함으로써 이 마디의 획기성을 다시금 부각시키고 있는 것이다.[13] 임형택(林熒澤) 또한 갑오농민전쟁·청일전쟁·갑오경장이 하나의 연쇄를 이루는 1894년에 주목하면서, 특히 청일전쟁이 유구한 중화체제의 붕괴를 가져왔다는 점에서 1894년을 근대문학의 기점으로 설정할 수 있다는 입장을 표명하였다.[14] 이에 대해 나는 일단 비판적인 입장을 취하였다. 전자에 대해

---

11) 뤼시엥 골드만, 이춘길 역, 『계몽주의 철학』, 기린문화사, 1982, 48~49면 참조.
12) 게오르그 루카치, 반성완·임홍배 역, 『독일문학사』, 심설당, 1987, 33면.
13) 백낙청, 「문학과 예술에서의 근대성 문제」, 『창작과비평』, 1993년 겨울호, 25면.

서는, 한국 근대국가 형성의 두 주체인 개화파와 농민군이 비극적인 대결 속에 결국 함께 몰락함으로써 국민적 통합의 계기가 1894년에 무산되었다는 점에서, 후자에 대해서는, 중화체제로부터의 한국의 일탈이 대일본체제로의 편입으로 귀결되었다는 점에서, 1894년에 집중적으로 폭발한 역사적 사건들은 근대문학 형성을 위한 외재적 계기라는 성격을 넘어서지 못한다고 보았던 것이다.[15]

그 후 나는 1894년에서 1905년까지의 시기를 재검토하면서 산문 분야에서는 유길준(兪吉濬), 시가 분야에서는 특히 『독립신문』 소재의 노래들에 새삼 주목하게 되었다. 양자 모두 애국계몽기의 본격적인 계몽주의문학으로 보기는 어려우나 계몽주의시대가 항용 그렇듯이 광의의 문학으로 포괄하여 이 시기를 한국 계몽주의문학의 맹아기로 설정해도 좋을 듯싶다. 맹아기와 애국계몽기 이후를 가르는 지표는 **계몽**문학에서 계**몽**문학으로 요약할 수 있을 것이다.

요컨대 한국 계몽주의문학을 맹아기(1894~1905), 애국계몽기(1905~1910), 1910년대(1910~1919)의 세 단계로 나누고 3·1운동을 그 대단원으로 삼고자 한다.

2. 최찬식을 보는 시각들

이미 지적했듯이, 우리나라 계몽주의문학에는 이해조를 대표로 하는

---

14) 1994년 5월 21일 민족문학사연구소 창립 4주년 기념 심포지엄 「민족문학과 근대성」에서 총론으로 발표된 필자의 발제에 대한 임형택의 구두 논평.
15) 최원식, 「한국문학의 근대성을 다시 생각한다」, 『창작과비평』, 1994년 겨울호, 20~21면.

애국계몽사상과 이인직이 대변하는 친일개화론, 이 두 개의 계열이 비교적 뚜렷이 존재한다. 애국계몽기에는 전자가 주도적이었다면, 국치(國恥)[16] 이후, 즉 1910년대에는 오히려 후자가 주류를 이루게 되는 것이다. 그런데 이해조와 이인직이 1910년을 고비로 함께 문학적 쇠퇴의 길로 들어서자, 그들을 대신해서 등장한 작가들이 1910년대 초기 신소설계를 양분했던 김교제와 최찬식이다. 전자가 이해조를 계승했다면, 후자는 새 시대의 이인직으로 각광을 받았던 것이다. 기존의 최찬식 연구는 바로 이 점을 소홀히 해왔다.

최찬식을 소설사에서 처음으로 언급한 이는 김태준(金台俊)이다.

> 최찬식 씨의 작품으로는 『춘몽(春夢)』·『능라도(綾羅島)』·『추월색(秋月色)』……등의 장편을 비롯하야……『춘몽』의 주인공 옥선(玉仙)과 『능라도』의 주인공 도영(桃英)과 같이 의리를 알고 열정 있는 주인공을 힘있게 그렸다. 더구나 『능라도』의 변화 많은 장면은 탐정소설에서 보는 긴장미를 준다.[17]

그런데 그의 논평은 일종의 인상비평이다. 『능라도』(1919)와 『춘몽』(1924)의 초간 연도를 염두에 둔다면 이 작품들은 문학사적인 의의가 거의 소진한 신소설의 잔재에 지나지 않기 때문이다.

이에 비해 이인직·이해조의 신소설을 "일층 흥미 본위로 통속화"한 "대중작가"로 최찬식을 규정한 임화(林和)의 평가는 한결 정곡을 얻은 터

---

16) 1910년 8월 29일 대한제국이 일본의 식민지로 전락한 사건을 일본학계에서는 대개 '日韓合邦'이라고 부른다. 이는 마치 일본과 한국이 대등하게 나라를 합친 것처럼 왜곡하고 있다는 점에서 그릇된 용어가 아닐 수 없다. 최근 운노 후꾸쥬[海野福壽]는 이를 비판하면서 그 대신 '韓國併合'이란 용어를 제안하고 있다(『韓國併合』, 東京 : 岩波書店, 1995, 245~246면). 그런데 흥미롭게도 한국학계에서는 '일한합방'을 뒤집어서 '한일합방'으로 지칭하는 이들이 적지 않다. 이 용어는 더욱 문제다. 한국이 자유의사로 나라를 합친 것 같은 뉘앙스를 풍긴다는 점에서 오히려 '일한합방'보다도 사태의 진상에서 한층 멀어진 것이다. 우선 '일한합방' 또는 '한일합방'이란 용어를 폐기하자. 나는 그 동안 '국치' 또는 '대한제국의 멸망'이란 용어를 사용했는데. 이들은 고색창연한 흠이 있어서, 앞으로 중지를 모아 적합한 용어를 발명해야 하리라고 본다.

17) 김태준, 『增補 朝鮮小說史』, 학예사, 1939, 249~250면.

이다.18) 그러나 이 명쾌한 규정도 전반적인 통속화의 한계 속에서도 최찬식이 개척한 새로움 즉, 어떤 근대적 실감을 완전히 무시하는 약점이 있음도 사실이다.

최찬식 연구에서 새로운 진전은 전광용(全光鏞)에 의해 이루어졌다. 그는 이 작가의 신원을 처음으로 밝혔다.

> 최찬식은 호를 해동초인(海東樵人) 또는 동초(東樵)라고 하며 고종(高宗) 18년 (1881) 음 8월 16일 경기도 광주(廣州)에서 출생하였으나 본적은 서울이다. …… 갑오경장 후 부(父) 매하산인(梅下山人) 영년(永秊)이 광주에서 시흥학교(時興學校)를 설립하자 이곳에서 신학문을 공부하였으며 후에 서울에 올라와 …… 한성중학교(漢城中學校)에서 수학하였다. …… 말년에는 …… 농장에 은퇴하여, 문족(門族) …… 최익현(崔益鉉)의 전기를 집필 …… 1·4후퇴 시 한강 건너까지 피난 갔다가 노쇠 득병하여 …… 둑도(纛島 : 뚝섬—필자)로 귀환하여 1951년 양 1월 10일 향년 71세로 영서(永逝)한 작가이다.19)

이와 함께 그는 본격적 작품론을 시도하여 『추월색』(1912)과 『안(鴈)의 성(聲)』(1914)을 그의 대표작으로 삼았으니, 전자에 대해서는 "독자를 이끌고 가는 박력에 있어서는 압도적으로 성공한 작품으로서, 신소설의 통폐인 우연성이나 엽기성을 지닌 채 …… 신소설의 대표작의 하나"20)로 평가하고, 후자에 대해서는 "기성 윤리관에서 해탈한 일대일의 개성을 지닌 인간이, 자기의 자유의지로 사랑을 희구하고, …… 그 인간의 자유와 존엄성과 그리고 사랑을 값있게 쟁취하여 현대적 애정의 새로운 모랄을 설정한 최초의 작품"21)으로 고평함으로써, 절충적인 윤리관을 보이는 『추월색』을 능가하는 최찬식의 진정한 대표작이라고 지적하였다.22) 전

---

18) 임화, 「續新文學史」, 『조선일보』, 1940.2.2.
19) 전광용, 「추월색」, 『思想界』 40호, 1956.11, 50~51면.
20) 전광용, 위의 글, 65면.
21) 전광용, 「안의성고(攷)」, 『국어국문학』 25집, 1962, 178면.
22) 전광용, 「신소설과 최찬식」, 『국어국문학』 22집, 1960, 37면.

광용의 분석은 『추월색』과 『안의성』에서 최찬식이 성취한 근대소설적 전진을 일정하게 밝힌 점에서는 날카롭지만, 그가 생산한 최량의 작품인 이 두 작품조차도 근본적으로는 낮은 친일적 통속 취미에 물들어 있다는 점을 경시한 면에서 문제가 없지 않다.

이 지점에서 조동일(趙東一)은 최찬식 작품 분석에 독특하게 기여하였다. 그는 『추월색』·『안의성』·『금강문(金剛門)』(1914)을 구조주의적으로 분석하여, 그 새로운 외관에도 불구하고 최찬식 문학이 기본적으로는 구소설, 특히 통속적인 '영웅소설'의 구조를 바탕으로 하고 있다는 점을 밝혔던 것이다.[23] 『추월색』이 주로 구소설 『이대봉전(李大鳳傳)』에 의거하고 있다는 것은 매우 흥미로운 지적이다.[24] 물론 구소설의 틀 안에서도 최찬식이 개척한 새로움이 몰각된 한계는 있지만.

이후 정숙희(鄭淑姫)와 하동호(河東鎬)가 각각 전기와 서지에서 최찬식 연구의 실증적 기초를 구축하는 데 일조하였다. 전자는 최찬식의 아들 영택(榮澤)을 찾아내 그의 사진을 처음으로 발굴하는 한편, 작가의 여러 면모를 복원하였고,[25] 후자는 작가의 서지 목록을 일목요연하게 정리하였다.[26]

이상 김태준에서 하동호에 이르는 기존 연구의 가장 큰 결함은 최찬식과 그 문학의 친일적 성격을 간과한 점인데, 그것은 북의 경우도 마찬가지다.[27] 최찬식은 해방 후까지 생존했기 때문에 일제시대의 친일적 과오를 교묘하게 위장했으니, 말년에 최익현의 전기를 지었다는 것을 강조하는 따위도 그 전형적인 예의 하나이다.

나는 최찬식의 『백련화(白蓮花)』(1926)를 발굴·분석한 논문 「1920년대 신소설의 운명」(1982)[28]에서 최찬식의 친일적 가계와 그 문학의 친일적

---

23) 조동일, 『신소설의 문학사적 성격』, 서울대 출판부, 1973, 43~46면.
24) 조동일, 위의 책, 65~68면.
25) 정숙희, 「신소설작가 최찬식 연구」, 경희대 석사논문, 1974, 1~19면.
26) 하동호, 「최찬식의 작품과 개화사상」, 『신문학과 시대의식』, 새문사, 1981, 53~69면.
27) 박종원·류만·최탁호, 『조선문학사―19세기 말~1925년』, 열사람, 1988, 88면.

성격을 처음으로 밝혔고, 신승희(申承熙)와 한기형(韓基亨)도 나의 논지를 보강한 바 있다.29)

그렇다면 최찬식의 친일문학은 소설사에서 제외해도 좋은 것인가? 그렇지는 않다. 애국계몽기의 소설사에서 이인직을 빼놓을 수 없듯이, 1910년대 소설사에서 최찬식을 괄호칠 수 없다. 그의 소설은 친일적인 틀 안에서도 우리 근대소설의 발전 도정에서 일정한 성취를 이루었기 때문이다. 그러면 그의 소설 전체가 그러한가? 그는 『추월색』에서 『용정촌(龍井村)』(1926)에 이르기까지 10여 편의 작품을 창작했지만, 소설사적인 의의를 내포한 것으로는 『추월색』·『해안(海岸)』(1914.1~11)·『금강문』·『안의성』 네 편에 그치니, 『도화원(桃花園)』(1916)을 고비로 급속히 예술적 추락의 길로 접어든다.

나는 여기서 이 네 편의 소설을 중심으로 최찬식 문학의 부정적 성격과 긍정적 성격을 통일적으로 파악하여 그 소설사적 위치를 엄정히 가늠할까 한다.

3. 아전 출신 친일 부르주아, 최영년

작품 분석에 들어가기 전에 먼저 최찬식의 가계를 검토하자. 이미 지적했듯이 그의 집안은 철저한 친일파다. 그런데 놀라운 것은 해방으로 세상이 바뀌자 집안을 애국적으로 변조하였다. 최찬식의 아우 원식(瑗植)이 자기 아버지를 미화하고 있는 모양은 정말 가관이 아닐 수 없다.

---

28) 최원식, 『한국근대소설사론』, 창작사, 1986, 306~315면.
29) 신승희, 「최찬식 소설연구」, 인하대 석사논문, 1986; 한기형, 「무단통치기 문화정책의 성격」, 『민족문학사연구』 9호, 1996.

최영년 …… 황성신문(皇城新聞)이 창간되자 주필로서 시폐(時弊)를 극론하고 …… 대한매일신보(大韓每日申報)의 객원으로 (익명)논설, 시, 산문 등 격언(激言)으로 시인(時人)을 경성(警省)케 하였고 …… 이미 일제침학이 일심한 때라 …… 다시 결발고관(結髮高冠)으로 환고(還古)하여 시주(詩酒)로 세려(世慮)를 잊으며[30]

최영년(1859~1935)은 구한말의 대표적 민족언론들인 『황성신문』과 『대한매일신보』와는 관계가 없는 자이다. 그렇기는커녕 악명 높은 일진회(一進會)의 총무원이요 그 기관지 『국민신보(國民新報)』의 사장으로 활약한 "일진회 본부에 있어서 추요(樞要)의 인물"[31]이었던 것이다.

나는 최근 그의 신분을 짐작할 만한 중요한 단서를 얻었다.

근년에 서거한 매하(梅下) 최영년은 최후의 서리시인(胥吏詩人)이라 할 사람이니, 적선동(積善洞)에 문예구락부를 조직하여 위항시인(委巷詩人)이 성회(盛會)하였거니와, 벌써 이곳에는 양반시인도, 참가 갱화(賡和)하여 결코 숭으로 여기지 않았다.[32]

그는 서울의 아전 출신인 것이다. 이 점을 감안할 때 우리는 그와 김문현(金文鉉)의 특수관계를 이해할 수 있게 된다. 「동도문변(東徒問辨)」은 갑오농민전쟁 당시 전주(全州) 감영의 감사 군사마(監司 軍司馬)로 봉직하고 있던 최영년에 대한 정부의 심문기록이다. 여기서 그는 농민군의 전주 점령 때 단신으로 도망친 전라감사 김문현을 열심으로 옹호하고 있다.[33] 전통사회의 소외계층으로부터 친일파가 많이 배출되었던 일반적 사정을 염두에 두면서, 아전 출신의 재사 최영년이 어떤 경로로 친일의 길로 매진하게 되었는지, 지금부터 그의 일생을 가능한 한 복원해 보자.

---

30) 崔瑗植 편, 『我東崔氏攷』, 신명문화사, 1968, 219~220면.
31) 崔永禧, 「주한일본공사관 기록 수록 '한말 관인의 경력 일반'」, 『사학연구─김성균 교수화갑기념논문집』 21호, 1969.9, 412면.
32) 具滋均, 『조선평민문학사』, 文潮社, 1948, 126면.
33) 국사편찬위원회, 『동학란기록』 상, 1959, 155면.

그는 기미년(己未年) 11월 6일생이다.[34] 기미년이면 철종(哲宗) 10년, 서기 1859년이요, 본은 경주(慶州), 서울 아전 집안에서 태어났다.

그런데 그는 언젠가 서울을 떠나 경기도 광주로 낙향한다. 정숙희는 그 속사정을 최찬식 손자의 증언을 바탕으로 다음과 같이 밝히고 있다.

> 영년이 최씨문중인 최익현을 궁안으로 불러들이라는 어명을 받아 이를 이행하려면 벼슬이 있어야 하므로 …… 후릉참봉(厚陵參奉) …… 을 받았다. 그러나 최익현이 끝내 상감의 뜻에 따르지 않게 되자 영년도 함께 잡아들이라는 체포령이 내려지게 되었다. 이에 영년은 광주 유수(留守)로 있는 김문현을 믿는 사이여서 광주로 피난을 가서 살았는데 이로 인하여 동초가 광주에서 출생하게 되었다고 전해진다.[35]

이 증언은 뒤죽박죽이다. 그가 후릉 참봉을 제수받은 것은 1904년이다. 이 집안 사람들은 친일경력을 감추기 위해 최익현을 끌어 붙이기 일쑤라는 점에서 이 증언의 최익현 관련은 거의 믿을 수 없다. 다만 여기서 유의할 대목은 최영년이 김문현(1858~?)을 따라 광주로 낙향했다는 점이다. 광산(光山) 김씨 명문의 후예로 태어난 김문현은 내외직을 고루 돌아 1890년에는 형조판서에 올랐으니,[36] 최영년은 김문현의 심복 아전으로 짐작된다. 이로써 갑오농민전쟁 때 그가 왜 전주에 있었는지가 자연스럽게 해명된다.

고종 31년(1894) 그는 전라도 관찰사로 부임한 김문현을 따라 전주 감영으로 내려가 감사 군사마로서 갑오농민전쟁을 맞이한다. 아시다시피 군수 조병갑(趙秉甲)의 탐학에 봉기한 고부(古阜)민란은 박원명(朴源明) 군수의 성심으로 진정되는 기미를 보이다가 안핵사(安覈使) 이용태(李容泰)가

---

34) 『大韓帝國官員履歷書』, 탐구당, 1972, 675면. 『아동최씨고』에서는 哲宗 丙辰 2월 2일생이라고 밝히고 있지만(219면), 이미 지적한 대로 이 기록은 杜撰이어서, 필자는 이력서를 따른다.
35) 정숙희, 「신소설작가 최찬식 연구」, 경희대 석사논문, 1974, 11면.
36) 국사편찬위원회 편, 『고종시대사』 3, 1969, 195면.

관찰사 김문현와 통모하여 더욱 가혹한 탄압을 가하는 바람에 2차 봉기
로 불거져 대규모의 농민전쟁으로 번졌으니, 농민군이 전주를 공격하자
김문현은 단신으로 성을 도망쳐버렸던 터이다.[37] 이 일로 결국 김문현이
파면과 함께 거제(巨濟) 유배길에 오르면서 최영년은 그 그늘에서 벗어나
게 된 것이다.

　그는 갑오경장(1894) 후 광주에서 사립 시흥학교를 설립한다.[38] 이 학교
의 존재 여부에 대해 의문을 표하는 연구자도 없지 않지만,[39] 이 학교는
실존했던 것 같다. 그의 둘째 아들 연식(璉植)의 이력서에 1898년 사립 시
흥학교에 입학하여 1900년에 졸업했다고 명기되고 있기 때문이다.[40] 농
민군의 봉기, 청일전쟁의 발발, 갑오경장의 단행이라는 일련의 격변 속에
서 상전 김문현의 몰락을 지켜보면서 그는 양반 지배체제에 기생하는 아
전의 세계를 벗어나 개명한 신세계에 대한 지지자로 변모한 것이다.

　여기서 한 걸음 더 나아가 그는 독립협회운동(1896~1898)에 참여한다.

　　이동휘, 원세성, 신경식, 기우만, 이학순, 지석영, 이만도, 전덕기, 최영년, 이학
　재 등은 서무부 과장급 부장으로 출입하고[41]

　갑오농민전쟁의 외중에서 고초를 겪은 그가 어떻게 독립협회에 투신
하게 되었을까? 중국에서 아편전쟁(1840~1842)과 태평천국의 난(1851~1864)
을 거치면서 양무파(洋務派)가 대두된 사정을 참조할 수 있을지 모르겠다.
갑오농민전쟁·청일전쟁·갑오경장·아관파천(俄館播遷)으로 이어지는

---

37) 「梅泉野錄」, 『黃玹全集』 下, 아세아문화사, 1978, 1044~1047면.
38) 전광용, 「추월색」, 『사상계』 40호, 1956.11, 50면.
39) 신승희, 「최찬식 소설연구」, 인하대 석사논문, 1986, 3면.
40) 『대한제국관원이력서』, 탐구당, 1972, 340면.
41) 「獨立協會沿歷略」, 『창작과비평』 16호, 1970년 봄호, 122면. 이 자료의 신빙성에 朱
　鎭五 교수는 회의를 표하고 있지만, 최영년의 경우 시흥학교 설립과 독립협회 참여는
　그럴 듯한 호응을 이루고 있다는 점에서 필자는 최영년에 관한 한 일단 이 자료를 취
　한다. 林鍾國이 최영년을 "구 독립협회 회원"으로 지칭한 것도 참조가 된다(『일제침략
　과 친일파』, 청사, 1982, 81면).

일련의 격변 속에서 아전층을 무겁게 짓누르던 신분 질서가 해체되면서 그 시민적 전환의 가능성이 보다 크게 열렸다고 할까. 그런데 독립협회 운동이 좌절되면서 그 가능성을 접는다.

그는 광무(光武) 8년(1904) 7월부터 8월까지 후릉 참봉에 임한다.[42] 경기도 개풍군(開豊郡)에 소재한 후릉은 조선왕조 2대 임금 정종(定宗)과 그의 비 정안왕후(定安王后)의 능이다. 러일전쟁의 와중에서 그는 처음으로 벼슬길에 오른 셈인데, 광무 9년(1905) 10월에는 6품으로 승차한다. 그에게 갑자기 열린 벼슬길은 아마도 러일전쟁의 발발과 함께 한국 정부에 대한 일제의 입김이 강화되면서 친일파들이 정부 곳곳에 들어앉는 조류와 연관될 것이다.

한편 그는 이즈음 언론계로도 진출하여, 『대한일보(大韓日報)』의 기자로 활동한다. 일본인 아리우[蟻生十朗]가 1904년 3월 10일 인천(仁川)에서 창간, 같은 해 12월 10일부터는 서울로 옮겨 발행한 『대한일보』는 일본인 경영이되 한국문으로 편집한 신문이다.[43] 그런데 최영년이 이 신문의 한국인 기자로 나중에 참가하였다고 한 것을 보면,[44] 그는 아마도 참봉에서 물러난 이후, 주로 1905년에 『대한일보』 기자 노릇을 하였을 것이다.

그는 일진회의 기관지로서 광무 10년(1906) 1월 6일에 창간된 『국민신보』의 주필로 활약한다.[45]

광무 10년 4월 외국어학교 교관에, 같은 해 9월에는 한어학교(漢語學校) 교관에 임명된다.[46]

이 시절 그는 천도교(天道敎)에서 발행한 『만세보(萬歲報)』에도 은밀히 관계하였다.[47] 사장 오세창(吳世昌), 주필 이인직, 발행인 신광희(申光熙)

---

42) 『대한제국관원이력서』, 탐구당, 1972, 675면.
43) 李海暢, 『韓國新聞史硏究』, 成文閣, 1977, 307~309면.
44) 崔埈, 『韓國新聞史論攷』, 일조각, 1982, 300면.
45) 최준, 『韓國新聞史』, 일조각, 1982, 121면.
46) 『대한제국관원이력서』, 탐구당, 1972, 675면.
47) 崔起榮, 『大韓帝國時期 新聞硏究』, 일조각, 1991, 84~85면.

체제로 1906년 6월 17일에 창간된 이 신문은 친일·항일론을 교묘히 피하면서 문명개화를 내세워 천도교의 세력 확장을 도모한 당시 교단 지도부의 '탈정치적' 의도를 반영하고 있다. 이 때문에 훗날 3·1운동 33인의 하나인 오세창이 사장인가 하면 주필은 대표적 친일파 이인직이 맡는 복잡한 면모를 보인다. 최영년은 만세보사가 발기한 「호서수재 구휼금 모집광고(湖西水災救恤金募集廣告)」(『만세보』, 1906.9.22)에 오세창·이인직·신광희와 함께 4인 공동 모집원으로 나섬으로써 숨은 관계를 노출하는데, 이에 근거하여 그를 만세보사의 임원으로 추정한 최기영의 견해를 나는 지지한다. 그러고 보면 그가 이인직의 신소설 『귀(鬼)의성(聲)』(金相萬書鋪, 1907)에 서문을 붙인 사실도 예사롭지 않다. 두 친일파의 교분은 이 시절에 싹튼 것일 터이다.

융희(隆熙) 원년(1907) 9월 18일 일진회 총무원으로 선정되면서[48] 그는 본격적 매국활동에 나서게 된다.

같은 해 10월 12일에 일진회가 내보낸 「경고지방폭도문(警告地方暴徒文)」을 제술(製述)하는데,[49] 여기서 지방폭도란 바로 의병을 가리킨다는 점에 유의해야 한다.

이 시대에 벌써 이벤트성 친일활동을 벌이는 모습도 흥미롭다. 1907년 12월 5일 "상오 여섯시에 회장 대행 부회장 홍긍섭과 총무원 한교연·윤시병·김택현·최영년 등이 부장 10인을 대동하고 회원 3백여 명과 광무학교(일진회에서 설립한 학교-필자) 생도 백여 명을 인솔하고 남대문 밖 정거장에서 경인열차를 탑승하고 소사정거장에 내려가 오류동역으로부터 부평역까지 줄지어 선 일반 인민에게 일한(日韓) 국기 한 매씩을 나누어 주어 지송례(祇送禮 : 百官이 임금의 出駕를 拜送함-필자)를 행하고 같은 날 12시에 같은 차를 탑승하고 올라오다."[50]

---

48) 『元韓國一進會歷史』卷之五, 文明社, 1911, 20면.
49) 위의 책, 29면.
50) 위의 책, 52면. 번역은 필자.

융희 3년(1909) 2월 통감 이또오 히로부미[伊藤博文]가 일본으로 돌아가자, 일진회는 최영년을 일본으로 보내 이또오의 유임을 일본 정부에 청원한다.51)

융희 3년 7월 20일 그는 이용구·송병준·한석진에 이어 『국민신보』의 제4대 사장으로 취임한다.52)

같은 해 11월 4일 일진회는 독립관에서 이또오 히로부미의 추도식을 성대히 치렀는데, 최영년은 그 제술위원으로 조문(弔文)을 지어 바친다.53)

같은 해 12월 4일 일진회는 이른바 합방청원서를 발표한바, 그 내용을 최종적으로 다듬은 자가 바로 최영년이라는 것이다.54) 이 때문에 그는 교사 구찬서로부터 난타를 당하기도 하는데,55) 그럼에도 아들 영식(瑛植 : 五男)의 이름을 일찌감치 계림영태랑(鷄林瑛太朗)로 창씨개명하여56) 뭇 사람의 빈축을 샀던 몰염치한 친일 주구였다.

대한제국의 멸망 이후 그는 매국활동에서 방향을 돌려 일본의 통치를 예찬하는 친일문학에 골몰한다. 1912년 1월에 발족한 이문회(以文會)에 참여한 것을 비롯해, 1916년에는 '조선문예사'를 창립, 이사 겸 편집장으로 활약한다.57)

한편 그는 이 시기에 다시 일본인 신문과 관계를 맺어, 『조선신문(朝鮮新聞)』의 선문부(鮮文部) 주필로 활동한다.58) 이 신문은 1908년 『조선신보

---

51) 『매천야록』, 1404면.
52) 『원한국일진회역사』卷之七, 19면.
53) 위의 책, 35~36면.
54) 한기형, 「무단통치기 문화정책의 성격」, 『민족문학사연구』 9호, 1996, 245면.
55) 임종국, 『일제침략과 친일파』, 청사, 1982, 81면. 그런데 최영년을 난타한 구찬서도 대단한 애국자는 아닌 듯싶다. 그도 최영년과 함께 1916년에 설립된 친일문예단체 '조선문예사'의 발기인으로 끼어 있기 때문이다(姜明官, 「일제 초 구지식인의 문예활동과 그 친일적 성격」, 『창작과비평』, 1988년 겨울호, 159면).
56) 한국신문편집인협회, 『신문백년인물사전』, 1988, 911면.
57) 강명관, 앞의 글, 150면과 159~160면. 그런데 조선문예사의 서기가 최영식이다. 이는 바로 창씨 개명하여 웃음을 산 그의 다섯째 아들이 아닌가?
58) 한기형, 앞의 글, 245면.

(朝鮮新報)』와 『조선타임즈』를 합병하여 재출범한 것으로 1920년 서울로 본사를 옮기기 전까지 인천에서 발행되었다. 그런데 『조선신문』의 전신인 『조선신보』 기자로 아리우가 재직한 점에 유의해야 한다.[59] 이미 지적했듯이 아리우는 1904년 『대한일보』를 창간한 자로 최영년이 이 신문의 한국인 기자로 재직하였던 터이다. 한국, 특히 인천에 진출한 일제의 첨병 일본신문의 관계자들과 돈독한 연관을 맺고 있는 것이 최영년의 특징이라는 점에 주목하자.

그의 친일활동은 3·1운동 이후에도 꾸준하여 1919년 11월에 발기한 친일유생단체인 대동사문회(大東斯文會)의 기관지 『대동사문회보』의 편집 겸 발행자로 활동한바,[60] 1922년부터 1926년 말까지 12회에 걸쳐 사이또오[齋藤實] 총독을 면회할 정도였다.[61]

그의 일생을 개관하건대, 그는 친일파란 말도 부끄러울 만큼 일제의 충실한 주구 노릇으로 시종하였다. 물론 이는 개인적 결함이라기보다 조선 시민계급의 전반적 미성숙과 더욱 관련될 터이지만, 그럼에도 독자적인 근대변혁의 길 대신 일제에 의거한 종속적 근대주의로 급격히 경사할 때 그 말로가 어떠할지를 그처럼 끔찍하게 보여주는 경우는 유례를 찾기 힘들다. 친일의 방패 속에 구가된 근대성, 이불 속 활개짓으로 변질된 그의 행로는 그의 효성스러운 아들 최찬식을 통해서 그 충성스러운 문학적 대변자를 얻게 되는 것이다.

---

59) 이해창, 『한국신문사연구』, 성문각, 1977, 285~288면.
60) 최기영, 『대한제국시기 신문연구』, 일조각, 1991, 88면.
61) 姜東鎭, 『日帝의 韓國侵略政策史』, 한길사, 1980, 170면.

4. 최찬식 연보

최찬식은 고종 18년(1881, 辛巳) 음 8월 16일 경기도 광주군 동부면 덕흥
동 온천리(더운물골, 현 남한산성 온수골)에서 부 영년과 모 청송(靑松) 심씨(沈
氏) 사이의 5남 1녀 중 장남으로 태어났다. 자(字)는 찬옥(贊玉), 호는 해동
초인 또는 동초다.[62]

1897년 영년이 설립한 광주 시흥학교에 입학하고 그 후 서울의 한성
중학교에 다니다.[63] 그런데 여기서 문제는 한성중학이다. 전광용이 이를
경기중학교의 전신이라고 지적한 이후[64] 정숙희도 족보를 근거로 다시
확인하고 있는데,[65] 경기의 모태가 되는 관립한성중학교는 1899년 김옥
균(金玉均)의 집터인 화동에 설립, 1906년 8월에 4년제 관립한성고등학교
로 개편된 터이다.[66] 그런데 신승희는 "1900년~1907년 사이의 한성중학
교 졸업자 명단 및 재적부에서 그의 이름을 발견할 수 없"다고 그에 의
문을 표한다.[67] 이에 내가 다시 조사해보니, 관립이 아니라 일진회가 설
립한 같은 이름의 학교가 또 하나 있었다.

> 1909년 5월 8일 한성중학교 개학 예식을 거행할 시에 회장 대판(代辦) 홍긍섭
> 과 일반회원이 진참(進參)하다.[68]

> 1910년 3월 31일 본회 소관 한성중학교와 광무학교를 합병하기로 결정하고 중
> 학교 교사 이노우에[井上要二]에게 통지서를 선송(繕送)하다.[69]

---

62) 정숙희, 「신소설작가 최찬식 연구」, 경희대 석사논문, 1974, 11면.
63) 전광용, 「신소설과 최찬식」, 280면.
64) 전광용, 위의 글, 35면.
65) 정숙희, 앞의 글, 19면.
66) 李萬珪, 『朝鮮敎育史』 下, 乙酉文化社, 1949, 62~63면.
67) 신승희, 「최찬식 소설연구」, 인하대 석사논문, 1986, 3면.
68) 『원한국일진회역사』 卷之七, 13면.
69) 『원한국일진회역사』 卷之八, 8면.

1910년 4월 21일 상오 11시에 회장 이용구(李容九)가 한성중학교 개교기념식 왕참(往參)하야 예식을 거행하고 동 하오 1시에 폐식하다.70)

이로써 일진회가 운영하는 또 다른 한성중학교가 있었음이 분명해지는데, 최찬식은 관립한성중학교가 아니라 바로 이 학교에 다녔을 가능성도 있다. 그런데 사립 한성중학교는 송병준(宋秉畯)이 1909년에 설립했다는 기록이 나오는 것을 보면71) 그 가능성도 박약하다. 앞으로 더 고구되어야 할 문제다.

1908년 8월 『자선부인회잡지』의 편집인이 되다. 내가 아는 한 그의 최초의 사회활동으로 되는 이 경력 또한 그 아비의 그늘에서 비롯된 것이다. 자선부인회의 총무 김석자(金石子)는 바로 최영년의 부인이기 때문이다.72) 정숙희는 최찬식의 효성을 기리는 다음과 같은 일화를 든 바 있다. "영년이 절세미인의 서모를 맞이했을 때(생모 사후) 부친과 서모가 행복하게 지내도록 해주려고 동초가 스스로 동생 다섯을 데리고 분가하였다."73) 최영년의 후취요 최찬식의 서모가 바로 김석자였던 것이다. 도대체 자선부인회는 어떤 성격의 단체인가? 그 회장이 친일 귀족 민병석(閔丙奭)의 부인 민정자라는 데서 짐작이 가지만,74) 이 부인 단체 역시 일진회와 관계가 깊다.

1907년 11월 13일 자선부인회에서 본회의 자위단 조직함을 찬성하야 지방에 출장하는 총무원을 청요(請邀)하야 명월관에서 설탁관대(設卓款待 : 상을 차려 정성껏 대접함―필자)하다.75)

---

70) 『원한국일진회역사』 卷之八, 8면.
71) 최기영, 「한말 서울 소재 사립학교의 교육 규모에 관한 一考察」, 『韓國學報』 70집, 一志社, 1993, 32면.
72) 李鉉淙, 「구한말 정치 사회 학회 회사 언론단체 조사자료」, 『韓』 45호, 1975, 103면.
73) 정숙희, 앞의 글, 14면.
74) 이현종, 앞의 글, 103면.
75) 『원한국일진회역사』 卷之五, 46면.

이 기사는 여러 모로 흥미롭다. 우선 의병전쟁이 치열하게 전개되던 이 시기에 일진회가 조직한 자위단이란 뻔한 것인데, 이를 적극적으로 지지하고 나선 자선부인회의 성격도 명약관화다. 당시 최영년도 그 총무원의 일원이니, 이런 유착 속에서 최영년과 김석자, 두 친일파가 결혼에 이르른 모양이다. 최찬식이 자선부인회의 기관지 편집인으로 공식적 경력을 시작한다는 점이 공교롭다.

1912년 3월 처녀작 『추월색』을 회동서관(滙東書舘)에서 간행하다. 초판 발행 이후 1923년까지 18판을 거듭함으로써[76] 신소설 대중화에 한 획을 그은 이 작품으로 그는 일약 인기 작가로 올라선다. 그런데 이 작품이 『조선일일신문(朝鮮日日新聞)』 국문판에 연재되었던 사실에 유의해야 한다.[77] 1903년 『인천상보(仁川商報)』로 출발, 1906년에 『조선일일신문』으로 이름을 바꾸고 1908년에는 본사를 인천에서 서울로 옮긴 이 일본인 신문[78]에 출간 이전 『추월색』이 연재되었다는 사실은 이 집안과 일본인 신문과의 특수한 연고를 다시 확인해 준다. 최영년이 인천의 일본인 신문 『대한일보』와 『조선신문』에 관계했다는 것은 이미 지적했거니와, 최찬식의 아우 원식도 1910년부터 1916년까지 『조선신문』의 한글판 기자를 했던 터이니,[79] 대를 이어 일제에 충성한 드문 집안이 아닐 수 없다.

1913년부터 1917년까지 일본인 타께우찌[竹內錄之助]가 발행한 잡지 『신문계(新文界)』의 실질적인 편집책임자요 대표적 필진으로 활약하다.[80] 이후 타께우찌의 보호 아래 그의 문필활동이 전개되는 점에 유의하자.

1914년 1월부터 11월까지 미완의 신소설 『해안』을 잡지 『우리의가정』에 연재하다. 여성을 대상으로 순한글로 편집된 이 잡지도 타께우찌가

---

76) 하동호, 「개화기소설의 서지적 정리 및 조사」, 『동양학』 제7집, 단국대 동양학연구소, 1977, 199면.
77) 최준, 『한국신문사논고』, 일조각, 1982, 301면.
78) 이해창, 『한국신문사연구』, 성문각, 1977, 287면.
79) 『신문백년인물사전』, 915면.
80) 한기형, 「무단통치기 문화정책의 성격」, 『민족문학사연구』 9호, 1996, 247~250면.

발행 겸 편집인이었다.[81] 아마도 우리 여성계를 친일화하려는 의도를 가진 이 잡지는『신문계』의 자매지인 셈일 것이다.

1914년 8월 신소설『금강문』을 동미서시(東美書市)에서 출간하다. 이 작품 역시 1922년까지 5판을 찍는다.[82]

1914년 9월 신소설『안의성』을 박문서관(博文書館)에서 간행하다.

1914년 10월 중국 백화(白話) 단편「백장홍(百丈紅)」을『신문계』에 소개하다.[83]

1915년 1월 단편「우의(友誼)」를 태화산인(太華山人)이란 필명으로『신문계』에 발표하다. 태화산인을 최영년으로 추정하는 견해가 일반적이지만,[84] 한시인으로 행세한 그가 이 시기에 갑자기 한글 단편을 창작한다는 것은 아무래도 무리라는 점에서 최찬식으로 보는 것이 자연스럽다.[85]

1916년 8월 신소설『도화원』을 박문서관에서 간행하는데, 1921년까지 3판을 찍다.[86]

1917년 1월부터 3월까지 단편「궤상(机上)의 몽」을『신문계』에 연재하다.[87]

1917년 4월부터 1919년 4월까지 타께우찌가『신문계』에 이어 발행한 잡지『반도시론(半島時論)』의 기자로 활동하다.[88] 본사를 동경(東京)에 두

---

81) 金根洙,『韓國雜誌槪觀 및 號別目次集』, 永信아카데미 한국학연구소, 1973, 118면.
82) 하동호,「개화기소설의 서지적 정리 및 조사」,『동양학』제7집, 단국대 동양학연구소, 1977, 205면.
83) 하동호,「최찬식의 작품과 개화사상」,『신문학과 시대의식』, 새문사, 1981, 1~55면.
84) 한기형, 앞의 글, 246~247면.
85) 최원식,「한국 근대단편의 정립과정」,『한국현대대표소설선』1권, 창작과비평사, 1996, 442면에서 최영년과 최찬식, 두 가능성을 다 열어놓았는데, 아직 결정적 증거는 없지만 현재로서는 후자에 기울어 있다. 앞으로 더욱 고구되어야 할 문제다.
86) 하동호,「개화기소설의 서지적 정리 및 조사」,『동양학』제7집, 단국대 동양학연구소, 1977, 206면.
87) 한기형, 앞의 글, 236면.
88) 崔瑗植,『아동최씨고』, 223면에 최찬식이 반도신문 기자를 역임했다고 했는데, 아마도 이는『반도시론』의 착오일 것이다.

고 일본인 필자들이 대거 동원된 이 잡지는 일반 대중을 상대로 더욱 노골적인 식민체제 찬양에 나섰다.89)

1917년 5월 단편 「종소리」를 『반도시론』에 발표하다.

1918년 2월 가사 「부랑자경고가」를 『반도시론』에 발표하다.90)

1918년 11월 신소설 『삼강문(三綱門)』을 덕흥서림에서 발간하다.

1919년 2월 신소설 『능라도』를 유일서관(唯一書舘)에서 발간하는데, 1930년까지 12판을 찍는다.91)

1920년 3월 6일에 창간된 『조선일보(朝鮮日報)』 기자로 근무하다.92) 그의 아우 원식은 초대 편집부장으로 활약하는데,93) 이 친일파 형제가 『조선일보』에 입사, 활약할 수 있었던 것은 1924년 민족진영으로 넘어오기까지 『조선일보』가 친일파들에 의해 장악된 사정과 연관되는 것이다.

1921년 11월에 단편 「동정의 눈물」을 『신민공론(新民公論)』에 발표하다.94)

1924년 2월 신소설 『춘몽』을 박문서관에서 발간하다.

1926년 5월 신소설 『백련화』를 박문서관에서 발간하다.

1926년 11월 신소설 『자작부인』과 『용정촌』을 조선도서(주)에서 간행하다. 이 두 작품 간행 이후 그는 창작 일선에서 물러난다.

그의 최후는 비참하다. 1·4후퇴의 와중에 피신해 있던 뚝섬 포도원에서 정확한 사망 날짜도 모른 채 동사했다고 한다.95)

---

89) 김근수, 『한국잡지개관 및 호별목차집』, 영신아카데미 한국학연구소, 1973, 118면과 한기형, 「무단통치기 문화정책의 성격」, 『민족문학사연구』 9호, 1996, 227면 참조.
90) 하동호, 「최찬식의 작품과 개화사상」, 『신문학과 시대의식』, 새문사, 1981, 1~55면.
91) 하동호, 「개화기소설의 서지적 정리 및 조사」, 『동양학』 제7집, 단국대 동양학연구소, 1977, 208면.
92) 『신문백년인물사전』, 927면.
93) 최준, 『한국신문사논고』, 일조각, 1982, 340면.
94) 하동호, 위의 글, 1~55면.
95) 정숙희, 「신소설작가 최찬식 연구」, 경희대 석사논문, 1974, 18~19면.

5. 최찬식의 문학세계—친일적 구도 안의 근대성

1) '새 시대'의 『혈(血)의루(淚)』, 『추월색』

『추월색』(1912)은 신소설 최대의 베스트셀러다. 그뿐 아니라 소설의 베스트셀러시대를 실질적으로 열어놓은 작품이기도 하니, 이를 바탕으로 『장한몽』(1913)의 상업적 성공이 가능했던 것이다. 그 이전에는 이처럼 판을 거듭한 소설이 거의 없었기 때문이다. 차츰 소설 시장의 규모가 커지는 추세가 눈에 띄는 1910년대에 『추월색』의 출현은 소설 상품화에 한 획을 긋는 결정적 전기로 되었던 것이다. 나라가 망한 후 오히려 독서시장, 특히 소설시장의 규모가 대폭 확장된 점은 조선에 대한 자본의 포섭력이 한결 강화되었다는 증좌일 터인데, 도대체 이 작품의 상업적 성공의 비밀은 무엇인가?

1930년대 소설에 흥미로운 『추월색』 독서 장면이 나온다. 첫째는 이효석(李孝石)의 단편 「석류」(1936).

> 긴 가을밤에나 혹은 어머니나 그(여주인공 재희—필자)가 가벼운 병석에 있을 때에 그는 병풍 속 자리에 누워 신소설 『추월색』을 낭독하였다. 아름다운 이 공기는 모녀를 울리기에 족하였다. 정님이와 영창이의 기구한 운명의 축복은 한없이 눈물 지어 어느덧 한 가락의 초가 다 진하면 새 가락을 켜놓고 운명의 다음 줄을 계속하여 읽곤 하였다. ……
> 이야기 속의 장면으로 재희는 서울을 상상하기 즐겨하였다. 그러므로 서울은 지극히 아름다운 것이었고 옛 기억은 전설과 같이 그리운 것이었다.[96]

시골의 영리한 계집아이 재희에게 『추월색』은 전형적인 신데렐라 증후군의 대리 충족체였던 것이다.

---

96) 『이효석전집』 1권, 春潮社, 1968, 226~227면.

둘째는 채만식(蔡萬植)의 『태평천하』(1938). 그는 "유년·소년 적에는 『춘향전』, 『구운몽』, 『추월색』, 『장한몽』 등 신구소설"을 읽었다고 밝혔거니와(「작가 단편 자서전」, 1938),[97] 『태평천하』에는 「석류」와는 또 다른 『추월색』의 독자층이 나온다.

> 서울아씨는 추월색 한권을 무려 천독(千讀)은 했읍니다. ……
>
> 그뿐만 아니라, 서울아씨는 책 없이, 눈 따악 감고 누워서도 추월색 한 권을 처음부터 끝까지 따르르 내리외울 수가 있읍니다. ……
>
> 그는 무시로 마음이 싱숭생숭할라치면 얼른 추월색을 들고 눕습니다. 누워서는 처억 청을 높여 읽는데 …… 서울아씨의 추월색도 휑하니 외우게시리 눈과 입에 익어, 서슴지 않고 내려읽을 수가 있으니까, 그래 좋다는 것입니다. 결단코 추월색이라는 이야기책의 이야기 내용에 탐탁하는 게 아닙니다.[98]

윤직원(尹直員)의 딸 서울아씨는 양반혼인을 하느라고 서울의 가난한 양반집에 시집갔다가 새서방이 일 년 만에 전차에 치어죽는 바람에 과부가 된 불쌍한 여인네다. 거의 천치에 가까운 서울아씨는 신분 상승을 꿈꾸는 재희와 달리 낭송 그 자체에 탐닉하는 형이다. 『추월색』 낭송을 통한 자기 최면 속에서 그녀는 이 사막 같은 현실을 깜박깜박 넘어가는 것이다.

이 두 편의 소설은 신소설이 독서보다 낭송에 의지했음을 잘 보여주는데, 『추월색』이 부녀층의 저급한 로맨스 취미에 영합하여 널리 퍼져나갔던 사정을 생생히 알려준다.

이 점에서 그 풍부한 근대적 외관들에도 불구하고 이 작품의 조직 원리는 통속적 구소설(로맨스), 특히, 조동일 교수가 지적했듯이, 『이대봉전』에 기초하고 있다는 점에 주목해야 한다. 이시종의 딸 정임(貞姬)이 부모의 결혼 강요와 부잣집 아들 강소년의 집요한 구애에 맞서 어린 시절에

---

97) 『채만식전집』 9권, 창작과비평사, 1989, 501면.
98) 『채만식전집』 3권, 창작과비평사, 125~126면.

정혼한 김승지의 아들 영창(永昌)과 파란만장한 고투 끝에 결혼하는 데
성공하는 이 이야기는 전통적 '불구의 삼각관계'로 퇴행한 것이다. 주인
공은 근대성에 거슬러 반근대성을 쟁취한 셈이다. 말하자면 양장한 구소
설인데, 그 양장을 가능하게 한 매개항으로 나는 일본 정치소설 번안작
『설중매(雪中梅)』(1908)를 설정한 바 있다.99) 『추월색』의 조직 모형은 『이
대봉전』에 기원을 두고 있지만, 가까이는 애국계몽기의 『설중매』를 매개
로 재구성되었다고 보아도 좋을 것이다. 그럼에도 『설중매』의 애국계몽
사상을 친일개화론으로 변질시킨 『추월색』은 여주인공이 아버지의 구도
(構圖)에 충실한 전자와 달리, 아버지의 뜻에 반하여 원래 정혼한 남자와
결혼을 쟁취함으로써 전체적 반근대성 안에서 일정한 근대성을 내포하
고 있다는 점에서 『이대봉전』에 더 가깝다.

그럼 여기서 잠깐 『추월색』의 이야기를 검토해보자. 이야기는 "경성
중부 교동"100)에서 이웃하여 사는 죽마고우 이시종과 김승지로부터 시작
된다. 시종(侍從)은 조선조 말 궁 내부의 주임관(奏任官) 벼슬이고, 승지(承
旨)는 승정원의 정3품 벼슬이니, 두 집안 모두 권력의 핵심에 가까운 것이
다. 이처럼 서울의 권세 있는 양반세계에서 취재한 이 작품은 로맨스답게
아주 뻔한 설화를 엮어가니, 이시종의 만득의 무남독녀 정임이와 김승지
의 만득의 외아들 영창이 오순도순 정다이 지내다 아버지들끼리 술 먹다
정혼했는데, 그때 두 아이들의 나이가 일곱 살 때더라, 식이다. 아이들 정
혼한 지 3년 뒤 김승지가 평북 초산(楚山)군수로 발령나 두 가족이 이별하
면서 마가 끼기 시작, 그 이듬해 봄 김승지가 초산에서 민요(民擾)를 만나
가족 모두가 행방불명이 되고, 이 와중에 교동(校洞)의 두 집이 모두 화재
를 만나 전소되는 바람에 이시종은 "북부 자하동 일백팔통 십호 삼십구
간 와가를 사서"(24면) 이사하는데, 설상가상으로 이시종은 모함으로 벼슬

---

99) 최원식, 「설중매연구」, 『한국학연구』 3호, 인하대 한국학연구소, 1991, 81면.
100) 최찬식, 『추월색』, 회동서관, 1912, 17면. 이하 작품 인용은 따로 주를 달지 않고, 이
　　책의 면수만 표시하고, 인용문은 원문의 맛을 살리면서 현대 맞춤법으로 고쳐 싣는다.

에서 떨려난다. 이 이야기의 전개 속에는 서울의 전통적 양반층의 몰락과 정이 반영되어 있다는 점에 주목할 필요가 있다. 이시종의 면관(免官)이란 일종의 파면이고, 김승지가 핵심 내직에서 벽지의 초산군수로 나가는 것은 품계마저 낮춰진 좌천이기 때문이다. 그런데 작가는 그 사회적 변화의 성격은 천착하지 않은 채, 모든 화소들을 두 아이의 만남을 차단하기 위한 통속적 수법으로 이용하는 데 급급할 따름이다.

이런지라 시간적 배경도 로맨스답게 모호하다. 다만 김승지가 초산 부임할 때 인천에서 화륜선을 타기 위해 경인선(京仁線)으로 내려가는 대목으로 대강 이 사건의 시간적 배경을 짐작할 뿐이다. 경인선이 처음 개통된 것은 1899년이지만, 이때는 인천－노량진(鷺梁津) 구간이고, 한강철교가 완공되어 인천－서울 전구간이 소통된 것은 1900년이므로,[101] 김승지가 초산군수 발령난 때는 이 어름일 터이다.

이뿐 아니라 이시종과 김승지의 정치 노선도 모호하다. 김승지를 "글만 좋아하고 술만 먹는고로 정사는 모다 간활한 아전의 소매 속에서 놀다가 마참내 민요를 만났다"(25면)고 한 것을 보면, 수구당이니 개화당이니와는 상관없는 그저 무능한 양반관료인 듯싶고, 이시종은 개화파에 가까운 것 같다. 그가 벼슬에서 떨려난 사정을 작가는 다음과 같이 설명하고 있기 때문이다.

> 이때는 갑오개혁 정책이 실패된 이후로 점점 간영(아마도 姦佞 : 간사한 아첨꾼－필자)이 금달(禁闥 : 궁중－필자)에 출입하야 뜻있는 사람은 일병(一竝 :일체－필자) 배척하는 시대인고로 어떤 혐의자가 이시종 초산 간 새이를 엿보고 성총(聖聰 : 임금의 총명－필자)에 모함한 바이라. 이시종은 시종 체임(遞任 : 벼슬을 갈아냄－필자)된 후로 다시 세상에 나번득일 생각이 없어 (25면)

아관파천(1896)으로 경장내각이 붕괴한 이후에도 그가 벼슬자리를 유지

---

101) 최원식, 「경인선의 역사문화지리」, 『황해문화』, 1996년 가을호, 55~56면.

한 것을 보면 이시종이 핵심적 개혁파는 아니지만, 소극적이나마 갑오개혁에 대한 지지자인 것만은 분명하다. 그의 개명성은 영창이 행방불명된 뒤 정임이를 결혼시키려는 적극성에서도 확인된다.

> 이시종은 원래 구습을 개혁할 사상이 있는 터인고로 설령 그 딸이 과부가 되얐을지라도 개가라도 시킬 것이오 정혼하얐던 것을 거리껴서 딸의 일평생을 그릇하지 아니할 사람이라. (33면)

이 때문에 그의 처남이 정임이 혼처를 천거할 때, "나는 양반도 취치 않고 부자도 취치 않고 다만 당자 하나만 고르네"(30면)라고 선선히 대답했던 것이다. 물론 처남이 천거한 자리가 "문벌도 훌륭하고 가세도 불빈"(29면)한 옥동(玉洞) 박과장집인 데다가 그 아들이 관립중학교 3학년이라 조건을 두루 갖춰 이처럼 큰 소리를 친 측면도 없지 않다. 곰곰이 살펴건대 그는 일종의 얼개화꾼이다. 이처럼 개명한 태도를 보이는 그가 어찌하여 전에는 딸의 정혼을 그처럼 경솔히 결정했던가? 더구나 정임이를 학교에 보내지 않고 집에서 『소학(小學)』을 가르치는 것은 또 무엇인가? 물론 아버지가 딸을 직접 가르치는 일도 당시로서는 드문 일이기는 하지만, 이런 불철저성이 개화의 시류를 따르는 얼개화꾼에 머물게 하는 것이다.

여기에 정임이가 아비에게 반항할 빌미가 제공되고 있다고 해도 좋다. 그가 결혼을 명하자 딸은 또렷이 항의한다.

> (정) "…… 아바지께서 열녀는 불경이부라는 글 가라쳐주셨지요. 나를 이왕 영창이와 결혼하시고 지금 또 시집 보낸다 하시니 부모가 한 자식을 두 사람에게 허락하시는 법이 있습니까? 아모리 영창이 종적은 아지 못하나 다른 곳으로 시집 가기는 죽어도 아니하겠습니다."
>
> (… 중략 …)
>
> (이) "요년, 요 못된 년, 그게 무슨 방정맞인 말이냐? 요년, 혓줄기를 끊어놓을라. 네가 영창이 예단을 받았단 말이냐, 네가 영창이와 초례를 치렀단 말이냐, 네

가 간 데 없는 영창이 생각하고 시집 못갈 의리가 무엇이란 말이냐, 아모리 어린 년인들." (31~32면)

이 장면에는 아버지의 근대성과 반근대성, 딸의 반근대성과 근대성이 착종하는 한 시대의 혼란이 고스란히 담겨있다. 그리하여 이정임은 자신의 반근대성을 쟁취하기 위해 가정으로부터 용감하게 탈출하는 근대성을 발휘하는 아니러니를 드러낸다.

그런데 그녀의 가출 자체가 근대소설적이라기보다는 구소설적이라는 점이다. 이는 부모 즉 조선으로부터 정임이를 떼어내 일본으로 이식하기 위한 작가의 의도가 과부하(過負荷)된 일종의 트릭인데, 이런 수법을 애용했던 이인직보다 강제성이 강하다. 가령 청일전쟁으로 가족이 이산하여 고아 아닌 고아가 돼버린 어린 옥련(당시 나이 일곱 살)을 일본인 군의관이 구원, 오오사까[大阪]로 입양가게 만든 『혈의루』(1906)만 해도 작가의 고심의 흔적이 역력하다. 규중에서 고이 자란 열다섯 처자 정임이가 어떻게 이처럼 아무렇지도 않게 가출을 하여 단번에 일본 대학생이 된단 말인가? 옥련이를 결국 미국 유학생으로 만든 이인직에 비해 최찬식은 과감하게 일본을 최종 역으로 삼는다. 사실 이 작품은 일본 유학생활을 구체적으로 그린 최초의 소설이거니와, 전반적으로 이인직보다도 사실주의의 기율이 심히 어그러졌다. 이미 지적했듯이 최찬식은 애국계몽기 소설이 모색해온 근대소설의 길로부터 유턴, 구소설로 전격 복귀하였다. 용감한 것은 주인공 이정임이 아니라 작가 최찬식이다.

남주인공 영창이 가족의 이산과정에서 영창을 영국인이 구원하여 그를 영국 신사로 만들어 나가는 또 한 줄거리는 옥련이 이야기를 복제한 것이다. 이 줄거리에서도 최찬식은 이인직과 차별된다. 당시 일본에서는 공화제의 나라 미국보다 내각제의 나라 영국에 대한 호감이 더 컸다고 한다. 같은 친일파지만, 이인직의 미국과 최찬식의 영국 사이의 거리도 음미할 만한 대목이 아닐 수 없다.

  그런데 전반적으로 통속적인 이 줄거리에서도 이산의 빌미가 되는 초산민요 장면은 아주 리얼하다.

> 삼문(三門 : 대궐이나 관청 앞에 있는 문. 정문 동협문 서협문 셋으로 구성됨—필자) 밖에서 별안간 '우지끈 뚝 딱'하며 '아우'하는 소래가 나더니 봉두난발도 한 놈 수건도 쓴 놈들이 혹 몽둥이도 들고 혹 돌도 들고 우—몰려 들어오면서 한떼는 대청으로 올라와서 군수를 잡아나리고 한떼는 내아(內衙 : 지방관청의 안채—필자)에 들어가서 부인을 끌어내여 한끈에다가 비웃(청어—필자)두름 엮듯이 동여 앉히고 여러놈이 둘러서서 한놈은 "물을 끓여라" 한놈은 "장작더미에 올려 앉혀라" 한놈은 "석유를 끼얹어라" 한놈은 "구덩이를 파라" 또 한놈은 "이애들 아서라. 학정은 모다 아전놈의 짓이지 그 못생긴 원놈이야 술이나 좋아하고 글이나 잘 짓지 무엇을 안다더냐. 그럴 것 없이 짚둥우리(탐학한 원을 백성들이 쫓아낼 때 쓰는 볏짚으로 만든 둥우리—필자)나 태서 지경(地境 : 땅의 경계—필자)이나 넘겨라" 하는데, 그중 한놈이 쏙 나서며 "그럴 것 없이 좋은 수 있다. 두 년놈을 큰 두주 속에 한데 넣서 강물에 띄여바리자" 하더니 그 여러놈들이 "이애 그 말 좋다…… 자……" 하며 두주를 갖다가 군수 내외를 집어넣고 자물쇠를 채고 진상(進上 : 지방에서 나는 물건을 임금이나 고관에게 바침—필자) 가는 꿀병 동이듯 이리 층층 얽고 저리 층층 얽어서 여러놈이 떠메고 압록강으로 나가는데 (56~57면)

  이 장면은 아마도 우리 신소설, 아니 우리 소설에 민요가 그려진 최초의 예가 아닐까 싶다. 『은세계(銀世界)』(1908)에 강릉(江陵) 경금마을의 민요 준비하는 장면이 나오지만, 그것은 어디까지나 미수에 그쳤다는 점에서 이 장면은 매우 귀중하다. 민요에서는 결코 군수를 다치지 않고 짚둥우리 태워 지경 곧 고을의 경계 밖으로 내친다는 사실도 잘 보여준다. 군수를 다치는 일은 임금의 대리자를 치는 일, 즉 나라에 대한 반란이기 때문이다. 요컨대 민요는 어디까지나 경제투쟁에서 그치는 것이다. 그럼에도 이 장면에서는 짚둥우리 대신 뒤주에 넣어 압록강(鴨綠江)에 띄움으로써 민란에서 한 걸음 더 과격하게 나아간 점이 흥미롭다.

결국 초산민요는 어떻게 처리되었을까? 작품에 나오는 평북 관찰사의 보고서를 잠깐 인용하자.

관하 초산군에서 거(去 : 지난―필자) 이월 이십팔일 하오 삼시경에 난민 천여 명이 불의에 취집하야 관아에 충화(衝火 : 불지름―필자)하고 작석(아마도 斫石 : 쪼갠 돌―필자)을 난투하와 관사와 민가 수백호가 연소하옵고 이민간(吏民間 : 지방 아전과 백성 사이―필자) 사상(死傷―필자) 이십여인에 달하야 야료난폭함으로 강계진위대에서 병졸 일소대를 급파하야 익일 상오 십시에 초히(稍히 : 차츰 또는 겨우―필자) 진압되였사온대 …… 민요 주창자는 엄밀히 수색한 결과로 장두(狀頭 : 연명으로 된 訴狀의 첫머리에 적힌 사람 즉 민요의 우두머리―필자) 오인을 포박하야 본부에 엄수(嚴囚 : 엄중히 가둠―필자)하옵고 (21~22면)

초산민요는 강계(江界)에 주둔한 진위대(鎭衛隊) 병력을 풀어 진압해야 할 만큼, 민란으로서 비교적 큰 규모가 아닐 수 없다. 관찰사의 보고서로 보나 장면의 생생함으로 미루어볼 때, 아무래도 모델이 있는 것 같다. 최영년이 심복 아전으로 섬겼던 김문현의 행적을 살피니, 고종 21년(1884) 3월 26일 황해도 관찰사의 보고에 "안악(安岳)군수 김문현이 이향(吏鄕 : 지방 아전과 향임―필자)을 검속치 못하여 민요에 이르게 되었으니 파출(罷黜)하여 줄 것"[102]을 요청하는 대목이 나온다. 또한 일진회 자료를 들춰보니, 초산 관련 기사가 나온다. 광무 9년(1905) 1월 25일 서울의 일진회 본부가 초산군수 윤석천(尹錫天)을 "살인탐학하고 상경피신"한 일로 평리원(平理院)에 고발하였는데, 구체적으로는 군수가 초산군 일진회 회원 이원방·이동현을 남살(濫殺)한 옥사(獄事) 때문이었다.[103] 일진회 지방 지부는 거의 동학교인이어서 지방 관아의 감시가 날카로운 데다가,[104] 지방 수

---

102) 국사편찬위원회 편,『고종시대사』 2권, 1970, 582면.
103)『원한국일진회역사』 卷之二, 15・17면.
104) 이에 대해서는 최원식,「식민지시대의 소설과 동학」,『민족문학의 논리』, 창작과비평사, 1982, 103~106면과「이광수와 동학」,『한국근대소설사론』, 창작사, 1986, 320~321면을 참조할 것.

령들이 이를 빌미로 일진회원들을 토색의 대상으로 삼아 불상사가 자주
일어났는데, 이 사건도 그런 경우의 하나일 터이다. 작가는 아마도 김문
현이 당한 안악민요를 초산으로 배경을 바꿔 두 사건을 적절히 배합한
듯싶다.

　이처럼 종국에는 결합하게 될 남녀 주인공을 이산시켜 풀어나간 각각
의 줄거리는 기본적으로 구소설적이지만, 그 안에 일정한 근대성이 내포
되어 있는바, 이러한 복합은 두 주인공의 결합을 방해하는 악인형 인물
강한영의 삽화에서도 다시 확인된다. 여주인공을 사모하여 치밀한 계략
아래 유혹하는 방해자 강소년은 로맨스의 정석의 하나인데, 그는 화려한
외모를 자랑한다.

> 파나마모자를 폭 숙여쓰고 금테안경은 코허리 옆에 걸고 양복 앞섶 떡 갈라붙
> 인 속으로 축 늘어진 시계줄은 월광에 태여 반짝반짝하며 바른손에는 반찜(반쯤
> ―필자) 탄 여송연을 손가락에 감아쥐고 왼손으로 단장을 들어. (2~3면).

　이해조의 『산천초목』(원제 『薄情花』, 1910)에 등장하는 난봉꾼 이시종을
쏙 빼닮은 강한영은 한편 조중환(趙重桓)의 『장한몽』(1913~1915)에 나오는
김중배(金重培)의 선구이기도 한데, 대구(大邱) 부자의 아들로 아버지 죽은
후 난봉판으로 들어서 모든 재산을 날리고 그것도 모자라 육촌의 재산
을 가로채 흥청대다가 일본으로 도망, 유학생으로 행세하는(86~88면) 인
간이다. 내가 아는 한, 신소설에 등장하는 아마도 최초의 유혹자는 이해
조의 『빈상설(鬢上雪)』(1907~1908)에 나오는 황은률일 것이다. 안악 부자의
자식으로 서울에 와 돈의 조화로 은률(殷栗) 군수 차함을 얻어한 후, 이승
지의 딸이요 서판서의 며느리 난옥에 반해 뚜장이 화순집을 내세워 빼
내려고 광분하는 이 천박한 인간은 최찬식이 강한영을 설정할 때 중요
한 참조 요목이 되었음에 거의 틀림없다. 그런데 강한영에 견주면 황은
률은 점잖은 편이다. 이 점에서 강한영은 본격적 난봉꾼 『산천초목』의

이시종과 더욱 닮았다. 말하자면 작가는 황은률과 이시종을 혼성복제하여 강한영을 조립한 셈이다.

그런데 강한영은 이 유형의 한 극점을 보여준다. 그는 끝내 회개하지 않는 채 파멸에 끝없이 몸을 맡긴다. 이에 비하면 이시종은 약은 인간이다. 난봉꾼 자식에 대한 작가의 저주도 남달라서 그를 감옥에 처넣고야 만다(92면). 사실 이런 유형의 인물을 처음 창안한 이해조는 그들을 비판하지만 최찬식처럼 끝까지 추적, 처벌하지는 않았다. 최찬식은 왜 이처럼 패륜아들을 미워하는가? 그의 작품 가운데 「부랑자경고가」(1918)라는 희한한 가사체 노래가 있다. 부랑자 또는 패륜아에 대한 작가의 과민한 두려움은 아들의 위치를 오직 부르주아적 질서의 충성스런 계승자로 파악하는 최찬식의 노골적 의식을 분명히 보여준다.

이 점에서 강한영은 염상섭(廉想燮)의 『삼대』(1931)에 등장하는 조상훈과 기맥을 통하는 바가 없지 않다. 후자는 처음부터 전자처럼 패륜아는 아니지만, 결국은 아버지 조의관의 후계자로서의 위치로부터 탈락함으로써 그 유사한 지경으로 전락했던 것이다. 나는 강한영이 일본에서 서울로 도망와 돌아다니다가 일본 유학 때 짝패를 만나 진주집이라는 은근짜집에 들러 농탕치다가 싸움하는 대목(89~92면)을 읽으면서 문득 조상훈이 동류들과 매당집에서 얼려 노는 『삼대』의 한 장면과 너무나 흡사하여 놀랐다. 물론 형상화의 정도나 부르주아적 질서의 근본을 천착하는 사유의 깊이에서 전자가 상대도 안되지만, 이 또한 새로운 맹아는 맹아다.

이상의 검토를 통해서도 드러나듯이, 『추월색』은 더러더러 근대성의 부분적 성취가 없는 것은 아니지만, 앞 시기 신소설의 삽화와 인물형 들을 로맨스적 구소설의 조직 원리에 입각하여 거의 짜깁기한 작품이라고 해도 지나친 말은 아니다. 어쩌면 최찬식은 혼성모방의 천재인지도 모른다. 가령 이 작품의 유명한 신식 결혼 장면만 해도 그렇다. 신랑 신부가 악수로 대신하는 이 작품의 개혁적 결혼식은 사실 최찬식의 창안이 아니라, 이해조의 『홍도화(紅桃花)』 하권(1910)에 나오는 상호와 태희의 결혼식 장면의 모방이다. 그런데 겉은 비슷해도 두 장면 사이에는 중대한 차이가 있다. 풍속의 개량을 지지하면서도 이정임을 "가히 열녀의 반열에 참예"(84면)했다고 칭찬하는 어느 부인의 연설이 단적으로 보여주고 있듯이, 『추월색』의 근대성과 착종한 반근대성은 『홍도화』가 개척한 근대성과 비할 바가 아니다. 청상(靑霜)의 태희가 시집을 탈출해 개명한 청년 상호와 결혼하는 이야기를 핵으로 하는 『홍도화』는 구질서에서 해방된 새로운 인간형의 탄생을 감동적으로 고지하고 있기 때문이다.105)

　그런데 『추월색』의 반근대성이 친일과 악수하고 있는 점을 주목해야 한다. 그것은 파란만장한 절차를 거쳐 결혼에 성공한 남녀주인공의 신혼여행 장면에서 노골적으로 그리고 집중적으로 표출되고야 만다. 이 신혼여행 장면이야말로 최찬식의 창안인데, 잠깐, 만주 봉천(奉天 : 오늘의 瀋陽)을 목적지로 하는 그들의 여정을 함께 따라가 보자. 양장한 두 신사 숙녀의 신혼여행은 남대문 정거장에서 경의선(京義線)을 타면서 시작된다. 경의선은 1904년 2월 임시군용철도감부(臨時軍用鐵道監部)에서 착공, 1906년 4월 전구간이 개통되었으니,106) 원래는 한국 정부가 자력으로 건설을 시작했던 것인데 일제가 러일전쟁의 효율적 수행을 위해 가로채어 급추진한 철도라는 점을 기억해야 한다.107) 이런 내막을 알고 보면 이 특이한 신혼여행이 벌써 수상하다. 목적지 봉천도 예사롭지 않다. 일찍이, 북경(北京)으로 천도하기 전까지 후금(後金)의 수도였던 봉천은 러일전쟁 최대의 격전지였다. 1905년 3월 러시아군 약 9만, 일본군 약 7만의 사상자를 기록한 봉천회전(會戰)을 통해 일본군이 승리함으로써,108) 일제는 조선에 대한 지배를 확립하게 되고 나아가 만주 침략의 길을 닦았던 터다. 요컨대 이 신혼여행은 경의선을 따라 일본군의 진격로를 답사하는 일종

---

105) 최원식, 『한국근대소설사론』, 창작사, 1986, 88~89면.
106) 『朝鮮鐵道史』, 朝鮮總督府鐵道局, 1915, 부록 4~6면.
107) 古屋哲夫, 『日露戰爭』, 東京 : 中央公論社, 1980, 112면.
108) 古屋哲夫, 위의 책, 160면.

의 역사기행으로 창안되었을 가능성이 농후한 것이다.

개성(開城)에서 내려 고려 고적을 구경하고 다시 평양(平壤)에서 내려 대동강(大同江)을 관상하고 의주(義州) 통군정(統軍亭)에 올라 압록강을 내려다보는 여정까지는 보통 기행과 다를 바 없다. 다만 평양 관광 중 걸리는 데가 있기는 하다. "전일 평양감사시대에 백성의 피 빨아가지고 이곳에서 기생 다리고 풍류하며 극호강(극히 호강함—필자)들 하던 것을 탄식"(94면)하는 대목이 그것이다. 조선왕조시대를 비판함으로써 은근히 식민지시대에 대한 찬양을 암시하고 있기 때문이다. 그런데 압록강을 건너면서 이 부부는 노골적인 일본 예찬으로 마각을 드러낸다.

> 즉시 압록강을 건너 구련성 구경하고 계관역에서 나려 멀리 계관산 송수산을 지점(指點 : 손가락으로 가리켜 보임—필자)하며,
> (영창) "이곳은 일로전역 당시에 일본군이 대승리하던 곳이오구려. ……"
> (정임) "아…… 가련도 하지. 저 청산에 헤여진 용맹한 장사와 충성된 병사의 백골은 모다 도장(규방—필자) 속 젊은 부녀의 꿈속 사람들이겠소구려."
> (영창) "응 그렇지마는 동양 행복의 기초는 이곳 승첩에 완전히 굳고 저렇게 철도를 부설하며 시가를 개척하야 점점 번화지가 되야가니 이는 우리 황색인종도 차차 진흥되는 조짐이지오" (95~96면)

의주와 압록강을 사이에 두고 마주한 구련성(九連城)은 러일전쟁 최초의 육전(陸戰)이 전개된 곳으로 일본군은 1904년 5월 구련성 일대를 점령한 바 있다.[109] 또한 계관역은 안봉선(만주의 안동과 봉천을 잇는 선로)의 중간역인데, 계관산(鷄冠山)과 송수산(松樹山)은 모두 러일전쟁의 격전지였다. 러시아가 구축한 동계관산 북보루(北堡壘)를 둘러싼 전투는 1904년 8월에 공격을 개시하여 12월에 점령할 만큼 치열했고, 송수산 보루 역시 10월에 시작, 12월 말에야 겨우 함락에 성공할 정도로, 일본군 최대의 고전처(苦戰處)였던 것이다.[110] 이 전투에서 죽은 일본군을 추도하며 일본의 승

---

109) 古屋哲夫, 『日露戰爭』, 東京 : 中央公論社, 1980, 102~103면.

리를 찬미하는 이 부부는 참으로 뼛속 깊이 친일파다. 일본 유학생 정임보다 영국 유학생 영창이 한술 더 뜨는 것이 흥미롭다. 특히 "동양 행복의 기초" 운운하는 영창의 발언을 듣노라면, 한국 일본 만주를 합한 대연방을 꿈꾸는 『혈의루』의 미국 유학생 구완서의 구상을 연상하게 된다. 일본의 침략적 아시아주의와 일찍부터 연결되어 있었던 최찬식이 이인직의 후계자라는 사실이 여기서도 분명히 드러난다.

　아니, 최찬식은 이인직보다 한 걸음 더 나아갔다. 이 점에서 『추월색』에 등장하는 마적(馬賊)에 주목할 필요가 있다. 신혼여행과 함께 최찬식이 처음 신소설에 도입한 마적은 계관역 인근 산모퉁이에서 이 부부를 납치해 간다. 물론 여기 홀연히 등장한 마적떼는 초산민요에서 헤어진 영창의 부모를 만나게 하기 위한 소도구인데, 작가는 상마적 괴수 왕자인(王自仁)을 "글이 문장이요 뜻이 호화하여 훌륭한 풍류남자요 또 천성이 지극히 인자한 사람"(110면)이라고 치켜세운다. 만주 마적에 대한 이 난데없는 존경은 무엇인가? 왕자인이 "물 건너와서 노략질해 가지고 가다가"(109면) 우연히 김승지 부부를 구원한 은혜가 깊다고 해도, 김승지가 왕자인을 주공으로 섬기는 꼴불견과 함께, 선뜻 접수되지 않는 대목이다. 작가는 당시의 친일파들처럼 중국과 중국인에 대한 지독한 경멸을 숨기지 않고 있기 때문에 더욱 그렇다. 정임이 중국어를 "개 같은 오랑캐소리"(98면)라고 숙녀답지 않게 대놓고 욕하는 장면에서 친일파의 반중(反中) 감정의 속내가 그대로 노출되었던 터다. 『혈의루』가 잘 보여주고 있듯이 우리 소설에 반청(또는 반중)의식을 처음으로 도입한 작가가 바로 친일파 이인직이라는 사실을 상기하자. 중국에 대한 전반적 경멸 속에서도 최찬식은 왜 마적을 기리는가? 원래 농민의 자위 조직으로 발생한 마적은 차츰 양산박(梁山泊)과 유사한 임협(任俠)으로 발전하였으니, 토비(土匪) 또는 비적(匪賊)과는 다르다. 그러나 언제든지 군사를 전문으로 하는 용병으로

---

110) 池田信治, 『旅順戰抄』, 大連 : 關東州戰蹟保全會, 1940, 1~17・42~49면.

화할 가능성이 열려 있기 때문에, 일제는 러일전쟁 전후(前後), 마적을 유효 적절히 이용하였으니, 모략 마적의 등장이 그 대표적 예이다.111) 중국 중앙 정부의 통제 밖에서 활동하는 군사적 이익 집단 마적은 일본의 대륙 침략을 위한 아주 쓸모 있는 공작 대상이었던 것이다. 최찬식이 마적을 긍정적으로 그린 소이연이 여기서 환해진다.

대한제국의 멸망과 일제식민지로의 전락은 우리 역사상 최초로 토착 정권의 장기적 부재를 기록한 점에서 충격적 사건이었다. 이 땅에 많은 왕조가 부침하고 외세의 침략이 끝없이 이어졌어도, 우리나라가 외세의 직접적 장기 지배 아래 떨어진 적은 거의 없었기 때문이다. 일본 총독의 군림은 한국인들을 일종의 정신적 공황 상태로 몰아넣었다. 심지어는 친일파들도 당황하였다. 나라를 팔아먹자고 친일한 자들은 아마도 극소수였을 것이다. 일진회가 1909년 이른바 합방청원서를 발표하자, 부회장 홍긍섭, 전 총무원 한석진·윤길병 등 간부들을 비롯하여 지방 지부 회원들의 탈퇴가 속출한 사실은 웅변적이다.112) 이런 상황에서도 최찬식은 과감하게 친일과 악수한 반근대성이라는 통속적 원리를 식민지시대 초기 상황에 적용함으로써 이 작품의 상업적 성공을 건져 올렸던 것이다.

이미 지적했듯이 이 작품은 친일 통속 반근대성이라는 기본 구도 안에서 새로운 실감을 개척함으로써 '새 시대'의 『혈의루』로 부상하였다. 무엇이 새로운가? 우선 이 작품의 당대성이 눈에 띈다. 소설은 어느 해 "가을비가 그치고 …… 교교한 추월색이 천지에 가득"(1면)한 동경 우에노[上野]공원에서 시작하여 서울을 거쳐 만주로 무대를 옮기는데, 여전히 "가을빛"(96면)이니, 평양 부벽루(浮碧樓)에서 오래 떨어졌던 두 가족 전부의 완전한 만남으로 마감하는 그 끝 장면(111~112면) 역시 그 해 가을이 거의 확실하다. 그럼 이 작품의 어느 해 가을은 언제일까? 여기서 중요한 단서가 압록강을 기차로 왕복한다는 점이다.

---

111) 渡邊龍策, 『馬賊』, 東京 : 中央公論社, 1966, 29~42면 참조.
112) 최원식, 『한국근대소설사론』, 창작사, 1986, 329면.

　　즉시 압록강을 건너 구련성 구경하고 계관역에 나려 (95면)

　　이렇게 이야기할 사이에 탄환같이 빠른 차가 어느 겨를에 발셔(벌써-필자) 압
　록강을 건너니 (111면)

　압록강 가교가 완성되어 경의선과 남만주철도가 직접 연결된 것은 1911년 11월 1일이니,[113] 1912년 3월 13일에 출간된 이 소설은 놀랍게도 바로 1911년 가을을 배경으로 하고 있는 것이다. 동경에서 시작, 서울을 거쳐 만주, 다시 『혈의루』가 시작되는 평양에서 마감되는 이 소설의 공간 구성은 압록강 철교의 완공이 가져온 실감에 기초하고 있다. 어떤 점에서 압록강 철교의 완공에 바쳐지고 있다고 보아도 좋은 이 작품은 근대의 속도에 적응한 최찬식의 재바름을 잘 보여주는데, 순식간에 조선을 관통하는 철도망을 건설하고 만주 침투를 준비하는 일본 자본의 빠른 행보에 대한 최찬식의 경탄이 여기에 짙게 배어 있을 터이다.

　『추월색』에 근대의 강력한 상징 철도가 곳곳에 출몰하고 있는 점 또한 결코 우연이 아닐 것이다. 물론 이전의 신소설, 예컨대 이인직과 이해조의 작품에도 철도가 등장한다. 이인직의 『혈의루』에는 여주인공 옥련이 일본인 양모의 구박으로 가출하여 오오사까역에서 그 근교의 이바라기[茨木]역까지 기차를 타고 가는 흥미로운 장면이 나오는바, 아마도 이것이 우리 소설에 철도가 등장하는 효시일 것이다. 그런데 일본 철도의 경험은 비교적 충실하게 그려진 데 비해 국내 철도 장면은 소략하기 짝이 없다. 가령 『귀(鬼)의성(聲)』 하권(1908) 끝에 살인을 하고 도망치는 강동지가 "남문밖 정거장(현 서울역-필자) 앞에 가 앉었다가, 경부철로, 첫 기차 떠나는 것을, 기다려 타고, 부산으로 내려가"는 대목이 그렇다. 물론 도망질 치는 사람을 그리는 데 한가하게 기차 풍경을 자세히 끼워 넣을 여유가 없기는 하다. 『은세계』 상권(1908)에도 기차 장면이 두 번 나오는데, 미국에서

---

113) 『조선철도사』, 부록 9면.

옥남이 남매가 곤궁에 비관하여 미수에 그친 철도 자살을 시도하는 대목은 차치하고라도, 남매가 귀국하여 부산(釜山)에서 경부선(京釜線)을 타고 귀향하는 대목에서도 옥남이는 오직 차창 밖의 풍경에 감회에 젖을 뿐이다. 일본 유학생 이인직에게 이미 기차여행은 너무 익숙한 탓으로 볼 수도 있지만, 기차에 대한 그의 사유가 깊지 않은 데 말미암을 것이다. 이에 비하면 이해조의 소설은 훨씬 구체적이다. 시골의 어린 하인 갑동이가 조치원(鳥致院)에서 경부선을 타고 상경하는 첫 기차경험을 생생하게 그린 장면을 비롯하여 경의선 중간 역들의 풍경이 충실하게 묘사된『고목화(枯木花)』(1907), 경부선이 등장하는『빈상설』그리고 경인선을 중요 무대의 하나로 삼는『쌍옥적(雙玉笛)』(1908~1909)과『모란병(牡丹屛)』(1909) 등, 근대의 상징 기차가 우리의 생활 속으로 틈입해오는 과정이 이인직에 비해 소상하다.

이처럼 애국계몽기의 신소설에 도착한 철도는 최찬식의『추월색』에 이르면 우리의 전통적 생활세계 전반을 원심적으로 해체하는 구실을 톡톡히 해내게 된다. 남주인공 영창의 아버지 김승지가 압록강 가의 평안북도 초산군수로 발령이 나 임지로 떠나갈 때, "인천으로 가서 기선을 타고 수로로 갈 작정으로 상오 구시 남대문 발 인천행 열차로 발정"(16면)하는 점이 흥미롭다. 예전의 굉장한 신임 원님행차가 대폭 간소화한 셈인데, 기차와 기선으로 임지에 부임하는 노정의 획기적 변화 속에서 중세체제의 붕괴가 예고되고 있는 것이다. 과연 조선의 전통적 지배체제의 일원인 영창의 가족은 초산에서 민란을 만나 풍비박산한다. 이처럼 영창의 가족을 외국으로 이산하게 만든 구성은, 청일전쟁으로 옥련의 가족을 이산시킨『혈의루』를 변형 복제한 것인데,『혈의루』와 달리 전통적 생활세계의 붕괴가 기차의 원심력에 의해 이루어진다는 점이 날카롭다. 또한 영창의 가족이 이산되는 와중, 영창은 영국 문학박사 스미트(아마도 Smith)에 의해 구원되어 영국 신사로 성장한다. 이 영국인은 후일 "대일본 횡빈(橫濱 : 요꼬하마―필자) 주차영사"(63면)로 부임할 만큼 지일파(知日派)인데,

당시 영국이 일본의 강력한 후원자라는 사실에 주목하면 이러한 배치의 속셈을 짐작할 만하거니와, 이는 위기에 몰린 옥남이 남매를 미국인에 의해 구원하게 만든『은세계』의 수법을 모방한 것이다. 당시의 미국 역시 영국 못지 않게 일본의 후원자였다. 조선의 소년 영창을 이러한 구성을 통해 영국으로 데려간 작가의 의도 또한 뻔한바, 재미있는 것은 영창의 의식 변화에 본고장 영국 철도가 한몫을 하고 있는 점이다. 조선의 야매(野昧)를 부끄러워하는 영국 숭배자로 변모하는 결정적 계기가 영창이 처음 런던에 당도하는 장면에서다.

> 기차를 나리매 땅에는 철로가 빈틈없이 놓이고 하늘에는 전선이 거미줄같이 얽혔으며 넓고 넓은 길에 마차 자동차 자전거는 여기서도 쓰르를 저기서도 뚤뚤하고 십여층 벽돌집은 좌우에 정영하며 각색 공장의 연기 굴뚝은 밀짚 들어서듯 총총하야 그 굉장한 풍물이 영창의 눈을 놀래니 그곳은 영국 서울 론돈이오 (60~61면)

머나먼 조선에서 기차로 런던역에 내렸을 때 어린 소년을 압도하는 근대의 위용! 기차의 마술은 조선 소년 영창을 지우고 대신 영국 신사를 흉내내는 속 빈 사이보그를 복제해낸 것이다.

또한 이 작품에서 기차는 여주인공 정임이로 하여금 완고한 중세가정으로부터의 탈출을 가능하게 하는 결정적 계기로 된다. 아버지의 결혼 강요에 용감하게 가출한 그녀는 경부선에 몸을 싣고 일본으로 달아나고 마는 것이다.

> 남대문 정거장에서 요령소래가 덜렁덜렁 나며 붉은 모자 쓴 사람이 "후상 후상 후산 오이데 마셍까?(부산 부산 부산 안 계십니까—필자)" 하고 외는 소래가 장마 속 논꼬(논의 물꼬—필자)에 맹꽁이 끓듯하니 이때는 하오 십시 십오분 부산 급행 차 떠나는 때라. 인력거에 급히 나려 동경까지 가는 연락차표를 사가지고 이등열차로 오르니 호각소리가 '호르륵' 나며 기관차에서 '파 푸 파 푸' 하고 남대문이 점점 멀어지니 앞길에 운산은 창창하고 차뒤에 연하는 막막하더라. (35면)

이 인상적인 장면에서 먼저 주목할 것은 경인선 부분에서도 그렇듯이 작가가 발차 시각을 정확히 표시하는 점이다. 이 작가 특유의 시간에 대한 예민한 자각은 그의 문학이 시간을 축으로 하는 근대자본주의에 앞 시기의 작가들보다 더욱 포섭되어 있다는 점을 잘 보여준다. 또한 이 장면에서 우리는 기차에서는 일본어가 상용되고 있었고, 서울역에서 동경까지 가는 차표를 끊을 수 있었다는 점에 유의해야 하는데, 기차가 조선을 장악하는 일본 자본의 첨병이라는 사실을 단적으로 웅변하는 바이다.

그런데 정임이 서울에서 동경까지 가는 행로가 런던까지 가는 영창의 여정이 거의 생략된 것에 비하면 작가가 잘 아는 탓인지 구체적이다. 나는 앞에서 정임의 가출이 어린 시절에 정혼한 영창에 대한 열(烈)이라는 점에서는 반근대적이지만, 아버지에 대한 복종의 거절, 즉 효(孝)의 관점에서는 근대적인 복합성에 대해 지적한 바 있는데, 그런 착종은 이 여정에서도 다시 확인된다. 규방에만 갇혀 지낸 양반댁 아가씨가 일본으로 출분하여 성공적으로 여대생이 되는 이 줄거리 자체는 로맨스적이지만, 갑자기 직면한 근대세계에 대한 여주인공의 흥미로운 적응과정을 비교적 사실적으로 그리는 데 성공한 정임의 여행과정은 노블적이다. 사실 정임은 가출 이전에도 매우 적극적인 성격의 일단을 끊임없이 노출해온 터다. 부모의 결혼 강요에 대한 반대를 또렷이 밝히는 것뿐 아니라 영창과의 관계에서도 정임은 항상 주도적이었다. 예컨대 영창이 가족이 초산으로 떠날 때도 직접 서울역에 나가 주소를 적은 자기 사진을 그에게 건네는 대목에 그녀의 적극성은 잘 나타난다. 이런 대담성이 모험이나 다름없는 동경 초행길에서 유감 없이 발휘되는 것이다. 부산역에 내려 길을 몰라 잘못 색주가에 넘겨졌지만 침착히 난국을 타개한 후, 조선 옷을 일본 옷으로 갈아입는 대목은 단연 압권이다.

"이번에 이 고생한 것도 도시 의복을 잘못 차린 까닭이오, 또 동경을 가더래도 조선의복 입은 사람은 하등 대우를 한다는데 이 모양으로는 아모데도 가지 못하겠다.” 하고 어느 모퉁이에 서서 날 밝기를 기다려가지고 곧 오복집을 찾어가서 일본옷 한벌을 사서 입고 그 오복집 주인 여편네에게 간청하야 머리를 끌어올려 일본쪽을 찌고 또 그 여편네에게 선창 가는 길을 물어서 찾어가니 (41면)

이 옷 바꿈은 상징적이다. 그것은 당면한 난국을 헤쳐나가려는 그녀의 영리한 계산에서 비롯된 것이지만, 급기야 동경의 신바시[新橋]역에 내리면서 정체성의 전이로 귀결된다. 신바시역은 일본 철도의 기점이다. 아시아에서는 인도에 이어 두 번째로 신바시-요꼬하마 노선이 1870년 착공, 2년 반 만에 개통됨으로써 일본 철도의 기원이 열렸던 터이다. 그녀는 일본 근대화의 상징, 신바시역에 내려 동경의 은성한 풍경에 압도되고 마는데, 영창이 런던역에 내리면서 영국의 혼에 씌웠듯이, 이미 일본 옷으로 바꿔 입고 바다를 건너온 그녀는 더욱 손쉽게 일본인의 몸과 마음속으로 자기를 밀어 넣을 수 있었던 것이다.

이처럼 조선의 전통적 지배층의 일원인 두 가족의 생활세계를 관통하면서 그들을 산산이 분해한 기차는 이번에는 새로운 마술로 그들을 급속히 결합시킨다. 물론 그 결합의 대가는 크다. 두 가족의 젊은 남녀는 기차에 재빠르게 적응함으로써 이미 조선인으로서의 정체성을 반납했기 때문이다. 이 과정에서 여주인공 정임의 주도성이 두드러진다는 점에 유의하면, 『추월색』이 ‘새 시대’의 『혈의루』라는 것을 새삼 절감하게 된다. 그리고 옥련이 가족이 평양의 평민층이란 점을 상기하면, 『추월색』은 『혈의루』의 양반편이란 성격도 가지고 있다.

기차의 마술로 현란한 『추월색』은 매우 정교한 구성을 자랑한다. 이 작품은 제목처럼 비 갠 가을 달밤의 우에노[上野]공원 장면으로 열린다 (1~11면). 일본 옷을 곱게 입은 아리따운 여학생과 그녀를 흠모하는 화려한 양복 차림의 소년이 차례로 나타나는 이 장면은 꽤 선정적이다. 소년의 구애를 물리치자 강간을 하려던 차, 여학생의 저항이 심하자 단도로 여학생을 찌르고, 비명을 듣고 청년 신사가 달려오자 소년은 달아나고,

청년 신사가 기절한 여학생을 부축하고 있는 중, 순사가 달려와 여학생은 병원으로, 청년 신사는 범인으로 오인, 경찰서로 끌려가는 것이다. 그야말로 독자를 끌 만한 통속의 요소를 골고루 갖춘 셈이다. 더구나 "왼손으로는 여학생의 젖가심을 잔뜩 움켜잡고"(10면) 같이 당시로서는 대담한 표현도 과감히 사용하고 있으니, 이 작품의 상업적 성공은 첫 장면에서부터 예감할 수 있는 것이다(그런데 이 장면이, 청일전쟁으로 가족을 잃은 옥련의 어미가 "젖가슴이 다 드러"난 채, 딸을 찾아 산 속을 헤매다 마누라를 찾아다니는 어느 농군에게 강간당하려는 차 일본헌병에 의해 구원되는 『혈의루』의 첫 장면과 상통한다는 점에 유의할 일이다). 독자의 궁금증을 한껏 부풀린 후 작가는 플래쉬 백(flash back)하여, 그 여학생의 이름이 이정임이라는 사실을 알리면서, 우에노공원에서 칼 맞고 병원으로 실려가기까지 그녀의 파란만장한 내력을 서사한다(12~50면). 작가는 다시 정임이 병원에 누운 현재로 돌아와 신문에서 범인이 영국 유학생 김영창이란 보도에 놀라 병원을 나와 재판소로 가는 그녀를 보여준다(50~55면). 다시 플래쉬 백. 이번에는 첫 장면에 등장한 청년 신사 영창이 초산 시절부터 영국을 거쳐 일본에 와 감옥에 갇히기까지의 내력을 영창의 입장에서 서사한다(55~64면). 다시 현재로 복귀, 정임과 영창이 만나 결혼을 위해 귀국, 서울역에 당도하는 장면을 보여준다(64~69면). 다시 정임이 가출한 후로 플래쉬 백, 이번에는 이시종 부부의 모습을 그들의 관점에서 서사, 귀국하는 정임 영창을 서울역에서 만나는 장면으로 접속된다(69~80면). 이에 이어 결혼식 장면(80~86면). 여기서 작가는 갑자기 첫 장면에 나오는 강간미수범 강한영의 내력을 서사하고, 공교롭게 결혼식 날 이시종 댁 옆집에서 술 먹다가 그를 체포되게 하는데, 이 접속은 서툴다(86~92면). 이어서 신혼여행, 마적의 납치, 김승지 부부와의 해후, 4인의 귀국 장면이 이어진다(92~109면). 초산민요 이후 김승지 부부의 내력은 따로 플래쉬 백하지 않고 기차 안에서 김승지가 겪은 바를 이야기하는 장면으로 자연스럽게 처리하였다(109~111면). 다시 관점을 이시종 부부로 돌려 정임이 부부의 귀국에 맞춰 평양으로 마중 나갔다가 뜻밖에 김승지 부부를 만나는 즐거운 깜짝 끝내기로 작품은 대단원에 이른다(111~112면).

이만하면 매우 공들인 구성이다. 통속소설 또는 사건소설은 시간을 배분하는 구성력에 그 승패를 걸고 있다고 해도 과언은 아닌데, 『추월색』의 교묘한 구성은 기차의 마술과 함께 작가의 시간의식이 남다르다는 점을 반증하는 것이다. 최찬식은 시간을 축으로 공간을 빠르게 지워나가는 자본의 운동을 영리하게 알아챈 재빠른 작가다. 이 점이 그 상업적 성공의 원천이기는 하지만, 자본주의적 시간에 대한 가없는 경탄과 무비판적 적응만으로는 통속소설의 영역을 죽어도 벗어날 수 없다는 것을 이 친일파는 끝내 깨닫지 못했다. 불행한 일이 아닐 수 없다.

2) 새로 쓴 『춘향전』, 『해안』

미완의 잡지 연재소설 『해안』(1914)에서도 작가는 결혼 문제를 다룬다. 그런데 『추월색』과 달리 이 작품에서 작가는 자유연애를 지지한다. 작가의 말을 빌면, "부모의 명령적 결혼을 타파하고……신랑 신부의 공화적 결혼을 창도"114)하는 것이 이 작품의 주요 메시지다. 더구나 이 작품의 자유연애는 신분의 차이를 넘어서는 것이어서 '공화적 결혼'에 더욱 근접하고 있다. 작가는 이 작품에서 근본적으로 반근대적인 『추월색』으로부터 다시 급격한 유턴을 시도, 근대성의 성취를 향해 암중모색을 거듭하던 애국계몽기 신소설의 전통으로 복귀하였던 것이다. 『혈의루』는 자유연애에 준하는 최초의 형태를 보여주었다. 조혼을 강제하는 완고한 가정을 탈출하여 미국 가는 도중 일본에 들른 구완서와, 일본인 양모의 구박에 가출한 김옥련이 함께 미국 유학을 떠나 미국에서 서로의 의사를

---

114) 최찬식 편, 『韓國新小說全集』 4권, 을유문화사, 1968, 268면. 이하 작품 인용은 따로 주를 달지 않고, 이 책의 면수만 표시함.

확인하며 결혼을 약조하는 장면이 그것이다. 그런데 이 결합도 신분을
넘어선 것이라는 점에 주목해야 한다. 구완서는 서울 양반의 자손이고
김옥련은 평양 평민의 여식이기 때문이다. 여기서 아주 흥미로운 것은
구완서가 영어로 청혼한다는 점이다.

> (구) "…… 우리가 입으로 조선말은 하더래도 마음에는 서양 문명한 풍속이 젖
> 었으니, 우리는 혼인을 하여도 서양사람같이 부모의 명령을 좇일 것이 아니라 우
> 리가 서로 부부 될 마음이 있으면 서로 직접하야 말하는 것이 옳은 일이다. 그러
> 나 우선 말부터 영어로 수작하자. 조선말로 하면 입에 익은 말로 외짝해라 하기
> 불안하다."
> 하면서, 구씨가 영어로 말을 하는데 …… 옥련이는 조선말로 단정히 대답하더라.
> 　김관일은 딸의 혼인 언론을 하다가 구씨가 서양 풍속으로 즉접 언론하자 하는
> 서슬에 옥련의 혼인 언약에 좌지우지할 권리가 없이 가만이 앉었더라.[115]

　장인 될 사람을 제치고 두 남녀가 연애의 과정도 없이 갑자기 결혼의
사를 확인하는 이 대목의 파격은 희극적인 가운데서도 가히 혁명적이다.
작가도 이 점을 의식하고 있음이 분명하다. 구완서로 하여금 미국에서
청혼하게 만든 작가의 배려에는 이 파격이 아직 조선에서는 가능하지
않음을 작가가 자각하고 있다는 반증이다. 조선적 풍토에 오래 젖어 있
는 구완서로서는 미국에서도 한국어로 청혼하는 일이 불가능했으니, 조
선인이 서양적 근대에 적응하는 일 자체의 난관을 이처럼 생생하게 보
여주는 예는 드물 것이다.
　이해조는 이인직보다 한결 수월하고 과감하게 이 문제를 풀어나갔다.
홀아비 권진사와 과부 청주집의 신분을 넘어선 재가를 그린 『고목화』,
이승지의 아들 승학과 평양의 평민 아가씨 옥희의 결혼이라는 곁줄거리
를 가진 『빈상설』, 이직각의 과부 딸 태희와 심협판의 총각 아들 상호의
파격적 결혼을 그린 『홍도화』 등, 재가 금지와 계급 결혼에 대한 중세적

---

115) 이인직, 『혈의루』 재판본, 金相萬書鋪, 1908, 84~85면.

금기에 대담하게 도전했던 터다. 특히 어머니의 결혼 재촉을 거스르며 원래 눈여겨 둔 태희와의 결혼을 주체적으로 추진, 성공에 이르는 『홍도화』는 서울 계동(桂洞) 황참서의 아들 대성(大成)이 자신이 흠모하는 인천 여학생 정경자(鄭瓊子)와 결혼하는 전말을 그린 『해안』과 바로 연결되는 것이다. 더구나 결혼에 성공하는 『해안』의 전반부와 결혼 이후 정경자의 간난한 시집살이에 초점을 맞춘 그 후반부가 각각 『홍도화』 상권과 하권에 조응하는 것이어서, 근본적으로는 이인직의 계승자 최찬식이 의외로 이해조로부터도 적지 않은 영향을 입고 있다는 사실이 흥미롭다.

그럼에도 『해안』은 『홍도화』의 단순복제는 아니다. 정경자가 이태희와 달리 초혼이라는 점도 그렇거니와, 더욱 중요한 차이는 신분 문제다. 후자의 남녀주인공이 모두 서울 북촌(北村)의 명문가 출신인 데 비해, 전자의 남녀주인공은 신분이 현격하게 다르다. 잠깐 두 인물의 신분을 작품에 의거하여 가능한 한 추론해보자.

보성전문(普成專門) 학생 대성은 서울 계동에 산다(266면). 계동은 노론 집권층이 집중적으로 거주했던 북촌에 속하는 지역이니, 그의 신분을 짐작할 단서로 삼을 만하다. 완고하고 무능한 그의 아버지는 차함(借啣)일지언정 명색이 참서다(293면). 참서는 대한제국 시절 내각 각 부처에 두었던 주임(奏任)벼슬, 참서관(參書官)을 말할 것이다. "재산이 천석추수"(282면)라면 대지주다. 거기다 문벌 좋고 재산 좋은 완고파 벽동(壁洞) 김과장집 딸과 혼담이 오갈 정도니(270~271면), 대성의 집안이 아버지의 무능으로 위축되긴 했어도 원래는 북촌에서 행세하던 양반가라는 점을 넉넉히 미루어 짐작하겠다.

인천여고생 정경자의 집안은 어떤가? 그녀는 "만석동 막바지 초가집"에서 과부 어머니와 외롭게 산다(265면). 만석동(萬石洞)은 그 이름과는 달리 인천의 대표적인 빈민거주지역이다. 그들은 원래 "부평(富平) 오류동"(지금은 서울의 서쪽 경계지만 오류동은 원래 부평부의 관내였음)의 농민가족이었다. "경자 다섯 살 먹던 해 봄에" 아버지가 죽어, "인천 항구가 살기 좋다는 말을 듣고” 모녀가 인천으로 흘러들어 온 이농민 출신 도시빈민인 것이다. “밤이면 바느질품을 판다, 낮이면 해관(海關)에 나가 헤어진 곡식을 줍는다.” 온갖 궂은 일을 해가며 딸을 여학교에 보낸 경자 어머니는 장한 여성이 아닐 수 없다(265면). 그런데 “경자가 본래 부평 토반(土班)의 딸”(278면)이라고 밝힌 것에 의거하건대, 반명(班名)은 했던 집안임을 알 수 있겠다. 경자 어머니 쪽 집안도 마찬가지다. 경자 어머니의 아우가 대성의 유모인데, 작가는 그 입을 빌어 그녀들의 친정 신분을 넌지시 밝히고 있기 때문이다. “나도 본래 그렇지 아니한 집 딸로 가세가 빈궁하여 …… 네 유모 노릇을 하였고”(280면), 경자 어머니 집안도 토반은 되었던 것이다. 이 점에서 정씨 집안은 토반에서 농민으로 다시 도시빈민으로 전락하는 근대적 해체과정을 잘 보여주는 것이다.

본디도 그렇지만 근대에 들어서 더욱 큰 차이로 벌어진 두 집안의 아들·딸을 과감하게 결합시킨 『해안』은 『홍도화』와는 또 다른 수준에서 근대성을 성취한 셈이다. 여기에는 물론 남주인공 대성의 개명적 적극성이 큰 몫을 담당한 터지만, 계급과 지역의 차이를 넘어선 이 공화적 결합에 근대적 제도들이 대성의 능동성을 받쳐주고 있다는 점에 주목해야 한다. 그것이 바로 학교와 신문과 기차다. 학교는 전통적 신분제를 해체하는 한편, 근대적 계급 형성의 새로운 통로 구실을 하였으니, 토반에서 도시빈민으로 전락한 경자 어머니는 이 점을 벌써 통찰하였다.

> 시대가 이와 같이 변천을 하니 옛날 풍속을 지켜 딸자식을 안방에 가두어두었다가는 자식의 신세를 그릇하는 지경에 이르리니, 우리 경자는 아무쪼록 공부를 시켜 조선 여자계에 모범이 되게 하리라. (265~266면)

경자 어머니는 개명한 국제항구 인천에서 세상 돌아가는 형편을 명민하게 알아차려 딸을 그 가난 속에서도 여학교에 보냄으로써 신분 상승의 디딤돌로 삼았던 것이다. 경자도 어미의 꿈에 부응, “시험마다 우등이

요, 학기마다 진급을 하여 경인간 여학생계에 성예가 자자"(266면)했던 것
이다. 오늘날까지도 언론에 자주 보도되는 이 유형의 이야기는 학교를
매개로 신분 상승을 꿈꾸는 대표적 근대서사의 하나인데, 아마도 경자
모녀는 신소설에 등장한 그 최초의 예가 아닐까 싶다. 말하자면 이 작품
은 새로 쓴 『춘향전』이다. 여기에 이 작품의 근대성이 살아 숨쉬고 있다.
  그럼 서울 자산가의 아들과 인천 빈민의 딸을 매개하는 방자는 누구
인가? 신문과 기차가 인간 방자를 대신한 근대의 중매장이다. 대성이가
경자의 존재를 알게 되는 단초가 정경자의 사진과 기사가 실린 신문을
읽고부터다. 작가는 이 대목을 아주 공들여 묘사한다. 부모의 결혼 강요
에 울화가 치밀어 산보를 나갔다가 탑골공원 매다정(賣茶亭 : 매점)에서 신
문 한 장을 사서 읽다가 대성은 경자의 기사에 부딪친다.

> 제삼면 잡보란에 여학생의 사진 동판을 놓고, '모범여학생'이라 이호 활자로 제
> 목을 쓰고, 그 옆에 오호자로 '인천여자고등학교 사년급 정경자'라 하였는지라.
> 그 기사를 자세 보매 대개 그 여학생의 이력과 숙덕과 과공(課工 : 일과로 하는
> 공부—필자)이 우월함을 지극히 찬양한 기사이라, 속마음에 매우 흠앙하여 그 사
> 진을 도려 지갑에 넣고 (271면)

이 장면은 근대생활 속에서 신문의 마력을 웅변하는 아마도 최초의
예가 아닌가 한다. 물론 애국계몽기의 신소설에도 신문 보는 장면이 나
오지 않는 것은 아니로되, 이처럼 모르는 인물에 대한 매혹으로 이끈 경
우는 거의 없기 때문이다. 신문은 스타를 끊임없이 제조하는 공장이다.
이 시기 신문에서는 궁핍한 환경에서 우수한 학업성적을 올린 학생, 특
히 여학생이 오늘날 범람하는 대중문화의 스타를 거의 대신하고 있다는
점이 흥미롭다. 왜 당시 신문은, 물론 오늘날에도 그 흔적이 강하게 남아
있지만, 이런 학생들을 사진까지 넣어서 띄우는가? 학교는 근대 부르주
아사회를 지탱하는 핵심적인 제도의 하나다. 부르주아사회로의 강렬한
통합을 선동하는 핵심적 매체, 신문이 학교제도에 뛰어나게 적응한 성공

사례를 선전하는 것은 너무나 당연한 일일 것이다. 더구나 학교제도의 바깥에 머물기 십상인 빈민 출신 경자 같은 인물, 거기다 미인이니, 스타로서 모자람이 없다. 새 시대의 이도령, 황대성이 신문이 제조한 미지의 이미지에 하염없이 빠져드는 장면은 이 점에서 획기적이다. 신문을 중개자로 하는 '욕망의 삼각형'의 성립! 실물보다 먼저 이미지에 매혹되는 이 근대적 경험은 이도령이 춘향이란 실물에 매혹되는 것과는 질적으로 다른 경험이 우리 소설에 등장했음을 알리는 것이다. 이미지에 대한 매혹을 현실화하는 또 하나의 계기는 경인선이다. 보성전문학생들이 인천으로 원족(遠足) 왔다가 우연히 거리에서 경자와 해후하고 황대성은 더욱 그녀에 빠져들고 마는데, 경인선이 없었다면 스타와의 친견은 이루어질 수 없는 일이겠다. 사실 신문의 마술이라는 매개 작용을 괄호에 넣을 때, 황대성이 왜 그처럼 경자에게 집착하는지 온전히 설명할 수 없다. 그의 처지라면 서울 자산가 출신의 여학생도 얼마든지 구하여 배필로 맞이할 수 있을 것이기 때문이다.

이처럼 『춘향전』의 구도를 근대적으로 반추하고 있는 『해안』은, 『홍도화』의 남주인공 심상호에 못지 않게 적극적이고 치밀한 황대성이 정경자와의 결혼을 추진하는 과정을 매우 능란한 필치로 그려낸다. 부모가 추진하는 벽동 김과장 집 딸과의 결혼을 권도(權道)로 파기시키는 것이나, 유모를 부려 자기 어머니와 경자 어머니를 설득하는 것이나, 강제적 계급 결혼을 부정하는 선구적인 자유연애론자의 모습이 약여한 바 있다. 그런데 대성이 오직 이성의 빛에 따라 움직이는 계몽주의적 인간으로 그려지지 않은 데 주목할 필요가 있다. 유모를 경자 집에 보내고 애 태우는 대성의 모습을 보자.

> 대성이가 그 유모를 보내고 성사가 되는지 못되는지 몰라 마음에 심조증(心燥症)이 나서 밤이면 잠을 이루지 못하고, 낮이면 그 유모 다녀오기를 고대고대하는 중 유모는 여러 날이 지나도록 돌아오지 않는 고로 궁금한 마음이 더욱 심하

여 날마다 유모의 집을 오륙차씩 가보는 터인데, …… 이같이 사오일을 지내매 대성의 마음이 미칠 듯싶어 인천차 도착할 시간이면 번번이 남대문정거장을 나가서 차에 내리는 여자는 면면이 상고하되, 그같이 고대하던 유모는 아니 오는지라, 나중에는 심술이 나며 심기가 타락하여 유모의 집이나 정거장에도 나갈 마음이 없어 자기 집 사랑에 누워 이 생각 저 생각하는 터에 하루는 안에서 유모의 소리가 나는지라, 마음에 어찌 반갑고 어찌 급하던지 신짝을 거꾸로 끌고 한달음에 안으로 들어가며 우선 유모의 얼굴부터 살펴본다. (283~284면)

감정적 노출증과 자학증이 착종된 대성의 격정은 우리의 전통과는 낯선 것인데, 이는 『춘향전』의 이도령이나 이해조의 『산천초목』에 등장하는 이시종이 보여줬던 연애감정과 상통하는 듯 차별되는 것이다. 서구 근대의 낭만적 연애관에 가깝다.

   사랑하고 애태우며 단념해야 하는 남자 주인공, 상대의 응답이나 사랑의 성취와 관계없이 바로 그 부정적 성격에 의해 더욱 타오르는 사랑, 손에 잡히는 대상이나 심지어 분명히 규정할 수 있는 대상조차 가지지 않는 이른바 <먼것에의 사랑>—이러한 것들과 더불어 근대문학사의 막이 열리는 것이다.[116]

그런데 이처럼 가장 고상한 형태의 인간적 경험으로 신격화된 낭만적 연애관은 부르주아사회의 확립과 함께 신성한 결혼론으로 귀결된다. 시민계급은 서구 역사상 처음으로 선언한다. 연애의 궁극적 목적은 결혼이다![117] 구체제 지배계급의 성적 문란에 대해, 오직 한 여성을 향해 불멸의 정열을 불태우는 깊은 연애와 그 필연적 귀결로서 신성한 결혼을 대칭점에 상정함으로써, 부르주아는 결혼을 근대국가의 수호신의 지위로 격상시켰던 것이다. 이 점을 염두에 두고 다시 황대성의 행보를 살피건대, 그를 부르주아적 결혼관의 실천자로 이상화하는 최찬식의 숨은 의도

---

116) A. 하우저, 백낙청 역, 『문학과 예술의 사회사—고대·중세편』, 창작과비평사, 1976, 239면.
117) 에두아르트 푹스, 이기웅·박종만 역, 『풍속의 역사』 1권, 까치, 1988, 169면.

가 확연한 바 있다.

작가의 공화적 결혼론은 대성의 청혼을 받은 경자 어머니와 경자의 만만치 않은 대응을 통해 더욱 보완된다. 모녀는 "요새 혼인은 전과 달라……신랑 신부가 서로 마음에 들지 아니하면 결혼할 수 없는 세태"(282면)라고 넌지시, 대성을 직접 만나보고 결혼을 결정하겠다고 대답한다. 일종의 매파격인 대성의 유모를 사이에 두고 대성 모와 대성, 경자 모와 경자가 동물원 구경을 핑계로 맞선을 보는 장면은 이 작품에서 백미의 하나다. 바야흐로 '연애 반, 중매 반' 식으로 절충된 한국형 자유연애가 우리 소설에 최초로 등장한 것이다.

작가의 축복 속에 이루어진 이 공화적 결혼은 뜻밖의 지점에서 공격당한다. 지금까지 무능한 아버지로 방치되었던 황참서가 며느리에게 음심을 품어 대성을 억지로 유학 보내고 경자를 강간하려는 선정적 화소(話素)를 도입함으로써 이 작품은 급격히 추락의 길로 들어선다. 물론 여기에도 음미할 만한 점들이 없지는 않다. 황참서의 강간 시도는 당시 현실에 비추어볼 때 선취(先取)의 성격을 면치 못하는 공화적 결혼에 대한 수구파의 반격을 상징하고 있다. 그럼에도 황참서의 이 느닷없는 성격적 변화가 거의 소설적 논리를 획득하지 못한 채 이루어지기 때문에 인물의 통일성이 심각히 훼손되고 말았던 것이다. 이처럼 무리한 장치는 왜 등장했을까? 물론 여주인공을 파란중중한 운명으로 몰아넣으려는 통속적 요구에 말미암은 것이기는 하지만, 그 안에 일정한 문학사적 의의가 내포되어 있기는 하다. 황참서의 공격으로 야기된 이 공화적 결혼의 위기는 이 작품이 단순히 양장한 『춘향전』이 아니라 『춘향전』 이후, 즉 『춘향전』의 근대적 해체 작업과 연결되고 있음을 보여주는 것이다. 천민 춘향이의 신분 해방의 염원을 절실하게 문제삼은 『춘향전』은 구소설(로맨스)에서 근대소설(노블)로 넘어가는 도정에서 우리 소설이 거둔 기념비적 작품인데, 춘향이를 이도령과 고난 끝에 결합시킴으로써 결국 로맨스에 그치고 말았던 터다. 『춘향전』의 로맨스적 요소를 해체하는 데서 우리 근대소설의 길이 열리는바, 공화적 결혼의 성공과 그 파탄을 함께 보여주는 『해안』은 『춘향전』과 『춘향전』 이후의 흥미로운 결합이라고 해도 좋을 것이다. 이 점에서 시집에서 쫓겨나 친정으로 내려온 경자가 인천 앞바다에 투신하는 장면으로 시작되는 『해안』은 『춘향전』 이후적 성격을 분명히 하고 있다. 그러나 이처럼 중대한 의의를 지니는 그 결혼의 파탄 부분은 성공 부분에 비해서 근대소설의 길은커녕 전형적인 멜로드라마로 추락해 가니, 불구의 계몽주의자 최찬식이 감당하기에는 버거운 작업이었다.

그 통속성을 잠깐 살펴보자. 투신 장면의 감상적 선정성에서 예감되듯이 작가는 물에 빠진 그녀를 옛 하인 경천을 산신령(deus ex machina)으로 부려 건져낸다. 황참서 집의 하인 경천은 황참서가 며느리를 강간하려 하자 그를 몽둥이로 내려치고 달아난 흥미로운 인물인데, 시아버지를 치는 경천을 경자가 꾸짖자 그 대답이 걸작이다.

> 상전도 잘못하면 이런 일을 당합니다. 아씨께서는 부디 만수무강합시사. 소인은 이 길로 댁 문전을 하직이올시다. (304면)

벙어리 삼룡이와 일변 기미를 닿고 있지만, 신분제의 해체 속에서 불온해진 평민의 당돌성이 주목할 만하다. 그런데 작가는 경자가 인천에서 투신 자살할 것에 대비해 그를 "인천 상선회사 화륜선 대붕환(大鵬丸)의 뽀이"(313면)로 묻어두는 뻔한 트릭을 이용한다. 그나마 투신자살하는 여주인를 구원하는 옛 하인의 삽화는 그의 창안이 아니라, 옥련모가 대동강에 투신하자 마침 친정 종의 아들 고장팔이 구원하는 『혈의루』의 삽화를 복제한 것이다.

이렇게 물에서 건져 올린 경자를 작가는 인천병원에 입원시킨다. 투신 이후를 수습하는 단기 치료가 아니라, "원래 신병이 침중한 사람으로서 그 지경을 하였으니, 어찌 그 병이 더하지 아니할 수 있으리요"(314면)라고 한탄하며 몹쓸 병에 걸린 중환자로서 장기 입원하는 것이다. 그런데 흥미롭게도 경자가 친정으로 쫓겨온 후 "심화가 나며 우연히 병이 들어 점점 침중"(311면)해졌다고 그 기원은 밝히면서도(311면) 작가가 그녀의 병명을 끝내 비밀에 붙인다는 점이다. 이것은 특정의 불치병(예컨대 예전의 결핵과 요즘의 암)에 대해서는 마치 그 병의 이름이 무슨 마력이나 가진 것처럼 병명을 대는 순간 그 병이 더욱 빠르게 악화될 듯이 믿어 병명을 숨기는 일종의 의료 온정주의(medical paternalism)다.118) 의료 온정주의가 이 작품에 왜 발동하고 있을까? 이것은 작가의 경자에 대한 지극한 애정의 표현이기는 하다. 그런데 그녀를 자살 시도 직후 곧바로 병원에 장기 입원시키는 대목에 유의해야 한다. 푸꼬의 통찰을 빌면, 병원 역시 일종의 감옥이다. 작가는 왜 그녀를 처벌하고 감시하는가? 여기서 우리는 경자가 인천 앞바다에 투신자살하는 이 작품의 첫 장면을 음미할 필요가 있다. 내가 아는 한 애국계몽기의 신소설에 자살자가 나오는 것은 『혈의루』뿐인데, 이 작품에서 자살자 옥련모는 방계인물인데다 자살 장면도 간략한 삽화에 지나지 않는다. 두 친일파의 작품에 자살자가 등장한다는 사실은 흥미롭거니와, 『혈의루』에 처음 삽화로 등장한 자살자가 『해안』에서 전경화한 점은 더욱 눈길을 끈다. 현존 질서에 대한 혐오와 멸시의 감정, 그리고 현실을 파괴하고 현실로부터 도피하려는 열망, 거기다 미래에 대해서까지 절망한 현대의 병리적 인간의 패러다임으로 자살자를 규정한 뒤르켐의 지적을119) 염두에 두면, 작가가 경자에 대한 애정에도 불구하고 그녀를 병원에 격리한 이유가 감지된다. 자살자 경자는 부르주아 질서에 대한 파괴자다. 이 불온한 병원체 또는 그 보균자는 마땅히 병원에서 관리되어야 하는 것이다. 서양의 근대적 의료제도는 "마치 병을 만들어내는 것은 악이며, 치료는 그 악을 제거하는 것이라는 식의 신

---

118) Susan Sontag, *Illness as Metaphor and AIDS and Its Metaphors*, New York : Anchor Books, 1990, pp.6~7.
119) 金鍾曄, 「에밀 뒤르켐의 현대성 비판에 대한 연구」, 서울대 박사논문, 1996, 28면.

학의 세속적 형태일 따름"[120]이니, 여기서 경자의 입원이 가지는 숨은 뜻이 환해진다.

사실 이 작품에는 더욱 노골적인 병원의 이미지가 한번 더 나온다. 며느리를 강간하려다 하인 경천에게 몽둥이를 맞고 병원에 들어간 황참서가 "공연히 횡설수설하며 시룽시룽하는 거동이 심히 괴상"한 것을 의심한 의사가 진찰 후 "그날로 즉시 정신병 환자 수용소에 가두"어 버렸던 것이다(305면). 환자 본인은 물론이고 가족과의 어떤 협의도 없이 황참서를 정신병동에 가두는 이 의사는 거의 지배자의 모습에 근사한데, 근대 체제 속에서 의사와 권력자 그리고 병원과 감옥의 등식을 이처럼 노골적으로 보여주는 장면은 드물다. 신소설에 의사가 처음 등장하는 작품 역시 『혈의루』다. 청일전쟁의 와중에서 일본군의 유탄에 맞아 부상한 옥련이를 치료한 후 입양한 군의(軍醫) 이노우에[井上] 소좌, 그는 주관적으로는 한없이 인도적이지만, 객관적으로는 힘센 권력자다. 근대국가를 지탱하는 가장 핵심적인 두 제도, 병원과 군대를 아우른 배경을 가지고 있기 때문이다. 옥련의 부모를 제대로 찾아보지도 않은 채, 조선의 아이를 오오사까 자기 집으로 보내는 그의 행위는 황참서를 정신병동에 가두는 것에 준한다고 할 수도 있다. 우리는 여기서 근대적 의료제도가 부르주아 질서에 대한 명백한 또는 잠재적 파괴자를 감시 처벌하는 부르주아 체제의 수호자라는 점을 다시 확인하게 되는 것이다.

작품은 경자가 하인과 불륜을 저지르고 자살하였다는 모친의 거짓 편지를 받은 대성의 뒷소식을 전하는 대목에서 미완으로 그친다. 홧김에 미국 유람을 떠난 그는 화성돈(華盛頓 : 워싱턴)대학교 의과에 입학하여 굳게 다짐한다.

> 편작이나 화타가 되어 고국을 돌아가서 병든 동포를 건지고 고명한 의술을 후생에게 전하리라!

---

120) 가라타니 고진[柄谷行人], 박유하 역, 『일본 근대문학의 기원』, 민음사, 1997, 144면.

이쯤이면 미완의 결말이 어찌될지 짐작이 간다. 고명한 미국 의사 대성이 귀국, 불치병에 걸린 경자를 구원하여 공화적 결혼의 완성으로 귀결될 게 뻔하기 때문이다. 새 시대의 암행어사는 미국 의사인 것이다. 지금도 막강한 의사의 전성시대를 예언하고 있는 이 작품은 바로 그 때문에 『춘향전』의 근대적 해체가 아니라 양장한 『춘향전』에 머물고 말았던 것이다.

공화적 결혼이란 획기적 메시지를 내걸고 일정한 소설적 성취에 성공하고 있음에도 결국 『해안』이 진정한 근대소설에 미달된 근본 원인이 무엇일까? 식민지 문제를 괄호친 그의 불구적 계몽주의에 말미암을 것이다. 물론 이 작품에는 『추월색』과 달리 노골적 일본 예찬이 없다. 그러나 자세히 살피면 곳곳에 친일적 성격이 복재(伏在)하고 있다. 그 가운데 우선 유의해야 할 대목은 여주인공 정경자와 그녀와 관련된 여러 공간들이다. 경자란 이름은 일본식 명명인데, 아마도 그녀는 일본식 이름을 가지고 신소설에 등장한 최초의 여주인공일 것이다. 그녀가 다녔던 인천여고는 어떤 학교인가? 인천에 거주하는 일본인 여자교육 문제를 해결하기 위해 1908년에 설립된 학교가 바로 인천 공립 고등여학교다.[121] 이 학교의 등장을 통해 우리는 이 작품의 시간적 배경이 주로 식민지시대 초기라는 점을 짐작하게 된다. 대성이가 경자의 기사를 보는 장면이 이 이야기의 진정한 출발로 되는데, 그때 경자가 이 학교 4년급이기 때문이다.

조선인 빈민거주지역 만석동에 살고 있는 경자가 일본식 여자 이름 '~꼬[子]'를 달고 일본인 여학교에 다닌 사실에 유의하면서, 그녀의 자살 장면에 집중적으로 나타나는 인천 풍경을 분석해보자. 작품은 공원에서 경자가 서해로 지는 낙조를 바라보는 장면에서 시작되는데, 의아한 것은 그 공원의 이름이 '일본공원'이다. 일본공원? 처음 듣는 이름이다. 그런데 이 장면을 살피건대 이 공원은 분명히 자유공원이다. 1888년 한

---

121) 『仁川府史』, 인천부, 1933, 1286면.

국 최초의 서구식 공원으로 설정된 이 공원의 첫 이름은 만국공원(萬國公園)이다. 개항장 인천은 세 개의 외국인 거주지[地界], 즉 일본지계 청국지계 만국지계(또는 각국지계)를 거느리고 있는데, 그 가운데 서양인들이 거주하던 만국지계 안에 서양인들이 건설한 공원이 바로 만국공원이다. 일제 때에는 서공원(西公園)으로, 해방 후 다시 원이름을 회복했다가 1957년 맥아더 동상 제막과 함께 자유공원으로 개칭되었던 것이다.[122] 이 공원명의 변천만큼 한국 근현대사와 외세의 관계를 핵심적으로 함축한 예는 드물 터인데, 최찬식은 과감히 이 공원을 일본공원으로 부른다. 만국공원은 일본공원이 되기 어려운 곳이다. 지금은, 맥아더의 포격으로 폐허로 변하면서 대신 미국 기념물만 들어찬 볼품 없는 미국공원으로 퇴락했지만, 이 부근은 아름다운 각국 양관(洋館)들이 즐비했던 곳이다. 1930년대 모더니스트들이 인천을 자주 찾은 이유도 인천에 오면 서구가 보였기 때문이다. 마치 중국의 혁명가들이 홍콩에서 중국의 미래를 꿈꾸었듯이. 이처럼 작가는 첫 장면에서 만국공원을 일본공원으로 고쳐 부름으로써 이 공원에 편재한 서양의 흔적을 지워버리고 마는 것이다.

공원을 나선 경자는 투신 장소로 "시끼시마 아래끝 공허무인(空虛無人—필자)한 해안"(263면)을 택한다. 당시 시끼시마[敷島]는 괭이부리 일대다. 괭이부리 대신 시끼시마, 일본식 지명을 선택함으로써 작가는 조선의 흔적도 역시 싹 지워버린다. 작가는 다음, 투신 장면의 배경을 용의주도하게 마무리한다.

> 시끼시마 일산루의 샤미센[三味線 : 세 줄로 이루어진 일본의 전통 현악기—필자] 소리는 쟁쟁, 동천에 돋는 달은 교교한 광휘를 일본공원 팔판루 앞에 날리더라. (264면)

일산루(一山樓)와 팔판루(八阪樓)는 모두 일본인이 경영하는, 당시 인천

---

122) 최원식, 「자유공원을 다시 계획하자!」, 『황해문화』, 1995년 가을호, 114~115면.

을 대표하는 일급 요정이다. 특히 후자는 인천에 입항하는 "제국함대의 환영연회"가 열리는 곳으로 유명했다 한다.123) 일본 특유의 단조(短調)음악을 배경으로 고요히 침몰하는 경자의 이미지 속에 인천은 왜색조의 모노크롬으로 재편되던 것이다.

첫 장면의 일본공원 풍경과 긴밀히 조응하는 것이 끝 장면에 등장하는 인천병원이다. 경자가 입원한 이 병원은 어떤 곳인가? 현재 인천시립병원의 모체로 되는 이 병원 역시 인천의 일본 거류민을 위해 설립된 것인데, 1888년 정식으로 공립병원체제를 갖추게 된다.124) "일본에서 국가적 의료제도가 실질적으로 확립된 것은……메이지 20년대의 일"125)이라는 점에 비추어볼 때 일본 영사관의 직접 감독을 받았던 인천병원 역시 전일본 국가 의료 체계의 네트웍 안에 포섭되어 있었음을 짐작하겠다. 서구 근대에서 기원한 이와 같은 의학의 중앙집권화과정을 통해서 의학은 이제 단순한 의료기술이 아니라 하나의 권력으로 떠오르는데, 서양의학을 복제한 일본의 근대적인 의료 체계가 식민지 조선에 진출할 때 거기에는 일종의 제국주의 권력의 성격까지 가세하게 될 터이다. 자살을 감행할 정도로 진행된 경자의 병은 무엇인가? 그것은 바로 일본의 구도 아래 추진되는 조선의 부르주아적 재편에 성공적으로 적응한 바 있던 경자가 일시적이나마 회의에 빠졌다는 것을 뜻한다. 그리하여 작가는 불건강한 병원체에 감염된 경자를 긴급히 인천병원에 격리, 그 재적응 즉 건강 회복을 시도하는 것이다.

아울러 『추월색』과 달리 친일이 내면화한 『해안』에서, 경자와 대성이 소풍을 가장(假裝), 맞선을 보는 장소가 동물원이라는 사실도 주목할 만하다. 아시다시피, 일제는 창경궁(昌慶宮) 내부를 헐어 동물원과 식물원을 설립, 왕궁을 창경원으로 격하하여 1909년 11월 일반에 공개하였다. 이

---

123) 『인천부사』, 1472~1473면.
124) 『인천부사』, 1396면.
125) 가라타니 고진[柄谷行人], 박유하 역, 『일본 근대문학의 기원』, 민음사, 1997, 148면.

작품에서는 동물원 식물원이 원래 궁터라는 사실이 철저히 은폐되고 있음은 물론이다. 인천을 일본 풍경으로 재편하는 작업을 교묘하고도 끈질기게 밀어나간 작가의 의도가 궁극적으로는 식민지에서 조선왕조의 흔적을 지우는 일이었음을 상징적으로 보여주고 있는 것이다. 이 점에서 대성이 미국에서 의학공부를 하면서 병든 동포를 건지겠다는 서원을 세우는 것도 예사롭지 않다. 『추월색』이 기차의 마술에 바쳐지고 있다면, 『해안』에는 병든 조선을 구원할 만병통치약으로 들어올려진 서양 또는 일본의 근대식 병원, 그 포르말린 냄새가 진동하는 셈이다. 전통의료 체계를 대신하여 새로운 권력자로 떠오른 양의(洋醫)의 시대가 도래하였다! 그것은 바다의 시대, 새로운 권력의 기원이 바다 또는 바닷가라는 점을 상징적으로 드러낸 이 작품의 제목과 긴밀히 호응하는 것이다.

3) 고쳐 쓴 『설중매』, 『금강문』

『금강문』(1914) 역시 또 결혼 이야기다. 재동(齋洞)소학교 김교원의 딸 경원(慶媛 : 원문에는 慶緩으로 되어 있으나 이는 오자일 것)이 고난 끝에 아버지가 정해준 이정진(李正珍)과 결혼에 성공하는 이야기를 기본 줄거리로 삼고 있는 이 작품은 자유연애를 지지한 『해안』에서 다시 『추월색』으로 복귀하였다. 그런데 단순회귀는 아니다. 비록 이 결혼이 아버지의 구도에 갇혀 있다고 하더라도, 아버지 자체가 개명한 인물이고, 사위감도 자기 제자 가운데 뛰어난 인물을 직접 골랐다는 점, 경원도 당시 여학도 중 재원이라는 점, 그리고 경원과 정진이 완고한 정진이 어머니의 방해를 극복하고 의지적으로 결혼에 이르는 점을 함께 고려하면, 『추월색』을 한 결 넘어선 것이다. 그럼에도 작품의 결말에서는 경원이가 나서서 한 남자에게 두 여자가 함께 시집가는 "공전절후한 신혼식을 거행"(183면)함으로써 경원과 정진의 결합이 가지는 일정한 선진성은 일거에 붕괴되고 만다.

나는 앞에서 『추월색』에도 『설중매』의 그림자가 드리워져 있다고 지적한 바 있는데, 『금강문』은 바로 『설중매』를 베낀 것이다. 작가는 왜 『설중매』를 새삼 고쳐 쓰는 작업에 착수했을까? 자유민권운동을 고취한 동명(同名)의 일본 정치소설을 번안한 구연학(具然學)의 『설중매』에 강하게 드러난 애국계몽사상을 해체하여 식민지시대의 친일개화론으로 재구성하고자 하는 최찬식의 의도가 이 작품에 뚜렷하게 작동하고 있다.

그럼 여주인공 김경원의 집안을 먼저 검토해보자. 아버지는 "재동소학교 설시(設始 : 설립할 처음―필자)적 교원"126)이다. 초창기의 대표적 관립소학교의 하나인 재동소학교는 1895년 설립되었으니,127) 그는 선진적인 개명 지식인인 것이다. 그런데 그에게 당시 교사들의 계몽주의적 전투성이 박약하다는 점이 흥미롭다. 다시 말하면 여기서 교사는 일종의 근대적 직업으로 더욱 부각되고 있는 것이다. 이는 한국사회의 근대성이 일상적 수준으로 정착하는 면모를 예각적으로 보여주는 한편, 우리 교육의 식민지적 순치과정이라는 점을 망각할 수 없다. 그리하여 그는 반듯한 교사로서 무남독녀 경원의 배필 걱정에 골몰한다.

> 그 학교 학도들이 누구는 학력이 어떠하고 누구는 품행이 어떠한 것을 유리 속 들여다보듯 소상 분명히 아는 고로 그 학도 중에서 자기 마음에 합당한 자를 선택하야 신랑 재목을 구하고자 하는 생각이 있어 (7면)

인용문에서 주목할 것은 학도를 평가하는 그의 기준이 학력과 품행에 기초하고 있다는 점이다. 여기서 우리는 초대 총독 테라우찌 마사요시[寺內正毅]의 실용주의 교육정책에 유의할 필요가 있다. "교육의 요점은 지(智)를 올리고 덕을 닦아 수신제가(修身齊家)의 밑천을 삼는 데 있다"고

---

126) 최찬식, 『금강문』, 東美書市, 1915(재판본), 7면. 이하 이 작품 인용은 따로 주를 달지 않고, 이 책의 면수만 표시함.
127) 이만규, 『조선교육사』 하, 을유문화사, 1949, 59면.

주장한 테라우찌의 실용주의교육의 표방은 독립사상을 가진 조선인 지도자의 배출을 억지하는 우회전략에서 비롯되었던 것이다.[128] 물론 일본 국내의 교육정책도 천황제 이데올로기에 충성스러운 신민을 기르는 데 있다. 다미야 유우조[田宮裕三]가 지적하고 있듯이, "메이지 초기의 소학교라는 것은 지역사무소나 주재소와 나란히 지역으로 진출한, 징병제에서 문명개화에 이르는 신시대 정책의 요새"[129]이기 때문이다. 그러나 식민지 조선에는 또 한차례의 굴절이 일어난다. 즉 식민지 지배에 순응하는 직업인의 양성을 목적으로 하는 교육 목표의 하향조정이 그것이다. 이 점에서 이 작품에 최찬식이 그토록 애용하던 외국 유학의 모티프가 사라지는 것이 흥미롭다. 여주인공 경원은 여학교 졸업 후 아버지가 정해준 남자와 결혼 궁리에만 몰두해 있고, 남주인공 정진 역시 영국 유학 길에 오르지만 작가는 황해에서 배를 침몰시킴으로써 유학을 고의로 좌절시킨다. 이 또한 테라우찌의 실용주의교육과 긴밀히 호응하는 구성이 아닐 수 없다. 요컨대 경원의 아버지는 식민지 교육정책에 순응한 소시민적 교사의 출현을 고지하는 획기적 형상이다. 애국계몽기의 전투적 계몽주의자로서의 교사의 모습은 이렇게 사라졌으니, 이 전형은 염상섭의 『만세전』에 등장하는 이인화의 형, 성실 근면으로 붕괴하는 집안을 야무지게 꾸려나가는 그 소학교 훈도의 선구자인 것이다.

경원의 어머니 역시 남편 못지 않게 음전하다.

> 그 부인은 본래 시골 생장으로 아모 문견도 없고 또한 가정교훈도 별로 받지 못하였으나 그 남편 김교원에게 출가하야 까다로운 서울 살림을 하되 그 행세체통이 서울사람에서 조곰도 다르지 아니할 뿐 아니라 그 남편을 예로써 섬기며 처신범백이 지극히 정중한 고로…… 그 부인 시집온 이후로 가산이 역시 점점 늘어 중년에 이르러서는 남에게 의뢰치 않고 걱정 없이 지낼 만하나 (4면)

---

128) 이만규, 위의 책, 173~178면.
129) 가라타니 고진[柄谷行人], 박유하 역, 『일본 근대문학의 기원』, 민음사, 1997, 174면에서 재인용.

구식 부인의 전형이되, 최찬식 소설에 흔히 나오는 무지몽매한 인물형은 아니다. 본디는 가난한 김교원 집안을 근검절약으로 "은행에 저치(貯置 : 저축하여 둠—필자)한 돈 구천원과 김포 전장(田庄 : 소유하는 논밭—필자) 백여석낙"(3면)의 자산을 소유한 안정된 중산층으로 들어올린 사람이 바로 그녀이기 때문이다. 그런데 그녀가 우리 소설에 등장한 최초의 은행 고객이라는 점에 주목해야 한다. 거래은행은 천일은행(天一銀行)인데(28면), 이 은행은 상업은행의 전신으로 1899년 상인자본이 귀족 및 관료들과 합작하여 설립한 구한말 3대 민족은행의 하나다. 물론 이 은행도 1905년 금융공황으로 일본 자본에 예속되고 만다.130) 하여튼 전통적인 토지 매입과 근대적인 은행 거래를 병행하여 부를 축적한 그녀는 영리한 구식 부인인 것이다. 그럼에도 그녀를 개명한 부인으로 볼 수는 없다. 늦게까지 자식을 못 얻자 칠거지악(七去之惡)을 범하였다고 자책하며 남편에게 "재취하기를 간곡히 권고"(4면)하는 대목에서 그녀의 반근대성은 유감 없이 발휘되고 있는 것이다.

이에 대해 불임의 책임이 어찌 부인에게만 있을까 보냐고 재취를 거절하는 김교원의 개명성은 인상적인데, 그의 개명은 아내의 중세적 내조에 의해 지탱되고 있다는 점이야말로 더욱 주목할 일이다. 김교원 부부는 근대성과 반근대성의 편안한 제휴를 상징한다고 해도 지나친 말은 아니다. 이 기묘한 절충에 최찬식 계몽주의의 불구성이 예각적으로 돌출되고 있는 셈이라고 할까? 또한 김교원의 계몽주의가 오직 사적인 영역에 갇혀 있다는 점에 유의해야 한다. 그는 만득의 딸 경원의 교육에 지극 정성을 기울인다. "부모의 애정은 실로 남녀가 다를 것이 없"(6면)다고 여기며 딸에게 사랑을 쏟는 이 대목에도 그의 개명성은 다시 확인되는 바인데, 그럼에도 보통의 자식사랑을 넘는 무엇이 감지된다.

---

130) 趙璣濬, 『韓國의 民族企業』, 한국일보사, 1975, 84~85면.

그 딸 사랑하기를 금이야 옥이야 하며 …… 다른 사람 열아들 두니보다 몇배이나 더 귀하게 기르며 차차 자랄수록 글도 가라치고 침선도 공부시기는데 …… 경원의 나이 어언간 열세살이 되매 그 공부가 일취월장하야 능히 시전(詩傳 : 시경 —필자)을 돌송(突誦 : 글을 거침없이 욈—필자)하며 소약난의 직금도 일폭을 일주일만에 수 놓아내는지라. 그 부모는 그같이 귀한 중에도 더욱 기특히 여기고 아모쪼록 공부를 독실히 시겨 조선 여자계에 가히 모범적이 될 만한 자격을 맨들리라 하야 곧 잣골여학교 고등과 일년급에 입학을 시기매 …… 또한 걱정되는 것은 그와 같은 배필을 구하야 백년의 아름다운 인연을 맺어줄 것이라. 내외 마주앉기만 하면 하는 이야기가 단지 그 공론뿐이나 (6~7면)

어려서는 구식교육을 시켰는데, 경원은 글공부뿐 아니라 침선(針線) 즉 바느질 솜씨까지 갖추었다. 특히 소약난(蘇若蘭)의 직금도(織錦圖)를 수놓는다는 게 흥미롭다. 자신을 버린 남편에 대한 단심(丹心)의 표현으로 회금시(回錦詩)를 수놓아 남편을 회심시킨 중국의 고사에서 기원한 직금도 수(繡)놓기는 사대부 집 부녀들의 일급 교양의 하나였으니, 경원은 예비 귀부인으로서 단단한 준비를 한 셈이다. 커서는 신교육을 받음으로써 그녀의 예비는 더욱 물샐 틈 없다. 잣골여학교는 아마도 1908년에 설립된 관립한성고등여학교(경기여고의 전신)를 가리킬 터인데, 이 학교의 학풍은 특히 식민지시대로 들어서면서 '일본식 현모(賢母)주의'에 철저했다.[131] 이런 문맥에서 경원의 교육과정을 살피건대 그녀는 아버지의 아낌없는 투자로 소중하게 관리된 이 소시민 가족의 미래였던 것이다.

이 점에서 김교원은 『해안』의 경자 어머니와 유사하다. 자식의 미래를 담보로 가족 전체의 사회적 신분을 격상하려는 의식적·무의식적 기도로서 자식을 사랑의 이름으로 세심하게 세공하는 부모의 출현, 여기에 새로운 근대적 가족의 등장이 흥미롭게 표현된 것이다.[132] 그런데 도시

---

131) 이만규, 『조선교육사』 하, 을유문화사, 1949, 144~146면.
132) 김종엽, 「우리는 다시 디즈니의 주문에 걸리고 ……」, 『열린지성』, 1997년 여름호, 272면.

빈민의 처지에 있는 경자 어머니는 비교적 유족한 경원아버지와 달리 자식에 아낌없는 투자를 할 만한 재력이 모자라기 때문에 후자가 더욱, 새로이 출현한 근대가족의 전형에 가깝다고 하겠다. 그리고 보면 경원의 집이 경자네 집처럼 핵가족이라는 사실을 깨닫게 된다. 농경을 매개로 한 중세적 대가족구조의 해체가 근대사회의 지표의 하나라는 점을 염두에 둔다면, 경원 집안은 바로 자식을 중심에 둔, '사랑'으로 묶인 핵가족이다. 물론 이 가족은 여성의 자율성 요구와 피임기술의 발전에 힘입어 의식적으로 추구된 근대적 핵가족이 아니라, 경자 어머니의 오랜 불임으로 불가피하게 핵가족이 된 사례이긴 하다. 그럼에도 그 행태는 핵가족의 특징을 잘 보여준다. 이는 특히 양자를 거부하는 대목에서 두드러진다. 부모를 잃고 고아신세로 고달파진 경원에게 양자를 권유하는 외삼촌의 주장에 대해 그녀는 또렷이 반대한다.

> 내가 비록 여자이나 우리 부모의 정당한 혈속인즉 오히려 내가 우리 부모 돌아가신 날을 기념하니만 같지 못하고 또한 조선에도 외손봉사(外孫奉祀 : 외가에 자손이 없어 외손이 대신 제사를 받듦─필자)하는 풍속이 바이 없지 아니하고 문명제국에는 법률로써 제정하야 그런 일이 흔히 있은즉 외손봉사도 풍속개량에 한 조건이 된다 하는 주견(主見 : 주장되는 의견─필자)이라. (35면)

경원의 양자 반대론 또한 개명한 아버지의 유지를 이은 것이다. 죽음을 앞둔 그녀의 어머니는 "친정 사속(嗣續 : 대를 이음─필자)을 생각하고 양자니 솔양(率養 : 양자를 데려옴─필자)이니 그런 짓은 행여 하지말" 것을 유언하면서, "너의 아버지 생존해 계실 때에 항상 그 말씀을 하시더"라고 딸에게 일러둔 바 있었다(3면). 하여튼 이 가족의 양자 반대론은 우리 소설에 나타난 최초의 예일 터인데, 가부장제의 근본적 비판에는 미달할지라도 경원의 주견은 이미 페미니즘의 맹아로 보아도 좋다. 이 점에서 경원의 유일한 혈족 외삼촌이 포천(抱川)의 농민으로 설정된 것이 흥미롭다. 작가는 경원의 재산을 가로채려는 사기꾼 외삼촌을 결국 감옥에 집어넣음으로써 경원을 전통적 친족체제로부터 완벽히 탈각시키는 것이다.

또한 이 작품에서 작가가 경원 집안의 전통적 신분을 짐작할 모든 단서를 괄호에 넣고 있다는 점에 유의해야 한다. 그녀는 노론 집권층의 집중적 거주지역 북촌의 삼청동(三淸洞)에 살고 있지만(1면), 본디 삼청동에 살던 양반은 아닌 듯하다. 아마도 아버지 때, 그의 직장 재동소학교 근처로 이사해서 삼청동 주민이 되었을 것이다. 이미 지적했듯이 그녀의 어머니가 한미한 시골 출신(아마도 경원의 외삼촌이 포천 서방님으로 불리는 것으로 보아 경원모친은 본디 포천 농민의 딸로 짐작된다)이라는 점을 감안하면 더욱 수긍이 간다. 김교원의 삼청동 이주는 전통적인 북촌의 주민 교체가 식민지화를 전후하여 시작되었음을 잘 보여주는 것이다. 이 연장선에 『태평천하』의 친일 지주 윤직원이 있다. 전라도 평민 출신 윤직원은 김교원보다 더 나아가 북촌의 계동(桂洞), 고래등 같은 기와집에 살고 있는 것이다. 이와 같은 북촌 지역의 주민 교체는 전통적인 신분 질서의 해체 위에서 돈과 신교육을 매개로 한 새로운 신분의 대두가 일종의 자유경쟁의 시기로 들어섰음을 상징할 터이다. 그리하여 작가는 이 작품에서 등장인물에 관한 정보에서 전통적 신분 표시를 생략함으로써 구체제의 사망을 넌지시 선포하는 것이다. 근대적 기획으로 제출된 계몽주의의 사사화(私事化)에 대응하는 김교원의 개명은 사적 영역에 갇힌 불구의 계몽주의지만, 한편 이른바 근대성이 우리 사회의 일각에서 생활의 차원으로부터 구체제를 대체하는 강력한 원리로 작동하기 시작했음을 잘 보여준다고 하겠다.

김경원은 이런 집안의 영리한 딸이다. 작가는 그녀의 부모를 차례차례 병사(病死)시킴으로써 무대에서 강제 퇴장시킨다. 이 구성은 기본적으로 『설중매』에서 차용한 것이지만, 이 작품에는 새로운 의미층이 중복하게 된다. 그것은 바로 이인직과 이광수 소설의 주인공들을 특징짓는 고아의식이다. 김경원은 김교원 부부의 과도적인 핵가족으로부터도 해방됨으로써 식민지근대화를 더욱 민감하게 수용할 수 있는 '신인류'에 준하는 인물로 되는 것이다.

김경원의 배필이 되는 이정진은 어떤 집안의 아들인가? "그 모친이 청춘적 과수로 딸 하나 아달 하나 다리고 마음을 그 남매에게 부쳐 허구한 세월을 보내는 터"(8면)에서 보이듯, 그는 과부의 외아들이다. 말하자면 이 집도 핵가족인데 신분 상승에 마음을 모은 경원의 가족과는 다르다. 비록 아들은 신식학교에 보내고 있지만, 아들의 학업을 찬찬히 챙기는 것이 아니라 그냥 "응석받치"(8면)로 방임하고 있으니, 보통의 구식 부인이다. 작가는 이 집안의 신분에 대해서도 직접적 정보를 제공하지 않는다. 그럼에도 우리는 여러 정황으로 이 집안을 전통적인 양반 출신으로 짐작할 수 있다. 정진 모친이 청춘 과수로 수절한 점, "나는 완고덩치가 되야 그러한지 여학교에 다니는 며느리 얻을 마음은 없"(17면)다고 속내를 비치는 점, 딸에게는 신교육을 시키지 않은 점, 딸을 전통적 시골양반 경기도 영평(永平)의 "글 읽는 선비" 남규직(南圭稷)에게 출가시킨 점(108·164·170면), 그리고 재동소학교 신교장 부인과 자매인 점 등등. "재동 똥골"(9면)에 사는 이 가족은 아마도 북촌의 원 구성원일 가능성이 높다.

이처럼 전통적 신분의 차이에도 불구하고 두 집안의 혼담에 신분은 아무런 장애 요소가 되지 못한다. 경원의 부친은 신랑감이 탐날 뿐이며 정진의 모친은 오직 경원이 여학생인 것이 걸릴 뿐이다. 전통적인 신분을 대신해서 중세적 계급혼인을 밑으로부터 해체하는 근대적 학교제도를 매개로 한 새로운 결혼 기율이 생겨나고 있는 것이다. 이 혼담을 중개하는 데 신교장 부부가 나서고 있는 점 또한 그를 반증하는 바이다.

그런데 이정진은 특이한 학생이다. "인물도 헌앙(軒昻 : 풍채와 의기가 당당하고 너그러움―필자)하고 심지(心志 : 마음과 뜻―필자)도 활발하며 …… 우등 첫째는 시험마다 내놓지 아니"(7면) 하는 우수한 학도로되, "어른 욕하기가 난당이오 동무 따려주기가 일쑤며 남의 말을 기어코 위반하기를 장기로"(7면) 아는 악동인 것이다. 누나에게 욕을 하며 차려준 밥상을 박차고 삼청동 약물터로 장난치러 가는 장면, 도중에 이종사촌동생이자 교장 아들을 만나 "너 아범 신가나 잡아오면 놓아줄까"(10면) 운운하며 동생을 때려주는 장면, 다시 가다가 김교원의 딸 경원을 만나 "조년의 아범 김교원이 더욱 사람을 성가시게 굴더라"(11면)고 경원을 집적거리는 일련의 장면에서 그의 악동적 면모가 빛난다. 이는 이도령에 잠깐 나타났다 사라진 악동적 요소가 신소설에 본격적으로 등장한 최초의 예일 터인데, 여타의 신소설에서 어린이는 일찍이 철든 '작은 어른'으로 제시될 뿐이다. 서구에서 아이를 아이로서 최초로 발견한 것이 루쏘임을 감안하면, 자본주의 문명 내부의 야만인으로서 어린이의 독자적 세계가 최찬식에 의해 처음으로 포착되었다는 점이 흥미롭다.

그런데 작가는 너무나 쉽게 이정진의 악동 시절을 서둘러 마감한다. '작은 어른' 경원의 준절한 질책에 그는 그 자리에서 모범생으로 바뀌니, 작가의 근본 의도가 악동의 회개 즉, 자본주의사회 내부의 야만적 요소의 문명적 정복에 있었음을 빤히 보여주었다. 이에 이정진이 자발적으로 학교에 서약서를 제출하자, 교장은 "즉시 일이삼반에 한 시간 임시 정학을 명하고 여러 교원과 학도들을 회집하야 포상장 수여식을 개설하"(15면)였던 것이다. 이 장면처럼 '아동의 발견'이라는 사태가 "전통적 사회의 자본주의적 재편성의 일환"임을 생생히 보여주는[133] 경우도 드물 것이다. 근대국가는 그 자체가 전근대적 인간을 자본주의에 적응하는 인간으로 다시 만들어내는 하나의 교육 장치이니, 학교와 공장과 군대의 등식, 그 연장에 근대 부르주아 국가가 둥지를 틀고 있다고 해도 무방하다. 이 점에서 이정진의 서약서 사건은 구식 부인의 양육 속에 학교제도에 대한 조롱을 일삼던 '즐거운 야만인' 이정진이 근대국가 또는 식민지 교육에 충성하는 '작은 어른'으로 개조되었음을 스스로 고백하는 상징적 행위가 아닐 수 없다. 서약서 제출을 계기로 이정진은 놀이의 세계로부터 분리되어 저 고통스러운 자본주의적 노동의 세계로 진입하니, 이제야 경

---

133) 가라타니 고진[柄谷行人], 박유하 역, 『일본 근대문학의 기원』, 민음사, 1997, 161면.

원의 배필이 될 조건, 즉 학력과 품행을 갖춘 테라우찌의 모범생으로 거듭난 것이다.

작품은 결국에는 이루어질 두 모범생의 결합과정을 축으로 전개된다. 작가는 이 과정에 무수한 난관을 설정하여 통속적 흥미를 부추기는 데 골몰한다. 그런데 그 난관들이 거의 대부분 지방 또는 농민에 기원을 두고 있다는 점에 유의하자. 첫 번째 장애물은 이미 지적했듯이 경원의 재산을 가로채려는 그녀의 외삼촌이다. 이 인물형은 『설중매』의 권첨사에서 빌어 온 것이지만, 그 사기꾼적 면모에는 이해조의 『구마검(驅魔劍)』(1908)에 나오는 임지관의 모습도 얼비친다. 그런데 최찬식이 이인직의 계승자임에도 불구하고 이해조의 영향도 적지 않다는 사실이 여기에서도 다시 발견되는 점이다. 이 작품에는 이해조에서 차용한 화소가 또 하나 나온다. 정진의 매형 남규직이 의병에 잡혀가 억지 의병두목을 하다가 탈출하는 이야기(170면)는 활빈당에 의해 납치되어 두목노릇을 하다 탈출하는 『고목화』(1907)의 권진사와 동학당에 납치, 입도를 가장하고 있다가 탈출한 『월하가인(月下佳人)』(1911)의 심진사 이야기를 복제한 것이 거의 틀림없기 때문이다. 그렇다고는 해도 경원의 외삼촌에는 또 다른 측면이 있다. 작가는 그를 "어찌 내흉하고 컴컴한지 별명이 전먹통[全墨桶]이라고 포천 일경에 유명한"(25~26면) 사기꾼으로 비난하기 바쁘지만, 그의 형상에는 당시 농민의 고통이 배면에 깔려 있는 것이다.

> 세상이 점점 밝아서 협잡도 다시 할 수 없고…… 할 줄 모르는 농사를 짓는데, 농사라 하는 것은 원래 어찌 이가 박한 것인지 시골사람의 말에 '일년 농사를 수확하여 놓고 옴니암니를 다 쳐보면 오히려 장(醬)값이 없다'는 것이라. 홀아비 살림에 비지땀 흘려가며 일년내 고생한 것이 타작머리서도 조 장리, 구실돈(각종 조세 : 필자) 다 제하고난즉 다만 남는 것은 두어 이삭 조씨뿐이오 목에 풀할 것은 그 이튿날부터 망연한지라. 그날부터 또다시 짚신을 삼는다 새끼를 꼰다 간신히 삼동을 지내고 봄이 차차 다시 되매 농절은 당해오고 춘궁은 되야 그도저도 어찌 할 수 없는고로 그 누이집 생각이 다시 나서 변변치 못하나마 돈원이나 얻어다가

농사 거추나 차려볼까 하고 올라와본즉 (26면)

식민지시대 초입, 소작농의 실태를 알리는 이 귀중한 대목은 꼭 놀부의 집을 쫓겨난 흥부의 가난을 연상시키거니와, 그가 왜 사기꾼으로 나설 밖에 없었는가를 그대로 웅변한다. 그런데 작가는 이러한 측면에 대한 천착은 제쳐두고 그를 식민지근대화에 성공적으로 적응한 경원의 가족에 대한 공격자로만 부리니, 전먹통은 이미 지적했듯이 양자를 들여 재산을 접수하려다 경원의 반대로 좌절되자 새로운 음모를 꾸민다.

새 장애는 외숙모(바로 앞의 인용문에서는 전먹통이 홀아비더니 어느 틈에 외숙모가 생겼다)의 친정 오촌조카 강원도 김화(金化) 출신의 탕자 구소년이 제공한다. 경원을 손에 넣으려는 그는 『설중매』의 하상천 역할인데, 실제 모습은 『추월색』의 탕자 강소년과 닮은꼴이다. 그런데 시골에서 상경하여 학교에 다니는 구소년은 일종의 불량학생인데, 순박한 시골 소년의 타락이 서울에 여학교가 많이 생기는 바람에 그리되게 만든 점이 흥미롭다.

> 조선여자의 내외하는 습관이 말할 수 없이 혹독한 천지에 차차 문운이 개진하야 여기저기 여학교가 설립되매 꽃 같은 여학도들이 히사시가미에 노면(露面 : 얼굴을 드러냄—필자)을 하고 탄탄대도상으로 완완히 다니는 광경이 모든 사람의 눈에 깜짝깜짝 놀래니 …… 그중 무지몰각한 타락학생들은 그것을 무슨 좋은 세월이나 만난듯이 길에서 여학도들 보면 겉물로 침을 꿀떡꿀떡 삼키는 자도 있고 혹 얼바람 맞인 자는 물색없이 여학도 꽁무니를 슬슬 따라 다니는 인물도 있어 저희끼리 서로 만나면 입을 모으고 하는 수작이,
> "어느 여학교 학도 아모는 얼골이 참 일색이더라."
> "어느 여학교 학도 아모는 인물은 썩 똑똑해도 성미가 어찌 쌀쌀한지 바람 돌부처도 못 본다더라."
> "어느 학교 학도 아모는 어느 전문학교 아모와 정리가 썩 친밀하다더라."
> 하며 형용색색이 못할말 없이 평론을 하매 (42~43면)

이 장면은 아이와 어른 사이의 독특한 과도기, 청년의 발견이라고 명명함직한 사태가 표현되고 있다는 점에서 획기적이다. 악동 시절의 이정진과 '불량한' 구소년을 가르는 지표의 하나가 바로 성적인 관심 여부인데, 작가는 악동을 부정했듯이 청년기를 지워버린다. 그런데 우리가 주목할 것은 성에 대한 관심을 촉발하면서 억압함으로써 성을 새로운 편제 아래 관리하려는 자본주의의 이중성이 이 작품에 적나라하게 드러나고 있는 점이다. 사실 구소년은 상처하고 상경하기 전, "조실부모하고 자수성가하야 치산범절을 진실하게"(42면) 꾸리던 착실한 시골 사람이었다. 그러다가 시골보다 더욱 깊숙이 자본에 포섭된 서울에 올라와 규중에서 거리로 개방된 여학생들의 노면에 매혹, 성적 분출에 자신을 내맡기는 일탈의 길을 걷게 되는 것이다. 여학생들의 노면은 학교제도라는 근대적 장치 안에 편제된 성을 나타내는 일종의 기호(記號)인데, 구소년은 그 개방만 보고 엄격한 관리적 측면을 몰각함으로써 반칙을 범하고 만 것이다. 규중에서 해방된 여학생들은 학교로 흡수된 후, 다시 신식이든 신구 절충이든 부르주아적 신성 결혼이라는 목표에 종속되기 때문이다. 그러니 이정진과 김경원의 결혼 약속을 파기하려고 덤비는 구소년에게 작가가 준엄한 심판을 내리는 것은 너무나 당연한 일이 아닐 수 없다. 하여튼 구소년의 개입으로 이 결혼 약속은 일시 위기에 봉착한바, 경원은 결국 가출을 단행하기에 이른다.

삼청동 집을 탈출하여 부모 묘소가 있는 양주(楊州) 의정부(議政府) 안마을 당메로 걸어가는 도정에서 그녀는 무수한 난관에 부딪치는데, 그 통속적 파란만장함은 잘 관리된 사회에 대한 선호를 세뇌하는 재난영화(disaster movies)를 연상케 한다. 우리는 여기서 자본의 포섭력이 덜 미치거나 아예 미치지 않는 또는 그에 저항하는 시골에 대한 작가의 공포를 행간에서 읽게 된다. 최찬식만큼 철저히 반농촌적인 도시 취향의 작가도 드물다.

그 난관 가운데 철도 건설 노동자들과 실랑이하는 삽화가 재미있다.

의정부 당메를 향해, 부설중인 경원선(京元線) 철로를 따라 걸어가던 경원이 조선인 인부들에게 길을 묻다가 강간의 위기에 처하는 이 대목에 등장한 구원자의 모습이 이채롭다.

> 등 뒤에서 신발소리가 저벅저벅 나며 홀태바지에 검은 수건으로 머리를 질끈 동인 사람이 어깨에 곡괭이를 메고 나려오더니 역부(役夫 : 공사터에서 삯일하는 사람—필자)놈의 따귀를 덜컥 한번 부치고,
> "나쁜 사람이, 무슨 일이야? 일이 아니하고 자꾸자꾸 노라리만 해? 저 기집애, 무슨 일이야? 어서 가, 어서 가. 바가[馬鹿(바까), 바보라는 일본말—필자]!"
> 하고 반벙어리 소래하며 그 역부의 덜미를 턱턱 짚어 몰아가는지라. (102면)

아마도 이 인물은 일본식 한국 말투로 보아 일본인 십장일 것이다. 그런데 작가는 그가 일본인이라는 직접적 정보를 주지 않는다. 전통적 신분을 괄호에 넣었듯이, 망국이라는 미증유의 사건을 겪었음에도 일본에 관련한 일체의 사항도 이 대목처럼 암시적으로 처리하고 있다. "이때는 조선민족의 후진(여기서는 후배라는 뜻—필자)이 강쇠(降衰 : 힘이 약해짐—필자)하는 시대"(7면) 운운하며 슬그머니 망국을 기정사실화하거나, "경찰기관이 이같이 밝은 때"(41면) 또는 "지금 신법률에는 아모리 죄진 사람이라도 자현(自現 : 자수—필자)만 하면 죄를 사해주는 법"(88면) 등으로 토를 삽입하여 식민통치를 은연중에 예찬하는 식이다.

또한 이 대목을 통해 우리는 이 작품의 시간적 배경을 구체적으로 짐작하게 된다. 경원선은 호남선(湖南線)과 함께 뒤늦게 착공되었다. 경원선은 1911년 10월에 용산(龍山)—의정부 구간이 일차 개통된 후, 1914년 8월에야 전구간이 소통되었다.134) 『금강문』에서는 의정부 가는 선로를 한창 건설 중에 있으니, 이 작품의 시간적 배경은 1911년 즈음으로 비정할 수 있겠다.

---

134) 『조선철도사』, 부록 9~12면.

앞의 작품들도 그렇지만 비록 왜곡된 것일지라도 식민지 시기 초입의 한국사회의 실감을 포착한 점이 최찬식 소설의 강점으로 되는데, 이 작품에 처음 등장한 경원선에 주목할 필요가 있다. 일제는 경인선을 부설하여 경인지역을 먼저 포섭한 후, 일본 조선 만주를 잇는 간선으로 한반도를 대각선으로 가로지르는 경부선과 경의선을 개통하고, 이어 호남선과 경원선 공사에 착수함으로써 한반도 전역에 대한 일본 자본의 지배를 도모했던바, 철도는 일본 자본의 침투선 노릇을 톡톡히 해낸 것이다. 최찬식의 소설은 묘하게도 이 철도 건설의 과정과 긴밀히 조응하는데, 이 소설은 바로 지금까지 철도가 비낀, 즉 일본 자본에 덜 포섭된 경기도 동북부와 강원도 북부방향으로 뻗어나가는 경원선 부설에 바쳐지고 있다고 해도 지나친 말은 아니다. 그리고 보면 이 소설에 나오는 지명이 거의 경원선 연변에 배치되고 있는 점에 주목할 일이다. 전먹통의 출신지 포천, 경원 부모의 묘소가 있는 양주 의정부, 정진의 누이가 시집간 영평은 모두 경기도 동북부요, 구소년의 출신지 김화, 의병 본영(本營)이 있는 김성(金城), 의병을 쫓는 헌병분견대(分遣隊)의 주둔지 철원(鐵原), 정진이 표류하다 상륙한 통천(通川), 후반부의 중심 무대의 하나인 금강산(金剛山)은 모두 강원도 북부다. 이는 우연이 아닐 것이다. 사건과 인물을 경원선 연변으로 모으기 위해 작가는 무리도 사양치 않으니, 가령 인천에서 파선한 정진이 무슨 요술로 강원도 북부의 통천까지 밀려간단 말인가? 경원과 정진의 결합을 저해하는 위협적 인물들이 대거 이 지역에서 제공되고 있는 점에 유의하면, 작가는 경원선의 앞장에 서서 이 지역의 정복을 소설적 가상공간에서 시뮬레이션하고 있는 셈이다.

이 길들지 않은 지역의 핵심에서 드디어 의병이 출현한다. 작가는 영평으로 시집간 정진의 누이로 하여금, 방황 끝에 자살을 기도하는 경원을 구출한 직후 곧 그녀들을 의병에 의해 납치당하게 만듦으로써 의병의 왜곡을 거침없이 자행한다. 이인직의 『은세계』(1908) 이후 오래 자취를 감추었다가 『금강문』에 다시 출현한 의병은 전자보다 훨씬 낮은 차원의 폭도로 일그러졌다. 물론 생생한 부분도 없지 않다. 가령 "모다 갈색 바지저고리에 감발(발감개-필자)을 정갱이까지 하고 검은 수건으로 머리를 질끈질끈 동였으며 제각기 총칼 하나씩 미리 가졌는지라"(113면)에서 보이듯, 당시 의병의 차림이 눈에 잡힐 듯 방불하다. 또 "시골 백성의 피 빨아다가 무궁행락 모다하는 서울 양반 잘 만났다"(113면)는 발언을 통해서, 평민적 성격이 강화되어 반침략과 함께 반중세의식이 더 또렷해진 후기 의병의 모습이 예각적으로 포착되기도 하였다. 그러나 이는 어디까지나 말단이고 본체는 "이삼십명 혹 사오십명씩이 작당을 하야 촌가에 횡행하며 재물을 노략하고 부녀를 겁탈하다가 조곰만 수에 틀리면 무죄한 사람을 함부루 살해"하는 폭도, '문명개화'를 파괴하는 어둠의 세력으로 의병을 단죄하는 데 있는 것이다. 의병을 완전무결한 집단으로 이상화할 필요는 없지만, 백보를 양보해도 의병이 부녀자 강간을 밥먹듯 해치웠다는 최찬식의 강변은 그야말로 추악한 왜곡이다. 의병은커니와 화적당(火賊黨)조차도 "부녀와 어린아이들한테만은 손을 대는 법이 없"는 것이 "그네들의 엄한 풍도"였다고 채만식은 『태평천하』에서 전하고 있다.135) 『금강문』에서도 두 여자에 대한 강간은 이 무리의 지도자에 의해 저지되는데, 그의 발언은 더욱 가관이다.

> 이 사람들, 우리가 오날날 생사를 무릅쓰고 천신만고하는 것이 장래에 큰 경영을 하는 것인데, 그런 색계(色界 : 여색의 세계-필자)상에 뜻을 두는 것도 결코 일이 아니겠고 …… 우리가 총칼을 맞어가며 몰약을 쓰는 것은 우리도 벼살 좀 하여보자는 것이 아닌가? 그런즉 우리가 저것을 잡아가지고 김성 본영에 가서 하나는 대장께 바치고 하나는 부장께 바치면 나종에 우리가 승전고 울리고 들어가서 논공행상하는 때에 이 공뢰로 대신은 마치 모르겠네만은 관찰 군수 하낙씩은 갈 데 없을 터이니 ……(114면)

이런 엽관(獵官)운동적 투기분자가 의병 속에도 혹 없지 않았겠지만,

---

135) 『채만식전집』 3권, 32~33면.

이미 국망(國亡)한 상태에서 국내의 의병전쟁이 종언을 고하려는 찰나에 철없는 벼슬타령을 늘어놓는 의병이 어디 있을 것인가? 아시다시피 국치를 전후하여 의병전쟁의 주력은 이미 해외기지를 중심으로 새로운 방식의 지구전에 돌입했던 터다. 이 점에서 여자를 의병 대장에게 바쳐 후일의 논공행상에 대비하자는 논의를 벌이는 이 대목은 더욱 문제다. 이 작품 후반부 곳곳에 출몰하여 경원과 정진과 정진의 누이와 그 남편을 위기에 몰아넣곤 하는 의병은 토벌대로 나선 철원군 헌병분견대의 총소리 한방에 어이없이 흩어지는 오합지졸일 뿐이다. 서부영화로 치면 의병은 주인공들을 괴롭히는 인디안이고 일본 헌병대는 그들을 구원하는 미국 기병대인 셈이다.

또한 이 작품 후반부에 강하게 드러나는 불교적 요소에도 주목할 필요가 있다. 헌병의 추격으로 의병의 납치에서 풀려난 경원이 금강산 백화암(白華庵)의 여승 만운을 따라 중이 되면서 불교가 불거져 나왔는데, 사실 김만중(金萬重)의 『사씨남정기(謝氏南征記)』에 나오는 수월암의 여승 묘혜에 연원을 두고 있는 이 화소는 이인직이 『치악산(雉岳山)』(1908)에서, 이해조가 『화세계(花世界)』(1910)에서 이미 써먹은 바 있다.136) 그런데 주인공의 위기 탈출을 위한 소도구의 성격이 강한 이인직과 이해조의 경우와 달리, 이 작품의 불교적 요소는 신앙의 성격이 강화되어 흥미롭다. 그 중심에 불보살의 상주처(常住處)로서 한국 불교 최대의 성지의 하나로 경배되었던 금강산이 우뚝 솟았다.

모든 인물들을 거의 소설가적 전횡으로 금강산으로 모아들임에 따라 금강산이 작품 후반부의 중심 무대로 되거니와, 아마도 이는 금강산을 근대문학의 공간으로 편입시킨 최초의 본격적 시도일 것이다. 물론 『치악산』에도 금강산이 나온다. 여주인공 이씨부인이 금강산 백운사의 수월당에 의해 구원받아, 수월당을 따라 금강산의 여승이 되었기 때문이다.

---

136) 최원식, 『한국근대소설사론』, 창작사, 1986, 118면.

그럼에도 그저 주인공의 은신처로서 하나의 추상적인 기호에 지나지 않는 『치악산』에서와 달리 『금강문』의 백화암은 금강산에 실재하는 암자다.137) 이 작품의 제목도, 불교의 수호신 금강역사 또는 인왕(仁王)을 세워놓은 절문을 뜻하는 그 금강문이 아니라, 금강산의 유명한 자연 돌문의 이름에서 유래한 것이다. 금강산에는 "해금강문을 비롯한 8개의 금강문"138)이 벌려 있는바, 그 가운데, 작가는 방해자 구소년을 징치하고 경원과 정진의 지연된 결혼을 완성하기 위해, 수려한 경관을 자랑하는 만폭동(萬瀑洞)의 입구 내금강 금강문으로 주인공들을 모은다. 그리하여 이곳에 이르는 주인공들의 여정을 통해 금강산은 구체적 풍경으로 포착되었던 것이다.

먼저 경원은 만운을 따라 금강산 서쪽 단발령을 넘어 내금강 입구에 있는 장안사(長安寺)를 지나 백화암에 당도, 거기서 승려생활을 하던 어느 날 만운의 안내로 탐승길에 나서, 만폭동을 구경하고 보덕굴(普德窟)을 가기 위해 내금강 금강문 문턱에서 구소년과 맞닥뜨린다. 구소년은 경원을 따라 금강산에 들어와 만폭동의 입구에 있는 표훈사(表訓寺)에서 중을 가장하고 경원을 노린 터이다. 이 위기의 순간에 정진이 당도하는 것은 통속로맨스의 정석이다. 해금강 통천 총석정(叢石亭)에서 시작하여 내금강 금강문에 이르는 그의 답사는 해금강 외금강 내금강을 두루 아울렀으니, 그 여정은 이렇다. 해금강에서 외금강 신계사(神溪寺)로 들어가 구만물초(舊萬物肖 : 구만물상), 신계사 금강문, 신만물초(新萬物肖 : 신만물상), 옥류동(玉流洞), 구룡연(九龍淵), 유점사(楡岾寺)를 두루 구경하고, 내금강으로 들어가 마하연, 백운대, 보덕굴을 거쳐 만폭동으로 가는 길에 내금강 금강문에서 경원과 해후하는 것이다.

이러한 구성을 거쳐 금강산은 불교신앙의 아우라를 거느린 천하의 명산으로 그 자태를 우리 근대문학 속에 처음으로 드러내게 된다. 최찬식

---

137) 최남선, 「金剛禮讚」(1928), 『六堂崔南善全集』 6권, 玄岩社, 1974, 179면.
138) 전영률·손영종 외, 『금강산』, 실천문학사, 1989, 30면.

의 속셈은 무엇일까? 그런데 곰곰이 살피면 여기에 제시된 금강산의 면모에는 무언가 핵심적인 것들이 의도적으로 누락되어 있다는 점을 깨닫게 된다. 정진의 금강산 유람의 동기부터가 석연치 않다. "곳곳이 폭도가 봉기하야 전신이 불통하고 우편이 조절(阻絶 : 막혀 끊어짐―필자)"하여 서울 본가에 알리지도 못하고, "서울 가는 중로에 폭도가 어찌 강성한지 머리 깎은 사람이면 봉착즉살(逢着卽殺 : 만나면 죽임―필자)한다는 소문"(146면)에 서울 길을 당분간 포기함으로써 그의 금강산 유람이 시작되는데, 이 역시 말이 안된다. 금강산 일대야말로 의병의 출몰지역이기 때문이다. 가령 1907년 고성(高城) 일대에서 활동하던 7백여 명의 의병부대가 유점사를 거점으로 고성읍을 공격한 예는 대표적인 것이다. 그런데 일제는 이를 빌미로 유점사 승려들을 감금하고 사찰 폐쇄의 위협으로 유점사의 친일화를 획책한바, 1908년부터 1915년까지 유점사 안에 헌병분견소가 설치되었던 것이다.[139] 이는 의병전쟁의 격화가 어떻게 조선 불교의 친일화를 가속화했는가를 잘 보여주거니와, 본산제(本山制) 도입을 통해 조선 불교 전체에 대한 일제의 중앙집권적 통제를 이룩한 1911년 사찰령(寺刹令)은 그 총괄적 제도화를 결산한 것이다. 이 점을 염두에 두고『금강문』에 드러난 최찬식의 금강산 예찬을 다시 보건대, 그것은 의병을 품고 일제의 통제 바깥에 특립(特立)한 '불온한' 금강산을 순치하고자 하는 일제의 의도를 반영하고 있다고 보아도 좋다.

이 때문에 이 작품의 금강산상(像)에서 망국과 의병의 기억은 신중히 제거된다. 그것은 경원의 금강산 기행이 비롯되는 단발령에서부터 나타난다. 경원을 안내하는 늙은 비구니 만운은 "옛적 신라국 왕자가 이곳에서 머리를 깎고 금강산으로 들어간고로 이 고개를 단발령이라 이름하였"(127면)다고 설명함으로써, 마의태자(麻衣太子)의 망국한을 지워버린다. 금강산은 구한말 의병의 근거지일 뿐만 아니라 임진왜란 당시 승병의

---

139) 전영률 · 손영종 외,『금강산』, 실천문학사, 1989, 62면.

지도자 서산(西山)·사명당(四溟堂)과 깊은 인연을 가진 곳이다. 경원이 비구니노릇을 한 백화암은 서산대사의 정수처(靜修處)로서 서산대사기적비(西山大師記積碑)가 있을[140] 뿐 아니라, 경내의 수충영각(酬忠影閣)에는 서산과 사명당의 영정을 봉안한 터이다.[141] 정진의 유람 길에 자태를 나타내는 유점사는 임진왜란 발발 당시 사명당이 머물면서 서산과 함께 승병을 일으킨 근거지로서, "유점사를 지나는 이가 경개(景槪)보다도 보물보다도 아무것보다도 마음에 느꺼움은 실상 사명당 송운(松雲)대사에 대한 추모"라고 육당이 지적한 대로 사명당의 깊은 인연처였던 것이다.[142] 그럼에도 이 작품에서 전자는 그저 정결하고 한적한 암자로(128면), 다시 말하면 경원이 일시 머무는 추상적 기호에 지나지 않고, 후자는 "이 같은 산중에 저같이 굉장한 절"(149면)로만 제시되고 있을 뿐이다. 요컨대 이 작품의 금강산은 역사적 아우라가 제거된, 즉 과거가 없는 하나의 순수한 풍경으로 떠오르는 것이다.

그런데 금강산의 풍경화(風景化)가 불교신앙의 일정한 왜곡과 짝하고 있는 점이 흥미롭다. 가령 만폭동 유람 도중에 나누는 만운과 경원의 대화, 한 대목을 보자.

또 한곳에 다다러 큰 바위에 글을 새겼는데, "산을 좋아하고 물을 좋아함은 사람의 떳떳한 정이로대 나는 그렇지 아니하여 산엘 오르면 울고 물을 임하면 우니 크게 슬프도다" 하였는지라. 경원이가 그 글을 유심히 보다가,

"⋯⋯ 영락없이 소승의 화상을 그렸습니다그려."

노승 "이 글 쓴 양반은 단종대왕 돌아가신 뒤에 세상을 도망하야 금강산에 들어와 그 임군을 생각하고 이 글을 썼다더라. 너는 네 팔자 생각을 하고 지나쳐보는 것이 하나도 없구나. ⋯⋯ 너는 항상 세상 생각을 잊지 못하는 모양이니 그것은 결코 중의 본분이 아니라. ⋯⋯ 불경이나 공부하고 그런 생각은 다시 허지 말

---

140) 이광수, 「金剛山遊記」(1922), 『이광수전집』 9권, 又新社, 1979, 30면.
141) 최남선, 「금강예찬」(1928), 『육당최남선전집』 6권, 현암사, 1974, 179면.
142) 최남선, 위의 책, 214면.

어라.” (130~131면)

이 애각(崖刻)은 생육신의 한 분 김시습(金時習)의 것이다.[143] 일그러져 만 가는 현실정치에 대한 김시습의 분만(憤懣)에 대한 경원의 지극히 사적인 동병상련에 대해서조차 만운은 낮은 차원의 하품신앙(下品信仰)에 의지하여 경계를 늦추지 않고 있으니, 그 속셈은 망국의 현실에 눈 감고 오직 개인의 영적 구원에 매진하라는 일종의 정적주의 신앙을 설교하는 데 있을 것이다.

이 얄팍한 소승주의(小乘主義)가 현실에 순응하는 노예의 불교로서 친일과 제휴하고 있는 것은 결코 우연이 아니다. 경원이 구소년에 의해 살해된 만운의 “사십구일재를 남산 본원사에서 거행”(184면)하는 이 작품의 결말은 상징적이다. 남산(南山)은 서울을 병풍처럼 둘러싼 4악의 하나요, 그 꼭대기에 한양의 수호 신사, 국사당(國師堂)을 품은 토착신앙의 중심지였다(국사당은 1925년 일제가 조선 신궁을 건설하면서 인왕산으로 쫓겨났다). 일제는 일찍이 이런 남산 일대를 점유하여, 1926년 경복궁(景福宮) 앞으로 이전하기 전까지 조선총독부가 여기에 군림하고 있었던 것이다. 그 남산의 ‘본원사’는 무엇인가? 그것은 포교의 이름으로 메이지[明治] 정부의 침략정책에 발맞추어 혹까이도[北海道] 개척을 비롯, 조선과 중국 진출의 선봉에 섰던 일본의 혼간지[本願寺]다. 말하자면 남산의 혼간지는 불교총독부인 셈인데, 그들은 이미 1910년 당시 조선 전국에 일본 불교 각 종파의 별원(別院) 68개소에 이르는 촘촘한 그물망을 구축했던 터다. 그런데 더욱 한심한 것은 이 그물망 속으로 금강산 장안사를 비롯한 조선의 유수한 사찰들이 앞다투어 투항해 갔다는 사실이다.[144] 이 점에서 작품의 대미를 장식하는 백화암 비구니를 위한 혼간지 사십구재는 조선 불교의 성지 금강산을 일본 불교의 우산 아래 포섭하고자 하는 일제의 속셈을

---

143) 최남선, 『육당최남선전집』 6권, 현암사, 1974, 187면.
144) 姜昔珠·朴敬勛, 『佛敎近世百年』, 중앙일보사, 1980, 25~31면 참조.

최찬식이 얼마나 영리하게 파악하고 있는가를 잘 보여준다.

그리하여 테라우찌의 모범생, 경원과 정진의 결합을 위협하는 악인들 가운데 마지막 잔당 구소년과 의병들을 금강산에서 일본 헌병철원분견대가 징치하고 토벌함으로써 이제 경원선 지역이 평정되었음을 이 작품은 선언하고 있다. 이와 함께 체제 바깥으로 이탈한 또는 체제에 도전하는 마의태자와 김시습과 서산과 사명당의 역사적 기억 속에 불온한 금강산도 노예불교의 위무(慰撫)로 얌전히 순치되었다. '근대 이성'의 침투를 용납하지 않는 거대한 숲이요, '식민지근대화'의 경계 바깥에 용립(聳立)한 해방구, 금강산은 사라지고, 그 대신 안전하게 순치된 관광상품 금강산이 출현한 것이다. 금강산 관광은 일본 자본이 1919년 금강산철도주식회사를 설립, 철원-내금강 구간에 전철을 부설함으로써 본격화하였는데,[145] 최찬식은 이 작품에서 경원과 정진을 내세워 금강산 관광을 개척하는 선취를 보여주었다. 경원선 연변과 금강산을 일본 자본 아래 포섭하는 그 선발대로서 테라우찌의 모범생, 경원과 정진이 선택의 '은혜'를 받았던 바, 그것은 또한 일본 자본의 이익을 폭력적으로 보장하는 철원 주재 일본 헌병분견대의 보호 아래 이루어질 수 있었다.

이쯤에서 이 작품의 제목 금강문의 환유를 음미해보자. 이미 지적했듯이, 여기서 금강문은 마지막 활극이 벌어지는 무대, 내금강의 자연 돌문을 뜻하지만, 단지 무대만을 가리키는 것은 아닌 것 같다. 금강문이 원래 불교를 수호하는 금강역사를 세워놓은 절문을 지칭한다는 점을 염두에 둘 때, 노예불교와 식민지 근대의 수호자로서 일본 헌병 즉 일본 총독부를 '새 시대'의 금강역사로 추어올린 것은 아닐까?

---

145) 전영률·손영종 외, 『금강산』, 실천문학사, 1989, 63면.

4) 『재봉춘(再逢春)』의 아류, 『안(鴈)의 성(聲)』

『안의성』에서 우선 주목할 점은 그 제목이다. 신소설의 구소설에 대한 혁신적 성격은 그 제목에서도 드러나니, 주로 주인공 이름에 '~전(傳)'을 붙이는 구소설의 통상적 방식을 신소설은 과감히 버렸다. 신소설 제목의 새로운 명명 방식은 삶을 해석하는 작가적 주견이 그만큼 강렬해졌다는 뚜렷한 증좌인데, 객관적 현실의 내적 구조 속으로 침투하려는 이성적 주체의 부각을 보여준다는 점에서 근대성의 일정한 발현이라고 할 수 있겠다.

그런데 신소설 제목은 대체로 두 종류로 나누어진다. 하나는 『혈의루』처럼 명사와 명사 사이에 '의'를 넣는 일본식인데 이는 이인직이 창안한 것이다. 또 하나는 『고목화』처럼 석 자로 이루어진 한문식인데, 이는 이해조가 애용하였다. 흥미로운 것은 이 두 명명방식이 일종의 경쟁관계를 이룬 점이다. 최찬식은 『추월색』과 『금강문』에서는 이해조를 따르고, 『해안』에서는 양자를 모두 넘어서 매우 모던한 두 자 제목을 선보인 선구성도 보여주었는데, 『안의성』에 이르러 이인직 방식으로 돌아섰다. 그 의미는 무엇일까? 이인직을 계승할 뿐만 아니라 이미 대신하고 있다는 작가의 자의식이 강화된 탓일지도 모르겠다.

마포(麻浦) 생선장수의 누이 박정애(朴貞愛)와 전통적인 명문 출신 김상현(金商鉉)의 결혼―파탄―재결합을 작품 구성의 초점으로 삼은 『안의성』(1914)에서 작가는 신분을 넘어선 결혼이라는 근대적 주제를 다시 반추한다. 말하자면 작가는 『해안』으로 복귀하였다. 결혼을 통해 서울과 지방의 반상(班常)을 연결한 『해안』에 대해, 『안의성』에서는 서울의 반상을 하나로 묶는다.

"전시대 정치에 유명하던 김판서의 아들"146)로 태어난 김상현은 『해

---

146) 『鴈의聲』, 박문서관, 1914, 2면. 이하 작품 인용은 따로 주를 달지 않고 이 책의 면 수만 표시함.

안』의 황대성처럼, 아니 그보다 더욱 화려한 양반의 후예다. "일찍이 그
부친을 여의고"(2면) 식민지시대로 세상이 바뀌었어도 여전히 "유전하는
재산이 천여석 추수를 하는"(21면) 대지주로 "집은 자하골 청풍교계"(2면)
다. 자하골 역시 집권양반층의 유명한 거주지의 하나거니와, 이러한 신분
적 배경에도 불구하고 "매동소학교와 관립소학교에서 졸업을 하고 ……
열여섯살 먹던 해 춘기에 관립법학교에 입학"(2면)한 김상현은 신교육의
세례를 깊숙이 받은 개명한 청년 법학도다. 매동학교는 원래 1895년 8월
장동(壯洞) 관립소학교로 설립되었다가 같은 해 11월 매동(梅洞) 관립소학
교로 이름을 고쳤으니,147) 바로 김상현이 사는 자하골에 소재한 소학교
다(자하골 즉 자하동을 장동이라고 속칭했다). 그럼 매동소학교를 졸업하고 그가
진학한 관립소학교는 무엇을 가리키는가? 이는 교동학교다. 1894년 관립
한성사범학교 부속소학교로 출발한 이 학교는 1897년 관립고등소학교로
승격, 시내 각 관립소학교 졸업생들을 대상으로 시험을 통해 신입생을 선
발했으니, 일종의 중등학교인 것이다(그러다 1906년 일제에 의해 관립교동보통
학교로 격하되었다).148) 관립고등소학교 졸업 후 입학한 관립법학교는 아마
도 법관양성소(1895)의 후신이요, 경성법학전문학교(1916)의 전신인 경성전
수(專修)학교(1907)일 것이다.149) 요컨대 그는 부르주아로 변신한 양반의
형상을 대표하는 것이다.

이에 비해 삼개[麻浦] 오돌막집, 생선행상을 하는 노총각 오빠 박춘식
과 외롭게 살아가는 박정애는 전형적인 도시빈민이다. 그런데 이 집안도
"본래 상놈이 아니"(14면)다. 이 남매의 아버지는 "대대 남행으로 유명하
던 박종성"(14면)인데, 남행(南行)은 과거에 의하지 않고 부조(父祖)의 공으
로 얻은 벼슬 곧 음직(蔭職)을 말하매, 원래 신분은 양반인 것이다. 김상
현이 자기 모친에게 정애 집안을 소개하면서 "신부의 어른이 종성군수

---

147) 이만규, 『조선교육사』 하, 을유문화사, 1949, 59면.

148) 이만규, 위의 책, 59면.

149) 이만규, 위의 책, 67·109면.

까지 지내고 돌아갔다"(27면)고 설명하고 있으니, 박종성의 '종성'이란 군
수를 지낸 함경도 지명 종성(鐘城)임을 깨닫게 된다. 그럼 남매는 어찌하
여 이처럼 영락했을까?

> 어려서 그 부모가 구몰(俱沒 : 함께 죽음—필자)하고 의지할 곳이 없어 세 살 먹
> 은 누이 정애를 업고 사면팔방 다니며 전전 걸식을 하다가 차차 장성하매 혹 노
> 동도 하고 혹 장사도 하야 돈백이나 모아가지고 마포에 집간 명색을 의지한 후
> 날마다 생선장사를 한다 뱃사공질을 한다 근근자자(勤勤孜孜 : 매우 부지런하고
> 정성스러움—필자)하야 돈 모으기로 열심을 하며 (14면)

아무리 어린 나이에 고아신세로 떨어져도 이만한 집안의 아이들이 거
지로 떠돌았다는 것은 좀 심한 설정이기는 하지만, 개항 이후 특히 경기
양반층의 몰락이 가속화하였다는 점을 감안하면, 권력의 주변부에 위치
한 양반층의 격심한 침몰의 한 예로 볼 수는 있겠다.
『해안』의 남녀 주인공과 유사하게 신분차가 현격한 김상현과 박정애
는 어떻게 조우할 수 있게 되었을까? 역시 여기에도 근대적 학교제도가
그 매개체다. 전통명가에서 자라났지만, 김상현은 학교가 '새 시대'로 가
는 에스컬레이터라는 점, 이 통로에서 탈락하면 중세적 특권의 유지가
불가능하다는 점을 이미 영리하게 눈치챈 자이다. 그가 법학도라는 사실
도 예사로운 일은 아닌데, 법관이 '새 시대'의 양반이란 점을 직감했다고
해도 지나친 말은 아닐 것이다. 그래서 그는 당당히 선언한다. "지금 이
십세기 문명시대에 …… 그전에 양반은 양반끼리 상놈은 상놈끼리 하던
대신에 지금은 우매한 자는 우매한 자끼리 지식 있는 자는 지식 있는 자
끼리 결혼할 것."(12면) 이 무서운 진실을 박춘식도 짐작하고 있었다.

> '내가 본래 반반한 집 자식으로 오날날 이 모양이 된 것은 한갓 재산이 없어
> 이러한 것이라. 나는 재산만 모아가지면 다시 우리 조부모의 지위를 회복하기 쉽
> 거니와 저 정애로 말하면 신분이 여자이라 저것을 만일 이 마포 구석에서 아모

문견 없이 무무(瞀瞀 : 교양이 없어 말과 행동이 무지하고 서투름—필자)하게 기를 것같으면 도저히 행세하는 사람에게는 시집 보낼 가망이 없고 …… 저 정애는 아모쪼록 공부나 시켜서 만리 같은 전정(前程 : 앞길—필자)에 희망이 있도록 하리라' 하고 마침내 여학교에 통학을 시켜 고등과까지 졸업을 하였는데 (14~15면)

계급 탈락자 박춘식의 신분 회복을 위한 치밀한 계산이 날카롭다. 이러한 치밀성은 김상현의 구혼에 대해서 "일후에 상놈의 누이라고 구박하는 일이라든지 이혼하는 폐단이 결코 없"(22면)어야 한다는 다짐을 두는 대목에서도 잘 나타난다. 그는 특유의 후각으로 돈과 학벌이 '새 시대'로 가는 입장권이라는 사실을 명확히 감지하고 있으니, 이런 배경에서 정애가 학교를 다닐 수 있었던 것이다.[150] 요컨대 부르주아로의 변신을 꾀하는 양반 김상현과 부르주아로의 상승을 꿈꾸는 양반 탈락자 출신 도시빈민 박정애가 학교제도의 강력한 자장 속에서 해후하는 것이 이 작품의 구성적 초점이다.

두 인물의 만남을 통학길에 이루어지게 하는 수법은 이해조의 『홍도화』에서 빌어 온 것인데, 『안의성』에서는 더욱 적극적이다. 통학길 매일 "광화문 앞 석난간 모퉁이"(2면)에서 마주치게 되는 정애를 사모하던 상현이 졸업식 날 미행하여 그녀의 집을 확인하는 대담성을 보이고 있기 때문이다. 이 미행에 전차가 등장한다.

경종(警鐘)소래가 땡땡 나더니 애우개[阿峴—필자] 마루택으로 석양을 안고 넘어가는 마포행 전차 우에는 승객이 다만 두 사람뿐인데, 그 한 사람은 사방모자(四方帽子 : 대학 또는 전문학교 학생들이 쓰던 모자—필자)에 '법(法)'짜표 붙인 청년 학생이오, 또 한 사람은 히사시가미[庇髮 : 앞머리를 쑥 내밀게 빗은 것—필자]에 분홍 니붕(리본—필자)을 꽂인 여학생이라. …… 빠르고 빠른 전차는 살닫듯 애오

---

150) 이 유형의 이야기가 조선 후기 한문단편에 보이고 있다는 점에 주목해야 한다. 구걸로 살아가는 여주 양반 허씨가의 세 아들이 부모가 죽자 둘째가 농사에 뛰어들어 치부에 힘쓰면서 형과 아우는 공부를 계속케 하여 집안을 일으키는 「광작(廣作)」(李佑成·林熒澤 역편, 『李朝漢文短篇集』, 일조각, 1973, 12~17면)은 대표적이다.

개를 넘어 공덕리를 지나고 순식간에 마포 종점에 이르러 정거하매 (3~5면)

전차가 우리 소설에 처음 등장한 것은 김교제(金敎濟)의 『목단화(牧丹
花)』(1911)지만[151] 어디까지나 한 삽화에 지나지 않는다면, 『안의성』의 전
차는 각별한 의미를 지닌다. 서울에 전차궤도를 부설한 것은 1898년, 서
대문 밖으로부터 종로 동대문을 거쳐 청량리 홍릉에 이르는 5리 단선궤
도였다.[152] 이듬해 음력 4월 초파일 성대한 개통식을 치름으로써 서울의
교통상황은 일종의 혁명적 변화를 맞이하게 된다. 특히 전차의 개통과
함께 서울의 여러 성문들을 종로 인경에 맞춰 열고 닫는 조선 건국 이래
의 오랜 제도가 일거에 폐지되었으니,[153] 전차궤도가 서대문과 동대문을
관통함으로써 엄격히 분절되던 문안과 문밖이 하나로 묶인 것이다. 이후
전차궤도는 확장일로, 서울 권역을 촘촘한 그물망으로 엮게 된다. 정애
가 통학 수단으로 애용하던 마포선은 언제 개통되었을까? 서대문 밖, 정
확히 말하면 아현(애우개)에서 마포 종점(현 불교방송국 근처)에 이르는 마포
선의 부설 및 개통 시기는 미상인데,[154] 마포선이 처음으로 등장하는
『목단화』의 존재로 적어도 1911년 이전에 개통되었던 것은 확실하다고
하겠다. 기차가 전국에 대해 행사하였던 역할을 전차는 서울에서 대행한
바, 이 소설이 보여준 마포 빈민과 잣골(자하동) 지주의 연결이 전차의 개
통으로 이루어질 수 있었던 것이다. 『해안』에서 기차가 서울과 지방의
반상을 하나로 묶는 매파라면 『안의성』에서는 전차가 서울의 문안·문
밖의 반상을 연결하는 중매장이다. 최찬식은 이 작품에서 중세적 분절을
해체하는 전차, 그 근대 자본의 첨병에 경의를 바치고 있는 것이다.
　전차의 강력한 통합력으로 문밖 마포 생선장수의 누이가 문안 학교제

---

151) 최원식, 「이해조의 계승자, 김교제」, 『민족문학사연구』 제2호, 민족문학사연구소,
　　1992, 214면.
152) 『경성부사』 제1권, 경성부, 1934, 663면.
153) 『경성부사』 제1권, 경성부, 1934, 671~672면.
154) 『서울육백년사』 제4권, 서울특별시, 1981, 974면.

도의 자장 안으로 흡인되면서 해후한 두 주인공이 남주인공의 적극적
역할에 힘입어 결혼에 성공하는 이 소설 앞부분의 큰 줄거리는 『해안』의
틀에서 크게 어그러지는 것은 아니다. 그런데 "손위 오라범 하나 있는데
팔난봉이 되야 어데로 갔는지 모"(30면)른다고 생선장수 정애 오빠의 신
분을 은폐한다는 데 유의해야 한다. 물론 이 은폐는 정애가 나서서 한
일은 아니다. 상현이 내세운 중매쟁이가 상현의 어머니를 설득하면서 한
말인데, 이는 상현의 꾀일 것이다. 그럼에도 이 은폐에 저항하지 않음으
로써 그녀도 공모한 셈이 된다. 결혼 후 친정에 온 정애를 향해 오빠가
의절을 선언하는 대목은 이 작품의 한 핵심이다.

> 나는 오날 너를 의절하는 날이니 …… 너는 오날 다행히 좋은 배필을 만나 조상
> 의 문벌을 회복하거니와 나는 아즉 천한 영업을 면치 못하야 통지게 길방 틈에
> 목을 넣고 생활할 터인즉 내가 만일 너를 찾어가든지 네가 만일 나를 찾어와 볼
> 것 같으면 아즉 반상의 관습이 타파되지 못한 이 시대에 너의 시댁은 무슨 모양
> 이며 네 얼골은 무엇이 되고 낸들 어찌 부끄럽지 않겠느냐? (38면)

여기에 식민지 근대의 왜곡된 모습이 고스란히 반영되고 있다. 아니
이것이 근대의 적나라한 본모습인지도 모른다. 근대가 통합과 동시에 배
제의 원리라는 점을 이 장면처럼 흥미롭게 보여주는 예는 드물다. 정다
운 오누이 사이를 여지없이 관통하면서 날카롭게 갈라내는 존재론적 분
절! 누이가 지배 블럭에 편입되는 순간, 오빠는 가차없이 배제된다. 이것
이 새로이 도래한 자본주의 근대의 진면목일 터이다.

이 화소는 최찬식의 독창인가? 우리는 여기서 이상협(李相協)의 『재봉
춘(再逢春)』(1912)에 주목하게 된다. 전광용은 이 작품이 일본 소설 『소오
후렌(想夫憐)』의 번안임을 처음으로 밝힌바,[155] 유민영은 더 나아가 원작
자가 와따나베 가떼이[渡邊霞亭]라고 지적했다.[156] 와따나베 가떼이(1864~

---

155) 전광용, 「한국소설발달사」 하, 『한국문화사대계』 5권, 고려대 민족문화연구소, 1967,
1213면.

1926)는 시대물과 현대물의 장편을 여러 신문에 동시에 연재했던 정력적
통속소설가로,157) 『소오후렌』은 1904년 초연된 이후, 메이지[明治] 40년
대(1907~1911) 전성기 일본 신파 굴지의 레퍼터리의 하나로 자리잡았던
터다.158) 『재봉춘』 역시 한국에서 신파로 공연되었다. 이 책 광고문을 잠
깐 보자.

> 이 책은 일본에 가장 유명한 걸작소설 『상부련』을 의역(意譯)한 것이라. 향일
> (向日)에 문수성(文秀星) 일행이 대의(大意)를 초출(抄出)하야 연극까지 하얏은즉
> 내용을 아시는 이가 응당많으시려니와
>
> —『每日申報』, 1912.9.25

문수성 공연 이후에도 "청년파 일단, 박창한 일행"에 의해 연흥사에
서 이 작품이 공연되었으니(『매일신보』, 1912.10.26), 『재봉춘』은 1910년대
당시 한국 신파의 대표적 레퍼토리의 하나였다. 이상으로 최찬식도 이
작품의 존재를 소설과 연극으로 익히 알고 있었다고 추측해도 무리가
없을 것이다.

서울 동촌의 백정 출신 부호 백성달이 무남독녀를 건달 양반 허부령
의 양녀로 넣어 신분을 속이고 이판서의 아들과 결혼시킴으로써 야기된
갈등과 그 통속적 화해를 그리고 있는 『재봉춘』의 주제는 근대소설의 비
옥한 토양의 하나다. 가령 셰익스피어의 『리어왕』(1606)을 재창안한 발자
끄의 『고리오영감』(1834~1835)은 대표적 작품이다. 제면(製麵)직공에서 부
르주아로 올라선 고리오영감이 어미 없이 기른 두 딸을 거액의 지참금
으로 각각 레스또 백작과 뉘씽겐 남작에게 출가시키고 결국 버림받아
비참하게 죽어 가는 이야기를 통해 작가는 화려하게 부패한 프랑스 상
류계급의 쇠락하는 운명을 직시한 것인데, 『재봉춘』도 이러한 근대적 주

---

156) 柳敏榮, 『한국현대희곡사』, 홍성사, 1982, 63면.
157) 日本近代文學館 編, 『日本近代文學大事典』 第三卷, 東京 : 講談社, 1977, 509면.
158) 日本近代文學館 編, 위의 책, 40면.

제와 연결되어 있기는 하다. '부성애(父性愛)의 그리스도'라고 할 고리오의 성격을 "발자끄적 정열(passions balzaciennes)"의 유명한 예의 하나로 든 앙드레 모로와는 정열의 맹목적 인도에 따라 총체적 파국으로 다가가는 한 인간의 추락과정을 추호의 차착 없이 그려나가는 것이 발자끄 예술의 특징의 하나라는 점을 지적한바,[159] 이에 비하면 계몽의 이름 아래 부르주아 가족주의를 찬미하는 거짓 화해로 귀결되는 『재봉춘』은 허약하다.

『안의성』은 바로 『재봉춘』을 변형 복제한 것이다. 백정 출신 부르주아 백성달을 가난한 마포 생선장수 박춘식으로 바꾸는 한편, 이 결혼의 방해자로 『재봉춘』에 등장하는 김참판의 딸 숙희는 『안의성』에서 정승지의 무남독녀 봉자로 변신하였다. 그런데 정봉자는 김숙희보다 훨씬 대담하다. 어려서 부모를 잃은, 그렇지만 부모의 유산은 넉넉한 이 아가씨에 대해 작가의 시선은 아주 못마땅하다.

> 그 여자는 성정이 원시(元是 : 본디-필자) 패려하고 겸하야 셈이 발러서 차차 자라매 공부에 뜻이 별로 없으나 남들 학교에 다니는 것이 부러워 마참내 잣골 여학교에 통학을 하나 학생의 신분은 조곰도 지키지 않고 저간에 불미한 행동이 있어 얼골이 반반한 소년만 보면 마음에 애모하는 사상을 두는 터인고로 김상현의 얼골이 미묘함을 항상 흠모하야 은근한 속마음으로 '나는 어떻게 하든지 저 김상현과 결혼을 하리라' 하는 생각을 두니 그는 자기 일신의 장래를 생각하고 아모쪼록 좋은 남편을 얻으리라 하는 것이 아니오 단지 그 인물을 탐하야 그러한 사상을 두는 것인데 (9면)

그녀는 『금강문』의 남주인공, 악동 시절의 이정진과 닮은꼴이로되, 성에 대한 적극적 관심이 두드러진다는 점에서 더욱 문제적이다. 그것은 근대에 순종하는 인간을 훈육하는 부르주아 학교제도에 대한 참을 수 없는 도전인 동시에, 상속의 명확성을 확보하기 위해 여성의 성적 욕망

---

159) André Maurois, *Introduction, Balzac, Le père Goriot*, Paris : Le Livre de Poche, 1972, p.12.

을 결혼제도의 틀 속에 관리하고자 하는 부르주아 가족제도에 대한 근본적 교란이기 때문이다. 그러니 명문의 후예로 일찌감치 현모양처의 길로부터 이탈한 정봉자, 이 흥미로운 여성에 대한 작가의 감시와 처벌은 이정진보다 훨씬 혹독하다. 이정진의 악동적 성격에 대해서 안타까움을 금치 못하던 작가의 어조가, 인용문에서도 보이듯, 정봉자에 대해서는 한치의 유보도 없이 비난 일변도인 것이다.

이 점에서 "혼인이란 것은 양반이나 인물이나 가세로 취할 것이 아니오 그 사람의 덕행과 학문을 볼 것"(10면)이라고 어머니를 설득하는 진보적인 결혼관의 소지자 김상현의 신여성에 대한 공격을 눈여겨볼 필요가 있다.

> 근일에 소위 여학생이란 것들은 정작 학문은 아모것도 없고 지레 시여서 남녀 동등이니 천부인권이니 하는 말을 주장하야 말괄량이가 되지 아니하면 무뢰소년과 연극장 출입이나 하는 것을 능사로 아는 것들뿐인즉 (13면)

여성의 학교제도로의 편입은 부르주아적 질서에 순종적인 인간을 만들어낸다는 본디 목적에도 불구하고, 가정과 학교 사이, 그 위험한 거리로 말미암아 여성의 자각을 높이는 계기로 되기도 하였다. 이 속에서 여권을 강조하는 선진적인 분자들이 태동하는가 하면, 한편으로는 성적 욕망에 보다 자유로운 이른바 말괄량이들이 배출되기도 한다. 그런데 김상현이 양자를 함께 비판하고 있다는 데 유의할 일이다. 양자가 다른 듯하되 기실 부르주아적 기율을 넘어선다는 점에서 공통적이니, 그가 양자를 동시에 공격하는 것은 어쩌면 정곡을 얻은 것인지도 모른다. 여학생뿐 아니라 이런 부류의 남학생에 대해서도 마찬가지다. 그는 말괄량이 못지 않게 이 "악소년배"를 소리 높여 규탄한다.

> 근일에 타락학생들은 공부에는 조곰도 뜻이 없고 날마다 일삼는 바는 여학생의 뒤나 쫓아다니며 공연한 욕심을 내다가…… 그 여자를 욕도 하고 혹 그 여자

다니는 길에 흉악한 말로 방(榜: 여러 사람에게 알리기 위해 길이나 사람 많이
모이는 곳에 써 붙이는 글—필자)을 붙이기도 하며 혹 이러한 편지를 부쳐 욕하
기도 하는 일이 종종합니다. (51면)

남녀를 불문하고 성적 욕망에 대해 관심을 표명하는 것 자체에 이 청
년 법학도는 사법적 판단에 준하는 삼엄한 태도를 보이는 것이다.
  그런데 그 자신은 어떠했는가? 학교 길에 마주치던 여학생 정애를 "뼈
에 사마치게 흠모하"(4면)여 미행하는 행태는 그가 비난해 마지않는 '악
소년배'보다 윗길이 아닐 수 없다. 더구나 정애의 집 문 앞에서 배회하는
자신을 양소유(楊少游)에 비하기까지 하였다.

  옛적 양소유가 진어사 별장(별장이 아니라 본가—필자)에서 채봉을 만나 양류
사를 읊을 때에 채봉은 주렴을 드리우고 다시 소식이 묘연한고로 연연한 회포를
이기지 못하고 공연히 마음을 상하던 것과 다름없이 (6면)

『구운몽(九雲夢)』의 양소유가 과거를 보러 장안(長安)으로 가는 여정에
서 이루어진 첫 번째 만남, 진채봉(秦彩鳳)과의 우아하고도 농염한 연애
장면을 의식적으로 환기시키는 이 대목만큼 로맨스와 노블의 거리를 보
여주는 것은 드물다. 마포 오두막집 앞에서, 화음현(華陰縣) 아름다운 다락
집, 고상한 귀족 아가씨 진채봉의 그윽한 눈길 한번에 사랑에 달떠버린
양소유를 꿈꾸면서, 김상현은 처음이자 마지막으로 성적 욕망을 솔직하
게 드러내 보인다. 김상현과 박정애의 연애는 양소유와 진채봉의 연애를
복제했음에도 양자 사이에는 중대한 차이가 있다. 후자의 경우에서는 양
소유만큼, 아니 그보다 더 진채봉의 적극성이 두드러지는데, 전자에는 김
상현의 일방적 주도만 존재할 뿐이다. 이 점에서 과연 후자를 연애라고
부를 수 있는지도 의심스럽다. 물론 정애도 학교길에 "사방모자 쓴 법학
생을 만날 때마다 그 비범한 기상을 매우 흠모"(24~25면)했다고 하지만,
그것이 연애감정인지 불투명한데다 어디까지나 속마음에 그치는 것이다.

박정애의 한없는 수동성, 남성의 선택을 기다리는 다소곳함이야말로 김상현의 정열을 이끌어내는 결정적인 포인트라는 점을 기억해야 한다.

김상현이 그를 연모하는 정봉자를 거절하는 이유를 생각해보면 이 점은 바로 드러난다. 사실 그녀는 그의 배필이 되기에 조금도 모자람이 없다. 명문가의 상속녀요 미모의 신여성이요, 거기다 그를 진심으로 연모하고 어머니나 누이마저 권하니, 그가 그녀를 택하면 두루 편안한 노릇이다. 굳이 결점을 찾자면 장애가 없다는 점일까? 연애에서 장애는 열정을 도발하는 중요한 근원의 하나이기 때문이다. 그런데 그는 그녀의 바람기, 정확히 말하면 남성 선택에 대한 그녀의 적극성을 빙자하여 어머니의 권유를 거부한다(8~11면). 훗날 그녀가 다시 그의 후취가 될 것을 자청할 때, "남의 집 남자를 대하야 그게 다 무슨 망측한 소리"(95면)냐고 타박하는 장면에서 그의 본심이 분명히 내비치니, 그는 여성의 주도성을 부정하는 철저한 남근중심주의(phallocentrism) 신봉자인 것이다. 그가 봉자 대신에 정애에게 열정을 바치는 이유가 이제는 환하다. 미모의 여학생이되 남성의 주도성에 순종하는 여성, 이것이 그가 바라는 이상형이다. 이 점에서 신분적 차이로 더욱 남편을 우러를 모범생, 정애야말로 그의 이상적 배필로 되는 것이다.

김상현의 성에 대한 이중성은 주목할 만한 특징이다. 상속의 투명성을 보장하는 결혼을 전제로 한, 남성 주도의 연애에 대해서는 긍정적이되, 여타의 연애에 대해서는 철저한 억압적 태도를 취하는 것이다. 근대가 성적 욕망을 오로지 억압하는 것이 아니라 쾌락의 유도를 통해 성을 관리한다는 푸꼬의 지적을 염두에 둘 때, 진보적인 듯 보수적인 결혼관의 소유자, 김상현은 부르주아 남성의 한 전형으로 모자람이 없을 터이다.

이 때문에 부르주아 남근중심주의에 대해 도발을 계속하는 봉자에게 가해지는 작가의 처벌은 엄중하다. 상현과 정애가 결혼에 성공했음에도 포기하기는커녕, 이 '신성한 결혼'을 파괴하는 공작에 몰두, 정애와 오빠 춘식의 은밀한 만남을 간통으로 몰아 부부 사이를 강제로 떼어놓은 다

음, 상현의 후취가 될 계획이 그의 면박으로 물거품으로 돌아가자, 그녀
는 상현의 누이 영자와 함께 본격적인 남자 사냥에 나선다.

> 음란한 행실만 점점 늘어서 영자와 짝패가 되야 시쳇말로 하이칼라 단장만 하
> 고 밤마다 연극장이 아니면 밀매음 뚜장이집으로 돌아다니며 경박소년 패가자제
> 등 불량배와 눈을 맞추어 비밀히 추축(追逐 : 벗 사이에 서로 왕래하며 사귐—필
> 자)을 하며 (123면)

그녀는 신소설이 제시한 최대의 여성 돈판이 아닐 수 없다. 그런데 여
기서 우리는 그녀가 남근중심주의에 대한 근본적 도발자인가를 다시 물
을 필요가 있다. 그녀의 김상현에 대한 집요한 구애와 그 좌절태로서 나
타난 여성 돈판주의의 바탕에는 일찍이 고아로 된 여성에게 더욱 예민
하게 작동할 수 있는 "남근 선망(penis-envy)"이 자리잡고 있는지도 모른다.
이 점에서 그녀의 돈판주의도 "일부일부적(一夫一婦的) 가정의 숭고한 이
상과 추악한 일부다처제적 실제"160) 즉 부르주아지적 이중장부의 구조
안에서 번성했으니, 정봉자와 같은 여성 돈판의 존재는 자본주의적 일부
일처 가족의 유지를 위해 필수적인 구성 요소의 하나였던 것이다.

그러나 일부일처제의 기율을 근본적으로 위협하는 수준으로 도가 넘
칠 때, 문제는 달라진다. "조선 십삼도에 망신패가한 자난 정봉자에게 다
만 돈푼이라도 아니 빼앗긴 사람이 없더라."(123면) 드디어 식민지 권력이
정봉자 문제에 개입할 때가 다가왔다. 봉자는 영자와 함께 2년 징역형에
처해져 즉각 경주(慶州)감옥에 투옥된다. 이를 계기로 부르주아적 결혼이
란 목표를 상실한 채 성적 기호로 떠돌던 봉자의 병든 영혼에 대한 권력
의 본격적 훈육과 치료가 시작되는 것이다. 죄수의 신체에 가해지는 극
단적인 고통을 통해서 절대 권력을 과시하던 중세 형벌의 직접적 잔인
성 대신 감금을 주된 형태로 취한 근대적 사법제도에서 형벌은 교정 감

---

160) 에스야 보리브손, 신윤선 역, 『결혼과 가족사회학』, 신학사, 1949, 84면.

화 치료를 그 목적으로 하게 되었으니,[161] 출옥 후 대구 동아의원 간호부 견습생으로 일하게 만든 설정이 흥미롭다. 사법적 지식과 의학적 지식의 교차 속에서 근대에 들어와 의사가 권력을 행사하는 공무원의 위치에 오르게 되었다는 점을 염두에 둘 때, 봉자가 간호부로 변신했다는 것은 부르주아적 질서에 충성스런 보조자로 자기를 겸허하게 교정했음을 웅변하는 것이다. 작가는 그리하여 "전일의 영자 봉자가 아니오 지금은 어질고 착한 영희 봉희가 되"(163면)었다고 기쁘게 선언한다. 그녀의 길고 긴 훈육과정이 이제 종결되었다.

통속적 뒤죽박죽 속에서 요동하던 작품은 영자 봉자의 회심과 함께 부르주아 질서를 찬미하는 대합창으로 마감된다. 정봉자는 대구지방재판소에서 경성복심법원(京城覆審法院)[162] 판사로 영전한 김상현의 부실(副室 : 첩)로, 김영자는 김상현의 친구로 정봉자와 자신을 감옥에 보낸 바 있던 현경시(警視 : 지금의 총경에 해당하는 일제 때 경찰관의 계급)의 부실로 안착한다. 이 결말은 『재봉춘』보다도 후퇴한 것이다. 풍파 끝에 자기 부인의 백정 신분을 알게 된 『재봉춘』의 남주인공은 그를 미끼로 돈을 갈취한 장인 허부령에게 당당히 선언하였다. "나는 장인 양녀 허가와는 이혼을 하고 백정의 딸을 다시 장가들겠읍니다."[163] 그런데 다시 생각해보면 "부르주아지의 법전과 윤리상의 경전 속에 유일한 결혼형식으로 기재되어 있는 일부일부제는 실제에 있어선 일부다처제적 실천의 예외"[164]라는 점을 상기할 때, 『안의성』의 일부일처일첩이 현실에 더욱 가까울 것이다.

더구나 김판사와 현경시(玄警視)는 서슬 푸른 식민지 사법제도의 핵심에 있지 아니한가? 이 작품에서도 결혼 문제의 한복판으로 권력이 가로

---

161) 미셀 푸코, 이정우 역, 『담론의 질서』, 새길, 1993, 160~161면.

162) 복심법원은 1912년에 사법제도를 三審三級制로 간소화하면서 고등법원보다 아래고 지방법원보다 위인 일제 때의 재판소로 서울 평양 대구에 두었음. 南基正 역, 『일제의 한국사법부 침략실화』, 育法社, 1978, 12면.

163) 李相協, 『재봉춘』, 박문서관, 1924, 121면.

164) 에스야 보리브손, 신윤선 역, 『결혼과 가족사회학』, 신학사, 1949, 85~86면.

지르고 있다. 작가는 부르주아 질서의 보호자로서 조선총독부의 존재를
때로는 노골적으로 때로는 은밀하게 강조하는 것이다. 가령 상현이 세계
일주여행에서 돌아와 오랜만에 서울에 도착했을 때, 작가는 상현의 눈을
빌어 서울의 변모를 넌지시 제시한다.

> 경성에 도착하니 시가는 도로확장이 되야 별건곤(別乾坤 : 별세계—필자)을 이
> 루었고 가옥제도도 많이 개량이 되야 어데가 어데인지 알 수 없을 만치 되얐는데
> (140면)

이것만으로는 안심이 안되었던지 변호사시험을 준비하다가 포기한 김
상현을 특채로 대구지방재판소 판사로 발탁한 조선총독부를 노골적으로
찬양하는 대목을 삽입하기도 한다.

> 어진 공장(工匠 : 물품 만든 것을 업으로 삼는 사람—필자)은 촌만한(아주 작은
> —필자) 재목을 버리는 일이 없고 착한 정부는 좋은 인재를 아니 수용하는 일이
> 없는 법이라. 총독부 일판이 여출일구(如出一口 : 한입에서 나온 듯 異口同聲—
> 필자)로 김상현은 가히 법관의 재목이라는 공론이 빙그를 돌며 (157~158면)

이 점에서 우리는 이 작품에 나오는 남산공원에 주목할 필요가 있다.
박정애가 김상현 모친에게 간접적으로 선을 보인 곳이 남산공원이요(29~
33면), 모든 간난을 물리치고 다시 김상현의 부인으로 공인된 축하연이
열린 곳이 이 공원이다(173~174면). 왜 작가는 박정애의 지배 블럭 편입에
결정적인 역할을 대행하는 장소로 남산공원을 선택했을까? 1926년 경복
궁을 헐고 이사갈 때까지 남산에는 조선총독부가 군림했으니, 남산공원
이 무엇을 환유하고 있는 것인지 불을 보듯 환한 노릇이다. 이 작품 역
시 식민지 근대화의 추진자요 그 수호자, 총독의 지배에 헌정된 것이라
고 해도 과언은 아니다.

6. 최찬식의 위치

이상 『추월색』(1912)에서 『안의성』(1914)에 이르는 최찬식의 4편의 신소설을 집중적으로 분석함으로써 나는 최찬식이 애국계몽기(1905~1910)의 친일개화론을 대표하는 이인직의 노선을 1910년대에 새롭게 계승한 자임을 검증하였다. 이미 지적했듯이 근대적 국민의 창출을 통해 민족모순의 해결을 염원한 애국계몽기의 이해조와 달리, 중세체제의 극복을 조선 사회가 당면한 핵심적 과제로 인식한 이인직은 그 과제를 수행할 조선 시민계급의 형성에 대해서 비관적이었기 때문에 일본의 힘을 빈 (식민지) 근대화론으로 달려갔던 것이다. 대한제국의 멸망이 시시각각 다가오는 당대의 현실 속에서 이인직의 친일개화론은 이해조의 애국계몽사상에 대해서 승리하는 노선이었다. 그럼에도 이인직의 소설세계가 '새 시대'의 희망이 아니라 황혼의 우울한 비극적 정조에 깊이 물들어 있는 것은 흥미롭다. 사실 그의 작품은 구체제, 정확히 말하면 조선의 전통적 지배 질서의 무능과 부패를 폭로하는 데 주로 바쳐졌다. 그의 문학은 구체제의 '무덤 파는 일꾼'이었지 '새 시대'의 건설자는 아니었다. 이는 그의 작품들이 예고에도 불구하고 하편을 내지 못한 채 상편으로 그친 경우가 많은 데에서도 잘 드러난다. 이 미완성 속에 새로이 도래할 시대에 대한 머뭇거림이 표출되었다고 볼 수도 있다. 이에 주관적으로는 '애국적'이었던 이 친일파를 대체할 새로운 기수가 요구되었으니, 최찬식은 이 틈을 뚫고 등장하였다.

최찬식은 이인직이 수행한 구질서의 파괴, 그 폐허 위에 새로이 건설된 식민지 근대체제의 품안으로 가장 큰 정신적 환호 속에, 아니 온몸으로 즐거이 투신하였다. 최찬식은 일제에 의해 추진된 근대적 제도들의 급격하고도 점진적인 정착이 야기한 전통 생활세계의 변혁에 성공적으로 적응하는 식민지 근대인 또는 소시민적 인간형의 주조라는 문제를 그의 문학적 작업 속에서 일관되게 추구하였다. 그것이 주로 결혼 문제의 형태를 취하고 있는 점에 유의할 필요가 있다. 그는 다양한 결혼을 실험한다. 서울 양반의 아들과 서울 양반의 딸(『추월색』), 서울 양반의 아들과 지방 빈민의 딸(『해안』), 서울 양반의 아들과 서울 평민의 딸(『금강문』), 문안 양반의 아들과 문밖 빈민의 딸(『안의성』) 등, 다기한 순열 조합에 의해 전통사회에 대한 자본의 해체력 위에 이루어지는 근대적 가족의 출현을 시현하는 것이다. 과연 사랑 또는 결혼은 온갖 권력이 교차하는 지점이다. 이 맹목적 근대주의자야말로 일제식민주의 최고의 나팔수였던 것이다.

　그런데 이 점이 최찬식 문학의 몰락을 촉진했다는 것이 흥미롭다. 1913년 『장한몽』의 출현과 함께 일본 신파소설 번안시대가 도래하면서 그의 문학은 그나마 문학적 활력을 급속히 상실한다. 신파소설은 비록 중세적 관점일망정 자본이 지배하는 근대사회를 비판하고 있다. 자본의 유혹 앞에 흔들리는 주인공의 등장! 그런데 근대에 대한 내적 긴장이 소멸한 채 오직 (국적을 불문한) 자본에 경배를 바치는 최찬식은 여전히 두 남녀 주인공이 온갖 난관을 뚫고 재결합을 향해 돌진하는 전통적 '불구의 삼각관계'에 매달려 있으니, 그 낙후성이 두드러질 뿐이다. 그의 문학은 순식간에 추락하였다. 그럼에도 식민지시대 초기의 4작품은 비록 식민지 자본주의의 전통사회에 대한 강력한 해체력을 찬양하는 맹목적 근대주의의 근본적 문제점에도 불구하고 그것이 가지고 있는 제한된 긍정성 또한 간과할 수 없다는 것이야말로 우리의 아포리아다.

이해조의 계승자, 김교제

1. 김교제의 불안한 위치

김교제는 대표적인 신소설 작가의 하나로 거론되면서도 정작 그 연구
는 자못 부진하다. 생애는 물론 작품의 서지조차 그 전모가 밝혀지지 않
은 형편이다. 이리된 데는 그 문학적 수준이 전반적으로 낮다는 점에 크
게 말미암을 것인데, 그렇다고 그를 신소설사에서 제외해도 무방한가 하
면 결코 그렇지는 않다. 이에 나는 본고에서 김교제의 생애와 작품 연보
를 가능한 한 밝히고 그가 생산한 최량의 작품들을 통해 그 소설사적 자
리를 가늠할까 한다.

먼저 김교제 연구사를 간단히 정리해두자. 김교제를 신소설의 대표적
작가로 처음 거론한 이는 김태준이다.

이국초(李菊初)의 뒤를 이어 가장 소설계에서 활약하던 이로는 우산거사(牛山

居士) 이해조를 비롯하야 해동초인 최찬식과 아속(啞俗) 김교제를 우선 꼽지 않을 수 없다.[1]

아속 김교제씨의 『난봉기합(鸞鳳奇合)』과 『경중화(鏡中花)』는 아직도 퍽 떨어진다. 고대 소설과 거리가 멀지 않다.[2]

이처럼 김태준은 김교제를 신소설 4대 작가의 하나라고 지적하면서도 그 문학적 수준은 가장 낮다고 평가한다. 사실 그가 언급한 두 작품에 국한한다면 그의 평가는 옳은 것이다. 그런데 이 두 작품은 내가 판단컨대 김교제의 대표작으로 보기 어렵다.

임화는 이인직의 『치악산』을 논하면서 그 하권의 작자 문제에 대해 다음과 같이 의문을 표하였다.

『치악산』의 상권과 하권의 저자가 다른 점이다. 현재 영창서관(永昌書舘) 발행의 『치악산』을 보면 상하 합본인데 상편 서두에는 "고 이인직선생작"이라 하였고, 하편 서두에는 "아속생"이라 하였다. 아속이란 김교제란 신소설 작가의 호다. 이것은 분명히 상편으로 중단되었던 것을 김교제씨가 속필(續筆)한 것일 것이다. 서명뿐만 아니라 문장도 다른 것 같고 사건도 상편에 비하여 홀홀이 끝막은 점이 분명하다.[3]

『치악산』 하편은 이인직이 아니라 김교제의 저작이라는 임화의 지적은 그 후 백사(白史) 전광용이 1912년 당시 『매일신보(每日申報)』 기사 두 건을 찾아냄으로써 명확히 증명되었던 것이다.[4] 이를 바탕으로 전광용은 김교제의 작품으로 "『치악산』 하권을 비롯하여 『목단화(牡丹花)』・『지장보살(地藏菩薩)』・『현미경(顯微鏡)』・『비행선(飛行船)』・『경중화』"[5] 등을

---

1) 김태준, 『증보조선소설사』, 학예사, 1939, 248면.
2) 김태준, 위의 책, 250면.
3) 임화, 「속신문학사」『조선일보』, 1940.2, 영인본 52면.
4) 전광용, 「이인직 연구」, 『서울대 논문집―인문사회편』 6집, 1957, 232~233면.
5) 전광용, 「한국소설발달사」 하, 『한국문화사대계』 V, 고려대 민족문화연구소, 1967,

들었는데, 이 가운데 김태준이 이미 거론한 『경중화』를 제외하면 모두 새로운 목록이 추가된 터이다.

하동호는 신소설에 대한 방대한 서지를 발표한바, 이 목록에서 김교제의 새로운 작품 두 편, 『일만구천방(一萬九千磅)』과 『쌍봉쟁화(双蜂爭花)』가 첨가되었다.6)

유병석(柳炳奭)의 「김교제의 작품」은 내가 아는 한 김교제를 다룬 최초이자 유일한 단위논문이다. 그런데 그 평가는 매우 냉정하다.

> 김교제에게는 9편이라는 많은 작품에도 불구하고 한편의 『귀의성』도 『금수회의록(禽獸會議錄)』도 『자유종』도 없다.7)

확실히 김교제는 이처럼 부정적 평가를 받을 만큼 통속성이 짙다. 후기의 노골적인 통속소설은 말할 것도 없고 초기의 대표작, 예컨대 『목단화』와 『현미경』에도 낮은 문학적 취미가 물씬 배어 있기 때문이다.

그렇다고 그의 초기 대표작까지 모두 부정되어서는 안된다. 나는 『현미경』의 엽기성을 비판하면서도, 1910년대 신소설로는 드물게도 친일로 전락하지 않는 반중세성(反中世性)에 일정한 의의를 부여한 바 있다.8) 친일을 합리화하는 이인직·최찬식의 반중세성과 달리 김교제의 초기 대표작들은 애국계몽운동 노선과 연결되는 것이다. 이 점에서 북의 문학사가들이 『현미경』을 높이 평가하고 있는 것도 유의할 대목이다.9)

이에 나는 김교제 문학 전체에 대한 정밀한 재검토가 근대소설사의 맥락을 재구하는 데 반드시 필요한 작업이라는 인식 아래 그 부정적 성격과 긍정적 성격을 통일적으로 파악하고자 한다. 통속적 측면에만 집중

1205면.

6) 하동호, 「개화기 소설연구」, 단국대 석사논문, 1972, 38·42면.

7) 유병석, 『신문학과 시대의식』, 새문사, 1981, I—97면.

8) 최원식, 「식민지시대의 소설과 동학」, 『민족문학의 논리』, 창작과비평사, 1982, 97~99면.

9) 박종원·류만·최탁호, 『조선문학사—19세기 말~1925년』, 인동, 1988, 89~90면.

하여 그의 문학 전체를 부정하는 편향과 『현미경』만 보고 과대평가하는
편향의 극복이 시급한 것이다.

2. 김교제의 가계와 생애

　지금까지 김교제에 관해서는 호가 아속이라는 것 이외에는 알려진 바
가 전혀 없다. 과연 그는 어떤 사람일까? 이런 궁금증을 풀어줄 아주 작
은 단서가 하나 있으니, 그것이 『대한제국관원이력서』에 실린 이력서 한
통이다. 이 이력서는 융희 원년(1907) 10월 15일에 작성된 것인데, 이를 바
탕으로 그의 삶의 편린을 재구해보자.
　그의 관향은 경주다. 계미(癸未), 그러니까 고종 20년(1883) 11월 3일에
태어났다.[10] 이력서 작성 당시 거주지는 한성(漢城) 중서(中署) 정선방(貞善
坊) 구병영계(舊兵營契) 니동(泥洞) 120통 4호이니,[11] 종묘(宗廟) 왼쪽의 동리
이다.
　그는 광무 5년(1901) 2월 8일 광성상업학교(光成商業學校)에 입학한다.[12]
이 학교는 그 내력이 모호하다. 이와 비슷한 이름으로 광성실업학교가 눈
에 띄는데, 이에 대해 이만규는 다음과 같이 기록하고 있다.

　　전소론파(前少論派) 양반급에서 세운 것이니 상업을 전수(專修)하였고 1912년
　에 폐교하였다.[13]

---

10) 『대한제국관원이력서』, 탐구당, 1972, 121면.
11) 위의 책, 121면.
12) 위의 책, 121면.
13) 이만규, 『조선교육사』 하, 을유문화사, 1949, 155면.

그런데 광성실업학교는 1905년에 설립된 사립학교이니, 그가 1901년에 입학한 광성상업학교와는 연대가 맞지 않는다. 아마도 그가 다닌 학교는 1899년 5월에 설립된 관립상공학교(商工學校)가 아닌지? 이 학교는 그가 입학한 1901년 당시 서울에서 유일한 실업학교였기 때문이다.

> 1899년 독려조서(督勵詔書)가 내리던 해에 세운 것이다. 처음에는 상공학교이었고 1904년에 농상공학교라고 고쳤었다. …… 그러나 이런 실업교육에 이해가 없는 때에 지방에나 경성에나 그 이상 더 늘 리가 없었다. …… 당시에 유일한 실업학교임에도 불구하고 생도수는 일과(一科)에 30인이었고 적은 데는 10인 미만이었다. 제일 흥성치·못한 학교이었다.[14]

실업에 대한 전통적인 천시 때문에 관립상공학교는 부진을 면치 못한 모양인데, 혹시 이를 이어 받아 광성실업학교가 사립으로 재건되었는지도 모르겠다. 하여튼 김교제가 초창기의 상업학교 출신이라는 점은 주목할 대목이다.

그런데 그는 광무 9년(1905) 11월 13일 헌릉(獻陵) 참봉에 임명되고, 어찌 된 셈인지 그 다음날 인릉(仁陵) 참봉으로 전보된다.[15] 헌릉은 조선조 3대 임금 태종(太宗)과 그의 비 원경왕후를 모신 능이고, 인릉은 조선조 23대 순조(純祖)와 그의 비 순원왕후를 모신 능이다. 이어 융희 원년(1907) 9월 3일에는 효릉령(孝陵令)으로 승차한다. 효릉은 조선조 12대 임금 인종(仁宗)과 그의 비 원성왕후를 모신 능인데, 영(令)은 각 능의 으뜸벼슬로 종5품에 해당하는 것이다.

이것은 김교제의 신분이 상당하다는 점은 반영하는데, 임형택 교수의 도움으로 다행히 그의 가계를 확인하였다. 그는 충청도 관찰사 김홍욱(金弘郁, 1602~1654)의 9세손으로 김정희(金正喜, 1786~1856)와 한 가문이니, 추사(秋史)의 고조부인 영의정 김흥경(金興慶, 1677~1750)의 아우 신경(愼慶)이

---

14) 이만규, 『조선교육사』 하, 을유문화사, 1949, 66~67면.
15) 『대한제국관원이력서』, 탐구당, 1972, 121면.

김교제의 6대조이다. 물론 추사 쪽이 대대 명환가(名宦家)로 이어진 데 비하면 김교제 집안은 크게 미치지 못하지만 그의 아버지 상오(商五)도 회인(懷仁) 군수를 지낸 반벌(班閥)이었던 것이다.16)

경주 김씨 가문에서 태어나 상업학교에서 수학하고 이어 벼슬길에 들어서 20대에 효릉령에까지 오른 김교제는 왜 소설가로 전신하였을까? 그의 처녀작『목단화』가 1911년에 간행된 것을 보면 아마도 대한제국의 멸망에 따른 퇴직이 큰 원인이 아니었을까? 국치 후 그는 오로지 작품에 몰두하여 최후작『경중화』(1923)에 이르기까지 무려 10여 권을 발간하였던 것이다.

3. 김교제의 작품 목록

먼저 김교제의 작품 총목록을 정리해두자.

① 『牡丹花』, 廣學書舖, 1911.5.17.
② 『雉岳山』 下, 東洋書院, 1911.12.30.

위의 두 작품은 그의 출세작이다. "향일(向日)『목단화』『치악산』하를 저(著)하야 강호의 대갈채를 박(博)하던 김교제군"(『매일신보』, 1912.9.25),17) 여기에서 보듯이 그는 이 두 작품의 간행으로 작가적 명성을 확립하였던 것이다. 그 가운데서도 후자가 특히 대중적 인기가 높았으니, 전자가 초판으로 그친 것과 달리 후자는 1911년 첫 간행 이후 1912년, 1913년,

---

16) 『韓國系行譜』, 569~570면.
17) 전광용, 「이인직 연구」, 『서울대 논문집 —인문사회편』 6집, 1957, 232면에서 재인용.

1918년, 1919년, 1922년까지 출판사를 바꿔가며 지속적으로 발간된 터이다.[18] 그런데 작품 수준으로 보면 후자의 문학적 가치는 전무하다고 해도 좋다.

　　③『飛行船』, 東洋書院, 1912.5.15. 번역.

제목에는 과학소설이라고 붙어 있지만 서양의 황당무계한 공상소설이다. 탐정소설적·모험소설적 요소와 제국주의적 편견이 적절히 혼합된 통속소설의 전형이다.

　　④『顯微鏡』, 東洋書院, 1912.6.5.
　　⑤『地藏菩薩』, 東洋書院, 1912.12.25. 번역.

영국을 무대로 한 허황한 서양 통속소설로, 창작이 아니라 번역일 것이다.

　　⑥『一萬九千磅』, 東洋書院, 1913.4.25. 번역

방(磅)은 파운드(pound)를 뜻하는데 재물을 둘러싸고 엎치락뒤치락 하는 서양의 통속소설이다.

　　⑦『鸞鳳奇合』, 東洋書院, 1913.5.25.
　　⑧『双蜂爭花』, 寶文舘, 1919.1.17.
　　⑨『愛之花』, 寶文舘, 1920.1.26.

이 작품은 내가 영남대 도서관 도남문고(陶南文庫)에 소장돼 있는 것을 발굴하여 그의 새 작품 목록으로 추가한다. 본문 제1면에 "이속선생 김

---

18) 하동호, 「개화기소설의 서지적 정리 및 조사」, 『동양학』 제7집, 단국대 동양학연구
　　소, 1977, 198~199면.

교제 찬(纂)"이 뚜렷하다.

    ⑩ 『鏡中花』, 寶文舘, 1923.1.30.

  이상이 내가 직·간접적으로 확인한 김교제의 총 저작 목록이다. 이 가운데 ②는 상편의 중반 이후에 두드러지는 계모형 소설의 통속성과 신파조 복수담을 더욱 낮은 수준에서 반복한 이인직의 아류이고, ③⑤⑥은 서양 통속소설의 번역이고, ⑦은 구소설로 퇴행한 작품이며, ⑧⑨⑩은 이미 문학사적 의의를 잃어버린 신소설의 잔재라는 점을 감안하면, 검토할 만한 가치를 지닌 작품은 ①④에 한정되는 셈이다. 나는 본고에서 그의 초기 대표작 ①④를 집중적으로 검토하고 후기작 ⑨⑩을 부차적으로 분석함으로써 김교제 문학의 의의와 한계를 짚어보고자 한다.

4. 『목단화』의 여성개명론

이 작품은 1911년에 출간되었지만 그 시간적 배경은 대한제국시대이다.

    리참판은 천만뜻밖에 수구파의 함해를 입어 평리원에 피수가 되었다가……19)
  (261면)

평리원은 옛 의금부(義禁府)를 고쳐 광무 3년(1899)에 베푼 대한제국시대의 관아이다. 이 작품에는 또한 '경무청'(289면)도 나타나는데, 경무청(警務

---

19) 텍스트는 『한국개화기문학총서―신소설·번안(역)소설』 제4권(아세아문화사, 1978)에 수록된 영인본이다. 이하 작품 인용은 이 책의 면수만 표시한다. 인용문은 필자가 맞춤법에 맞춰 현대식으로 바꾸고 띄어쓰기 했음.

廳) 또한 옛 포도청의 후신인 것이다.

평리원과 경무청의 존재로 그 배경이 1910년 이전으로 짐작되거니와, 더 구체적으로는 어느 때일까? 이 작품에는 전차가 구체적으로 등장한다.

(늙은 놈) 이애 저리면 어느 시절에 나가잔 말이냐? 전차나 기둘러 타고 가자.
일식경(一食頃 : 한 차례 음식 먹을 동안—필자)은 되어 땡땡 소리가 들리며 전차가 뚤뚤 뚤 와서 딱 서는데 늙은 놈은 인심 좋게 전차표를 사가지고 금년을 차에 올려 놓으니 금년이 차를 타고 한참 가다가 큰 홍예문을 다다라서,
(금) 아저씨 여기가 어디오니까?
(늙) 어디야 문턱이지.
(……)
어언간에 해는 떨어져 어둑침침하야 먼데 사람 알아보기 어려울만치 되였난데 차가 애오고개 마루터기에를 당하였난지라.
(늙) 여보 정거 좀 해주구려.
말이 막 떨어지며 장거수(掌車手 : 전차차장—필자)가 초인종을 땡땡 흔들더니 차가 우뚝 서는데,
(늙) 어 시원하고 인제는 거진 다 왔다. (276면)

이 장면은 아마도 우리 소설에 전차가 구체적으로 등장하는 최초의 예로 될 터인데, 정거장이 따로 없어 아무데서나 손님을 태우고 내려주었으며, 창이 없어 여름에는 시원하기 짝이 없던 초창기 전차의 모습이 생생하다. 서울에 전차가 개통된 것은 광무 3년(1899)이지만 그것은 종로선에 지나지 않아 그 이듬해 남대문까지, 다시 광무 6년(1902)에 용산까지 연장되었던 것이다. 그런데 윗장면의 전차는 서대문 지나 애오고개 곧 아현동(阿峴洞) 노선이니, 이 또한 광무 6년 이후에 연장했을 터이다.

이와 함께 주목할 점이 경의선의 등장이다.

뚜뚜뚜—소리가 나며 화통에서 시꺼먼 연기가 풀석풀석 나더니 서행기차(西行汽車)가 평안북도 신의주 정거장에 도착하야 딱 서니 승객들이 남녀노소 무론하

고 꾸역꾸역 다토아가며 나리는데 (318~319면)

경의선은 일제가 러일전쟁의 군사목적으로 부설하여 광무 9년(1905)에 완성하였는데, 윗 장면처럼 일반 승객의 이용이 자유로워진 것은 전쟁 이후에 가능했다.

이로써 미루건대, 이 작품은 대체로 대한제국이 반식민지(半植民地)로 떨어진 광무 9년에서 융희 4년(1910) 사이를 배경으로 하고 있는 것이다.

아시다시피 이 시기에는 민족운동이 두 개의 형식으로 표현되었으니, 하나는 농촌을 중심으로 한 의병전쟁이요, 또 하나는 도시를 중심으로 한 애국계몽운동이다. 그런데 이 작품에는 의병은 암시조차 없다. 물론 여기에는 이 작품이 간행된 1911년, 다시 말하면 공포의 무단통치를 감안해야 하지만, 그보다는 작가의 지향이 계몽운동에 더욱 기울어 있다는 점을 주목해야 한다.

작품의 서두를 보자.

> 길길이 쌓였던 적설은 흔적없이 다 녹고 앞들 뒤들에 푸릇푸릇한 풀빛은 봄소식을 전하는데 …… 종로 마루터기 보신각의 일만팔천근이나 되난 인경소리가 형제자매의 깊이 든 잠을 경성(警醒)한다. (243면)

죽음의 겨울에서 부활한 자연의 봄, 그 때문에 더욱 선명히 대비되는 형제 자매의 깊은 잠, 그 잠을 깨워 진정한 봄을 맞이하고자 하는 작가의 계몽주의가 뚜렷이 표백되었다. 칸트는 일찍이 계몽주의를 "인간 스스로가 묶여 있던 미성년상태로부터의 해방"이라고 정의한 바 있거니와, 이 작품이 5월에 눈부시게 피어나는 모란꽃을 제목으로 삼은 것도 이와 관련될 터이다.

그것은 평북 의주(義州)지방에서 여성교육에 종사하던 여주인공 이정숙이 상경 도중 신안주(新安州)에서 연설하는 장면에서 더욱 분명하다.

　　지금 이십세기 신풍조를 당하야 우리 여자된 동포는 절대적 관념이 없으면 도
저히 아니될 줄 생각하오
　　그 절대적 관념이 무엇이냐 하면 …… 태서의 여자들은 농상공업과 기타 제반
사업의 발명연구함을 남자에게 양두(讓頭 : 지위를 남에게 넘겨줌―필자)치 않고
생명재산을 남자에게 의뢰치 아니하는고로 국민의 당연한 자격을 손실치 아니하
고 자식을 생휵하매 …… 타일에 무수한 인재를 양성하야 문명을 계발하니 금일
태서 각국의 문명발달됨이 모다 여자학문의 발달된 효험이라 하오 (352면)

　　여기에서 주목할 점은 20세기 의식이다. 이해조의 『홍도화』(1908)에 등
장한 바 있는 20세기 의식을 계승한 작가는 여주인공의 입을 빌어 비합
리주의에 묶인 낡은 질서를 거부하고 스스로 이성을 행사할 수 있는 결
단과 용기를 선택하는 새로운 문명으로 나아가야 할 당위를 역설하고
있는 것이다. 이때 새로운 문명의 기준은 태서(泰西) 곧 서양이다. 착취와
침략에 기초한 제국주의 단계의 20세기 서구 자본주의의 모순을 간과하
고 있는 치명적인 한계가 없지 않지만(서구 자본주의의 본질을 올바로 이해하
게 된 것은 사회주의 사상의 세례를 받은 1920년대에야 가능했다는 점을 염두에 두어
야 한다), 인류 해방의 도정에서 서구 자본주의가 차지하는 의의를 감안한
다면, 서구 자본주의 문명을 모델로 한 김교제 계몽주의의 일정한 선진
성을 부인할 수 없다.

　　이 입장에서 여주인공은 "평생 소견이 침선여공(針線女工 : 바느질과 길쌈
질―필자)과 주식(酒食―필자) 제사에 지나지 못하고 소문이 기도나 무꾸리
에 넘지 못하야 일생영욕을 남자의 후박으로 인정하고 일동일정을 남자
에게 의뢰하여 비참한 지경"(352~353면)에 빠져 있는 조선 여성계의 현상
을 개탄하고, 여기에서 더 나아가 얼개화한 신여성을 "개명의 효능은 망
연히 무엇인 줄은 모르고 음란방탕한 악습만 숙습하야 풍기를 문란하며
예절을 괴손하야 종종히 남자의 비방을 취하고 여자교육에 방해를 이
루"(353면)는 장애물이라고 맹렬히 비판하였던 것이다.

　　그리하여 그녀는 자기 연설을 다음과 같이 맺는다.

　　아무쪼록 우리 자매는 용감력을 분발하야 부패한 사상을 통혁하고 암매한 문
　견을 개발하여 우리 당당한 권리를 남자에게 양두치 맙시다. (353면)

　이 결론은 얼핏 남성에 대한 전면적 전쟁을 선언하는 급진적인 여성
해방론처럼 보이기도 한다. 만약 그렇다면 작가의 여성개명론에는 민족
모순을 호도하는 불순한 의도가 깔려 있지 않은가 의심할 수도 있다. 그
런데 우리는 이 작품의 앞부분에 나오는 다음의 구절, "정숙이 사상에도
자기가 여자는 되었을지라도 을지문덕·합소문의 사업하기를 자부"(259
면)에 주목해야 한다. 정숙이 아버지 이참판 또한 "충군애국할 사상"(250
면)을 강조하거니와, 외국 침략자를 격퇴한 고구려의 영웅 을지문덕(乙支
文德)과 합소문[淵蓋蘇文]은 애국계몽기에 새삼 재조명되어 민족적 위기
를 타개할 위대한 상징으로 떠올랐으니, 일찍이 신채호(申采浩)와 박은식
(朴殷植)은 각각 『을지문덕』(1908)과 『천개소문전(泉蓋蘇文傳)』(1911)을 지었
던 것이다. 따라서 김교제의 여성개명론은 민족모순을 호도하는 것이 아
니라 무단통치시대의 엄혹한 검열을 우회하기 위한 일종의 위장이라는
측면이 농후하다는 점을 깨닫게 된다.
　여기서 우리는 『목단화』가 국권 회복의 방략의 하나로 여성개명론을
제기한 이해조의 『자유종』(1910)[20]과 직접적으로 연결되고 있음에 주목한
다. 김교제의 여성개명론이 애국계몽기의 이해조에 비해 국권 회복을 정
면에서 제출할 수 없었던 1910년대 문학 일반의 한계로 말미암아 일종의
퇴화된 형태를 띤다 할지라도 이 양자의 연결 확인은 참으로 소중하다.
우리 계몽사상에는 개명을 애국의 방략으로 삼는 주된 흐름과 매국을
합리화하는 수단으로 삼는 또 하나의 흐름이 존재했으니, 이해조가 전자
를 대표한다면 후자는 이인직으로 대표된다.
　그런데 이인직의 친일개화론을 이어받은 최찬식의 위치에 대비하여
김교제가 이해조의 애국계몽사상을 계승한 점이 확인됨으로써, 1910년대

---

20) 최원식, 『한국근대소설사론』, 창작사, 1986, 47~48면 참조.

초기 신소설은, 애국계몽기의 이해조와 이인직이 그러했던 것처럼, 물론 김교제와 최찬식 모두 앞 시기의 이해조와 이인직 문학에 두루 빚지고 있지만, 그 기본적 계선에서는 김교제와 최찬식의 대비라는 구도로 정리할 수 있을 것이다. 이 가설로써 신소설의 붕괴가 시작되는 국치 이후, 신소설에서 신파소설 번안시대로 넘어가는 획기인 『장한몽』(1913~1915) 등장 이전, 1910년대 초기 약 3년 간의 소설사적 맥락을 풀 수 있는 단서를 파악하게 되었으니, 『목단화』의 의의가 이 점에서도 작지 않다.

그럼 이제부터 이 작품의 이야기틀을 구체적으로 분석해보자. 이 작품은 이해조의 『빈상설』(1908) · 『홍도화』 상편(1908)과 이인직의 『치악산』 상편(1908)처럼, 개화파의 딸이 수구파의 아들과 결혼함으로써 겪게 되는 갈등을 그리고 있다.

"인왕산 밑 막바지"(243면)에 사는 이참판은 개화파다. 무남독녀 정숙을 여학교에 보낸다든가 청상과부를 후취로 맞이하는 데서 그의 개명적 면모는 뚜렷하다.

> 안방부인은 이참판의 후취부인인데 새문밖 냉동 사는 서참서(參書는 奏任벼슬—필자)의 누이로 청년에 과부가 되어 십여년을 수절하며 눈물로 세월을 보내더니 개가법이 소통한 후로 서참서가 그 누이의 경상을 불상히 여겨 이참판의 후취로 보내니 그 누이를 개가시켜 보내는 것도 구일습관을 통혁하는 서참서가 아니면 어렵고 과부를 후취로 성혼하난 것도 사상이 개명한 이참판이 아니면 못할 일이라. (257~258면)

이 화소에서도 김교제가, 개가 문제를 전혀 다루지 않은 이인직보다, 이 문제에 적극적인 이해조에 가까움이 다시 한번 확인된다. 이해조는 권진사와 과부 청주집의 결연을 그린 『고목화』(1907)와 청년 심상호와 청상 이태희의 결혼을 대담하게 선언하는 『홍도화』에서 개가 문제에 관하여 매우 선진적인 의식을 보여준 바 있었다.[21]

이참판의 대극에 동촌 낙동(駱洞)의 완고하고 가난한 박승지가 존재한다.

박승지는 찰완고 생원님으로 유명한 사람이다. 비록 서울 살기는 하나 머리 깎고 학교에 단기는 것만 보아도 부채로 채면을 하고 바로 보지도 아니하니 …… 겉으로는 완고 생원님의 비루한 구습을 죽기를 한하고 쫓여가도 속으로는 컴컴하기가 먹장 갈어분 듯하야 공자화상을 박여 학문가에 팔아먹기 정삼품 첩지공으로 얻어 향민에게 압제로 팔어먹기 별별 때묻은 협잡을 살금살금 일등하는 인물이라. (259~260면)

이처럼 다른 두 서울 양반이 어떻게 맺어질 수 있었을까? 그것은 이참판의 주도로 이루어진다.

이참판이 정숙의 혼처를 구하난데 양반을 보는 것도 아니요 형세를 보는 것이 아니요 가품을 보는 것이 아니요 일단 신랑 하나만 보고 동촌 낙동 사는 박승지 아들과 성례하니 (259면)

오직 당자의 인물 됨됨이만으로 사위를 구하는 데에서도 이참판의 상대적 개명성이 확인되지만, 자식의 결혼 문제를 당사자들의 의견을 묻지 않고 자기 독단으로 처리하는 점에서 그 개명의 불철저성이 뚜렷이 드러난다. 이 화소는 이인직의 『치악산』 상편과 유사하니, 『치악산』에 등장하는 개화파 이판서도 강원감사 시절에, 원주로 낙향한 수구파 홍참의의 아들 백돌이를 보고 기이하게 여겨 정혼했던 것이다.

그런데 『목단화』의 갈등 양상은 『치악산』과 구별된다. 후자에서는 며느리 이씨부인(이판서의 딸)과 홍참의의 후취부인 사이에서 갈등이 발생한다면, 전자에서는 이참판의 딸 정숙과 완고한 시아버지 박승지가 직접 부딪히는 것이다.

박승지가 처음은 정숙의 학교에 단김을 몰랐다가 정숙이가 시집간 지 일삭후에 학교에 가기를 청하니 박승지가 펄펄 뛰어 여자가 학교에 단기는 것이 경서에도 없고 예전 글에도 없난데 그게 무슨 말이니, 우리 박가가 망하려고 너 같은 며

---

21) 최원식, 『한국근대소설사론』, 창작사, 1986, 63 · 87~88면 참조.

나리를 얻었도다 하고 그 길로 친정으로 쫓여 보냈더니 …… 박경서(박승지의 아들-필자)는 정숙의 학교에 단기는 것을 극히 찬성하던 터이라 …… 자기 부친에게 누차 간하고 자기도 법률학교에 수업을 하려다가 도로여 그 부친의 야단을 만날 뿐 아니라 …… 경상도 완고 산림으로 유명한 소학자에게로 책상자를 짊어지며 쫓아 보내니 (260~261면)

『치악산』의 이씨부인과 달리, 시집간 지 한달 만에 완고한 시아버지에게 학교 가기를 청하다가 내침을 당한 그녀는 당찬 여성이다. 이 점에서 그녀는 이해조의 『홍도화』에 등장하는 이태희, 우리 신소설 속에서 가장 높은 여성적 자각을 보여준 바 있는 여학도 이태희와 연결되는 것이다.

이 작품은 바로 이정숙이 친정으로 쫓겨온 직후에서 시작된다. 이것이 『빈상설』·『홍도화』·『치악산』과 대비한 새로움이다. 이 작품의 주된 갈등은 학업을 계속하기 위해 시집에서 내침을 감수한 정숙과 친정의 계모 사이에서 발생하는데, 개가 문제에 대해 개명적인 아버지 이참판에 비해 정숙의 의식은 뜻밖에 보수적이다. 일이 여의치 않으면 정숙의 개가를 생각하는 아버지에게 그녀는 항변한다.

박승지난 아직 개명심이 부족하야 저를 쫓였으나 박경서난 저를 쫓인 것이 아니요, 또 청상과부가 아닌 바에 개가란 말삼이 어쩐 일이예요? 여자의 예절은 고사하고 금수의 행실을 하라고 하십니까? (252면)

그녀의 개화는 아버지 이참판보다도 더욱 중세성과 결합되어 있으니, 개가 문제에 대한 그녀의 보수성이 계모와의 갈등을 촉발하게 된바, 계모는 개가한 여성이지만 그 의식은 낙후하였다. 그것은 그녀의 개가가 『홍도화』의 이태희처럼 자신의 결단이라기보다는 개명한 오라버니 서참서의 주선에 의거했다는 사정을 반영하는 것이다.

그리하여 소설은 이 지점에서 자연스럽게 계모형 구소설로 급격히 퇴행하고 만다. 계모와 그녀를 따르는 일군의 인물들의 음모에 의해 정숙

은 파란만장한 역경 속으로 빨려들어 가는데, 작품의 중심을 이루고 있
는 이 부분은 우연성과 억지의 거친 조합일 뿐이다.

이 작품을 계모형 구소설로부터 구원하고 있는 중요한 삽화가 바로
정숙과 최중락의 만남이다. 최중락은 서흥학교의 교장이다. 이 학교는
학도가 오륙십 명 가량 되는 평북 의주지방의 사립인데, 마땅한 교사를
고빙하지 못해 폐교될 지경에 있음을 안 정숙은 "지금 이 시대를 당하야
우리 동포를 교육코자 없난 학교를 설립이라도 할 터인데 있는 학교가
폐지되난 것이야 차마 보겠"(343면)냐며 교육운동에 투신한다.

> 정숙이 서흥학교에 있은 지 자연 여러 달이 되매 그 근처 풍속을 대강 시찰하
> 고 심중에 개탄하야 여자사회를 조직할 생각이 있여 최주사와 의론하고 의주 경
> 내에 유지신사를 청하여 여자교육할 방침을 간절히 설명하니 의주 일경 사람들
> 이 …… 동리마다 여학교를 설립하야 여자를 교육하니 몇달이 못 되어 요사한 풍
> 속과 음일한 기습이 돌변하야 세계일등 야만으로 지목받던 의주방면이 문명한
> 좋은 인종이 된지라. (348면)

여기에는 애국계몽운동의 일환으로 치열하게 전개되었던 민족교육운
동이 일정하게 반영되어 있다. 물론 위의 글에는 당시 교육운동의 애국
적 성격이 검열을 의식하여 감춰져 있지만, 그것은 이미 지적했듯이 일
종의 위장이다. 아마도 이 삽화는 신소설 속에서 여성의 조직적 계몽사
업이 비록 불충분하게나마 구체적으로 그려진 유일한 예가 아닐까 싶다.
『목단화』는 이 점에서 단연 이채를 발하고 있다.

이처럼 흥미로운 부분이 내장되어 있음에도 이 작품은 전체적으로 계
모형 구소설에 충실하여, 작품은 결국 행복한 결말에 이른다. 정숙을 모
해했던 모든 인물들이 체포되고 계모는 참회하여 이참판 집안은 평화를
되찾게 되는 것이다. 그런데 유의할 대목은 정숙의 시집 문제는 완전히
망각된 점이다. 이 또한 이 소설의 결함이 아닐 수 없다.

5. 『현미경』, 갑오농민전쟁 후일담

『현미경』(1912)에서 우선 주목할 점은 무려 264면에 이르는 그 양이다. 이인직의 『귀의성』이 상편(1907)과 하편(1908)을 합하여 271면인 것을 제외하면 단일 작품으로는 『현미경』이 아마도 최대 규모인 듯싶다. 소설에서 양적 규모는 질에 못지 않게 중요하다. 삶의 총체성을 담아내기 위해서는 일정한 규모가 요구될진대, 대체로 신소설이 양적으로 영세하다는 사실은 그만큼 리얼리즘에 미달해 있다는 반증이기 때문에 『현미경』의 규모는 신소설의 장편화를 가늠할 수 있는 중요 지표가 아닐 수 없다.

이 작품의 제목 또한 흥미롭다. 스땅달(Stendhal)은 『赤과黑(*Le Rouge et le Noir*)』(1830)에서 "소설은 길을 따라 들고 다니며 비추는 거울(Un roman : c'est un miroir qu'on promène le long d'un chemin)"이라 정의한 쌩-레알(Saint-Réal)의 말을 인용하고 있는데, 한 걸음 더 나아가 김교제는 소설을 현미경에 비유한 것이다. 현미경을 처음 들여다봤을 때의 충격이 각인된 이 제목에서 우리는 현상의 배후에까지 침투하려는 작가의식의 선진성을 간파하게 된다.

그럼에도 그는 근본적으로 아이디얼리즘을 지지한다.

착한 일을 하면 착한 과보를 받고 악한 일을 하면 악한 과보를 받난 것은 천리의 정칙이며 보응의 원리어늘 세상에 무식한 사람들은 이런 이상적 관념을 도로혀 황탄무거로 인정을 하고 악한 일을 천번 만번 줄곤해도 그 과보를 꼭꼭 받난 법이 없을 줄로 생각을 하니 만일 천리가 있고 보면 어찌 그 과보가 없으리오 …… 무릇 사람의 일동일정과 일선일악을 지공무사하신 하나님은 소소히 살피시나니 만일 악한 일을 하면 악한 그 과보를 어찌면 하리오[22]

---

22) 金教濟, 『현미경』, 동양서원, 1912, 229~30면. 이하 작품 인용은 따로 주를 달지 않고 이 책의 면수만 표시함.

시적 정의의 원천으로서 '천리' 또는 '지공무사하신 하나님'을 적극적으로 인정하는 데서 작가의 아이디얼리즘은 의연하다. 그런데 아이디얼리즘에 대한 비판을 무식의 소치로 몰아붙이는 그 방어적 자세에서 구소설 이래의 아이디얼리즘이 위기에 처해 있다는 점이 반면으로 더욱 뚜렷이 드러나니, 김교제의 절충성은 모면할 수 없는 바이다.

이 작품은 갑오농민전쟁에서 간접 취재하고 있다. 이를 취재한 신소설 작품으로는 이해조의 『월하가인(月下佳人)』(1911)과 『화의혈(花의血)』(1911)이 효시로 되거니와, 이 점에서도 김교제는 이해조를 이었다. 농민군의 핍박으로 심진사 가족이 고향 충주 목계를 유리함으로써 겪게 되는 고난을 그린 전자와, 농민군의 봉기를 출세의 빌미로 삼은 이도사가 장성 명기 선초의 아비를 동학당으로 몰아서 선초를 후렸다가 그녀의 아우 모란에 의해서 파멸하는 줄거리를 가진 후자,23) 이 가운데 『현미경』은 후자에 가깝다. 이 작품은 무고한 김감역을 동학 접주로 몰아 재산을 탈취한 정승지를 김감역의 딸 빙주(氷珠)가 복수하는 것으로 시작되고 있기 때문이다. 그런데 이 작품은 『화의혈』이 끝나는 지점에서 출발하고 있어 그 도습이 아닌 새로운 개척을 보여준다.

농민군의 주력이 궤멸하여 농민군 관련자에 대한 보복이 자행되던 을미년(1895) 쯤에서 시작되는 이 작품의 공간적 배경인 보은(報恩)은 동학 세력이 매우 강성했던 곳의 하나였다. 갑오농민전쟁의 단서로 되었던 1893년 교조신원운동(教祖伸寃運動) 당시 그 대도소(大都所)가 바로 보은임은 잘 알려진 사실이거니와,24) 주로 남접이 주축이었던 농민군의 제1차 봉기 때에도 북접에 속했던 보은의 동학군이 그에 호응하여 최시형(崔時亨)의 해산명령에도 불구하고 맹렬히 활동하였다.

---

23) 이들에 대한 분석은 최원식, 『한국근대소설사론』, 창작과비평사, 1986, 122~123 · 130~137면을 참조할 것.

24) 韓㳉劤, 『동학농민봉기』, 세종대왕기념사업회, 1976, 145~155면.

공주(公州) · 진잠(鎭岑) 사이에서 흩어진 동학군은 문의(文義) · 옥천(沃川) · 회덕(懷德) · 진잠 · 청산(靑山) · 보은 · 목천(木川) 등지에서 관아와 토호의 집을 습격하고 혹은 전곡을 빼앗아 궁민에게 나누어주기도 했다. 그리하여 공주 · 청주(淸州) 이남의 여러 지방은 거의 무정부상태와 다름이 없이 되었다.[25]

남북접이 합세한 제2차 봉기에도 보은을 포함한 충청북도 농민군이 강성했으니, "조선의 동학당이라 함은 실로 이 충청북도의 동학당"이라고 일본군조차 두려워했을 정도이다.[26] 더구나 보은 일대는 농민군 최후의 전투가 벌어진 곳이라는 점에 주목해야 한다. 공주 패전 이후 최시형과 손병희(孫秉熙)가 이끄는 농민군은 영동의 용산에 진을 치고 1894년 12월 11일과 12일, 청주 관군과 싸워 승리, 보은을 차지했다. 이어 북실로 진을 옮긴 농민군은 12월 17일 일본군의 공격을 받고 괴멸함으로써 농민전쟁은 실질적으로 종언을 고하게 되었던 것이다.[27] 이 작품은 바로 보은 북실을 배경으로 하여 태어났다.

충청도의 동학당이 이처럼 극렬하게 된 데는 호서 양반의 토호질이 그만큼 심했음을 반증하는데, 대원군은 일찍이 관서의 기생, 전주의 아전과 함께 호서의 양반을 조선의 3대 폐단으로 꼽았던 터이다.[28] 이 작품에 등장하는 정승지는 그 전형적 인물이다. "양반 좋고 권리 많고 술 잘 먹고 노름 잘하고 그 동리 그 고을에서 털끝도 못 건드리며 인호랑이 인호랑이 하고 유명한"(4면) 정승지는 보은지방의 악명 높은 토호였던 것이다.

작가는 중세 토호에 대한 강한 반감을 솔직히 표현한다.

총 메고 칼 들고 불 놓고 재물 뺏어가난 불안당도 있으나 그런 도적은 오히려

---

25) 한우근, 『동학농민봉기』, 세종대왕기념사업회, 1976, 186면.
26) 한우근, 위의 책, 235면.
27) 이이화, 「동학인물열전 28 — 손병희」, 『한겨레신문』, 1994.3.22.
28) 黃玹, 『梅泉野錄』卷之一上 甲午以前, 아세아문화사, 1978, 30면.

열넷째요 제일 무서운 도적은 백주대로에 총도 없고 칼도 없고 좋은 집 좋은 방에 적수공권으로 높이 앉어서 백성의 돈천 돈만을 냉수 한 사발로 드리마시난 토호질꾼이라. (11면)

이인직의 『은세계』(1908)와 이해조의 『화의혈』에 벼슬아치의 가렴주구가 그려진 바 있지만, 지방 토호의 탐학을 묘사한 것은 아마도 『현미경』이 효시일 터인데, 작가는 농민군 봉기의 한 원인이 이와 같은 토호의 발호에도 크게 말미암는다는 점을 통찰하였다.

그때 동학난리에 욕을 보아도 참혹히 보고 집을 망해도 더럽게 망한 집은 모다 굵직굵직하고 세력 있난 사람들이라. (14면)

위에서 보듯이 지방 토호들은 농민군의 날카로운 공격 목표로 되었다. 작가는 농민군을 옹호하는 것은 아니지만, 공격당한 토호들에게 조그만 동정도 베풀지 않음으로써 역으로 농민군 쪽에 좀더 우호적 태도를 드러내었던 것이다.

이처럼 적대적인 농민군과 토호 사이에 보은 북실의 김감역이 존재한다. 북실은 민촌(民村)이다.

북실은 보은서 부촌으로 일홈난 동리라. 부촌이라 하니 남들이 듣게 되면 그 사람들은 사람마다 벼천 벼만이나 하난 줄로 알 터이나 말이 부자이지 그 부자가 오족한 부자리오 춘궁하곤에 나물죽 보리죽으로 겨오 연명을 하야가며 동의하갈(冬衣夏褐 : 겨울옷과 여름베 옷—필자)도 제법 철을 찾어 입지를 못하고 길삼하고 기직 매며 손톱발톱이 다 닳도록 근근이 벌어 논마지기 밭날갈이(며칠동안 걸려서 갈 만큼 큰 밭—필자)를 개미 금탑 모듯이 두고 두고 사서 모아 봄에 보리섬 가을에 벼섬이나 앞뒤 노적으로 쌓아두고 일년만 동을 대여 먹으면 시골서는 큰 부자로 지목을 받난 터이라. (10~11면)

근면한 자작농들로 일촌(一村)을 이룬 북실 사람들은 이 때문에 토호들의 끊임없는 수탈 대상이 되는데, 그 가운데서도 적수기가(赤手起家)하여 유수한 지주로 올라선 김감역은 대표적인 존재이다.

> 원래 김감역은 타향의 저어(鉏語 : 서로 어긋남―필자)한 종적으로 사고무친하고 강근지족이 없난 사람이라. 어느 해 흉년을 만나 남부여대를 하고 전전걸식을 하며 북실동리로 들어와서 두 양주가 합력을 하야 방아품 머슴품을 팔아 벼말이 되나 돈량이 되나 얻기만 하면 담배 한 대 술 한잔을 이를 윽물고 아니 사서 먹고 고픈 배를 알뜰이살뜰이 참아가며 장리벼 장변으로 빚을 주어 한 해 늘고 두 해 늘어 …… 오막살이가 변하야 왕초가집이 되고 왕초가집이 변하야 군신좌사(君臣佐使―필자)가 분명한 기와집이 되고 양전미토가 앞들 뒤들에 늘비하야. (12~13면)

작품 끝에 밝혀지듯이, 그는 원래 충주 사람이다(255면). 충주에서 북실로 유리해와서 근검절약으로 치산한 김감역은 놀부와 같은 평민지주였던 것이다. 감역(監役)은 선공감(繕工監)의 종이품 벼슬이지만, 그것이 대표적인 공명첩(空名帖)의 하나인 것을 보면, 이도 반강제로 맡겨진 벼슬일 터이다. 그런데 김감역은 놀부와 달리 "굶난 사람 밥 먹이기 헐벗은 사람 옷 입히기"(13면) 등 가난한 평민들을 성심으로 구제하여 크게 인망을 모았으니, 갑오년의 큰 난리도 너끈히 넘겼던 것이다.

> 그때 그 동학군들은 평일에 김감역의 은혜를 입은 사람이 아니면 모다 그 사람들의 일족이라 서로 일러가며 북실동리에는 일호 침범도 아니하였더라. (14면)

민중을 지도하여 시민혁명의 주체로 나섰던 서구 부르조아계급과는 달리 지배층과 농민군 사이에서 일종의 중립을 지킨 데서, 우리나라 평민 상층의 허약성이 고스란히 반영되어 있다. 그러나 이와 같은 중립이 우리나라 평민 상층의 몰락의 한 원인으로 되었음은 또한 반어가 아닐 수 없다.

> 동학난리가 평정되고 정치가 개혁된 후에도(갑오경장―필자) 그 사람들이(수구

파—필자) 다시 정부 일판을 차지하고 좌지우지를 하난고로 …… 정승지는 천재
일시로 이런 기회를 만나 발을 벗고 나서서 유무죄간에 평일에 자기에게 조금이
라도 거역을 하던 사람이면 비록 백백무하한 사람도 모다 동학으로 몰아죽이는
판이라. (14면)

 여기에 '위로부터의 개혁'인 갑오경장의 불철저성이 약간의 과장에도
불구하고 잘 나타나 있다. 정승지가 자랑하고 있듯이, "우리 작은 아버지
가 지금 법부대신으로 계셔서 날마다 별입시(別入侍 : 신하가 임금을 사사로운
일로 뵙던 일—필자)를 하시"고, "지금 관찰사도 우리집 사람이요 본골 군수
도 우리집 문객(門客 : 권세 있는 대가의 식객—필자)"이었던 것이다(4면). 이 속
에서 지방의 토호질은 경장 후에도 의연하였다. 다만 달라진 점이 있다
면 대놓고 하던 방식에서 "은군자 토호질"(12면)로 바뀐 것이다.
 김감역은 바로 정승지의 은군자 토호질에 희생되었다. "엽전 십만 냥
만 취하야 달라난 것을 아니 주었다"(9면)가, 김감역은 정승지에 의해 동
학 접주로 몰려 서울로 끌려가 처형되고, 정승지는 "김감역의 수표를 위
조하야"(15면) 김감역 재산을 모조리 삼키고 말았던 것이다.
 이 작품의 주인공은 김감역의 딸 빙주(氷珠)이다. 그녀는 겨우 16세의
소녀지만 대담하다 못해 영악하기조차 하다. 작품은 빙주가 정승지에게
접근하여 그의 목을 잘라 아버지의 영연(靈筵)에 바치는 엽기적 복수로
시작되는데, 이는 우리 소설의 전통에서는 매우 낯선 것이다. 신파조의
엽기적 복수담을 우리 소설에 끌어들인 장본인은 이인직인바, 딸의 복수
를 위해 강동지가 김승지 부인의 목을 베는 것으로 끝나는 『귀의성』 하
편(1908)이 대표적이다. 이러한 복수담은 너무나 끔찍해서 사실주의의 기
율을 따지기 이전에 비현실적이다. 정승지·김감역·농민군으로 대표되
는 갑오농민전쟁 시기의 복잡한 계급적 갈등을 날카롭게 포착한 작가가
겨우 피비린내 나는 복수담으로 작품을 열었다는 데서 선정적 통속성이
짙게 드러나고 있는 것이다.

이로부터 구원자에 의지한 빙주의 파란만장한 인생의 모험이 시작된다. 첫 번째 구원자가 충북 진위대의 장교 박참위이다.

> 박참위는 근본 명가 후예로 혁혁한 문벌은 그 전시대로 말을 하면 한림 직각에 이조참의 대사성은 누워 떡 먹듯 할 터인데 그런 부패한 사상은 염두에도 없고 …… 관례도 하기 전에 조상의 여음으로 양반벼름통에 들어 참봉 초사를 시켜도 싫다 세마 복직을 시켜도 싫다 이것도 싫다 저것도 싫다 모다 박차버리고 생각이 출중이 들어 장가도 들지 아니하고 무관학교에 입학을 하야 제1회 육군 졸업을 하고 충청북도 진위대 참위로 보직이 되야 나려 왔더라. (64~65면)

서울 집권층의 세가(世家)에서 자랐음에도 그는 중세에 반대하는 개화파이다. 그리하여 "정씨 같은 민적(民賊)을 죽였으니 상쾌하기는 한량이 없"(65면)다고 정승지의 죽음을 통쾌히 여겨, 빙주를 도망시키고, 구극에는 결혼에 이르는 것이다. 신분을 넘어선 이들의 결혼에서도 박참위의 진보적 성격은 넉넉히 엿볼 수 있다.

두 번째 구원자는 이협판이다. 외국 유학을 마치고 귀국하여 법부 협판(法部 協辦 : 법무부 차관)으로 서울 동촌 연동에 살고 있는 그는 원래 보은 출신으로 그 형은 보은 바람부리 안말의 이진사이다. 이진사는 개화판으로 나선 아우와 의절할 정도로 완고한 수구파인데, 그 딸 옥희는 영악하다. 이진사 부부 죽은 후 고아로 된 옥희가 삼촌 이협판을 찾아 상경하면서 그녀는 말한다.

> 에그 야속 야속해. 우리 아버지는 내게 못할 노릇을 웨 그리 시키고 돌아가셨누. 우리 삼촌은 자녀간에 자식이라고는 눈 먼 딸자식 하나두 없다니까 내가 올라가기만 하면 오작 귀중히 여기실라구. 들이쌓인 천량이 모다 내것이지 어디로 가겠노. (39면)

옥희는 신데렐라콤플렉스의 화신이다. 그런데 작가는 체포를 피해 서울로 도망치는 도중 빙주를 옥희와 만나게 하고, 옥희는 유탄에 맞아 죽게 하고, 빙주가 옥희로 가장하여 이협판의 조카딸로 들어가게 함으로써 독자들의 흥미를 한층 더 돋군다. 옥희처럼 노골적인 것은 아니지만 빙주를 움직이는 힘도 역시 신데렐라의 꿈인 것이다. 작자는 죽었던 옥희를 살려냄으로써(이 작품에서는 죽었던 인물들이 거의 모두 살아나거니와, 이 또한 통속적 수법이다), 이 두 인물의 의식적·무의식적 경쟁이 소설적 흥미의 초점으로 되는데, 작가는 시종일관 빙주를 옹호하고 옥희를 폄하한다. 그런데 이 작품에서는 진짜 조카딸 옥희가 원래의 위치를 회복하지 못하고 가짜인 빙주에게 패배하고 마니, 이 과정에서 이협판의 주도권이 확연한 터이다. 그는 박참위처럼 빙주를 추적하는 정승지의 숙부 정대신에 맞서 빙주를 옹호하니, 이협판이 혈연보다 빙주를 선택한 것은 개명한 양반과 평민 상층 사이에서 이루어지는 반중세연합이라고 칭해도 좋을 듯하다.

세 번째 구원자가 대궐안 단골무당 삼살방마마이다. 정대신의 집요한 추적으로 이협판 부인의 유모집(동촌 호동)에 피신해 있던 빙주가 옥희의 밀고로 잡히자, 정대신은 경무청에서 그 날로 때려죽이고 마는데, 여기서 작자는 다시 한번 역할바꾸기의 수법을 쓰고 있다. 잡혀 죽은 사람은 빙주가 아니라 가짜인 빙심이었던 것이다. 빙주와 꼭 닮은 빙심을 빙주로 잘못 알고 죽였으니(물론 빙심이도 다시 살아난다), 이로 말미암아 서슬이 시퍼렇던 정대신은 일거에 몰락하여 처형된다. 여기에는 빙주가 죽은 줄 알았던 이협판의 상소도 한몫을 했지만 결정적인 것은 빙심의 어머니 삼살방마마의 힘이다.

> 이 날 삼살방마마는 나라굿을 맡아 남대문 밖 어디 가서 뚱땅거리다가 이런 급보를 듣고 굿하던 그 모양대로 뛰어들어오더니 일변 정대신의 전후죄악과 무죄한 제 딸을 무고이 죽인 소유를 궐내로 발괄을 해서 위선 정대신을 평리원으로 잡아 가두고 (154~155면)

삼살방마마의 권세는 이만큼 크다. 내가 이해조의 『구마검(驅魔劍)』(1908)을 분석하면서 지적했듯이, 한말에는 중세체제의 말기적 증상의 하나로 왕실의 비호를 받는 요무(妖巫)들이 들끓었으니,[29] 정대신을 몰락하게 하는 삼살방마마도 그러한 부류일 터이다.

그런데 빙주와 빙심이는 작품 끝에서 밝혀지듯이 이복형제이다.

> 삼살방마마는 충주 읍내 아전의 딸로서 이십에 홀로 되야 송백 같은 절개를 추상 같이 지키며 화조월석에 긴 한숨 자른 탄식으로 청춘을 느껍게 보내더니 김감역이 한참 곤궁한 때에 충주 읍내를 갔다가 삼살방마마의 집에다 주인을 정하얏난데 삼살방마마가…… 꽃다운 마음이 자연 동해서 김감역과 달 아래 좋은 인연을 한번 맺고 자기의 일생고락을 김감역에게 의탁코자 하난 작정인데 김감역의 그때 그 처지로 말을 하면 자기의 본마누라 하나도 구처할 도리가 없거늘 무슨 주제에 별실을 둘 겨를이 있으리오 꿈결 같이 한번 상종한 뒤에 찰거머리와 같이 달라붙난 삼살방마마를 떼쳐바릴 작정으로 큰집에 단겨온다 천연덕스럽게 속여 넘기고 자기 집으로 돌아왔더라. (255~256면)

마치 이효석의 「모밀꽃 필 무렵」(1936)을 연상시키는 이 뛰어난 삽화는 신소설 속에서 단연 모더니티가 돋보인다. 이 삽화로 하여 요무 삼살방마마는 김감역과 함께 아연, 피와 살을 가진 인간으로 살아나니, 김감역이 떠나간 뒤 "바느질품 다듬이품"(214면)으로 유복녀 빙심을 키우다가 상경하여 무당질에 나선 그녀의 인생역정이 눈에 선하다. 물론 이 삽화도 결국에는 이산가족의 재결합이라는 상투적 차원에서 처리되고 있기는 하지만.

이제 마지막 구원자 광주 너덜이 나무장사 최생원이 등장한다. 그는 김감역과 빙심뿐 아니라 옥희의 음모로 다시 위기에 빠진 빙주마저 구원함으로써 이 소설을 아이디얼리즘의 대합창으로 만드는 데 가장 큰 역할을 하게 되는데, 내가 주목하는 바는 상투적인 구원자로서의 면모가

---

29) 최원식, 『한국근대소설사론』, 창작과비평사, 1986, 96~99면.

아니라 그 내력이다.

> 최생원은 과연 충청도 보은 사람이라. 의술이 고명해서 …… 그때 보은 군수가 젖먹이 아들 하나이 있어서 세상에 흔한 간기로 만경(慢驚 : 어린애가 위장병으로 허약해져 경련을 일으키는 병―필자)이 되야 난치지경에 이르렀는지라. …… 최생원은 말고 편작이 시조벌 되난 의술이기로 죽을 아해를 어떻게 고치리오 그 아해가 필경 불행을 했더니 …… 똥항아리 같은 보은 군수는 …… 최생원을 죽을 죄로 몰아 항쇄족쇄를 하야 잡아다가 …… 김감역은 그 원굴함을 불상히 여겨 …… 돈을 푹푹 먹이고 빼여왔더라. 그후에 최생원 생각에 자기가 의술로 행세하다가는 신명을 보전치 못하리라 싶어 의약방서 등물을 모다불에 쳐질러 태와버리고 …… 광주 너덜이로 올라와서 …… 나무상자로 뜯어먹고 살면서 (202~204면)

옥에서 풀린 후 의서를 모두 태우고 보은을 떠나 나무장사로 변신한 최생원의 삽화 또한 통렬하다. 부패한 중세체제에서는 의원과 같은 전문직도 그 독해에서 벗어날 수 없음을 생생하게 보여주는 것이다.

이처럼 흥미로운 삽화들이 없는 것은 아니지만, 소설은 상투적인 대미에 이른다. 김감역을 다시 만난 삼살방마마는 무당질을 그만두고, 아비를 만난 빙심은 이어 결혼하고, 빙주는 박참위와 성례하고, 이협판 부부까지 득남한다. 약간 특이한 점이 있다면 악인을 끝까지 용서하지 않는 것이니, 옥희는 이협판에 의해 안뒷방에 감금되고 만다.

6. 계몽주의의 한계

김교제의 『목단화』와 『현미경』은 많은 결함에도 불구하고, 이인직을 이은 최찬식이 잘 보여주듯 친일통속화의 길로 추락한 1910년대 초기 신소설사 속에서, 그러한 전반적 추세와 대립하여 희귀하게도 이해조의 애국계몽 노선을 계승함으로써 단연 돋보이는 작품들이다.

『현미경』 이후 그의 문학은 어떤 방향으로 나아갔을까? 여기서는 3·1운동 이후 간행된 두 편의 소설을 간단히 검토해보자.

『애지화』(1920)에서 주목할 점은 이 작품이 근본적으로 최찬식의『추월색』(1913)을 변주하고 있다는 것이다. 어린 시절에 정혼한 두 남녀가 남자 쪽 집안의 몰락으로 헤어졌다가 파란만장한 고난 끝에 신사·숙녀로서 결혼에 성공하는 줄거리도 그렇고, 남녀 주인공을 위기에서 벗어나게 하는 구원자들이 모두 외국인이라는 점도 그렇다. 여주인공은 천주교 자선가 홀부인에 의해, 남주인공은 의학박사요 자선가인 일본인 무등에 의해, 그리고 남주인공의 아버지는 일본인 국분수태랑에 의해 구원되는데, 이와 같은 인물배치는 이인직·최찬식이 즐겨 사용했던바, 여기에 친일적 의도가 직·간접적으로 깔려 있는 터이다. 물론 이 작품에도 작가의 애국적 자세의 편린이 없는 것은 아니다. 여주인공의 중국인 친구 왕대랑의 발언은 음미할 만한 대목이다.

> 우리나라가 언제나 좀 열리여 외국사람의 압제를 아니 받을지 나난 주야에 근심이요 …… 나난 비록 여자라도 분한 마음이 골수에 맺혔난데 우리나라 정부대관이며 사회신사들은 이때까지 꿈을 깨지 못하고 외인의 압제와 능모를 감수하니 그 아니 절통하오[30]

작가는 중국에 빗대 우리나라의 현실을 통탄하고 있는데, 이는 어디까지나 한 삽화일 뿐 전체적인 구도는 친일적인『추월색』을 도습하였던 것이다.

『경중화』(1923)는 자신의『목단화』를 다시 반추하였다. 이 작품의 여권론은『목단화』에서 더 나아가 독신주의로 발전하였다. 그런데 독신론은

---

30) 김교제,『애지화』, 보문관, 1920, 27~28면.

『목단화』와 달리 민족모순과 분리되어 형성되었으니, 두 여주인공의 의
식은 각각 정동 야소교학당 홀부인과 일본인 좌등씨의 보호와 구원에
의지하고 있는 것이다.

　　요컨대 김교제는『현미경』이후 이미 짐작했던 바이지만 퇴행의 길로
들어섰다. 애국계몽사상은 이미, 민족운동을 지도할 수 있는 이념적 활
력을 상실했고, 신문학운동이 새로운 사상적 모색 속에서 성장·발전하
고 있었기 때문이다. 그럼에도 이해조의 작업을 계승한 김교제의『목단
화』와『현미경』은 1910년대 초기 소설사의 맥락을 밝히는 작지 않은 문
학사적 의의를 지닐 것이다.

제2부

애국계몽기의 경향들

제 **1** 장

신소설에 나타난 개화의 두 모습

1. 개화의 등급

    우리만큼 중세와 근대 사이의 문화적 단층이 가파로운 나라도 드물 것이다. 가장 근본이 되는 의식주(衣食住) 생활에서조차 전통은 이제 거의 사라졌다. 자본주의 세계시장에 강제로 편입된 개항(1876) 1세기여 만에 한국사회는 전반서화(全般西化)의 위업(?)을 달성하였던 것이다.

    나라와 인민의 개혁과 개명을 위해 고군분투했던 선구적 개화파 유길준은 『서유견문』(1895)에서 일찍이 갈파하였다. "개화하는 일이란 타인의 장기(長技)를 취할 뿐 아니라 자기의 선미(善美)한 것을 지키는 데에도 있으니 대개 타인의 장기를 취하는 의향도 자기의 선미한 것을 보(補)하기 위함"이다. 그는 이 온당한 관점에서 외국문물에 대해서는 무조건의 찬양을, 자기 나라 것에 대해서는 무조건의 멸시를 퍼붓는 자들을 개화당이 아니라 '개화의 죄인'이라고 질타하고, 반대로 외국 것이면 전적으로 오랑캐의 풍습으로 모는 자들을 수구당이 아니라 '개화의 원수'로 규정한다. 그런데 그가 가장 미워한 자들은 '개화의 병신'이다. 입에는 외국 담배, 가슴에는 외제 회중시계를 늘이고 의자에 걸터앉아 외국어는 대강 아는 주제에 외국 풍속이 어떠니 저떠니 잡담이나 하는 자들이 바로 그들이다.

유길준은 개화를 "사람의 천만가지 사물이 지극히 착하고 지극히 아름다운 경지에 이르는 것"이라고 규정한 바 있는데, 이처럼 진정한 개화를 주장하고 힘써 실천하는 '개화의 주인'들이 우리 사회에 넘치기를 간절히 염원하였다. 그러나 그의 염원은 실제 역사 속에서 배반당하였다. 한국 근대사는 '개화의 주인'이 주변화하고 낮은 등급의 개화파가 주류로 들어섬으로써 파행을 거듭해온 터인데, 최근 바짝 더욱 부박해진 세태를 바라보면서 자본의 대공세와 보수의 높은 벽을 뚫고 우리 사회의 진보를 위해 형극의 길을 걸어갔던 개화파 혁명가들을 착잡한 심정으로 다시 생각하게 된다. 우리 사회가 지선극미(至善極美)한 경지에 이를 새로운 길은 과연 어디에 있는가?

신소설은 외래자본의 첫 공세에 노출된 한국사회를 비추는 거울이다. 이 거울 속의 세계는 참으로 복잡하다. 민족모순과 계급모순이 다기한 양태로 얽혀들어 간명히 정리하는 일이 쉽지 않지만 그래도 역시 중심 갈등은 수구파와 개화파 사이에 걸쳐 있다. 그런데 조선 시민계급의 미성숙으로 말미암아 신소설은 "개화조선의 성장 앞에 무참히 붕괴되는 구세계 봉건 조선의 몰락 비극이 그려져야 할 것임에도 불구하고 오히려 강대한 구세계의 세력하에 무참히 유린당하고 노고하는 개화세계의 수난역사"(임화, 「신문학사」)로 되었던 것이다. 수구파와 개화파의 대립은 한편 구세대와 신세대의 갈등으로도 나타나는데, 나는 여기서 이 문제를 몇 개의 신소설을 통해 살펴볼까 한다.

2. 아버지와 아들

이인직의 『치악산』(1908)에는 아주 흥미로운 아버지와 아들의 대화 장면이 나온다.

> (홍) 이애 백돌아, 너는 요새 글 한 자 아니 읽고 우에 편편이 노느냐?
>
> (백) 요새는 좀 보는 책이 있읍니다.
>
> (홍) 응, 보는 책이 무엇이란 말이냐? 쓸데없는 책 보지 말고 다만 한 자를 보더래도 경서를 읽어라. 그래, 네 소위 본다는 책이 무엇이냐?
>
> (백) 『해국도지』를 얻어다가 봅니다.
>
> (홍) 『해국도지』, 『해국도지』, 『해국도지』가 무엇이냐? 책을 보려하면 우리 집에도 볼 만한 책이 그득한데 『해국도지』를 빌어다가 본단 말이냐? 이애, 너도 개화하고 싶으냐? 어, 저 자식이 서울 몇번을 갔다 오더니 사람 버리겠구!

아버지는 홍참의. 참의(參議)는 육조(六曹)의 정3품 벼슬이니 고급 관료 출신이다. 거기다, 사돈을 맺은 이판서보다도 지체가 낫다고 자부하고 있듯이 그는 어느 모로 보나 조선왕조의 핵심적 양반층의 일원인 것이다. 그러나 시세가 글러지면서, 다시 말하면 개화가 대세로 되면서 원주(原州)로 낙향한 완고한 수구파다. 유길준의 용어를 따르면 '개화의 원수'인 셈이다.

백돌이는 아버지의 소망과 달리 시골 양반집의 답답한 분위기로부터 탈출을 꿈꾼다. 그 바람은 서울에서 불어왔다. 백돌이의 장인은 개화파 이판서다. 이판서의 은근한 후원 속에 백돌이는 개화세계로 한발 한발 다가서는데, 그를 눈치챈 홍참의가 백돌이를 떠보는 것이 바로 윗장면이다.

그런데 그것이 경서(經書)와 『해국도지(海國圖誌)』의 차이로 상징되는 점이 흥미롭다. 『해국도지』는 아마도 장인으로부터 빌려온 것일 터인데 도

대체 무슨 책이길래 홍참의가 마치 불온서적 다루듯 하는 걸까? 청(淸)의 공양학파(公羊學派) 웨이 위앤[魏源, 1794~1856]이 1844년부터 1852년까지 100권으로 완간한 이 저작은 서양의 역사와 지리를 중점적으로 소개한 일종의 세계지리서이다. 그런데 이 책이 동아시아 삼국에 심대한 영향을 끼쳤다는 점이 주목된다. 이 책의 출간을 계기로 청에서는 서양의 기술을 채용하는 양무론이 흥기하고, 페리의 내습(1853)으로 혼란에 빠진 일본을 결국 개국론으로 방향을 잡게 하였으며, 한국에서도 개화파의 출현에 한 자극이 되었던 것이다(李光麟, 『한국개화사연구』). 말하자면 『해국도지』는 당시 동아시아 지식인 사회에서 대체경서(代替經書)의 위치에 있었다고 해도 지나친 말은 아니다.

　해외지식을 소개하는 책이 어떻게 이처럼 대단한 영향력을 행사할 수 있었을까? 이 책의 배면에는 아편전쟁에서의 중국의 뼈아픈 패배의 상처가 서려 있다. 1840년에 발발하여 이듬해 굴욕적인 남경조약을 맺음으로써 일단 마무리된 이 전쟁을 통해 '잠자는 사자'에 비유되곤 했던 중국은 한낱 종이 호랑이에 지나지 않음을 만천하에 폭로하고 마는데, 웨이 위앤은 영국의 비열한 아편 밀무역을 근절하려는 비장한 결의 아래 린 저쉬[林則徐]의 주위에 모여든 저항파의 일원으로 활약한 바 있다. 그러나 중국의 저항이 영국의 무력공격 속에 가차없이 분쇄되자 이 책의 저술에 몰두한다. 이 책의 핵심적 메시지는 무엇인가? "오랑캐로써 오랑캐를 제압하기 위해서는 오랑캐의 장기를 스승으로 삼아야한다." 일체의 편견을 배제하고 오랑캐의 정세[夷情]를 알아야 함을 역설하는 웨이 위앤은 주자학적 규범주의와 비정치적 고증학을 넘어서 아주 냉철한 정치적 리얼리스트였던 것이다(野村浩一, 『近代中國の政治と思想』). 우리는 여기서 이 책이 서구 열강의 침략 앞에 깊숙한 위기에 몰린 동아시아의 지식인 사회에 광범한 공감 속에 퍼져나간 사정을 이해할 수 있을 터이다.

　『해국도지』는 마침내 조선의 시골양반 홍참의 집 작은 사랑에까지 당도하여 백돌이의 의식을 흔들어 놓는다. 이 소설은 뚜르게네프의 『부자』

로 발전할 소지를 충분히 마련하고 있는 셈이다. 그러나 작가는 그를 장인의 후원으로 시골집을 탈출해 해외 유학을 떠나게 함으로써 이 흥미로운 주제를 전체 소설 속에서 하나의 삽화로 그치게 만든 것이 안타깝다. 여기에 이인직의 치명적 한계가 있다.

이인직은 개화파다. 또한 '신념의 친일파'이기도 하다. 그는 눈치 보아가며 또는 시세에 따라 어쩔 수 없이 친일에 나선 인물이 아니라 조선의 근대화를 위해서는 조선을 일본과 합치는 방법밖에 없다고 굳게 믿었던, 어떤 점에서는 매우 순진한(?) 자다. 과연 일제는 충직한 친일파 이인직을 '한일합병' 이후 토사구팽(兎死狗烹)하였다. 이런 작가적 한계 속에서 백돌이는 집안과 나라를 개혁하는 투쟁에서 떨어져 앞부분에 잠깐 등장했다간 결국 도피성 유학으로 작품 안에서 실종된다. 다시 말하면 백돌이는 '개화의 주인'이 되지는 못하고 말았다.

3. 아버지와 딸

이해조의 『홍도화』(1908)에는 여학생 태희와 그 아버지 사이의 인상적인 대화 장면이 나온다.

> (리) 태희야, 오늘까지는 학교에를 갔다 왔지마는 내일부터는 문 밖에 나아단기지 말아라.
>
> (태) 에그 아버지, 왜 그리 하셔요 문 밖에를 못 나아가면 날마다 상학(上學)은 어떻게 합니까?
>
> (리) 상학도 그만 두어라. 계집아해가 그 동안 한 공부만 하여도 무던하지, 더 해서는 무엇을 하게?
>
> (태) 그리면 일껏 사년이나 공부를 하다가 얼마 아니면 졸업을 할 터인데 그 만

두어요? 엊그제도 가정수신(家庭修身) 가르치시는 선생님께서 학도들을
대하야 권면하시기를 나라의 인민 되기는 남녀가 일반이라. 이십세기 시대
는 이왕 쇄국시대와 같지 아니하여 여자가 규중에 갇혀 오직 술밥이나 지
을 줄 알고 지낼 것이 아니라 각종 학문을 널리 닦아 국가사회의 큰 사업
을 성취하는 것이 당연한 직분이니 여러 학도 중에 서양 라란부인 같이 학
문을 열심하여 유시무종치 말고 몸을 나라에 바쳐 천추에 아름다운 이름
을 사책에 빛내고저 하는 학도는 손을 들라 하시기에 나도 다른 학도와 같
이 손을 들었사오니 지금 공부를 중도이폐하면 제 마음을 속이고 선생님
도 속인 것이 아니 되겠읍니까?
　이직각이 그 말을 듣더니 징을 버럭 내며,
　아비 말보다 교사의 말이 더 중하단 말이냐? 계집아해가 국가사회라는 것이 다
무엇인고? 라란부인이 무엇 말라 죽은 것인지 모르겠으나 그는 서양사람이니까
서양 풍속대로 여자가 남자 하는 일을 했나 보다마는 너는 대한 여자니까 대한
풍속대로 시집을 가서 남편이나 잘 섬기고 시부모나 잘 봉양하며 (……)

태희의 아비는 직각(直閣), 그러니까 규장각의 판임관(判任官) 벼슬아치
다. "북바닥 당당 명사댁"이라고 지칭하는 것을 보건대, 서울의 전통적인
집권 양반층의 일원이다. 그는 홍참의와 달리 시세에 민감하다. 그런데
겉으로는 개명한 척해도 속종으로는 완고한, 유길준의 분류에 의하면,
'개화의 병신'인 것이다. 신소설에는 대체로 완고한 양반 아니면 개명한
양반이 등장하게 마련인데, 얼개화꾼의 생생한 초상을 제시한 데서 이해
조의 독창성이 빛난다.

얼개화꾼의 무남독녀 태희는 그 덕에 학교를 다닐 수 있었다. 물론 이
직각은 자기 딸을 학교 보내고 싶은 마음이 추호도 없었으나 자신의 개
명을 과시하기 위해 마지못해 입학시키지 않을 수 없던 것이다. 그런데
학교교육은 이미 태희의 의식 속에 개성의 씨앗을 뿌려두었으니, 20세기
를 강렬하게 의식하고 있는 그녀는 이미 구식 여성이 아니다. 아비가 양
반만 취하여 영평의 홍생원 아우와 정혼하는데, 이 집안도 원래는 서울
집권층이었던 것이다. 그녀는 이에 논리적으로 항의한다. 이에 당황한 아

비의 윽박지름은 가관이 아닐 수 없다.

이 흥미로운 토론 장면에서 우리는 그녀가 라란부인(羅蘭夫人)에 고무되고 있다는 점에 주목해야 한다. 라란부인은 누구인가? 그녀는 프랑스혁명의 어머니로 일컬어지던 롤랑부인(Madame Roland, 1754~93)이다. 혁명에 열렬히 참여하여 우익 지롱드파의 지도자의 하나로 활약하다가 좌익 자꼬뱅파와의 권력투쟁에서 실패하여 결국 처형된 그녀는 프랑스혁명이 배출한 드문 여걸이다. 그런데 이 여성혁명가가 구한말의 한국 여성을 깨우는 중요한 표상의 하나로 내세워졌다는 점이 재미있다.

롤랑부인의 전기 『라란부인전』이 1907년 『대한매일신보』에 연재되고 이어 1908년에는 단행본으로 간행된 바 있는데, 그녀는 우리나라뿐 아니라 중국과 일본에서도 유명했다. 그녀의 전기가 일본에서는 일찍이 1886년에, 중국에서는 1902년 량 치차오[梁啓超]에 의해 번역·간행되었던 것이다(金秉喆, 『한국근대번역문학사연구』). 과연 태희가 그녀의 전기를 직접 읽었는지는 자세하지 않으나, 교사가 그녀를 예로 들 정도로 그녀의 사적이 당시 여학생들 사이에서 널리 알려진 것은 짐작할 수 있다.

더구나 태희는 이미 사랑에 눈뜨고 있었다. 학교에 가고 오는 길목 자수궁다리에서 부딪치곤 하는 어느 남학도를 마음에 두어 "만나면 반갑고 헤어지면 섭섭"하다고 고백한다. 그녀의 인간적 자각은 그 어느 신소설 여주인공보다 성숙했던 것이다. 그러나 태희는 결국 아비의 강압으로 시골 양반집으로 불행한 시집을 가 곧바로 과부가 되고 만다. 그런데 이 소설의 미덕은 이인직과 달리 여주인공의 수난사로 시종하지 않는다는 점이다.

작가는 남편도 없는 시집살이에 시달리면서 억눌렸던 그녀의 인간적 자각을 다시 일으킨다. 그 계기가 친정 어머니가 보내준 옷 보따리를 싼 『제국신문』이다. 그녀는 기갈 들린 듯 신문을 들여다보다가 개가를 논한 논설을 읽게 된다. 이 글을 독파한 뒤, 그녀는 "수절이니 정절이니 하고 세상에 났던 보람 없이 아무 자미 모르고 그대로 시들어 죽"는 일의 허

망함을 생각하고 마침내 시집으로부터 탈출을 감행하는 것이다. 당시로
서는 혁명적 행동이 아닐 수 없다.

여주인공 못지 않게 남주인공 심상호도 진보적이다. 유배지에서 죽은
개화파 심협판(협판은 오늘날의 차관)의 아들 상호는 태희가 자수궁다리에서
보곤하던 바로 그 남학도다. 그런데 그도 태희를 흠모했던 것이다. 어머
니의 결혼 재촉을 거역하고 자유 결혼을 주장하는 그는 태희가 청상이
된 것을 알자 놀랍게도 그녀와 결혼할 것을 결심한다. 그리하여 작품은
태희와 상호의 조촐한 결혼식으로 끝맺는다. 총각과 과부의 결혼은 오늘
날에도 드문 일임을 상기할 때 일체의 구시대적 질곡으로부터 해방된
이 새로운 인간형의 탄생에 작가는 계몽 이성의 이름으로 따듯한 축복
을 보내는 것이다. 상호가 피로연에서 "이직각의 딸을 개가하여 왔다고
일호반점이라도 나뻬 여기어 말 한 마디라도 상서롭지 아니케 하시랴거
든 종금 이후로 상호와는 영영" 결별이라고 선언하는 감동적 연설을 듣
고 있노라면, 상호와 태희가 바로 유길준이 대망해 마지않던 '개화의 주
인'이라는 점을 깨닫게 된다.

이해조의 작품에서는 이인직과 달리 어찌하여 생활세계의 개혁으로부
터 나라와 인민의 개명을 추구하는 진정한 근대인의 모습이 충실히 그
려질 수 있었을까? 이해조는 이인직처럼 친일개화파가 아니라 구한말 애
국운동에 열렬히 참여한 진정한 계몽주의자였다. 칸트는 계몽을 미성년
상태로부터의 해방이라고 정의하고, 이에 이르기 위해서는 "자신의 이성
을 모든 점에서 공적으로 사용하는 자유"가 전제되어야 한다고 강조한
바 있다. 이 점에서 친일개화파는 사이비 계몽주의자다. 이성에 대한 깊
은 신뢰에 기초하여 이성의 빛의 인도에 따라 자신의 운명을 주체적으
로 개척해 가는 진정한 계몽주의자는 결코 이성의 철저한 행사를 중도
에 포기하는 자발적 친일파가 될 수는 없을 터이기 때문이다. 이 같은
차이로 말미암아 이해조의 주인공들은 진정한 근대인에 더욱 다가선 '개
화의 주인'으로 형상화될 수 있었던 것이다.

그러나 이처럼 부상한 '개화의 주인'들은 대한제국의 멸망(1910)을 고비로 주인의 위치에서 추락하고 사이비 계몽주의자=친일 개화파와 기껏해야 얼개화꾼에 지나지 않는 '개화의 병신'들이 득세한 것은 잘 알려진 사실이다. 애국계몽기(1905~1910)의 소설에 등장했다가 국치와 함께 어둠 속으로 사라진 진정한 신세대의 비판적 계승은 3·1운동(1919) 이후를 기다려야 했던 것이다.

친일문학의 선구자, 이인직

1. 신소설의 개척자

이인직이라는 이름은 아직도 우리 근대문학사의 서장을 화려하게 장식하고 있다. 신소설의 개척자로서 우리는 아직도 『혈의루』(1906)를 최초의 신소설로 신주단지처럼 모신다.

그런데 조금만 주의하면 이 작품은 제목부터 일본식이라는 사실을 깨닫게 된다. 일본어에서는 명사와 명사 사이에 꼭 'の'(의)가 끼어 들게 마련이기 때문이다. 우리식 어법이라면 이 제목은 그냥 '혈루'이거나 '피눈물'이 되어야 하는 것이다. 제목뿐만 아니라 그 문체도 희한하다.

어제아침 이방   피난   때
昨日朝에 此房에서 避難갈 時에는

한자어에 토를 달았는데 그 방식이 일본식의 후리가나이다. 이 번거로운 일본식 문체는 이미 중세부터 한글 전용의 전통을 견지하고 있던 우리 소설 문체에 대한 일대 후퇴인 것이다.

더욱 심각한 문제는 이 작품의 시각이다. 청일전쟁(1894)을 배경으로 하고 있는 이 작품에서, 작가는 청군의 부패를 맹렬히 규탄하면서도 일본군의 만행에는 짐짓 눈감고 고난에 빠진 여주인공 옥련을 일본 군의관으로 하여금 보호하게 함으로써 일본이야말로 조선의 구원자라는 의식을 교묘하게 심어 주고 있는 것이다. 옥련은 일본에서 다시 조선 청년 구완서에 의해 위기에서 벗어난다. 그런데 이 청년 또한 수상하다. 비스마르크를 흠모하며, 조선사회를 야만으로 은근히 멸시하는 이 민족허무주의자는 일본과 만주를 합하여 대연방을 건설하겠다고 꿈꾸는데, 그 꿈은 만주침략(1931)에서 실현되었던 것이다. 이 작품이 발표되었던 1906년에, 조선인으로서 이미 1931년의 사태를 예견하고 있는 구완서는 일본 군국주의의 첨병이 아닐 수 없다.

우리는 친일문학 하면 일제 말기만 생각하기 쉽다. 천만의 말씀이다. 친일문학자는 이미 우리 근대문학 초기부터 암약하고 있었으니, 이인직과 최찬식이 대표적인 인물이다. 이완용의 비서로 매국협상을 배후에서 주도했던 이인직과, 일진회 총무원 최영년의 아들로 이인직의 뒤를 이어 1910년대에 대표적 친일문학자로 떠오른 최찬식, 우리는 이인직과 최찬식을 중심으로 구성된 근대문학사의 서장을 새로이 고쳐 쓰지 않으면 안된다.

2. 고마쯔의 제자에서 이완용의 비서로

이인직은 1862년 음력 7월 27일 경기도 음죽(陰竹), 오늘날의 이천(利川)에서 부 윤기(胤耆)와 모 전주 이씨 사이의 차남으로 태어났으나, 이후 백부 은기(殷耆)의 양자로 들어갔다. 본은 한산(韓山), 명문에 속하지만 그의 직계 집안은 한미해서 아마도 서계(庶系)가 아닌가 추측된다. 그의 어린 시절은 불우했다. 5세에 생부를, 11세에 양모 남원 윤씨를, 18세에 생모를 잇따라 여의어 고아와 진배없었던 것이다. 일찍이 동래 정씨와 결혼하여 슬하에 자녀를 두었다(田尻浩幸, 「菊初李人稙論」).

그런데 그는 1900년 2월 장년의 나이에 갑자기 일본 유학길에 오른다. 같은 해 9월 토오꾜오정치학교에 입학하여 이듬해 7월에 졸업하게 되는데, 그는 이 학교에서 앞으로의 매국활동을 위한 중요한 인연을 맺게 된다. 조중응(趙重應)과 함께, 열국(列國)의 정치제도와 국제법 강의를 담당한 고마쯔[小松綠]의 제자가 된 것이다.

고마쯔는 1906년 통감부의 외사국장(外事局長)으로 조선에 나와 '합방'의 실무자로 활약한 자이고, 조중응은 매국노였다. 그는 유생 때에 이미 일본과 내통한 죄를 지어 오랜 유배생활을 하다가 갑오경장 때 관리로 발탁되었으나, 1896년 아관파천으로 일본에 망명하였다. 1906년 특사(特赦)로 귀국하여 일약 법부대신·농상공부대신에 올라 정미매국칠적(丁未賣國七賊)의 하나로 드디어 '합방' 후 자작의 칭호까지 얻은 자인데, 유학생 이인직과 망명객 조중응이 토오꾜오정치학교를 매개로 결합하였던 것이다.

당시 유학생과 망명객의 교류는 매우 골칫거리여서, 대한제국 정부는 1903년 2월 유학생 소환령을 내렸다. 물론 이인직은 이 소환에 응하지 않았다. 그는 미야꼬[都] 신문사의 견습생으로 일하는 한편 고국의 아내를 버리고 일본 여자와 동거한다. 그런데 흥미로운 것은 그의 일본인 아내가 우에노[上野]에서 '조선루'라는 한국식 요정을 경영했다는 사실이다. 요컨대 유학 시절의 이인직은 견습생으로 신문일을 배우면서 망명객 조중응과 함께 고마쯔의 제자가 되어 때를 기다리고 있었던 것이다.

마침내 그에게 귀국 기회는 왔다. 러일전쟁이 일어나자 1904년 2월에 일본 육군성으로부터 제1군 사령부 소속 한국어 통역으로 임명되어 종군하게 된다. 제1군은 2월 16일 인천에 상륙, 3월 중순에는 평양으로, 4월 하순에는 압록강 우안(右岸)에 집결하여 5월 1일 강을 건너 러시아군을 격파하고, 5월 11일 봉황성으로 진격하였다. 여기서 이인직은 통역에서 해고된다.

이듬해 그는 조중응과 함께 동아청년회에 가입하였는데, 이 단체는 "지식과 사교에 의해 동아인의 단결을 이루고 동아의 전국면에 문명의 보급을 꾀"한다는 취지에서 보듯이 일본의 지배를 동아시아 전체로 확대하려는 제국주의적 의도를 가진 첨병적 모임이었다. 여기에서 우리는 일본, 조선, 만주를 포함한 연방을 건설하겠다고 기염을 토한 『혈의루』의 남주인공 구완서가 바로 이인직의 분신임을 짐작할 수 있다.

이인직은 1906년 2월 일진회의 기관지 『국민신보』의 주필이 됨으로써 국내에서 본격적인 친일활동의 발판을 마련한다. 어떤 연줄로 그가 이 신문사에 관계하게 되었는지는 자세하지 않으나, 아마도 이 신문의 창간인 송병준과 연관이 있었는지 모르겠다. 왜냐하면 일본에 망명해 있던 송병준도 이인직처럼 러일전쟁이 일어나자 통역으로 귀국하여 일본 군부의 조종 아래 일진회를 통해 맹렬하게 매국활동에 종사하고 있었기 때문이다.

4개월 만에 그는 『만세보』의 주필로 자리를 옮긴다. 1906년 2월에 손병희의 발의로 창간된 이 신문은 『국민신보』의 대항지였다. 일진회는 원래 일본에 망명해 있던 손병희가 국내의 이용구를 내세워 벌인 동학의 반정부 운동단체였다. 그러나 이용구가 일본 군부의 조종을 받는 송병준과 야합하자, 이를 견제하기 위해 1906년 망명지 일본에서 귀국한 손병희는 천도교를 창건하고 일진회에 대항하는 사회활동의 일환으로『만세보』를 창간하였던 것이다.

이인직은 이 신문에『혈의루』를 연재함으로써 일약 문명(文名)을 얻고 이를 발판으로 영향력을 증대시켰다. 더구나 이 시기에 토오꾜오정치학교 시절의 인연은 막강한 힘을 발휘하기 시작했으니, 그의 은사 고마쯔는 통감부 외사국장으로 부임하고 동문수학(同門修學)한 조중응도 통감부 촉탁으로 귀국하였던 것이다.

드디어 이인직은 이완용의 후원을 얻어『만세보』를 인수하여 1907년 7월『대한신문』을 창간한 후 사장 자리에 앉는다. 이완용 내각의 기관지 역할을 한 이 신문을 통해 그는 본격적인 암약에 들어가게 되니, 조중응은 이 때 법부대신이었다. 당시 정계는 친일활동의 주도권을 놓고 이완용파와 일진회가 격렬한 항쟁을 계속했는데, 이인직은 전자에 가담하게 되었던 것이다.

1908년 이후 그는 연극시찰이니 종교적 목적이니 하는 명목으로 일본을 뻔질나게 드나든다. 실제로 그는 천리교(天理敎) 신자였다. 일본 여자와 재혼한 이인직은 종교마저 일본 신도(神道)의 일파인 천리교에 귀의했으니 참으로 철저한 자다. 그러나 이런 명분보다도 이완용의 밀사로서 일본 정객들과 매국의 막후공작을 위해서 일본 나들이에 나섰던 것이다.

1910년 8월 초순, 이완용은 '합방'운동을 맹렬히 전개하고 있던 일진회를 견제하기 위해 심복 이인직을 고마쯔에게 보내 결정적인 비밀접촉에 들어간다. 고마쯔는 1910년 무더운 여름밤 이인직의 돌연한 방문을 다음과 같이 생생하게 기록하고 있다.

> 그(이인직—인용자)는 양미간에 찬 빛을 띠우며 우선 근본문제부터 말하기 시작하였다.
> "일진회가 합방론을 제창하고 또한 일본에서는 병합설이 대단하여졌다는 사정 등을 합쳐보면, 오늘날 무엇인가 대변혁이 일어나지 않으면 안되리라고 저희들은

깨달았기 때문에, 최근 저는 이수상(李首相, 즉 이완용—인용자)을 만나서 빨리 거취의 각오를 결정하시도록 근고(謹告)해 보았습니다. 2천만 조선사람과 함께 쓰러질 것인가 6천만 일본인과 함께 나아갈 것인가, 이 두 길밖에 따로 수상의 취할 길은 없습니다. 어느 쪽 길로 나가시겠느냐고 물었습니다. 이수상은 잠깐 침음하다가 서서히 말씀하시기를, 5적 또는 7적이라고 불릴 정도의 현내각이 와해된다면 현내각 이상의 친일파 내각이 새로 될 수 있을 것인가 참으로 통심할 일이라고 대답하셨습니다."

　나는 이와 같은 이인직의 말을 듣고서 이것은 참 좋은 문제를 가져온 것이라고 내심 기뻐하였다. 나는 유달리 하하 웃으면서 손수 맥주를 따라서 그에게 권하고 나도 마셨다. 넓은 응접실에는 단 둘뿐 다른 누구도 있지 않았다.

― 小松緑, 『朝鮮併合之裏面』

　이를 기틀로 협상은 급진전, 마침내 1910년 8월 29일 대한제국은 이완용파의 주도 아래 멸망하였던 것이다.

3. 장례도 일본식으로

　이와 같은 혁혁한(?) 공으로 이인직은 1911년 경학원(經學院) 사성(司成)이 되었는데, 연봉이 900원이었다. 이완용이 2,000원, 조중응이 1,600원이었던 데 비하면 낮지만 꽤 높은 금액이 아닐 수 없다. 경학원은 일제가 조선 왕조의 정신적 권위인 성균관(成均館)을 격하하여 설치한 기관으로, 전국의 유림을 선무하는 공작을 가장 중요한 임무의 하나로 삼았던 곳이다.

　이인직은 이미 1909년경 대동학회(大東學會)에 은밀히 관여한 바 있다. 이 회는 원래 1907년에 '유교를 유지코자 하는 대목적' 아래 조직되었는데, 유교를 빙자한 매국단체였다. 헤이그 밀사 사건이 나자 이또오 히로 부미에게 사죄문을 보내고, 의병을 '철부지의 불장난'으로 매도하고, '우리나라의 위기를 평안으로 전환시킬 유일한 길은 오직 일본과 결합하는 한 가지 일'임을 천명하면서 전국에 22개의 지회를 두어 유림의 친일화를 기도하였던 것이다. 대동학회는 1909년 공자교회로 전환하였는데, 이인직은 간부로 참여하여 지방 조직 건설에 몰두한 바 있었다.

아마도 이 같은 경력이 그를 경학원 사성으로 발탁되게 하였을 것인데, 그의 정력적 친일활동은 맹렬하기 짝이 없다. 전국을 순회하며 유림을 선무하는 한편, 1913년에는 『경학원잡지』를 창간하여 유림에 대한 회유와 협박을 더욱 조직적으로 수행하였던 것이다. 이 시기 활동 가운데 절정은 타이쇼오[大正]의 즉위 대례식에 헌송문을 지어 바친 일이다.

이처럼 견마지로를 다하던 그도 1916년 11월 21일 신경통으로 총독부의원에 입원, 나흘 만에 허무하게 이승을 하직하게 되는데, 총독부는 죽기 하루 전 그의 연봉을 1,000원으로 특별 인상한다. 당시 신문은 그의 최후를 다음과 같이 전하고 있다.

천리교식의 장의

경학원 사성 이인직 씨의 장의는 본월 28일에 고양군 용강면 아현화장장에서 거행하였는데, 장의의 제반의식은 동씨의 평일 신앙하던 바 천리교식으로 행하였는데, 당일 참회한 회원은 경학원 부제학 박제빈남(朴齊斌男) 이하 경학원 직원 일동과 천리교 신도 다수와 이완용백(伯), 조중응자(子), 유성준(兪星濬) 제씨와 총독부의 다수한 관리가 호종하였으며, 씨의 평일 공로를 위로하기 위하야 당국에서는 상여금이라는 명목으로 450원의 금액을 하부하였고, 대제학 자작 김윤식(金允植) 씨는 부제학 자작 이용직(李容稙) 씨를 대리로 명하여 일반직원을 대동하고 제권을 행하였더라.

—『매일신보』, 1916.12.2

제3장
애국계몽기의 이해조 소설

1. 이해조 대 이인직

한때, 우리 문학사에서 1894년부터 3·1운동에 이르는 시기를 '개화기'라고 통칭하는 일이 바짝 유행한 적이 있었다. 이 관행을 승인한다고 하더라도 신소설의 흥기와 쇠퇴를 기준으로 삼으면 이 시기는 셋으로 구분된다. 첫째는 1894년에서 1905년까지, 둘째는 1905년에서 1910년까지, 셋째는 1910년에서 1919년까지. 그런데 신소설은 둘째 시기에 나타나서 셋째 시기 초기까지 명맥을 이어가다가, 정확히 말하면 일본신파소설 번안시대가 열리는 『장한몽』(1913)의 출현 이후 급속히 쇠퇴의 길로 들어섰다. 물론 『장한몽』 이후에도 신소설이 창작·유통되긴 하지만 이미 문학사적 의의는 거의 소진된 형편이다. 그러니까 신소설은 둘째 시기, 즉 애국계몽기에 전성기를 맞이했다고 보아도 좋다.

대한제국이 반식민지로 전락한 애국계몽기에는 도시를 중심으로 한

합법적 애국계몽운동과 농촌을 중심으로 한 비합법적 의병전쟁이 민족
운동을 양분하였다. 또한 주목할 것은 이 시기에 일제와 그에 조종되는
조선의 괴뢰내각과 착종된 관계 속에 연결된 매국운동이 준동했다는 점
이다. 따라서 이 시기에 세 노선의 문학―의병전쟁문학, 애국계몽문학,
친일문학―이 병존했으니, 친일문학은 이 시기에 이미 출현한 터이다.
그런데 이 삼자는 뚜렷이 구분되는 듯 얽혀있다. 나라의 독립을 추구하
는 문제를 중심으로 하면 앞의 2자와 친일문학이 대립하고, 나라의 개명
을 기준으로 삼으면 의병전쟁문학과 뒤의 2자가 경계를 이루고 있기 때
문이다. 물론 애국계몽문학과 의병전쟁문학이 이 시기 문학사의 주류임
은 말할 것도 없겠다. 이 시기 문학을 검토할 때는 우선 대상 작가 또는
작품이 어느 노선에 속하는가를 따져보아야 하는데, 당시 친일문학도 애
국으로 위장하고 있어서 세심한 판단이 요구된다. 요컨대 한국 계몽주의
에는 개화를 자강의 방편으로 삼는 애국계몽사상과 개화를 매국에 이용
하는 친일개화론이 병존하는 것이다. 혹자는 양자의 차이를 무시해도 좋
다고 주장하지만, 백지 한 장의 차이가 때로는 엄중할 뿐 아니라, 변별할
점은 끝까지 변별하는 것이 학구의 기본자세일 터이다.

　기존 문학사에서 신소설의 아버지로 받든 이인직은 바로 애국계몽기
의 친일문학을 대표하는 작가다. 나는 그 동안 이인직 중심으로 구성된
이 시기 문학사를 해체하는 일련의 작업을 진행하면서 '개화기'라는 용
어를 폐기하는 한편, 이해조를 새로운 구심으로 삼을 것을 그 대안으로
제시한 바 있다. 애국계몽기에 초점을 맞추면 두 작가는 선명히 구별된
다. 이해조가 대원군 집정기(1864~1873)에 득세한 왕족 출신이라면 이인직
은 조선왕조에 대한 충성심이 거의 없는 한미한 출신이고, 전자가 중국
변법파의 사상적 세례를 주로 받았다면 후자는 이미 국권론으로 기울어
진 일본 자유민권파의 영향 아래 있었으니, 출신이나 교양의 배경이 이
처럼 판이했던 것이다. 그리하여 애국계몽기에 두 작가는 상반된 길을
걷는다. 전자가 당시 대표적 민족언론의 하나였던 제국신문의 기자로서

애국계몽운동에 투신한 반면, 후자는 이완용 내각의 기관지 대한신문의
사장으로 일제의 하수인 노릇에 분주하였던 것이다.

그렇다고 내가 친일 여부만 가지고 이인직보다 이해조를 높이자는 것
은 아니다. 이해조의 문학적 업적이 이인직을 능가하고 있는 점에 더욱
주목한다. '인민의 자유'를 기반으로 한 국민(nation)의 창출을 통해 '나라의
독립'을 추구하는 당대 최고의 계몽주의자 이해조는 중세적 구소설을 국
민주의에 입각한 새로운 소설로 개량하는 고투 속에,『빈상설』(1907)・『홍
도화』 상(1908)・『구마검』(1908)・『모란병』(1909)・『산천초목』(1910)・『자유
종』(1910)・『화의혈』(1911) 등 일련의 작품을 생산함으로써 우리 소설의 리
얼리즘 발전도상에서 중대한 역할을 수행하였던 것이다.

2. 이해조의 계몽소설

여기에서는 그의 작품 가운데『자유종』・『구마검』・『산천초목』, 세 편
을 중심으로 이해조 계몽주의의 특질을 점검하고자 한다.

『자유종』은 광학서포에서 1910년 7월 30일, 그러니까 국치(國恥) 직전
간행된 애국계몽기 최고의 정치소설의 하나이다. 작가가 '토론소설'이라
고 명명했듯이, 최소한의 소설적 의장마저 벗은 채 직접적인 정치토론으
로 작품을 구성하고 있다. 이 때문에 혹자는 이 작품을 소설이 아니라고
주장하는데, 일종의 백과사전적 특성을 지닌 소설 장르 자체의 잡식성에
유의해야 할뿐더러 양의 동서를 막론하고 계몽주의시대에는 토론체 소
설이 흔한 것이다. 우리 역사에서 처음으로 맞이하게 될 토착정권의 완
전한 상실을 눈앞에 둔 이 절박한 위기의 시대를 염두에 둔다면 이 소설
이 왜 이런 모양으로 출현했는지를 실감할 수 있게 된다.

또한 이 소설에 등장하는 토론 참가자가 모두 여성이라는 점도 이채롭다. 작가는 왜 여성의 관점을 채택했을까? 국권 회복운동과 여성해방운동의 메시지를 결합하고 있는 이 선구적 페미니스트의 작품은 남성에 의해 독점되어 온 당시의 민족운동들이 참담한 실패로 귀결되는 것에 대한 뼈아픈 반성을 내포하고 있는 것이다. 이 근본적 관점에서 그는 여성 토론자들을 내세워 민족운동의 다양한 형태들에 대해 신랄한 비판을 퍼부어 댄다.

작가는 네 명의 개명한 양반 부인들의 수준 높은 토론을 통해서 기존의 개화파, 위정척사파, 민중적 저항파(갑오농민군)에 의해 주도되었던 일체의 급진적 운동방법에 회의를 표명하면서, 근대적 국민의 창출을 지향하는 국민주의를 꿈꾸었다. 요컨대 백성으로부터 국민으로, 그의 계몽주의는 바로 여기에 근본 뜻이 있을 것이다.

중세적 의미의 백성이 근대적인 국민으로 전환하기 위해서 무엇이 요구되는가? 그는 여기서 사람다움의 본바탕인 자유의 문제를 제기한다. 외부적으로는 중세적 보편주의 즉 화이론(華夷論)으로부터 해방되고, 내부적으로는 신분적·지역적·성적 차별로부터 해방된 자유로운 개인들의 자유로운 결합으로서 국민의 출현을 열망하는 데서 이해조의 부르조아 민주주의적 지향이 단적으로 드러나는 것이다.

그러면 국권 회복의 주체를 국민에 두는 그의 사상은 국민혁명론인가? 그렇지는 않다. 그의 계몽주의는 흥미롭게도 서구 기독교를 모형으로 계급적인 유교를 국민적인 공자교로 개혁함으로써, 다시 말하면 일종의 종교개혁을 통해 국권 회복을 꿈꾸는 것이다. 우리는 나라의 식민지화라는 미증유의 위기에 직면해서 자연스럽게 솟아오른 이 실험적인 공자교 구상의 충정을 미루어 이해할 수는 있지만, 이 또한 깨지기 쉬운 공상에 지나지 않을 것이다. 여기에 상승하는 평민의 사상이 아니라 개명한 양반층에 기초한 이해조 계몽주의의 한계가 또렷한데, 한편 오늘날 횡행하는 유교자본주의론이 공자교 구상의 한 변형일지 모른다는 생각이 들기도 한다.

『구마검』은 1908년 4월 25일부터 같은 해 7월 23일까지『제국신문』에 연재되었다가, 같은 해 12월 대한서림에서 간행된 이해조의 대표작의 하나이다. 주로 서울 북촌의 명가를 중심무대로 삼은 다른 작품들과 달리 이 작품의 공간적 배경은 서울의 중부다. 사람과 물화가 붐비는 종로통, 옛 육의전 거리의 묘사로 시작되는 이 작품은 독특한 시정적 분위기 속에서 북촌 재상가와 남촌 샌님 거주지역 사이에 자리잡은 다방골 부자들의 생태를 생생히 전달해준다.

주인공 함진해의 신분은 무엇인가? 이 집안은 원래 역관이다. 중인으로 치부하여 조선 말기 신분 질서의 문란 속에서 양반으로 행세하는 함진해 가문의 몰락과 재생을 형상화한 이 작품은 구한말 서울의 중인사회를 본격적으로 다루고 있는 희귀한 예의 하나다. 이 점에서『구마검』은 서울 중바닥 사람들을 세 필로 그려낸 저 1930년대, 염상섭의『삼대』와 박태원(朴泰遠)의『천변풍경』의 선구인 셈이다. 이 작품이『흥부전』의 패러디(parody)라는 점에도 유의해야 한다. 다방골 부자 함진해와 그의 가난한 사촌 함일청은 바로 놀부와 흥부에 비길 수 있을 터인데, 1930년대의 신판 놀부전이라고 할 채만식의『태평천하』와 연결되는 것이다.『구마검』이야말로 고전소설과 현대소설을 잇는 황금의 고리가 아닐 수 없다.

함진해가, 박씨에 미쳐서 파멸하는 놀부처럼, 미신에 빠져 파산하는 과정이 이 작품 구성의 축을 이루고 있다. 함진해를 파멸로 이끄는 사기꾼들의 형상은 또 얼마나 리얼한 것인가? 무당·지관으로 행세하는 능란한 시정인 군상의 탁월한 제시와 함께 이 작품은 그야말로 생활의 실감으로 흠쑥 무르녹았다. 생활의 실감이란 근대소설의 육체성의 핵심의 하나인데, 이 점에서 생활이 부족한 이인직의 소설과 뚜렷이 대비된다.

작품은 양자 종표(함일청의 아들)가 평리원 판사가 되어 사기꾼 일당을 체포하고 이에 미신꾸러기 최씨 부인이 온갖 귀신단지를 불태우는 것으로 마무리된다. 미신으로 대표되는 중세적 비합리주의를 반대하고 이성에 대한 신뢰를 근거로 한 합리주의를 주창하는 것이 근대 계몽사상의 세계관적 기초임을 생각할 때, 이 마지막 장면은 비합리주의에 대한 근대 시민계급의 준엄한 선고로 된다. 최씨 부인은 마침내, 칸트(Kant)를 빌어 말하면, 자신의 이성을 사용할 수 있는 결단과 용기의 결핍, 즉 미성년상태에서 벗어나 계몽의 표어 '너 자신의 이성을 사용할 용기를 가져라!'에 도달한 것이다(「계몽이란 무엇인가에 대한 답변」). 이것이 어찌 최씨 부인에게만 한정되랴. 우리 민족 전체가 계몽의 빛 속으로 나아가기를 열망하는 작가의 메시지가 절실하게 울려온다. 이 작품의 시정성은 단순한 시정성에 그치는 것이 결코 아니다.

『산천초목』은 원래 「박정화」란 제목으로 『대한민보』 1910년 3월 10일부터 5월 31일까지 총62회에 걸쳐 연재되었던 작품이다. 1912년 유일서관에서 간행할 때 이 제목으로 바뀌었다. 「이해조 문학연구」(1986)에서 나는 원제목을 선택했다. 아마도 검열을 의식하여 비관적인 원 제목을 바꿨을 것이란 추측 아래. 그런데 이번에 다시 읽어보니, 작가가 '산천초목'이란 제목을 강조하고 있음을 발견하게 되었다. 이 말이 작품 속에 세 번이나 나온다. "산천초목이 다 변하기로 설마 이시종이 아우님에게 향한 마음이야 변할라구 의심인가?"와 같이 고딕으로 강조까지 했다. 이 기회에 작품의 제목을 '산천초목'으로 삼는다. 이 제목에는 국치를 겪은 작가의 깊은 탄식이 배어있다. 변화무쌍한 인심, 사람 마음의 간사함에 대한 그의 우울한 통찰에는 자신의 계몽주의에 반해서 결국 일제와 타협한 스스로에 대한 얼마쯤의 회한도 내비치는 것은 아닐까?

이 작품에는 희대의 호색한 이시종이 등장한다. 전통적인 명문의 후예로서 친일파로 떵떵거리는 가문을 배경으로 엽색에 온갖 정성을 바치는 그의 형상은 당시 친일 권력층의 성적 방종을 반영하는 것이다. 그런데 이런 행각이 극장을 매개로 이루어진다는 점이 흥미롭다. 이 작품은 자료가 영성한 우리나라 초기 극장사의 재구성을 위해서도 매우 귀중한 기록을 제공하고 있다. 작품 표지의 연흥사(演興社) 그림은 아마도 이 극장의 실물을 알려주는 유일한 자료일 터인데, 이 소설 앞부분 곳곳의 묘사를 통해 우리는 당시 은성했던 극장 풍경에 관한 가장 구체적이고 풍부한 정보에 접하게되는 것이다.

이 작품은 신소설답지 않게 현대적이다. 우선 분량이 200자 원고지 250매 안팎으로 꼭 중편감이다. 사건의 진행 역시 다른 신소설과 달리 군더더기 없이 빠르다. 이시종과 강릉집의 짧고 뜨거운 불륜과 그 파탄을 실감나게 그리고 있어 초점이 분명하다. 염상섭의 「만세전」(1922~1923) 이후 정착되는 중편으로서의 내용과 형식을 이미 갖추고 있는 것이다. 신소설에서 인물이 위기에 빠질 때마다 나타나는 구원자도 없고, 주인공들도 상투적으로 개과천선하지 않아 결말 또한 현실적이니, 신소설은 물론 이광수로까지 이어지는 구소설적 아이디얼리즘을 벌써 척결하였다.

그리고 무엇보다 이 작품을 획기적으로 만드는 것은 파격적인 여주인공 강릉집의 출현이다. 늙은 박참령의 첩으로 자신의 운명에 순종하던 이 여성은 이시종의 화려한 유혹에 격발된 자신의 열정이 지시하는 방향으로 거침없이 몸을 맡긴다. 이해조는 대담한 소설가다. 우리 소설의 여주인공들은 춘향이처럼 변사또의 유혹에 저항하면서 이도령과의 약속을 끝내 지켰거늘, 이해조는 이처럼 완강한 '불구의 삼각관계'의 틀을 처음으로 해체하였던 것이다. 부모를 봉양하기 위해 사랑 없는 첩살이를 감내하던 강릉집이 늙은 영감과 사랑을 호소하는 화려한 귀족 청년 이시종 사이에서 갈등하는 이 작품의 삼각관계는 '돈이냐 의리냐'식의 『장한몽』 이후의 삼각관계보다 훨씬 절실하다. 산문적 생활로부터 해방되려는 강한 욕구를 지닌 강릉집은 비록 첩이라는 한계는 있지만 보바리부인이나 안나 까레니나로 발전할 소지를 다분히 갖춘 여성이니, 이 작품의 현대성은 이미 신소설의 계몽주의를 넘쳐나고 있는 것이다. 이 점에서 이해조의 근대소설 실험이 대한제국의 멸망이라는 외재적 조건에 의해 중단되고 만 일은 애석하기 짝이 없다.

제 **4** 장
동아시아의 조지 워싱턴 수용
『화성돈전』을 중심으로

1. 보론의 필요

나는 1986년에 박사학위 청구논문 「이해조 문학연구」를 제출한 바 있다. 그런데 이때 이해조가 번역한 『화성돈전(華盛頓傳)』(1908)을 입수하지 못해 검토에서 부득이 제외한 것을 안타까이 여겨왔다. 그 후 고맙게도 임형택 선배를 통해 이 자료를 입수하여 기왕의 이해조 연구를 보완할 길이 열렸다.

더구나 최근, 뻬이징대[北京大]에서 수학한 신정호 박사의 도움으로 이 책의 저본으로 짐작되는 중역본 『화셩뚠[華盛頓]』(1903)을 구했다. 중국의 동포 유학생 최옥산 군의 조사 덕분에 그 역자 띵 찐[丁錦]의 생평(生平)을 알게 된 것도 고무적이다. 또한 중역본의 대본인 후꾸야마 요시하루[福山義春]의 『카세이똔[華聖頓]』(1900)을 마침 야마꾸찌대학[山口大學]에 교환학생으로 가있던 김창문 군을 통해 입수하게 되었을 뿐 아니라, 박숙경 군의 도움으로 후꾸야마 요시하루의 신원을 확인한 것도 크게 다행스런 일이 아닐 수 없다.

여러분의 공덕으로 일본판·중역본·국역본을 모두 갖춤으로써 조지 워싱턴(George Washington, 1732~1799)의 동아시아적 수용의 초기 단계를 비교·검토할 수 있는 귀중한 토대가 마련되었다. 워싱턴 이야기는 체제담론적 측면과 저항서사적 측면이 복합되어 있는데, 그 초기 수용에서 한·중·일 세 나라가 어떤 차이를 보이는 지도 흥미로운 관심 사항의 하나가 아닐 수 없다.

또한 연전에 내가 범한 실증적 오류들을 지적하는 권영민 교수의 글이 발표되었다. 『소설 원앙도(鴛鴦圖)』·『연극소설 구마검』·『정치소설 홍도화』·『가정소설 만월대(滿月臺)』·『정탐소설 쌍옥적』·『신소설 모란병』 등이 『제국신문』에 1908년부터 1909년까지 차례로 연재되었다는 것이다.1) 그런데 이 글은 크게 새삼스러울 것이 없다. 이미 김주현이 위의 오류들을 바로잡아 주었기 때문이다.2) 한편 김주영은 유익한 지적을 해 주었다. 권순긍의 고증을 들어 『옥중화(獄中花)』가 보급서관(普及書舘)보다 먼저 박문서관에서 초판이 간행되었고, 최기영의 연구에 의거, 탄해생(呑海生)이 이해조가 아니라 정운복(鄭雲復)의 필명이라고 나의 오류를 교정하였다.3)

새 자료의 입수와 실증적 오류의 발견으로 기왕의 이해조 연구의 부분적 수정과 보완이 불가피하게 되었다. 이해조의 서지와 전기에서 실증

---

1) 권영민, 「『제국신문』에 연재된 이해조의 신소설」, 『문학사상』, 1997년 8월호, 160면.
2) 김주현, 「개화기 토론체 양식연구」, 서울대 석사논문, 1989, 62면.
3) 김주영, 「이해조 소설연구」, 연세대 석사논문, 1995, 12·25면. 1910년대 고소설의 출판 서지를 거의 완벽하게 정리한 權純肯의 논문을 보니, 『옥중화』는 박문서관본(1912. 8.17)이 보급서관본(1912.8.27)보다 열흘 먼저 출간되었고(「1910년대 고소설의 부흥과 그 통속적 경향」, 『한국근대문학사의 쟁점』, 창작과비평사 1990, 198~199면), 『제국신문』에 관한 치밀한 연구를 수행한 崔起榮은 1907년부터 주필로, 이어서 사장으로 활약한 정운복(1870~1920)이 탄해생이란 필명을 사용했음을 지적하였던 터다(『대한제국 시기 신문연구』, 일조각, 1991, 42~43면).

작업을 보충하는 한편, 『화성돈전』에 대한 분석을 부가함으로써 「이해조
문학연구」의 보론(補論)으로 삼을까 한다.

2. 바로잡은 이해조 작품 서지

　나는 「이해조 문학연구」에서 그의 작품 서지를 애국계몽기와 식민지
시대로 나누어 정리한 바 있는데, 발표 연대가 새로 밝혀진 작품들이 나
타남에 따라 서지를 재작성한다. 수정한 부분이 있는 작품은 말미에 *를
부가했다. 또한 그의 저작 가운데 애국계몽기에 출간된 세 권이 일제에
의해 치안(治安)을 이유로 금서 조치되었음을 확인한다. 『화성돈전』은
1910년 11월 16일에, 『자유종』은 1913년 7월 3일에, 『철세계』는 1913년 7
월 19일에 각각 처분되었던 것이다.[4] 특히 일본판을 원천으로 하는 『화
성돈전』이 일제에 의해 금서 조치되었다는 사실은 풍자적 반어다.

1) 애국계몽기(1905~1910)

①『岑上苔』, 少年韓半嶋, 1906.11~1907.4(미완의 한문소설).

②『枯木花』, 『제국신문』, 1907.6.5~10.4, 박문서관, 1908.

③『鬢上雪』, 『제국신문』, 1907.10.5~1908.2.12, 廣學書舖, 1908.*

④『원앙도』, 『제국신문』, 1908.2.13~4.24, 中央書舘, 1909.*

⑤『화성돈전』, 滙東書舘, 1908(번역 전기).

---

4) 『日政下의 禁書 33권』, 『신동아』 1977년 1월호 별책부록, 257・259면

⑥『구마검』,『제국신문』, 1908.4.25~7.23, 大韓書林, 1908.*

⑦『홍도화』(상),『제국신문』, 1908.7.24~9.17, 唯一書舘, 1908.*

⑧『만월대』,『제국신문』, 1908.9.18~12.3, 東洋書院, 1910.*

⑨『鐵世界』, 회동서관, 1908(번역소설).

⑩『쌍옥적』,『제국신문』, 1908.12.4~1909.2.12, 보급서관, 1911.*

⑪『모란병』,『제국신문』, 1909.2.13~?, 박문서관, 1911.*

⑫『顯微鏡』,『大韓民報』, 1909.6.15~7.11(단편소설).

⑬『薄情花』,『대한민보』, 1910.3.10~5.31, 유일서관, 1912(출간하면서 '山
川草木'으로 개제).

⑭『홍도화』(하), 유일서관, 1910.

⑮『自由鐘』, 광학서포, 1910.

2) 식민지시대

⑯『花世界』,『每日申報』, 1910.10.12~1911.1.17, 동양서원, 1911.

⑰『月下佳人』,『매일신보』, 1911.1.18~4.5, 보급서관, 1911.

⑱『花의血』,『매일신보』, 1911.4.6~6.21, 보급서관, 1911.

⑲『九疑山』,『매일신보』, 1911.6.22~9.28, 新舊書林, 1912.

⑳『昭陽亭』,『매일신보』, 1911.9.30~12.17, 신구서림, 1912.

㉑『春外春』,『매일신보』, 1912.1.1~3.14, 신구서림, 1912.

㉒『옥중화』,『매일신보』, 1912.1.1~3.16, 박문서관, 1912.

㉓『彈琴臺』,『매일신보』, 1912.3.15~5.1, 신구서림, 1912.

㉔『江上蓮』,『매일신보』, 1912.3.17~4.16, 光東書局, 1912.

㉕『燕의脚』,『매일신보』, 1912.4.29~6.7, 신구서림, 1913.

㉖『巢鶴嶺』,『매일신보』, 1912.5.2~7.6, 신구서림, 1913.

㉗『兎의肝』,『매일신보』, 1912.6.9~7.11, 박문서관, 1916.

㉘『鳳仙花』, 『매일신보』, 1912.7.7~11.29, 신구서림, 1913.

㉙『琵琶聲』, 『매일신보』, 1912.11.30~1913.2.23, 신구서림, 1913.

㉚『雨中行人』, 『매일신보』, 1913.2.25~5.11, 신구서림, 1913.

㉛『누구의 죄』, 보급서관, 1913(번역소설).

㉜『精選朝鮮歌曲』, 신구서림, 1914(시조와 歌詞 선집).

㉝『洪將軍傳』, 五車書廠, 1918(역사소설).

㉞『韓氏報應錄』, 오거서창, 1918(역사소설).

㉟『九尾狐』, 德興書林, 1922.

㊱『康明花實記』, 회동서관, 1925.

위 목록 가운데 중요한 변동이 이루어진 작품들은 ⑧『만월대』, ⑩『쌍옥적』, ⑪『모란병』이다. 그 발표연대가 식민지시대 이전으로 밝혀져 애국계몽기의 목록으로 편입되었는데, 이들에 대한 기존의 분석과 평가에 큰 수정을 가할 부분이 적다는 점이 다행이다. ⑧과 ⑩은 문학성이 원체 낮고, ⑪의, 특히 전반부의 우수성은 이 작품이 애국계몽기에 발표되었다는 것과 잘 호응하기 때문이다.

3. 이해조 전기의 보충

이해조의 전기에서 우선, 새로 보충할 부분은 기독교와의 관계다. 공자교 구상에 몰두한 『자유종』(1910) 시절과는 달리 그의 초기작 『고목화』(1907)는 친기독교적이다. 그래서 학위논문 쓸 당시, 이 점을 따님에게 문의했더니, 기독교에 우호적이었지만, 신자는 아니라는 답변을 들은 바 있었다. 그 후 최기영에 의해 그가 애국계몽기 지식인 사회에 등장할 초

기에는 기독교 신자였다는 사실이 확인되었다.[5]

나는 최기영이 의거한 자료, 조창용(趙昌容)의 수기를 모은 필사본『백농실기(白農實記)』를 더 찬찬히 살펴보기로 하였다. 고종 12년(1875) 경북 영양군(英陽郡) 일월면(日月面) 주실[注谷里]에서 태어나 향리에서 한학에 잠심하다가 1905년 국민교육회가 설립한 사립 국민사범학교 속성과에 입학하면서 이후 애국계몽운동에 종사한 기독교 민족주의자 조창용의 삶의 궤적에, 이해조에 관한 새로운 정보들이 뜻밖에도 적지 않았기 때문이다.

먼저, 위에 나온 교회와 관계된 기사를 보자. 이해조는 백농과 함께 광무 11년(1907) 3월, 연동예배당(蓮洞禮拜堂)의 사찰위원(查察委員)으로 피임되는데, 그 인적 사항이 흥미롭다. 나이는 38세, 입교 시기는 광무 9년(1905) 7월, 직업은 의관(議官), 거주지는 북서(北署) 광화방(廣化坊) 원동(苑洞) 9통 11호다.[6] 그는 당시 연동교회의 지도부에 속하는 신자였던 것이다. 이와 함께 주목할 사실은 그의 직업이 의관이라는 점이다. 의관이란 중추원(中樞院)의 한 벼슬이다. 고종 31년(1894), 중추부를 중추원으로 고치고 이듬해 내각의 자문기관으로 구체화함으로써 의관을 두었다가 광무 9년(1905), 찬의(贊議)로 이름을 바꾸어 사라진 이 벼슬자리의 변천을 염두에 둘 때, 그가 사찰위원으로 피임되던 때에는 이미 의관이 아니었다. 그가 의관을 지냈다는 것으로 해석하면 될 듯싶다. 고종과 가까운 왕족 출신이기 때문에 한때 이 직책에 기용되었던 모양이다. 그럼 그가 의관을 지낸 것은 언제쯤일까? 중추원이 각광을 받은 것은 독립협회 시절이다. "이삼년 이래로 중추원을 쓰기는 불과시 정부의 한 벽장으로 누구던지 쓸 데 없으면 너두었다가 쓸 때 되면 다시 꺼어내는 마을이 되야서 중추

---

5) 최기영, 「한말 국민교육회의 설립에 관한 검토」, 『한국근대사연구』 1집, 한울, 1994, 41면.

6) 조창용, 『백농실기』, 독립기념관 한국독립운동사연구소, 1993, 42면. 연동예배당이 있던 연동은 동대문안 현 종로 5가 일대고, 당시 이해조가 살았던 원동은 昌德宮 왼편 담장에 붙어 있는 동네다.

원 의관이라 하면 능 참봉 차함 비스름하게 천히 되야 중대한 관작의 명예를 더럽게 하였더니",7) 『독립신문』이 신랄하게 비판하고 있듯이, 당시 중추원은 유명무실한 기관이었다. 독립협회(1896~1898)는 광무 2년(1898) 7월 중추원 개편안을 제기함으로써 의회설립운동을 집요하게 전개하였는데,8) 이 시기의 의관 명단에 그의 이름은 보이지 않는다. 그는 독립협회 이후 중추원이 다시 유명무실한 기관으로 돌아간 어느 때 의관을 지낸 것으로 추측된다.

이 실기에서 교회관계 기사 외에 이해조 부자의 학교관계기록들이 또한 새롭다.

光武十一年七月에 京畿 東興學校 楊州郡 墨洞 鄭寅琥私邸로 該氏가 來聘 故로 赴校卽該氏가 憑校挾雜故 卽日發通章하야 鄕員을 會集하고 本郡守洪泰潤으로 校長을 選定하고 敎室은 鹿洞 李喆鎔家로 移設하고 閔泳徽氏로 贊成長을 推選하고 維持方針을 議定하니 校況 益益 擴張하다.9)

백농이 양주의 동흥학교 교사로 부임했다가 설립자 정인호가 협잡질을 해서 녹동의 이철용 집으로 학교를 옮겨 새로이 했다는 것인데, 이철용은 포천(抱川)에 화야의숙(華野義塾)을 설립한 이해조의 부친이다. 다만 이름의 한자가 다르고(喆이 아니라 哲), 주거지가 포천이 아니라 양주 녹동이라는 점이 걸린다. 전자는 오기일 것이고, 후자는 포천과 양주가 지근(至近)이니, 아마도 동명이인일 가능성은 없을 것 같다. 이 기록 바로 뒤에 백농이 『대한매일신보』에 게재한 통고가 실려 있는데, 이철용이 동흥학교 대신 일성학교(一成學校)를 발기, 창설한다는 내용이다. 정인호의 방해 공작이 심해지니까 아예 학교 이름을 달리한 것이다. 그런데 그 날짜가 '병오팔월일(丙午八月日)'이다.10) 병오는 광무 10년 즉 1906년이니, 앞 기사

---

7) 『독립신문』 광무 2년(1898) 7월 16일. 사설 '이게 중추원 조직인지.'
8) 신용하, 『독립협회연구』, 일조각, 1990, 206~213면.
9) 조창용, 『백농실기』, 독립기념관 한국독립운동사연구소, 1993, 43~44면.

와 어긋난다. 아마도 앞 기사의 연도가 착오 같다. 이 뒤의 기록들에는 모두 병오 또는 광무 10년으로 박혀 있기 때문이다. 이 실기는 앞뒤가 상충되는 기록들이 많다는 점에서 사료비판이 절실하다. 학교 이름도 뒤에는 일성학교(一盛學校)로 한자가 다르다.[11] 아마도 후자가 맞을 것이다.

또 하나 주목할 점은 이해조가 이 학교의 학생이라는 점이다.[12] 이 학교에서 가르쳤던 과목들을 잠깐 보자.

일어
산술
지지(地誌) : 대한지지 만국지지
역사 : 동국역사 만국약사
물리 : 이학 화학 기학(氣學) 광학
법률 : 법학통론
작문 : 국한문교용(交用)
체조[13]

한학의 배경을 거느린 백농은 국민사범학교뿐만 아니라 사립 법률전문학교[普成專門]와 관립일어야학교(夜學校)까지 다닌[14] 실력파 교사였으니, 이해조는 만학의 나이에 아버지의 사저에 마련된 일성학교에서 백농의 지도 아래 1906년 신학문을 보충하였던 것이다.

이로써 이해조가 1906년 11월 『소년한반도』를 통해 소설가로 등단하기 전후의 숨겨진 면모들이 드러나게 되었는데, 앞으로 더 치밀한 고증작업이 뒤따라야 할 터이다.

---

10) 조창용, 위의 책, 45~46면.
11) 조창용, 위의 책, 55 · 61면.
12) 조창용, 위의 책, 47 · 48 · 74면.
13) 조창용, 위의 책, 55~56면.
14) 조창용, 위의 책, 34면.

4. 『화성돈전』의 저본들

이 책은 미국의 국부, 조지 워싱턴의 전기다. 단행본으로 발간된 한국 최초의 워싱턴 전기인데, '역술자(譯述者) 이해조'라고 간기(刊記)에 뚜렷이 밝혔듯이, 저술이 아니라 번역이다. 번역의 대본은 무얼까? 아마도 중역본 또는 일역본으로부터의 중역(重譯)일 터인데, 일역본보다는 중역본이 저본일 가능성이 높다. 시오까와[鹽川一太郎]의 저술을 번간(繙刊)한 『미국독립사』(皇城新聞社, 1899)에 나오는 고유명사를 『화성돈전』의 것들과 비교하면, 워싱턴을 '화성돈(華盛頓)'으로 동일하게 표기한 것을 제외하고, 그 차이가 있기 때문이다.[15] 또한 이 시기 중국에서 미국 모델에 대한 숭앙 속에서 워싱턴의 인기가 최고였다는 사실도 참고할 만하다.[16]

이런 차에 중국에서 간행된 워싱턴 전기를 입수하게 되었다. 제목은 『화셩뚠』, 광서(光緖) 29년(1903) 상하이[上海]의 문명서국(文明書局)에서 출판된 것인데, 번역자는 띵 찐이다. 양자를 대조해본 결과, 이해조 역본의 대본이 바로 이 책임을 확인할 수 있었다.

문명서국은 어떤 출판사인가? 책의 마지막 장의 고시(告示)에 약간의 단서가 들어 있다. 문명서국은 광서 28년(1902) 6월, 상하이 사마로[四馬路] 호가댁(胡家宅)에서 개업하였다. 이름에서 짐작되듯이, 구미와 일본 책을 번역, 출간하는 것을 주요 임무로 삼았으니, 단순한 상업출판사가 아니라 운동적 성격이 강한 것이다. 이 동지적 결합의 출판사를 움직인 인물들이 리엔 추앤[廉泉]·위 후[兪復]·띵 빠오쑤[丁寶書, 곧 丁錦] 등이다.[17]

---

15) 몇 예를 비교해보자. 앞은 『화성돈전』에서, 뒤는 『미국독립사』에서 뽑은 것이다.

Virginia	巴基尼亞	髮地尼亞
Columbus	哥侖布	科倫布
Boston	波斯頓	波士敦

16) 白永瑞, 『中國現代大學文化研究』, 일조각, 1994, 183면.

17) 띵 찐[丁錦] 역, 『華盛頓』, 上海 : 文明書局, 1903, 66면.

신원을 확인한 결과, 이들이 모두 쨩쑤성[江蘇省] 우씨[無錫] 출신으로 반청혁명에 직·간접적으로 동참한 동지들임을 알게 되었다. 정통적인 사대부의 길을 걸었던 리엔 추앤(1868~1931)[18]은 1894년 거인(擧人)에 뽑혀 이듬해에 뻬이징의 회시(會試)에 참석했다가, 캉 여우웨이[康有爲]의 「공거상서(公車上書)」 운동에 참여한다. 청일전쟁(1894) 패배의 충격 속에 솟아오른 이 운동은 전국의 거인 1200여 명이 연명(聯名)함으로써 변법운동의 본격적 출범을 표시한 대사건이다. 1896년 호부(戶部) 주사(主事)를 시작으로 관직에 나아가 이듬해에는 호부 낭중(郎中)으로 승진하는 등 순조로운 권리 생활을 영위하면서도 쑨 원[孫文]·츄 찐[秋瑾] 등 혁명당과 기맥을 통했다. 무술변법(1898) 실패 후 민지(民智) 개발의 선차성에 주목, 위 후 등과 교육운동에 힘썼다. 그 후 관직을 버리고 상하이로 이거, 1902년 위 후·띵 빠오쑤 등과 문명서국을 창립,[19] 신식학당에 공급할 교과서와 문학예술역서를 간행하였다. 문명서국은 1921년 중화서국(中華書局)과 합병된다. 1907년 청조의 위해로 여성혁명가 츄 찐이 죽는 등 신변의 위협이 가중되었다. 신해혁명(1911) 후 군벌의 발호에 실망, 1914년 일본의 코오베[神戶]로 이주했다가 1917년 귀국했다. 북벌 승리 후, 쨩제스[蔣介石]의 요직 권유를 거절하고 1931년 불승(佛僧)으로서 병사했다.

위 후(1866~1931)[20] 또한 리엔 추앤과 비슷한 경로로 1895년 「공거상서」 운동에 참여한다. 무술변법을 전후해 교육운동에 힘쓰며 반청혁명을 선전, 쑨 원의 「동맹회(同盟會)」에 가입한다. 신해혁명 후 우씨 현정부에서 일했고 1917년 문명서국 경리(經理 : 총무)로 재직하였다. 1930년 국민 정부 교육부 비서를 역임하고 이듬해 작고했다.

띵 찐(1879~1958)[21] 또한 위 두 사람처럼 소년에 수재(秀才)로 뽑힌 전통

___

18) 廉泉의 약력은 http : //www.wst.net.cn/wuxifq/renwu/mingren/mingren-2/b-3046.htm을 참조함.
19) 여기서는 문명서국 창립 연대가 1906년으로 되어 있으나,『화썽뚠』의 고시에 의하건대, 그 창립연대는 1902년으로 보아야 할 것이다.
20) 그의 약력은 http : //www.wst.net.cn/wuxifq/renwu/mingren/jdmingren/3407-1.htm을 참조함.

적 교양인이지만 한편 영어와 수학에도 힘쓴 흥미로운 인물이다. 1901년 사실학당(俟實學堂)의 수학교원을 거쳐 1903년에는 뽀딩군정사[保定軍政司]에서 번역에 종사했다. 1904년 뽀딩 북양장변학당(北洋將弁學堂)에 입학, 두각을 나타내어 1905년 육군 귀주학당(貴胄學堂) 교원을 거쳐 1910년 윈난군사참의[雲南軍事參議] 겸 보병 제73표(標는 團) 통대(統帶는 단장)에 나아갔지만 청조의 부패에 환멸, 비밀히 '동맹회'에 가입하였다. 신해혁명 후 일본 육군대학에 유학, 1912년 귀국하여 육군부 교육과장에 임명되는 것을 시작으로 1921년 육군 중장에 오른다. 항일전쟁 승리 후(1945) 은퇴했다가, 중화인민공화국 성립 후(1949)에는 국가 농림부 고문으로서 1958년 뻬이징에서 작고했다.

세 인물의 행적을 상고할 때, 청말에 창립된 문명서국이 점차 고조되는 반청혁명적 분위기를 준비하는 거점의 하나였음을 짐작할 수 있겠다. 『화썽뚠』이 문명서국을 움직인 핵심적 인물의 하나로서, 뒤에 중국 육군의 간성으로 성장한 띵 찐에 의해 번역되었던 점이 흥미롭다. 이 책의 메시지는 분명하다. 영국의 압제에 대항해 미합중국을 건설한 워싱턴 이야기를 통해 역자는 반청공화혁명을 선전하고자 하였던 것이다. 청말에 워싱턴 이야기는 한국에서처럼 전형적인 저항서사였다.

그런데 중역본의 간기에 원역자(原譯者)를 '일본(日本) 복산의춘(福山義春)'으로 뚜렷이 밝혔다. 후꾸야마 요시하루는 누구인가? 아동용 워싱턴 전기를 집필한 오가와 나오요시[小川尙義]의 약력을 살펴보자.

1869년 3월 21일(메이지 2.2.9)~1947(쇼오와[昭和] 22)년 11월 20일. 언어학자. 토오꾜오제대[東京帝大] 박언학과(博言學科) 졸. 타이뻬이제대[台北帝大] 교수. 고사어(高砂語) 연구로 학사원(學士院) 은사상(恩賜賞) 수상. 「세계역사담」 13 『카세이똔[華聖頓]』(博文館, 1900)은 '군자 중의 영웅'(서) 워싱턴의 소년용 전기. 미국의 자료를 충분히 활용해서 그 격동의 생애와 자유를 위해 국가건설을 위해

---

21) 그의 약력은 http://www.wst.net.cn/wuxifq/renwu/mingren/jdmingren/3100-1.htm을 참조함.

진력한 공적을 객관적으로 서술. "우리나라 다음대의 국민"의 모범으로 삼자고 설득했다. 말미의 묘지 묘사는 리얼. 판권란의 저자 명은 후꾸야마 요시하루지만 관계불명.[22)]

이 사전에 의하면 박문관판 『카세이똔』의 저자는 오가와 나오요시다. 후꾸야마 요시하루는 누구인가? 이 책에는 오가와 나오요시의 이름이 없다. 표지와 본문 1면에는 "文學士 福山義春 著", 판권란에는 "著者 福山義春"으로 명기되어 있을 뿐이다. 후꾸야마는 오가와의 필명인가? 목포대 아시아문화연구소 제1회 포럼(2001.4.17)에서 이 주제로 발표했을 때, 신인섭 교수(일문과)가 이에 대해 중요한 논평을 해주었다. '후꾸야마 요시하루'는 필명이라기에는 너무나 정식 이름에 가깝다는 것이다. 또한 '문학사(文學士)'는 당시에 바로 토오꾜오제대 출신을 가리킨다는 점도 환기해 주었다. 이 책의 저자는 분명 토오꾜오제대 출신의 후꾸야마 요시하루인 것이다. 그렇다면 오가와는 누구인가? 아오야기 준이찌[靑柳純一] 교수는 후꾸야마가 뒤에, 아마도 결혼 후, 오가와로 이름을 바꾼 것이 아닐까, 조언해 주었다. 타이뻬이제국대학 교수 오가와와 이 책의 저자 후꾸야마는 동일인일 것이다.

두 이름 사이의 거리는 적지 않다. 타이완 원주민 고사족의 언어를 연구하여 학사원 상을 수상한 타이뻬이제대 교수 오가와는 아무래도 식민주의자의 혐의가 없지 않다. 미국혁명의 지도자 워싱턴을 존경한 젊은 시절의 오가와, 즉 후꾸야마와는 편차가 엿보인다. 이 책의 서문을 통해 타이뻬이제대 교수로 되기 전 후꾸야마의 생각을 그 행간에서 엿보자. 그는 워싱턴의 "기고(氣高)한 품성을 회상할 때마다 몸은 마치 비습불결(卑濕不潔)한 도하(都下)를 떠나 수령상쾌(秀靈爽快)한 부용봉에 오르는 듯"[23)]하다고 찬탄한다. '도하'란 토오꾜오를 뜻하매 일본 제국

---

22) 大阪國際兒童文學館 編, 『日本兒童文學大事典』 1卷, 東京 : 大日本圖書株式會社, 1993, 160면.

23) 福山義春, 『華聖頓』, 東京 : 博文館, 1900, 1면.

의 심장부를 감히 그는 비습하고 불결하다고 타기한다. 그럼에도 그는 정면으로 비판하지 못한다. 다만 "현시(現時) 사회에 대해 차마 말하지 못할 것이 많다"24)고 자기 검열한다. 이 책이 출간된 1900년 즈음의 일본사회는 어떤 정황에 처해 있었던가? 청일전쟁 승리 이후, 관료와 지주와 부르조아지가 결탁하여 천황대권을 축으로 일본 국가 권력을 농단했다.25) 이 유착 속에서 영세농민의 궁박화와 연동되어 도시 빈민 문제가 악화일로를 걷게 되자, 일본 지배층은 국민의 불만을 해외웅비라는 제국주의적 환상으로 해소하려고 기도하였다.26) 요컨대 민권론을 억압한 국권론의 표현으로서 일본 제국주의가 성립됨과 함께 일본사회는 러일전쟁(1904)을 향해 치달리고 있었던 것이다. 당대에 대한 비판적 인식으로 그는 미래세대에 희망을 둔다. 서문은 이렇게 끝난다. "우리나라 다음대의 국민은, 원컨대, 워싱턴의 품성을 거울삼아 그 광풍(光風)에 미역감고, 자유를 위해 공도(公道)를 위해 국가를 위해 인류를 위해 크게 진력하는 바가 있기를."27) 이로써 이 책이 당대 일본사회에 대한 일정한 비판을 함축하고 있음을 짐작하겠다. 젊은 시절의 저자는, 온갖 난관을 뚫고 식민주의를 극복하여 공화국을 건설한 평민영웅 워싱턴 이야기를 안팎으로 억압적인 천황제사회에 대한 비판의 거점으로 삼아, 일본의 소년들에게 일본 개조를 전파하고자 하였던 것이다.

그러면 이 책의 워싱턴 이야기는 단지, 천황제사회에 대한 비판서사인가? 어쩌면 더 진전된 형태의 국민주의적 지향의 표출일지도 모른다. 이 책을 간행한 박문관이 해외 지식의 소개와 전파에 주력한 출판사라는 점, 이 책이 박문관이 기획한 소년용 위인전의 하나로 간행된 점, 위인전 총서가 국민의 육성이라는 과제와 긴밀하게 연관되는 점, 이 책이 간행

---

24) 福山義春, 『華聖頓』, 東京 : 博文館, 1900, 2면.
25) 遠山茂樹, 『日本近代史』 I, 東京 : 岩波書店, 1978, 229면.
26) 遠山茂樹, 위의 책, 261면.
27) 福山義春, 앞의 책, 2~3면.

된 메이지 30년대는 영웅의 부재 속에 일본사회가 새로운 영웅을 대망하고 있었다는 점, 그리고 오가와가 재직한 타이뻬이제대가 일본 식민주의의 거점이라는 점(뽀르뚜갈에 의해 개발된 타이난[台南]에 대해 타이뻬이는 일본에 의해 개발된 곳) 등을 감안할 때, 더욱 그렇다. 요컨대 『카세이똔』은 청일전쟁 이후 새로운 과제에 직면한 일본사회의 요구에 부응한 체제서사적 측면을 내장하고 있었다.[28] 후꾸야마는 오가와로 변신할 소지를 이미 머금고 있었던 것이다.

그런데 이 책은 번역이 아니라 저서다. 물론 독창은 아니다. 저자는 범례에서 참고서적들을 밝히면서 "본서를 엮"었다고 말하는데,[29] 서문에서는 아예 '저자' 대신에 '편자'라고 자칭한다.[30] 그럼에도 특정대본에 구애된 것이 아니기 때문에 저서는 저서다. 서양에서 기원한 다양한 발신을 독자적으로 수신함으로써 성립한 이 책은 일본의 소년들을 주 독자층으로 하였지만, 이웃 동아시아에 수신된다.

『화썽똔』은 『카세이똔』의 첫 수신자다. 그런데 전자는 후자의 축소수신이다. 수신자가 속한 중국의 현실적 조건에 비춰 선택적 번역이 이루어진 것이다. 가령 서문의 한 대목을 비교해 보자.

> 신자로서는 경건의 도(徒)가 되고, 군인으로서는 지용(智勇)의 장(將)이 되고, 정치가로서는 인도(人道)의 향도자가 되고, 평민으로서는 박애·공명·정대(正大)의 인물이 되었도다.
>
> ─『카세이똔』, 2면

以言乎軍人則智勇之將也 以言乎政治家則人道之嚮導也 要言之則博愛公明

---

28) 일본판 워싱턴 이야기의 체제서사적 측면에 대한 고찰은 신인섭 교수와 김승현 교수(타이완 유학생 출신의 목포대 철학과 교수)의 논평에 크게 힘입었다.

29) 福山義春, 앞의 책, 4면. 그가 참고한 책들은 다음과 같다. *Lives of Presidents*, Chamber's *Famous Men*, W. M. Thayer's *George Washington*, Lee & Shepard : *History of American Revolution*, R. Frothingham : *Rise of the Republic of the United States*, M. King : *Handbook of the United States*.

30) 福山義春, 위의 책, 3면.

正大之人物也.

—『화셩뚠』, 1면

　전자가 네 면모(신자·군인·정치가·평민)로부터 워싱턴의 성격을 나열적으로 요약한 데 비해, 후자는 신자의 측면을 빼고 평민의 측면은 총평으로 바꾸었다. 왜 평민 출신의 기독교도라는 워싱턴의 두 측면이 누락 또는 변형되었을까? 서구적인 것에 대한 강렬한 지향에도 불구하고 유교적 바탕의 향신(鄕紳) 출신이라는 번역자의 신원이 번역 대상의 선택에서 의식적·무의식적 검열 원리로 작용했던 것이다. 그리하여 워싱턴의 군사적·정치적 지도력의 근본에, 각고의 노력 끝에 신분 상승을 이룩한, 식민지 부르조아층의 주변부 출신이라는 계급적 조건과 경건한 기독교적 교양이 놓여 있다는 점이 삭제되었던 것이다.

　일본판과 중역본 사이의 미묘한 차이는 서문의 마무리에서도 드러난다. 이미 인용했듯이, 일본판의 저자는 일본의 미래를 짊어질 소년들에게 '자유와 공도와 국가와 인류를 위해' 진력할 것을 당부했는데(3면), 중역본의 역자는 '자유와 공리(公理)와 국가와 국민을 위해' 발기할 것을 호소한다(2면). 전자의 '인류'가 후자에서는 '국민'으로 대체되었다.[31] '인류'라는 '보편적' 기준을 내세운 전자와 달리, 위기에 함몰한 중국을 구원하기 위한 국민혁명이 절박한 현안으로 되는 후자에서는 그 대신 '국민'이 전경화(前景化)하였다. '발기'가 강렬히 환기하듯이, 중역본은 일본판보다 더 절실하게 행동을 촉구하고 있다. 요컨대 중국판 워싱턴서사에는 일본판의 체제서사적 성격보다 저항서사적 측면이 더욱 강화되었던 것이다.

---

31) 그렇다고 '인류'를 내세운 일본판이 제국주의에 대해서 더 비판적 텍스트라는 것은 아니다. 서구 제국주의도 항상 보편의 이름 아래 제3세계를 침략하였음을 상기하면 족할 것이다.

5. 『화성돈전』의 메시지

반청공화혁명의 상징으로 수용된 『화썽뚠』은 다시 한국에서 수신된다. 제2차 수신에서는 중역본에 충실하여 거의 축조 번역이 기조다. 나는 여기서 일본판을 원천으로 중역본을 중개자로 하여 성립된 국역본을 중심으로 동아시아 워싱턴서사의 몇 가지 특징을 검토하고자 한다.

이 책의 목차는 다음과 같다.

首章　緒言, 1~2면
제1장　學校生徒及測量技手, 2~7면
제2장　英法植民地戰爭及陸軍大佐, 7~23면
제3장　英國王의壓制及州會議員, 23~30면
제4장　獨立戰爭及美軍總督, 30~52면
제5장　北美合衆國의獨立及大統領, 52~57면
제6장　華盛頓의高蹈及人物, 57~62면

'수장'은 서문이다. 서문은 이렇게 마무리된다.

現時社會의 情形을 觀하건대 忍言치 못할 者ㅣ 多하니 願吾後의 人은 華盛頓을 鑑하야 自由及公理와 國家及國民을 發起할지어다(현 사회의 정황을 살피건대 차마 말하지 못할 점이 많으니, 원컨대 내 뒤의 사람들은 워싱턴을 거울삼아 자유 및 공공의 도리와 국가 및 국민을 일으켜세울지어다).[32]

이 대목은 일본판을 변형한 중역본을 다시 축소 변형한 것인데, 후꾸야마와 띵 찐과 이해조는 모두 남의 이야기를 빌어 각 민족의 당면과제

---

32) 『華盛頓傳』, 滙東書舘, 1908, 2면. 인용문은 당시 표기를 존중하면서 현재 맞춤법에 가깝게 고쳤다. 이하 인용문은 따로 주를 달지 않고 이 책의 면수만 표시함. 번역은 필자.

를 암시하는 일종의 간접화법을 채택하고 있다. 후꾸야마가 새로운 단계
의 일본 국민주의를, 띵 쩐이 반청공화혁명을 고무하고 있다면, 이해조
의 『화성돈전』은 영국의 압제에 저항하여 미국을 독립시킨 워싱턴서사
를 통해 일제의 침략으로 나라가 '바람 앞의 등불' 형국이 된 당시 한국
의 상황을 타파할 항일의 메시지를 발신하고 있는 것이다. 그런데 여기
에는 또 다른 층위가 숨어 있다. 워싱턴이 독립 후 왕이 되기를 거부하
고 공화제를 지지했다는 것이야말로 그의 가장 뛰어난 면모의 하나라는
점에 주목해야 한다. 군주제를 폐기함으로써 인민주권에 입각한 공화제
국가를 창출하고, 각주(各州)의 독립성을 보장하면서 그 통합체로서 연방
제 국가를 채택한 미국 건국 모델은 유럽사와의 비연속성을 잘 보여주
는 것인데, 북미인디언의 이로코이연합(Iroquoi Confederacy)의 지혜를 학습한
결과라는 사실이 흥미롭다.[33] 벤자민 프랭클린(Benjamin Franklin, 1706~1790)
이 '미개한' 인디안도 연합을 만드는데 열 몇 개밖에 안되는 식민지가
단합하지 못하는 현실에 개탄한 점[34]과, 미국 독립전쟁을 승리로 이끈
"워싱턴이 즐겨 사용한 전략이 인디안들의 수법과 같은 기습공격"[35]이
라는 점까지 고려하면, 미국 건국에서 인디안의 기여는 뜻밖에 작지 않
다. 하여튼 이 책은 항일독립의 호소와 함께 그 투쟁을 지도하는 이념으

---

33) 카나다 국경지방과 노스캐롤라이너주에 걸친 동부 삼림지대에 위치한 이로코이연합
   은 부족들 사이의 전쟁이 격심했던 난세에 출현한 피스메이커(Peacemaker)라는 전설적
   영웅의 끈질긴 평화공작에 의해 성립하였다. 모계제에 근거한 민주주의의 원리로 연합
   을 성립시킨 인디안의 지혜가 미국 건국을 유럽사로부터 탈각시키는 상상력을 선사했
   다는 것이다. 星川 淳, 「ネイチブ・デモクラシー」(『世界』, 2000.1, 184~193면)과 Steve
   and Brad's Iroquoi Web Page(http://www.pcpages.com/stevebrad/)를 참조. 일찍이 엥겔스는
   『가족・사유재산・국가의 기원』(1884)에서 이로코이연합을 계급으로 분열되기 전, 인
   류사회의 아름다운 시원으로 경탄하면서도 다른 인디안 종족들에 대해서 억압적인 점
   에서 보듯 멸망할 운명의 조직이라고 지적한바(Collected Works, v.26, Moscow : Progress
   Publishers, 1990, 190~204면), 이로코이 민주주의를 과도히 이상화하지 않는 균형이 요
   구된다.
34) 앙드레 모로아, 신용석 역, 『미국사』, 기린원, 1998, 69~70면.
35) 제임스 T. 플렉스너, 정형근 역, 『조지 워싱턴』, 고려원, 1994, 195면.

로서 공화주의가 분명히 드러난 문헌이라는 점에서 더욱 주목된다. 이 책 출간 당시, 비록 허수아비정권일망정 대한제국이 상존하고 있던 점을 상기하자. 또한 독립협회에 우호적이던 고종이 태도를 급변하여 탄압으로 돌아선 중대한 이유가 독립협회 소장파의 공화제 논의라는 점36)을 감안하면, 이 책이 독립협회에서 발아하여 3·1운동 이후 뚜렷한 흐름으로 떠오른 우리나라 공화주의론의 중간매개로 된다는 역사적 위치가 환하다.

제1장은, 영국계 이민의 후손으로 1732년 버지니아에서 태어난 워싱턴의 소년 시절의 기술이다. 그런데 그의 가계가 미화되었다. 처음 버지니아로 건너온 그의 선조는 "가난뱅이 모험가"로서 "평판이 아주 좋지 못한 사업가"였으며, 아버지 또한 "불안정"한 사람이었다.37)

13살에 아버지를 여의고 가난 속에 자라 겨우 초등학교 수준의 교육밖에 받은 바가 없는 그의 성장기를 다룬 이 장에서 두드러진 점은 워싱턴이 필기한 「언행규율」을 강조한 것이다. 그 가운데, "무릇 달인(達人) 앞에서는 사소한 일로 지껄이지 말고 비인(鄙人) 앞에서는 중대문제를 이야기하지 말라"(4면)는 것을 비롯해 5개조를 적시하는데, "그 어렸을 때의 조폭한 기운과 격렬한 성격을 억제하고 완전한 자치력을 양성하"(3면)고자 "극기공부로 정신을 도야"(4면)한 자기 수양의 측면을 높이 평가하였다. 「언행규율(The Rules of Civility)」은 워싱턴이 16살 때 연습장 후반부에 베껴 쓴 110조의 금언 묶음이다. 이는 원래 1595년 프랑스 예수회 수도사에 의해 구성된 것인데, 1640년 F. 호킨즈(Hawkins)에 의해 영역되었다. 이 호킨즈판이 크게 유통된바, 아마도 교사가 습자를 겸해 워싱턴에게 베끼도록 지시했을 것으로 추측된다.38) 소년 시절에 베껴 쓴 금언 묶음이 이

---

36) 신용하, 『독립협회연구』, 일조각, 1990, 520면.
37) 제임스 T. 플렉스너, 정형근 역, 앞의 책, 12면.
38) Richard Brookhiser, *Founding Father : Rediscovering G. Washington*, The Free Press, 1996, pp.127~128.

후 워싱턴의 삶에서 언동의 한 기준으로 되었던 점은 유교문화권적 체취도 엿보이는데, 바로 이 때문에 동아시아판 워싱턴 전기에서는 이 일화가 강조되었을 것이다.

또한 가난한 소년 워싱턴의 삶에 중요한 전기를 마련한 영국 상류계급 출신의 페어팍스(Fairfax) 가문과의 인연이 이 장에서도 중요하게 다루어진다. 처녀왕(Virgin Queen)에서 기원한 지명에서 보듯, 버지니아는 영국과 인연이 깊은 곳이다. 1585년 엘리자베스여왕(Queen Elizabeth)이 파견한 탐사대는 버지니아라는 이름만 남기고 귀환하였고, 버지니아 식민지는 제임스 1세(James 1) 때 런던회사에 의해 개척된다. 1607년 3척의 배를 타고 상륙한 이민들이 제임스타운을 건설하면서 영국의 미국 식민사가 비롯되었던 것이다.39) 이 때문에, 1620년 메이플라워(Mayflower) 청교도에 의해 개척된 북부의 뉴잉글랜드지역과 달리, 버지니아는 친영적 경향이 농후하였다. 이 점에서 워싱턴이 영국 페어팍스 가문의 아메리카 본거지와 인연을 맺은 것이 주목된다. 후에 버지니아주의 대부분을 소유하게 되는 이 가문에 출입하면서 그는 1748년 이 가문의 영지를 획정하는 조사단에 측량기수로 참가함으로써 오지를 모험하는 귀중한 경험을 쌓게 되었던 것이다. 그런데 이 대목에서 인디안에 대한 기술이 심히 인종적이다. "토인이 맹악(猛惡)하야 천사(遷徙)가 무상하고 살인으로 위사(爲事)하니."(5면) 실제로 이 시절 워싱턴과 인디안의 관계는 꼭 적대적인 것만은 아니었다. 조사 여행 도중 만난 인디안들에게 럼주를 주니 답례로 인디안들이 전승춤을 보여준 적도 있었던 것이다.40) 그런데 동아시아 전기들은 모두, 조사 여행의 백인 식민주의적 성격에 대해서는 침묵하고 동병상련의 처지에 놓인 인디안들만을 비난한다. 백인들의 '차이의 정치'에 동아시

---

39) 이주영, 『완전개정판 미국사』, 대한교과서(주), 1997, 20~21면. John A. Garraty, *The American Nation : A History of the United States to 1877*, Harper & Row Publishers, 1971, pp.25~27. 미국사에 관한 것은 주로 이 두 책을 참고했다. 이하 특별히 주를 달지 않은 것은 모두 이 책들에 의거한 것이다.

40) 제임스 T. 플렉스너, 정형근 역, 『조지 워싱턴』, 고려원, 1994, 16면.

아 지식인 스스로 투항한 꼴이던 것이다.

또한 워싱턴이 이 가문의 서재를 이용함으로써 "식견이 익고(益高)"(7면) 하게 되었는데, 그 중에서 "대가 아기손(亞基遜)의 저술을 우애(尤愛)"(7면) 하였음을 강조한다. '아기손'은 애디슨(Joseph Addison, 1672~1719)이다. 스틸 (Sir Richard Steele, 1672~1729)과 함께 『태틀러(The Tatler)』(1709~1711)와 『스펙테이터(The Spectator)』(1711~1714)를 창간, 초창기의 영국 저널리즘을 확립하는 데 기여한 이 휘그당 문필가에 대한 워싱턴의 존경은 각별한 것이었다. 특히 애디슨의 희곡 『카토(Cato)』(1713)가 워싱턴에 미친 영향은 결정적이다. 씨져에 굴복하기보다는 자살을 택한 로마의 공화주의자 카토의 고매한 이상에 워싱턴은 깊이 공명하였으니, 로마적 공화주의가 애디슨을 매개로 미국적 상상력의 핵심으로 자리잡게 되었던 것이다.41) 그런데 애디슨을 언급하는 이 대목이 일본판과 중역본·국역본 사이에 약간의 차이가 있다. 애디슨의 『스펙테이터』를 애독했다고만 밝힌(16면) 전자에 대해, 후자들은 애디슨의 저술을 읽고 워싱턴이 "지혜를 넓히고자 할진댄 많이 듣기를 반듯이 먼저하며, 덕을 세우고자 할진댄 어진이 가까이하기를 반듯이 먼저하라. 젊은 시절은 홀홀히 쉬이 지나가니라"(중역본 7면, 국역본 7면)고 말했다는 부분을 첨가하고 있다. 왜 중·한역본에는 일본판에 없는 부분이 우정 더해졌을까? 비록 애디슨의 휘그적 면모가 일반적 지침으로 대신된 흠은 없지 않지만, 사실확인을 넘어 독자들에게 행동지침을 교시하고자 하는 역자들의 의도가 강하게 드러난 것이다.

제2장은 워싱턴의 '영법(英法) 식민지전쟁' 종군기다. 이 전쟁은 1689년부터 영국과 프랑스가 북아메리카의 식민지 종주권을 둘러싸고 벌인 일련의 전쟁을 말하는데, 워싱턴은 제4차, 즉 '프렌치·인디안전쟁(French and Indian War)'(1754~1763)에 참전하였다. 그 이름에서 짐작되듯이, 이 전쟁은 이로코이연합과 동맹한 프랑스와, 미국 식민지군과 결합한 영국이 북미의

---

41) Richard Brookhiser, *Founding Father : Rediscovering G. Washington*, The Free Press, 1996, pp.123 ~127.

지배권을 놓고 대결하였다. 이 대목에서도 동아시아 전기들은 시종일관 프랑스와 인디안에 대해 부정적이다. "법인(法人 : 프랑스인—필자)이 토번(土蕃)을 선동하야 영경(英境)을 침(侵)함애."(8면) "법군(法軍 : 프랑스군—필자)이 전승여위(戰勝餘威)를 시(恃)하야 토인을 유(誘)하야 영영지(英領地)를 겁략하고."(18면) "토인이 삭침(數侵)하야 인명을 살해하니 석호(惜乎)라 오선량(吾善良)의 혈액으로써 피잔인(彼殘忍)의 부월(斧鉞)에 흔(釁)하도다."(18면) 이와 같은 왜곡은 프렌치·인디안전쟁이 유럽에서 벌어진 7년전쟁(1756~1763)과 인도에서 발생한 제3차 카르나타카전쟁(The Third Carnatic War, 1756~1763)과 연동된다는 점을 몰각한 것과 상통한다. 프렌치·인디안전쟁의 발발 속에서, 영국이 지원하는 프로이센과 프랑스가 후원한 오스트리아가 대결한 전자나, 인도의 지배권을 놓고 영불이 인도 대륙에서 맞붙은 후자나, 본질은 식민지 획득을 둘러싼 세계적 차원의 영불의 다툼이었던 것이다.

그런데 이 대목에서 영국군과 미국군의 갈등을 드러낸 점이 흥미롭다. "본국 장교 급(及) 식민지 사관 간(間)에 충돌이 누기(屢起)호대."(20면) 영국군은 미군을 동맹군으로 대접하기보다는 하위자 집단으로 경멸하였다. 식민지 사정에 어두운 영국군이 미군의 충고를 무시함으로써 인디안을 적절히 구사한 프랑스에 전쟁의 초반, 연전연패했던 것이다. 전황은 1757년 윌리엄 피트(William Pitt, the Elder)가 수상이 되면서 급속히 전환된다. 정예부대를 미국에 파견하는 한편, 미군을 동맹군으로 존중하면서, 그는 이 전쟁을 승리로 이끌었다. 뿐만 아니라 7년전쟁과 제3차 카르나타카전쟁에서도 모두 승리함으로써 이후 영국 패권의 확립에 결정적 초석을 놓았던 것이다.

워싱턴의 종군기를 마감하면서 한·중판은 의미심장한 구절을 삽입하였다. "강영(强英)을 탈(脫)하고 신국(新國)을 건(建)함이 개(皆) 차(此)로 유(由)함이라."(22면) 종군 경험이 워싱턴에게 자신감을 불어넣어 장래에 그의 신분에 큰 이익을 가져오게 되었다고 기술한 일본판과 달리, 식민지 해방·새나라 건설의 메시지를 분명히 발신하였던 것이다. 이는 이 장의 마무리에서도 확인된다. 일본판과 달리 한·중판에는 워싱턴을 "생(生)하매 자유의 민(民)을 작(作)하고 사(死)하매 자유의 귀(鬼)를 작하"(23면)였다고 기림으로써 '자유'를 유독 강조하였던 것이다. 실제로 프렌치·인디안전쟁은 미국 독립혁명의 직접적 태반으로 되었다. 이 전쟁의 승리로 영국은 광대한 영토를 획득했지만, 전비 부담으로 국가 채무가 배로 늘어났으니, 그 재정 적자를 식민지에 중과세로 보전(補塡)하려고 함으로써 식민지의 강력한 반발을 불러일으켰던 것이다. 또한 이 전쟁에 패배한 프랑스는 그 원한으로 미국의 반항을 적극적으로 지원하여 1778년에는 선전포고와 함께 미국 독립전쟁에 개입하였던 터이다. 더구나 식민지인들은 이 전쟁에 참여함으로써 독립전쟁의 연습도 이미 완료한 상태가 아닌가.

　제3장은 프렌치·인디안전쟁이 끝난 이후 영국과 미국 식민지 사이의 관계가 악화되면서 혁명의 기운이 무르익어, 1773년 보스톤차회(Boston Tea Party)를 거쳐 이듬해 제1차 대륙회의가 개최되는 미국 독립혁명의 발발 부분이다. 이 장에서는 온건파에 가까웠던 워싱턴보다는 독립론을 주창한 급진파들이 부각되는데, 특히 패트릭 헨리(Patrick Henry, 1736~1799)의 활동이 그 유명한 연설과 함께 강조된다.

　석(昔)에 해살(該撒 : 씨저―필자)이 유(有)하매 부로다(不盧多 : 브루투스―필자)가 즉유(卽有)하고 영국에 사이사(査爾斯 : 찰스왕―필자)가 유하매 극림위이(克林威爾 : 크롬웰―필자)가 즉유하니 어찌 가감(可鑑)치 아니리오? (26면)

이는 1765년 버지니아의회에서 인지조례에 반대하여 행한 패트릭 헨리의 유명한 연설의 끝 대목이다. 원문은 이렇다. "Caesar had his Brutus, Charles the First his Cromwell, and George III ……" 이때 청중 속에서 "반역, 반역"이라는 외침이 들리자 그는 이렇게 맺었다. "…… may profit by their example." 그의 연설 대목은 다시 인용된다. "아(我)의게 자유를 여(與)하니 부즉

(즉卽) 아의게 사(死)를 여하리라."(27면) 여기서는 '1756년'(아마도 1765년의 오식일 듯)의 일로 되어 있으나(27면), 이 연설은 독립전쟁 직전, 즉 1775년 3월 리치몬드의 한 교회에서 행해진 것이다. "…… give me liberty or give me death." 이 연설은 영국에 대한 선전포고일 뿐만 아니라, 자치를 목표로 삼은 식민지 보수파에 대한 일격이기도 했으니, 이렇게 미국 독립전쟁은 폭발하였던 것이다.

제4장은 렉싱턴전투(1775)로부터 시작하여 요크타운전투(1781)로 미국의 승리가 확정되기까지 미국 독립전쟁에 대한 기술이다. 제2차 대륙회의(1775)의 결정에 따라 식민지군 총사령관에 임명된 워싱턴의 고심참담한 전투 경과를 비교적 자세히 기술하고 있는 이 장에서 우리가 더 유의할 점은 1776년 미국 독립선언서의 선포다. 전쟁이 시작되었어도 여전히 독립에 유보적인 보수파("堂堂母國을 猝然分離함을 不忍한 자", 32면)가 적지 않은 상황에서 이 선언서의 채택은 획기적 전기로 되었던 것이다. 그런데 이 대목에서 토머스 페인(Thomas Paine, 1737~1809)이 누락된 것이 흥미롭다. 아시다시피 군주제를 공격한 그의 팜플렛 『상식』(1776)의 발간이 독립파의 주도권 형성에 결정적으로 기여하였던바, 패트릭 헨리와 토머스 페인 같은 급진파의 수령들이 이 전기에서는 축소되거나 삭제되었던 것이다. 이런 결함에도 불구하고 미국 독립선언서의 드러남이 지닌 의의는 적지 않다. 한 대목을 보자.

> 인류는 평등이라. 권리를 상탈(相奪)치 못할지니 왈 생명, 왈 행복, 왈 자유는 개(皆) 권리의 일부라. 기 권리를 안전코자 할진댄 필 정부를 인민간에 설하고 권리 일부를 분하야 정부에 속하니 즉 시정권(施政權)이 시(是)라. 약 정부ㅣ 기 목적을 유(謬)하야 인민권리를 멸시하고 기 대여한 권리를 남용한즉 인민의 자유계(計) 생명계 행복계를 위하야 신정부를 별건(別建)함이 어찌 불가라 위(謂)하리오. (37면)

자연권·사회계약설·인민주권론, 그리고 혁명권을 명확히 밝힌 이 선언서, 워싱턴 전기에 일부 번역된 미국 독립선언서는 일제의 반식민지

로 떨어진 당대 한국의 민중에게 한 영감을 주었을 터인데, 10여 년을
넘어 「기미독립선언서」(1919)에 일정하게 반향되었던 것이다.

제5장은 빠리 평화조약이 조인됨으로써 미국 독립전쟁이 종결된 1783
년부터 연방헌법 제정(1788), 초대 대통령선거(1789)에 의한 워싱턴 취임,
그리고 워싱턴이 재선된 1793년까지의 미합중국 건국사를 기술하였다.
앞부분과 달리 매우 소략한 이 장에서는 워싱턴의 공화주의적 신념이
몇 개의 국면을 통해 각별히 강조되고 있다. 가령 전쟁 후 군대와 의회
의 대립에 대해서 워싱턴이 오히려 "군대는 의회명령을 복종"(53면)해야
한다는 문민우위(文民優位)를 견지했고, 이 신념 아래 워싱턴을 왕으로 추
대하려는 군대의 움직임을 강력히 저지했다는 일화(55면)는 대표적이다.
그런데 이 장 끝에 공화주의자 워싱턴의 또 다른 일면이 강조되고 있다.

불란서난 공화정치를 조직할새 영국과 흔(釁)이 유하거늘 미국인민이 법인이
조기(助己) 한 동정을 표하야 공수동맹을 결코저한대 화성돈이 국외중립을 주(主)
하야……유치한 공화국이 영원히 중립을 득하도다. (57면)

프랑스혁명(1789)은 미국을 시험대에 올렸다. 특히 프랑스가 공화제를
선언하면서(1792) 루이 16세를 처형하고 영국에 선전포고한 1793년, 미국
의 국론은 친영과 친불로 분열하였다. 이 속에서 워싱턴은 프랑스혁명과
공화정을 열렬히 지지하는 미국 안의 일반적 분위기를 거슬러 중립을
선언함으로써 유럽의 분쟁에 말려들어 가지 않는 고립주의를 선택하였
다. 이는 물론 영리한 선택이지만, 단지 찬양되어야 할 면모만은 아니다.
이 결정의 배후에는 공화국의 창건자이면서도 민중의 혁명적 욕구에 대
한 보수적 부르조아지의 뿌리깊은 두려움이 가로놓여 있기 때문이다.

제6장은 워싱턴의 말년 부분이다. 1797년 워싱턴은 드디어 은퇴하였다.
그 동기를 해밀턴(哈彌頓)당과 제퍼슨(吉富爾)당의 반목상쟁에 둔 관점이
흥미롭다. 연방 정부 강화론에 입각, 중상주의를 밀어나간 친영적 해밀턴

(Alexander Hamilton, 1757~1804)과 반연방파의 수령으로 중농주의에 기운 친불적 제퍼슨(Thomas Jefferson, 1743~1826)의 대립에 용퇴를 결심함으로써 워싱턴은 미국 민주주의의 확립에 또 한번 기여한다. 제퍼슨을 누른 연방당 후보 애덤즈(John Adams)에게 새 대통령을 물려주고 워싱턴은 낙향, 1799년 영면한다.

전기는 도끼로 벚나무를 찍어 넘긴 어린 시절의 일화를 소개하면서 마무리된다. 워싱턴은 일화가 빈곤하다. "기 유년엔 원질(原質)이 일범품(一凡品)에 불과"(60면)하였기 때문이다. 워싱턴의 위대성은 그 평범성, "다만 무장을 한 일반시민"[42]이었다는 점에 있는지도 모른다. 비록 민중반란에 대한 공포로 간접선거를 채택함으로써 보통선거를 부정한 점, 대농장주로서 흑인노예제를 존치시킨 점, 프렌치 · 인디안전쟁의 종군경험에서 발양되어 인디안에 대한 뿌리깊은 편견을 끝내 견지한 점 등으로 말미암아, 미합중국의 건국이 인디안과 흑인노예에게는 '미국의 꿈'이 아니라 또 하나의 악몽으로 된 그 한계는 엄중하지만, 역사를 추동해 가는 시민의 힘을 생생히 보여준 세계사적 신기원, 미국혁명을 승리로 이끈 워싱턴의 지도력은 당대 동아시아 민중에 독특한 영감을 불러일으키기에 충분했던 것이다.

6. 언어들의 복수성(複數性)

『화성돈전』의 출현으로 한국에서 조지 워싱턴에 대한 주목은 새로이 확고해졌다. 물론 이 이전에도 워싱턴에 대한 소개가 없지 않았다. 아마

---

42) 제임스 T. 플렉스너, 정형근 역, 『조지 워싱턴』, 고려원, 1994, 223면.

도 유길준의 『서유견문』(1895)은 단편적일망정 가장 이른 시기의 소개가 아닐까 싶다. 그는 미국의 대도시들을 설명하면서 워싱턴의 이름과 사적을 간략히 전하였다. "기국(其國)의 창업한 대통령 화성돈씨의 성을 취하야 기 경성(京城)을 명(名)"[43]했다고 미국의 수도 워싱턴을 설명한 후, 필라델피아의 독립대회당(獨立大會堂) 대목에서 다시 "화성돈씨로 대도독을 배(拜)하고 대병을 거(擧)하야 누세(累歲)의 혈전으로 독립하는 광영을 획치(獲致)하야 금일의 부강한 기업(基業)을 유(遺)"[44]했다고 찬탄한다. 공화제의 미국보다 입헌군주제의 영국을 더 선호했던 유길준에 대해서, 워싱턴의 더 자세한 소개는 일본인의 저술을 번역한 『미국독립사』(1899)에서 이루어진다. 이 역서에 실린 워싱턴의 소전(小傳)에는 어린 시절의 벚나무 사건과, "만일 제왕의 위(位)를 도모할진대 실로 반장(反掌)과 여(如)"[45]했음에도 왕이 되기를 거절하고 낙향한 일 등, 워싱턴서사의 핵심이 잘 요약되어 있다. 이해조의 번역은 이 바탕 위에서 반외세의 공화주의자 워싱턴서사의 틀을 확립함으로써 한국 계몽주의문학의 전개에 독특하게 기여하였다.

한국 근대문학, 특히 계몽주의문학의 형성에서 번역은 작지 않은 역할을 하였음에도 그에 대한 제대로 된 검토는 영성했다고 할 수 있다. 원본에 대한 번역의 부차성이란 서구주의 또는 근대주의 담론의 자장 안에서 한국 근대문학 전체를 '번역된 근대'로 치부하는 단순론이 횡행하는가 하면, 한편에서는 원본/번역의 위계적 이분법을 해체하는 포스트주의의 깃발 아래 언어 사이에서 이루어지는 투쟁을 지우는, 대책 없는 다원주의도 대두하였다.[46] 번역을 하위적으로 편제하는 근대주의를 넘어 '언어들의 복수성(the plurality of languages)'[47]에 점화하는 번역의 독자성에

---

43) 『유길준전서』 I, 일조각, 1996, 510면.
44) 위의 책, 519면.
45) 鹽川一太郎, 玄穆 역, 『미국독립사』, 皇城新聞社, 1899, 57면.
46) 이에 대한 논의는 윤지관, 「번역의 정치학과 근대성」, 『안과밖』 10호(2001년 상반기)를 참조할 것.

주목하면서, 식민주의와 반식민주의의 예민한 접촉점, 즉 번역활동의 사회성을 날카롭게 분별하는 복안(複眼)을 훈련해야 한다.

이해조의 『화성돈전』을 통해 일본의 '카세이똔', 중국의 '화썽뚠'에 이어 한국의 '화성돈'이 탄생하였다. '화성돈'은 트로이의 목마다. 그 뱃속에는 일제와 조선 중세체제에 대항하는 새로운 국민주의 영웅들이 숨어 있었던 것이다. 다만 중역판의 거의 충실한 번역에 그친 점이 아쉽다. 이미 지적했듯이, 중역판이 당면의 중국적 과제 즉 반청공화혁명론에 입각, 일본판을 나름대로 취사선택한 점을 상기하면 더욱 그렇다. 이리된 데는 일본의 직접적 또는 잠재적 위협 앞에 선 한국과 중국, 두 나라 지식인들의 의식적·무의식적 연대도 한몫을 했을 터인데, 번역의 경험이 상대적으로 두텁지 않았다는 당시 한국의 사정도 가로놓여 있을 것이다.

그런데 미국과 워싱턴에 대한 이해의 소박성은 일본판과 중역본에 이미 내재한다. 당시 미국은 일제의 한국 식민지화를 승인하고 중국 침략을 용인한 제국주의 국가의 하나였으니, 어쩌면 건국의 이상을 벌써 저버린 20세기 초 미국에서 죽은 '워싱턴'을 한국과 중국에서 '화썽뚠'과 '화성돈'으로 살려낸 형국인지도 모른다. 또한 죽은 '워싱턴'을 동아시아에서 부활시킨 계기로 된 '카세이똔'도 일본 제국주의의 진군 속에 곧 빈사지경에 이른 점도 통렬한 반어가 아닐 수 없다.

---

47) Walter Benjamin, "The Task of the translator" in *Illuminations*, ed by Hannah Arendt, trans. by Harry John, New York : Schockenbooks 1988, p.82.

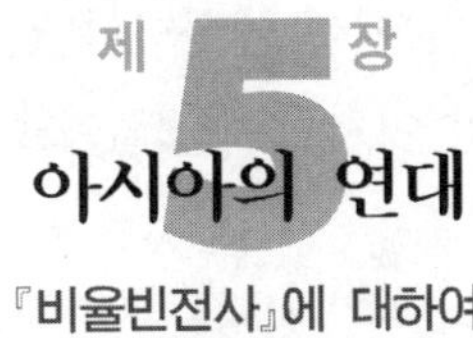

아시아의 연대
『비율빈전사』에 대하여

1. 한국과 필리핀

일찍이 1905년 7월, 일본이 미국의 필리핀 지배를 승인하는 대신 미국이 일본의 대한제국 지배를 양해한 태프트—카쯔라(桂) 협정에서 전형적으로 표현되었듯이, 필리핀 문제는 우리와 긴밀한 관계를 가져왔다. 그럼에도 우리 사회에서 필리핀에 대한 인식은 높다고 할 수 없다.

이 점에서 애국계몽기에 『비율빈전사(比律賓戰史)』(1907)가 우리 독서계에 출현했다는 것은 자못 흥미롭다. 필리핀 독립전쟁(1896~1902)의 승리와 좌절을 생생하게 증언하고 있는 이 책은, 프랑스에 의한 베트남 지배를 가차없이 폭로한 『월남망국사』(1906)[1]와 함께 제국주의의 전면적 위협 앞에 직면한 아시아의 운명에 대한 당시 지식인들의 진지한 관심을 날카

---

1) 이에 대해서는 최원식, 「아시아의 連帶」, 『한국문학의 현단계』 II, 창작과비평사, 1983을 참조할 것.

롭게 보여준다. 사실, 정보가 훨씬 제한되어 있었던 그때 우리 지식인들
이 세계를 바라보는 시각이 이처럼 주체적이었다는 것은 오늘날과 비교
해도 놀랍다.

그러면 이처럼 중요한 의의를 지니는 『비율빈전사』가 지금까지 고찰
의 대상에서 제외되어 온 이유는 무엇일까? 그것은 무엇보다도 이 책이
1913년 6월 5일 총독부에 의해 발매 금지된 데에 있다.[2] 일제는 1909년
에서 1915년 사이, 애국계몽기에 출간된 도서 약 300종을 판금하였으니,
여기에는 신채호(申采浩)·박은식(朴殷植)·장지연(張志淵)·이해조·안국선
(安國善) 등 당대의 대표적인 계몽주의자들의 문필활동 일체가 포함되었
다. 애국계몽문학에 대한 일체의 조직적 출판 탄압은 대한제국의 멸망으
로 상징되는 정치·경제적 예속을 문화적 차원으로까지 확장하려는 술
책인데, 이 속에서 『비율빈전사』도 증발했던 것이다.

그럼에도 기존의 문학사에서는 우리 초기 소설사를 친일적인 이인직
의 신소설 중심으로 구성함으로써 이 시기를 진정으로 대표하는 애국계
몽문학을 충분히 고려하지 못하였다. 이런 점에서 애국계몽문학에 대한
본격적 검토는 매우 절실한 과제인바, 『비율빈전사』에 대한 고찰이 애국
계몽기문학사의 올바른 재구성에 작은 보탬이 되기를 바란다.

2. 번역자 안국선

『비율빈전사』는 광무 11년(1907) 보성관(普成館)에서 출간되었다. 당시
보성관의 관주는 이종호(李鍾浩, 1885~1932). 그는 친로파의 거두로 일제에

---

2) 『敎科用圖書一覽 附發賣頒布禁止圖書』, 조선총독부, 1915, 61면.

는 철저히 비타협적인 자세를 견지했던 이용익(李容翊, 1854~1907)의 손자
로서 1910년 대한제국의 멸망 직후 블라디보스또끄로 망명하여 노령지
역의 독립운동을 지도한 대표적인 애국자의 한 분이다.

　보성관은 원래 이용익에 의해 창립되었다. 1904년 배일파(排日派)로 지
목, 일제에 의해 강제 납치되어 일본에서 연금생활을 했던 이용익은 귀
국 후 보성학교(普成學校)를 설립하는(1905) 한편, 귀국하면서 구입한 인쇄
기를 바탕으로 인쇄소 보성사와 출판사 보성관을 일으켰던 것이다. 이는
국권 회복을 위한 장기적인 계획이었다. 그러나 이와 같은 야심적인 계
획은 이용익이 블라디보스또끄에서 1907년 급서하면서 손자 이종호에
의해 계승되니, 자체 인쇄시설까지 갖춘 보성관은 당시의 애국적 출판운
동의 중요한 근거지로 되었다.

　『비율빈전사』는 안국선에 의해 번역되었다. 이 책의 간기에 의하면 당
시 안국선은 보성관 번역원. 소설가 안회남(安懷南)의 아버지요,『금수회
의록(禽獸會議錄)』(1908)의 저자로 유명한 안국선은 당대의 계몽주의자였다.

　안국선은 구한말 지식인의 흥미로운 도정을 보여준다. 그의 일생에 있
어서도 갑오년(甲午年)은 한 획기가 되었으니, 안회남은 다음과 같이 기록
하고 있다.

> 　선친께서는 16세시에 에도[江戶, 토오꾜오－필자]로 급(笈)을 부(負)하시었는
> 데 때마침 청일전쟁의 전초전이 충청남도 아산군하(牙山郡下)에서 일어나 은은
> 한 대포성으로 "맹자견양혜왕(孟子見梁惠王)하신대 수불원천리(叟不遠千里)하시
> 고" 하시다가는 몇 번씩 놀래어 결심을 일층 공고히 하셨다고 자서전 초고에 적
> 히어 있다.[3]

청일전쟁의 개전장인 아산은 안국선이 자라난 안성(安城)과 지척이었
다.『맹자』를 학습하던 소년 안국선의 귀에 들려온 청일전쟁의 대포 소

---

3) 安懷南, 「先考遺事」,『博文』, 1940.6, 2면.

리, 이 소리가 안국선의 일본 유학을 결정하였다.4) 여기에는 또한 안경수(安駉壽, ?~1900)의 역할이 컸던바, 그는 "안씨문중에서 안국선·기선(琦善: 安漢의 부친)·창선(昌善: 安漢의 養父) 등 3인"5)을 뽑아 유학시켰던 것이다. 안경수는 경장 내각에서 군부대신을 역임하는 한편, 1898년 정변에 관여하여 일본으로 망명할 때까지 독립협회의 회장을 맡았던 구한말의 거물 정객이었다.6) 안회남의 휘문고보 학적부에 그 족적(族籍)이 평민으로 명기되었듯이,7) 안성의 죽산(竹山) 박씨는 평민 신분이다. 구한말의 격동 속에서 일찍이 개명하여 안경수·안국선·안회남, 그리고 최승희(崔承喜)의 남편으로 카프(KAPF)에서 활약한 안막과 같은 지식인들이 이 문중에서 속속 배출되었던 것은 참으로 흥미로운 일이 아닐 수 없다.

이렇게 토오꾜오로 건너간 안국선은 1899년 동경전문학교(와세다대학의 전신) 정치과를 졸업하였다.8)

귀국 후 안국선의 행적에 대해서는 다시 안회남의 기록을 보자.

> 돌아오셔서는 모종의 정치운동을 획책하셨는데 탄로되어 참형의 선고를 받으셨다가 나중 전라남도의 절해고도인 진도(珍島)로 유배된 바 되셨다. 이 어른은 거기서 연애도 하시고 결혼도 하셨다.9)

옥에 갇혔을 때, "매일 형벌을 하는데 정갱이가 엿가락처럼 늘어났다고 한번 주석에서"10) 안국선 스스로 회고한 바 있었던 이 사건은 무엇인가? 현재로서는 명확한 증거를 찾을 수 없는데, 아마도 이 사건은 위의

---

4) 안국선의 일본 유학 시기에 대해서는 안회남의 기록을 근거로 全光鏞 교수가 1894년을 주장했는데, 이에 대해서 권영민 교수는 관비 유학생이 대거 건너갔던 1895년을 주장하였다. 앞으로 더욱 검토되어야 할 것이다.
5) 尹明求, 「安國善研究」, 서울대 석사논문, 1973, 13면.
6) 愼鏞廈, 「獨立協會의 創立과 組織」, 『창작과비평』, 1974년 봄호.
7) 윤명구, 앞의 논문, 11면.
8) 김윤식·김현, 『한국문학사』, 민음사, 1973, 103면.
9) 안회남, 「선고유사」, 『박문』, 1940.6, 2면.
10) 金東錫, 『뿌르조아의 人間像』, 탐구당서점, 1949, 13면에서 재인용.

기록과 달리 안국선이 주동적 위치에 있었던 것은 아닌 것 같다.

여기서는 몇 가지 정황을 검토하기로 한다.

우선 안경수와 관련이 있을지 모르겠다. 안경수는 1898년, 당시 일본에 망명해 있던 박영효(朴泳孝, 1861~1939)의 사주를 받아 고종을 양위시키려는 정변을 획책하였다가 발각, 일본으로 망명하였다.[11] 안경수가 일본으로 망명했을 때는 안국선의 일본 유학 시절이기 때문에 양자가 접촉했을 것은 불을 보듯 환한 일이다. 그런데 명성왕후 시해 사건(1895)과 아관파천(1896)으로 말미암아 개화파들이 대거 일본에 망명하면서, 이들 망명객과 일본 유학생의 잦은 접촉은 당시 조선 정부의 엄중한 감시의 대상이 되었던 터이다.

더구나 안경수는 망명객들의 만류에도 불구하고 일본의 배경을 믿고 1900년 귀국, 자수하였다.[12] 그러나 일본 공사 하야시 곤스케[林權助]의 특청에도 불구하고 안경수는 이해 5월 심한 고문으로 빈사지경에 이른 채 교수형에 처해지고 만다. 안경수의 고문치사 사건으로 한·일관계는 급속히 경화되어 궁지에 몰린 대한제국 정부는 망명객을 비호하는 일본 정부를 비난하는 한편, 망명객 전부에 대한 인도를 요구하기에 이르렀던 것이다.[13]

그러나 그 내용이 자세히 알려진 안경수 사건에는 안국선의 이름이 등장하지 않는 것으로 미루어 안국선의 투옥과 직접적 관련은 없을 것인데, 사실은 유학생의 동태에 과민했던 이 엄중한 시기에 안국선이 과연 귀국했을지가 의문이다. 다만 안경수의 죽음이 젊은 정치학도 안국선에게 얼마나 깊숙한 충격이었을까, 짐작 가는 바가 없지 않다.

여기서 우리는 안국선의 옥중사진 한 점을 검토해보자. 총11명이 서대문감옥 벽을 배경으로 찍은 이 사진에는 안국선을 비롯하여 김정식·이

---

11) 황현, 『매천야록』, 아세아문화사, 1978, 1141면.
12) 황현, 위의 책, 1163면.
13) 최준, 『한국신문사논고』, 일조각, 1976, 157~168면.

상재·유성준·홍재기·김인·이승린·유동근·이승만 등의 모습이 보인다.14) 그런데 이들은 같은 사건에 연루되어 동시에 투옥된 것이 아니다. 그 중 이승만(李承晩, 1875~1965)은 '독립협회'가 붕괴된 후 숨어 다니다가 1899년 2월에 홀로 체포되었고,15) 이승린(李承麟)은 망명객 박영효와 연락하여 그 혁명 자금을 모금하다가 이조현(李祖鉉)과 함께 1901년에 체포되었으며,16) 유성준(兪星濬 : 유길준의 庶弟)은 망명중인 유길준과 연락하여 정변을 획책했다는 죄목으로 1902년 체포되었고,17) 유동근(柳東根)은 뒤늦게 명성왕후 시해 사건에 관련된 사실이 밝혀져 1904년에 처형되었다.18)

뚜렷이 관련자들이 밝혀진 이상의 사건에 안국선은 연루되지 않았으니, 아마도 안국선은 이상재(李商在, 1850~1927) 사건과 연관될 것 같다. 1902년 6월 이상재는 김정식(金貞植)·홍재기(洪在箕)·이원긍(李源兢 : 李能和의 부친) 등과 함께 조작된 개혁당 사건의 주모자로 이완용(李完用)이 설치한 특무기관인 경위원(警衛院)에 끌려 들어가 60일 동안의 고문 끝에 투옥되었던 것이다.19)

안국선의 사진이 또 한장 남아 있다. 1910년 11월에 찍은 것인데, 여기에는 안국선을 비롯하여 이상재·이원긍·김정식·김인·이승만이 함께 하고 있다.20) 이 기념사진 역시 안국선과 이상재 사건과의 관련을 더욱 깊게 증거해준다.

그런데 흥미로운 것은 이 참담한 옥중생활 속에서 안국선을 비롯한 여러 동지들이 서양인 선교사의 인도로 일제히 기독교로 개종한다는 점

---

14) 이승만,『독립정신』(Honolulu : Korean Pacific Magazine Co., 1917) 소재.
15) 鄭喬,『大韓季年史』下, 1974, 3면.
16) 정교, 위의 책, 76~77면.
17) 정교, 위의 책, 127~128면.
18) 정교, 위의 책, 91면.
19) 전택부,『월남 이상재』, 한국신학연구소, 1983, 102~103면.
20) 李能和,『朝鮮基督教及外交史』下, 朝鮮基督教彰文社, 1928, 203면.

인데, 이는 우리나라에 있어서 상류사회로의 기독교 전파의 효시로 된다.[21]

이처럼 정신적 육체적 위기 속에서 시달리던 안국선은 러일전쟁의 발발로 말미암은 정국의 변화 속에 이상재 등과 함께 1904년 3월 석방되었다.[22]

석방 후 몇 년의 공백을 거쳐 안국선은 1907년부터 애국계몽운동에 참여하여, '대한협회(大韓協會)'와 '기호흥학회(畿湖興學會)' 같은 단체에 관계하는 한편, 여러 잡지의 기고가로 활약하였다. 이 시기에 출간된 단행본만도 5종으로, 『비율빈전사』(1907)와 『외교통의(外交通義)』(1907) 같은 번역서, 『정치원론(政治原論)』(1907)과 "몽양(夢陽)이 애독하여 마지않았다"[23]는 『연설법방(演說法方)』(1907) 같은 저서, 그리고 애국계몽기 최대의 정치소설의 하나로 꼽히는 『금수회의록』(1908) 등 눈부신 바 있다. 그의 문필활동의 성격이 어떠했는가는 이 중 『외교통의』를 제외한 네 권의 책이 모두 일제에 의해 금서 처분되는 데서 잘 드러난다.[24]

그러나 그는 1908년 탁지부의 관리로 발탁되고 드디어 나라가 멸망한 후에는 청도(淸道) 군수 노릇을 하면서(1911~1913)[25] 계몽주의 지식인에서 친일파로 전락해 갔던바, 그의 변질은 이 땅에서 글 아는 사람으로서 올바르게 산다는 일이 얼마나 어려운 일인가를 다시 한번 실감케 한다.

그러니까 『비율빈전사』는 안국선이 보성관 번역원으로 호구하면서 애국적인 문필활동을 발랄하게 펼치기 시작하는 단초가 되는 작품이었던 것이다. 가난했지만 그의 정신은 한없이 드높았던 시기였다.

---

21) 이능화, 위의 책, 204면.
22) 전택부, 『한국기독교청년회운동사』, 정음사, 1978, 80면.
23) 김동석, 『뿌르조아의 人間像』, 탐구당서점, 1949, 13면.
24) 『教科書圖書一覽 附發賣頒布禁止圖書』, 50·55·57·58면.
25) 권영민, 「안국선의 생애와 작품세계」, 『관악어문연구』 2집, 서울대, 1977, 127면.

3. 원저자 마리아노 뽄세

그러면 『비율빈전사』의 원저자는 누구인가? 안국선 번역본에는 그 원저자가 밝혀져 있지 않은데, 중역본(上海: 商務印書館, 1902)에는 이 책에 관한 중요한 정보를 제공하는 서문이 붙어 있다.

필리핀 사람 봉시는 본디 나라를 사랑하는 선비로 일찍이 고국의 굴욕을 분개하여 뜻있는 사람과 더불어 계획하여 필리핀군도에 독립자주의 터를 수립하려고 하였다. 고난 속에 떠돌다가 우리나라(일본을 가리킴)에 와 우거하며 무릇 가만히 기약하는 바가 있다. 내 집을 자주 방문하는데, 그 사람을 한 번 보매 그가 관후장자임을 알겠다. …… 근일에 한 책을 지었는데 표지에 가로대 '필리핀독립사'라 하고 필리핀군도 지사들의 약전을 붙였다. …… 우리나라 지사들의 일독을 권한다. …… 메이지 34년 신축년 1월 일본 미야모또는 서 하노라.26) (번역−필자)

우리는 이 서문에서 『비율빈전사』의 원문이 일본에서 1901년에 출간되었으며, 그 저자는 당시 일본에 와 있던 필리핀 애국자 봉시(棒時)임을 알 수 있다.

그러면 봉시는 누구인가? 국역본에 다음과 같은 구절이 나온다.

서반아 국경(國京) 마덕리(馬德里, Madrid−필자)에서 팔년간 발행한 『라소리따리따−』 잡지난 여(余)의 주필한 바라.27)

---

26) 金秉喆, 『韓國近代飜譯文學史研究』(을유문화사, 1975), 240면에서 재인용. "飛人棒時者 本愛國志士 夙慨故國屈辱 與有志謀 欲樹飛島獨立自主之基 流離閒關 來寓我國(指日本) 蓋竊有所期也 屢訪余廬 其人一見 知爲寬厚長者 …… 近著一書 顔曰飛獵濱獨立史 附以飛島志士小傳 …… 欲煩我邦志士一讀焉 …… 明治三十四年歲次辛丑一月 日本宮本平序."

27) 『比律賓戰史』, 普成館, 1907, 4~5면. 이하 작품 인용은 따로 주를 달지 않고 이 책의 면수만 표시함.

『라 솔리다리다드(La Solidaridad)』는 1889년 2월 스페인의 바르셀로나 (Barcelona)에서 로뻬스—하에나(Graciano Lopez-Jaena)에 의해 창간된 잡지로 필리 핀의 부르주아 지식분자들의 민족주의운동 즉 선전운동(propaganda movement) 의 중요한 매체였다. 특히 체포 직전에 스페인으로 망명한 변호사 출신 의 탁월한 민족주의자 델 삘라르(Marcelo del Pilar)가 1889년 12월부터 편집 장이 되고 근거지를 마드리드로 옮기면서 『라 솔리다리다드』는 필리핀 의 개혁을 위해서 스페인의 자유주의 세력에 지원을 호소하는 한편, 필 리핀 민중의 광범한 계몽에 정열을 기울였던 것이다. 물론 이 잡지의 입 장은 "필리핀을 스페인의 자치주로 할 것"에서 분명히 드러나듯이 개량 적 민족주의에 다름 아니지만 필리핀 민족운동사에서 한 획기를 그을 만큼 강고한 영향력을 발휘하였다. 그리하여 이 잡지에는 당시 스페인에 유학 또는 망명한 필리핀의 유수한 지식인들이 속속 모였으니, 델 삘라 르와 로뻬스—하에나 이외에 호세 리살(José Rizal), 마리아노 뽄세(Mariano Ponce), 안또니오 루나(Antonio Luna) 등이 바로 그들이다.[28)

그렇다면 『비율빈전사』의 원저자 봉시란 바로 마리아노 뽄세일 것이 다. 그의 약전을 보자.

> 저명한 서지(書誌)학자, 선전가, 언론인, 역사가, 외교관, 의사, 민속학자, 그리 고 뛰어난 개혁가 마리아노 뽄세는 1863년 3월 22일 불라깐(Bulacan)주의 발리와 그(Baliwag)에서 태어났다. 고향에서 초등교육을 받고 중등과정은 후안 에반헬리 스따(Juan Evangelista), 우고 일라간(Hugo Ilagan), 그리고 에스꼴라스띠꼬 살란다난 (Escoastico Salandanan) 사립학교에서 마쳤다. 그후 산 후안 데 레트란 대학(the Colegio de San Juan de Letran)에서 문학사 학위를 얻었고 산또 또마스 대학교(the University of Santo Thomas)에 등록하였다. 2년 후 유럽 유학을 떠나 마드리드 중앙 대학교(the Universidad Central de Madrid)에서 학업을 계속하여 의학박사 학위를 취 득하였다. 스페인에 머무는 동안 뽄세는 선전운동에 가담하여 『라 솔리다리다드』 의 편집장이 되었다.

---

28) 谷川榮彦, 『東南アジア民族解放運動史』, 東京 : 頸草書房, 1969, 317~318면.

그는 그 잡지의 역사가·연구원·전기작가로서 성실히 봉사하였다. 필리핀의 개혁을 위해서 뽄세는 '스페인 필리핀협회'(the Asociacion Hispano-Filipino)에 가담하여 그 간사로 선출되었다. 뽄세는 널리 여행하여 광뚱[廣東]·한커우[漢口]·홍콩·인도차이나를 방문하였고, 특히 상해에서는 유명한 중국지도자 쑨 원을 만났다. 그는 홍콩에서 짧은 망명생활을 보냈던 에밀리오 아기날도(Emilio Aguinaldo)를 만났다. 1898년 7월 뽄세는 혁명가들과 스페인정부 사이에 믿을 만한 중재인으로서 요꼬하마[橫濱]에 파견되었다. 일본에 외교 사절로서 체재하는 동안 그는 우단가와 오끼요와 결혼하여 네 자녀를 두었다. 필리핀에 귀국한 후 그는 정계에 투신하여 1908년 불라깐주 제2선거구에서 의원으로 선출되었다. 그뒤 필리핀의회의 도서관위원회 위원장이 되었다. 또한 그는 1910년부터 1912년까지 필리핀의회의 멤버였다. 홍콩에서 폐결핵으로 사망한 1918년 5월 23일 마리아노 뽄세의 빛나는 생애는 끝났다.[29] (강조와 번역-필자)

위의 글 중 뽄세가 『라 솔리다리다드』의 편집장을 역임했고 1898년부터 1908년 귀국할 때까지 일본에 체류하면서 필리핀 독립의 지원을 위한 선전활동에 종사했다는 사실에서, 우리는 『비율빈전사』의 저자 봉시가 바로 마리아노 뽄세임을 분명히 알 수 있다.

그러면 그는 왜 1898년 일본에 건너와서 『비율빈전사』(1901)를 간행하게 되었는가? 그가 『라 솔리다리다드』와 '스페인·필리핀협회'(필리핀 문제에 동정적인 스페인 사람과 필리핀 민족주의자들이 함께 모여 필리핀의 자유주의적 개혁을 목표로 1889년 1월에 결성한 단체)의 중심 인물의 하나라는 점에서 드러나듯이, 그는 온건한 개량적 민족주의자였다. 그러나 평화적 방법에 의한 필리핀의 자치를 획득하려고 목표했던 개량적 민족주의운동은 스페인 식민당국의 무자비한 탄압으로 좌절되고 만다. 1898년 12월 30일 비밀군법회의에서 반란죄로 사형당한 호세 리살의 죽음은 개량적 민족주의운동의 패배를 전형적으로 상징한다. 리살은 1892년 귀국하여 주로 유산계급과 지식분자를 규합, '필리핀연맹(Liga Filipina)'을 결성한 나흘 후

---

29) Eminent Filipinos, 212~213면.

체포되어 유형에 처해졌다가 결국 처형되었으니, 이 사건을 고비로 필리핀 민족운동의 주도권은 혁명파로 넘어갔던 것이다.

마닐라(Manila) 빈민의 아들로 태어난 보니파시오(Andres Bonifacio)를 중심으로 리살이 체포된 그 해 1892년에 결성된 비밀결사 '까띠푸난(Katipunan)'은 혁명파의 등장을 고지하는 것인데, 필리핀연맹과 달리 민중에 뿌리를 둔 까띠푸난은 혁명적 수단에 의한 필리핀 독립의 쟁취를 명확한 투쟁목표로 설정하였다. 그리하여 1896년 8월 26일 까띠푸난은 봉기하였고 필리핀 독립전쟁은 개시되었다.30)

이와 같은 정세 변화 속에서 뽄세도 혁명파로 전신한다.

> 아공실로가 …… 일본국 기선을 탑승하고 마닐라를 탈(脫)하야 1896년 4월에 일본에 도착하였다가 홍콩으로 왕(往)하니 기년(其年) 8월에 혁명전쟁이 기(起)하야 뽄세씨가 구주(歐洲)에서 해지(該地)로 내(來)하매 뽄세씨와 협력하야 '혁명기성동맹'(革命期成同盟)을 조직하야 본국혁명당을 성원 ……. (114~115면)

아공실로(Felipe Agoncillo)가 뽄세와 협력하여 홍콩에서 조직한 '혁명기성동맹'은 아마도 '홍콩위원회(Hongkong Junta)'로 알려진 '중앙혁명위원회(Central Revolutionary Committee)'일 것이다. 변호사 출신의 민족주의자로 독립전쟁 발발 넉 달 전에 홍콩으로 탈출한 아공실로는 바로 이 위원회의 의장이었으니,31) 뽄세는 독립전쟁이 발발하자 스페인에서 홍콩으로 와 이 위원회에서 다양한 지원활동을 벌였던 것이다.

그러나 350년에 걸친 스페인 지배에 저항하여 요원의 불길처럼 번지던 독립전쟁은 보니파시오를 젖히고 군사적 성공을 바탕으로 혁명의 주도권을 장악한 아기날도가 총독과 '비악나바또협약(Biac-na-Bató Pact)'을 체결하고 1897년 12월 홍콩으로 망명하면서 주춤하게 된다. 뽄세가 아기날도를 만난 것은 바로 이때였으니, 이후 그는 아기날도의 충성스런 지지

---

30) 谷川榮彦, 『東南アジア民族解放運動史』, 東京 : 頸草書房, 1969, 327~330면.
31) 谷川榮彦, 위의 책, 335면.

자가 되었던 것이다.

아기날도는 왜 독립전쟁의 와중에서 그 지도를 포기하고 홍콩으로 망명하는가? 우리는 여기서 혁명파 내부의 심각한 대립에 주목해야 한다. 이미 지적했듯이 필리핀 독립전쟁은 초기에 보니파시오에 의해 지도되었으나 아기날도가 등장하면서 문제가 발생한다. 하층 대중에 뿌리를 둔 보니파시오파와 유산계급에 기반한 아기날도파의 대립은 결국 1897년 5월 아기날도파에 의한 보니파시오 처형으로 귀결되고, 아기날도파는 식민당국과 타협의 길로 나서게 되었던 것이다.[32]

그런데 홍콩에 망명한 아기날도에게 새로운 기회가 왔다. 1898년 4월 꾸바 문제를 둘러싸고 미국과 스페인은 전쟁 상태로 돌입하였던 것이다. 미국은 카리브해의 스페인 식민지 꾸바를 탈취하려는 목표와 함께 1898년 5월 1일 마닐라만 해전에서 승리함으로써 마닐라만의 전략적 가치에 주목하여 필리핀까지 노리게 되었다. 그리하여 미국은 필리핀 탈취를 위해 아기날도를 이용하기로 결심, 드디어 아기날도는 망명지 홍콩에서 비밀리에 미군함정에 탑승하여 1898년 5월 19일 귀국, 5월 30일 필리핀 민중에게 스페인 지배에 반대하는 일제 무장 봉기에 나설 것을 호소하였던 것이다. 이에 호응하여 독립전쟁은 다시 맹렬한 기세로 타올랐고, 마침내 같은 해 6월 12일 역사적인 필리핀 독립선언식이 거행되었다.

뽄세가 일본에 건너간 것은 바로 이 직후 1898년 7월이었으니, 그는 아기날도 혁명정부의 외교사절 자격으로 일본에 파견되었던 것이다. 그러나 그가 일본에 온 후 필리핀 상황은 악화되었다. 9월 9일 아기날도를 대통령으로 하는 필리핀 임시정부가 수립되었음에도 불구하고 스페인은 1898년 12월 10일 빠리조약에 의거 꾸바·푸에르토리코·괌은 물론 필리핀 군도까지 미국에 할양하고 말았던 것이다. 미국을 필리핀의 해방자로 환영했던 아기날도의 판단은 완전히 오산이었다. 1899년 2월 미군과 필

---

32) 谷川榮彦, 『東南アジア民族解放運動史』, 東京 : 頸草書房, 1969, 332~334면.

리핀군의 격돌은 개시되었고, 1902년 마지막 저항군 미구엘 말바르(Miguel Malvar) 장군의 항복으로 미국에 반대하는 3년에 걸친 필리핀의 저항은 참담하게 종식되었다.

뽄세의 도일(渡日)은 일본 조야에 필리핀 문제에 대한 각별한 관심을 불러일으켰다. 예컨대 저명한 작가 야마다 비묘[山田美妙]는 대표적인 인사다. 1898년 여름 뽄세를 직접 방문했던 비묘는 1902년 아기날도의 전기를 출간하는 한편 1903년에는 리살의 기념비적인 작품『놀리 메 땅헤레(Noli Me Tangere)』(1887)를『치노나미다[血の涙]』란 제목으로 번역했던 것이다.[33]

물론 당시 일본의 필리핀에 대한 관심은 진정한 연대의 표시라기보다는 팽창주의의 굴절된 표현이라는 측면이 있음도 유의해야 한다. 실제로 필리핀 문제를 역설했던 일본인들은 아시아팽창주의자 중에서 남진론(南進論) 계통이 많았으니, 남진론자들의 꿈은 태평양전쟁 시기 일제의 동남아시아 침략으로 구현되었던 것이다.

그러나 대한제국의 식민지화에 골몰하고 있었던 일본 정부는 뽄세에게 냉담했다. 그리하여 태프트-카쯔라 협정이 맺어졌던 것이다.

> 1905년 7월에는 미국의 태프트 육군장관이 일본에 와서 카쯔라 수상과 회담하고, 카쯔라-태프트 협정으로 불리는 공문을 교환했다. 당시 미국은 필리핀 독립투쟁의 진압에 골치를 썩이고 있어서, 일본이 필리핀에 대한 미국의 지배권을 인정하는 것과 교환으로 미국은 일본의 동의 없이는 한국이 타국과 외교협정을 맺을 수 없을 정도의 종주권을 가진 것을 인정했던 것이다.[34]

그런데 태프트(W. H. Taft)는 1901년 필리핀 민정장관(civil governor)을 지냈을 정도로 필리핀의 미국 식민지화에 직접적으로 기여한 인물이었으니, 당시 일본에서 이 협상을 지켜봤던 뽄세의 심정이 어떠했을까, 짐작하고

---

33) 谷川榮彦, 위의 책, 356면.
34) 今井淸一, 『日本近代史』 II, 東京 : 岩波書店, 1977, 11면.

도 남음이 있다.

일본행은 결국 좌절만을 안겨주었고 그는 참담한 심정으로 귀국한다. 귀국 후 그는 약전(略傳)에서 보이듯이 미국 식민당국과 타협하고 말았다. 여기에는 미국의 식민정책에 약간의 변화가 있었다는 점을 고려해야 한다. 필리핀 민족주의에 대한 강경한 탄압정책을 취했던 미국은 1907년 이후 필리핀의 자치를 일정한 선에서 허용하는 정책으로 전환하였는데, 이 변화 속에서 마리아노 뽄세는 다시 개량적 민족주의자로 복귀하였던 것이다.

4. 『비율빈전사』의 대강(大綱)

이 책의 원본은 1901년 일본에서 출간되었다. 이 시기는 스페인에 대신한 새로운 지배자 미국에 반대하는 아기날도 혁명 정부의 참담한 저항이 아직도 치열하였으니, 뽄세는 이 책의 간행을 통해서 혁명 정부에 대한 아시아의 지원을 기대하였던 것이다.

이 책의 본문은 총14장, 1896년부터 1899년까지 필리핀 독립전쟁의 경과를 연대기적으로 충실히 서술하였다.

그런데 우리가 이 책을 읽을 때 마리아노 뽄세가 개량적 민족주의에서 출발하여 독립전쟁 발발 후 아기날도파의 지지자가 되었다는 사실에 유의해야 한다. 이 때문에 그는 이 책에서 진정한 혁명적 민족주의를 대표하는 보니파시오와 '까띠푸난' 조직에 대해서는 완전히 묵살하고 아기날도 일변도로 독립전쟁의 경과를 기술하였던 것이다. 가량 제 3장의 서두에 "비율빈도(比律賓島)가 서반아 정부에 대하야 혁명군기를 거(擧)함은 1896년 8월 26일이다. 아기날도 장군이 차(此)에 수창(首倡)한 인(人)이니

……"(6면)라는 구절이 나오는데, 이는 왜곡이다. 이미 지적했듯이 필리핀 독립전쟁은 보니파시오의 영도 아래 폭발하였다. 아기날도도 보니파시오가 조직한 비밀결사 까띠뿌난에 참가하였다가 보니파시오가 봉기하자 그에 호응하여 독립전쟁에 투신하였던 것이다. 그리하여 뻔세는 아기날도와 보니파시오의 대립과 아기날도파에 의한 보니파시오 처형과 같은 중대한 사건을 모두 생략하고, '비악나바또 협약'을 둘러싼 아기날도의 타협성을 전혀 비판하지 아니하였다.

또한 뻔세의 미국에 대한 태도에도 불철저한 점이 있다. 가령 제6장의 서두를 보자.

> 북미합중국은 원래 인의(仁義)를 중하고 인도를 존(尊)하야 대외관계의 이해감정에 불구하난 고로 기(其) 국민의 굉량대도(宏量大度)를 오인(吾人)이 항상 흠모하난 배어니와 금일 비율빈에 대하야 용(用)한 정책은 의아에 불승(不勝)하도다. (18면)

물론 이 책의 곳곳에서 미국의 배신을 맹렬히 규탄하고 있지만 그의 마음속 깊은 곳에는 아직도 미국에 대한 환상이 숨어 있었다. 미국 역시 식민지 쟁탈전에 뛰어든 서구 열강의 하나라는 점을 뻔세는 끝내 바로 보지 못하고 있는 것이다.

이와 같은 한계에도 불구하고 이 책은 스페인의 지배에서 해방되자마자 다시 미국의 지배 아래 편입된 필리핀 독립전쟁의 참담한 드라마를 생생하게 기록함으로써 제국주의의 본질을 만천하에 폭로하였다는 점에서 귀중한 의의를 가진다.

특히 이 책의 제14장이 흥미롭다. 이 장은 미국과 유럽의 양심적인 인사들이 미국의 필리핀 지배에 반대하는 발언과 운동을 소개한 것인데, 그 자체로서도 귀중한 기록적 가치를 지닌다.

당시 미국 내에서 필리핀 영유(領有) 반대운동은 '반제국주의연맹(Anti-Imperialist League)'이 중심체로 되었다. "미국의 이념과 일치하지 않는, 합중국 주권의 외국 인민에의 강제적 확대에 반대하고, 특히 필리핀의 조기 완전독립을 위해 끝없이 활동”할 것을 목적으로 1899년 보스턴에서 창립된 이 연맹은 전 대통령 클리블랜드(Grover Cleveland)와 해리슨(Benjamin Harrison), 저명한 작가 마크 트웨인(Mark Twain), 실업가 카네기(Andrew Carnegie) 등이 참여하여 맹렬한 선전활동을 벌인 결과 1년 안에 회원 3만, 전국 지부 100개가 설립될 정도로 국민적 지지를 얻었던 것이다.35) 이 책에는 샌프란시스코에 본부를 둔 ‘미국영토확장반대동맹회’와 ‘신시내티단세(單稅)구락부’의 활동이 자세하게 소개되었는데, 세계 여론의 추세를 꼼꼼하게 체크하고 있는 마리아노 뽄세의 성실성이 빛난다.

마지막으로 나는 이 책에 수록된 호세 리살의 절명시(絶命詩)에 주목하고 싶다. 1898년 12월 30일 “사태는 희생자를 요구하고 있다. 나는 선택된 이 희생자로서 모든 죄를 한 몸에 떠맡으리라”는 유언을 남기고 처형된 고매한 민족주의자 리살은 무엇보다도 탁월한 문인이었다.36) 일찍이 25세 때 스페인 지배 아래 암담한 필리핀의 현실을 다룬 첫 장편『놀리 메 땅헤레』를 써 식민당국과 천주교의 분노를 샀던 그는 1891년 더욱 정치적인 제2의 장편『엘 필리부스떼리모(El Filibusterimo)』를 썼거니와, 또한 그는 일류의 서정시인이었다. 「임종사(臨終辭)」란 제목으로 소개된 이 절명시(109~112면)는 원래는 무제(無題)였는데, 마리아노 뽄세가 「나의 마지막 안녕(Mi Ultimo Adios)」이란 제목을 붙여 유통시켰던 것이다.37) 죽음을 앞두고 조국에 대한 고결한 격정을 아름답고 절실하게 노래한 도도한 산문시다. 안타까운 것은 구투의 국한문혼용체로 축소·번역된 점인데, 그럼에도 이 시가 1907년 우리나라에 번역 소개되었다는 것은 매우 의의가 깊다. 우리나라에 소개된 최초의 본격적 근대자유시로 추정되는 이

---

35) 谷川榮彦,『東南アジア民族解放運動史』, 東京 : 頸草書房, 1969, 353~354면.
36) 리살의 문학세계에 대한 소개는 延點淑, 「필리핀의 국민영웅 호세 리잘의 문학」, 『詩人』 2집(시인사, 1984)을 참조할 것.
37) http : //pages.prodigy.net/manila-girl/rizal/

절명시는 1920년대의 우리 낭만주의 시 특히 이상화(李尙火)를 연상시키고 있어 더욱 흥미롭다.

5. 반미와 반일

　마리아노 뽄세가 1898년 일본에 왔을 때 안국선은 당시 정치학을 전공하는 일본 유학생이었다. 우리나라의 지배를 둘러싸고 발발한 청일전쟁의 대포소리에 읽고 있던 『맹자』를 던지고 일본으로 유학의 길을 떠나온 청년 안국선은 압도적인 미국의 군사력 앞에 위기에 직면한 필리핀 독립전쟁의 지원을 호소하기 위해 일본에 온 한 필리핀 민족주의자 뽄세에 비통한 관심을 가지고 있었을 것이다. 그리하여 뽄세가 1901년 『비율빈전사』를 일본에서 간행하였을 때 안국선은 밤을 새워 통독했을 터이다. 『비율빈전사』는 1902년 중국에서 즉각 번역 출판되었는데, 그 역자는 중국의 일본 유학생으로 동시상심인(同是傷心人)이란 필명이 의미심장하다. 동시상심인, 함께 마음 아파하는 사람. 필리핀 독립전쟁은 한국과 중국에 있어 결코 강 건너 불구경이 아니었던 것이다.

　따라서 『비율빈전사』의 출간과 번역들은 『월남망국사』와 함께 일본 땅을 매개로 이루어진 아시아 지식인들의 연대의 한 기념물이었다. 그러나 일본이 아시아의 연대를 배신하고 서구 열강에 편승하여 아시아의 침략자로 변신했음은 잘 알려진 사실이다. 그러므로 제국주의의 본질을 폭로한 이 책의 번역을 통해서 한국인이 필리핀 독립전쟁에 연대를 표시한 것은 곧 일제를 비롯한 모든 제국주의 세력에 저항하는 국권 회복운동의 한 표현이었던 것이다.

부록

참고로 이 책에 실린 호세 리살의 절명시를 들어둔다. 아울러 그 영역시를 찾아 함께 수록한다.

1) 임종사

余의 最愛하난 余의 본국이여 天惠에 浴하고 진주에 비하야 에덴낙원으로 思하았더니 我난 玆에 汝를 遺하고 逝하도다 참담한 我의 생명은 汝로 위하야 捨함을 喜하노라 我가 생하야 광영이 有하면 汝의 前途랄 수호할 것은(汝난 본국을 指홈) 국인은 總히 遲疑치 아니하며 회한치 아니하고 생존경쟁의 전쟁으로 赴하도다 慘刑酷虐을 遭할지라도 陣頭에 草露로 消할지로다 柏桂木影에 倒할지라도 국사를 위함이니 何랄 가히 辭하리오 암담한 夜色이 已去하고 朝日이 紅昇할 時에 余가 장차 逝하리로다 曉光이 紅코저 하거든 我의 血을 絞하야 此에 注하야 一段 광채를 添할진저

我몽상에도 혈기가 滿滿하니 他日에 汝가 涕泣치 아니하고 嘆蹙치 아니하고 冷眼軒眉로 동해에 珍寶랄 作하야 광휘랄 四表에 照하라 我의 정신과 성심으로 此랄 一度目見코저

오호라 我가 逝하니 汝난 응당 嘆하리라 我난 汝의 자유랄 위하야 汝의 天을 戴하고 死하노니 영구히 此土에 靈을 托함을 悅하노라

타일 我墓上荒草裏에 一朶可憐花開하거던 我의 灵이 托宿함을 知하라 汝의 친애한 열정을 吹噓하야 冷棺中我額上에 注來함을 我난 가히 感하리라

安靜온유한 월광으로 我에게 照케하라 國의 영광으로 思할 것이오 鳥가 來하야 我墓上에 喧噪하면 평화송가로 知하리라

炎熱海水에 증발하난 氣가 我의 憤恨을 天에 伴還하리로다 오호라 본국이여 人이 我랄 위하야 신명에 祈하거던 汝도 고결한 의사로 我의 극락왕생

을 신명에 祈할지어다

처연한 야색이 분묘랄 蔽하고 울연한 松楸가 琴音을 奏하거던 余의 최애하 난 余의 본국이여 是난 我가 汝를 위하야 雅頌을 唱함으로 知하라

我墓가 황폐하야 십자가 석비가 無할지라 농부의 鋤犁랄 금치 勿하라 我 의 유체가 澌盡키 전에 잡초와 共히 본국 田野의 비료랄 成하야 본국인민에 이익을 遺與하기랄 喜하노라

我의 영은 항상 汝의 천지에 翶翔하야 汝耳에 瀏亮한 악보가 되고 我의 所信한 주의랄 和하야 동포 諸耳에 고취하리라

최애하난 본국이여 최애하난 동포여 참담하고 又 참담한 我의 임종사랄 聞 하라 我난 滿腔정애랄 차토에 遺하고 逝하노니 我난 自此로 노예도 무하고 압제도 무하고 상제의 照臨하신 安宅에 立할진저

慈親이여 형제여 愛兒여 죽마친우여 我의 死랄 泣치 勿하라 我난 곤액을 脫하고 낙토로 就하노니 不知케라 동포여 死난 휴식인저

2) My Last Farewell

Farewell, my adored Land, region of the sun caressed,

Pearl of the Orient Sea, our Eden lost,

With gladness I give you my Life, sad and repressed;

And were it more brilliant, more fresh and at its best,

I would still give it to you for your welfare at most.

On the fields of battle, in the fury of fight,

Others give you their lives without pain or hesitancy,

The place does not matter : cypress laurel, lily white,

Scaffold, open field, conflict or martyrdom's site,

It is the same if asked by home and Country.

I die as I see tints on the sky b'gin to show
And at last announce the day, after a gloomy night;
If you need a hue to dye your matinal glow,
Pour my blood and at the right moment spread it so,
And gild it with a reflection of your nascent light!

My dreams, when scarcely a lad adolescent,
My dreams when already a youth, full of vigor to attain,
Were to see you, gem of the sea of the Orient,
Your dark eyes dry, smooth brow held to a high plane
Without frown, without wrinkles and of shame without stain.

My life's fancy, my ardent, passionate desire,
Hail! Cries out the soul to you, that will soon part from thee;
Hail! How sweet tis to fall that fullness you may acquire;
To die to give you life, neath your skies to expire,
And in your mystic land to sleep through eternity!

If over my tomb some day, you would see blow,
A simple humble flow'r amidst thick grasses,
Bring it up to your lips and kiss my soul so,
And under the cold tomb, I may feel on my brow,
Warmth of your breath, a whiff of your tenderness.

Let the moon with soft, gentle light me descry,

Let the dawn send forth its fleeting, brilliant light,
In murmurs grave allow the wind to sigh,
And should a bird descend on my cross and alight,
Let the bird intone a song of peace o'er my site.

Let the burning sun the raindrops vaporize
And with my clamor behind return pure to the sky;
Let a friend shed tears over my early demise;
And on quiet afternoon when one prays for me on high,
Pray too, oh, my Motherland that in God may rest I.

Pray thee for all the hapless who have died;
For all those who unequalled torments have undergone;
For our poor mothers who in bitterness have cried;
For orphans, widows and captives to whom tortures were tried,
And pray too that you may see your own redemption.

And when the dark night wraps the cemet'ry
And only the dead to vigil there are left alone,
Don't disturb their repose, don't disturb the mystery :
If you hear the sounds of cithern or psaltery,
It is I, dear Country, who, a song t'you intone.

And when my grave by all is no more remembered,
With neither cross nor stone to mark its place,
Let it be plowed by man, with spade let it be scattered
And my ashes ere to nothingness are restored,

Let them turn to dust to cover your earthly space.

Then it doesn't matter that you should forget me :
Your atmosphere, your skies, your vales I'll sweep;
Vibrant and clear note to your ears I shall be :
Aroma, light, hues, murmur, song, moanings deep,
Constantly repeating the essence of the faith I keep.

My idolized Country, for whom I most gravely pine,
Dear Phillipines, to my last goodbye, oh, harken
There I leave all : my parents, loves of mine,
I'll go where there are no slaves, tyrants or hangmen
Where faith does not kill and where God alone does reign.

Farewell, parents, brothers, beloved by me,
Friends of my childhood, in the home distressed;
Give thanks that now I rest from the wearisome day;
Farewell, sweet stranger, my friend, who brightened my way;
Farewell, to all I love. To die is to rest.

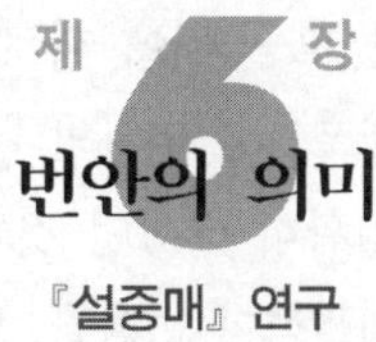

제 **6** 장

번안의 의미

『설중매』 연구

1. 오해

『설중매』(1908)는 애국계몽기의 대표적인 정치소설의 하나이다. 비록 번안이란 한계는 있지만 독립협회운동을 반영하여 더욱 주목되는 것이다.

그럼에도 이 작품은 기본적인 서지에서부터 많은 오해 속에 버려져 있다. 그 대표적인 것은 이인직이 지어 원각사 무대에 올린 최초의 신극이라는 설인데, 이는 김태준의 『조선소설사』(1933)와 김재철(金在喆)의 『조선연극사』(1933)에서 언급된 이래, 이후 문학사가들이 답습해 온 터이다.[1] 북의 학계에서는 이 작품을 최찬식의 번안으로 인정했는데 무슨 근거인지 알 수 없는 일이다.[2]

---

1) 이 사정은 전광용, 「雪中梅」, 『思想界』 제3권 10호, 1955.10, 265~266면을 참조.
2) 박종원·최탁호·류만, 『조선문학사—19세기 말~1925년』, 열사람, 1988, 88면.

이 왜곡된 서지를 엄밀한 고증 위에 바로 잡은 것이 전광용 교수다. 그는 이 작품이 스에히로 뎃쪼[末廣鐵腸]의 『셋쮸바이[雪中梅]』(1886)를 구연학(具然學)이 번안했음을 명확히 밝혔던 것이다.[3] 그 후 이두현 교수는 이 작품이 원각사에서 공연된 적이 없음을 실증함으로써 최초의 신극설을 부정하였다.[4]

그러면 왜 이러한 오해가 생겨났을까? 우선 최초의 신극설은 이 작품에 그 유명한 연극 개량론이 나오기 때문이 아닌가 싶고, 작가 문제의 혼동은 구연학의 무명(無名)에 말미암을 터이다. 그는 이 작품 단 한편을 남겨놓은 채 지금까지 거의 어둠에 가리워진 작가이기 때문이다.

2. 번안자 구연학

『대한제국관원이력서(大韓帝國官員履歷書)』에 융희 원년(1907), 융희 2년, 융희 4년에 각기 작성된 구연학의 이력서 3통이 실려 있다. 매우 소략하지만 그의 삶의 편린을 짐작할 수 있는 귀중한 자료다.

그의 관향은 능성(綾城), 갑술년(甲戌年) 7월 9일에 태어났다.[5] 갑술년이면 고종 11년(1874)이니까 대원군 정권이 몰락한 다음 해, 개항 이태 전이다.

주소는 충남 해미군(海美郡) 염솔면(濂率面) 봉촌(鳳村) 1통 2호,[6] 융희 2년 당시 그의 현주소는 서울 북부 벽동(碧洞) 43통 3호,[7] 지금의 안국동

---

3) 전광용, 「설중매」, 『사상계』 제3권 10호, 1955.10, 263면.
4) 李杜鉉, 『한국신극사연구』, 서울대 출판부, 1966, 29~30면.
5) 『대한제국관원이력서』, 탐구당, 1972, 724면.
6) 위의 책, 724면.
7) 위의 책, 724면.

부근이다.

이력서는 광무 8년(1904)에서 시작된다. 그는 이 해 3월 중교의숙(中橋義塾)에 입학하여 이듬해 11월 인사퇴학(因事退學)하였던 것이다.8) 중교의숙은 낙영의숙(樂英義塾, 1805~1901) · 홍화학교(興化學校, 閔泳煥이 설립, 1895~1911)와 함께 외국어교육으로 이름 높은 초창기의 사학인데, 이에 대해 이만규는 다음과 같이 지적하고 있다.

> 1896년 민영기(閔泳綺)가 특권계급 자제에게 어학을 가르치기 위하여 중학동(中學洞) 곧 옛날 중학 자리에 중교의숙을 설립하고 일어 영어 한문을 교육시켰었다. 1906년에 폐교되었다.9)

중학은 조선왕조가 선비를 기르기 위해 서울의 중앙 · 동 · 서 · 남에 두었던 4학(四學)의 하나로, 갑오경장 때 혁파되었다. 구연학이 중학의 학통을 이은 중교의숙에서 수학하였다는 사실에서 우리는 그의 신분이 높았다는 점과 고도의 외국어교육을 받았다는 점을 유추할 수 있다.

그런데 그는 무슨 일로 이 학교를 1년 8개월 만에 퇴학하고 말았던가? 그가 퇴학한 광무 9년 11월은 바로 을사조약이 체결된 때이니 아마도 이 사건과 관계 있는 것 같다. 더구나 이 학교의 설립자 민영기는 당시 탁지부 대신으로서 참정대신 한규설(韓圭卨)과 함께 조약에 반대하였던 인물이다. 물론 민영기의 반대를 세인은 뜻밖의 일로 받아들였다. 민생을 도탄에 빠뜨린 원흉의 하나로 지목되었기 때문이다.10)

광무 11년(1907) 7월, 그는 군부(軍部) 번역관보(翻譯官補)에 임명된다. 그러나 군대해산으로 군부가 폐지되는 바람에 두 달 만에 실직하였다. 이

---

8) 위의 책, 724면.

9) 이만규, 『조선교육사』 하, 을유문화사, 1949, 69면.

10) 정교, 『대한계년사』 하, 국사편찬위원회, 1974, 176면. "泳綺以閔族之庶孼 驟登高官, 醜態難狀, 以度支大臣, 償誤財政, 陷民生溝壑之中, 今之書否字於新條約, 人稱誠是意外."

듬해 2월 다시 내각 주사(主事, 九品)로 임명되는데, 융희 4년 이력서에 그 현주소가 "光化門前 官報課內"[11]로 돼 있는 것으로 보아 관보 만드는 일에 종사했던 것 같다.

개인적으로 그리고 민족적으로 불우했던 이 시기에 그는 왜『설중매』의 번안에 몰두했을까? 이 작품의 교열자가 이 시기의 대표적인 계몽주의 작가 이해조라는 점을 염두에 들 때 구연학의 지향과『설중매』의 주지가 어디에 있는지 짐작 가는 바가 없지 않다.

이 작품 제4회에 흥미로운 장면이 나온다. 여관에 기식하던 어느 학도가 밥값 대신 주인에게 맡기고 간 책 속에 정다산(丁茶山)의 문집 네 권이 있다. 원작에는『신끼헨[振氣篇]』과『산요시고[山陽詩稿]』인데,[12] 전자는 메이지 2년(1869)에 간행된 근왕지사(勤王志士)들의 시문집이고, 후자는 한시로 이름 높은 유학자 라이 산요[賴山陽, 1780~1836]의 시집이다. 구연학은 이들을 실학 최고의 사상가 정다산(1762~1836)의 문집으로 바꾸었던 것이다. 이는 아마도 신소설 속에 다산이 등장하는 최초의 예로 되거니와, 다산의 첫 유배지 해미가 구연학의 고향이라는 점과도 무관하지 않을 듯싶다. 중세체제의 모순이 격화되는 시기에 심각한 사상적 모색을 통해서 근대적 의미의 인민을 발견한 다산을 슬그머니 재평가하고 있는 이 장면은, 이해조가『자유종』(1910)에서 성호(星湖) 이익(李瀷, 1681~1763)의 사상을 깔고 있는 것[13]과 짝할 빛나는 대목이다.

요컨대 작가는 다산과 독립협회운동의 연속성을 확인하고 더 나아가서 독립협회운동의 새로운 계승에서 멸망의 위기에 빠진 나라를 구할 부활의 희망을 보았던 것이다.

---

11)『대한제국관원이력서』, 탐구당, 1972, 783면.
12) 末廣鐵腸,「雪中梅」,『明治政治小說集』, 東京 : 角川書店, 1964, 356면.
13) 최원식,「이해조 문학연구」,『한국근대소설사론』, 창작사, 1986, 52면.

3. 원작자 스에히로 뎃쪼

『설중매』의 원작자 스에히로 뎃쪼(1849~1896)는 일본의 저명한 자유민
권운동가요 대표적인 정치소설가의 하나이다.

그는 1849년 이요[伊予]국, 오늘날의 에히메[愛媛]현 우와지마[宇和島]
에서 태어났다. 본명은 시게야스[重恭], 뎃쪼는 별호이다.14) 그 별호는 당
현종의 재상 광평후(廣平侯) 송경(宋璟)을 사숙한 데서 유래했으니, 직간(直
諫)으로 유명한 송광평의 강직한 성품을 후인들은 철석심장(鐵石心腸)으로
일러왔다. 니노미야 고쇼[二宮孤松]가 『셋쮸바이』 상편의 서문에서 지적
했듯이, 뎃쪼는 평소 “송광평의 재래(再來)를 자임”15)했던 터이다.

그의 가문은 대대로 번(藩)의 감정역(勘定役, 회계관)으로 봉직했는데, 부
형(父兄)이 모두 한시에 능했다. 특히 형 학주(鶴洲)는 우와지마의 한 명물
로 일컬어진바, 일찍이 근왕유신(勤王維新)운동의 지사로 활약하였다.16)

이와 같은 가풍에서 그는 정통 유학의 과정을 거쳤다. 5세에 공부를
시작하여 11세에는 이미 사서오경을 마치고 13세에 번의 명륜관에 입학,
21세에는 그 교수로 임명되었다. 그런데 특기할 것은 그가 막부의 교학
주자학으로부터 이탈하여 양명학에 경도되었다는 점이다.

그리하여 메이지 6년(1873) 그의 나이 스물다섯 살, 결연히 번을 떠나
새로운 개혁의 물결로 술렁이는 토오꾜오로 올라왔다. 그러나 이듬해 말
에야 겨우 대장성의 하위 관리로 임용되었으니, 1875년 관료의 길을 포
기하고 결국 언론계로 투신한다. 『아께보노(曙)신문』의 편집장으로 정부
공격의 날카로운 필봉을 휘두른 그는 메이지 정부의 언론탄압의 일환으
로 제정된 신문조례(新聞條例) 최초의 희생자로 옥고를 겪고, 출옥 후에는

---

14) 柳田泉, 『政治小說硏究』 中, 東京 : 春秋社, 1968, 320면.
15) 『明治政治小說集』, 東京 : 角川書店, 1964, 324면.
16) 柳田泉, 앞의 책, 같은 면.

『조야신문(朝野新聞)』 편집장으로 활약, 다시 1876년 필화로 투옥되었다. 이 두 번째 옥중생활에서 영어 학습에 독학으로 전념하여 출옥 즈음에는 간단한 영문 서적에 해독할 정도에 이르니,[17] 한학 서생으로는 놀라운 일이다.

출옥 후 그는, 국회 개설을 목표로 맹렬하게 타오른 자유민권운동에 참여한다. 1879년 오메이샤[嚶鳴社]의 중요한 사원으로 영입된 그는 오메이샤의 연설토론회에서 활약함으로써 민권운동의 기수로 떠올랐던 것이다. 누마 모리까즈[沼間守一]가 창립한 오메이샤는 입법권을 국왕과 국회가 공유한다는 타협적인 원칙을 표명한 그 헌법 초안에서 드러나듯이, 인민주권설을 명백히 한 릿시샤[立志社]와는 달리 점진주의를 표방하였다.[18]

1881년 그는 오메이샤에서 탈퇴하여 바바 다쯔이[馬場辰猪]가 주도하는 고꾸이우까이[國友會]에 가담하였다. 그 명칭이, 프랑스혁명시대의 신문 『인민의 벗』에서 암시를 받아 바바가 명명한 데서 드러나듯이, 이 단체는 오메이샤보다 급진적인 입장에서 있었다.[19] 아사꾸사[淺草]의 이부무라로오[井生村樓]에서 개최되는 연설토론회로 명망을 얻은 계몽단체 고꾸이우까이는 그 해 10월, 자유당 창당에 핵심 역할을 하게 된다. 릿시샤를 중심으로 고꾸이우까이가 결합하여 창립된 자유당은, 1882년에 설립된 입헌개진당(立憲改進黨)의 영국식 점진주의에 대해 프랑스식 급진주의를 대변하는 정당이었던 것이다.

그러나 원래 점진주의에 가까웠던 그는 바바 등 고꾸이우까이 그룹과 함께 1883년 자유당을 탈당하여 따로이 독립당을 결성하는 한편, 1884년에는 명치협회에 가입하여 입헌개진당과 연락을 통했다.[20] 이때부터 그의 보수화는 두드러졌으니, 급기야 1884년 4월 상하이에서 설립된 동양

---

17) 柳田泉, 『政治小說研究』 中, 東京 : 春秋社, 1968, 330면.
18) 遠山茂樹, 『日本近代史』 I, 東京 : 岩波書店, 1978, 57~58면.
19) 『明治政治小說集』, 東京 : 角川書店, 1964, 461면, 前田愛의 補注 참조
20) 柳田泉, 앞의 책, 339・342면.

학관의 관장으로 나서게 된다. 동양학관은 말할 것도 없이 아시아 침략의 거점의 하나이다. 일찍이 서구 열강에 대항하는 아시아연대론을 주장했던 그가 어느 틈에 국권론자 또는 제국주의자로 변모한 것이다.21)

이것은 단지 그 개인적인 것이기보다는 자유민권운동 전체의 변질과 관련된다. 자유민권운동의 민중적 전개 속에서 특히 1884년 지찌부[鐵父]의 대규모 민중 봉기는 운동지도부를 급속히 보수로 회귀시켰거니와, 한편으로 자유민권운동 좌파 속에서 사회주의적 색채가 싹터 마침내 1882년에는 동양사회당이 출현하기에 이르렀던 것이다.22) 일본 국내에서의 급진적인 분위기의 고조와 함께 조선 정세 즉 임오군란(1882)과 갑신정변(1884)이 자유민권운동의 국권론으로의 변질을 결정하였다.

이러한 추세 속에서 그는 누구보다도 먼저 전제관료 정부와의 투쟁의 전열에서 이탈했으니, 1886년부터는 주로 대동단결에 분망하였던 것이다. 이 운동의 속셈은 물론 국권론을 표방한 지주·부르조아지 중심의 정당을 재건함에 있었다.23) 그리하여 자유민권운동의 투사에서 국권론자로 전향한 스에히로 뎃쪼는 국회의원에 두 번 당선되고 두 번 낙선한 정객으로서 1896년 48세를 일기로 영면(永眠)하였다.

4. 『셋쮸바이』와 『설중매』

먼저 『셋쮸바이』의 서지를 정리해 두자. 뎃쪼가 이 작품의 집필에 착수한 것은 1886년 1월. 늦봄에 초고를 탈고한 뒤 퇴고를 거듭하여 상편

---

21) 遠山茂樹, 앞의 책, 124면.
22) 강동진, 『일본근대사』, 한길사, 1985, 89면.
23) 遠山茂樹, 앞의 책, 140면.

을 그해 8월 박문당(博文堂)에서 출간하였다. 상편의 인기가 비등하자 그해 10월 하꼬네[箱根]에 칩거하여 하편에 몰두하여 한달 뒤 역시 박문당에서 하편을 간행하였고,[24] 1890년 숭산당(嵩山堂)에서 그 정정증보판을 내었다.

구연학의 『설중매』는 융희 2년(1908) 5월 회동서관에서 발간되었다. 그런데 우리 『설중매』의 표지화가 숭산당판과 거의 동일한 점으로 보아 번안의 저본은 정정증보판으로 짐작된다.

두 본을 비교할 때 우선 주목되는 것은 『설중매』에 『셋쮸바이』의 '발단'이 탈락되었다는 점이다. 이 발단 부분의 시점은 메이지 173년, 그러니까 서기 2040년 3월 3일, 국회 개설 150주년을 맞이하는 축제의 날이다. 자유민권운동이 국회 개설을 목표로 했음은 앞에서 지적했거니와, 국회 개설에 소극적이었던 메이지 정부는 1881년 독직 사건으로 체제 위기에 몰리자 1890년에는 국회 개설의 조칙으로 선수를 침으로써 민권파에게 양보하는 듯 기선을 제압하고자 했던 것이다.[25] 국회 개설 4년 전에 이 작품을 집필하면서 뎃쪼는 국회 개설 150주년을 미리 축하하는 미래기의 의장을 도입하였다. 자유민권운동의 후퇴가 결정적으로 드러난 1886년에서 1887년 사이에 이러한 미래기가 유행했는데, 그 저류에는 정부의 선수에 속절없이 분열되는 운동에 대한 불안감이 강하게 깔려 있었다. 다시 말하면 미래기의 작가들은 가까운 장래의 미래도를 구성하는 것에 의해 현실을 비판하고 그를 통해 미래를 추동하는 힘을 주려는 의도를 가지고 있었던 것이다.[26] 이 점에서 일본 미래기의 의장은 애국계몽기의 우리 소설에 자주 나타나는 몽유록적 요소와 다분히 상통하는 바가 없지 않다.

뎃쪼가 꿈꾸는 일본의 미래는 어떠한가?

---

24) 柳田泉, 『政治小說研究』中, 東京 : 春秋社, 1968, 414면.
25) 遠山茂樹, 『日本近代史』I, 東京 : 岩波書店, 1978, 73~74면.
26) 『明治政治小說集』, 東京 : 角川書店, 1964, 459면, 前田愛의 補注 참조.

땅에는 수십만의 강병 있고, 바다에는 수백의 군함을 띄워, 세계 속에 일장기 날리지 않는 곳이 없어, …… 위에는 지존지엄한 황실 있고, 아래에 지식과 경험 이 풍부한 국회가 있어, 진보·보수 양당의 경쟁에 의해, 매끄럽게 내각을 교대하 고, 헌법 확정하여 법률을 잘 정비하고, 언론도 집회도 모두 자유로이 하니[27] (번 역—필자)

입헌군주제의 확립을 통한 강력한 일본의 건설이라는 작가의 희망이 열렬히 표백되고 있다.

이 미래의 시점에서 본 이야기는 어떻게 연결되는가? 국회개설 150주년 축일에 즈음해서 큰 비로 우구히스다니[鶯谷]의 언덕이 무너져 땅 속에 묻 힌 『셋쮸바이』의 주인공 구니노 모도이[國野基]의 비석이 발견된다. 구니 노가 국회개설을 전후해서 활약한 유명한 지사이며 그의 사적이 『셋쮸바 이』라는 옛 책에 실렸다는 것이 비문에서 판독되고 그 책을 우에노[上野] 도서관에서 찾아 상편의 목록을 보이면서 발단 부분은 끝나고 있다. 매우 흥미로운 수법이다.

그런데 우리 『설중매』에는 이 발단 부분이 완전히 탈락했다. 대한제국 의 멸망을 눈앞에 둔 시점에서 이만한 낙관도 캄캄했으리라. 아니 우리 는 일본과 다른 새로운 길을 개척해야 했으니까.

『셋쮸바이』는 발단을 제외하면 상편이 7회, 하편이 8회, 모두 15회로 구성되었는데,『설중매』 또한 15회로 원작의 줄거리와 인물들을 거의 충 실히 따랐다. 다만 약간의 변개는 있다. 원작에서는 매회 그 내용을 요약 한 한문 제목이 붙었는데 그것을 제거한 채 상·하편 구분 없이 한 책으 로 하였고, 전체적으로 원작의 내용이 축소·조정되었다. 특히 구니노가 이부무라로오에서 열변을 토하는 장면(상편 2회)에서 그 연설 내용이 대폭 삭제되었고, 구니노의 옥중 장면(상편 제6회) 역시 크게 줄어들었던 것이다.

여기서 간단히 두 본에 등장하는 인물들의 이름을 비교해 보자.

---

27) 위의 책, 325면.

여주인공 도미나가 오하루[富永お春]를 장매선으로 고쳤다. 가난한 열혈지사 구니노와 결혼하는 오하루는 자유민권운동을 후원하는 지주·부르조아지 계급을 상징하는데, 번안자는 오하루의 절개에 더 매혹되었던가? 내가 보기에 '눈속의 매화'는 이중의 상징이다. 간난 속에서 자유민권운동에 헌신하는 구니노의 상징이자, 유혹을 뚫고 구니노에 대한 단심을 지키는 오하루의 상징이기도 한 것이다. 이 점에서 번안자의 작명은 그럴 듯하다.

남주인공 구니노 모도이(變名은 후까야 우메지로[深谷梅二郞])는 이태순(변명은 심랑)으로 바꾸었다. 구니노 모도이는 나라의 기초라는 우의적인 명명인데, 번안자는 대한제국의 태평과 순조로운 발전을 기원하는 뜻을 담은 이태순으로 고쳐 부르고 있으니 이 또한 흥미롭다.

오하루의 고모부로 그녀의 재산을 가로채려는 나가노[長野]현 사족 출신의 후지이 곤베에[藤井權兵衛]는 전라도 장흥 출신으로 덕적첨사를 지낸 권첨사로, 후지이를 움직여 오하루를 나꾸려는 변호사 출신의 세이기샤[正義社] 수령 가와기시 히야우스이[川岸萍水]는 독립협회 회원 하상천으로, 세이기샤의 과격파 다께다 다께시[武田猛]는 독립협회 급진파 문전철로, 가와기시의 심복으로 활동하는 세이기샤의 사원 마쯔다 하지메[松田肇]는 송군서로, 그 밖의 세이기샤의 지사들, 예컨대 아마노 곤지로[天野權次郞]는 권중국, 아끼노 쯔루사부로[秋野鶴三郞]은 전학삼, 스다 하이노스께[須田蠅之助]는 전성조로 바뀌었으니, 번안자의 고심의 흔적이 역력하다.

그런데 번안자의 고심 가운데 가장 빛나는 대목은 『셋쮸바이』의 자유민권운동을 우리나라의 독립협회운동(1896~1898)에 비정(比定)한 점이다. 자주·민권·자강사상에 입각해 대중적 기초 속에서 반외세·반중세투쟁을 전개한 독립협회운동은 제한점이 없지 않지만 우리 민족운동사에서 중대한 의의를 지니고 있거니와, 더구나 애국계몽기(1905~1910)의 계몽주의사상 및 그 실천운동의 직접적 뿌리인 것이다.

그럼에도 독립협회운동을 직접적으로 다룬 소설은 『설중매』를 제외하고는 거의 없다. 이재선 교수는 반아(槃阿)의 「몽조(夢潮)」(1907)에 등장하는 한대흥이 "독립협회의 멤버를 모델로 한 듯"28)하다고 추정했지만, 이 작품을 아무리 정밀히 읽어도 그 증거는 없다. 이 점에서 독립협회운동을 본격적으로 다룬 최초의 소설도 되는 『설중매』가 단순한 번안을 넘어서 애국계몽기의 소설사에서 중시되어야 할 이유가 스스로 밝을 터이다.

5. 『설중매』와 독립협회운동

이 작품은 더 정확히 독립협회운동(1896.7~1898.12)의 어느 시기를 직접적 배경으로 하였는가? 제2회에 다음과 같은 장면이 나온다.

> 이때난 춘삼월 호시절이라. …… 광통교변 수월루 하에 …… 한 신사가 우연히 다리가에 붙인 광고를 보니 금 이십일 오후 일시에 새문밖 독립회관에서 정치연설로 개회한다 하고 그 옆에 허다한 출석 변사의 성명을 기록한지라. 같이 오난 친구를 불러 말하되 오날 독립회관 연설회에 가보지 아니하랴난가? …… 언간히 사람이 많이 모였으리.29)

신용하 교수는 독립협회운동을 4시기로 나누고 있다. 제1기(1896.7~1897.8)는 독립협회가 독립문·독립공원·독립회관의 건립에 주력하던 고급관료 주도기, 제2기(1897.8~1898.2)는 토론회를 통해서 자주·민권·자강사상을 대중화하는 민중진출기, 제3기(1897.2~1898.8)는 고급관료들이 탈퇴하고 정

---

28) 李在銑, 『한국개화기소설연구』, 일조각, 1975, 53면.

29) 具然學, 『雪中梅』, 滙東書舘, 1908, 6면. 이하 작품 인용은 따로 주를 달지 아니하고 이 책의 면수만 표시함. 인용문은 필자가 현대표기로 고치고 띄어쓰기 했음.

부를 예리하게 비판하면서 본격적인 사회운동을 펼쳤던 민중주도기, 제4기(1898.8~1898.12)는 관민공동회 및 만민공동회를 개최하여 의회개설운동을 펼침으로써 정부와 격렬히 대치했던 민중투쟁기.[30]

그러니까 길 가던 신사가 우연히 독립회관 연설회 광고를 발견하고 모임에 참석하는 경위를 그린 위 인용문은 바로 독립협회 제2기 이후의 양상이다.

독립협회는 원래, 갑오경장을 추진한 온건개화파 관료들이 조직한 건양협회(建陽協會, 1896년 2월 8일 발기)를 한 모태로 한다. 물론 건양협회는 아관파천(1896년 2월 11일)으로 경장내각이 붕괴, 정식 발족이 유산되었지만 당시 관료사회 내부에 광범한 뿌리를 가지고 있었으니, 초대 독립협회 회장으로 선출된 안경수(소설가 安國善의 양부) 역시 건양협회 세력이었다. 여기에 서재필(徐載弼)·윤치호(尹致昊)·이상재(李商在)·이완용(李完用) 등 주로 외무 관료로 구성된 정동구락부(貞洞俱樂部) 세력과, 남궁억(南宮檍)·오세창(吳世昌)을 위시한 독립파 중견관료 세력이 가세하여 독립협회가 창립되었던 것이다.[31]

그런데 이처럼 고급관료가 주도하던 독립협회운동은 1897년 8월부터 시작된 토론회를 통해서 민중을 대변하는 청년 지식층이 대거 가세하면서 반정부적 기운이 농후해졌다. 소장파·혁신파·신진파의 별명으로 불린 이들 청년지식층의 대두 속에서 독립협회는 "급진·완화 양파가……수유지별(水油之別)로 각립"[32]하고 마침내 3기에 들어서서 고급관료들이 일제히 협회에서 탈퇴하는 사태를 맞이하였다.

이에 따라 정부의 탄압도 강화되었다.『설중매』제2회 독립회관 연설회 장면에 이 점이 실감나게 그려져 있다. 독립회관 입구에는 순검들이 입장객을 일일이 검문하고 안에서는 칼을 찬 경무관의 입회 아래 토론

---

30) 신용하,『독립협회연구』, 일조각, 1976, 89~90면.
31) 신용하, 위의 책, 82~86면.
32)「獨立協會沿歷略」,『창작과비평』, 1970년 봄호, 116면.

회가 진행되는 모습에서 당시 정부와 독립협회 사이의 긴장이 생생하게
전해진다. 또한 경찰은 독립협회 회원의 일동일정을 면밀히 감시하였으
니, 편지 왕래까지 사찰했던 것이다. 『설중매』 제6회에는 이태순이 문전
철에게 보낸 편지를 기화로 경무청에 연행되어 옥고를 치르는 흥미로운
장면이 나온다. 이태순이 일영자전(日英字典) 『다이아몬드』를 사두었다는
편지 구절에서 그만 실수로 '다이나마이트'로 표기했다가 고쳐 쓴 대목
을 경무청이 문제삼은바, 독립협회 소장파의 동정에 이만큼 민감했던 것
이다. 정부가 비호하는 테러단체 황국협회의 공격으로 위기에 몰린 제4
기 민중투쟁기의 독립협회는 실제로 다이나마이트를 사용하여 이용익(李
容翊)·신기선(申箕善) 등 수구파의 저택을 폭파하기도 하였다.[33] 물론 이
작품에는 이와 같은 제4기적 양상은 나타나지 않는다.
　서울뿐 아니라 지방에서도 탄압은 강화되고 있다. 독립협회 지회에서
활동하는 남덕중은 말한다.

　　　년전에 우리가 서로 동지지인을 천거하야 지회를 조직하매 백사가 진취되더니
　　…… 지방 관리가 민권을 비리로 속박하야 회원이 영성하야질 뿐 아니라 무삼 의
　　안이든지 모다 빙빙과거(氷氷過去 : 세상을 어름어름 지냄―필자)할 뿐이니 ……
　　진실로 절통한 바이로다. (46면)

　지방 조직의 확장에 소극적이었던 독립협회는 제3기에 지회 설치에
대한 각 지방의 강력한 요구에 호응하여 해산되기 직전 1898년 12월에
전국적인 지역의 조직망을 구축하게 되는 것이다.[34] 그러니 그 이전에는
독립협회 중앙의 냉담과 지방관의 탄압 속에서 고전했던 모양이다. 제3
기 이후 독립협회가 지역 조직에 주목하게 된 것도 소장파의 대두와 관
련될 터인데, 그것은 이 작품에서 가장 급진적인 인물 문전철이 "지회를
조직할 일로 파주 지방으로 향"(47면)하는 데서 분명히 드러난다.

---

33) 菊池謙讓, 『朝鮮雜記』 제2권, 鷄鳴社, 1931, 120~122면.
34) 신용하, 앞의 책, 106~107면.

이상으로 볼 때 이 작품에 그려진 독립협회운동은 제2기와 제3기적 양상, 다시 말하면 민중을 대변하는 소장파가 대두하여 그 노선이 좌·우파로 분기하는 전환기를 배경으로 하고 있는 것이다.

그런데 작품 속에 펼쳐지는 시간대가 현실과 핍진하게 일치하지는 않는다. 『설중매』의 시간대를 정리하면 다음과 같다.

　①추풍이 소슬하야 (제1회, 6면)
　②이 때난 춘삼월 호시절이라 (제2회, 6면)
　③이 때에 이태순은 오월 열흘날 아침에 (제5회, 29면)
　④이 때난 칠월 망간이라 (제7회, 34면)
　⑤일쌍 청조가 매화가지 우에서 꽃을 희롱하니 (제13회, 64면)

그러니까 가을에서 시작하여 이듬해 봄·여름을 거쳐 그 이듬해 초봄에서 끝난다. ②가 바로 독립회관 토론회 장면의 배경인데, 이태순의 연설 가운데 독립협회가 년전에 창립되었다고 하매 ②는 1898년 봄으로 된다. 다시 정리하면 1897년 가을에서 시작하여 1899년 초봄에 끝나는 것이다.

그러나 이 작품의 행복한 결말과는 달리 독립협회는 1898년 12월 말 대탄압 속에 궤멸되었으니, 사실주의의 기율이 어그러졌다. 이런 착오가 더러더러 눈에 띈다. 가령 권첨사의 부인이 앞에서는 림씨(41면)였다가 뒤에 가서는 정씨(59면)로 바뀐 점도 그렇다. 또한 이 작품에는 하상천이 변호사로 등장하는데, 우리나라 변호사제도는 1905년 변호사법이 공포되어 이듬해에야 3명의 조선인 변호사가 탄생했으니, 독립협회시대에는 변호사가 없었던 것이다.

요컨대 원작에 너무 충실하여 당시 우리나라의 현실에 대한 더욱 절실한 천착이 부족하다. 원작의 구조를 철저히 해체하여 우리 현실에 입각하여 재구성했더라면 하는 아쉬움이 크다.

6. 『설중매』의 인물 유형과 기본 구성

이 작품에는 독립협회에서 활약하는 지식 청년들이 대거 등장한다. 그들은 대체로 세 부류로 나눌 수 있는데, 첫째는 민중의 대두와 함께 운동으로부터 이탈해 가는 층, 둘째는 온건파, 셋째는 급진파가 바로 그것이다. 여기서는 이 세 부류를 각기 대표하는 하상천·이태순·문전철을 구체적으로 검토하기로 한다.

하상천은 "년기(年紀 : 대강의 나이-필자)가 삼십내외간쯤"(60면)이니, 20대의 이태순·문전철보다 연장자이다. 직업은 대언인(代言人) 곧 변호사인데, 매선과의 결혼을 주선하면 권첨사의 빚 천금을 청장(淸帳)하리라고 약속하고 있듯이 경제적 기반도 탄탄하다.

작가는 그의 풍신을 다음과 같이 묘사한다.

> 머리에는 정자관(程子冠 : 儒者가 쓰는 관-필자)을 쓰고 몸에 생주주의(生紬周衣 : 생명주 두루마기-필자)를 입고 청공단 보료에 안석을 의지하야 앉었고 벽상에 전렵도를 걸었으며 화병에 백일홍 두어 가지를 꽂었고 책상 우에 법규류취 이삼권이 있고 (60면)

그 호화로운 풍모가 생생한데, 잇속은 영악하기 짝이 없다. 큰 돈을 던지면서 매선과 결혼하고자 하는 이유를 그는 다음과 같이 설명한다.

> 정실은 부모가 주혼하신 바이로대 …… 본가로 쫓아 보내고 그 후에 전주집을 다려왔더니 …… 근래 사회풍조가 변하야 오므로 차차 부인들도 공회 같은 데 참예하난 일이 있으니 …… 창기의 무리로 가속을 삼난 것은 창피할지라. 우리도 타일에 뜻을 얻어 내외 신사를 교제하랴 한즉 아모쪼록 시세에 합당한 부인을 취하지 아니면 불가할지라. 그 여자(장매선-필자)난 인물도 불초치 아니하고 학문도 있으며 영서도 능통하다 하니 …… 한번 혼례 곧 하면 그 여자의 재산이 모다 나의 차지 될지오 성사한 후에난 천원돈도 허비할 필요가 없으니 다만 입으로 말

> 만하야 증거가 없을 뿐 아니라 권첨사도……밑구린 일이 있으니 어찌 나를 능히
> 정소하야 재판을 청하리오 (63면)

상업적 계약으로 전락한 부르조아지의 결혼관이 적나라하게 피력되고 있는 것이다.

이로써 미루건대, 하상천은 고급관료들의 사교구락부로 출발한 독립협회 초기 지도층을 암시한다. 독립협회 토론회에 변사로 참여하기로 약속하고서도 "병으로 출석치 못하는"(13면) 것도 이러한 추론을 뒷받침할 터인데, 운동에는 무관심한 채 오직 치부와 출세에만 영리한 계산을 거듭하는 하상천은 바로 독립협회가 민중적 투쟁체제로 전환되는 과정에서 이탈하는 투기분자인 것이다.

하상천의 대극에 선 사람이 이천 출신의 문전철이다. 그는 독립회관 연설회에서 웅변한다.

> 나의 말쌈한 바 권리가 동등이 됨은 여러분도 아시난 바이어니와 타일 협회 성립
> 할 때에 재산과 지식이 없난 자라 하야 하등 인민을 정권에 참여치 못하게 할 이치
> 가 없난 것은 명백함이오 구라파에서는 영미제국은 동등권리의 주의를 행하고 호
> 올로 압제를 주장하난 덕국과 아라사 등국에난 전제 정치를 행하야 행법상에난 편
> 리하나 인민의 권리난 조금도 진보치 못하얏으니 여러분은 우리나라 정치개량을
> 영미제국을 본받을지오 덕국과 아라사 같이 전제 정치를 행치 말지어다. (89면)

그는 독일과 러시아의 전제 정치가 아니라 영국과 미국의 민주정치를 주장하였다. 당시로서는 매우 급진적인 주장이었으니, 당시 정부는 황제권에 도전하는 독립협회 소장파의 공화주의사상에 깊은 경각심을 가지고 있었다.

이 때문에 공화주의자 문전철은 곳곳에서 부딪친다.

> 옥중에서 놓여 나온 후 이천 향제(鄕第 : 고향집—필자)로 나려갔더니 모친 병
> 환 계시단 말은 실상이 아니고 전혀 나를 불러내려서 슬하에 두시랴하난 뜻이시

기로 사세에 그렇지 아니함을 고하고 다시 서울로 올라가난 길이어니와······ 향 중 서생들이 모다 전일 풍기만 지키고 인순고식하난 사람뿐이라. ······ 내의 취수(就囚 : 옥에 갇힘—필자)되였던 일을 듣고 국사범이나 되난 줄로 짐작하고 상종을 끄리난 것 같고 나도 역시 자미 없어 이렇게 속히 오네. (44면)

보수적인 시골 분위기를 견디지 못하고 상경하는 이 장면에서도 그의 진보적 성격은 짐작되는데, 그럼에도 거리낌없이 호협(豪俠)하다. 술을 경계하는 친구 이태순의 책망을 "술 있는 강산에 걸사(傑士 : 뛰어난 선비—필자)도 많다"는 옛말을 끌어 "술에 대하야난 너무 졸한" 이태순의 규모를 웃어 버리는 것이다.

그런데 여성의 개명을 지지하는 이태순에 비해 문전철의 여성관은 의연히 중세적이다.

근래 여자들이 조그마치 학문이 있으면 너모 주제남아 남녀동등권리나 말끝마다 내세워 가정을 문란케하니 그야말로 식자우환이라 하노라. (47면)

이 대목은 그의 급진성이 얼마나 불철저한 것인가를 폭로하기보다는 그 순진성을 오히려 반증하고 있다. 그래서 이태순은 문전철의 과격을 우려하면서도 "정직한 사람"(21면)이라고 근본적 신뢰를 표명한 것이다. 이 점에서 전성조와 구별된다. 전성조는 겉으로는 "결사당을 조직" 운운하며 가장 과격한 주장을 내걸면서도 안으로는 동지들을 당국에 무고하는(66면) 타락분자이니, 이 때문에 이태순이 가장 경계해마지 않는 것이다. 문전철은 주인공 이태순과 함께 이 작품에서 단연 이채를 발하는 인물이다. 작가는 물론 이태순을 지지하지만, 하상천·전성조를 그릴 때처럼 문전철을 비난하지는 않으니, 문전철은 독립협회 소장파의 급진적 경향을 진실하게 반영하고 있기 때문이다.

이 작품의 축은 이태순이다. 나이 이십사오세(9면), 역시 시골 출신이다.

> 소생이 십삼세시에 공부함이 필요한 줄만 알고 불초한 행동으로 부모께 고치
> 아니하고 경성으로 올라와 혹 종적이 탄로될까 염려하야 잠시 심가라 변성 (75면)

일찍이 중세적인 가정을 탈출하여 어린 나이에 상경하였으니 당찬 젊은이다. 그럼에도 조선의 완고한 부모세대를 비난하는 전성조에 대해 다음과 같이 반박한다.

> 서양풍속이라고 어찌 다 아람다오며 우리나라 풍속이기로 다 악하리오? 마땅
> 히 그 긴 것은 취하고 쩌른 것은 버릴지라. 부자의 관계난 우리나라에서 순실한
> 도덕을 주장하야 극히 아람다오나 법이 오래면 폐가 생김은 면키 어려움이라. 근
> 래에 부모가 자녀를 노예같이 대우하야 완고한 구속으로 전정을 그르치난 것은
> 거세(擧世 : 온세상—필자)가 일반이라. 사회상 발달에 방해가 되게 하니 우리가
> 마땅히 진력하야 이 폐단을 없이할 터이나 이 일을 행코저 할진대 차서가 있어
> 천륜을 상치 말며 감정이 없도록 할 바이니 …… 오늘날 서양 풍속에 한 지아비가
> 한 지어미를 거나리난 규모도 본받지 못하고 문명이니 개화니 하야 부모의 은덕
> 을 먼저 저바리고 돌아보지 아니하난 자도 많이 있으나 부모도 모로난 사람이 어
> 찌 사회상에 열심하야 몸을 잊어바리리요? (18~19면)

맹목적 구화주의(歐化主義)를 비판하고 주체적인 입장에서 채서(採西)를 주장하는 이 대목에서도 그의 점진적·절충적 입장은 분명하다. 그렇다고 그가 서양풍속을 무조건 배척하는 것은 아니다. 위의 글에서도 서양의 일부일처제를 찬양하고 있다. 그는 동양과 서양의 부자관계를 동시에 비판하면서 균형을 취한 것이다.

이태순은 이 작품에 등장하는 인물들 가운데 가장 곤궁하다. 화려한 명성에도 불구하고 그는 번역으로 생애하는 일개의 지식노동자인 것이다.

> 서책을 번역하야 생계를 하더니 거월에 근대사 초권을 어느 서관에서 출판할 차
> 로 가져가더니 아모리 재촉하야도 번역비를 보내지 아니하야 거월부터 식가를 갚
> 지 못하얏기로 아까도 주인에게 불쾌한 말을 듣고 심화가 나난 중에 마참 시골집
> 편지를 보니 …… 연로하신 양친의 봉양할 도리가 없으니 이로 걱정이로다. (17면)

그는 시골에도 경제적 터전이 없으니, 우리 소설에 처음으로 등장하는 근대적 인뗄리겐찌아의 형상이 아닐 수 없다.

곤궁한 서생 이태순은 호걸풍의 문전철과 달리 깐깐한 샌님풍이다. 문전철의 호주(好酒)를 경계했듯이 여자에 대해서도 청교도적이다.

> 내가 비록 용렬하나 연설장에서 부인에게 마암을 두난 정신없난 사람은 아니로다. (16면)

> 세상을 건질 큰 뜻을 품은 남자가 아녀자에게 고혹할 바난 아니로대 (37면)

이것은 결코 허세나 위선은 아니다. 그럼에도 이 작품에 등장하는 어느 인물보다도 여성 문제에 대해 개명한 태도를 보여준다.

> 이난 제일 여자사회를 개량하야…… 완고한 습관이 뇌수에 인박인 이십 이상 인물은 말할 것 없고 천진으로 있난 소아들을 새 정신 새 사상이 들도록 하자면 여자 사회가 진보되고 집집이 가정학문이 있은 연후라야 가히 되리라. (46면)

이 대목은 원작에도 없는 것인데, 이태순은 가정교육의 중추인 여성의 의식을 개혁함으로써 독립협회운동의 대중적 기초를 구축하려고 하였던 것이다. 실제로 독립협회는 '총명의 평등론'에 입각하여 여성 억압적 관습과 제도의 혁파를 주장하였고,[35] 여학교 설립을 목적으로 북촌의 부인들이 창립한 찬양회(贊襄會)는 독립협회운동의 열성적 지원단체의 하나였다.[36]

이태순은 여성사회 개량과 함께 연희장 개량에 적극 찬동한다. 연희장 개량을 주장하는 신문 논조에 대해 남덕중이 정치 개혁이 바쁜데 "어느 여가에 그만 일로 떠드난고"(49면) 하며 마뜩치 않아 하자, 이태순은 반박

---

35) 신용하, 『독립협회연구』, 일조각, 1976, 628면.
36) 신용하, 위의 책, 118~119면.

한다.

> 동서양을 물론하고 풍속개량하난 효험이 학교가 제일이라 하겠으나 그 효험에
> 속함으로 말하면 연설이 학교보다 앞서고 소설이 연설보다 앞서난데 소설보다도
> 앞서난 것은 연회라 하나니 …… 우리나라 연회장은 …… 그 유희하난 규모난 모
> 다 이십년전 구풍으로 압제 정치만 알던 시대의 사상을 숭상하야 이도령이니 춘
> 양이니 하난 잡설과 어사니, 부사니 하난 기구를 주장해서 꼭두니 무동이니 의미
> 없는 유희로 다만 부랑낭자의 도회장이 되야 문명풍화에 조금도 유익할 바가 없
> 으니 …… 하로라도 바삐 그 방법을 개량하야 역사의 선악과 시세의 가부를 자미
> 있게 형용한 후에야 남녀구경하난 사람의 안목에 만족할 것이오 외국 사람에게
> 도 조소를 면하리도다. (49~50면)

물론 이 논의는 독립협회시대의 것이 아니다. 연회장이 설립되어 번성
하기는 주로 1900년대의 일이니,『설중매』발간을 전후하여 연회장 개량
의 여론이 비등했다. 가령『대한매일신보』는 구래의『춘향가』나『심청
가』가 아니라 "국민의 애국성을 주조"할 새로운 민족극운동을 제창한 바
있다(1909.11.8).[37] 이러한 맥락에서 작가는 이태순의 입을 빌어 당시 가장
빈번히 무대에 올랐던『춘향가』를 비판하였던 것인데, 그것은『자유종』
(1910)에서『춘향전』·『심청전』·『홍길동전』을 비판하고 새로운 국민주의
문학을 제기했던 이해조와 연결된다.[38]

이태순의 연회장개량론에는 그 여성개명론과 함께 독립협회를 어디까
지나 민중적 투쟁체가 아니라 계몽운동체로 끌어가려는 이태순의 의도
가 깔려 있다. 그는 독립협회를 고급 사교구락부로 한정하려는 하상천에
대해서는 문전철과 함께 반대하지만 민중적 투쟁체로 선도하려는 문전
철의 급진적 입장에도 또한 우려를 금치 못한다. 그리하여 그는 "독립의
사상을 연구하며 자유의 전력을 양성치 못하고 다만 급거히 정부를 공

---

37) 이두현,『한국신극사연구』, 서울대 출판부, 1966, 31면 참조.
38) 최원식,『한국근대소설사론』, 창작사, 1986, 58~59면 참조.

격"(11면)만 하는 과격한 언론을 자제하자고 주장하기조차 한다.

> 서양제국에서도 하등 인민들의 **사회당**을 조직하야 사회의 질서를 문란케 함은
> 다 세상에 뜻을 얻지 못한 학자들이 선동함을 인함이라. (48면)

그는 이미 사회당에 대해서도 짐작하고 있다. 아마도 이는 우리 문학
에 사회당이 등장하는 최초의 용례로 될 터인데, 이태순은 독립협회 소
장파 가운데 온건파에 속하는 인물인 것이다. 물론 급진파에 대한 그의
우려가 아주 일리 없는 것은 아니다. 독립협회 소장파는 국민대중 속에
더욱 깊은 뿌리를 내리는 내부 조직의 강화보다는 자주 모험주의로 흘
러, 예컨대 입헌군주제를 강령으로 채택하고도 지나치게 공화제를 강조
하여 황제와 수구파의 탄압의 빌미를 제공한 점이 그렇다.39) 그러나 이
점을 감안하더라도 이태순의 논리는 일종의 준비론으로 변질된 위험이
다분하다.

여기서 우리는 작품 제3회, 여관방에서 이태순이 소진(蘇秦)의 고사를
읽는 장면에 주목해야 한다. 세치 혀를 놀려 여섯 나라의 재상을 일시에
겸했던 전국시대의 세객(說客) 소진의 공궁했던 초년 시절을 독서하면서
객주주인에게 밥값도 내지 못하고 주눅든 이태순 자신의 궁핍을 돌아보
고 탄식을 마지않다가 그는 다짐한다.

> 소진도 일시의 곤란을 겪으며 뜻을 가다듬어 필경 육국 상인(相印 : 재상의 인
> 끈—필자)을 허리에 띄었다하니 나도 재조와 담략을 가지고 신고를 견대여 큰 사
> 업을 성취할지니 …… 좋은 때 돌아오기를 기다릴지로다. (14~15면)

그는 결코 하상천 같이 천박한 출세주의자는 아니지만, 기본적으로는
현달에의 강한 욕구를 내장하고 있었던 것이다. 그러고 보면 원작자의
별호가 앞에서 지적했듯이 당의 재상 송광평을 흠모한 데서 유래한 것

---

39) 신용하, 『독립협회연구』, 일조각, 1976, 520면.

도 이와 관련될 터인데, 이것이 이태순의 한계이자, 『설중매』의 제한점
이다.

이태순과 함께 이 소설의 또 하나의 축을 이루는 인물이 여주인공 장
매선이다. 그녀가 장애를 극복하고 아버지가 맺어준 이태순과 결혼에 성
공하는 과정이 이 작품의 기본 구성이기 때문이다.

그녀의 나이는 18세(40면), 원래는 전라도 장흥 사람으로 몇 년 전 상경
하여 남촌 후곡에 살고 있다. 그녀의 신분은 아마도 전라도 양반으로 짐
작된다. 그녀의 후견인 권첨사는 "본래 장흥 사족으로 십사오년 전에 덕
적 첨사(僉使 : 종삼품 무관벼슬—필자)를 다녀온"(53면) 자인데 그녀와 동향세
의(同鄕世誼)가 있다고(53면) 했기 때문이다.

그녀의 집안은 권첨사·이태순과는 달리 부요하다. 그런데 전통적인
양반 지주는 아니다. 그녀의 어머니가 "우리 집의 약간의 재산과 문권은
다 너의 부친이 진력하야 작만"(5면)했다고 매선에게 술회했듯이, 자수성
가한 부르조아지인 것이다. 이 점에서 권첨사가 근대사회에 적응하지 못
하고 탈락하는 양반의 형상이라면, 매선의 아버지는 근대에 성공적으로
적응한 말하자면 '시민화한 양반'의 전형이라고 할 수 있다.

매선의 아버지는 딸의 교육에 대해서도 개명적 태도를 보여준다.

> 지금 세상의 계집아해난 예전 풍기와 같지 아니한고로 침선 방적은 대강이나
> 알어두면 고만이로되 학문은 넉넉히 힘쓰지 아니치 못한다. (3면)

이처럼 개명한 아버지 아래 성장했음인지 그녀는 나이답지 않게 숙성
하다. 상경하자 아버지를 잃고 이어 어머니가 병사하여 졸지에 고아가
됐음에도 영어학당에 다니면서 당당하게 자기를 세워 나가는 것이니, 특
히 남성에 대해서도 적극적이다.

이태순과 장매선의 결연과정에서 시종일관 주도권을 행사하는 쪽은
매선이다. 그녀는 독립회관 연설회에서 이태순의 도도한 웅변에 감동하

여 곤궁한 그에게 30원을 보내주고(제4회), 북한산에서 이태순이 시를 읊조리자 연모의 뜻을 담은 시로 화답하고(제8회), 문산포 주막에서 그를 다시 만났을 때, "사소한 예절에 구애하야 평생을 그르침보다 차라리 부끄럼을 무릅쓰고 구곡간장에 맺혀 있난 의점을 깨쳐 보리라"(43면)고 다짐하면서 직접 그에게 나아가 당돌히 질문하는 것이다(제9회). 그것은 권첨사가 그녀에게 하상천과의 결혼을 강권하는 대목에서 "결혼 일사난 소녀의 마암대로 하게 바려두심을 바라"(55면)노라고 단호히 거절하는 데서 더욱 뚜렷하다.

이에 대해 이태순은 염결이 지나쳐 졸렬하기조차 하다. 매선을 흠모하면서도 속정을 토로하지 못할 뿐 아니라 하상천의 책략에 말려 그녀를 음탕한 여자로 치부하여 안으로 속을 끓일 뿐이다. 이 위기 또한 매선의 주도로, 자기 집을 방문해 달라는 편지를 이태순에게 보냄으로써 해결된다. 이 만남을 통해 그녀는 자신이 사모하는 이태순이 바로 아버지가 사윗감으로 가렸던 심랑이란 사실을 확인하고 이로써 두 사람의 결연은 완성되는 것이다.

신소설 속에서 장매선처럼 대담한 여성도 드물다. 장매선은 아마도, 이해조의 『홍도화』 상권(1908)에 나오는 태희, 완고한 시골 양반집에 억지 시집을 갔다가 청상이 되어 마침내 시집을 탈출하여 자신이 흠모했던 심상호에게 재가하는 이태희에 버금가는 인물인 것이다.[40] 그런데 장매선의 적극성은 이태희와는 달리 어디까지나 아버지의 구도 속에 갇혀 있다는 점을 주목해야 한다. 그녀의 근대성은 중세적인 것과 기묘하게 절충되어 있으니, 그것은 근대의 외피를 둘러쓴 중세성에 다름 아니다.

장매선과 이태순의 결연과정은 허다한 결함을 노출하고 있다. 매선의 아버지가 열세 살 때 태순을 보고 사윗감으로 정한 것, 그 이후 10여 년이 지나도록 두 사람이 상봉하지 못하는 것, 매선의 부모를 잇따라 병사

---

40) 최원식, 『한국근대소설사론』, 창작사, 1986, 80~89면 참조.

하게 함으로써 매선을 고아로 만든 것, 그리고 그처럼 당찬 아가씨가 열
세 살 때 박은 이태순의 사진만 보고 일편단심 따르는 것, 즉 사실주의
의 기율이 심각하게 훼손되었다.

그러고 보면 여주인공이 부모가 어릴 때 맺어준 남주인공과 모든 장
애를 극복하고 결연하는 『설중매』의 기본 구성이 우리 구소설과 낯설지
않다는 점을 깨닫게 된다. 가령 이시랑(李侍郎)의 아들 대봉과 장한림(張翰
林)의 외딸 애황이 우승상(右丞相) 왕회의 책동에도 불구하고 성례하는
『이대봉전』과 흡사하다. 요컨대 『설중매』는 그 기본 구성에서 보면 일종
의 양장한 구소설이라 할 수 있는데, 그것은 남주인공 이태순의 절충적
사상성과 긴밀히 호응하는 것이다.

7. 『설중매』와 그 이후 소설

이상에서 검토했듯이, 정치소설 『설중매』는 번안소설임에도 불구하고
특히 독립협회 소장파의 사상과 실천을 진지하게 다룸으로써 우리 근대
소설의 발전에 일정하게 기여하였다. 이점에서, '돈이냐, 사랑이냐'식의
그릇된 질문을 던짐으로써 공포의 무단통치시대의 억압적 현실로부터
독자를 멀리멀리 끌어가는 최면제 역할을 했던, 『장한몽』(1913~1915)으로
대표되는 1910년대의 일본 신파소설 번안41)과는 날카롭게 대비된다.

그러나 애국계몽운동 노선을 지향하는 『설중매』도 그 근대적 외관의
한층을 벗겨내면 중세적 구소설의 기본 구성을 충실히 따르고 있다. 이
와 같은 절충성은 1910년대로 들어서 우리 근대소설의 발전도상에서 하

---

41) 최원식, 「장한몽과 위안으로서의 문학」, 『민족문학의 논리』, 창작과비평사, 1982, 94면.

나의 질곡으로 변모하고 만다.

여기에서 우리는 1910년대 신소설의 친일통속화를 선도한 최찬식의 『추월색』(1912)에 주목해야 한다. 이시종의 딸 정임이 부모가 어릴 때 맺어준 김승지의 아들 영창과 온갖 장애를 극복하고 결혼하는 데 성공하는 기본 구성을 지닌 이 작품은 이미 조동일 교수가 분석했듯이 『이대봉전』을 비롯한 구소설에 기초하고 있는 것이다.[42] 『추월색』이야말로 양장으로 갈아입은 구소설의 전형인데, 그 양장을 가능하게 한 또 하나의 매개항으로 『설중매』를 설정하고자 한다. 물론 『설중매』의 애국계몽사상을 최찬식은 『추월색』에서 친일개화론으로 변질시켰지만.

그것은 이광수의 『무정』(1917)에까지 잔영을 드리우고 있다. 나는 심순애가 김중배와 이수일 사이에서 갈등하는 『장한몽』의 삼각관계가 『무정』에서는 이형식이 김선형과 박영채 사이에서 고민하는 것으로 전이되었다는 점에서 이 두 작품의 연속성을 제시한바,[43] 어린 시절 아버지가 맺어준 이형식과의 인연에 단심(丹心)을 바치는 영채의 삽화는 『이대봉전』에서 근원하여 『설중매』와 『추월색』에 연결되는 것이다. 다만 『이대봉전』·『설중매』·『추월색』과는 달리 영채와 형식의 결합은 좌절되거니와, 여기에서도 『무정』의 근대성은 돋보인다. 그런데 하나의 의문이 있다. 과연 영채의 형식에 대한 단심이 단순히 아버지가 정해준 어린 시절의 인연 때문만일까? 비록 중세적 덕목이란 외피를 쓰고 있지만 그 단심의 근본은 춘향이처럼 기생으로 전락한 자신의 처지에서 벗어나고자 하는 강한 신분 상승의 욕구가 내장되어 있는 것은 아닌지? 영채의 형상 속에는 『이대봉전』류와 『춘향전』류에 등장하는 여주인공들의 이미지가 절충되어 있으니, 구소설의 형식을 빌어 구소설을 부정함으로써 『무정』의 근대성이 확보되었던 터이다.

요컨대 『설중매』에 등장하는 장매선의 이야기는 특히 애국계몽기 이

---

42) 조동일, 『신소설의 문학사적 성격』, 서울대 출판부, 1973, 43~46면.
43) 최원식, 앞의 책, 83~84면.

해조의 소설에서 발전하고 있었던 근대성을 1910년대 소설사에서 『이대봉전』류로 퇴행시키는 계기의 하나로 작용하였던 것이다.

그러면 장매선 이야기가 드러내는 불철저한 근대성이 다시 극복되는 것은 언제인가? 여기서 이광수의 장편 『개척자』(1917~1918)에 유의해야 한다. 일찍이 김동인(金東仁)이 「춘원연구」(1934~1938)에서 이 작품은 "논하지 않는 편이 도리어 점잖다"44)라고 혹평한 이래 이 작품에 주목하는 연구자가 거의 없는데, 내가 보기에 『개척자』는 오히려 『무정』에서 진일보한 작품이다. 물론 두 작품 모두 반제의식이 미약하다는 치명적인 한계가 있지만, 『개척자』의 여주인공 김성순은 획기적인 여성상이 아닐 수 없다. 조혼한 처가 있는 청년 미술학도 민은식과의 대담한 사랑의 약속을 지키기 위해 어머니와 오빠가 정한 신랑감을 거부하고 마침내 자살로 마감하는 성순의 형상은, 약간의 신파조가 없지 않지만, 1910년대 소설의 중세성과 근대성의 절충을 깨뜨리고 애국계몽기 소설의 전통을 비판적으로 계승한 것인데, 이 작업이 3·1운동 전야에 이루어졌다는 점이 상징적이다.

---

44) 『金東仁全集』 6권, 三中堂, 1976, 97면.

제 **7** 장

신소설과 기독교

『성산명경』과 『경세종』을 중심으로

1. 기독교의 흔적들

신소설에는 기독교적 요소가 적지 않다. 그런데 그것이 대체로 구교가 아니라 신교와 관련된다는 점이 흥미롭다.

신소설 작가 중에는 자신이 기독교 신자는 아니지만 기독교에 우호적인 태도를 보이는 경우가 있고, 기독교 신자지만 작품 속에서 기독교적 요소가 거의 드러나지 않는 경우도 있다. 이해조가 전자에 속한다면(애국계몽기에 잠깐 교회에 몸을 담은 적은 있다), 후자에는 육정수(陸定洙, 1885~1949)가 있다. 육정수는 초창기의 한국 기독청년운동에 있어서 핵심적인 역할을 했지만[1] 그의 작품 『송뢰금(松籟琴)』(1908)에는 기독교적 요소가 거의 없는 데 반해, 구한말의 기독교 민족주의자들과 교분이 두터웠던 이해조

---

1) 최원식, 『한국근대소설사론』, 창작사, 1986, 244~251면.

의 『고목화』(1907)에는 열렬한 기독교신자 조박사가 긍정적 인물로 등장한다.[2]

기독교적 성격이 더욱 강하게 나타난 작품에는 개화당으로 처형된 한대흥의 부인 정씨가 정동(貞洞)교회의 전도부인에 의해 기독교로 개종하는 과정을 그린 반아(槃阿)의 『몽조(夢潮)』(1907)[3]를 들 수 있는데, 안국선의 『금수회의록』(1908)도 흥미로운 예의 하나다. 윤명구 교수는 이 작품에 나타난 기독교적 요소를 처음으로 지적한바,[4] 권영민 교수는 윤성렬(尹聲烈) 목사의 회고록 「배재학당(培材學堂)」(1977년『중앙일보』연재)에 의거해서 안국선이 옥중에서 기독교로 개종했음을 밝혔다.[5] 나는 여기서 이능화(李能和)의 지적을 새로 제시한다.

> 光武五年辛丑之三月(1900년-필자)에 先考府君[前法部協辦 李源競-필자]及 李商在氏(前議政府參贊)·兪星濬氏(前內部協辦)·金貞植氏(前警務官)·李承仁氏(前郡守)·洪在箕氏(前郡守)·李承晚氏·安國善氏·金麟씨 等이 一時被拘하야 同逮牢獄하니 …… 三個星霜 鐵窓生活에 …… 幸而獄法에 許看宗教書籍하고 亦許洋人入獄布教라. 時米國人宣教師房臣氏(D. A. Bunker) 入獄傳道矣. 於是에 同監諸公이 相與研究新約全書하야 誓心決志하야 領洗守戒하니 是爲 官紳社會傳教之始라.[6]

이로써 안국선이 1903년 벙커에 의해 옥중에서 개종했음을 분명히 알 수 있다. 안국선을 비롯한 이들 정치범의 개종이 그 당시까지 주로 하층계급에 뿌리를 두고 전파되었던 개신교가 상류사회로 확산될 수 있었던 획기가 되었다는 점 또한 주목할 일이다.

그런데 신소설과 기독교의 관련은 이상으로 그치는 것이 아니다. 나는

---

2) 전광용, 『신소설연구』, 새문사, 1986, 248~250면.
3) 이재선, 『한국개화기소설연구』, 일조각, 1975, 51~56면.
4) 윤명구, 「안국선연구」, 서울대 석사논문, 1973, 26~27면.
5) 권영민, 「안국선의 생애와 작품세계」, 『관악어문연구』 제2집, 1977, 126면.
6) 이능화, 『조선기독교급외교사』 하, 조선기독교창문사, 1928, 204면.

여기서 최병헌(崔炳憲)의 『성산명경(聖山明鏡)』(1907)과 김필수(金弼秀)의 『경세종(警世鍾)』(1908)을 주목할 만한 새로운 자료로 제시한다. 이 두 작가는 단순한 신자가 아니라 우리나라 신교의 지도자이기 때문에 작품의 기독교적 성격은 매우 강렬하다. 나는 그들의 생애를 새롭게 밝히고 그 작품을 분석함으로써 당대 기독교문학의 수준을 가늠하고자 한다.

2. 최병헌의 내파된 기독교 민주주의

이 작품이 학계에 널리 알려진 것은 1978년 아세아문화사에서 발간한 『개화기 문학총서』에 영인·수록되면서부터인데, 총80면인 이 영인본은 간기(刊記)가 떨어져 나갔다. 하동호(河東鎬) 교수에 의하면 이 작품의 출판상황은 다음과 같다.

『황화서적(皇華書齋)』, 1909.3.20, 92면.
『동양서원(東洋書院)』, 1911.8.3, 80면.7)

이로써 아세아문화사 영인본이 초판이 아니라는 점을 알 수 있거니와, 초판이 대한제국 멸망 이전에 출간되었다는 것 또한 유의할 일이다.

그런데 유동식(柳東植) 교수에 의하면 이 작품은 1907년 『신학월보』에 「성산유람기」란 제목으로 연재되었고, 1912년 조선야소교서회(朝鮮耶蘇敎書會)에서 『성산명경』으로 간행되었다.8) 이 작품이 초판 간행 2년 전 우리나라 최초의 신학잡지에 연재되었다는 사실은 극히 흥미롭다.

---

7) 하동호, 「개화기소설의 서지적 정리 및 조사」, 『동양학』 제7집, 단국대 동양학연구소, 1977, 198면.
8) 유동식, 「탁사 최병헌과 그의 사상」, 『국학기요』 1집, 연세대 국학연구원, 1978, 158면.

그러면 이 작품의 저자 최병헌(1858~1927)은 누구인가?

> 1902年에 탁사(濯斯)선생은 드디어 목사 안수례(按手禮)를 받게 된다. 한국개신
> 교사상 처음으로 목사가 된 이는 1901년에 안수를 받은 북장로교회 김창식(金昌
> 植)과 김기범(金基範) 양씨였다. 그러나 그들은 세례식과 결혼식만을 집례할 수 있
> 는 집례목사(執禮牧師)로 임명된 데 불과했다. 그러므로 등단설교(登壇說敎)하고
> 교회를 담임할 수 있는 목사로는 탁사가 처음이라 하겠다. …… 그가 목사 안수를
> 받은 지 얼마 되지 않아 정동교회의 설립자인 아펜셀러 목사는 세상을 떠 …… 최
> 병헌목사는 그의 후임으로 정동교회를 담임하지 않으면 아니되게 되었다.[9]

1902년부터 12년간 정동감리교회의 담임 목사로 일한 최병헌의 위치
는 한국 개신교사에서 이처럼 무겁다.

그는 어떻게 한국 최초의 목사가 되었는가? 1858년 충북 제천(堤川)의
가난한 집안에서 태어난 그는 젊은 시절 과거에 뜻을 두고 한학(漢學)에
잠심하였다. 그러나 그가 직접 목도한 서울 과장(科場)의 현실은 극히 부
패했으니, 조선왕조의 체제에 대한 불만은 깊어갔다. 그에게 한 전기가
찾아왔다.

> 그가 기독교를 처음 알게 된 것은 1880년 그의 나이 22세 때에 친구 한 사람이
> 상하이(上海)로부터 가져온 『영환지략(瀛環志略)』 한 권을 얻어 읽은 데서 비롯된
> 다. 태서문명(泰西文明)의 발달상과 그 정신적 지주가 기독교라는 사실을 알게 된
> 것이다. …… 그리하여 1888년의 어느 날 그는 정동에 있는 양관으로 아펜셀러 목
> 사를 방문했다. 거기에서 처음으로 그는 한문 성경을 입수하고 연구하기 시작했
> 다. 다음해 그는 아씨가 설립한 배재학당의 한문부 교원으로 취임했다. …… 탁사
> 선생이 입신을 결심하고 세례를 받은 것은 …… 1893년 곧 그의 나이 35세였다.[10]

그의 기독교 개종의 단초가 『영환지략』이라는 점이 우선 흥미롭다. 이
책은 복건순무(福建巡撫) 쉬 찌위[徐繼畬, 1795~1873]가 각국인의 지도와 서

---

9) 유동식, 「탁사 최병헌과 그의 사상」, 『국학기요』 1집, 연세대 국학연구원, 1978, 137면.
10) 유동식, 위의 글, 136~137면.

적을 참고로 아편전쟁이 끝난 다음해인 1843년에 시작하여 1848년에 10권으로 완성, 1850년에 간행한 세계지리서로서, 서양에 대한 정확한 지식을 전해주는 데 크게 기여하였다.[11] 『영환지략』은 최병헌의 성장기를 사로잡았던 유교적 세계관을 상대화시키는 결정적 계기를 부여했던 것이다.

그런데 더욱 흥미로운 것은 그의 개종이 서양인 선교사의 인도가 아니라 주체적 결단에 의해서 이루어졌다는 점이다. 『영환지략』을 읽은 지 13년, 한문성경을 연구한 지 5년 만에 개종했으니, 그것은 결코 예사롭지 않다.

이미 지적했듯이 우리나라에 있어서 신교가 상류 및 지식인 사회로 전파된 것은 1903년 이후인데, 1893년에 개종한 최병헌은 아마도 개신교가 획득한 최초의 독서인일 터이다.

그러면 개종 후 1902년 목사가 되기까지 최병헌의 행적을 살펴보자.

> 1894 : 대동서시(大東書市)를 열고 민중에게 서책을 종람(縱覽)케 하다.
> 1895 : 배재학당 안에 협성회(協成會)를 창립하다. 아씨(亞氏 : 아펜셀러—필자)
>   와 함께 『조선회보(朝鮮會報)』 창간.
> 1897 : 『제국신문(帝國新聞)』 창간, 주필이 되다.
> 1898 : 성서번역위원(聖書翻譯委員)이 되다(1898~1900).
> 1900 : Jones박사와 함께 『신학월보』를 창간, 『황성신문(皇城新聞)』의 기자.[12]

이 연보는 의문점이 적지 않은데, 우선 최병헌이 1895년에 협성회를 창립했다는 것이 그렇다. 우리나라 학생운동의 효시로 평가되는 협성회는 1896년 11월에 창립되었고, 당시 『독립신문』과 독립협회를 주도했던 서재필(徐載弼)이 깊이 관여하고 있었다.[13] 내가 확인한바, 최병헌과 협성회의 관계를 알려주는 자료로는 『협성회회보』 제1권 제4호(1898.1.22.)에

---

11) 이광린, 『한국개화사연구』, 일조각, 1974, 2면.
12) 유동식, 앞의 글, 157 ~158면.
13) 최원식, 『한국근대소설사론』, 창작사, 1986, 246면.

실린 그의 논설 한 편이 있다. 요컨대 최병헌은 협성회와 아주 관계가 없는 것은 아니지만, 이 써클을 창립했다는 것은 과장이다.

1895년 아펜셀러와 함께 『조선회보』를 창립했다는 기록도 다시 검토해야 한다. 『조선회보』는 아마도 1896년 2월, 아펜셀러에 의해 창간된 『조선그리스도인회보(The Christian Advocate)』일 터인데 이것은 1897년 12월에는 『대한그리스도인회보』로 개제되었다.14) 최병헌은 어디까지나 아펜셀러의 보조자였을 것이다.

1897년 『제국신문』을 창간하고 주필이 되었다는 기록 역시 의문이다. 이 신문은 1898년 사장 이종일(李鍾一), 주필 이승만 체제로 창간되었기 때문이다. 1900년 『황성신문』의 기자를 했다는 것 또한 믿을 수 없다. 1898년 9월 남궁억(南宮檍)에 의해 창간된 이 신문 역시 신채호·박은식·장지연 등이 주도해 나갔으니, 아마도 최병헌이 이들과 교분이 없지 않았다는 점을 암시하는 것일 게다.

그러니까 이 시기에 최병헌은 서양인 선교사 특히 아펜셀러(Henry G. Appenzeller, 1858~1902)와 존스(G. H. Jones, 1867~1910)를 보조하여 개신교의 전파사업에 주력하였다고 판단된다. 1898년 아펜셀러가 주동적 역할을 했던 성서번역사업에 번역위원으로 참여하여 신약을 완역할 때까지 2년간 봉사하고, 1900년 존스가 창간한 한국 최초의 신학잡지 『신학월보(The Theological Review)』에 한국인의 첫 신학논문 「죄도리(罪道理)」(1901)를 게재한 것15) 등이 이 시기 최병헌의 가장 중요한 활동이었던 것이다.

그런데 유동식 교수의 연보에 누락된 매우 중요한 사항이 하나 있으니, 그것은 최병헌이 독립협회운동(1896~1898)에 주요주도회원으로 참가했다는 점이다.16) 이 시기에 그는 매우 흥미로운 노래 「독립가」(1896) 한

---

14) 백낙준, 『한국개신교사』, 연세대 출판부, 1973, 257~258면.
15) 유동식, 「탁사 최병헌과 그의 사상」, 『국학기요』 1집, 연세대 국학연구원, 1978, 144~146면.
16) 신용하, 『독립협회연구』, 일조각, 1976, 104면.

편을 남겼다.

제일
천지만물 창조후에 오주*구역 천정*이라
아시아주 동양중에 대조선국 분명하다
(후렴)
독립기초 장구술*은 군민상애* 제일이라
기쁜날 기쁜날 대조선국 독립한날
제이
단군기자 자주*시고 신라연호 건원*이라
개국*홍제* 인평*후에 고려건원 광덕*이라
(후렴)
제삼
만세완산* 선리화난 신인금척 천수*로다
기원경절 오백후에 건양*연호 빛나도다
(후렴)
제사
음양조판 태극기를 일월같이 높이다니
조선역시 구방*이라 기명유신* 차시로다
(후렴)
제오
금성옥야* 온대지에 구천오백 방리로다
이천만중 합심하여 독립가를 불러보세[17]
(후렴)

—「독립가」(농상공부 주사 최병헌)

* 五洲 : 오대륙.
* 天定 : 하늘이 정함.
* 長久術 : 장구하게 하는 술책.
* 君民相愛 : 임금과 백성이 서로 사랑함.
* 自主
* 建元 : 신라 법흥왕 23년부터 진흥왕 11년까지의 연호.

---

17) 『독립신문』, 1896년 10월 31일.

* 開國 : 신라 진흥왕 12년부터 28년까지의 연호
* 弘濟 : 신라 진흥왕 33년부터 진평왕 5년까지의 연호
* 仁平 : 신라 선덕왕 3년부터 16년까지의 연호
* 光德 : 고려 광종의 연호
* 完山 : 지금의 전주(全州).
* 神人金尺 天授 : 이성계의 꿈에 신인(神人)이 내려와 금자를 주었다.
* 建陽 : 조선 고종의 연호.
* 舊邦 : 오래된 나라.
* 其命維新 : 그 천명(天命)은 오직 새롭다.
* 金城沃野 : 굳센 성과 비옥한 들.

이 노래를 지었던 1896년 당시 그는 농상공부(農商工部) 주사(主事)로서 관리생활을 했다는 점이 흥미로운데, 이 노래에는 조선의 자주독립을 염원하는 최병헌의 애국적 자세가 잘 나타나 있다.

요컨대 이 시기에 그는 종교운동에 근본을 두면서도 사회운동에도 유의하였던 것이다.

그런데 1902년 목사가 되면서 그의 활동은 거의 종교운동에 기울어지고 만다. 더구나 아펜셀러가 해난사고로 급사하여 그가 정동감리교회의 담임 목사로 취임함으로써 그러한 경향은 더욱 촉진되었던 것이다. 이 시기에 그가 정동교회 이외에 관계한 단체는 1903년에 창립된 황성기독교청년회(皇城基督敎靑年會, YMCA)였다. 그는 1908년 YMCA의 종교부 위원장으로 선출되면서 각종 Y집회에서 중요한 역할을 수행하였다.[18] 12년간 담임했던 정동교회를 물러난 1914년 감리사(監理司)에 피선되어 1922년까지 인천과 서울에서 시무한 후 목회직에서 은퇴,[19] 1927년 5월 13일 영시 천연동(天然洞) 자택에서 "조선기독교의 원로 최병헌"은 눈을 감았다.[20]

이처럼 1898년 독립협회운동이 좌절된 이후 특히 1902년 목사가 되면서 최병헌은 사회운동에서 떨어져 나와 종교운동에 주력하였던 것이다.

그러면 그는 오직 영적인 구원에만 관심을 두었는가? 그것은 물론 아니다. 여기서 우리는 그가 1906년 YMCA에서 행한 공개강연 「종교와 정

---

18) 전택부, 『한국기독교청년회운동사』, 정음사, 1978, 103·161·196·317면.
19) 유동식, 「탁사 최병헌과 그의 사상」, 『국학기요』 1집, 연세대 국학연구원, 1978, 158면.
20) 『동아일보』, 1927.5.14.

치의 관계」에 주목해야 한다.[21]

그는 여기서 종교가 정치의 근본이라는 관점에 서서 반식민지 상태로 전락한 당대의 우리 현실을 맹렬히 비판한다. 특히 공맹(孔孟)의 본뜻을 저버리고 산림(山林) 사이에서 한양(閑養)하는 선비들과 "단지 임금 있음만 알고 나라 있음을 알지 못하며 다만 자기 있음을 알고 백성 있음을 아지 못하는[但知有君 不知有國 但知有我 不知有民]" 관료들을 비판함으로써 그 근원이 유교의 부패에 있다고 주장한다. 이 때문에 부패한 유교를 변개하지 아니하고 오직 서양의 병기와 기계만 취하는 것은 "그 근본을 힘쓰지 않고 그 말단만 취하는[不務其本而取其末]" 오류에 지나지 않는다는 것이다. 그는 명백히 동도서기론(東道西器論)을 부정하고, 일종의 서도서기론(西道西器論)을 전개하였다.

다시 말하면 우리의 부패한 정치를 개혁하기 위해서는 서양의 겉모습이 아니라 그 근본이 되는 기독교를 받아들여야 한다는 주장이다. 그는 매우 흥미로운 기독교 민족주의자였던 것이다.

그러면 실제로 그의 생각은 교단 안에서 어떻게 실현되었는가? 민경배(閔庚培) 교수는 토착민족교회론의 한 원류로서 최병헌을 높이 평가한 바 있는데, 그는 일찍이 서양 선교사들의 교파 이식에 의한 한국 교회의 교파적 분열을 통탄하고 선교교회가 아니라 토착적 단일민족교회의 설립을 강력히 염원하였던 것이다.[22] 그러나 그의 민족교회론은 실현되지 아니하였다. 그것은 무엇보다도 "이 소망 없는 나라의 정황에서 눈을 돌려 주님과의 고고한 영적 교통에 집념할 것"을 강조한 서양선교사들이 일제와 야합하여 한국 교회의 정치화에 결정적 제동을 걸고 비민족화를 강력하게 추구하였기 때문이다. 그리하여 1907년에 대대적으로 전개된 대부흥회는 서양선교사들의 한국 교회 비민족화 추진에 획기적인 전기가 되었던 것이다.[23] 대부흥회에 최병헌은 적극적으로 나서지 않았지만

---

21) 유동식, 앞의 글, 140~143면.
22) 민경배, 『한국민족교회형성사론』, 연세대 출판부, 1974, 36 · 86면.

그렇다고 그것을 적극적으로 반대하지도 못했다. 여기에 바로 기독교 민족주의자 최병헌의 고민과 한계가 있었던 것이다.

『성산명경』의 서두에 "미국 이학박사 조원시 교열"24)이라는 구절이 있다. 조원시는 누구인가? 그는 바로 이 작품이 연재된『신학월보』를 발행했던 선교사 존스 목사다. 그러면 존스의 정치적 입장은 어떠했는가? 그 역시 대부흥회에 찬동하면서 한국의 기독교도들이 일제에 순종할 것을 종용하였다.25)

『성산명경』이 1907년 대부흥회 시기,『신학월보』에 연재되고 존스의 교열 아래 출간되었다는 점을 염두에 두고, 그럼 이제부터 작품을 검토하기로 한다.

이 작품은 일종의 몽유록(夢遊錄)이다. 그러나 꿈으로 들어가는 도입부와 꿈 부분과 꿈에서 깨는 결말부로 이루어진 몽유록의 전형적 형태에서 이 작품은 벗어나 있다. 네 인물의 종교적 토론으로 시종하고 있는 이 작품은 그 끝에 가서야 이 토론 부분이 몽유록의 끝 부분임이 밝혀지기 때문이다.

> 이 책은 삼한고국의 탁사자(濯斯子 : 최병헌 호－필자)라 하난 사람이 기술한 글이니 탁사자ㅣ …… 구세주 예수를 믿은 후로 항상 성경을 공부하며 평생에 일편성심으로 원하기를 어찌하면 성신의 능력을 얻어 유도와 선도와 불도 중 고명한 선비들에게 전도하야 믿난 무리를 많이 얻을고 생각하더니 한번은 추풍이 소슬하고 성월(星月)이 교결(皎潔)한데 낙엽이 분분하거날 청등(靑燈) 서옥(書屋)에 책상을 의지하야 신약성경을 잠심완색(潛心玩索)하더니 홀연히 심혼이 표탕하야 한곳에 니르매 그 산 일홈은 성산이오 그 층대 일홈은 영대(靈臺)라. 그 곳에서 네 사람을 만나서 수작함을 듣고 기뻐하다가 오경천(五更天) 찬 바람에 황계성(黃鷄聲)이 악악(喔喔)하거날 놀라 일어나니 일장 몽조가 이상한지라 …… 탁사자ㅣ 그 몽

---

23) 민경배,『한국민족교회형성사론』, 연세대 출판부, 1974, 42~48면.
24) 이 작품의 텍스트는 아세아문화사 영인본(1978)이다. 이하 작품 인용은 따로 주를 달지 않고 이 책의 면수만 표시한다.
25) 민경배, 앞의 책, 49면.

조를 기록하야 자기의 평일 소원을 표함일러라. (79~80면)

몽유록의 형식을 빈 이 작품은 전통종교를 대표하는 유불선 삼교를 비판함으로써 지식인들을 개종시키려는 강한 목적성을 내포하고 있는 것이다.

그리하여 이 작품에는 각 종교를 대표하는 네 인물이 등장한다. 첫째 진도(眞道), 그는 "유가의 높은 제자"(3면)로 강남(江南) 사람이니 아마도 중국인일 터이다. 둘째는 태백산(太白山)의 승려 원각(圓覺), 셋째는 종적이 정처 없는 도사(道士) 백운(白雲), 마지막으로 신천옹(信天翁), "고려국 사람으로 성은 을지(乙支)요 명은 학(學)"(5면)인 이 소년이 바로 기독교도이다.

이 네 인물이 "아시아 동방에 일좌명산"(2면)인 성산의 영대에서 해후하여 사흘 간 토론하는 것으로 이 작품은 전개되는 것이다.

사흘 간의 해후에 응하여 작품은 3장으로 구성되었으니, 네 사람이 영대에서 해후하는 첫 장, 다음날 영대에서 다시 만나 토론하는 둘째 장, 그리고 다음날 다시 만나 토론 끝에 결국 진도·원각·백운이 모두 기독교로 개종하는 셋째 장으로 마감된다.

이처럼 견고한 짜임새에도 불구하고 정작 이 작품의 토론 수준은 매우 낮다. 모든 토론이 신천옹의 일방적 주도로 이루어지기 때문에 설득력도 극히 부족하다. 특히 불교와 도교에 대해서는 더욱 그렇다. 가령 한 대목을 보자.

　　불(佛)은 오도한 성인이로대 오히려 할 수 없난 것이 있거니와 전능하신 상주께서난 못하실 일이 도모지 없난지라. 우리 주 예수께서는 코구멍에 능히 수미산을 감초난 것은 고사하고 한마디 말삼으로 능히 이 세상을 창조하셨으니 그 전능이 족히 한마디 말삼으로 세계를 없어지게 할 수도 있난지라. (34면)

불교에 대한 비판은 일종의 도술경쟁으로 격하되었으니 작가의 불교와 도교에 대한 이해 정도가 매우 얕다.

그런 대로 토론이 진행되는 것은 진도와 신천옹 사이에서다. 이것은 작가가 유교를 가장 중요한 공격 목표로 삼았다는 것인데, 유교를 그냥 부정하는 것이 아니라 유교의 논리 속에 기독교의 교리가 잠재해 있다는 식으로 접근하고 있다. 가령 유교의 상제(上帝)가 기독교의 하나님과 같은 개념이라는 주장은 대표적인 예이다(12~13면). 그러나 부분적으로 흥미로운 견해도 없지 않지만 대부분이 요령부득이어서 신천옹과 진도의 토론 또한 일방적이기는 마찬가지다.

요컨대 이 작품에는 작가의 독립협회운동 시절에 가장 뚜렷이 나타났던 기독교 민족주의적 사고가 아주 약화되었다. 물론 그 흔적이 아주 없는 것이 아니다. 진도가 "치국평천하의 도리와 정치학술에는 우리 유교만 못"(77면)하다는 반박에 신천옹은 다음과 같이 응답한다.

> 정치제도와 애국사상으로 말할진대 유도가 어찌 예수교보다 낫다 하리오……영국 여왕 빅토리아는 예수교 신자로 신약성경의 말삼을 가져 백성을 다사리매 재위 육십여년에 영국으로 천하만국중에 제일 문명한 나라이 되게 하고 오주세계에 맹주가 되였으며……영국군사를 물리치고 미국으로 영국 기반(羈絆)에서 벗어나 자주독립이 되게 하던 화성돈(조지 워싱턴―필자)과 의대리(意大利 : 이딸리아―필자) 정치를 개척하야 중흥독립케 한 가부이(加富爾 : 까부르―필자)와 마지니(瑪志尼 : 마찌니―필자)는 다 예수교의 독신하난 사람이오, 보로사(프로이센―필자)와 일이만(게르만―필자) 지방을 연합하야 불세한 위업으로 세계에 빛나게 하던 비사막(비스마르크―필자)과……수사(水師) 제독으로 백전백승하던 내리손(內利遜 : 넬슨―필자)은 다 예수교의 신자로 자기 나라를 사랑하고 임군에게 충성하야……자기 부모지국으로 오주세계에 일등문명국이 되게 하였으니 실로 유교만 못할 것이 없난지라. (77~78면)

서양 문명의 기초가 되는 기독교를 통해서 조선을 문명 강국으로 만들고자 하는 작가의 염원이 소박하게 진술되어 있다. 그러나 이것이 이 작품의 핵심적인 메시지는 아니다. "우리의 토론함은 정치상 관계가 아니오 순전한 도덕계의 말삼이라……천국에 자유민이 될지라 다시 인간에 무엇을 구하오니까"(79면)에서 분명히 표현되었듯이, 1907년 당시 그의 생각은 사회구원이 아니라 영적인 구원으로 퇴각하였다. 이 때문에 우리나라에서 창작된 최초의 기독교소설로 기록될 『성산명경』의 민족문학적 가치는 깊이 훼손되었다.

3. 김필수의 전투적 기독교 민족주의

『경세종』(廣學書鋪, 1908)은 일찍이 『한국신소설전집』 권5(을유문화사, 1969)에 수록되면서 학계에 널리 알려진 작품이다. 그럼에도 이 작품은 활발하게 연구되지 못했다. 세리까와[芹川哲世] 교수의 간략한 고찰이 아마도 유일한 것일 터인데, 그는 이 작품이 기독교적 입장에 서 있음을 처음으로 밝히는 한편, 안국선의 『금수회의록』과 함께 다지마[田島家二]의 『인류공격금수국회(人類攻擊禽獸國會)』(1885)의 번안이라고 하였다.26) 그러나 번안이란 것은 어불성설(語不成說)이다. 이미 인권환(印權煥) 교수가 적절하게 비판했듯이 『금수회의록』과 『경세종』의 근본적 바탕은 우리 중세문학에 풍부한 전통적 우화소설과 몽유록이기 때문이다.27) 더구나 보수적 입장에서 구화주의(歐化主義)를 비판한 다지마와 계몽주의 지식인으로서 조선의 현실을 날카롭게 비판하고 있는 안국선 및 김필수의 사고는 그 근본적 지향이 다르다.

나는 이에 지금까지 전혀 신원이 밝혀지지 않은 김필수의 생애의 일단을 새로 밝히고 그의 유일한 작품 『경세종』의 문학사적 가치를 검토하

26) 芹川哲世, 「한일개화기 정치소설의 비교연구」, 서울대 석사논문, 1975, 77면.
27) 인권환, 「금수회의록의 재래적 원천에 대하여」, 『어문논집』 제19·20집, 고려대 국어국문학연구회, 1977.

고자 한다.

김필수에 대해 전택부는 다음과 같이 증언하고 있다.

> 김필수 씨는 1872년 2월 출생으로 일찌기 신자가 되어 남장로교(南長老敎) 선
> 교사 레이놀즈(W. D. Reynolds) 목사의 어학선생으로 전주지방에 가 있다가, 레이
> 놀즈씨를 따라 1902년부터 서울에 와 있었다.[28]

위의 글에서 우선 주목할 것은 김필수가 감리교의 최병헌과 달리 장
로교 계통이라는 점과 레이놀즈 목사와 긴밀한 관계를 가졌다는 점이다.
레이놀즈 목사는 1892년 10월 미국 남장로교회 7인의 한국 개척선교사의
일원으로 한국에 와 "서울에 얼마동안 체류하면서 통화(通話)도 익히고
사업계획도 세우고 있었다"[29]고 한다. 아마도 이때 김필수는 레이놀즈의
한국어 선생으로 뽑혔을 것이다. 남장로교는 선교지역으로 호남지방을
책정하면서 1894년 레이놀즈 등을 파견하여 호남 전역을 답사하고,[30]
1896년부터 전주를 중심으로 선교사업을 본격적으로 펼쳐나갔다. 그러니
까 김필수는 레이놀즈가 1902년 상경할 때까지 전주지방에서 그의 선교
사업을 도와주었던 모양이다.

상경 후 김필수는 기독교단의 지도자로 부상한다. 1903년 YMCA 창립
총회에서 이사로 선출되었는데, 12인 이사 중에서 한국인은 두 명밖에
없었던 것이다.[31] 1905년 YMCA 이사직에서 물러난 후, 1907년에는 제7
회 세계기독학생연맹(WSCF) 세계대회에 7인의 한국 대표로서 참석하고,[32]
1918년 YMCA회관에서 장로교와 감리교의 두 교파 지도자가 모여 결성
한 〈조선예수교장감연합협의회(The Federal Council of Churches in Korea)〉에서 초

---

28) 전택부, 『한국기독교청년회운동사』, 정음사, 1978, 63면.
29) 백낙준, 『한국개신교사』, 연세대 출판부, 1973, 200면.
30) 백낙준, 위의 책, 224면.
31) 전택부, 앞의 책, 63면.
32) 전택부, 위의 책, 131면.

대회장으로 김필수 목사가 추대되었다.[33] 그는 또한 서양선교사들의 인종 차별, 교파 분열, 교회 행정에 대한 전제를 비판하고 1918년 김재호(金在鎬) 목사가 창건한 〈조선기독교회〉에 이승훈(李昇薰)·함태영(咸台永)·여운형(呂運亨) 등과 함께 동조했다고 한다.[34]

이상의 단편적 행적만으로도 우리는 장로교의 김필수 목사 역시 기독교 민족주의자라는 점을 짐작할 수 있다.

나는 여기서 그의 유일한 저작 『경세종』을 검토하여 그의 생각을 보다 구체적으로 밝히려고 한다.

『경세종』도 일종의 몽유록이다. 민족적 고난과는 격절된 채 허랑방탕한 유산객들이 등장하는 도입부와, 그들이 우연히 산에서 목격하게 되는 금수곤충의 토론회 장면으로 구성된 이 작품은 비록 종결부가 거의 생략되기는 했지만, 꿈으로 들어가는 도입부와 꿈 장면과 꿈에서 깨어나는 종결부로 이루어지는 전통 몽유록의 구성과 아주 가깝다.

그런데 이 작품에는 몽유록의 가장 중요한 특징의 하나인 꿈의 요소가 탈락되었다. 이 작품의 중심을 이루는 금수곤충의 토론회 장면이 꿈 속이 아니라 현실에서 이루어지는 것으로 설정되었기 때문이다. 이 점에서 『경세종』은 몽유록의 의장을 충실히 이어받은 안국선의 『금수회의록』(1908)과 그 의장을 벗어버리고 오직 현실적 토론으로 구성된 이해조의 『자유종』(1910)을 매개하는 작품으로 된다.

이 작품은 도입부에 해당하는 1장과 금수곤충의 토론회 장면인 2, 3, 4, 5, 6장으로 짜여져 있다.

그런데 이 두 부분이 날카롭게 대비되는 데에 이 작품의 도입부가 가지는 특성이 드러난다. 통상적으로 몽유록의 도입부에는 시대를 통탄하는 고민하는 지식인이 등장하기 마련인데, 이 작품의 도입부에는 뛰어난 필치로 그려진 부정적 인간들 즉 부잣집 아들로 그저 허랑한 인물과 사

---

33) 전택부, 위의 책, 383면.
34) 민경배, 『한국민족교회형성사론』, 연세대 출판부, 1974, 122면.

기꾼이나 다름없는 풍수(風水)들이 나타난다. 이 작품이 "한편에 숨어 앉었던 저 사람들의 귀가 열렸난지 ……"(53면)[35]로 끝나는 것은 바로 이 작품의 의도가 이처럼 부정적인 인물들에 대한 계몽에 있음을 뚜렷이 보여주는 것이다.

이 작품의 핵심은 금수곤충의 토론회 장면, 그 중에서도 특히 회장 양(羊)이 모임의 취지를 설명하는 3장과, 14종의 금수곤충들이 차례로 등장하여 인류를 공격하는 4장이다.

그러면 이 작품의 핵심적 메시지는 무엇인가? 올빼미의 연설을 통해 작가는 말한다.

완고이니 수구이니 하난 자들이 실로 답답해요. 이 세계를 비교하야 보면 몇백 년 전에 유로바(유럽―필자)나 아메리까나 다 캄캄한 밤과 같이 문명치 못하고 그 때에 아세아는 낮과 같이 문명한 빛이 있더니 지금은 유로바와 아메리까는 광명한 낮이 되고 몬저 문명하던 아세아는 도로혀 광명한 빛이 있으나 보지도 못하고 …… 우리 시조 아모씨는 명현이지 하난 자들의 생각에 언제나 다시 엽전이나 당백(當百 : 당백전―필자) 시절이라도 한번 볼고 하니 과연 청명과니로다. …… 선진하던 황인종이 후진자 백인종에게 백년지경이나 뒤진 것은 그 까닭이 하나 있나이다. …… 아모 나라이든지 문명하고 아니한 것은 종교와 교육에 큰 상관이 있난데 …… 종교의 교육력이라 하난 것은 연약한 마암을 건강케 배양하고 부패한 성질을 새롭게 소성하고 우졸한 사상을 활발케 운동하난 것인고로 백인종들이 종교의 힘으로 교육하여 저렇듯 강성한 것이올세다마는 문명의 열매 되난 각종 기계와 물건은 취하야 가지나 문명의 근본된 그 종교는 알아볼 생각도 없난고로 눈이 있어도 마땅히 볼것을 보지 못하게 되얐으니 일향 저 모양으로 지내면 백인종의 노예 되기난 우리가 눈깜짝할 동안 될 것인 줄 확실히 아나이다. (28~30면)

작가는 서양제국주의의 전면적 위협 앞에 선 아시아의 위기를 지적하고 있다. 아시아의 위기에는 반식민지 상태로 전락한 대한제국의 위기가

---

35) 이 작품의 텍스트는 광학서포 초판(1908)이다. 이하 작품 인용은 따로 주를 달지 않고 이 책의 면수만 표시함.

암시되고 있음은 물론이다. 실제로 작가는 양의 연설 속에서 개국의 역사가 우리와 비교도 되지 않는 미국이 부강한 데 비해 "아세아 동반구에 대한이라는 나라는 그 전은 그만두고 개국한 지 5백17년으로만 계산하여도 2만6천8백84일을 하나님의 날까지 빼앗아 일하야 어찌 되였난지 눈 있난 자들은 볼 것"(12면)이라고 통탄한 바 있다.

그럼 대한제국이 위기에서 벗어날 길은 무엇인가? 그는 종교의 교육력에 주목하여 새로운 종교운동을 제창한다. 그는 직접적은 아니지만 전통종교에 대해서 부정적이다. 가령 "부처니 미륵이니 하난 등물에게 수만 냥 재산을 들여서 불공이니 치성이니 하지 말"(9면)라고 경고함으로써 기복불교(祈福佛敎)를 비판한다. 그는 또한 유교에 대해서도 부정적이다. 유가(儒家)를 "썩어진 선비"(18면)라고 야유하는가 하면, 부패한 관리들을 공격하고(25면), 유교적 관습 특히 사대부가의 청상 문제를 맹렬히 비난한다.

> 저 사부가 청상들의 정상들을 생각하니 가련하도다. 대한국 성묘조때에 개가한 자손은 큰 벼슬을 주지 아니한다고 전장에 반포한 고로 벼슬에는 욕심이오 인륜에는 불고하난 자들이 제 집에 청년과수를 깊고 깊은 도장(閨房－필자) 속에 두고 청춘을 눈물과 한숨 속에 늙히고저 하니 법으로만 그 개가 길을 막었지 그 정욕까지 막을 수 있으리오 (18면)

그리하여 그는 대한제국이 위기에서 벗어나 문명한 나라가 되기 위해서는 서양 문명의 근본인 기독교를 받아들여야 한다고 강조하는 것이다. 이 점에서 그는 서양 문명 일체를 이단시하는 척사위정에 반대하는 것은 물론 서양의 기술만 받아들이는 동도서기에도 반대한다. 그도 서도서기론자인 것이다.

그렇다고 그가 무작정의 호교론자(護敎論者)라는 것은 아니다. 그는 진화론에 대해서도 일정한 이해를 표시하는 한편(22~23면), "입으로는 예수를 부르고 행실로는 마귀를 따라가"(11면)는 얼기독교도들을 더욱 비판한다. 또한 그는 기본적으로 미국에 호의적이면서도 미국의 이권 외교에

대해서는 비판적이다. 예를 들면 공작의 말 중에 "앵무새는 요사이 평안
도 운산 금광에 통편(통역—필자)으로 가노라고 오지 못하옵고"(34면)라는
대목이 나오는데, 아시아 대륙에서 가장 풍부한 금광인 운산은 선교사
알렌(H. N. Allen)의 책동에 의해 1895년 미국 자본가에게 채굴권이 넘어갔
으니,36) 작가는 이것을 은근히 암시하고 있는 것이다.

요컨대 김필수의 『경세종』은 영적인 구원에 중심을 두었던 최병헌의
『성산명경』에 비해 사회구원적 성격을 강하게 띠고 있다.

그것은 이 작품에 구약의 예언자들이 자주 인용되는 데서 분명히 나
타난다. 이 작품에는 세 명의 예언자들이 등장한다.

첫째 엘리야(Elijah).

> 옛적 이스라엘왕 아합 때에 엘리야는 선지자라. 하나님께서 명하샤 그릿시내가
> 에 숨어 있게 하시고 3년 6월을 비를 내리지 아니할 동안에 하나님께서 우리 무
> 리(까마귀—필자)에게 명하샤 엘리야에게 식물을 진공하라 하시므로 아참과 저녁
> 으로 떡과 고기를 물어다가 진공하였으되 (24면)

이스라엘의 왕 아합(Ahab, 재위 B.C. 874~835) 치세에 돌연히 출현한 예언
자 엘리야는 바알(Baal)신 숭배를 통해 전제왕권을 강화하려 했던 왕에 반
대하여 투쟁하였다. 위의 인용문은 바로 엘리야가 왕의 분노로 피신했을
때의 삽화인 것이다.

둘째 예레미야(Jeremiah).

> 야리미(예레미야—필자)가 말삼하시기를 "공중의 학은 왕래하난 기약을 알고
> 반구(頒鳩 : 산비둘기—필자)와 제비와 기러기는 다 절후를 지키고 때를 알고 돌
> 아오되 오직 내 백성은 하나님의 법도를 알지 못한다"하였사오니 (26~27면)

유태의 왕 여호와킴(Jehoiakim, 재위 B.C. 605~597)의 치세에 출현한 예레미

---

36) 민경배, 『한국민족교회형성사론』, 연세대 출판부, 1974, 185면.

야는 멸망의 위기에 봉착한 유태왕정의 부패를 격렬히 공격한 위대한
예언자의 하나이다.

셋째 이사야(Isaiah).

> 피고의 그 무엇이 재판관 가방 속으로 들어가서 원굴한 자는 낙송(落訟 : 패소
> ─필자)하고 유죄한 자는 득송(得訟 : 승소─필자)하니 그 어찌 공평타 하리오
> …… 이사야가 가라대, "저 무리의 송사할 때에 무죄한 자를 죄인으로 만들고 성
> 문에서 판단한 자에게 올모를 놓고 헛된것으로 의인을 그릇되게 한다"하였으니
> 이 말삼이 우리 보난 세대 사진을 보이셨도다. (23~24면)

기원전 8세기 유태의 예언자 이사야는 아시리아의 위협 앞에 선 유태
왕국의 파멸을 선포하고 상류계급의 사회·종교적 부패를 맹렬하게 비판
하였는데, 작가는 이사야를 빌어 대한제국의 부패를 통탄하였던 것이다.
이 작품에는 이사야가 한 번 더 인용되고 있다.

> 이사야라 하난 선지자에게 하나님께서 묵시로 가라치시기를 "그때에 이리가 어
> 린 양으로 더불어 거하고 표범이 어린 염소로 더불어 누울 것이오 송아지와 어린
> 사자와 살진 즘생이 다 함께 있으리니 어린 아희라도 끄을리라. 소와 곰이 함께
> 먹고 그 새끼가 함께 업드리고 사자가 소처럼 풀을 먹고 젖 먹난 어린 아희가 독
> 사의 구멍에서 작란하고 젖 뗀 어린 아희가 독사의 굴에 손을 넣으리라." (10면)

장차 올 평화로운 왕국을 예언으로 보이고 있는 이 유명한 묵시는 인
류의 오랜 꿈을 아름답게 노래한 것이다. 우리는 이 대목에서 "대소와
강약이 부동하여"(5면) 약육강식하는 고통의 현실을 넘어선 절대적 전망
으로서 기독교를 수용하고 있는 작가의 태도를 명백히 볼 수 있다.

기독교의 사회복음운동을 통해서 낙후한 민족을 거듭나게 하고 더 나
아가서 "천하가 한 집이 되고 억조가 한 식구가 되"(9면)는 세계를 실현
하는 것, 이것이 이 작품의 핵심적 메시지인바, 이 작품의 제목 '경세종'
(세상을 깨우치는 종)과 썩 어울린다. 그런데 1907년 최병헌 목사의 발의로

아펜셀러의 서거에 봉헌된 정동교회의 종 이름이 '경세종'이라는 사실이 흥미롭다. 필라델피아의 '자유의 종'과 같은 모양으로 미국에서 주조된 '경세종'은, 미국 독립의 상징 '자유의 종'이 그러했듯이, 종교적 외피 속에서도 민족적 메시지를 때때로 발신하였으니,37) 이 작품의 제목이 이 종의 이름과 일치하는 것이 단지 우연만은 아닐 것이다.

김필수의 『경세종』은 오직 영적 구원에만 매달리는 최병헌의 『성산명경』보다 그 가치가 크다. 그럼에도 『경세종』이 안국선의 『금수회의록』을 넘어선 작품이라고 보기는 어렵다. 그것은 『경세종』이 기독교의 세계주의와 당시 우리나라 기독교 교단의 정치적 순응주의에 견인되어서, 『금수회의록』만큼 반외세·반중세의 문제를 날카롭게 다루지 못했기 때문이다. 그럼에도 김필수의 『경세종』이 애국계몽기의 소설사에서 결코 망각될 수 없는 귀중한 성과라는 점은 분명한 것이다.

끝으로 이 작품의 제목과 똑같은 중국 소설이 있었음을 지적해둔다. 천 티엔화[陳天華, 1875~1905]의 『경세종』(1903). 1903년 일본 유학길에 오른 천은 쑨 원과 함께 반청공화혁명에 종사한 혁명가로 1905년 일본 문부성(文部省)이 한국과 중국 유학생의 급진적 활동을 제한하는 규칙을 반포하자 그에 항의해 자살한 애국자다. 설창(說唱)에 가까운 통속산문투로 씌어진 『경세종』에서 작가는 청조의 부패를 비판하고 열강의 침략을 규탄하면서 중국 민중의 각성을 격정적으로 호소하였다.38) 과연 김필수는 천 티엔화를 읽었을까? 아마도 그 가능성은 적을 터인데, 한국의 기독교 민족주의자와 중국의 반청공화혁명가가 동일한 제목의 계몽주의 작품을 창작했다는 사실 자체가 흥미롭다. 이를 포함해서 한국과 중국의 계몽주의소설의 관계를 고구하는 작업이 진전되어야 하거니와, 후일을 기약하는 바이다.

---

37) 「잊혀진 警世鍾 다시 울린다」, 『동아일보』, 2000.6.7.
38) 阿英, 『晩淸小說史』, 北京 : 人民文學出版社, 1980, 96~98면; 任訪秋 主編, 『中國近代文學史』, 開封 : 河南大學出版社, 1993, 372~375면.

제 **8** 장

우덕순 노래의 복원

1. 안중근의 동지

안중근(安重根, 1879~1910)의 동지 우덕순(禹德淳)은 "만났도다"로 시작되는 거사가(擧事歌)로 유명하다. 1909년 하얼삔역에서 이또오 히로부미[伊藤博文, 1841~1909]를 살해함으로써 세계를 놀라게 한 이 거사에 참여하면서 우덕순은 안중근의 한문 거사가에 화답하여 이 한글 노래를 지어 불렀던 것이다. 그런데 이 노래는 우덕순의 이름과 함께 오랫동안 망각되었다. 이 노래가 다시 각광을 받게 된 것은 민족학교에서 엮은 『항일민족시집』(思想社 1971)에 실리면서부터이다. 일찍이 이 노래에 주목했던 백기완(白基玩)은 "식민지하에서 민족해방 투쟁의 방법이 어떠해야 하는가를 가장 절실한 언어와 그리고 무장한 정서로써 우리를 일깨우고 있"는 점에서 "그것은 우리의 옛 이야기와 비나리 그리고 흥얼거림과 민요의 전통을 올바로 계승 발전시킨 위대한 작품"이라고 높이 평가하였다.[1]

그럼에도 이 노래는 문학사가들의 정당한 취급을 받지 못하였다. 그 원인은 먼저 운동과 학문 사이의 간격에도 있지만, 이 노래가 매우 불완전한 형태로 전해진다는 점이다. 이 노래는 원래 송상도(宋相濤, 1871~1946)의 『기려수필(騎驢隨筆)』에 채록되어 실려 있는 것이다. 전국을 떠돌면서, 좌우파를 막론하고 일제에 저항했던 애국자들의 행적을 수집 정리한 이 귀중한 한문본은 1955년 국사편찬위원회에서 처음 출간되었다. 이 노래는 바로 이 책의 우덕순 소전(小傳) 속에 국한문혼용문으로 삽입되어 인멸의 위기를 넘긴 것이다. 그런데 송상도는 무슨 이유인지 이 노래의 전문을 수록하지 아니하여 그 전모를 궁금하게 만들고 말았다.

나는 정교(鄭喬, 1856~1925)의 『대한계년사(大韓季年史)』를 뒤적이다가 이 노래의 전문이 실려 있는 것을 발견하였다. 다만 안타까운 것은 이 책이 한문본인지라 이 노래 역시 한역(漢譯)된 점인데, 그럼에도 이 노래의 전모를 복원할 수 있는 단서를 제공해 준다는 점에서 이 자료는 흥미롭다.

이 자료에서 촉발된 우덕순에 대한 관심으로 나는 월간 『한국인』(1987.6)에 우덕순의 생애와 함께 이 노래의 전문을 소개한 「안중근의 동지, 우덕순」이란 글을 발표한 바 있다. 그러나 이 글은 발표지면의 제약상 논문의 체제를 갖출 수 없었고, 그 후 우덕순의 말년에 관한 새로운 사실도 입수했기 때문에 전면적 개고가 불가피한 실정이었다. 이에 나는 우덕순의 생애를 새로이 정리하고 우덕순 노래의 전모를 복원하여 정식으로 학계에 보고하는 바이다.

---

1) 백기완, 『자주고름 입에 물고 옥색치마 휘날리며』, 시인사, 1979, 43~44면.

2. 우덕순의 생애

그의 생애는 안중근과 달리 하나의 독립된 주제로 다루어진 적이 거의 없다. 안중근의 거사 속에 그에 관련된 기사들이 여기저기 흩어져 있는데, 그들은 단편적인 데다가 서로 착종하는 경우가 적지 않아서 생애를 복원하는 데 어려움을 안겨준다. 더구나 거사 이후의 생애는 거의 완벽한 어둠 속에 있어 난감할 뿐이다. 나는 여기서 여러 자료를 참고하여 가능한 한 그의 생애를 사실에 입각해 재구성하여 앞으로의 본격적 연구를 위한 디딤돌의 역할로서 만족할까 한다.

그의 본은 단양(丹陽)이다.[2]

본명은 우덕순이지만 러시아에서는 우연준(禹連俊)이란 가명으로 행세하여, 당시 공판기록에도 우연준이다. 이에 대해 그는, "내 본명은 덕순이지만 러시아에서 여권을 얻을 때 통역이 연준으로 잘못 썼다"[3]고 해명했는데, 그대로 믿기 어렵다. 뒤에서 밝히겠지만, 그는 연해주에서 담배장수로 떠돌았어도 그것은 위장일 가능성이 높기 때문에 연준이란 가명은 의도적인 개명이기 쉬울 것이다. 지하운동에 종사하거나 그에 뜻을 둔 사람은 여러 이름을 가지게 마련인 법이다.

그의 출생 년도는 언제일까? 『한국인명대사전』(신구문화사, 1983)에는 1876년으로 나와 있지만 의심스럽다. 그는 안중근보다 두 살 위이기 때문이다. 또한 1909년 하얼삔 일본 영사관에서 작성한 그에 대한 신문조서(訊問調書)에 그의 나이 32세로 기록된 것[4]을 볼 때 아마도 1877년생일 것이다.

그는 어디서 태어났을까? 일본 영사관 신문조서에는 서울이라고 나와 있는 데 반해,[5] 정교는 그의 출생지가 충청북도 제천(堤川)이라고 했다.[6]

---

2) 송상도, 『기려수필』, 국사편찬위원회, 1974, 155면.
3) 정교, 『대한계년사』 하, 국사편찬위원회, 1974, 363면.
4) 市川正明, 『安重根と日韓關係史』, 東京 : 原書房, 1979, 220면.

나는 후자를 취한다. 송상도는 그의 아버지가 "일찍이 충북 제천에서 살다가 서울 동서(東署)로 이사왔다"고 했고,[7] 그 자신도 "전에 충청도의 제천에서 살았"[8]다고 신문조서에서 진술하고 있기 때문이다.

그의 아버지의 이름은 기록마다 다르다. 송상도는 시영(始榮),[9] 정교는 사영(士永),[10] 신문조서에는 어찌된 일인지 1차 조서에는 시영(始暎), 2차 조서에는 토영(土永 : 이는 아마도 사영의 오식인 듯)[11]으로 나와 있는데, 시영과 사영 가운데 어느 것이 맞는지 현재로서는 단정하기 어렵다. 어머니는 윤씨, 처는 김씨이다.[12]

그의 집안은 원래 농사를 지었던 것 같다. 재산 정도를 묻는 질문에 대해 그는 제천에 10마지기쯤의 논이 있다고 대답하고 있기 때문이다.[13] 정확한 연대는 알 수 없지만 그의 집안은 제천을 떠나 서울 동대문안 부근의 양사동(養士洞)으로 이사하였다.[14] 이사 온 후 그의 아버지는 잡화점을 하였고(인명사전에는 우덕순이 잡화상을 했다고 되어 있으나 이는 잘못이다),[15] 그는 은장(銀匠)으로 생애하였다.[16] 그는 전형적인 평민으로 안중근과 흥미로운 대조를 보여준다. 안중근의 아버지 태훈(泰勛)은 성균진사(成均進士)요[17] 천석꾼의 대지주였지만,[18] 원래 집안은 대대로 내려오는 해주(海州)의 주리(州吏)였다는 것이다.[19] 향리(鄕吏)에서 양반신분으로 상승한 안중

---

5) 市川正明, 『安重根と日韓關係史』, 東京 : 原書房, 1979, 220면.
6) 정교, 『대한계년사』 하, 국사편찬위원회, 1974, 358면.
7) 송상도, 『기려수필』, 국사편찬위원회, 1974, 358면.
8) 市川正明, 앞의 책, 286면.
9) 송상도, 앞의 책, 155면.
10) 정교, 앞의 책, 363면.
11) 市川正明, 앞의 책, 221 · 285면.
12) 市川正明, 위의 책, 221면.
13) 市川正明, 위의 책, 285면.
14) 정교, 앞의 책, 358면.
15) 市川正明, 앞의 책, 285면.
16) 송상도, 앞의 책, 151면.
17) 송상도, 위의 책, 149면.
18) 국사편찬위원회, 『한국독립운동사』 1, 정음문화사, 1983, 422면.

근 집안과 농민에서 서울의 소상인으로 변신한 우덕순 집안, 그것은 안중근의 한문 거사가와 우덕순의 한글 화답가 사이에서 잘 드러난다.

우덕순에서 또 하나 특기할 점은 그가 개신교 신자라는 것이다. 정교는 다음과 같이 기록하고 있다. "종교는 5년전(1904년—필자) 예수 신교를 받들었지만 신앙으로 삼지는 않아서 세례는 받지 않았다."[20] 그가 개신교에 입교한 1904년은 러일전쟁이 발발한 시기이다. 그런데 이때는 청일전쟁(1894)과 함께 한국 개신교의 역사에서 선교사들 스스로 근대 선교의 세계적 기적이라고 단언할 정도로 대발전의 시기였다. 왜 한국인들은 교회로 몰려들었는가? 거기에는 사회 불안 속에서 종교적 위안을 구하려는 경향도 컸지만, 정치적 동기도 강했다. 일본의 점증하는 위기 앞에서 한국인들은 기독교를 좁은 의미의 종교가 아니라 국권 회복의 방편으로서 수용하는 경우가 많았으니, 그것은 일종의 기독교 민족주의에 가까울 터이다. 그러나 이와 같은 한국 교인들의 민족주의적 기풍에 대해 선교사들은 부정적이어서, 친일적인 선교사들은 이들을 '위장 기독교인'으로 매도하기조차 하였던 것이다. 이 때문에 선교사와 기독교 민족주의자들 사이의 갈등이 날카로웠으니, 예컨대 1905년 평양(平壤)거리에서 안창호(安昌浩, 1878~1938)가, 한국인들을 노예처럼 취급한다고 선교사들을 구타한 사건은 저명한 것의 하나이다.[21] 우덕순이 예수를 믿으면서도 세례를 받지 않은 이유도 여기서 짐작할 수 있을 것이다.

우덕순이 개신교 신자라면 안중근은 천주교도였다. 전자가 러일전쟁 시기에 입교한 데 대해 후자는 청일전쟁 직후 1895년에 입신(入信)하였다.[22] 그런데 당시 천주교는 안중근의 거사에 대해 반교회적·반그리스도적이라고 단죄하는 한편, 서울 주교 뮈텔은 빌렘 신부가 허락 없이 옥

---

19) 송상도, 앞의 책, 149면.
20) 정교, 앞의 책, 363면.
21) 민경배, 『한국민족교회형성사론』, 연세대 출판부, 1974, 38~41면 참조.
22) 정교, 앞의 책, 358면.

에 갇힌 안중근을 방문하자 그에게 성사정지 처분을 내렸던 것이다.[23] 천주교는 작년에야 비로소 안중근을 공식적으로 복권하였다. 당시 교단의 태도는 문제적이지만 안중근과 우덕순이 모두 기독신자라는 점은 매우 흥미로운 일이다.

우덕순은 1905년 을사늑약(乙巳勒約)으로 대한제국이 반식민지 상태로 떨어지자, "통감(統監)의 일을 분히 여겨 해삼위(海蔘威 : 블라디보스또끄−필자)로 들어간다."[24] 당시의 심경을 그는 뒤에 다음과 같이 피력하고 있다. "광무 9년 11월 이또오가 대사로 한국에 와 5조약을 제출할 때, (…중략…) 나 또한 대한국민의 한 분자로서 어찌 통분하지 않겠는가? 내가 당시 서울에서 노모가 살아계셔 반대운동에 입참하지 못했다. 그러나 이로부터 국가에 몸 바칠 사상이 불끈 일어나 2천만 국민을 대표하여 원흉 이또오를 죽여 벌하려고 했으나 그 기회를 얻지 못하였다."[25]

연해주에서 그는 담배장수로 떠돌았다고 했지만,[26] 이것은 어디까지나 위장이었던 것 같다. 신문조서에서 그는 『대동공보(大東共報)』의 신문대 집금계(集金係)로 한 달쯤 일했다고 했는데,[27] 이것이 연해주에서의 그의 활동을 짐작할 수 있는 한 단서가 된다. 이 신문은 1908년 6월 블라디보스또끄에서 창간된 민회(연해주 한인의 자치기관)의 기관지로서 강력한 항일언론의 하나였다.[28] 그런데 안중근도 이 신문과 관계를 맺고 있었다. 1907년 연해주로 망명한 안중근은 1908년 의병운동에 실패한 후 대동공보 연추(烟秋)지역 탐방원으로 근무하는 한편 신문의 판매도 담당하

---

23) 박문수, 「일제하 천주교단의 친일활동」, 『역사비평』, 1993년 겨울호, 143면.

24) 송상도, 『기려수필』, 국사편찬위원회, 1974, 155면.

25) 정교, 『대한계년사』하, 국사편찬위원회, 1974, 363~364면. "光武九年十一月 伊藤以大使來韓國 提出五條約時 (…중략…) 余亦大韓國民之一分子 何不痛乎 余於當時在京城 以老母在堂 不得入參於反對運動 自是獻身於國家之思想斗起 代表二千萬國民 欲誅罰元惡伊藤 未得其機會."

26) 송상도, 앞의 책, 155면.

27) 市川正明, 『安重根と日韓關係史』, 東京 : 原書房, 1979, 347면.

28) 최준, 『한국신문사논고』, 일조각, 1982, 267면.

여 2~3명의 배달부도 고용하였다는 것이다.29)

안중근과 우덕순의 관계는 어쩌면 이보다 더욱 깊을지도 모른다. 우덕순은 1909년 사건에서 방조죄로 3년형이 선고되었는데, 그 후 새로운 사실이 밝혀져 다시 재판을 받았다는 것이다. "우덕순은 뒤에 내란(의병을 이름)모살죄로 함흥지방재판소에서 궐석재판을 받았다. 여순의 일본 관동도독부로부터 파견된 순사 2명이 7월 16일 인천경찰서로 압송, 10월 8일에는 부산으로 호송했다가 다시 함흥으로 보냈다."30) 이로써 우덕순이 연해주의 의병이었다는 것이 명백해졌다. 그는 어떤 의병전투에 참여한 것일까? 안중근과의 범상치 않은 관계로 보아 그는 1908년 안중근의 경흥(慶興)진공작전31)에 참여했던 것 같다. 이 작전이 실패로 끝난 후 안중근과 우덕순은 재기를 꿈꾸며 대동공보에서 일하다가 1909년 거사에 힘을 합했던 것이다.

우덕순은 그 뒤 어떻게 되었을까? 정교는, 궐석재판을 받고 함흥에 끌려간 후 "일본인이 마침내 죽였다"고 우덕순의 최후를 알려준다.32) 나는 이 기록을 근거로 『한국인』에 그의 비장한 최후를 애도한 바 있는데, 이 글이 발표된 직후 김학묵(金學默)이란 분으로부터 편지를 받았다. 해방 직후 자신이 경기도 사회과장으로 재직할 때 북만주에서 귀환한 우덕순을 직접 만났다는 것이다. 우덕순의 말년은 다시 미궁에 빠진 셈이다.

그는 아는지 모르는지 1962년 그에게 대한민국 건국공로훈장 단장(單章)이 수여되었다.

---

29) 국사편찬위원회, 『한국독립운동사』 1, 425면.
30) 정교, 앞의 책, 377면. "禹德淳後以內亂謀殺罪 受缺席裁判於咸興裁判所 自旅順日本關東都督府派巡査二名 七月十六日押到于仁川警察署 十月八日護送于釜山 而復往于咸興."
31) 이에 대해서는 朴殷植, 『韓國獨立運動之血史』, 서울신문사 출판국, 1946, 25면을 참조할 것.
32) 정교, 앞의 책, 377면.

3. 우덕순 노래의 한글본과 한역본

우덕순 노래는 언제 지어진 것일까? 이에 대해 송상도와 정교의 기술이 어긋나는데 나는 여기서 공판기록에 근거한 후자를 취한다. 우덕순은 1909년 음력 9월 10일, 안중근과 함께 채가구(蔡家溝)에 가서 묵었던 밤에 이 한글 노래를 지어 자신의 결의를 다졌던 것이다.[33] 안중근의 거사 일이 1909년 10월 26일, 음력으로는 9월 13일이니까, 이 노래는 거사 3일전에 태어난 것이다. 안중근의 한문 거사가 역시 1909년 10월 23일 채가구의 밤에 지어졌다. "음력 9월 10일 밤 채가구에서 나의 소회(所懷)를 간략히 서술하여 시를 지었다"[34]고 한 안중근의 진술에 근거할진대, 안중근과 우덕순의 노래는 바로 이때의 화답가였던 것이다.

송상도가 채록한 우덕순의 한글 노래 채록본은 다음과 같다.

> 맛낫도다맛낫도다,怨讐,너를맛낫도다,너를한번맛나고자,一平生에願했지만,何相見之晚也런고,너를한번만나랴고,水陸으로幾萬里를,或은輪船或은火車,千辛萬苦거듭하야,露淸兩地지넬때에,안질때나셨쓸때나,仰天하고祈禱하길,살피소셔살피소셔,主耶蘇여살피소서,東半島의大帝國을,내願대로救하소서,於乎라奸惡한老賊아,우리民族二千萬을,滅亡까지씩혀노코,錦繡江山三千里를,소리없이뺏노라고,窮凶極惡네手段을(… 中略 …) 至今네命끊어지니,너도冤痛하리로다,甲午獨立씩혀노코,乙巳締約한然後에,오날네가北向할줄,나도亦是몰낫도다,德딱그면德이오고,罪犯하면罪가온다,네뿐인쭐아지마라,너의同胞五千萬을,오날붓터始作하야,하나둘식보난대로,내손으로죽이리라[35]

이 채록본과 정교의 한역본을 대조해보면 중략 부분 이외에도 마지막 결사가 생략되어 있다. 생략된 두 부분은 다음과 같다.

---

33) 정교, 『대한계년사』 하, 국사편찬위원회, 1974, 364면.
34) 정교, 위의 책, 363면.
35) 송상도, 『기려수필』, 국사편찬위원회, 1974, 155~156면.

중략 : 大公無私至仁極愛我之主, 大韓民族二千萬, 如均爲愛憐, 使逢彼老賊於如此停車場, 千萬番祈禱, 忘晝夜而欲逢, 竟逢伊藤,
결사 : 嗚呼我同胞, 一心專結後, 恢復我國權, 圖富國强兵, 世界有誰壓迫, 我等之自由爲下等之冷遇, 速速爲合心持勇敢之力, 盡國民之義務[36]

이 생략된 두 부분을 한글로 복원하고자 할 때 우리가 유의해야 할 점은 이 노래가 거의 완벽한 4음보 가사체라는 것이다. 거기다 잣수도 거의 정연한 4·4조이다. 여기에 또 하나 복원의 참고자료가 있다.『조선농민』1926년 12월호에 김하송(金河頌)의「농민가」가 실려 있는데, "곡조는 우덕순가(歌)와 동(同)"[37]이라는 주가 붙어 있다. 이것은 우덕순의 한글 거사가가 노래였으며, 1920년대까지도 전승되고 있었음을 알리는 귀중한 자료가 아닐 수 없다. 그런데 이「농민가」가 완벽한 4·4조 4음보로 구성되어 있는 것이다.

이에 근거하여 우덕순 노래를 다음과 같이 복원하는 바이다. ( ) 안은 내가 번역하여 첨가한 부분이다.

만났도다 만났도다 원수녀를 만났도다
너를한번 만나고자 일평생에 원했지만
何相見之 晚也런고 너를한번 만나랴고
수륙으로 기만리를 혹은윤선 혹은화차
천신만고 거듭하야 노청양지 지낼때에
앉일때나 섰을때나 앙천하고 기도하길
살펴소셔 살펴소셔 주야소여 살펴소셔
동반도의 대제국을 내원대로 구하소셔
어호라   간악한   노적아   우리민족
이천만을 멸망까지 시켜놓고 금수강산
삼천리를 소리없이 뺐노라고 궁흉극악

---

36) 정교, 앞의 책, 365면.
37) 『조선농민』, 1926.12, 31면.

네수단을 (대공무사 지인극애 우리주님
대한민족 이천만을 고루고루 사랑하사
저노적을 이驛에서 만납시사 천만번을
기도하고 밤낮잊고 보잤더니 마침伊藤
만났구나) 지금네명 끊어지니 너도원통
하리로다 갑오독립 시켜놓고 을사체약
한연후에 오날네가 북향할줄 나도역시
몰랐도다 덕닦으면 덕이오고 죄범하면
죄가온다 네뿐인줄 아지마라 너의동포
오천만을 오날부터 시작하야 하나둘씩
보난대로 내손으로 죽이리라 (오호라
우리동포 일심으로 전결한후 우리국권
회복하고 부국강병 도모하면 이세계에
그누구가 우리자유 압박하여 하등으로
冷遇할고 빨리빨리 합심하여 용감력을
가지고서 국민의무 다해보세)

제3부

근대 단편으로 가는 길

제 1 장

한국 근대단편의 정립과정

1. 고전단편에서 근대단편으로

우리 고전문학은 비교적 풍부한 단편의 전통을 가지고 있다. 일종의 단편소설집이라 할 수 있는 김시습(金時習, 1435~1493)의 『금오신화(金鰲新話)』와 박지원(朴趾源, 1737~1805)의 「방경각외전(方璚閣外傳)」에 실린 단편들이나, 1970년대에 이우성·임형택 교수에 의해 대규모로 발굴된 한문단편들은 그 저명한 예인데, 고전단편은 주로 한문으로 창작되었다. 그런데 근대단편의 성립은 우선 고전단편이 주로 의거해온 이 표기 체계의 해체에서 비롯될 것이다. 다시 말하면 국문으로 근대생활이 표현되어야 한다는 말이다. 또한 고전단편은 일정한 근대성을 담보하고 있음에도 자본주의가 생활세계 전반에 미친 근원적 유동감을 예각적으로 포착하는 근대단편의 기율과는 사뭇 다른 조직 원리에 입각해 있다. 근대단편의 묘미는 삶의 단면(斷面)을 저며내는 그 예리한 솜씨에 있을 터인데, 그것은 단순한 재주가 아니다. 물론 오 헨리처럼 통속으로 전락하는 경우도 적지 않지만, 우수한 근대단편이 제공하는 쾌미(快味)는 삶의 이 국면 저 국면을 순차적으로 엮어나가는 구소설의 재미와는 극적인 대조를 이루는 것이다. 삶이 거죽으로만 훑어지는가, 아니면 그 내면과 함께 통일적으로 묘파되는가? 섬세한 심리묘사는 근대단편의 성립을 알리는 중요한 지표의 하나이다. 따라서 우리 고전단편이 어떤 경로를 밟아 해체되는가를 추적하는 것 또한 한국문학의 근대성을 가늠하는 중요한 작업으로 된다.

이 점에서, 김동인(金東仁)의 자화자찬에 주로 근거하여 그만을 근대단편의 정립자로 삼는 관행은 재고되어야 한다. 물론 그가 그 중요한 공로자 가운데 하나라는 점을 부정하는 것은 아니지만, 사실 이 시기에 더욱 주목해야 할 작가는 현진건(玄鎭健)이다. 현진건의 「빈처」(1921)와 김동인의 「배따라기」(1921)는 3·1운동 이후 우리 근대단편의 본격적 출범을 알리는 이정표인데, 전자가 후자보다 넉 달 먼저 발표되었다는 점은 차치하더라도, 작품 수준이 들쭉날쭉이었던 김동인과 달리 현진건은 「빈처」 이후 계속해서 창작의 높은 질을 견지해 나갔다는 점에서 더욱 그렇다. 기실 김동인은 이효석과 함께 과대평가된 대표적인 작가의 예로 된다.

그런데 1970년대 이후 남한학계에서 애국계몽기(1905~1910)와 1910년대 소설사에 대한 연구가 진척되고 뒤늦게 북의 문학사연구가 공개되면서, 근대단편의 실험이 3·1운동 이전에 활발히 전개되었다는 점이 속속 밝혀졌다. 신채호·양건식·현상윤·나혜석(羅蕙錫) 등의 1910년대 단편들이 새로이 발굴됨으로써 1920년대 단편의 융성이 결코 평지돌출이 아니었음이 드러났던 것이다. 이와 함께 한때 한국 최초의 근대단편집으로 추앙되었던 안국선(1854~1928)의 『공진회(共進會)』(1915)는 급속히 퇴색하였다. 이 단편집은 노골적인 친일성향뿐 아니라 기본적으로 수준 미달이다.

근대단편의 맹아는 이미 애국계몽기에 나타난다. 일류의 풍자단편이지만 좁은 의미의 소설이라고 보기 어렵기 때문에 「소경과 앉은뱅이의 문답」(1905)과 「거부오해(車夫誤解)」(1906)는 논외로 돌린다고 하더라도, 이인직의 「단편」(1906)과 몽몽(夢夢)의 「요조오한」(四疊半, 1909)은 주목할 작품들이다. 전자는 제목이 '단편'인 셈인데, 이는 지금까지 알려진 한 우리 소설사에서 이 용어가 처음 사용된 예이다. 실세한 재상이 첩을 찾아갔다가 구박을 받는 어느 날의 삽화를 절단해서 제시하고 있는 이 작품은 그가 이미 단편이 무엇인가를 감득하고 있었음을 드러내는데, 비록 첩이지만 부부 사이의 위기가 우리 근대단편의 중심 소재의 하나인 점에 비추어볼 때 더욱 뜻깊다. 하지만 이 작품은 문체나 소재가 아직, 어느 면에서는 고전 단편적이고 또 어느 면에서는 신소설적이다. 이 점에서 일본 부인이 가난한 조선인 신랑에게 가벼운 바가지를 긁는 어느 날의 삽화를 사생한 이인직의 「빈선랑(貧鮮郎)의 일미인(日美人)」(1912)은 앞의 「단편」의 구도를 환골탈태함으로써 근대단편에 더욱 다가간 작품이다. 여기에 고전단편에서 근대단편으로 넘어가는 한 흥미로운 과정이 축약되어 있다고 보아도 좋을 것이다. 현진건의 「빈처」는 이를 바탕으로 이룩된 비약이라는 소설사적 맥락이 눈에 환하다.

「요조오한」의 무대는 동경 메구로[目黑], 함영호의 하숙방이다. "노역복(勞役服) 입은 고리끼와 바른손으로 볼을 버틴 뚜르게네프"의 작은 초상을 벽에 걸고 똘스또이를 애독하는 그의 하숙으로 허무주의에서 사회주의로 경도된 벗 채군이 찾아와 담화하는 하룻밤의 일을 단면으로 묘사하고 있는 이 작품도 비록 소품이지만 단편의 특성을 잘 파악하고 있다. 국치를 눈앞에 둔 조선의 형편을 "적자포복입정(赤字匍匐入井 : 아기가 기어서 우물에 들다)"으로 전하면서 사상적 방황을 토론하는 이 작품은 근대단편의 또 하나의 중심 소재의 하나인 고민하는 지식인을 그린 점에서 선구적이다. 작가 몽몽에 대해서는 설이 구구하지만 동경외국어학교 노어과에 다닌 바 있는 진학문(秦學文, 1894~1974)에 비정한 주종연(朱鍾演)을 나는 지지한다(『한국근대단편소설연구』, 47~48면). 이 작품의 친러시아문학적 분위기와 진학문(비록 뒤에 친일파로 전락했지만)은 썩 어울리기 때문이다.

그러고 보면 이 작품은 양건식의 「슬픈 모순」(1918)의 직접적 바탕인 듯
싶다. 후자의 주인공 역시 "노동복을 입은 노국 문호 막심 고리끼의 반
신상"을 걸어놓고 도스또예프스끼의 『학대받은 사람들』을 읽고 있는데,
이는 「요조오한」의 모방이기 쉽다. 그럼에도 「요조오한」은 다다미방의
냄새가 채 가시지 않은 일종의 이식문학을 면치 못하고 있다는 점에서
근대단편을 위한 실험에 그쳤다고 할까? 이 주제 역시 양건식·현상윤을
거쳐 3·1운동 이후에 본격적으로 개화했던 것이다.

　요컨대 한국 근대단편은 애국계몽기에 싹터 1910년대의 실험기를 거
쳐 1920년대에 정립되었다. 이와 같은 구도 아래 이 시기의 단편들을
3·1운동을 획기로 삼아 두 그룹으로 나누어 검토해볼까 한다.

2. 3·1운동 이전의 단편

　근대단편으로 넘어가는 길목에서 처음 마주치게 되는 작품이 이인직
의 「빈선랑의 일미인」(1912)이다. 이야기의 중간에서, 그것도 대뜸 대화로
시작되는 이 작품의 서두는 인상적인데, 거의 실업 상태와 다름없는 지
식인 가정의 일상생활을 리얼하게 드러내고 있는 점에서 더욱 주목된다.
이 작품은 두개의 삽화로 구성된다. 첫째 삽화에서 작가는 "요보의 오까
미상"이라는 눈총에다 살림마저 쪼들리는 일본인 부인의 무능한 조선인
남편에 대한 일방적인 지청구를 솜씨 좋게 엮어나간다. 그런데 이 신세
한탄을 통해 그가 일본에서 이 여자를 꼬여내 올 때의 정황이 자연스럽
게 드러나게 하니, "조선 있는 사람은 아무것도 모르는 병신같고 영감
혼자만 잘난 듯 조선에 돌아가는 날에는 벼슬은 마음대로 할 듯 돈을 마
음대로 쓰고 지낼 듯" 온갖 풍을 치던 그는 이제 집세 재촉과 외상값 독

촉에 시달리는 신세인 것이다. 둘째 삽화는 시골에서 동문수학하던 친구 주팔이 찾아와 종작없는 소리를 떠들어대는 장면을 중심으로 한다. 명당과 벼슬자리 사기(詐欺)에 골몰하는 주팔은 「만세전」에서 이인화의 아버지 주위에 모이는 비루한 인물 군상을 연상시키는데, 이 또한 한문공부의 실용적 가치가 갑자기 사라진 시대의 흥미로운 풍경의 하나가 아닐 수 없다.

이 작품에서 유의해야 할 또 하나의 대목은 매국 행위에 견마지로를 다하던 작가가 정작 매국에 성공한 직후 왜 이런 작품을 제작했는가 하는 문제이다. 물론 그는 이 작품의 주인공처럼 실업자가 아니다. 이 시기 그는 경학원 사성이었다. '합방'만이 2천만 민족의 살길이라고 믿었던 이인직, 어쩌면 너무나 순진했던 이 친일파는 이용구처럼 토사구팽은 아닐지라도 매국의 대가로 유림 회유를 위해 전국을 떠도는 충견의 임무가 주어졌을 뿐이다. 이 뼈저린 현실 앞에서, 그는 물론 충성스러이 자기 임무에 진력했지만, 어찌 일말의 회한이 없었을까? 이 작품에는 충견 이인직을 바라보는 또 하나의 이인직, 그 쓸쓸한 내면 풍경이 얼비치고 있는 것이다. 이 작품의 서두에는 주인공이 "보아라, 내 혀가 있느냐 하던 그런 혀"를 자부했다는 대목이 나온다. 이는 전국시대에 연횡책(連衡策)으로 유명한 장의(張儀)의 고사다. 이인직은 비천한 곳에서 몸을 일으켜 중원 천하를 횡행하며 소진(蘇秦)의 합종(合縱)을 깸으로써 진(秦)의 통일을 측면에서 지원했던 장의에 자신을 비기고 있었으니, 이완용과 통감부 사이를 오가며 '합방'을 성사시키면서 그는 장의의 꿈에 취했을까? 참으로 딱한 일이다.

이 작품은 비록 소품이지만 어느 친일파의 쌉싸름한 내면 풍경을 보일 뿐 아니라, 부부관계 또는 연애관계에 투영된 한일의 문제를 본격적으로 그린 염상섭의 「만세전」(1922~1924)·「남충서(南忠緒)」(1927), 이광수의 「혈서」(1924) 등의 맹아적 작업으로서 근대단편으로 가는 입구 역할을 일정하게 해낸 터이다.

태화산인의 「우의」(1915)는 우선 단편적 구성이 돋보인다. 갈등을 준비하는 발단, 준비된 갈등이 드러나 얽히는 전개, 그리고 갈등이 일정하게 해결되는 결말이라는 3단 구성의 정석을 충실히 따르고 있다. 이 작품을 끌고 나가는 갈등의 핵심은 무엇인가? 한 마디로 돈이다. 그런데 그것이 근대식 교육과 연관되어 제시되는 것에 이 작품의 새로움이 있다. 강릉 출신의 고학생 김천일은 서울 실업가의 데릴사위로 뽑혀 이제는 부르조아로 올라섰고 역시 한 고향 출신의 고단한 유학생 이문상은 의학교 졸업을 바로 앞두고 학비가 없어 절절매고, 서울의 빈민 출신 서광준은 신문배달을 하며 고학을 하고 있다. 근대교육은 신분 상승의 중개자로서 가난하지만 야심에 찬 팔도의 젊은이들을 서울로 끌어들인다. 오늘날까지도 도도한 이 흐름의 초창기 모습을 이 작품은 흥미롭게 보여주는데, 비록 식민지 자본주의일망정 자본의 운동은 옛 친구와의 우정 따위는 간단히 해체하면서 한국사회를 우선 중앙으로부터 먹어들고 있는 것이다.

작가는 이러한 사태에 어떤 처방을 제시하는가? 학비 보조를 거절하는 김천일을 서광준이 응징하는 결말에서 보이듯이 돈에 대해 의리를 존중하는 신파소설 『장한몽』(1913)식 해결을 내세우는데, 이것이 이 작품의 한계이다. 작가 태화산인은 아마도 최찬식일 가능성이 높지만, 『신문계』의 기자로 활동한 송순필이라는 주장도 제기되어(주승택, 「백대진연구」) 앞으로 더욱 고구되어야 할 문제다. 하여튼 「우의」는 신파소설이 우리 장편뿐 아니라 근대단편의 형성에서도 일면 긍정적이고 일면 부정적인 이중의 역할을 했음을 잘 보여준다.

현상윤의 「핍박」(1917)은 「요조오한」처럼 지식인의 고뇌를 그린 작품이다. 당시로서는 선구적인 1인칭 시점인데, 지식인의 내면이 직접적으로 토로되고 있는 점이 1930년대 심리소설을 방불케 한다. 장처(長處)를 또 하나 더 들자면 동경 유학생의 하숙방을 무대로 한 「요조오한」과 달리 이 작품은 아마도 일본에서 공부를 마치고 귀국하여 고향에서 부대끼며 사는 주인공을 그리고 있어 훨씬 리얼하다는 점이다. 학창 시절, 그것도 일본 유학생의 학창 시절이란 어쩌면 약간은 무책임한 추상적 이상주의에 쏠리기 마련인데, 이 작품은 그 추상적 이상주의가 조선, 그것도 고향 정주(定州)의 현실과 부딪쳐 파열하면서 일종의 신경증에 시달리는 주인공의 내면에 직핍하고 있는 것이다. 신경증의 근본 원인은 물론 식민지 지식인으로서 마땅히 실천해야 할 바를 제대로 수행하지 못하는 데서 말미암지만, 단지 이와 같은 민족적 울분만으로 풀어가지 아니하는 곳에 이 작품의 매력이 있다. 아버지를 포함한 마을 어른들의 주인공에 대한 기대는 무엇인가? "그만치 공부를 하였으면 판임관(判任官)이나는 하기가 아조 쉽겠고나." 식민지 지배 기구의 하층에라도 편입되기를 당연히 요구하는 것이니 딱한 일이다. 이와 같은 조선의 현실에 싸여 거의 정신분열증에 가까운 심리적 압박에 시달리는 지식인을 그려낸 이 작품은, 때로 고민의 초점이 모호한 한계는 있지만, 1910년대 단편사에서 단연 우뚝하다고 아니할 수 없다.

양건식은 북에서 먼저 주목된 작가이다. 특히 그의 단편 「슬픈 모순」은 우리나라 비판적 사실주의의 효시로서 북에서 높이 평가된 바 있다. 이 작가를 발굴하여 우리 소설사를 풍부하게 한 이 공을 크게 인정함에도 우리는 이 작품에 대한 북의 평가가 지나친 것이 아닌가 의문을 표하지 않을 수 없다. 양건식 역시 1920년대 근대단편의 정립으로 가는 길목에 위치하고 있는 1910년대의 중요한 단편 작가군의 일인이라는 사실을 먼저 확인해두고자 한다.

「귀거래」(1915)는 비록 미완이지만 이것만으로도 그 완결성이 거의 훼손되지 않으리만큼 당시로서는 매우 특이한 내용을 실험적 형식에 담고 있다. 작품을 끝내놓고 아내와 이에 대해 토론하는 작가가 등장하는 1장, 작품에 대해 일종의 검열관 노릇을 하는 편집장이 나오는 2장, 더위에 식자(植字)하노라 고생하는 활판 직공의 모습을 그린 3장, 그리고 보내온 잡지를 엉터리로 훑어보고 소개문을 씀으로써 비평가의 권력을 행사하는 기자가 등장하는 4장. 소설이 창작되어 유통되기에 이르는 일관된 과

정을 객관화한 이 작품은 글을 쓴다는 행위 자체에 대한 소설가의 자의
식을 생생하게 보여주고 있는데 이는 근대적 소설가의 탄생을 예고하는
것이다. 그런데 이 모던한 외관에도 불구하고 아직 리얼리즘에는 미달인
점이 없지 않다. 특히 1장에 등장하는 소설가의 아내는 남편에 대해 오
직 충성스러운 이해를 표시하는데, 이해 속에서도 세속의 유혹에 때로
흔들리는 「빈처」의 아내와 비교하면 금새 차이가 드러날 터이다.

「슬픈 모순」(1918)은 「요조오한」과 「핍박」을 잇는 작품인데, 주인공 '나'
가 이미 박태원의 「소설가 구보씨(仇甫氏)의 일일」(1934)에 등장하는 구보
씨를 닮아서 이채롭다. 그도 구보씨처럼 답답한 집을 나서 전차로 도보로
인력거로 서울을 산보한다. 이 산보를 통해 드러나는 도시의 파노라마는
도시에 대한 매혹과 혐오가 착종하는 근대적 인텔리겐찌아의 내면을 투
과하면서 묘하게 채색되어 1910년대 작품으로서는 조숙한 모더니티를 보
여준다. 그런데 작품 끝에 등장하는 친구 백화의 삽화는 갑자기 신파조이
다. 고학생 백화가 그 여동생을 귀족의 첩으로 팔아먹으려는 부모에 항의
하여 자살을 결심하는 대목에 이르면 역시 이 작품도 근대단편으로 가는
징검다리라는 사실을 실감케 되는 것이다.

최근에 발굴된 나혜석의 「경희(瓊姬)」(1918)는 주목할 작품이다. 아마도
수원으로 짐작되는 어느 양반집(택호가 이철원댁인 걸 보면 그 주인이 철원 원
님을 지낸 듯)의 안방에서 시작되는 이 작품은 여인들의 특수한 공간인 안
방의 풍경을 실감나게 그리고 있다. 장마철 안방에서는 주인마님과 사돈
마님이 담배를 피우며 점잖게 대화를 나누고 뒷결 툇마루에서는 남편
버선을 깁는 오라버니댁과 그의 양복 속적삼을 재봉틀에 앉아 마르는
동경 유학생 경희가 낮은 목소리로 수다를 떠는 모습이 너무나 생생하
다. 그런데 이 전통적인 공간은 경희의 존재로 하여 표면적인 평화에도
불구하고 안으로는 긴장으로 팽팽하다. '저 계집애를 누가 데려가나'며
속으로 트집을 잡으면서도 한편으로 선망도 없지 않은 완고한 사돈마님
과 아들의 주장으로 말만한 처녀를 일본에 보내놓고 항시 조마조마하지

만 한편 자랑스러운 주인마님, 그리고 이런 사정을 빤히 짐작하면서 조신한 듯 시원시원한 경희. 대화 장면을 엮어나가며 이런 속생각을 솜씨 좋게 눙쳐 삽입하는 작가의 수법이 썩 능란하다. 군소인물들을 그려내는 붓질도 일품이다. 경희에 감복하면서도 여학생의 흠집을 확인하고 싶어 하는 떡장사 여편네, 유복자를 길러 장가까지 보냈지만 며느리의 못남에 괴로운 음전한 소년과부 아주머니, 경희의 마음씀씀이에 주종관계를 넘은 인간적 친교로 따르는 하녀 시월이 등등. 과연 나혜석은 뛰어난 화가이다. 경희는 우리 근대소설이 산출한 가장 매력적인 성격의 하나가 아닐 수 없다. 그런데 작품은 4장에 이르러 갑자기 신파조로 떨어진다. 아버지의 결혼 강제에 직면하면서 지금까지 구축된 경희의 매력적 성격은 일거에 파탄되고 그 맛깔스런 문체도 영탄조로 붕괴된다. 아까운 일이다. 이 작품 역시 1910년대의 꼬리를 떼어 내지 못한 것이다. 이 점에서도 3·1운동은 획기적이다.

3. 3·1운동 이후의 단편

　현진건의 「빈처」(1921)는 「빈선랑의 일미인」에서 선보인 부부관계의 위기를 한결 정비된 형태로 완성한 우리 근대단편의 이정표의 하나이다. 우선 단편적 분량이 알맞다. 사실 1910년대의 단편들은 「경희」를 제외하면 양적으로 빈약하다. 그리고 생활의 결을 따라 인정의 기미를 포착하는 작가의 시각이 훨씬 안정돼서 이전 단편들이 잘 나가다가도 마지막에 긴장을 놓치고 신파로 떨어지는 일이 없어졌으니 이제야 1910년대의 꼬리로부터 해방된 것이다. 문체와 구성도 거의 나무랄 데 없지만, 봄밤의 빗소리나 그을음 앉은 등피 같은 소도구를 적절히 활용하여 분위기를 조절하는 솜씨도 아마도 이 작품이 효시가 아닐까 한다.

이 부부는 이미 큰 위기는 넘긴 상태이다. 2장에서 플래쉬백(flash-back)으로 제시되고 있듯이, 6년 전 16살에 두 살 위 구식 여자와 조혼한 ‘나’는 결혼 직후 중국·일본을 떠돌다가 귀국하여 오히려 아내의 헌신에서 위안을 찾았기 때문이다. 그런데 그는 예술가가 되기로, 아내는 곤궁 속에서도 예술가의 처 노릇하기를 결심한 이 부부의 초상을 곰곰이 들여다보면 우리는 뜻밖에 남산골 샌님 허생(許生) 부부를 떠올리게 된다. 작품은 야무진 결심에도 불구하고 때로 빛깔 고운 양산에 홀리고 초라한 옷차림에 부끄럼 타는 아내의 심적 동요에 신경질적으로 반응하는 주인공의 심리적 굴곡을 따라 전개되는데, 결국 주인공은 아내의 흔들림까지 포옹함으로써 진정한 화해에 도달한다. 아내에게 물질에 대한 일방적 금욕을 강요하던 허생의 시대는 지나간 것이다. 옛 선비의 후예인 지식인도 스스로 밥벌이를 해야 하는 시대가 근대라고 할까?

「할머니의 죽음」(1923)은 이미 형해만 남은 효(孝)의 이면을 정묘한 필치로 묘파한 수작이다. 긴 병치레의 고비마다 타관에 흩어진 자손들을 시골로 불러들이지만 번번이 소생함으로써 골탕 먹이는 이 망령난 할머니의 형상이나 그를 둘러싼 가족 군상이 놀랄 만한 생동감으로 다가온다. 특히 예절과 효성으로 이름난 중모(仲母) 예안(禮安) 이씨가 그것을 방패로 다른 가족들을 억누를 뿐 아니라 환자까지도 억압하는 모습은 압권이다. 대가족제도의 붕괴를 이처럼 예리한 단면으로 그려낸 작가의 리얼리즘이 빛난다. 「빈처」에도 약간 남은 ‘~더라’체와 더러 눈에 띄었던 감상적 문투를 완전히 청산한 문체도 그렇지만, 구성 또한 일품이다. ‘조모주병환위독’ 전보에서 시작하여 ‘오전3시조모주별세’로 아물리는 수법이나, 어느 아름다운 봄날 깨끗한 봄옷을 차려입고 소풍 나가려다 별세 전보를 받는 결말은 일종의 깜짝 끝내기(surprising ending)인데 모빠쌍처럼 작위적으로 호들갑스럽지 않아 오히려 자연스럽다. 그는 과연 단편의 명수이다.

「운수 좋은 날」(1924)은 복선을 능숙하게 구사한 단편으로 주목된다. 작품 말미에 위치한 반전(反轉)을 향해 모든 삽화가 점층적으로 배열되고 심지어 작품 곳곳에 배치된 겨울비라는 소도구마저 복선으로 활용됨으로써 독자들은 깜짝 끝내기를 오히려 침통하게 접수할밖에 없는 것이다. 마누라의 시체 앞에서 김첨지가 중언부언하는 결말의 자연주의 취향이 눈에 거슬리지만 전체적으로 이만큼 단편의 묘미를 보이는 작품도 드물 터이다. 그런데 더욱 주목되는 바는 동소문 안에 사는 인력거꾼 김첨지를 주인공으로 도시 하층민의 열악한 삶을 그린 이 작품이 그의 문학세계의 변모를 알리는 한 지표가 된다는 점이다. 주로 1인칭 시점에 의거하여 조선의 현실을 지식인의 눈으로 조망하던 현진건은 이 작품을 즈음하여 민중적 현실에 다가가는데, 그것은 카프의 예비이기도 하다. 프로문학이 평지돌출이 아니라 우리 근대문학의 발전도상에 위치한다는 중요한 증거의 하나가 바로 이 작품인 것이다.

1인칭 지식인 소설과 3인칭 민중소설이 합류하는 지점에서 1인칭 관찰자시점의 「고향」(1926)이 태어난다. 아마도 지식인으로 짐작되는 '나'가 경부선 열차에서 만난 떠돌이 노동자와 해후하여 처음에는 눈살을 찌프리는 경멸에서 서서히 진한 공감으로 나아가는 과정을 침통하게 짚어나가는 이 단편은 소품답지 않게 무겁다. 민중 문제 또는 민족 문제의 해결에서 마땅히 물어야 할 일제의 존재를 이처럼 극명하게 제출한 작품은 드물 터인데, 「운수 좋은 날」을 넘어서는 핵심이 바로 여기에 있을 것이다.

김동인은 현진건과 나란히, 그러나 다른 방향에서 근대단편의 정립에 공헌한 작가이다. 현진건이 건실한 사소설에서 출발하여 민중 문제로 다가갔다면, 뜻밖에도 김동인은 처음부터 민중의 현실에서 즐겨 취재하였다. 물론 민중을 바라보는 작가의 시선은 리얼리즘이기보다는 낭만적 취향이 물씬하지만, 그 에그조틱한 정조(情操)에도 일말의 진실이 들어 있다는 점에도 유의해야 한다. 부잣집 도련님으로 자라난 김동인이 그가 속한 부르조아의 산문적 세계보다는 마치 다른 나라와 같은 민중의 운명에 더욱 매혹되었다는 것은 그의 낭만주의 근원에 반부르조아적 경향이 복재(伏在)한다는 뜻일 터인데, 여기에 개척과 한계가 함께 하고 있다고 보아도 좋다.

「배따라기」(1921)는 바로 민중의 운명에 홀린 한 부르조아 지식인의 낭만적 고백이다. 이 액자소설의 이야기꾼 '나'는 15살부터 동경 유학생활에 지친 몸을 끌고 오랜만에 귀향, 평양의 아름다운 봄에 흠뻑 취해 유토피아를 꿈꾸며 진시황을 예찬한다. 낭만주의와 짝하는 이 작가 특유의 영웅주의도 위대한 모험이 사라진 근대세계의 부르조아적 범속성에 대한 반란의 꿈에서 연유된 것인데, 이 액자의 속이야기의 주인공, 아우를 찾아 거친 파도에 몸을 맡겨 운명의 맹목적 힘에 이끌려 떠도는 이 어부는 페르귄트처럼 그가 꿈꾸는 낭만적 삶의 체현자요 그 대리자로서 '나'를 압도하는 것이다. 여기에 서도창을 대표하는 배따라기가 결정적 소도구로 등장한다. 사실 이 민요에 관한 한 이 작품은 극히 주요한 정보를 제공하고 있다. 배따라기의 본고장이 영유(永柔 : 평양 서북쪽 바닷가 고을)라는 점, 어떤 원님의 아내가 이 가락에 반해 출분, 뱃사람과 거친 물길을 떠났다는 전설적 아우라를 거느린 노래라는 점, 또한 여기에 인용된 배따라기 가사는 아마도 가장 이른 시기의 채록일 것이라는 점 등등. 「빈처」가 새로이 도래한 근대의 산문적 생활에 적응하는 고투의 과정에서 태어났다면, 「배따라기」는 조숙한 반근대의 꿈에서 탄생했다. 아주 도식화하여 말하자면 우리 단편사는 거의 동시에 태어난 이 두 작품을 연원으로 삼아 계열화할 수도 있을 터인데, 염상섭이 「빈처」 계열이라면 「배따라기」는 나도향을 거쳐 김동리에 이르고 있다고 할까? 이번에 「배따라기」를 다시 읽으면서 문득 김동리의 「황토기」(1939)가 떠오른 것은 신통한 일이다.

「태형(笞刑)」(1922~1923)은 아마도 감옥 풍경을 본격적으로 그린 작품의 효시로 기록될 터인데, 3·1운동으로 옥고를 치른 작가의 체험이 바탕이

되고 있다는 점에서 더욱 주목되는 작품이다. 이 작품은 자칫 자연주의로 오해될 소지가 없지 않다. 유월 중순의 더위, 그것도 5평 방에 40여 명이 오골거리는 일제의 이 야만적 감옥에서는 인간적 품위는 가뭇없이 사라지게 마련이니, "나라를 팔고 고향을 팔고 친척을 팔고 또는 뒤에 이를 모든 행복을 희생하여서라도 바꿀 값이 있는 것은 냉수 한 모금밖에는 없었다"는 '나'의 고백이 통렬하다. 과연, 아들 둘을 다 만세 시위에서 총에 맞아 잃은 70대 노인을, 공소를 포기하고 태형 90도를 맞게끔 윽박지르는 감방 사람들은 거의 동물적 수준이다. 어제의 만세꾼들이 감옥이라는 조건 속에서 타락해 가는 모습을 가차없이 그려낸 이 작품은 삶을 좀먹어 들어가는 파괴적 시간관에 근거한 자연주의에 거의 육박하고 있기도 하다. 그런데 곤장을 맞는 노인의 울부짖는 소리에 '나'를 비롯한 감방 사람들이 고통스런 침묵 속에 빠져드는 마지막 장면에서 이 작품은 홀연 자연주의에서 일어선다. 이 점에서 전형적인 자연주의로 떨어진 「감자」(1925)와는 다르다고 해석해도 좋을 것이다.

이광수는 이미 애국계몽기부터 단편을 써왔지만 우리 근대단편사에 진정으로 참여하게 되는 것은 3·1운동 이후 일이다. 그 가운데에서 「혈서」(1924)는 가작이다. 15년 전 '나'가 동경 T대학 재학 시절, 어느 일본 아가씨로부터 기묘한 구애를 받았던 강렬한 경험을 회상하고 있는 이 작품은 아마도 작가의 실제 체험에 바탕을 둔 듯싶다. 이 작품의 배경으로 되는 1909년이면 작가가 장로교 계통의 명치학원에 다니던 시절이고, 나라의 멸망을 코앞에 둔 시점이다. 그때 조선 유학생들 사이에는 "오직 나라에 몸을 바치는 중과 같은 생활을 하기로 맹세"하는 독신주의가 성행했다는 대목을 염두에 두면, 노부꼬의 구애는 난감한 것이 아닐 수 없다. 그의 맹세를 근저에서 흔드는 그녀의 출현 앞에 그는 막무가내로 도망친다. 여기에는 민족적 문제도 있지만 계급적 장벽도 가로놓여 있다. 노부꼬는 일본 유학생들이 흔히 연애로 빠져든 술집 여자나 하숙집 딸이 아니다. 그녀의 아버지가 "예전 군인인 듯" 하고 그녀의 오빠가 미국 대사관 서기관으로 나가는 것을 보면 이 집안은 넓은 의미의 일본 지배계급의 일원이기 때문이다. 작가는 바로 이 대목을 슬쩍 넘기고 만다. 뭐든지 이상화하지 않고는 배기지 못하는 이광수의 한계가 여기에도 어김없이 노출된다. 그런데 이 불같은 아가씨 노부꼬는, 당차되 아련한 시즈꼬(「만세전」)와 함께 우리 소설이 그려낸 가장 아름다운 일본 여성의 형상이 아닐 수 없다. 일찍이 어머니를 잃고 계모 아래 자라난 그녀는 아버지가 주장하는 '의리의 혼인'을 거부하고 '나'의 아내가 되기로 결심하는 드문 반항아이다. 결국 그녀는, 민족을 방패로 사실은 자격지심으로 이 구애로부터 도망치는 '나'의 소극성 속에서 죽어 가는데, 일본적 순응을 거부하는 이 전투적인 기독교 신자의 형상은 오히려 그 좌절 속에서 아름답게 완성된다. 어쩌면 그녀의 항의는 일본의 제국주의, 이광수 식의 한국 민족주의, 양측을 모두 비판하는 보다 근본적인 페미니즘의 관점을 보여주는 것일지도 모른다.

작가는 왜 1920년대에, 상해 임정에서 이탈하여 귀국한 후, 15년 전의 일을 회상하고 있을까? "국가와 국가간의 관계! 그것은 껍데기것이다. 사람과 사람은 언제나 인정이라는 향기롭고도 아름다운 다홍실로 마주 맬 수가 있는 것이다." 이것이 이 작품에서 전하고자 하는 작가의 메시지이다. 말하자면 작가는 한 일본 여성을 죽음에 이르게 한 자신의 편협한 민족주의를 자책하고 있는 것이다. 그렇다고 이를 대뜸 친일의 위장으로 과대 해석할 일은 아니다. 문제는 국가 문제가 껍데기가 아니라는 사실을 냉엄히 갈무리하면서도 그 경계를 넘는 인간과 인간의 우애가 어떻게 가능할 것인가를 끊임없이 성찰하는 자세일 터인데, 이 아슬아슬한 균형에서 한쪽을 껍데기로 보는 곳에 이광수의 민족주의가 친일로 전락할 수 있는 함정이 도사리고 있다는 점도 깨닫게 된다.

「무명(無明)」(1939)은 김동인의 「태형」처럼 옥중 풍경을 그려낸 작품이다. 작중화자 '나'는 이광수로 짐작되는데, 그는 1937년 수양동우회사건으로 옥고를 치르고 병보석으로 출감한 바 있었던 것이다. 그런데 이 작품에 나오는 죄수들은 「태형」과 달리 잡범들이다. 지칠 줄 모르는 아귀다툼에 골몰하는 잡범들의 생태를 자연주의적 치밀성으로 묘파하는 작가의 필치가 놀랍다. 이 한편의 지옥도에 작가는 '무명'이란 제목을 붙였다. 작가의 시선은 결코 냉소적 경멸은 아니지만 중생 또는 민중이 저 무명 업장으로부터 결코 헤어나지 못하리라는 연민에 찬 체념으로 피로하다. 그의 피로를 이해하지만, 나에게는 그것이 본격적 친일로 나서기 전의 불길한 전조로 보이는 것은 웬일일까?

염상섭은 탁월한 소설가지만 단편 작가로서는 「전화」(1925) 이후에 제 궤도에 들어섰다. 흔히들 「표본실의 청개구리」(1921)를 두고 우리나라 최초의 자연주의 작품이니 아니니 우스꽝스러운 논쟁들을 했지만, 이 단편은 미숙한 습작에 지나지 않는다. 또 한편에서는 그가 「전화」를 고비로 하여 경멸적인 의미의 자연주의로 떨어져 나갔다고 비판하지만, 이 또한 카프와의 논쟁을 염두에 둔 예단(豫斷)일 터이다.

과연 「전화」는 자연주의인가? 미숙하지만 심각한 그의 초기 단편들과 달리 이 작품은 마치 게임하듯 서로 속고 속이는 시정의 즐거운 속물들을 다루고 있다는 점에서 일견 그렇게 볼 소지가 없는 것은 아니다. 그런데 이 속물들이 밉지가 않다. 작가의 시선도 물론 풍자적 토운이 깔려 있음에도 그들이 벌이는 소란한 활기를 즐기는 듯 따뜻하기조차 하다. 아마도 우리 단편사에서 이 작품만큼 생활의 실감에 충실한 예는 드물 터인데, 「빈처」 계열이면서도 「빈처」를 뛰어넘는 바가 여기에 있을 것이다. 사실 「빈처」의 인물들은 생활인이라고 하기 어렵기 때문이다. 또한 우리는 「전화」가 종로 바닥을 무대로 하고 있다는 점에 유의해야 한다. 김주사의 아버지가 종로에서 점방을 하고 있다는 사실에서 미루건대, 김주사·이주사 등은 전통적인 시정인의 자식일 터이다. 시정이란 전통사회의 내부에서 싹튼 자유로운 시민적 공간인데, 그것이 근대사를 추동하는 시민계급의 굳건한 터전으로 질적 전환과정을 겪지 못한 것은 이미 주지하는 바이다. 이 작품에서도 시정인의 자식들은 활기 있게 근대에 적응하는 유연성을 보이지만 그밖에는 그저 마누라와 친구를 속이며 기생과 농탕칠 일이나 궁리할 뿐이다. 근대를 상징하는 전화가 이 작품에서는 기껏 기생놀음에만 이용되고 있다는 사실도 통렬하다면 통렬한 것이다. 하여튼 여러 모로 깊이 생각해볼 만한 거리를 제공하는 수작이 아닐 수 없다. 인물들의 생동성도 탁월한데, 특히 이춘풍(李春風)의 처처럼 위기에 빠진 남편을 구해내는 이주사의 젊은 여편네는 다시 한번 시정인의 능란함을 보여준다. 이 점에서도 이 작품은 한문단편의 전통을 환골탈태하고 있는 것이다.

「남충서」(1927)는 「전화」와 달리 서울 상류계급, 일본에서 10여 년간 망명생활을 보낸 노론 출신의 혁명가지만 이제는 친일파로 떵떵거리는 남상철의 내정으로 독자를 인도한다. 그 속은 일종의 지옥이다. 본실 외에 첩의 집을 세 군데나 거느리고, 그 가운데는 왜마마(일본 첩)도 있으니 그 복잡함은 『삼대』에 나오는 평민 출신의 부르조아 가문을 훨씬 뛰어넘는다. 소설은 기생 출신 왜마마와 그의 아들 남충서의 대화 장면을 기둥으로 삼고 있는데, 이 모자관계도 평범한 것은 아니다. 충서는 왜마마의 아들이지만 일찍이 큰어머니 앞에서 조선식으로 자라나 이 집안의 상속자의 위치에 있기 때문이다. 동경제대를 나와 사회주의 계열의 PP단의 재정책으로 활약하지만 항상적인 정체성의 위기에 시달리는 충서를 비롯하여 재산을 매개로 속으로 치열한 암투를 벌이는 이 집안 사람들 전체를 작가는 연민 속에 그려낸다. 이 작품을 읽어나가다 보면 「전화」에 그려진 삶이 한결 건강하다는 느낌이 강해지는데, 양반 출신 부르조아 가문의 속내를 파고드는 작가의 역량이 새삼 놀랍다. 「전화」에서 붙든 생활의 실감을 바탕으로 리얼리즘에 육박해 간 그의 또 다른 대표작이다. 이와 같은 리얼리스트로서의 면모는 쇄말한 가족 문제를 통해 한 시대의 본질에 예각적으로 다가서는 「양과자갑」(1948)과 「두 파산」(1949)에서도 유감 없이 발휘되고 있으니 누가 그를 자연주의로 몰 수 있을까?

나도향(羅稻香)은 현진건보다 더욱 분명히 1920년대 초의 신문학과 카프와의 연속성을 증거하는 작가이다. 직공 감독의 사생아를 낳아 기르며 기독교에 매달리던 여성노동자 수님이가 목사도 죽고 아들 모세도 죽고 마침내 모세 아버지로부터도 버림받은 후 오히려 자각에 이르는 과정을 그린 「자기를 찾기 전」(1924), 「배따라기」와 일맥 통하면서도 운명에 거역하여 신경향파식 방화로 끝나는 「벙어리 삼룡이」(1925), 그리고 지주의 자식에서 영락하여 노동자로 떨어진 주인공이 철원 공사판에서 파멸하는 과정을 그려낸 「지형근(池亨根)」(1926) 등은 계급문학의 등장을 예고하는 것이다. 당시 문단의 프로문학 논의에 대해 냉담했던 나도향은 어떻게 작품으로서는 프로문학의 맹아 노릇을 맡게 되었을까? 리얼리즘의 승리인가? 아마도 이 세상의 모든 학대받는 것들에 대해 민감하게 공감할 줄 안 나도향의 타고난 낭만주의의 자연스러운 발현인지도 모르겠다.

우리 근대단편은 애국계몽기부터 실험을 거듭하여 3·1운동 이후 양식적으로 정립되지만 그 정립의 순간 또 다른 문제 즉 민중과 혁명의 문제에 부딪쳐 고민하게 되는 기구성을 면치 못한다. 그런데 이 기구성이야말로 우리 소설에 창조적 응전력을 배양하는 바탕인데, 이는 이후 소설의 도전적인 몫으로 된다.

반아 석진형의 「몽조」

1. 반아는 석진형

반아(槃阿)의 「몽조(夢潮)」는 융희 원년(1907) 8월 12일부터 9월 17일까지 24회에 걸쳐 『황성신문』에 연재된 소설이다. 내가 아는 한, 이 작품을 처음 발굴하여 학계에 소개한 분은 송민호(宋敏鎬)다.[1] 이어서 이재선(李在銑)도 이 작품에 주목하였다.[2] 두 분의 노고로 우리 근대소설의 발전도상에서 일정한 위치를 점유하고 있는 「몽조」가 널리 알려지게 된 것이다. 그런데 이 작품의 작자 반아의 신원이 밝혀지지 않아 이 작품에 대한 논의가 더 진전되지 못하고 있는 실정이다.

---

1) 송민호, 『한국개화기소설의 사적 연구』, 일지사, 1975, 119~126면. 이 책의 부록에 이 작품이 거의 원문 그대로 수록되어 있다(275~296면).
2) 이재선, 『韓末의 新聞小說』, 한국일보사, 1975, 26~34면. 이 책에는 이 작품이 현대 어표기로 수록되어 있다(130~177면).

반아는 과연 누구일까? 나는 몇 년 전 친일파 열전을 읽다가 석진형을 논한 이명화의 글 허두에서 깜짝 놀랐다.

　　본관이 충주이며 호를 반아라 한 석진형(石鎭衡)은 경기도 광주 출신이다.[3]

석진형? 전에 이해조를 찾느라고 『소년한반도』라는 잡지를 뒤지다가 본 듯한 이름이다. 과연 그는 이 잡지 3호(光武 11년 1월)에 「법학」, 4호(광무 11년 2월)에 「애급국(埃及國)의 혼합재판제도」라는 글을 기고하였다. 그런데 안타깝게도 그는 소설을 쓸 때는 호만 써서 애를 먹이더니, 이 글들에서는 호는 뺀 채 본명만 쓰고 있는 것이다. 나는 이명화와의 전화통화를 통해 최종고(崔鍾庫)의 선행작업이 있었음을 알게 되었다. 최종고는 한국 근대 법학의 개척자의 하나로서 일제시대에 전남도지사를 지낸 석진형의 생애와 활동을 거의 복원해 놓았던 것이다.[4] 이제 문제는 반아라는 호를 쓴 법률가 석진형이 「몽조」의 작자 반아인가이다. 결정적인 증거는 없지만, 이 시기에는 아마츄어 작가가 흔하기도 하고 반아라는 호가 원체 희귀하기 때문에 아마도 양자를 동일시해도 무방할 것 같다. 그런데 최종고와 이명화의 그에 대한 평가가 엇갈리는 것이 더욱 큰 문제다. 전자는 석진형을 겉으로는 친일적이지만 속살로는 애국자라고 보는 반면, 후자는 골수 친일파로 규정한다. 과연 석진형의 정체는 무엇인가? 이는 「몽조」를 해석하는 데 있어 관건의 하나가 아닐 수 없다.

　이에 나는 본고에서 반아 석진형(1877~1946)의 삶과 생각을 이와 같은 문제의식 아래 새로이 조명하고 이 바탕에서 「몽조」를 분석, 그 소설사적 위치를 다시 가늠할까 한다.

---

3) 반민족연구소, 『친일파 99인』 1권, 돌베개, 1993, 275면.
4) 최종고, 「槃阿 石鎭衡」, 『司法行政』, 1984년 5월호, 83~90면.

2. 석진형 연보

먼저 그의 연보를 정리해 둔다. 최종고와 이명화의 선행 작업을 바탕으로 하되 내가 새로 찾은 자료들을 보충하면서 양자의 상충과 착오를 일부 교정하여 대강의 얼개를 잡아 나갔다. 이를 계기로 더 정확한 연보가 나오기를 기대한다.

그는 개국 486년 9월 29일생이다.[5] 개국 486년은 고종 14년으로 서기 1877년, 간지로는 정축년(丁丑年)이다. 그는 병자조약으로 조선이 강제 개항한 이듬해에 태어났던 것이다.

출생지는 "경기도 광주 남한산성(南漢山城) 아래의 조그만 마을"이다.[6] 그의 신분은 어떠했을까? "충주(忠州)가 본관인 그의 가정은 농사로 그리 여유있는 형편은 되지 못하였"[7]다고 한 것을 보면 한미한 출신으로 짐작된다.

광무 6년(1902) 7월 토오꾜오 호오세이대[法政大] 법률과를 졸업하였다.[8] 그는 어떻게 관비 유학생으로[9] 일본 유학의 기회를 잡을 수 있었을까? "후손의 구전에 의하면, (……) 조대감댁 아들을 2년 동안 가르치다가 그 댁의 배려로 두 사람이 함께 일본으로 유학을 떠날 수 있었다. 그때의 나이 22세(……). 그는 동경에 있는 화불법률학교(和佛法律學校 : 法政大의 전신)에 입학하였다. 사정이 어려워 고로역행(苦勞力行)하여 3년간 공부하고 1902년 7월에 우수한 성적으로 졸업하였다."[10]

광무 8년(1904) 11월 20일에서 이듬해 1월까지 군부(軍部) 주사(主事)로

---

5) 『大韓帝國官員履歷書』, 탐구당, 1972, 444면.
6) 최종고, 「반아 석진형」, 『사법행정』, 1984년 5월호, 83면.
7) 최종고, 위의 글, 83면.
8) 『대한제국관원이력서』, 탐구당, 1972, 444면.
9) 金泳謨, 『韓末支配層 研究』, 한국문화연구소, 1972, 171면.
10) 최종고, 앞의 글, 83면.

봉직한다.11) 군부는 오늘날의 국방부인데, 귀국 후 2년 동안 룸펜 노릇을 한 그가 러일전쟁의 와중에서 군부의 관리로 출사하게 된 것이 흥미롭다. 러일전쟁으로 대한제국 정부에 대한 일제의 입김이 강화되면서 일본 유학생 출신의 관계 진출이 용이해진 탓일 것이다. 그런데 여기에도 친일적 구도 안에서의 근대성의 일정한 구현이라는 측면이 없지 않음을 분간해야 한다. "관리채용도 1905년 이전의 문벌중심의 '천거'제도로부터 1905~1906년에는 시험제도로 바뀌어"12) 중세적 신분 질서의 해체가 가속화하였기 때문이다.

　광무 9년(1905) 4월에 개교한 보성전문학교 강사로 초빙된다.13) 이 학교는 법률을 전문으로 하였는데, 그 설립자 이용익에 주목할 필요가 있다. "이용익이 일본 갔다 올 때에 인쇄기를 사 가지고 와서 신해영(申海永) …… 과 상의하고 …… 보성사, 보성관을 세워 교과서와 다른 서적을 출판하고 보성학교를 설립"14)하였다. 이용익은 친로파의 거두로 반일적이다. 이에 일제는 러일전쟁이 발발하자 1904년 2월에 그를 일본으로 압송했다가 이듬해 1월 풀어준바, 보전(교장 신해영)은 이런 항일적 배경 아래 설립된 것이다. 석진형은 1912년 12월까지 이 학교에 출강할15) 만큼 이 학교와 인연이 깊다. 광무 9년 7월 25일부터 이듬해 6월까지 법부(法部: 법무부) 법률기초위원으로 활동한다.16) "그것은 부동산 조사작업을 계획하고 진두지휘하려고 일본에서 온 당시 동경대학 민법학 교수 우메 켄지로오[梅謙次郎] 박사의 통역인 역할을 겸하는 것이었다. (……) 우메는 이또오 히로부미의 법률고문으로 이 부동산조사사업과 민사습관(民事

---

11) 『대한제국관원이력서』, 탐구당, 1972, 444면.
12) 강동진, 『일제의 한국침략정책사』, 한길사, 1980, 122면.
13) 최종고, 「개화기의 법학교육과 한국법률가의 형성」, 『법학』 제22권 1호, 서울대
　　법학연구소, 1981, 80면.
14) 이만규, 『조선교육사』 하, 을유문화사, 1949, 155면.
15) 반민족연구소, 『친일파 99인』 1권, 돌베개, 1993, 276면.
16) 『대한제국관원이력서』, 탐구당, 1972, 537면.

慣習) 조사사업에 심혈을 기울이다가 장티푸스에 걸려 한국에서 사망"[17]
한 인물이다. 그런데 석진형을 "고(故) 우메박사[梅博士]의 권애(眷愛)를 수
(受)한 일인(一人)"[18]이라고 소개한 것을 보면 그는 아마도 학창 시절의
스승이었던 모양이다. 을사조약(1905년 11월)을 전후한 시기에 이루어진 우
메의 활동이 어떤 의미를 지니는가는 자명하다. 이 침략적 작업에 석진
형 등 조선인 법률가들이 협력했다는 점을 기억해 두자.

광무 9년 12월 13일에 법관양성소(法官養成所) 교관으로 임명, 이듬해 2
월 10일에 6품으로 오르고 같은 해 6월 교관직을 물러난다.[19] 1895년에
설립된 최초의 근대적 법학교육기관인 이 학교에서 그는 채권법과 국제
공법을 강의하였다.[20] 광무 9년 12월 변호사시험위원에 임명된다.[21]

광무 10년(1906) 6월 29일부터 10월 20일까지 내부(內部 : 내무부) 참서관
(參書官)으로 일한다.[22]

광무 10년 7월 20일부터 11월 7일까지 의정부(議政府) 부동산법조사회
위원으로 활동한다.[23]

광무 10년 10월 24일 법관양성소 교관으로 복귀하여 이듬해 6월까지
봉직한다.[24]

광무 11년(1907) 1월 1일 월간지 『소년한반도』 3호에 논설 「법학」을 발
표하다. 아마도 이는 그가 최초로 발표한 글일 것인데, 이 잡지는 특별히
친일적인 냄새가 나는 것은 아니지만, 매국칠적(賣國七敵)으로 지목받는
조중응이 4호부터 사장으로 나서는 것으로 미루어 일제와 연관이 있는
듯싶다.[25] 그렇다고 이 잡지의 필자 또는 논설들이 모두 친일적이라는

---

17) 최종고, 「반아 석진형」, 『사법행정』, 1984년 5월호, 84면.
18) 木春生, 「石鎭衡君」, 『매일신보』, 1919.7.19.
19) 『대한제국관원이력서』, 탐구당, 1972, 444면.
20) 최종고, 앞의 글, 84면.
21) 『대한제국관원이력서』, 탐구당, 1972, 444면.
22) 위의 책, 444면.
23) 위의 책, 444면.
24) 위의 책, 444면.

것은 아니다.

광무 11년 2월 1일『소년한반도』4호에 논설「애급국의 혼합재판제도」를 발표하다.

광무 11년 1월 21일 다시 의정부 부동산조사회 위원으로 임명된다.[26]

광무 11년 6월 10일 다시 내부 참서관으로 복귀, 같은 해 6월 20일 내부 서기관에 임명되고 그 하루 뒤 물러난다.[27] 무슨 사정일까? "기간(其間)에 2차나 내부 서기관(書記官)으로 경보과장(警保課長)의 의자에 발탁하였으나 고사불취(固辭不就)하고 육영의 업(業)에 진췌(盡瘁)하였다."[28] 이에 의하건대 그는 쫓겨난 것이 아니라 출세를 마다한 것이다.

광무 11년 6월 25일『대한자강회월보(大韓自強會月報)』12호에 논설「평시국제공법론(平時國際公法論)」을 발표하다. 이 잡지는 애국계몽기의 가장 강력한 애국단체의 하나인 대한자강회의 기관지이다.

광무 11년 7월 25일『대한자강회월보』13호(종간호)에 논설「평시국제공법론 제2회－국제법이 법률여(法律歟)아」를 발표하다. 헤이그 밀사 사건(6월), 고종의 강제 퇴위(7월), 그리고 군대 해산(8월)으로 이어지는 이 시기는 대격동기다. 이 와중에서 대한자강회도 강제 해산되고 그 기관지도 이로써 종간되는 머리에 이 글의 연재도 중단되고 말았다.

융희 원년(1907) 8월 12일부터 9월 17일까지『황성신문』에 소설「몽조」를 연재하다.『황성신문』은『대한매일신보』·『제국신문』과 함께 당시 대표적인 민족언론의 하나였다.

융희 원년 9월 12일 또 다시 법관양성소 교관으로 복귀한다.[29] 그는 이 시기 두 권의 저서,『평시국제공법론』과『채권법』을 간행한다.[30]

---

25) 최원식,『한국근대소설사론』, 창작사, 1986, 23~24면.
26)『대한제국관원이력서』, 탐구당, 1972, 444면.
27) 위의 책, 같은 면.
28)『매일신보』, 1919.7.19.
29)『대한제국관원이력서』, 탐구당, 1972, 444면.
30) 최종고, 앞의 글, 86~90면.

융희 원년 11월에 김윤식(金允植)과 유길준이 제휴하여 의무교육제도 실행을 목적으로 조직한 계몽단체 흥사단(興士團)에 평의원(評議員)으로 참가한다.[31]

융희 2년(1908)에 설립된 대동전수학교(大東專修學校)에 출강하다.[32] 이 학교는 대동학회(大東學會 : 1907년 창립)에서 설립한 법률 전공의 사립학교로 1916년에 폐교하였다.[33] 그런데 신기선(申箕善)을 회장으로 한 이 학회는 유림의 친일화를 기도한 친일단체이다.[34]

융희 2년(1908) 5월 25일 『대한협회회보(大韓協會會報)』 2호에 「법률의 필요」를 발표하다. 이 잡지는 대한자강회를 계승한 대한협회의 기관지이다. 대한협회를 친일단체로 보는 견해가 있으나 이는 지나치게 단순한 논리이다. 대한자강회보다 약화된 것은 분명하지만 일부의 친일적 요소를 이 단체의 전체 성격으로 확대할 필요는 없을 것이다.[35]

융희 2년 7월 대한협회회원으로 가입하다.[36]

융희 4년(1910) 8월 29일 대한제국이 일본에 강제 합병되다. 당시 그는 법관양성소의 후신인 경성전수학교(京城專修學校)의 교수로 재직하고 있었다.[37]

1913년 충남 예산(禮山)에 설립된 호서은행(湖西銀行)의 지배인으로 취임하다.[38] 얼마 후 "한상룡군(韓相龍君)의 감식(鑑識)한 바이 되야 한은(漢

---

31) 반민족연구소, 『친일파 99인』 1권, 돌베개, 1993, 276면.

32) 『매일신보』, 1919.7.19.

33) 이만규, 『조선교육사』 하, 을유문화사, 1949, 82・157면 참조.

34) 강명관, 「일제 초 구지식인의 문예활동과 그 친일적 성격」, 『창작과비평』, 1988년 겨울호, 143~148면.

35) 최원식, 『한국근대소설사론』, 창작사, 1986, 27면.

36) 『대한협회회보』 4호, 1908.7.25, 67면.

37) 최종고, 「반아 석진형」, 『사법행정』, 1984년 5월호, 84면. 법관양성소가 경성전수학교로 된 해에 대해 이만규는 1907년(199면), 孫仁銖는 1911년(『한국근대교육사』, 연세대 출판부, 1983, 120면)이라고 지적하고 있는데, 필자는 전자를 따른다.

38) 반민족연구소, 앞의 책, 276면. 최종고는 1911년을 주장하는데(276면), 예산 출신의 김이구의 제보에 의하면 호서은행은 1913년 5월 21일에 창립총회를, 그 해 7월 4일 본

銀) 심사과장으로 중앙에 환귀하았더니 미구에 본점 지배인으로 승진"하다.[39] 당시 한성은행을 실질적으로 경영하고 있던 한상룡은 이완용(李完用)의 생질로 친일 실업가를 대표하는 인물이다.[40]

1919년 자본금 50만원의 경성제사주식회사(京城製絲株式會社)를 설립하고, 전무취체역에 취임하는 한편, 만주실업주식회사와 조선상사(商事)주식회사 등을 발기함으로써 촉망받는 실업가로 떠오르다.[41]

1921년 봄 전남 도청 참여관(參與官)으로 임명되다. 일본측의 끈질긴 권유에도 불구하고 사양해왔던 관계에 그가 다시 나가게 된 데는 오세창(吳世昌)이 "관계에서도 민족을 위해 일할 수 있다"고 격려해 준 것이 큰 힘이 되었다고 한다.[42] 아마도 오세창과는 대한협회 시절에 교분이 맺어진 듯싶다. 그런데 이 시기에 그는 총독부정책과 일본의 발전을 선전하는 지방 교화활동에 종사하기도 했다.[43]

1921년 총독부에서 구성한 임시교육조사위원회에 참여하다. 총30인의 위원 가운데 조선인은 이완용, 고원훈(高元勳 : 당시 보성법률상업학교 교장), 석진형 3인이었다.[44]

1924년 충청남도 지사로 임명되다.[45]

1926년 전라남도 지사로 임명되어 그 해 쇼오와[昭和]의 대관식에 지사 자격으로 참석하다.[46] 목포상업학교를 일본인학교가 아니라 조선인학교로 인가해준 것에 대한 일본인들의 반발 여론으로 1929년 전남 지사를 그만둔다. 그는 당시 총독 사이또오와 돈독한 관계였다.[47] 과연 석진

점 영업을 개시했다 한다. 1913년이 맞는 것이다.
39)『매일신보』, 1919.7.19.
40) 김경일, 「한상룡」,『친일파 99인』2권, 돌베개, 1993, 132~133면.
41)『매일신보』, 1919.7.19.
42) 최종고, 앞의 글, 84면.
43) 반민족연구소, 앞의 책, 277면.
44) 반민족연구소, 위의 책, 277면.
45) 최종고, 앞의 글, 84면.
46) 최종고, 위의 글, 85면.

형은 사이또오를 1924년에서 26년 사이 13회나 면회할[48] 정도였다.

1929년 동양척식주식회사 감사역에 취임했다가 이내 그만두다.[49]

1936년 요식업체 천향원(天香園)의 취체역이 되다.[50]

1937년 양조회사 북선주조주식회사(北鮮酒造株式會社) 사장에 취임하다.[51]

해방을 강원도 가곡(佳谷)의 농장에서 맞이하다. 상경하라는 자식들의 권유를 '친일한 몸'이라는 이유로 뿌리치다.[52]

1946년 2월 24일 가곡 농장에서 서거, 향년 69세, 유지에 따라 화장하다.[53]

3. 온건 친일파의 양면성

석진형의 일생을 재구하여 일별하건대, 그는 분명히 친일파였다. 그럼에도 흥미로운 것은 그가 결정적인 시기, 예컨대 대한제국의 강제 합병 전후와 일제 말처럼 직접적 친일행동이 강제되는 때에는 그로부터 일정하게 거리를 둔다는 점이다. 그는 을사조약 이후 관계에서 승승장구하였다. 그런데 고종의 강제양위 전후, 관계에서 발을 빼고 학교로 복귀하고 만다. 이는 일제시대에도 마찬가지이다. 3·1운동 직후 그는 다시 관계로 돌아와 전남도지사까지 오르지만, 천황제 파시즘이 대두되기 전야인

---

47) 최종고, 「반아 석진형」, 『사법행정』, 1984년 5월호, 85면.
48) 강동진, 『일제의 한국침략정책사』, 한길사, 1980, 169면.
49) 반민족연구소, 『친일파 99인』 1권, 돌베개, 1993, 278면.
50) 반민족연구소, 위의 책, 278면.
51) 반민족연구소, 위의 책, 278면.
52) 최종고, 앞의 글, 85면.
53) 최종고, 위의 글, 85면.

1929년에 돌연 사표를 던지고 관계를 떠남으로써 일제 말의 노골적 친일 행각에서 온전할 수 있었다. 출세하려고 마음만 먹으면 얼마든지 가능한 시기마다 오히려 몸을 뺀 것을 단순한 우연이라고 보기는 어렵다. 이미 연보에서 보았듯이 그는 구한말의 애국계몽운동과도 관련을 가지고 있었다. 그렇다고 내가 그를 속살로는 민족주의자였다고 파악하는 것은 아니다. 그런데 친일파라고 다 같지는 않다는 데에 유의할 필요가 있다. 그러고 보면 융희시대보다 상대적으로 온건한 광무시대와, 3·1운동 이후 무단통치에서 문화통치로 바뀐 시기에 그가 활약했다는 점이 주목된다. 요컨대 그는 온건 친일파라고 할 수 있을 것이다.

  과연 그는 어떤 마음 자세로 이 궁핍한 시대를 살아냈던 것일까? 먼저 그의 호 반아를 좀 새겨보고 싶다. 나는 최근에 『시경(詩經)』을 뒤적이다가 이 호를 해석할 수 있는 단서를 찾았다. 「위풍(衛風)」 가운데 「고반삼장(考槃三章)」이란 시를 보자.

> 考槃在澗 碩人之寬 獨寐寤言 永矢不諼
> 考槃在阿 碩人之薖 獨寐寤歌 永矢弗過
> 考槃在陸 碩人之軸 獨寐寤宿 永矢弗告[54]

  2장의 첫 구 "考槃在阿"에서 반아란 호가 유래한 것이 거의 틀림없을 터인데, '반(槃)'을 해석하는 데에 두 설이 있다. 하나는 은거처, 다른 하나는 두드려 노래를 절조(節調)하는 그릇, 아마도 석진형은 전자를 취한 듯싶다. 이때 '고(考)'는 이룬다는 뜻으로 된다. '아(阿)'는 굽은 언덕, '육(陸)'은 높고 평평한 곳, '축(軸)'은 머뭇거리며 나아가지 않는 것, '숙(宿)'은 잠이 깨고도 누워 있는 모양을 의미한다. 3장 전체를 대강 풀면 다음과 같다.

  은거처를 이루어 계곡 사이에 있으니

---

54) 『시경』, 上海 : 古籍出版社, 1987, 25면.

큰 사람의 너그러움이로다
홀로 자고 깨어 말하나
길이 잊지 않기를 맹서하놋다.

은거처를 이루어 굽은 언덕에 있으니
큰 사람의 넉넉함이로다
홀로 자고 깨어 노래하나
길이 넘지 않을 것을 맹서하놋다.

은거처를 高平한 곳에 이루니
큰 사람의 미적거림이로다
홀로 자고 깨어도 오히려 누워 있으나
길이 (다른 이에게) 알리지 않기를 맹서하놋다.

우리는 반아라는 호를 통해서 석진형의 내면 풍경, 그 마음의 끝을 엿보게 된다. 왜 그는 출세가 보장된 시대에 끊임없이 자기 시대로부터의 퇴각을 꿈꾸었을까? 실제로 그는 이 호에 걸맞은 생활을 하기도 하였다. 전남 지사를 그만둘 때의 일화다.

> 그러나 사이또오총독은 사표를 받아들고 6개월을 수리하지 않은 채 지냈다. 그것은 그가 석지사의 인간됨을 알고 있었고, 특히 석지사가 재물에 청렴하여 아무런 생활대책도 없어 다만 얼마의 은급이라도 도와주기 위했던 것이다. 어쨌든 석진형은 8년간의 일제관료생활을 청산하고, 노량진 본동의 사가(私家)도 팔고 약수동으로 옮겼다. (……) 사이또오는 석진형이 어떻게 사는지 궁금하여 가끔 들러 보기도 하였다고 한다. 그러나 석진형은 서도와 바둑으로 유유자적한 모습을 보여주었다.[55]

그는 왜 다른 친일파들처럼 과감하고도 무식하게 출세주의로 치달리지 못했을까? 나는 그의 내면에 무언가 그 일을 가로막는 충정이 있었으

---

55) 최종고, 「반아 석진형」, 『사법행정』, 1984년 5월호, 85면.

리라고 짐작한다. 한미한 신분에서 몸을 일으켜 유학의 길을 떠났을 때 어찌 그에게도 청운의 꿈이 없었을까? 그러나 귀국 후 그가 마주한 현실의 벽은 완강했고 그만큼 절망도 깊었을 터이다. 그에게 남겨진 선택의 폭은 너무 좁았다. 나는 그의 굴절된 삶의 궤적에서 우리나라 부르조아 계급의 한 역사적 운명을 본다.

이제 애국계몽기에 그가 남긴 몇 편의 논설들을 검토하여 그 충정의 정체를 규명해 보기로 하자. 그의 최초의 논설 「법학」(1907)은 이렇게 시작된다.

> 소년한반도 잡지는 방금 교육에 종사하는 유지대가(有志大家)가 아(我) 한반도 8만9천 방리 강역 내의 2천만 동포로 하야곰 금일 우내(宇內)의 대세를 통케 하고 학계의 대요를 득(得)케 하야 각기 개인의 행위 근본 되는 교육의 침로(針路)를 지(指)하며 일세의 경종(警鐘)을 성(成)하야 국가의 백년대계를 수립코저 하는 유일 기관이라.[56]

이 서두는 자신에게 글을 청탁한 잡지사에 대한 인사 치레의 성격이 농후하지만, 그럼에도 우리는 이 글의 행간에서, 중세적인 백성을 특히 교육을 통해 근대적인 개인으로 전환시키고자 하는 그의 계몽사상을 감지하게 된다. 여기서 흥미로운 것은 개인과 국가 사이에 국민이 생략되고 있는 점이다. 그의 계몽사상에는 반침략 자주독립의식이 미약한 것이 아닌가 하는 의구심도 드는데, 한편으로 당시 그의 처지에 상응한 무의식적 자기 검열에 의하여 그것이 내면에 억압된 채 숨겨진 형태로 존재하는지 더욱 섬세한 판단이 요구된다.

「애급국의 혼합재판제도」(1907)는 구체적으로 이집트의 사례를 다루고 있다. 이 글에서 그는 오랜 문명국 이집트가 최근 반(半)식민지 상태로 떨어졌음에 주의를 환기하면서, 그 원인의 하나로 기존의 영사(領事)재판

---

56) 『소년한반도』 3호, 1907.1, 14면.

제도를 대신하여 1876년 1월 1일부터 시행한 혼합재판제도를 들고 있다. 이집트에 진출한 서구 열강이 제각기 치외법권적 법 집행을 행사했던 영사재판제도도 문제지만 혼합재판제도는 더욱 문제다. 혼합재판제도란 무엇인가?

> 애급국 중에 3개 재판소를 설치하고 각 재판소에 7명의 판사를 치(置)호대 취중(就中) 4명은 외국인으로 임명하고 3명은 애급인으로 임명하며 심판은 5명 판사의 합의제로 행호대 3명은 외국인이오 2명은 애급인으로 하며 재판장은 외국인으로 한(限)하니라.57)

법률에 무지한 사람도 이 제도가 얼마나 제국주의적인지 쉽게 인지할 수 있을 정도다. 그리하여 그는 "국가에 유지(有志)한 자로 하야곰 가위(可謂) 통곡 체읍(涕泣)할 처(處)가 비일비재"(14면)하다고 통탄의 결론을 맺는 것이다. 이집트는 1840년 서구 열강의 압력에 굴복하여 국내시장을 개방한 이래 재정이 파탄하여 1876년부터는 국제 관리 아래, 마침내는 1882년 이후 영국의 실질적인 지배 아래 놓이게 되었는데, 애국계몽기의 우리 지식인 사회에서 동병상련의 대상의 하나로 주목되었음을 상기해야 한다. 가령 장지연이 번역한 『애급근세사(埃及近世史)』(황성신문사, 1905)를 보라. 사실 이 책의 제11장 「재판 구성」에 혼합재판제도의 전말이 상세히 소개되어 있다. "이상 애급 혼합재판의 내력 급(及) 현상은 세인의 숙지(熟知)하는 바"(14면)라는 석진형의 지적도 아마 이 책을 지칭할 터이다. 「법학」에서는 억제되었던 애국적 자세가 이집트를 빌어서 반식민지로 떨어진 대한제국의 현실을 경고하는 이번 글에서는 유감 없이 노출되고 있는 것이다. 이 글 이후 이 연재가 중단된 원인이 여기에 있지 않을까?

2회에 걸쳐 연재되다가 『대한자강회보』가 폐간되는 바람에 중단되고만 「평시국제공법론」(1907)은 전문적인 글이지만 행간에 메시지가 숨어

---

57) 『소년한반도』 4호, 1907.2, 13면.

있다. 가령 서언에 나오는 한 대목을 읽어보자.

> 혹자는 (……) 국제공법은 국법과 여(如)하야 국가가 토우목상(土偶木像)같이 공수무위(拱手無爲)로 타국가가 자래(自來)하야 아국(我國)을 도저히(끝까지―필자) 보호할 의(意)로 자신하니, 일정한 국법 하에 생활하야 생명재산을 완전한 법률에 의탁한 인민이라도 자주자활(自主自活)의 능력이 부족한 자는 법률상 금치산의 선고와 후견의 제도가 유(有)하거던, 하황육대주패계(何況六大洲覇界)에 생활하는 국가가 토우같이 공수무위하야도 타국가가 자래 보호하기로 사상하고야 자국을 기능보존(豈能保存)하리오258)

약육강식이 지배하는 국제 질서의 냉혹함을 누구보다도 예리하게 통찰하고 있는 석진형은 이 글에서 이미 반식민지로 떨어진 대한제국 정부 및 그 지배층을 향하여 경고를 발하고 있다. 그처럼 국제감각에 둔하고 저렇게 무능해서야 그나마 나라마저 완전히 없어지는 상태, 즉 식민지로 떨어질 수 있음을 심각히 우려하는 것이다.

「법률의 필요」(1908)는 지금까지 알려진 한 그의 최후의 논설이다. 그래서 그런지 이 글은 지금까지 발표한 그 어느 글보다도 논쟁적이고 비장하기조차 하다. 그가 보기에 20세기의 세상은 약육강식이 지배하는 치열한 "생존경쟁장"이다. 이 마당에서 살아남기 위해서는 법률에 대한 이해는 비단 법조계뿐만 아니라 벼슬아치에서 일반 국민에 이르기까지 반드시 "뇌수에 기억하야 사위(事爲)에 응용"해야 할 기본의 하나로 된다. 그는 말한다.

> 금차 20세기 국민으로 타 국민과 병견(竝肩)하야 생존경쟁장에 입(立)하는 친애한 형제동포에게 기(其) 관계와 필요를 읍소(泣訴)코저 함에 지(止)할 뿐이라.59)

이 비창한 어조에는 고종의 강제 폐위를 고비로 더욱 강경 기조로 돌

---

58) 『대한자강회월보』 12호, 1907.6, 46면.
59) 『대한협회회보』 2호, 1908.5, 27면.

아선 일제의 압박 아래 망국이 박두했다는 위기의식이 짙게 배어 있다. 비록 허울뿐이지만 이제 나라의 울타리마저 사라지게 된 동포를 향하여 법률에 대한 이해에 의지하여 각자의 생존을 지키기를 간절히 호소하는 것이 이 글의 주지이다.

그의 이상국가는 법치국가이다.

> 국리민복(國利民福)에 적합한 법률의 일 표준을 대립(大立)하고 국가는 차(此)를 의하야 행동하고 정치는 차를 의하야 진행하고 국민은 차를 의하야 활동함이 흡연(洽然)히 일개인의 동작과 여(如)하야 상중하 3체가 기 구규(矩規)를 불실(不失)하고 기 범위를 불탈(不脫)하고 기 방향을 불위(不違)하야 대사업을 능성(能成)하고 대경쟁에 필승하야 국가를 태산과 반석 상에 안치하고 차에 영원한 안락을 향(享)하는도다. 석시(昔時)의 인격은 가문과 문벌을 의하야 부지하얐거니와 금일의 인격은 국문(國門)과 국벌(國閥)을 의하야 부지하는 사(事)를 부지(不知)하는가?[60]

그가 꿈꾸는 법치의 이상은 "법 위에, 즉 이성 위에 기초한 국가를 건설하는 것(instaurer un Etat fondé sur le droit, c'est-à-dire sur la Raison)"[61]을 꿈꾸는 계몽주의자의 전형적 사고다. 그가 민법을 전공했다는 점에도 유의해야 한다. 서구의 경우에서는 봉건제와 절대왕정이 부과한 제한에 대항해서 소유권을 주장하는 것 자체가 혁명적이니, 프랑스 대혁명이 시종일관 이 권리를 옹호했다는 점[62]에 비추어 볼진대, 그가 관여한 부동산 조사사업이 가지는 양면성(일제의 침략적 의도와 근대적 소유권의 확립)에 대해 새로이 인식할 필요가 있기도 하다. 그의 법치론이 아직도 우리 현실에서 미완의 과제라는 점을 생각하면 당시 그가 발 딛고 살았던 대한제국의 현실 속에서는 더욱 요원한 것이 아닐 수 없다. 비록 국(國)과 민(民)을 그대로

---

60) 『대한협회회보』 2호, 1908.5, 28면.
61) Béatrice Didier, *La littérature de la Révolution française*, Paris : Presses Universitaires de France, 1989, p.19.
62) Béatrice Didier, 위의 책, 21면.

등치하는 그의 국가주의적 사고는 문제지만, 중세적 문벌을 대신하는 그
의 독특한 개념 '국벌'은 아주 흥미롭다. 그리하여 그는 국벌에 의거하여
문벌을 해체하지 못함으로써, 다시 말하면 엄격한 반상(班常)의 차별을
통해 평민의 정치적 참여가 근원적으로 봉쇄됨으로써 "금일의 아 한국
민은 세계의 상한(常漢)"으로 전락했다는 것이다. '세계의 상한'이란 개념
또한 얼마나 날카로운가? 법치의 이상아래 국벌을 세우지 못함으로써 우
리 국민 전체가 세계의 상놈으로 떨어졌다는 그의 진단은 눈썹 밑에 다
가온 망국에 대한 탄식이다. 이러한 인식 아래 그는 첫째 고관대작, 둘째
실업가, 셋째 교육가 그리고 일반 국민들을 향해 법률에 대한 이해를 생
존의 도구로 갖출 것을 호소한다. 특히 일반 국민들에 대한 읍소로 되는
마무리는 인상적이다.

> 기국(其國)에 생활하는 이상은 법률을 부지(不知)한다 함으로써 법률상의 책임
> 을 불면(不免)하는 사(事)를 기억할지로다. (……) 우리 친애한 형제동포는 법률의
> 개념이라도 소양을 구득(究得)하야 (……) 불의의 화를 면하기를 유유시망(惟惟是
> 望)하노라.63)

애국계몽기에 발표한 몇 편의 논설들을 검토하건대, 그는 결코 친일파
의 다수를 이루는 매국노가 아니다. 그 역시 애국계몽운동의 이상을 공
유하고 있었던 것이다. 그럼에도 그는 이 시기에 왜 일제에 협력했던가?
아마도 그는 일제의 힘을 빌어서라도 부패한 대한제국의 내정을 개혁하
는 일을 선차적 사업으로 삼았던 것 같다. 그리고 이 바탕에서 장기적으
로는 반식민지 상태에서 독립을 회복할 수 있으리라고 믿었는지도 모른
다. 그러나 그의 순진한 꿈은 고종의 강제 폐위 사건과 함께 환멸로 떨
어졌으니, 「몽조」는 바로 이 환멸 속에서 출현했던 것이다.

---

63) 『대한협회회보』 2호, 1908.5, 30~31면.

4. 「몽조」, 환멸소설의 기원

이 작품은 "200자 원고지 240장 정도"[64]로 중편적 규모이다. 그러나 그 내용은 사형 당한 지사 한대흥(韓大興)의 남은 가족이 겪는 정신적 고통에 초점을 맞추고 있어 단편으로 알맞다. 단편·중편·장편이란 장르의식이 모호했던 신소설시대에 이 작품은 한국 근대단편의 맹아로서 우선 주목되는 것이다. 나는 한국 근대단편이 "애국계몽기에 싹터 1910년대의 실험기를 거쳐 1920년대에 정립되었다"[65]고 파악한 바 있는데, 「몽조」는 이인직의 「단편」(1906)과 진학문(秦學文)의 「요조오한[四疊半]」(1909)과 함께 애국계몽기의 단편사에서 또 다른 유형의 맹아로 되었던 것이다. 이인직과 진학문의 작품이 꽁뜨적이라면 「몽조」는 꽁뜨를 넘어서 단편소설에 더욱 가까워졌다. 다만 작가의 솜씨가 모자라서 짜임새 없이 늘어지는 바람에 진정한 단편의 시작이라기보다는 신소설적 단편으로 머문 것이 아쉽다.

그럼에도 이 작품에는 신소설에 일반적인 아이디얼리즘이 극히 약화되었다. 아시다시피 신소설은 개혁을 꿈꾸는 신세대의 수난을 다룬다고 해도 결국은 그 고난을 극복하는 것으로 마무리되는 데 비해 이 작품에서 작가는 한대흥을 가차없이 사형시키고 만다. 리얼리즘의 전진을 알리는 중대한 지표의 하나가 아닐 수 없는데, 이 점에서 이해조의 『산천초목』(1910)의 반(反)아이디얼리즘[66]과 상통하는 것이다.

이 작품의 비극적 세계 인식은 어디에서 연원하는가? 「몽조」의 서두

---

64) 송민호, 『한국개화기소설의 사적 연구』, 일지사, 1975, 120면.
65) 최원식, 「한국 근대단편의 정립과정」, 『한국현대대표소설선』 1권, 창작과비평사, 1996, 440면.
66) 이에 대한 상세한 논의는 최원식, 『한국현대대표소설선』 1권(창작과비평사, 1996), 105~114면과 최원식 교주『자유종─이해조 소설선』(창작과비평사, 1996)의 해설 중 235~237면을 참조할 것.

는 상서롭지 않은 징조로 가득하다.

> 세상이 꿈인지 꿈이 세상인지 세상인지 꿈인지 꿈과 세상은 도모지 알기 어려
> 온 일이로다. (……) 북악산 높은 묏뿌리에 어둠컴컴하게 모여 넘어오는 검은 구름
> 은 장대 같은 소낙비를 몰아오는 듯하고 남산 잠두봉 머리로부터 천지를 뒤집어
> 오는 듯한 우뢰소래는 죄 없는 사람으로도 죄 있는 듯하게 하며 삼각산 상상봉
> 북편으로 넘어가는 번갯불은 섬섬한데(1회)[67]

이와 같은 배경 제시는 남편이 처형당한 후, 두 남매를 데리고 살아가
는 홀어미의 심란한 마음을 상징하는 것이지만, 그 속에 작가의 마음의
끝자락이 얼비치고 있는 것이 아닐까? 작가는 왜 그처럼 절망적인 탄식
으로 작품을 시작하는가? 꿈과 현실을 분간 못할 심적 상태는 매우 심각
한 것인데, 이는 작품의 제목과 조응하는 것이기도 하다. 우리는 여기서
이 작품이 고종의 강제 폐위 사건 직후에 창작되었음을 주목해야 한다.
연보에서 이미 보았듯이 그는 이 사건의 와중에서 내부 참서관에서 물러
난바, 그 당시의 심리적 혼란 상태를 이 작품이 역으로 보여주고 있는 셈
이다.

이 점에서 이인직과 크게 구별된다. 가령 이인직의 『은세계』(1908)를 보
자. 이 작품 후반부의 주인공 옥남은 고종의 폐위와 순종(純宗)의 등극을
"한국 대개혁"으로 보도한 미국 신문의 편파적 친일기사에 동조하여 다
음과 같이 다짐한다.[68] "황제폐하께서 등극하시면서 일반 정치를 개혁하
시니 만고의 영걸하신 성군이시라, 우리도 하로바삐 우리나라에 돌아가
서 우리 배운 대로 나라에 유익한 사업을 하야봅시다."[69] 순종의 등극을
이처럼 찬양하는 이인직의 저의와 고종의 폐위에 절망하는 석진형의 내

---

67) 『황성신문』 1907년 8월 12일. 이하 작품 인용은 원문의 맛을 되도록 살리면서 현대
    표기법으로 고친 것임.
68) 이에 대한 상세한 논의는 최원식, 「은세계 연구」,『민족문학의 논리』, 창작과비평사,
    1982, 64~66면을 참조할 것.
69) 이인직,『은세계』, 同文社, 1908, 129면.

면 풍경 사이의 거리를 섬세히 분간해야 할 것이다.

여기서 잠깐 처형당하기까지 한대홍의 삶의 궤적을 더듬어 보자. "유림사회(儒林社會)에 이름이 제일류에 있는 김학자(金學者)의 수제자"요 "범절이 김학자에 지지 아니한다는 한학자(韓學者)의 둘째 아들"로 유교적 교양의 깊은 배경 아래 성장한 한대홍은 전통적 양반의 후예이다(5회). 그런데 그의 집안은 "가풍이 엄숙하야 다만 학업을 심쓸 뿐이오 쌓어온 재산은 있지 아니하야 아침밥 저녁죽에 겨오겨오 지내던 집안"(7회)이니, 집권층에서 탈락한 남촌(南村)양반 즉 남산골 샌님들을 연상케 한다. 아마도 이런 사회적 처지로 말미암아 표연히 일본 유학길에 오를 수 있었을 게다. 부인에게 보낸 유서에서 그는 유학의 포부를 다음과 같이 밝히고 있다.

> 일찌기 바다 밖에 놀아 우리나라이 청국의 속방이 되야 기반을 벗지 못하고 세계의 병신 구실함을 분히 여겨 동양에 먼저 열린 이웃나라와 서로 손을 이끌고 세계 여러 나라 틈에 들어가 한가지 반열에 참예하기 위하야 정치를 개혁하야 국가의 기초를 든든히 하고 태서 신세계 문명을 들이여 인민 동포 형제의 지식 정도를 널리고저 하았더니 (……) 밝는 날은 사형의 집행을 당하야 다시 이 세상에 있을 수 없는 황천객이 되겠으니 슬프다. (……) 다행히 이 사람이 살아 있어 일을 이루고 공이 서서 천하가 태평하거든 (……) 이 사람은 외교관이 되야 법국 파리 성이나 영국 론돈이나 미국 화승돈에 전권대사로 대사관에 태극기 높이 달고 (……) 나라의 빛을 세계에 날리고저 하았더니 (……) 하날이 망케 하심인지 사람의 꾀함이 부족함인지 (2회)[70]

일본에서 정치학을 전공한(5회) 한대홍의 꿈은 조선이 국제사회에 독립 국가로서 당당히 참여하는 것이다. 그런데 이 과제를 해결하려는 그의 방책이 반청친일적(反淸親日的)이라는 점이다. 형식적일망정 청의 속방 신세에서 완전히 벗어나야 한다는 강렬한 반청의식과 그를 위해 일본의

---

70)『황성신문』, 1907.8.13.

힘을 빌어 일본형 개혁 모델을 본받겠다는 친일적 태도가 그것이다. 그러나 이것만 가지고 한대흥을 친일파로 속단할 수는 없다. 아시다시피 당시 동아시아 지식인들은, 심지어 중국에서조차도 메이지유신을 모델로 삼아 나라의 개혁을 도모했기 때문이다. 더구나 그가 유학을 떠난 시기는 고종의 독립서고(誓告 : 양력 1895년 1월 7일) 이전이니까, 일본과 연대해 청으로부터 독립하는 한편, 나라의 개혁을 추진하여 근대국가로 거듭나겠다는 구상을 했음직도 하다.

그는 언제 귀국하여 무슨 활동을 벌이다가 죽음에 이르게 되었을까? 1907년 8월에 시작하여 9월에 끝난 「몽조」의 연재 시기는 그대로 작품의 시간적 배경과 일치한다. 이 작품은 바로 1907년 그 당시를 배경으로 하고 있는 것이다. 그런데 그가 귀국 후 결혼을 했는데, 결혼한 지 14년이 지났다는 구절(5회)에 의거하면, 1893년경 유학에서 돌아온 셈이다. 그는 언제 처형되었는가? "올 봄에 (……) 장사 지"냈으니까(14회), 그 시기는 1907년 봄이라는 계산이다. 체포된 것은 언제인가? "동지섣달 치운 밤에 꼭두가 세뼘이나 되는 별순금"에게 끌려간(10회) 그는 "옥 속에서 여러 해"를 고생했다고 하니, 아마도 을사조약(1905) 이전으로 추정된다. 이 점에서 그를 독립협회 회원으로 추정하는 것71)은 무리다.

도대체 그는 귀국 후 10여 년간 무슨 활동을 하다가 체포되어 사형까지 당하게 되었는가?

> 일찌기 해외에 놀아 신문명 공기를 마시고 나라에 돌아와서 아모쪼록 되도록 힘 자라는 대로 죽도록 자기의 먹은 뜻을 이루고저 하야 열심으로 사회를 개량하고 정치를 개혁코자 하야 오막사리 초가집은 밥 먹고 드새는 주막으로 알고 시골 서울 다니면서 밤낮없이 열심하던 공로는 조금도 없고 도로혀 역적이니 대역이니 하는 대죄명을 쓰고(3회)72)

---

71) 이재선, 『한국개화기소설연구』, 일조각, 1975, 28면.
72) 『황성신문』, 1907.8.14.

이것이 구체적으로 무슨 운동인지 짐작하기는 어렵다. 아니 무슨 운동을 모델로 했다기보다는, 비공개적이든 공개적이든 그가 각지를 순력하며 동지들을 모아 나라를 개혁하는 운동을 준비한 애국자라는 사실을 추상한 것일 게다. 그렇다고 이것이 작가의 단순한 상상만은 아닐 터인데, 여기서 당시 일본 유학생들에 대한 당국의 감시에 주목할 필요가 있다.

> 관비유학생의 일본 파견에 대해 구한국정부의 반응은 한마디로 부정적이었다. 그 이유는 갑신정변·민비시해사건·김홍집내각 붕괴 등……. 여러 정변에 일본 유학생 출신자가 수많이 관련돼 있었기 때문이다. 그래서 재일 유학생에 대한 감시와 사찰이 대단히 심했으며 귀국 후 처형받는 학생이 많았던 일은 어담(魚潭)과 김형섭(金亨燮) 등 유학생 출신자의 회고록을 보아도 알 수 있다.73)

이는 이해조의 『쌍옥적』(1908)과 『구의산』(1911)에도 삽화로 등장한다.74) 한대흥의 처형도 이런 맥락에 연결될 터인데, 일본 유학생이 가진 양면성에 비추어 볼 때 그를 오직 애국자로만 그려낸 것은 문제다. 그렇다고 그를 친일매국노로 보기는 어렵다. 적어도 주관적으로 한대흥은 애국의 충정을 가지고 활동하다가 처형에 이르게 되었던 것이다.

그런데 이 작품은 처형 이후 이 가족이 당면한 정신적·경제적 궁핍에 초점을 두고 있다. 특히 일상생활의 구체성이 살아난 것이 이채롭다. 아비 없이 자라도 철부지로 활발한 중남이는 가장 생생한 당시 소학생의 형상의 하나가 아닐 수 없는데, 노심초사하는 정씨부인, 어리숙하지만 충직한 이 집의 하녀격인 검둥 어멈과 어울려 한말 보통의 가정생활을 충실히 보여주고 있다. 한가위 무렵, 가장 없이 썰렁한 이 집안 풍경 속에서 담 넘어 들려오는 이웃 계집아이들의 노랫소리의 대비는 절묘한 바 있다. 더구나 이 동요는 내가 아는 한 여기에 실린 것이 유일하다.

---

73) 강동진, 『일제의 한국침략정책사』, 한길사, 1980, 121면.
74) 최원식, 『민족문학의 논리』, 창작과비평사, 1982, 141면.

달두 달두 바닭다 미영텬두 바닭다
쪽구실네 져구리 으능나무 길소매
상단이 겉옥구름 부전이 안옥구름
(11회)[75]

내 능력으로는 해독이 불가능한 이 예쁜 한말 동요가 장차 사계의 전
문가들에 의해 환하게 규명되기를 기대하는데, 이렇게 삽입된 동요가 환
기하는 생활의 구체적 결에 대한 느낌은 각별하다. 이 같은 생활감은 동
소문 밖 한대흥의 묘를 찾아 첫 성묘길 장면에서도 유감 없이 드러난다.
한대흥의 친구이자 동지로 이 어려운 집안을 음으로 양으로 살피는
박주사란 인물도 흥미롭다. 물론 그는 기본적으로는 구소설적 인물설정
이다. 주인공이 위기에 빠질 때마다 나타나는 산신령(deus ex machina) 같은
구원자의 계통에 속하기 때문이다. 사실 우리는 그가 아무리 친구의 유
언이라 할지라도 만사를 제치고 중남이를 유학 보내 큰 인물을 만들겠
다고까지 다짐하며 이 집안을 그토록 장기적으로 도와주기로 결심하는
지 의아하기는 하다. 그럼에도 홀로 된 친구 부인을 대하는 쑥스러움을
무릅쓰고 이 집안 사람들과 접촉하는 면면이 비교적 사실적이다. 또한
그를 통해 간접적으로 드러나는 계몽주의시대의 애국적 학교 분위기도
흥미로운바, 중남이 학교에 가서 행한 연설을 정씨부인과 중남이의 대화
를 통해 들어보자.

　"(……) 그래 오늘은 무신 공부했니?"
　"오늘은 소학 배고 글씨 쓰고 하나 둘 배고 오늘 또 누가 와서 연설이라던가
무엔지 손으로 책상을 뚜디리면서 얼골이 불구락 푸루락 하면서 한참 이야기했
다오"
　(……)
　"(……) 사람 사람이 다 세상에 사는 것이 목적이 있답디다."

---

75) 『황성신문』, 1907년 8월 23일.

　　"그래 무슨 목적?"

　　"목적이 세 가지 있다구, 제 몸 위하는 목적, 제 집 위하는 목적, 또 하나는 뭬
라던가, 옳지옳지, 제 나라를 위하는 목적이랍디다. 그란데 그 중에도 나라를 위
하는 목적이 질 크다구 합디다. (……) 집이 있어야 세간두 잘 둘 수 있구 몸두 편
이 잘 자구 먹구 할 수가 있다구. (……) 나라는 집이랍디다. 그러니 우리더러 공
부를 잘하라구 합디다. 세상에 이 일루 해서 죽은 사람이 많다구 합디다."

　　이 중남이의 옮기는 말을 듣고 중남아버니가 항상 하던 말을 들은 것 같아야,

　　"중남아, 너 아버니가 그렇게 돌아갔단다, 너 아버니가."

　　"어머니, 배 고파. 저녁 다 되얐소?"(6회)[76]

　　아주 생생한 장면이다. 박주사의 직접 연설이 아니라 중남이의 말로
옮기는 수법도 흥미롭지만, 정씨부인의 심각한 말을 중남이가 배고프다
는 딴청으로 받는 대목에서는 리얼리즘이 빛난다. 당시 학교 생활의 애
국적 분위기를 선구적으로 그리고 있는 이 작품은 이런 점에서는 오히
려 이해조의 『홍도화』 상권(1908)[77]에 앞서서 새로운 면을 개척했다고 할
수 있다.

　　그런데 정씨부인이 기독교로 귀의하는 이 작품의 지루한 결말은 싱겁
다. 정동교회 전도(傳道) 마누라가 정씨부인의 지친 영혼을 야금야금 잠
식하는 과정이 리얼한 면도 없지 않지만, 전도부인의 끝도 없이 이어지
는 설교는 지겹기조차 하다. 설교의 핵심은 현실을 공순히 받아들이라는
퇴영적 복음주의에 다름 아니다. 작가는 전도 마누라의 입을 빌어 순응
주의를 전하고 있는가? 그런데 이 작품에는 검둥어미를 통해 강력한 반
기독교 메시지도 묻어두고 있기는 하다. 물론 검둥어미의 반론은 "천주
악쟁이는 사람 호리는 약을 가지고 다닌다"(18회)는 낮은 수준이긴 하지
만. 작가는 전도 마누라 편인가, 검둥어미 편인가? 여기서 작품 말미에
붙인 작가의 변(辯)에 주목할 필요가 있다. 그는 여기서 시류에 편승하는

---

76) 『황성신문』, 1907년 8월 17일.
77) 이에 대해서는 최원식, 『민족문학의 논리』, 창작과비평사, 1982, 84~85면을 참조

지도층을 맹렬히 비판하고 시류를 거스르는 지사들의 삶을 애도한다.

> 이 사람만 공연히 불행한 지경에 빠질 뿐 아니라 그 사람에게 따러있던 사람도 모다 다 그 사람과 같은 지경으로 빠지는도다. 같은 지경에만 빠질 뿐일까? 또 한 칭 더 불상한 지경에 빠지는도다. 이 한대홍씨의 집은 실로 이 지경을 당하고 실로 이 지경에 빠진 집이로다.[78] (24회)

위의 글에서 "또 한칭 더 불상한 지경"이 뜻하는 것은 무얼까? 한대홍의 처형과 그에 따른 가족의 불행, 여기서 한 걸음 더 나아간 불행은 혹시 정씨부인의 기독교 개종을 가리키는지도 모르겠다. 남편의 죽음을 자신의 죄값으로 돌리고 오로지 하나님에만 매달리려는 정씨부인의 태도는 한대홍이 지향했던 삶의 자세에 대한 전면적인 포기이기 때문이다. 이 점에서 이 작품을 기독교적으로 해석한 기존의 연구는 재검토되어야 한다. 오히려 작가는 정씨부인을, 개인적으로 그녀가 신앙을 통해 깊은 절망으로부터 영적 구원을 얻는다 할지라도 자신의 이성을 주체적으로 행사하는 계몽주의를 포기한다는 점에서는 정신적 황폐 상태로 이끈 기독교를 비판하고 있다고 보아야 하지 않을까?

그래도 문제는 남는다. 작가는 이러한 결말을 통해 무엇을 이야기하고자 하는가? 어찌 보면 이처럼 한대홍 집안을 완전한 공황으로 빠뜨린 정부를 비판하는 듯도 싶다. 그런데 그보다는 한대홍과 같은 지사적 삶의 부질없음을 경계하는 일종의 허무주의가 더욱 짙게 깔려 있다. 요컨대 「몽조」는 고종의 강제 폐위 앞에서 석진형 계몽주의의 양면성이 가지고 있는 어떤 긴장이 환멸 속에 이완된 시기의 산물인 것이다(1997.3.2).

---

78) 『황성신문』, 1907년 9월 17일.

부록

부록으로 목춘생의 「석진형군」을 싣는다. 이 자료는 『매일신보』 1919년 7월 19일 「인물월단(月旦)」란에 실린 것인데 자료가 부족한 석진형의 삶을 이해하는 데 매우 귀중한 도움을 준다. 물론 이 자료도 비판적으로 읽어야 한다. 이 자료를 비롯해서 나의 자문에 응해준 독립기념관 한국독립운동사연구소의 이명화 연구원께 감사한다.

1) 목춘생(木春生), 「석진형군」

경성제사주식회사 전무취체역.

距今 15~16년전 以降으로 보성·대동 양 전문학교 及 현 경성전수학교에 學한 자는 기억할 事이다. ― 壯年 溫厚의 선생이 강단에 挺立하야 "채권은 재산권의 일종이니 1인 혹 數人이 1인 혹 수인에게 대한 지정한 행위의 作爲 不作爲를 요구하는 권리"라고 명석한 어조로 도도히 論去論來하던 것을……. 이 선생이 誰ㅣ뇨? 曾往에는 조선 법정학계의 권위, 현금은 반도 경제사회의 신진 세력가 석진형군이 其人이다.

*

군은 경기도 광주의 産으로 유년에 遠히 東都에 負笈하야 우량한 성적으로 法政大學을 졸업하얏는데 故 梅박사의 眷愛를 受한 1인이오 특히 민법에 대하야 조예와 온축에 不淺하얏다.

*

歸朝 후의 군은 前記와 如히 각 학교에 교편을 執하야 기 精透한 강의와 친절한 태도로 심히 後生의 尊信을 수하얏고 기간에 2차나 내부 서기관으로 警保과장의 의자에 발탁하얏으나 固辭不就하고 육영의 업에 盡瘁하얏다.

*

如斯히 교육계에 상당한 공헌을 致한 군은 其後 시운의 추이에 感한 바이 有하야 전수학교 교수를 辭하고 충남 호서은행 지배인의 직에 就한 것이 금일 군으로 재계에 명예를 馳케 한 최초의 出脚이다.

*

枳棘은 鸞鳳의 久戀할 處이 아니다. 日進하는 시세는 장래 재계 기린아의 군으로 어찌 일 지방 소은행에 칩복케 하리오? 과연 군은 한상룡군의 감식한 바이되야 漢銀 심사과장으로 중앙에 환귀하얐더니 미구에 본점 지배인으로 승진하야 자에 기 健腕을 揮하게 되얐다.

*

진취에 富하고 관찰에 敏한 군은 조선 경제계에 대하야 一隻眼을 有하얐다. 반도의 산업개발이 도저히 현상으로 만족치 못할 것을 간파하고 자본금 50만원의 경성제사주식회사를 설립하얐다. 또 최근에는 만주실업주식회사, 조선상사주식회사 등을 발기하야 三面六臂의 대활동을 계속하는 중이다.

*

조선 蠶業은 年來로 점차 융성에 赴하나 제사업은 의연히 구식 粗態에 방임하는 현상이므로 개선하는 여지가 富하고 만주에 赴한 조선인은 其數日加하야 누십만에 달하얐으나 태반은 徒手空拳黨으로 殊方이역에 표박하며 지나인의 소작으로 종생辛苦하는 것은 식자의 항상 개탄하는 바이더니 此 양대 사업이 皆 군의 정력과 열성으로 산파의 역을 盡하고 보모의 임을 完하야 遂히 기 전도에 다대한 囑目을 寄케 함에 至하얐다.

*

군은 資性이 총명하고 처세에 長하며 온후謹恪한 이면에는 일종 毅然不可脫의 堅操가 유하야 인의 경애를 수할 뿐 아니라 恬淡寡慾하며 공평무사하야 사계에 稀有한 인격자이라.

*

정숙한 良佐를 유하야 군의 가정은 지극히 淸和하고 취미로는 수렵을 喜하야 冬期를 際하면 풍설을 冒하고 산야에 跋涉하야 心膽을 鍊하다. 인재 묘연한 금일 재계에 군과 如한 인격 식견 수완이 共히 拔流한 偉才를 得한 것은 반도 富源 개발과 문화 향상의 장래에 대하야 가장 든든하고 유쾌한 欣感을 與한다. 군의 勉勵와 군의 대성을 祈함이 어찌 군 일인만 위함이리오?

제 3 장

단재 신채호의 「용과 용의 대격전」
서양과 일본, 이중의 충격 사이에서

1. '동양'의 기원

'서양의 충격'을 의식하여 '동양의 각성'을 내세우는 이들이 있다. 그런데 이 말에 대해 우리는 마냥 편안치만은 않다. 나는 먼저 '동양'이란 말의 미묘한 정치적 함의(含意)에 대해 언급하고 싶다. 원래는 자바 주변의 바다, 곧 남중국의 동쪽 바다를 지칭하는 중국 상인들의 용어였던 '동양'이 서양 즉 서구에 대해 아시아, 특히 그 동부 지역을 중심으로 하는 하나의 지리·문화적 실체라는 개념으로 바뀌어 '한자문화권' 제국(諸國)에서 통용되기 시작한 것은 20세기 들어와서의 일이다. 그리고 이와 같은 재정의를 통한 '동양'의 창안은 일본에 의해 주도되었으니, '동양사(東洋史)'라는 분과학문의 창출이 이 개념의 착근을 더욱 촉진했던 터다. 대학 제도의 정비 속에서 정식 교과목으로 자리잡은 "'동양사'는 근대 일본이 아시아의 최선진국(最先進國)으로서 유럽과 대등한 나라이며 동시에 일본이 중국과 다를 뿐 아니라 문화적·지적·구조적으로 더 우월하다는 시각을 확립"하는 데 이바지했던 것이다. '동양'이 창안되었던 시기에 '중국' 대신에 '지나(支那)'가 새로이 유통되었던 것도 우연의 소치는 아닐 터이다. '지나'가 신흥하는 근대국가 일본에 견주어 "과거의 수렁에 빠져 허우적거리는 중국을 가리키는 용어"로 20세기 전반기 일본에서 통용되었다는 것을 함께 염두에 둘 때, '동양'이란 말의 정치성을 짐작하게 된다.[1] 그것은 근대 이전 동아시아의 세계체제였던 중화(中華) 질서에 대한 근대 일본의 도전이요, 더 나아가 그 대체를 겨냥한 일종의 이데올로기였던 것이다.

물론 '동양' 담론에도 서구 자본주의의 동점(東漸)에 대한 일본의 위기의식에 기초한 아시아연대론의 선(善)한 씨앗이 없는 것은 아니다. 일찍이 쑨 원은 말했다. "서방 패도(覇道)의 주구(走狗)가 될 것인지 아니면 동방 왕도(王道)의 간성(干城)이 될 것인지 여러분 일본인 스스로 잘 살펴 신중히 선택하십시오!"[2] 그런데 일본은 결국 후자가 아니라 전자의 길로 질주함으로써 아시아연대론으로부터 이탈해 갔으니, 일본의 '동양' 담론은 근대 이전 중국이 누렸던 아시아의 맹주적 지위를 획득하려는 아시아침략론의 한 변증(辨證)으로 타락하였던 것이다. 그것이 또한 서구 제국주의의 역모방(逆模倣)이라는 점에도 유의해야 한다. 오까꾸라 텐싱[岡倉天心]의 동양론 또는 아시아주의가 일본 미술에 심취한 미국인 은사 페놀로사(E. Fenollosa)의 영향 아래 구성되었다는 저명한 예에서 보듯이, 일본적 동양

---

1) '東洋'과 '支那'라는 용어의 기원에 대해서는 Stefan Tanaka, *Japan's Orient : rendering pasts into history*, Univ. of California Press, 1993, 1~15면 참조. 나는 최근 淸代에 제작된 『곤여도(坤輿圖)』(서울국립박물관 소장) 속의 「산해여지전도(山海輿地全圖)」에서 '동양'이란 이름을 발견하였다. 태평양을 삼분하여, 고려의 남쪽 바다는 '大淸海', 일본의 남쪽 바다는 '小東洋', 아메리카 대륙 가까운 바다는 '大東洋'으로 명명하고 있다. S. Tanaka 와는 조금 다른데, 여하튼 중국을 기준으로 그 동쪽 바다를 '동양'으로 부른 점은 동일하다.

2) 쑨 원[孫文], 「大아시아主義」(1924), 『東아시아人의 '東洋' 認識』(최원식·백영서 편), 문학과지성사, 1997, 178면.

론은 내발적(內發的)이기보다는 서양의 오리엔탈리즘에 촉발되었던 것이다.3) 이 점에서 서구의 패권주의를 전복적으로 모방한 일본의 동양론은, I. 월러스틴(Wallerstein)의 용어를 빌어 말하면, '반유럽중심주의적 유럽중심주의(anti-eurocentric eurocentrism)'의 변종에 가깝다.

그러나 동양론의 과거 때문에 '동양의 각성'을 포기할 수는 없다. 서구 자본주의와 동구 사회주의를 아울러 서도(西道)가 인류의 미래를 밝히는 등불로서의 가치를 거의 상실한 두 세기의 갈림길에 선 지금이야말로 진정한 의미의 동양론 또는 동아시아적 시각이 요구되는 시점이다.4)

2. 중화주의와 동양주의를 넘어서

나는 이런 구도 아래 단재 신채호(1880~1936)의 사상적 행보를 재음미하고자 한다. 그는 철골(徹骨)의 가난과 평생의 병마, 망명과 투옥 속에서도 일본 제국주의에 대한 불굴의 저항적 자세를 일관되게 견지해나간 지사요, 그 와중에서도 천재적 학구와 예리한 필봉을 가다듬은 문인학사로서 한국 지성사를 조감(鳥瞰)하는 성성(醒醒)한 정신 그 자체다. 노예적 굴종을 거부하는 철저한 비타협의 정신으로 그는 중화주의와 동양주의 사이에서 아슬한 균형을 단호하게 취해나갔다.

그는 먼저 중국의 전통적인 중화주의를 거부한다. 중국 지식인들은 지금도 동서(東西) 대신에 중서(中西)라고 한다. 중(中)이 곧 동(東)이라는 이

---

3) 이에 대해서는 최원식, 「非西歐植民地經驗과 아시아주의의 망령」, 『창작과비평』, 1996년 겨울호, 316~319면을 참조할 것.
4) 이에 대해서는 최원식, 『韓國の民族文學論―東アジアの連帶を求めて』(東京 : 御茶の水書房, 1995), 所收의 「脫冷戰時代と東アジア的視角の摸索」을 참조할 것.

무의식에서 우리는 중국인의 대국의식(大國意識)에 기초한 "전통적인 대외불감증(對外不感症)"5)을 본다. 아시아의식을 결락한 중화주의에 대한 거절은 그가 중국을 일본이 창안한 지나로 일관되게 지칭하는 데서 단적으로 드러난다. 그렇다면 그는 일본적 동양주의자인가? 커녕 그는 동양주의에 대한 가장 날카로운 비판자다. "동양제국(東洋諸國)이 일치단결하여 서력(西力)의 동점을 어(禦)한다"는 허울과 달리 실제로 동양주의는 일본이 그를 이용하여 한국의 "국혼(國魂)을 찬탈"하는 책략이라는 점을 간파했던 것이다.6) 중국이 곧 아시아라는 무의식에서 아시아의 일원이라는 의식을 결락한 중국의 중화주의와, 아시아에 대한 의식만 존재할 뿐 아시아의식을 망각한 탈아적(脫亞的) 일본의 동양주의, 이 두 편향을 모두 거절하고 단재는 한국의 독자적인 행보를 모색하였다.

그런데 그는 단순한 상투쟁이 민족주의자가 아니다. 서양과 일본의 중첩된 충격 속에서도 내부 개혁을 제대로 수행하지 못한 당대 한국사회에 대해 그만큼 신랄한 태도를 보인 경우도 드물기 때문이다. 특히 줏대 없이 이리 쏠리고 저리 무너지는 한국사회를 통렬하게 비판하면서, 그는 "나는 없고 남만 있는 노예" 대신에 차라리 "죽을 때까지도 남이 하는 노릇을 안하는 괴물"을 대망하기조차 하였다. 왜? "괴물은 괴물이 될지언정 노예는 아니" 되기 때문이다.7) 단재의 독립혁명은 바로 괴물이 될지언정 노예이기를 거부하고 식민지 민중 하나 하나가 모두 아름다운 주체로 거듭나는 근본적 자기 혁신과정에 기초하고 있었다. 그가 일본 제국주의를 반대했던 것은 단순한 반외세에서 유래한 것이 아니다. 그는 한국 독립혁명을 자본주의 근대를 극복하고 전세계적 차원의 민중세상을 여는 중대한 기틀로서 파악하고 있었던 것이다. 개신유학(改新儒學)에

---

5) 芳賀徹, 「非西歐世界の'西歐化'運動」, 『現代の比較文學』(龜井俊介 編), 東京 : 講談社, 1994, 204면.
6) 申采浩, 「東洋主義에 對한 批評」(1909), 『改訂版全集』下, 螢雪出版社, 1987, 88~91면.
7) 신채호, 「차라리 怪物을 取하리라」(1924년경), 위의 책, 369~373면.

서 출발하여 민족주의를 거쳐 무정부주의에 도달한 단재는 진정한 의미
에서 '동양의 각성'을 독특하게 표현하고 있다고 보아도 좋을 것이다.

3. 단재 연보

그는 고종 17년(庚辰年, 1880) 충남 대덕군(大德郡) 산내면(山內面) 어남리
(於南里)에서 고령(高靈) 신씨 광식(光植)의 차남으로 태어났다. 고령 신씨는
보한재(保閑齋) 신숙주(申叔舟, 1417~1475)를 배출한 조선조의 명문의 하나
다. 일찍이 일본에 다녀와 일본과 유구(琉球)의 사정을 전한 『해동제국기
(海東諸國記)』를 저술한 바도 있는 보한재는 선초(鮮初)의 대표적 문신(文臣)
인데, 세조(世祖) 쿠데타에 참여한 탓으로 훼절의 혐의를 받기도 한 인물
이다. 그런데 그 후손에서 단재를 비롯하여 신규식(申圭植)·신석우(申錫
雨)·신백우(申伯雨) 같은 지조의 애국자들이 배출된 점은 역사의 아이러
니다. 이처럼 명문의 배경을 거느리고 있지만, 그의 직계 집안은 정치적
으로나 경제적으로 극히 몰락한 형편이어서 콩죽으로 연명할 만큼 곤궁
한 유년기를 보냈다. 아버지를 여읜 후, 세거지(世居地) 고두미(忠北 淸原郡
琅城面 歸來里)로 이사하여 조부 성우(星雨)의 훈육 아래 성장하였다.

개항(1876) 이후 갑신정변(1884), 갑오농민전쟁, 청일전쟁, 갑오경장(1894)
으로 조선왕조가 격동에 휩싸였음에도 전통 한학의 테두리에 갇혀 있던
그는 광무 원년(1897), 목천(木川)의 양원(陽園) 신기선(申箕善, 1851~1909)을
만나면서 새로운 눈을 뜨게 된다.8) 양원은 산림(山林)의 영수, 고산(鼓山)

---

8) 여기서 단재의 숨은 스승 수당(修堂) 이남규(李南珪, 1855~1907)에 주목할 필요가 있
   다. 한산(韓山) 이씨 명문의 후예인 수당은 실학자 성호(星湖) 이익(李瀷, 1681~1763)의
   학통을 이은 성리학자 성재(性齋) 허전(許傳, 1797~1886)의 제자로서 벼슬길에 올랐다

임헌회(任憲晦, 1811~1876)의 수제자다. 퇴계(退溪) 이황(李滉)의 이기이원론 (理氣二元論)을 배격하고 율곡(栗谷) 이이(李珥)를 계승하여 주기론(主氣論)을 주장한 고산은 그 사상적 선진성에도 불구하고 천주학을 극도로 배척한 존명론자(尊明論者)였다.[9] 양원은 고산의 양면성을 이어받았으니, 일찍이 갑신정변과 갑오경장에 참여한 개화파지만, 일면 보수적이어서 독립협회 와는 첨예한 대립을 보이기도 했던 것이다. 단재는 양원의 총애를 입어 광무 2년(1898) 가을 성균관에 입교함으로써 격동의 서울로 진입한다. 광 무 9년(1905) 2월에 성균관 박사(博士)가 되면서, 마침내 단발을 결행하는 한편, 위암(韋庵) 장지연(1864~1921)의 초청으로 『황성신문』의 논설위원으 로 활약한다. 광무 10년(1906) 『황성신문』의 폐간과 함께 『대한매일신보』 의 주필로 옮겨 예리한 평필(評筆)을 날리어 일제와 친일파를 공격하는데, 그 과정에서 친일유림(親日儒林)으로 퇴행한 양원을 '일본의 충노(忠奴)'로 비판하기도 했다.[10] 일찍이 단재를 서울로 이끌었던 양원이 단재의 비판 의 표적이 되었던 것 또한 쓸쓸한 아이러니가 아닐 수 없다. 요컨대 이 시절, 단재는 자기의 과거와의 인식론적 단절을 통해 자기를 쇄신하는 한편, 중세적 백성을 근대적 국민(nation)으로 깨우쳐 들어올리는 계몽의 기획을 추진함으로써 당대 최고의 애국계몽사상가로 추앙된다.

광무 11년(1907) 비밀결사 신민회(新民會)에 참여하면서 국치 이후를 준 비하던 그는 드디어 융희 4년(1910) 4월 동지들과 함께 중국으로 망명, 독

가 을미사변(乙未事變 : 일제에 의해 명성왕후가 시해된 사건, 1895) 이후 낙향, 항일운 동에 앞장섰다 1907년 일제에 의해 무도하게 살해된 애국자다. 단재는 산강(山康) 변영 만(卞榮晩)과 함께 수당의 애제자였다(李家源, 「수당 이남규의 사상과 문학」, 『나라사 랑』 제28집, 1977, 68면). 흥미로운 것은 단재가 수당에 대해 일체 언급이 없었다는 점 이다. 뒤에 근대사상의 세례를 받은 단재에게 어디까지나 중세인의 극한을 밀어나간 수당은 판단정지의 대상인지도 모른다. 그런데 문제는 단재가 수당의 문하에 나아간 것이 양원과 만나기 전인지 후인지, 현재로선 확정짓기 어렵다는 점이다. 이를 포함해 서 단재와 수당과의 관계를 천착하는 것이 단재 연구의 중요과제의 하나다.

9) 玄相允, 『朝鮮儒學史』, 서울 : 民衆書舘, 1960, 413~415면.

10) 신채호, 「日本의 三大忠奴」(1908), 『전집』 하, 56면.

립운동을 계획하지만 자금 사정으로 여의치 않자 연해주(沿海州) 블라디
보스또끄로 옮겨 이를 근거지로 삼아 맹렬한 활동을 전개한다. 일제의
방해로 연해주를 떠나 상하이로 왔다가 1914년 대종교(大倧敎) 윤세복(尹
世復)의 초청으로 봉천성(奉天省) 회인현(懷仁縣)을 새 근거지로 삼는다. 독
립운동을 준비하는 틈틈이 고구려(高句麗) 옛 땅을 떠돌며 고대사의 연구
에 몰두하던 그는 1915년 뻬이징[北京]으로 무대를 옮겨 저술활동과 동
지 규합에 힘쓰는 한편, 한중 항일공동전선 결성의 구상과 그 성사를 위
해 노력한다.

1919년 3·1운동으로 해외독립운동이 새로운 전기를 맞이하면서 상하
이 임시정부 수립에 참여한다. 그러나 임정 안의 파벌투쟁, 특히 이승만
의 타협적 독립운동 노선과 독재적 통치 스타일에 대한 실망으로 임정
을 이탈, 1920년 뻬이징으로 돌아와 이듬해 〈통일책진회(統一策進會)〉를
발기한다. 이듬해에는 뻬이징에서 월간 『천고(天鼓)』를 중국어로 발행하
여 한국의 독립운동 소식을 널리 알리는데, 그 논설 가운데 흥미로운 것
이 중국의 정전제(井田制)를 수입한 고조선의 공전제(公田制)에서 한국 사
회주의의 맹아를 찾는 「고대조선의 사회주의」(1921.2)다.[11] 이 시기에 이
미 사회주의에 대한 이해와 관심이 싹트기 시작했던 것이다.

1923년 무정부주의 독립운동단체 의열단(義烈團)의 요청으로 한국 독립
운동사상(上) 불후의 대문장 「조선혁명선언」을 기초한다. 이승만의 외교
론과 안창호의 준비론을 모두 비판하면서 민중 직접 혁명에 의한 식민지
해방을 꿈꾸는 이 선언문은 단재가 도달한 최후의 사상적 거처가 어디에
있었는가를 극명히 보여주는 것이다. 그런데 그가 이미 1918년에 리 스쩡
[李石曾]을 만났다는 점에 주목해야 한다.[12] 청국공사(淸國公使)의 수행원
으로 빠리에 갔다가 아나키스트로 전신한 리 스쩡은 중국 아나키즘의 모

---

11) 최광식, 「단재 신채호가 북경에서 발행한 잡지 『텬고』」, 『역사비평』, 1999년 가을호,
417면.
12) 朝鮮無政府主義運動史編纂委員會, 『韓國아나키즘運動史』, 형설출판사, 1978, 141면.

태인 빠리그룹의 추동력(driving spirit)이었다.13) 리 스쩡과의 만남이 임정에 대한 실망과 겹치면서 단재는 급속히 아나키즘으로 기울었으니, "류 스후[劉思復]의 논설들을 탐독"하고 "코오또꾸 슈우스이[幸德秋水]의 『키리시또맛사쯔론[基督抹殺論]』에 깊이 공명"14)함으로써 아나키스트로서의 면모를 확고히 하게 되었던 것이다. 원래는 쑨 원의 지지자로 출발, 빠리그룹의 영향력 아래 옥중에서 아나키스트로 회심한 류 스후(1884~1915)는 더욱 엄격한 금욕적 실천가로 활약하였는데,15) 폐병으로 요절한 뒤, 그의 문집이 출간되면서 '중국의 프루동(Proudhon)'으로 추앙되었던 민국 초기의 대표적 무정부주의자였다.16) 또한 단재가, 카따야마 센[片山潜]의 의회정책론에 대립하여 직접행동론을 펼친 일본 아나키즘의 원조로서, 일제의 조선 침략에 반대하다가 형장의 이슬로 사라진 코오또꾸 슈우스이(1871~1911)17)의 『키리시또맛사쯔론』을 접했다는 점이 흥미롭다. 1910년 옥중에서 탈고하여 이듬해 사형 직후 출간된 이 최후의 저작은 그가 미국에 체류할 때(1905~1906) 읽었던, '십자가는 생식기 숭배의 상징'이라는 요지의 기독교비판 논문에서 촉발된 것이다.18) 그는 왜 기독교를 노예의 가르침이라고 격렬히 비난하는가? 여기에는 일본의 초기 좌익운동에서 주류적 위치에 있는 기독교파에 대한 비판도 가로놓여 있지만, 더 근본적으로는 유학(儒學)에서 출발한 그의 뿌리깊은 반서구주의에 말미암을 것이다. 이 점에서 코오또꾸는 단재와 일맥상통한다 하겠다.

　이후 단재는 임정의 해체를 주장하는 창조파의 맹장으로 활약하면서,

---

13) Robert A. Scalapino & George T. Yu, *The Chinese Anarchist Movement*, Berkeley : Univ. of California 1961, pp.2~4.

14) 朝鮮無政府主義運動史編纂委員會,『韓國아나키즘運動史』, 형설출판사, 1978, 142면.

15) Robert A. Scalapino & George T. Yu, *The Chinese Anarchist Movement*, Berkeley : Univ. of California 1961, pp.35~36.

16) 高瑞泉 主編,『中國近代思潮』, 上海 : 華東師範大學出版社, 1996, 337~339면.

17) 古田光・作田啓一・生松敬三 編,『近代日本社會思想史』1, 東京 : 有斐閣, 1968, 224~227면.

18) 이또야 토시오[絲屋壽雄],『幸德秋水硏究』, 東京 : 日本圖書センター, 1992, 307면.

권력투쟁에 급급한 임정 밖에서 무정부주의적 독립운동을 추진하기에 이른다. 1927년 〈무정부주의동방연맹(東方聯盟)〉에 가입하고, 이듬해 4월 조선인 무정부주의자들의 뻬이징회의 〈동방연맹대회〉에 주동적 역할을 담당, 그 실천을 위한 자금 마련을 위해 국제적 활동을 전개하던 중, 타이완[臺灣]의 치룽[基隆]에서 체포, 1936년 뤼순[旅順] 감옥에서 옥사하였다.

4. 무정부주의의 꿈

단재 만년에 한 기이한 소설이 태어났으니, 그것이 「용과 용의 대격전」(1928)[19]이다. 그는 애국계몽기(1905~1910)부터 활약한 전투적인 계몽주의 문필가의 대표적 존재로서 소설 창작에도 힘썼지만, 그것들은 전통적인 전(傳)이나 몽유록을 크게 벗어나는 작품이라고 보기 어렵다. 소설로서는 최후작이랄 수 있는 「용과 용의 대격전」에 이르러 그는 애국계몽문학에 바탕을 두되 그를 환골탈태(換骨奪胎)함으로써 환상과 풍자를 종횡무진 엮어낸 일류(一流)의 기문(奇文)을 한국 근대소설사에 바쳤다.

이 단편에서 작가는 천상과 지상으로 나뉜 전통적인 몽자류소설(夢字類小說)의 공간구조를 계급적으로 재해석하여, 상제(上帝)가 거주하는 천궁의 세계는 지배계급연합으로, 민중이 거주하는 지상은 피지배의 공간으로 설정한다. 천상과 지상, 또는 수궁과 지상을 지배와 피지배의 관계가 관철되는 현실의 투사로 파악하는 그의 관점은 전통적인 것이다. 천

---

19) 이 소설의 텍스트는 北韓版(1966), 南韓版(1977), 金柄珉版(1994) 등이 있는데, 앞의 두 본은 공개과정에서 훼손이 적지 않아 마지막 판을 정본으로 삼는다. 金柄珉 編, 『申采浩文學遺稿選集』(延吉 : 延邊大學出版社, 1994)에 실린 작품을 텍스트로 하였다. 이하 작품 인용은 이 책의 면수(面數)만 표시함.

상을 교란하는 민중영웅 손오공(孫悟空)이 활약하는『서유기(西遊記)』와 용
궁에 잡혀갔다 기지(機智)로 탈출하는 민중형상 토끼가 등장하는 한국의
판소리『수궁가』에서 이미 그 맹아가 보이기 때문이다.[20] 그런데 손오공
의 반란은 결국 부처에 의해 진압되고 토끼의 도발이란 지배계급을 일
시적으로 속이는 피카로(picaro)적 한계에 갇혀 있는 데 반해, 그는 이 단
편에서 두 공간 즉 두 계급의 대립을 비타협적으로 끌고 나아감으로써
두 원천을 비판적으로 재해석했던 것이다.

  천상의 지배를 받는 지상의 세계 내부도 천상과 지상의 관계처럼 둘
로 나뉘는데, 그것이 서양의 강국(强國)과 동양의 식민지다. 그런데 다시
강국과 식민지도 각각 "부자와 귀자(貴者)들" 즉 지배계급과 "굶주린 빈
민들" 즉 피지배계급으로 구성된다. 이 복잡한 분할 속에 두 민중은 오
히려 서로 대립되곤 하는 것이다. 전자는 "지배계급의 세력을 확장 증진
케 하는 일을 애국으로 오신(誤信)"하여 "자본주의의 선봉"으로 "식민지
의 민중을 압박"하고, 식민지 민중은 "그 고통의 정도가 다른 민중보다
만배나 되지만 그 허망한 요행심을 가져" 지배계급에 즐겨 굴종하니,
"식민지의 민중처럼 속이기 쉬운 민중이 없"는 형편이다(122면). 지상 민
중의 자기 분열 위에 지상의 지배가 안정되고, 이 기초 위에서 천상의
지상에 대한 우위가 보장되고 있는 것이다.

  작가는 민중의 자기 마취에 결정적 역할을 맡은 것에 종교를 둔다.
"공자놈을 시키여 명분설을 지어 빈자 천자(賤者)는 빈천의 천분(天分)을
안수(安受)하야 세력자의 명령을 잘 받어 충신열사의 명예를 후세에 끼치
라고 속이며 석가놈과 야소(耶蘇)놈을 시켜 너희들이 남에게 고통을 받을
지라도 이것을 반항없이 안과(安過)하면 죽어서 너희의 영혼이 천국으로

---

20) 이 단편은『수궁가』뿐 아니라『흥보가』와도 연관된다. 1장의 끝에 미리가 아가리를
   벌이니, 황제·대원수·재산가·대지주·순사 등이 튀어나와 빈민들을 먹어치우는데,
   이는 놀부의 박에서 쏟아져 나와 평민지주 놀부를 파멸시키는 중세적 군상과 닮았다.
   작가도 이를 "그 아가리가 놀보의 박이던가"로 지칭함으로써 그 연관을 분명히 의식
   하고 있다.

연화대(蓮花臺)로 가리라고 속이었다.”(121면) 그런데 2천 년 동안이나 사용한 이 마취약의 효력이 다하여 상제의 근심은 깊어진다.

이 위기를 배경으로 “천궁의 시위대장이요 동양총독을 겸한” 미리와 혁명가 드래곤의 활약이 전개되는 것이다. 용을 미리와 드래곤(dragon)으로 갈라보는 단재의 독창점은 가히 천재적이다. 쌍둥이로 태어난 미리와 드래곤이, 전자는 동양으로 와 어용이 되고 후자는 서양으로 가 반역자 또는 혁명가로 되었다는 해석은 기발하다. 그리하여 이 작품에서 미리는 상제의 충신이 되어 민중을 진압하는 데 골몰하고 드래곤은 민중을 선동하여 상제의 외아들 예수를 죽여 지국(地國)을 건설하는 사업에 종사한다. 그리하여 혁명 성공 후 지국은 “지상의 만물은 민중의 공유(公有)임을 선언”하고 “천국과의 교통단절”을 명백히 함으로써 천상의 지상에 대한 오랜 지배를 끝장내는 것이다. 이 총붕괴의 순간에 상제는 지상에 미리를 급파한다. 작품은 미리와 드래곤의 대격전에서 결국 후자가 승리하여 천궁이 멸망하는 대환상으로 마감한다. 김지하(金芝河)의 담시를 연상케 하는 이 작품은 요컨대 민족주의를 넘어서 무정부주의에 도달한 단재의 사상이 빚어낸 묵시록의 꿈이요 무정부주의문학의 환상적인 꽃이다. 더구나 중국의 리 스쩡·류 스후와 일본의 코오또꾸 슈우스이의 아나키즘이 녹아든 이 작품은 한중일 합작의 성격이 뚜렷한 점이 한결 뜻깊다.

그럼 그는 당대의 공산주의에 대해 어떻게 생각하고 있었을까? 이 작품에는 ‘공산당’이 딱 한군데 등장한다. “공산당의 대조류에 독립군이 떠나갑니다.”(123면) 기존의 민족주의적 독립군의 시대로부터 공산당식 무장투쟁의 시대로 이행해 가는 당시의 큰 흐름에 대한 단순한 진술처럼 보이는 이 구절에는 공산당에 대한 단재의 비판이 은연중에 내포되어 있다. 이 작품에서도 철의 기율을 자랑하는 혁명가 조직이 아니라 드래곤의 선동 아래 민중의 직접 혁명에 의해 천국(天國)이 무너지는 것이다. 이는 단재의 한계라면 한계지만, 나는 이를 의미 있는 한계로 보고 싶다. 그는 왜 당대의 공산당에 비판적인가? “석가가 들어오면 조선의 석가가 되지 않고 석가의 조선이 되며, 공자가 들어오면 조선의 공자가 되지 않고 공자의 조선이 되며, 무슨 주의가 들어와도 조선의 주의가 되지 않고 주의의 조선이 되려한다."21) 그의 유명한 일갈(一喝)에서 보듯이 그는 한국사상사에서 반복되는 변방적 경직성을 통타한다. 그런데 이는 공산주의 수용에서도 어김없이 관철되었다. 더구나 이것은 공산주의운동의 중앙 통제적 경향에 의해 증폭되었으니, 당대의 공산주의인터내셔널은 국제주의의 표방에도 불구하고 실제로는 쏘비에뜨 권력을 보위하기 위한 일국 사회주의로 퇴행해 갔던 것이다. 불기(不羈)의 자유를 생명의 가장 고귀한 표현으로 섬기는 단재에게 인터내셔널의 조종을 받드는 한국 공산주의운동 또한 자유를 유보한 일종의 굴종에 다름 아니었다. 프롤레타리아트독재가 프롤레타리아트에 대한 독재로, 사회주의 국제주의가 슬라브 민족주의로 퇴행함으로써 20세기 사회주의 실험이 결국 붕괴한 오늘의 시점(時點)에서 단재의 공산당 비판은 다시금 음미할 대목이 아닐 수 없다.

서구 자본주의는 물론이고 동구 사회주의에도 반대하면서, 중국의 중화주의는 물론이고 일본의 동양주의를 넘어서 독특한 아나키즘의 길을 걸어간 단재는 그리하여 지금도 우리에게 생생하다, 근대에 대한 그 성성(醒醒)한 대결의식으로 식민지 문제가 민족 사이의 문제로만 국한되지 않는다는 깨달음에서 근대 일반의 억압성에 주목하면서 근대에 대한 치열한 대결의식을 견지했다는 점이야말로 귀중하다. 바로 이 대결의식이 자본주의 근대에 대한 본원적 성찰이 절실히 요구되는 오늘날 더욱 음미되어야 할 요체인 것이다. 그러나 문제는, 어떠한 매개 없이 제시되는 민중의 직접 혁명이 어쩐지 유토피아적 초월로 보이는 점이다. 이 작품에서 혁명의 지도자 드래곤과 혁명의 주체인 민중이 오직 풍문을 통해서만 드러난다는 점에 유의할 필요가 있다. 천궁의 지배자 상제와 그 심

---

21) 신채호, 「浪客의 新年漫筆」(1925), 『전집』 하, 26면.

복 미리가 비교적 충실히 형상화된 것에 비하면 드래곤과 민중의 추상성은 더욱 두드러지는 것인데, 이는 단재의 민중 직접 혁명론이 현실로 전화할 회로가 막힌 그야말로 몽상에 지나지 않음을 반증하는 것인지도 모른다. 그렇다. 이 작품은 단재의 꿈이다. 민중의 직접 혁명을 제창했음에도 실제적으로는 민중과 격절되어 있었던 것이 단재 아나키즘 최대의 비극이었으니, 근대와 탈근대의 내적 긴장, 그 틈 속으로 우리 자신을 밀어 넣는 위험을 감내하는 것이 오늘날 단재를 진정으로 계승하는 일이 될지도 모르겠다.

제4부

문제의 역사

북의 계몽주의문학사 검토

19세기 말~1910년의 문학

1. 뒤늦은 검토

북의 문학사는 근대문학 태동기 즉 19세기 말에서 1910년까지의 문학을 어떻게 기술하고 있는가?

북에서는 일찍부터 '조선학'의 모든 부문에 대한 연구가 조직적으로 진행되어 문학사도 학술적 또는 대중 교양적 차원에서 지속적으로 간행되어 왔다. 그러나 우리에게 공개된 자료는 제한된 것이어서 나는 『문학사』 2를 주자료로 삼았다. 1977년부터 1981년까지 4년에 걸쳐 과학백과사전출판사에서 모두 5권으로 간행된 『문학사』 1~5는 주체사상에 입각하여 우리 문학의 통사체계를 확립한 북의 공식 문학사를 대표하는 것이기 때문이다. 그런데 원전을 구할 수 없어 부득이 열사람에서 펴낸 것 (1988)을 텍스트로 하였으나, 이것은 열사람에서 원전을 편집한 것이라 약간의 문제가 없지 않은 것 같다. 한 예로 열사람에서는 박종원·최탁호·류만 공저로 1978년에 간행된 것으로 밝히고 있는데, 김성수에 의하면 박종원·류만·최탁호를 대표 집필자로 1980년에 간행되었다고 하니, 이 같은 착종을 가리지 못하는 현실이 안타깝다. 하루 빨리 원전이 온전하게 공개되어 북의 문학사에 대한 과학적 검토가 가능하게 되기를 기원한다.

이밖에 1986년 사회과학출판사에서 두 권으로 펴낸 『문학개관』을 보조자료로 사용하였다. 이 책은 『문학사』 1~5를 축약한 것으로 보이는데, 『문학사』 1~5보다 더욱 유연한 입장을 취하고 있어서 주목된다. 가령 『문학사』 1~5에서는 일체 언급되지 않은 이인직의 문학을 일정하게 평가하고 있는 것이다. 이와 같은 문학적 복권이 과연 얼마나 정당한 것인가는 뒤에서 검토할 것이지만, 물론 이 자료도 인동에서 펴낸 『문학개관』 I를 이용하였다. 이 책은 고대에서 1925년까지의 문학사를 모두 9장으로 나누어 기술하고 있는데, 고대·중세 부분은 정홍교가, 근대 부분은 박종원이 집필자임을 밝히고 있어, 박종원이 북의 대표적인 근대문학 연구자임을 짐작케 한다. 인동 텍스트는 편집이 아니라 영인이기 때문에 자료의 신빙성이 높다는 사실도 아울러 부기해 둔다.

2. 근대문학 전기의 사회역사적 환경

북의 문학사는 근대문학 태동기를 어떻게 체계화하여 기술하고 있는가? 『문학사』 1~5 이후 북의 문학사는 1866년 제너럴 셔먼호 사건에서 1926년 '타도제국주의동맹' 결성 이전을 근대문학으로 설정한다. 이는 1910년 대한제국의 멸망을 분수령으로 하여 다시 두 부분으로 나누어지는데, 내가 검토할 것은 1866년부터 1910년까지, 다시 말하면 근대문학

전기에 해당되는 것이다.

『문학사』 2는 근대문학 전기를 모두 5장으로 나누어 기술하고 있다.

　　제1장 문학 발전의 사회역사적 환경과 일반적 정형
　　제2장 자본주의 열강의 침략을 반대하는 투쟁과 갑오농민전쟁을 반영한 문학
　　제3장 반일 의병투쟁을 반영한 문학
　　제4장 애국문화운동에 이바지한 문학
　　제5장 새로운 문학 종류들─신소설·창가의 출현

　　이 가운데 제1장은 근대문학 전기를 개괄하는 총론인 바, 그들은 이 시기를 근본적으로 규정하는 사회·역사적 환경을 어떻게 파악하고 있는가? 북의 학계는 일제 관학자들의 식민사관적 정체성론을 일찍부터 비판하여, 그 스스로는 근대 자본주의사회로 발전할 수 있는 내재적 계기를 전혀 갖추지 못한 낙후된 왕조사회라는 왜곡된 조선사회상을 격파하고, 조선 후기 사회가 몰락하는 봉건주의와 신흥하는 자본주의 사이의 일대 투쟁의 장이었다는 인식의 획기적인 전환을 이룩하였다.『문학사』 2에서도 이 점에 대해,

　　17세기 후반부터 싹터 자라던 자본주의적 생산관계는 봉건정부의 중압 밑에서도 억누를 수 없는 힘으로 장성하면서 사회경제 발전에 커다란 영향을 미치었다. (15면)

고 지적하고 있다. 그럼에도『문학사』 2는 "19세기 중엽에 이르도록 우리나라는 여전히 낙후한 봉건적인 농업국가"(15~16면)라고 못박는다. 한때 우리 한국사학계와 한국문학계에서도 조선 후기에 있어서 근대자본주의 또는 근대문학의 맹아에 주목하여 근대 또는 근대문학의 기점을 18세기로 끌어올리려는 주장이 있었다. 그러나 그 뒤 맹아는 어디까지나 맹아이지 그것이 곧 근대를 갈음할 수 없다는 인식이 보편화된 점에 비

추어볼 때 『문학사』 2의 조선 후기사 인식은 설득력이 있는 것이다.

그럼 북에서는 19세기 후반을 왜 근대라는 새로운 단계로 설정하는가? 그들은 이 시기에 봉건제도의 모순이 심화·증폭되면서 "농민들의 반봉건적 진출이 증대"(16면)되고 구미자본주의 열강들의 조선침략이 시작됨에 따라 반침략반봉건투쟁이 격화되었다는 점에 유의한다. 즉 1860년대부터 접종했던 대규모의 반침략반봉건투쟁의 폭발이 앞 시기와 차별되는 결정적 변별점이라는 것이다.

> 19세기 후반기로부터 20세기 초에 이르는 기간 봉건제도의 점차적인 붕괴와 자본주의적 생산관계의 급격한 장성, 제국주의 특히 미일제국주의자들의 침략을 반대하는 조선인민의 영웅적인 반제투쟁은 우리나라에서 근대문학이 발생 발전할 수 있게 한 사회정치적 환경으로, 생활적 토양으로 되었다. (18면)

이와 같은 사회정치 정세 아래에서 개화사상이 발생하였다. "실학사상의 현실주의적이며 애국주의적인 특성을 계승"(18면)하여 19세기 중반에 발생한 개화사상은 1884년의 갑신정변과 1894년의 갑오경장에서 부르조아혁명운동으로 폭발하였다고 그 의의를 높이 평가하였던 것이다.

또한 북의 학계는 이 개화사상이 19세기 말~20세기 초의 애국문화운동(남한에서 말하는 애국계몽운동)으로 발전하였다고 파악한다. 독립협회운동에서 싹터서 1905년 이후 본격적 발전의 길에 들어선 애국문화운동은 개명한 양반층이 중심으로 되었던 앞 시기의 개화사상에 비해 "애국적 성격이 보다 강"(19면)하며, 평민 출신의 지식인들이 널리 참가함으로써 "운동의 대중적 지반도 훨씬 확대·강화"(19면)되었다는 것이다.

농민전쟁과 의병전쟁보다는 개화사상, 특히 애국문화운동을 근대문화 태동의 결정적 지반으로 평가하는 북의 논리는 유의할 대목인데, 그럼에도 애국문화운동의 한계를 다음과 같이 짚는다.

> 이 운동은 자체의 제한성으로 말미암아 외래침략자들과 봉건주의를 반대하는

데서 철저하지 못하였으며 주로 애국사상의 고취와 문화계몽사업에 머물고 대중을 혁명투쟁에로 이끄는 조직자적 역할을 놀지 못하였다. 특히 그것은 반일의병투쟁과 결합되지 못한 심중한 결함을 가지고 있었다. (22면)

농촌을 중심으로 무장투쟁의 길을 걸었던 의병전쟁과 분리되어 도시 중심의 비폭력운동을 중심으로 했던 점이 애국문화운동의 취약성이라는 것이다.

태동기의 근대문학사를 파악하는 북의 학계의 평가기준은 반침략반봉건의 애국사상과 중세기적인 권위를 반대하는 부르조아 민주주의사상이라는 두 축이다. 이 가운데 애국사상은 『문학사』 1~5 이후 즉 주체사상이 확립된 이후 더욱 적극적인 기준으로 도입된 것인데, 그것은 농민전쟁과 의병전쟁에 관련된 구전문학과 한시들을 문학사에 대거 포섭하는 태도에서 잘 드러난다. 『문학사』 1~5 이전의 북의 문학사는 남한의 초창기 근대문학사처럼 거의 신소설과 창가 중심으로 기술되었던 것이다. 그럼에도 애국사상이 부르조아 민주주의사상이라는 기준을 압도하고 있지는 못하다는 점을 주목해야 한다. 애국사상의 기준을 강화한 『문학사』 1~5에서도 결국은 부르조아 민주주의사상이 더욱 집중적으로 반영된 애국문화운동에 관련된 문학을, 사상적·예술적으로 철저하지 못하다는 점을 비판하면서도 근대문학의 직접적 태반으로 삼고 있기 때문이다.

3. 근대문학 전기의 서술체계

총론격인 제1장에 이어 2·3·4·5장에서 구체적인 작품을 매개로 근대문학 전기를 체계화하였다.

제2장은 고종이 등극한 1864년 즈음부터 1894년 갑오농민전쟁까지의 문학, 주로 양요(洋擾)와 농민전쟁을 반영한 한시와 구전문학을 다루었다. 그 가운데 한시는 유인석(柳麟錫)과 이건창(李建昌)의 작품을 높이 평가한 바, 이항로(李恒老)의 학통을 이은 유인석은 위정척사파의 저명한 유학자요 의병장이었고, 병인양요 때 강화에서 자결한 이시원(李是遠)의 손자인 이건창은 철저한 척양파로 일관했으니, 중세유생적 한계보다는 애국사상의 기준 아래 그 반외세적 자세를 중시하였던 것이다.

민요를 문학사에 포섭하는 태도도 흥미롭다. 갑오농민전쟁과 관련된 「녹두새」와 「가보세」 같은 노래는 이미 잘 알려진 것이나, 우리가 미처 주목하지 못했던 「경복궁타령」에 대한 해석은 흥미롭다.

가령,

> 을축갑자 초삼일에
> 경복궁을 짓는데
> 회방아 찧는 소리로다

에서 왜 '갑자을축'을 '을축갑자'로 거꾸로 썼는가라는 문제를 제기하여, "당시 인민들은 지배계급의 정치가 뒤죽박죽이 되고 세상이 망해간다는 것을 보여주기 위하여"(36면)라고 푸는 것이 그러하다. 소설가 박태원도 「경복궁타령」의,

> 남문을 열고 파루를 치니
> 계명산천이 후닥닥 밝아온다

에 대해서 "파루를 치고 남문을 여는 것이 순선데 남문을 열고 파루를 친다고 했으니 이것도 거꾸로"[1]라고 언급하고 있으니, 북에서는 이 같은 해석이 보편적인 모양이다. 그런데 이 해석은 북의 독창은 아니다. 일찍

---

1) 박태원, 『갑오농민전쟁』 제2부, 상, 공동체, 1989, 190면.

이 남한 국악계에서는 이 민요에 대해 다음과 같이 해석하였다.

> 가사도 '을축 사월 갑자일'이라는 등 경복궁 지음이 정치의 본말을 어기었다고
> 은근히 풍자하고……2)

하여간 남한학계가 간과해버린 민요 「경복궁타령」의 사회성에 주목하여 문학사에 적극적으로 포섭한 북의 학계의 안목은 평가받아 마땅한 것이다.

이밖에 새로 발굴한 자료, 황해도 벽성 일대에서 일어난 농민 봉기를 반영한 민요 「병정가」와 19세기 말 갑산 일대의 광산노동의 참상을 노래한 이용식의 가사 「동점별곡」은 주목된다. "허물어져가는 봉건사회 태내에서 자라나고 있던 자본주의적 생산관계의 장성과정을 반영한 작품"(40면)으로 높이 평가하고 있는 「동점별곡」은 특히 작품의 전모가 각별히 궁금하다. 남북 국문학계의 교류가 실현되어 이 가사를 함께 검토할 수 있는 기회가 앞당겨지기를 기대해본다.3)

제3장은 1905년을 전후한 반일의병투쟁에 관련된 문학을 다루고 있다.

홍범도(洪範圖) 부대를 기리는 민요 「의병대가」와 행진곡풍의 의병노래 「군바바」와 같은 흥미로운 새 자료와 함께 이북 지역의 의병설화도 몇 편 소개되고 있는데, 대부분 설화라기보다는 단편적 역사기록이라는 느낌이 든다. 다시 말하면 영웅적으로 비장하게 개작되어서 설화의 설화다운 맛이 반감되었다. 해주(海州) 일대의 「개구리포」 설화를 보자.

> 격전을 앞둔 어느 날 깊은 밤이었다.
> 의병들에게서 연이어 호된 타격을 받은 놈들은 결정적 공세를 취할 목적 밑에 많은 포들을 동원하였다. …… 사랑하는 남편들과 아들들을 의병에 떠나보낸 여인

---

2) 成慶麟・張師勛, 『조선의 민요』, 국제음악문화사, 1949, 71~72면.
3) 이 글이 발표된 이후, 「銅店別曲」은 김성수에 의해 남한학계에 소개되었다. 『민족문학사연구』 제2호, 민족문학사연구소, 1992, 367~386면.

들은 격전을 앞둔 이 밤에 잠들 수 없었다. 한 사람 두 사람 모여온 여인들은 갖가지로 궁리하던 끝에 자기들의 힘으로 포들을 파괴해버릴 것을 결심하였다. 집에 돌아가 대야며 바가지 같은 것을 가지고 다시 모인 그들은……논판의 물을 퍼 다가 포 아가리에 가득가득 채워놓았다. 이윽고 날이 밝자 용감한 의병들의 돌격나팔소리가 온 벌판에 울려퍼졌다. 급해맞은 놈들은 포를 쏘려고 덤벼들었다. 그러나 포에서는 포탄 대신 개구리들이 뛰어나와 눈을 부릅뜨고 놈들을 노려보았다. 비겁하고 어리석은 침략자들은 기겁하여……허둥지둥 도망치고 말았다.

이때로부터 사람들은 왜놈들의 포를 '개구리포'라고 부르며……(47면)

그런데 이와 비슷한 설화가 이미 1920년대에 채록된 바 있으니, 비교를 위하여 보이면 다음과 같다.

신예원 접전 때의 일이었다. 그때에 관군은 신예원 토성에 포대를 묻고 동군을 엄중히 방어하였는데 접전하던 당일에 어떠한 칠십여세의 백발 노파가 이상한 옷을 입고 진중으로 왔다 가더니 별안간에 대포 구멍에 물이 가득하야 관군이 대포를 놓랴다가 한방을 놓지 못하고 패주하얐었다. 그리하고 그때의 관군과 일반 인민들은 "동학군은 호풍환우의 술(術)이 있어서 능히 대포 구멍에 물을 나게 한다"고 떠들고 서로서로 전파하야 동군만 보면 귀신과 같이 무서워하고……자꾸 도망하였었다.[4]

아마도, 갑오농민전쟁을 배경으로 한 이 설화가 평안도·황해도 일대로 전파되면서 「개구리포」 설화로 변형된 것 같다. 농민전쟁 당시 충청도의 설화가 평안도·황해도의 의병설화로 연결되면서, 대포에서 물이 나왔다는 원래의 화소(話素)가 개구리가 뛰어나왔다는 것으로 발전했으니, 설화의 집단창작적 성격이 약여하게 드러난 흥미로운 예가 아닐 수 없다. 앞으로 남북의 설화연구자가 교차해서 이 설화를 채록하여 비교·검토한다면 이 또한 재미있는 합작사업의 하나가 될 것이다.

3장에서도 2장에서처럼 한시들을 다루고 있다. 유인석·최익현·전해

---

4) 靑吾, 「東亂雜話 其一」, 『新人間』 제1호, 1926.4, 55면.

산(全海山)·안중근과 같은 의병장과, 직접 의병전쟁에 참여하지 않은 애국적인 한시인들, 예컨대 김택영(金澤榮)과 황현 등의 한시를 높이 평가하였는데, 2장과는 달리 이들의 한계를 지적한 점이 주목된다.

> 유인석·최익현·전해산 등 일부 의병장들의 반침략애국사상이 봉건적인 충군사상의 테두리를 벗어나지 못하고 있었다면 안중근의 애국사상은 부르조아민주주의에 기초하고 있었다. (56면)

또한 김택영의 시 「의병장 안중근이 나라의 원수를 갚았다는 소식을 듣고[聞安重根報國讎事]」와 황현의 시 「거북선의 노래[龜船歌]」에 대해서는 각각 다음과 같이 날카롭게 비판하였다.

> 안중근에 대한 이러한 찬사와 기대는 동시에 개별적 복수의 방법으로는 나라의 독립을 달성할 수 없다는 것을 이해하지 못하고 있는 서정적 주인공—시인의 사상적 제한성의 반영이기도 하다. (58면)

> 이 시에서 전쟁의 승패가 그 어떤 개별적 명장의 역할에 의하여 좌우되는 듯이 인정한 것은 시인의 세계관적 제한성의 표현이다. (59면)

제4장에서도 역시 산문과 시가로 나누어 기술하고 있는데, 산문에는 역사소설·우화소설·정론을 포괄하였다. 이 가운데 큰 비중을 둔 것은 우화소설로 안국선의 『금수회의록』(1908)에 대해서는 부르조아 민족주의적 제한성을 지적하면서도 그 예리한 비판정신을 높이 평가하고 있다. 이 작품에 대해서는 남한학계에서도 일찍이 주목했거니와, 이밖에 우화 「여우와 고양이의 문답」(1908)과 토론체 단편 「가담」(1910년, 이장자)을 발굴한 것이 흥미롭다. 두 편의 새 자료는 남한학계에서 주목한 「소경과 앉은뱅이의 문답」(1905)과 「거부오해」(1906)와 같은 단편 풍자문학 종류일 터인데, 이 점에서도 남북 국문학계의 자료 교환이 절실하다.

그런데 문제는 『금수회의록』을 비롯한 이 작품들을 왜 소설적 체제에 매우 미흡한 역사전기문학과 함께 포괄하여 기술했는가 하는 점이다. 물론 주인공을 중심으로 한 이야기를 가진 소설이 좁은 의미의 정통적 소설이지만 소설은 동시대성의 흐름을 가장 예민하게 반영하면서 발전하는 장르이기 때문에 때로는 허구의 경계를 넘쳐 철학적 또는 정치적 선언문이 되기도 한다. 애국계몽기에 우화 또는 토론의 의장을 빈 소설들이 족출한 것도 이 시기가 민족적 위기에 긴박된 일대 국민적 토론기였다는 점에 있는바, 대표적 신소설 작가 이해조의 『자유종』(1910)도 『금수회의록』과 함께 다루지 않고 다음 장 신소설 부분에 넣었으니, 모순이다. 『금수회의록』을 비롯한 우화소설·토론소설 들도 애국계몽기의 독특한 소설 양식으로 간주하여 마땅히 제5장에 포괄해야 할 것이다.

북의 학계는 제4장에서 정론적 산문과 함께 가사체 형식의 정론적 시가를 높이 평가하였다. 당시의 애국언론을 통해 발표된 이 정치풍자적 가사에 대해서는 남한학계도 일찍이 유의했거니와, 이 가사들이 창가(唱歌)의 태반이 된다고 본 북의 관점이 새롭다.

제5장에서는 애국문화운동의 본격적 표현으로서 신소설과 창가를 중심으로 기술하는데, 선행 시가의 전통을 계승하면서도 "조선의 구악곡과 결부되어 있었던" 가사·민요와 달리 "현대적인 악곡과 결부"된 창가가 그 내용에 있어서도 선행 시가와 달리 "부르조아 민주주의사상에 기초"하고 있음을 주목하여 창가를 다음과 같이 정의한다.

> 창가는 애국문화계몽사상을 기본내용으로 한 운문시가로서 당시 유행되던 현대적인 악곡을 붙여 불리어진 노래의 가사부분을 말한다. (91면)

물론 여기에도 유보 조건은 있다. 창가의 반침략애국사상에는 "제국주의자들의 침략적 본성과 그 사회계급적 기초를 까밝히지 못하고 나라의 독립을 위한 과학적 방도를 제시하지 못한"(98면) 제한이 있다는 것이다. 그럼에도 "인민대중의 애국사상과 시대적 지향이 진실하게 반영"된 창가가 또한 "자유시로의 발전에서 다리의 역할"을 한 점을 높이 평가하고 있다.

창가 부분을 읽으면서 나는 이 시기의 시가를 최남선(崔南善)의 신체시 특히 「해(海)에게서 소년에게」(1908)를 중심으로 기술하는 남한학계의 일부 관행에서 빨리 벗어나야겠다고 생각했다. 이 작품은 내용과 형식 양면에서 약간의 새로움이 없는 것이 아니나 그 제목부터 어색하다. 우리나라 사람이 누가 바다를 '해(海)'라고 하는가? '에게서'라는 토씨는 또 얼마나 부자연스러운가? 이것이야말로 일본식 어투다. 더구나 작품 자체로 보아도 그 문학적 수준은 결코 높게 볼 수는 없는 것이다.

북의 학계 역시 "중세소설과 현대소설의 중간에 놓였던 과도적 형태"(81면)로서 신소설의 의의를 높이 평가하고 있는데, 이인직이 아니라 이해조를 중심으로 삼았다. 특히 『문학사』 2는 "중세기적 질곡과 봉건적인 낙후성을 극복하고 근대사회에로의 발전을 지향하는 부르조아 민주주의사상을 형상적으로 구현"(84면)한 『자유종』, "봉건적인 결혼 및 가족제도 자체를 부정"(86면)한 『빈상설』, 그리고 "미신의 허황성과 해독성을 폭로 비판하는 것과 함께 미신을 둘러싸고 벌어지는 인간관계를 통하여 재물에 대한 착취자들의 탐욕과 간악한 술책을 폭로"(88면)한 『구마검』을 고평함으로써 임화 이후 통설화한 이인직 중심의 신소설상을 타파하였던 것이다.

나도 「이해조 문학연구」(1986)에서 지금까지 이인직의 단순한 연장으로 치부된 이해조의 독자성에 주목하여 이해조야말로 신소설의 전진과 붕괴, 그 전체상을 반영한 신소설시대 최대의 작가로 평가한 바 있는데,5) 이는 행복한 일치라고 아니할 수 없다.

그런데 북은 최근 이인직 문학을 복권하였다. 『문학개관』 I에 의하면 그들은 다시 이인직을 신소설의 개척자요 대표적 작가로 긍정하여 이해

---

5) 최원식, 『한국근대소설사론』, 창작사, 1986, 174면.

조에 앞서 기술하고 있다. 물론 이인직 문학의 "친일적이며 반인민적 요소"에 대해서는 맹렬히 비판하면서도(319~320면), 『문학개관』 I은 어찌하여 『문학사』 2에서 아예 묵살했던 이인직을 다시 중심에 놓고 있는가?

나는 『문학사』 2처럼 이인직을 이 시기 문학사에서 완전히 묵살하는 태도는 옳지 않다고 생각한다. 이인직 문학의 매판적 성격에 대해서는 엄중하게 비판해야 하지만, 중세체제에 대한 이인직의 단호한 부정에는 일면의 진실이 함축되어 있어 일정한 의의를 부여할 수밖에 없기 때문이다. 가령 『문학개관』 I에서 "반인민적이며 숭미사대주의적"인 작품으로 부정된 『은세계』(1908)도 이미 내가 「은세계연구」에서 지적했듯이 친일적인 후반부와 달리 창극 「최병두타령」에 근거한 전반부를 중심으로 살피면, 갑오농민전쟁 직전의 격동하는 조선사회를 고도로 형상화한 이 시기 최대의 작품임을 깨닫게 된다.[6] 그렇다고 해서 이인직을 신소설사의 중심에 둘 수는 없다. 이인직이 아니라 이해조를 중심으로 삼을 때 중세소설과 현대소설의 가교가 든든해지기 때문이다. 이 점에서 이인직을 묵살한 『문학사』 2나 이인직을 복권한 『문학개관』 I이나 모두 형평을 잃은 구도가 아닐 수 없다.

4. 협동의 필요

이상 나는 북의 문학사의 근대문학 전기 부분을 비판적으로 점검하였다. 점검하면서 떠오른 몇 가지 문제점을 지적하면 첫째 실증적 오류가 더러 눈에 띈다.

---

6) 최원식, 『민족문학의 논리』, 창작과비평사, 1982, 83~84면. 사족이지만, 북의 문학사가 창극을 비롯한 애국계몽기의 연극운동을 묵살한 것도 큰 결점의 하나이다.

신재효의 작품 「괘씸한 양국되놈」은 구체적인 내용은 알 수 없으나 제목만 보아도 선교사들과 상선을 앞세우고 우리나라에 기어들고 있었던 구미자본주의 침략자들을 저주 규탄하는 것을 내용으로 하고 있었음이 명백하다. (31면)

우선 작품 제목이 「괘씸한 양국되놈」이 아니라 「괘씸한 서양되놈」이다. 병인양요에서 프랑스 침략자를 물리친 조선 군대의 승리를 노래한 이 작품은 연세대 인문과학연구소에서 영인한 『신재효판소리전집』(1969)에 실려 남한학계에 널리 알려진 것인데, 북이 읽지도 못한 채 추측으로 이 작품을 높이 평가한 사실이 안타깝다. 이 작품을 보면 누구나 인정할 것이지만 작품의 수준도 낮고 더구나 그 사상은 극히 중세적이다. 한 대목을 보자.

무군무부(無君無父) 천주학을
네 나라나 할 것이지
단군 기자 동방국의
충효윤리 밝았난디

반침략의식을 평가하더라도 그 반침략을 통해 그가 지키고자 한 것은 의연히 낙후한 중세왕조였으니, 이 노래는 결코 근대시로 볼 수 없는 것이다.

최익현에 대해서도 "1906년 일흔네살의 고령으로 의병부대를 조직하여 싸우다가 놈들에게 체포되어 대마도로 끌려가 사형당하였다"(54면)고 기술하고 있는데, 최익현은 사형이 아니라 단식 끝에 순국하였다. 사소한 것이지만 정확해야 한다. 그런데 전반적으로 북은 주체사상 이후 반침략애국사상을 과도하게 강조하여 항일의병장들을 과대평가하고 있는 것 같다. 우리는 물론 그들의 드높은 반침략정신을 높이 평가해야 하지만 그 중세적 한계에 대해서는 날카롭게 비판해야 한다. 반침략애국사상은 투철한 반중세사상과 통일될 때 진정한 근대성이 담보되기 때문이다.

최찬식에 대한 항목에서도 오류가 있다.

> 정치소설 『설중매』도 썼으나 번안소설로 인정된다. (88면)

일찍이 전광용 교수가 밝혔듯이, 『설중매』는 쓰에히로의 같은 이름의 소설을 구연학이 번안한 것이다.[7] 그런데 더 큰 문제는 『문학사』 2에 최찬식의 친일적 성격이 언급되지 않는 점이다. 최찬식은 골수 친일파 가계의 인물로서[8] 그 문학 또한 1910년대의 친일통속화 경향을 대표한다. 실증주의는 비판해야 하지만 실증적 작업은 문학사연구의 기초라는 점을 다시 한번 확인해두자.

둘째, 북의 문학사는 우리 문학의 내재적 발전론을 완강히 파지함으로써 외국문학과의 교류를 완전히 배제하고 있다. 나는 물론 내재적 발전론에 원칙적으로 찬동한다. 솔직히 말해서 남한학계에는 우리 문학을 외국문학과의 관련 아래서만 보려는 비교문학적 연구 태도가 아직도 뿌리 깊은 것인데 이 점에서 북의 주체적 연구 태도는 명예로운 것이다.

그럼에도 우리 문학을 우리 문학 안에서만 해명하는 태도 또한 무리이다. 더구나 단일한 세계자본주의 시장이 완성된 한말에 있어 우리 문인들은 아시아 나아가서 서구의 진보적인 문학과의 생생한 교섭을 통해 자신의 문학을 밀어나갔음을 염두에 둘 때 외국문학에 대한 기초적 이해가 이 시기의 문학을 해명하는 데 작지 않은 도움을 줄 것이기 때문이다. 이 점에서 북의 문학사에 애국계몽기의 진보적인 번역·번안문학에 대한 균형 잡힌 기술이 결여된 것은 문제다. 비단 번역·번안문학뿐 아니라 창작문학을 다룰 때도 이와 같은 국제적인 안목은 필수적이다. 내재적 발전론을 굳건한 근간으로 삼으면서 외국문학과의 신선한 교섭을 통일할 때 문학사의 실상이 온전히 드러날 것이기 때문이다.

---

7) 전광용, 「설중매」, 『사상계』 3권 10호, 1955.10.
8) 최원식, 『한국근대소설사론』, 창작사, 1986, 307~309면.

셋째, 근대문학이란 개념에 대한 북의 자각이 좀 박약하지 않은가 하는 점이다. 설령 1860년대를 근대사의 기점으로 삼는다고 하더라도 그것이 기계적으로 곧 근대문학의 기점이 되는 것은 아닐 터인데, 북은 반침략반봉건 애국사상이란 기준으로 의병장들의 한시나 민중의 구전문학을 그대로 근대문학에 포괄하고 있다. 그런데 근대문학에서 언어의 문제는 핵심이다. 근대문학은 공통문어문학(예컨대 동아시아의 한문학, 서양의 라틴어문학)으로부터의 해방, 다시 말하면 모국어를 매개로 한 민족문학의 탄생으로 비롯되기 때문이다. 이 점에서 한문학은 근본적으로는 근대문학의 범주에 포괄될 수 없다. 또한 근대문학은 중세 구전문학의 풍요로운 자양을 흡수한 탁월한 작가들에 의해 열리는 것이니, 민간에 떠도는 반중세적 설화들을 액자의 형태로 축조한 보까치오의 『데까메론』이나, 로맨스의 형식을 빌어 로맨스를 부정함으로써 근대소설의 길을 연 세르반테스의 『돈 끼호떼』는 그 저명한 예가 될 터이다. 이 점에서 구전문학은 그 자체로 근대문학이 될 수는 없다. 그래서 나는 신소설시대 최대의 작가 이해조가 출현하여 활약한 애국계몽기의 문학을 근대문학의 기점으로 삼자고 제안했던 것이다.[9]

북의 문학사를 검토하면서 많은 것을 배웠다. 하루빨리 통일을 향한 남북교류가 열려서 기초적인 자료의 교환으로부터 문학사에 대한 시각을 바루는 높은 의미의 토론까지 이르는 남북 한국문학자들의 만남이 실현되기를 간절히 기원하는 바이다.

---

9) 최원식, 위의 책, 236~244면; 「근대문학의 기점 문제」, 민족문학작가회의 90년도 상반기 심포지엄, 1990.6.9.

제 2 장

민족문학의 근대적 전환

근대문학기점론을 중심으로

1. 왜 기점론인가?

우리 역사에서 근대의 기점은 어디에 설정할 수 있을 것인가? 다른 나라라고 칼로 벤 듯이 명쾌하게 처리될 문제는 결코 아니지만, 우리의 경우 이 물음은 난감하다. 자주적 근대화 과정을 통해 민족국가를 건설하는 데 실패하고 마침내 조선왕조가 후발자본주의국 일제에 의해 식민지로 전락함으로써 우리 역사에서 근대는 문제적 범주로 되었기 때문이다.

역사적 근대가 문제적인 상황에서 문학적 근대의 문제는 더욱 복잡하다. 문학사의 시대구분은 역사적 시대구분과 근본적으로 조응하면서도 상대적인 자율성을 가지게 마련인데, 문학적 근대가 역사적 근대에 앞서기도 하고, 때로는 한참을 뒤져서 출현할 수도 있는 것이다. 여기에서 한 가지 더 감안해야 할 점은 근대문학의 기점이 이러저러한 근대문학적 증후군을 뜻하는 것이 아니라 중세문학의 낡은 탯줄을 끊고 새로이 태어난 획기적인 작가들 또는 작품들로서 뚜렷이 증거되어야 한다는 것이다.

　언어의 문제 또한 중대하다. 중세 보편주의의 언어적 담지자인 한문이 아니라 국문으로 드높은 근대의식이 표현되어야 비로소 근대문학일진대, 중세의 한국 한문학에 대한 국문문학의 상대적 후진성이 근대문학적 전환에 또 하나의 난관으로 되었던 것이다. 이 때문에 근대문학의 기점을 설정하는 작업은 우리에게 매우 지난한 과제가 아닐 수 없다.

　이와 같은 사안의 복잡 미묘함 때문에 문학사가들은 오랫동안 갑오경장(1894)을 근대 또는 근대문학의 기점으로 설정해 왔는데, 그것은 무슨 과학적 증거를 충분히 확보함으로써 제시된 것은 아니었다. 이 점에서 1970년대에 이르러 기존의 통설에 의문을 던지면서 근대문학기점 논쟁이 촉발된 것은 중대한 의미를 지닌다. 정병욱(鄭炳昱)이 제기하여, 김윤식(金允植)·김현에서 구체화된 18세기설은 그 과학성을 떠나서도 우리 문학의 근대적 전환에 대한 연구자의 의식을 보다 자각적으로 고양시켰기 때문이다. 18세기설에 대한 논란과정을 거쳐서 1980년대에는 한국고전문학연구회가 펴낸 『근대문학의 형성과정』(문학과지성사, 1983)과 임형택·최원식 편, 『전환기의 동아시아 문학』(창작과비평사, 1985)이 단행본으로 출간되어 이론 부분과 구체적인 작품론에서 일정한 전진이 이루어졌으나, 기점론은 더욱 분화되는 경향을 보이면서 집중적 토론의 대상으로부터 멀어져 갔다. 이런 차에 1980년대 말 북의 문학사 연구가 공개되었다. 일찍이 조직적 토론을 통해 시대구분의 문제를 나름대로 해결한 북의 연구는 남한의 문학계에 신선한 자극으로 되었던 것이다. 민족문학작가회의가 1990년도 상반기 심포지엄의 주제로 「분단극복의 민족문학사를 위하여」를 내세운 것도 결코 우연이 아니었다. 이제 문학사의 시대구분론은 더 이상 회피할 수 없는 현안으로 떠올랐던 것이다. 특히 근대문학기점론은 남의 나라가 올리니까 우리도 따라 올려야 한다는 소박한 애국심의 차원이나 남과 북을 따로 떼어 생각하는 반국적(半國的) 시각이 아니라 남북을 통틀은 일국적 시각에서 엄밀하게 고찰되어야 한다.

이에 나는 민족문학작가회의 1990년도 상반기 심포지엄에서 행한 발제 「근대문학의 기점 문제」(1990.6.9)를 기반으로 기왕의 기점론을 비판적으로 개관함으로써 본격적 논의를 위한 한 단서를 마련해 보고자 한다.

2. 갑오경장설(1)

우리 문학사에서 갑오경장을 한 획기로 설정한 것은 국학파 안확(安廓, 1886~1946)에서 비롯되었다. 그는 최초의 국문학사인 『조선문학사』(한일서점, 1922)에서 다음과 같이 5단계로 시대를 구분하였다.[1]

① 상고(上古)―고조선―소분립시대
② 중고(中古)―삼국・이국(二國 : 통일신라・발해)―대분립시대
③ 근고(近古)―고려―귀족시대
④ 근세(近世)―이조―군주독재정치시대
⑤ 최근(最近)―갑오경장―현대

이 독특한 시대의 구분에서 그는 우리 역사에서 중세 봉건제를 인정하지 않고 있기 때문에,[2] 갑오경장을 기점으로 한 '최근'이 반드시 '근대'를 의미하는지는 분명하지 않다. 더구나 갑오경장을 "이미 천하의 대세를 하촉(下燭)"한 광무제(光武帝)의 결단으로 미화한 것은 그 개혁의 외압적 성격을 누락시킨 지나친 단순화가 아닐 수 없다. 그러나 이러한 모호성에도 불구하고 '최근'은 서양적 근대와 여합부절(如合符節)은 아닐지라도 그에 준하는 것으로 설정되었음은 대개 인정되는 터이다.

---

1) 安自山, 최원식 역, 『조선문학사』, 을유문화사, 1984, 19~20면.
2) 최원식, 「안자산의 국학」, 『민족문학의 논리』, 창작과비평사, 1982, 259면.

  이어서 그는 갑오경장에서 3·1운동 직후까지 '최근 문학'을 4단계로 구분하였다.[3]

　　① 갑오경장
　　② 신학(新學)과 신소설
　　③ 신구대립의 문예
　　④ 문화운동과 사상의 혼란

  제1기는 대체로 갑오경장과 독립협회운동(1896~1898)의 고조기에 해당되는데, 그는 이 시기의 "문학상 특별히 기념할 것"으로 유길준의 『서유견문』(1895)을 든다. 제2기는 독립협회가 분쇄된 이후 민족운동이 정치운동에서 교육운동으로 전환되면서 본격적 계몽주의시대로 돌입한, 오늘날 우리가 애국계몽기(1905~1910)라고 지칭하는 시대인데, 신채호의 역사전기문학과 이인직의 신소설을 이 시기의 대표적인 성과로 꼽는다. 나라의 멸망과 함께 복고적인 것이 다시 유행하여 신구대립으로 나아간 1910년대를 그는 제3기로 따로 설정하면서, 이해조의 신소설, 조일재(趙一齋, 1893~1944)와 이상협(李相協, 1893~1957)의 일본번안소설, 그리고 이광수의 장편을 그 중심에 둔다. 제4기는 3·1운동 이후의 새로운 문학운동시대로 그 대표적인 성과는 신시의 출현에서 보고 있다.

  이와 같은 파악은 그 세부에서 문제가 없지 않다. 가령 제2기에서 이인직이 아니라 이해조를 중심에 놓고 이인직을 부차적으로 설정할 때 우리 근대문학사의 맥락이 올바라지기 때문이다.[4] 이와 함께 갑오경장·독립협회·애국계몽운동만을 중시하고 갑오농민전쟁과 의병전쟁을 경시한 사관도 문제다. 그러나 부르조아 민족주의적 한계에도 불구하고 그의 시대구분은 특히 제3기를 따로 구분함으로써 요령을 얻었다고 평가할 수 있는 것이다.

---

3) 안자산, 최원식 역, 앞의 책, 191~210면.
4) 최원식, 「이해조 문학연구」, 『한국근대소설사론』, 창작사, 1986.

실증파의 틀 안에서 맑스주의 문예학을 도입한 김태준(1905~1949)도 갑
오경장을 한 획기로 설정하였다.

> 갑오경장을 경계로 조선의 역사는 이분되어 대략 갑오 이후는 신흥하는 시민
> 이 사회의 중추를 이루고 소설·연극은 물론이요 모든 문화형태가 낡은 것을 버
> 리고 새것을 요구하는 기운(機運)에 당착(當着)하였다. 그 새것이란 낡은 것 속에
> 배태되어 낡은 것을 부정하고 나온 것이다. 이때부터 조선의 신문예운동 내지 문
> 화운동이 출발되는 것이다.5)

안확으로부터 나아간 점이 있다면 그것은 갑오경장 이후의 사회를 시
민적 또는 부르조아적으로 규정한 명확성이다. 그런데 흥미로운 것은 김
태준이 영정시대에서 1894년 이전의 소설을 개관한 제6편의 제목을 「근
대소설일반」으로 붙인 점이다. 이 제목만으로 판단한다면 그는 1970년대
의 근대문학기점논쟁 이전에 이미 18세기 설을 주장한 셈이 되는 것이
다. 아무런 설명 없이 불쑥 제목으로 돌출한 「근대소설일반」은 과연 무
엇을 뜻하는가? 그는 영정시대 소설부터 근대소설(novel)로 본 것인가? 짐
작컨대 그것은 아마도 중세의 태내에서 발생한 근대적 징후를 의미하는
것 같다. 그러니까 영정시대 문학에서 싹튼 근대적 맹아가 갑오경장 이
후 명확한 근대성으로 전환되었다고 파악하는 것이 그의 본뜻에 가까울
듯싶다. 이 또한 안확으로부터의 뜻 깊은 발전이 아닐 수 없다.

그는 갑오경장 이후 신문예운동 40년을 다음과 같이 4기로 구분한다.6)

> ① 1894~1910 : 계몽운동시대
> ② 1910~1919 : 발아기
> ③ 1920~1922 : 신경향파대두
> ④ 1923년 이후 : 무산계급문예운동의 발전

---

5) 김태준, 『증보 조선소설사』, 학예사, 1939, 234면.
6) 김태준, 위의 책, 237면.

대체로 안확의 시대구분과 유사한데, 1기와 2기에서 이인직과 이광수의 대표성을 더욱 강화시킨 점이 이채롭고, 3·1운동 이후의 문학을 무산계급문예운동의 발전과정으로 파악한 진보적 관점이 새롭다.

임화의 「신문학사」(1939~1941)는 본격적인 근대문학사의 효시이다. 그는 왜 일제 말에 신문학사연구에 몰두하였는가? 카프 해체 후 새로운 암중모색에 진입한 그는 조선문학의 당면과제가 프로문학의 수립이 아니라 진정한 의미의 근대문학의 완성이라는, 반파시즘인민전선의 문학적 반영으로서의 민족문학적 전망에 접근해 갔던 것이다.[7] 이 점에서 일제 말에 이루어진 그의 일련의 문학사연구는 카프시대의 프로문학론에서 해방 직후의 민족문학론으로의 발전을 해명할 수 있는 한 고리를 이루고 있는 것이다.

그런데 그는 왜 신문학이란 용어를 사용했을까? "신문학사라는 것은 조선근대문학사라고 일컬어도 무관한 것"이라고 인정했음에도 신문학이란 용어를 굳이 선택한 것은 또한 근대문학의 특수성에 착안하였다는 뜻이다. 그 특수성이란 바로 "동양의 근대문학사는 (……) 서구문학의 수입과 이식의 역사"라는 명제에 근거하고 있으니, 조선의 신문학 역시 자생적이기보다 외래적인 것의 이식이 주류를 이루었다는 것이다. 물론 그는 신문학사는 "신문학의 선행하는 두 가지 표현형식 — 즉 조선언문학사(朝鮮諺文學史)와 조선한문학사(朝鮮漢文學史) — 을 가진 조선인의 문학생활의 역사의 종합이요 지양"이라고 지적함으로써 신문학과 구문학의 연속성에도 주목하였으니 속류적 전통단절론과는 뚜렷이 구분된다. 그럼에도 그가 비연속성을 원칙으로 세운 이유는 무엇인가? 그것은 "자주적 근대화 조건의 결여"로 조선 근대사회가 중세사회의 태내에서 자생적으로 성숙·발전하지 못하고 외래 자본주의의 강제에 의해 출현했다는 조선 근대사의 불행한 기본적 특성에서 말미암는다는 것이다.

---

7) 하정일, 「1930년대 후반 사회주의리얼리즘론의 발전」, 『창작과비평』, 1991년 봄호, 335~336면.

그렇다고 그가 조선중세사회를 안으로 고요히 썩어 가는 정체성으로만 파악한 것은 결코 아니다. 조선 중세사회는 "미숙하고 불충분하나마 그 정도에 상응한 근대적 생산양식의 맹아를 장(藏)하고 있었으며" 조선 말기에 가까워지면서 맹아가 대외관계의 자극과 어울려 더욱 성장했다는 지적은 그 단적인 증거의 하나이다. 개화사상의 선구로서 실학을 높이 평가한 것 역시 이와 궤를 같이하는 것이다. 자주적 근대화를 위한 치열한 모색에도 불구하고 그 근대적 요소가 중세체제를 타도할 만큼 성장하지는 못했다는 엄연한 역사적 사실에 기초하여 그는 중세체제의 재편성을 통해 조선왕조를 보위하려 했던 대원군의 노선이 실패하고 근대적 방법에 의한 개혁을 추구한 개화당의 갑오개혁을 근대의 기점으로 삼는 것이다.

> 갑오개혁은 실로 조선근대화의 기초요 타방으로 외래자본주의가 자기의 활동을 자유롭게 할 통로의 개방이었다. (「개설 신문학사」, 13회)

갑오경장설은 임화에 이르러 이론적 치밀성의 한 정점에 도달하게 된다. 고종의 결단만을 강조했던 안확이나, 갑오경장의 획기성만을 부각했던 김태준과 달리, 그는 그 역사적 복합성을 예리하게 의식하고 있었다. 갑오개혁은 과연 2년 만에 수구파의 반격으로 와해될 만큼 취약성을 애초부터 가지고 있었지만, 조선사회를 다시는 "이 이전으로 회귀시킬 수 없"을 만큼 새로운 시대의 도래를 증거하였던 것이다.

그래서 그는 갑오 이후 신문학 초기를 '과도기의 문학'으로 명명한다. 그는 왜 '과도기'란 용어를 선택했는가?

> 과도기의 진정한 내용은 신시대의 탄생이나 구시대의 사멸이 모두 가능적이었을 때가 아닌가 한다. 즉 양자의 승패가 모두 확정적이 아닌 때이다. (「신문학사」, 1회)

이 점에서 그는 일본의 '개화기의 문학'이란 용어는 지나치게 의타적이고 중국의 '문학혁명의 시대'란 용어는 지나치게 주관적이어서, 신구의 투쟁이 목하(目下) 진행중인 이 시기의 조선문학을 "평민화하는 귀족과 신흥하는 평민이 일종의 개량주의적이고 절충적인 지점에서 합작한" '과도기의 문학'으로 명명했던 것이다.

그러나 임화의 갑오경장설에도 문제가 아주 없는 것은 아니다. 개화당만 높이 평가하고 갑오농민전쟁과 의병전쟁은 과소 평가함으로써 맑스주의도 근대주의의 한 연장이었음을 드러내었다. 이 때문에 그도 역시 이인직에 대한 이해조의 독자성, 다시 말하면 친일개화론에 입각한 전자와 애국계몽사상에 기초한 후자의 변별성을 제대로 간파해내지 못한 한계를 노정하고 말았던 것이다.

3. 갑오경장설(2)

안확·김태준·임화에 의해 정초된 갑오경장설은 해방 후 백철(白鐵, 1908~1985)과 조연현(趙演鉉, 1920~1981)에 의해 하나의 통설로 굳어진다.

백철의 『조선신문학사조사 : 근대편』(首善社, 1948)과 『조선신문학사조사 : 현대편』(白楊堂, 1949)은 한국 현대문학사를 하나의 통사체계로 완결한 최초의 업적으로, 본격적 현대문학연구의 개척자인 임화가 월북, 그의 업적도 함께 망각되면서, 남한에서 오랫동안 독보적 지위를 누려왔다.

그런데 우리가 백철의 현대문학사에 접근할 때 주의해야 할 점은 해방 직후에 나온 원래의 텍스트를 존중해야 한다는 것이다. 그는 초판 간행 이후 두 번에 걸쳐 원텍스트에 부분적 수정을 가했는데, 하나는 이병기(李秉岐)와 공저한 『국문학전사』(新丘文化社, 1959)에서이고, 또 하나는 자신의 전집을 만들면서 개정한 『신문학사조사』(신구문화사, 1968)이다. 이 두 차

례의 수정에서 주목할 것은 남한의 반공독재를 의식하여 원텍스트의 주
요한 방법론적 기초의 하나인 맑스주의적 요소를 전반적으로 삭감하는
과정에서 특히 임화의 영향을 되도록 감추고, 비맑스주의적 요소를 의도
적으로 노출시킨 점이다. 가령 초판에서는 인용문으로 슬쩍 끼워 넣었던
브란데스(G. M. C Brandes, 1842~1927)를 『신문학사조사』(1868)에서는 전면에 내
세우고 있는 것이다.

> 개인적으로 내게 영향을 준 것은 브란데스의 유명한 저서 『19세기 문학주조사
> (主潮史)』이다. 1929년경 내가 재학시절에 일역으로 이 책을 읽을 때에 받은 감명
> 이 뒤에 내가 신문학사를 사조사란 이름과 방법으로 쓰게 함에 크게 심리적인 작
> 용을 주고 있는 것 같다. (14~15면)

덴마크의 유태계 출신으로 귀족적 급진사상가로 활동한 브란데스는
무려 19년에 걸쳐 6권으로 간행된 『19세기 문학사조』(1871~1890)로 전유
럽적 명성을 얻은 바, 세계문학적 입장 아래 영·독·불문학의 교류와
상호영향을 파악한 넓은 시야와 작가의 개성을 생생히 그려내는 재능이
결합된 이 저서로 발군의 문학사가로 떠올랐던 것이다. 우리는 백철의
이 뒤늦은 고백을 통해 그의 문학사연구의 원천이 맑스주의 못지 않게
브란데스였음을 분명히 알 수 있지만, 그렇다고 해서 이 책이 빚지고 있
는 맑스주의적 요소가 간과될 수는 없을 것이다. 그러나 뒤에 수정본들
로 가면서 더욱 브란데스적인 것이 맑스주의적인 것을 압도하고, 그 브
란데스적인 것마저 1950년대의 천박한 비교문학으로 전락하고 있는 점
이다. 가령 한국 근대문학사를 "일종의 소화불량증문학"(『국문학전사』)으로
규정하는 그의 파악은 임화의 이식문학론의 명제를 속류화함으로써 한
국문학의 내재적 동력을 몰각하는 1950년대식 자기 망각의 길을 선도한
셈이 되고 말았다. 이 때문에 나는 초판본을 옹호한다.
　그런데 백철의 초판본이 해방 직후 중간파의 소산이라는 점에 주목해
야 한다. 맑스주의비평가로 활약했던 백철은 일찍이 전향하여 친일문학

에 복무하다가 해방 후에는 좌우파 문학운동 모두에 일정한 거리를 두고 정세를 관망했던 중간파의 일원이었다. 이로 말미암아 그의 문학사는 맑스주의문학운동뿐 아니라 비맑스주의문학의 여러 경향도 폭넓게 수용하는 균형적 관점을 취하고 있지만, 한편 여러 사조를 분류·나열하는 건조한 실증주의로 떨어지는 경우가 많았던 것이다. 그것은 해방 직후의 문학운동을 좌우파로 나누어 개관하는 마무리에서 특징적으로 드러난다. 그러나 이 아슬아슬한 균형마저도 『신문학사조사』(1968)에서는 '정부수립과 문단의 신기운'이란 새 절을 재빨리 첨가함으로써 깨어지고 있는 것이다.

또한 그의 문학사는 사조사이다. 문학사를 사조의 대립과 교체로서 바라본다는 것은 문학 및 문학운동을 추동하는 근본을 사상에 둔다는 맑스주의적 입장에 가까운 것이다. 사실 그의 문학사에는 맑스주의자, 특히 임화의 영향이 강하게 느껴지는데, 그것은 '신문학'이니 '과도기의 문학'이니 하는 용어로부터 외래적인 것의 이식을 중심에 두는 사관에 이르기까지 두루 나타난다.

그런데 백철은 브란데스를 새로이 도입함으로써 임화와 달리 내재적 계기를 거의 인정하지 않는다.

> 근대적인 의미의 신문학운동이 조선문학사상에 등장된 것은 직접 근대사조라는 세계역사의 물결이 조선에 밀려들어온 그 지반 위에 동기가 된 것이며 또한 그 근대사조의 변천에 의하여 조선의 신문학이 성장되고 발전되여 온 것이다.
>
> (……) 우리 신문학은 근대사조가 흘러가는 유역, 그 강류의 좌우안에 배양된 수림과 같은 것이다. (……) 본래 그 근대사조가 흐르는 연안에 무성한 구라파의 근대문학이라는 풍부한 풍경과 비교하면 조선의 신문학은 너무 수척하고 너무 키가 왜소한 수림 빈약한 풍경이다. 조선의 신문학을 보는 대신에 독자는 우리나라의 유명한 붉은 산과 여름철 폭우로 인하여 계곡은 범람해서 급류하는 홍수를 연상하는 것은 상징적이라고 생각한다. 홍수가 일과한 뒤의 붉은 산록에 점립(點立)한 빈약한 수림의 풍경!
>
> —『조선신문학사조사 : 근대편』, 10~11면

일종의 수사적 표현이라는 점을 감안해도 여기에는 이미, 뒤에 더욱 강화될 비교문학적 관점이 강하게 드러난다. 근대문학사를 오로지 서구 근대문학의 불구의 모방사로 파악하는 후진국 지식인의 비애를 이해하지 못할 바는 아니로되, 그 허무주의가 임화의 속류화로 이끌어 가는 것이니, 이식론자는 기실 임화가 아니고 백철이었다. 이 때문에 백철의 문학사에서 서구 또는 일본의 사조와 직접 관계되지 아니하는 뛰어난 문인들은 과소평가되곤 하는데, 1920년대를 기술하면서 만해(卍海)와 소월(素月)은 「주조 밖에 선 제(諸)경향의 문학」이란 별도의 장에서 작게 취급되는 우스꽝스러움을 면치 못했던 것이다.

그는 근대 또는 근대문학의 기점을 어디에 두고 있는가? 이 문제에 대해 그는 똑 부러지는 논의를 전개하지는 않았으나, 1876년 개국 또는 개항을 "조선으로선 근대의 시작"(『조선신문학사조사 : 근대편』, 35면)으로 삼고, 임화에 의거하여 "이 시대의 문예부흥적 의미가 특히 갑오개혁 같은 형식과 내용에 전형적으로 표현"(『조선신문학사조사 : 근대편』, 35면)되었다고 인정함으로써 대체로 임화의 갑오경장설을 계승하였던 것이다. 그런데 그는 임화와 달리, 갑오경장과 함께 갑오농민전쟁에 주목하고 있다.

> 갑오년간은 근대적인 민중동란을 대표한 동학란이 (……) 북상하는 시기였다. 불행히 이 혁명운동이 뒤에 온 경장 사건과 서로 유기적으로 결부는 되지 않았으나 동학란이란 혁명운동이 (……) 근대적인 민중운동의 의미를 명확히 파악한 것을 볼 수 있다.
>
> —『조선신문학사조사 : 근대편』, 19면

비록 이 논리가 더욱 정치하게 전개되지는 못했지만, 갑오경장과 갑오농민전쟁을 하나의 유기적인 연쇄 속에서 파악하는 그의 관점은 기존의 갑오경장설은 넘어서는 독창적인 것이 아닐 수 없다. 갑오농민전쟁에 주목한 문인이 거의 없었던 시대에 그가 보여준 이러한 안목은 놀랍다. 그의 형 백세명(白世明)이 천도교의 유수한 이론가의 하나였다는 점을 고려해 볼 때, 백철과 동학의 관계는 새롭게 검토해야 할 과제일 터인데, 이 점 하나만으로도 우리 근대문학기점론사에서 그의 기여는 독특하다.

또 하나 주목할 것은 그가 아마도 처음으로 우리 문학사에서 근대와 현대를 의식적으로 구분·적용하였다는 점이다.

> 불행히 조선은 그 구라파적인 근대와 보조를 맞추지 못하고 정체된 후진국이 었기 때문에 20세기를 잡아들면서야 근대적인 것이 시작되었고 (……) 질적으로 근대과정의 성장을 한 여부는 별문제로 하고 형식상으로 하여튼 조선문학이 신경향파 이후의 문학운동을 가지고 20세기적인 현대과정을 잡어들었기 때문이다.
> ─『조선신문학사조사 : 현대편』, 411~412면.

여기서 보듯이 그는 분명히 신경향파의 등장 이후를 근대문학과 구분해서 현대문학으로 파악함으로써 근대-부르조아문학 / 현대-프로문학이란 진보적 관점을 견지하였다. 오늘날 이 도식은 근본적으로 재검토되어야 하지만, 그는 우리 문학사연구에서 근대문학기점론 못지 않게 논쟁적인 근대문학과 현대문학의 구분 문제를, 치밀한 논리로 전개한 것은 아님에도, 처음으로 문학사에 도입하였던 것이다.

조연현의 『한국현대문학사』는 『현대문학』 1955년 6월(통권 6)부터 1958년 5월(통권 41)까지 총34회에 걸쳐 연재되다가 1930년대 '순수문학'의 대두를 다루는 중 돌연 중단되었다. 이 가운데 19회분을 묶어 1부(현대문학사, 1956)가, 연재분을 모두 묶어 같은 제목의 책이 1968년 인간사에서 출간된 바 있으니, 결국 미완으로 끝난 셈이다.

그의 문학사는 사실 백철의 속류 이식문학론을 그대로 계승하고 있다. 가령 다음과 같은 문장을 보라.

> 한국현대사의 특수성은 (……) 그 부자연성 그 후진성 및 그 기형성과 함께 그 전과정의 대부분이 일제의 침략적인 식민치하에 있다는 정치적인 암흑성까지 합쳐서 성립된다.
> ─『한국현대문학사』, 26~27면

기점도 명쾌하다. "한국의 근대적인 과정을 갑오경장부터라고 해석하는 것은 모든 사학가들의 일치된 견해이다."(19면) 백철이 궁리를 거듭하면서 여러 가지 조건을 붙여 조심스럽게 제기한 갑오경장설이 여기에 이르러 이론의 여지없이 확정되는 것이다.

사관과 자료, 양면에서 백철의 문학사를 극복했다고 보기 어려운 이 지난한 작업에 조연현은 왜 서둘러 착수했을까? 그의 문학사는 일종의 문단사이다. 문인들의 사회를 뜻하는 문단이 하필 근대 이후의 산물은 아니겠지만, 조연현이 이념형으로 삼았던 문단이란, 특히 자유민권운동의 퇴조 이후 일본 근대문학이 사회와의 건강한 관련을 상실하고 특수한 비밀결사적 분위기 속에서 그 내부의 수직적 질서가 공고한 일종의 중세적 길드와 유사한 조직으로 격절된 근대 일본의 그것이 아니었을까? 이 때문에 문단에는 문필공화국의 맹주 자리를 둘러싼 치열한 암투가 내연하기 마련인데, 신문·잡지·출판사 등 저널리즘에 대한 장악력이 헤게모니의 관건으로 되는 것이다.

조연현의 문학사는 문학사라기보다도 한국 근대문단의 형성사이다. 그는 신소설을 논하는 대목에서도 이미 '신소설문단'이란 용어를 사용하고 있다.

> 신소설 유행의 이면에는 일종의 신소설문단이란 것이 형성되고 있었던 것을 짐작할 수 있으니, 그것은 (……) 신문 잡지와 함께 또한 다수의 출판사가 조직 경영되고 있었던 사실을 볼 수 있기 때문이다. (68~69면)

더욱 놀라운 것은 신소설문단을 뒤이은 본격적인 한국 근대문단의 초창기를 '최남선·이광수 2인 문단시절'로 과장한 점이다(144~146면). 이 용어를 처음 사용한 것은 백철이지만(『조선신문학사조사 : 근대편』, 83~92면), 목적의식적으로 이 용어를 확립시킨 것은 조연현이었다. 조연현은 또한 계급문학운동 역시 프로문단의 형성으로 규정함으로써(480면), 그것을 결과적으로 문단 안의 헤게모니 쟁투로 격하해 버렸던 것이다. 그리하여 그는 이 과정을 거쳐 1930년대에 본격적인 문단이 확립되었다고 평가한다.

> 1930년대는 한국의 현대문학사상(上)에 있어서 지극히 중요한 연대에 속한다. 그것은 1930년을 전후해서부터 1935년을 전후한 그 전반기는 동인지 문단시대가 사회적 문단 시대로 변하고, 습작문단이 작가문단으로 바뀌고 순문학과 대중문학이 분립되어 (……) 처음으로 한국의 현대문학이 일정한 수준에 도달한 시기이며, 1935년을 전후하면서부터는 (……) 종래까지 근대문학적인 성격 위에 놓여 있던 한국문학이 처음으로 현대문학적인 성격을 띠기 시작한 시기이기 때문이다.[8]

여기에 이르러 우리는 그가 왜 그토록 집요하게 문학사를 문단사로 대체하려고 노력했는가 하는 그 숨은 의도를 분명히 인식하게 된다. 그것은 1930년대의 이른바 순수문학의 등장 이전의 문학, 즉 민족주의든 사회주의든 또는 절충파든, 이념과 고투하지 않을 수 없었던 앞 시기의 문학을 문학의 본령에서 벗어난 것으로 격하하려는 의식적·무의식적 기도에 다름아니었다. 그의 문학사=문단사는 결국 이념적 성격이 강한 한국 근대문학사를 순수문학중심으로 전복적으로 재편하려는 그의 은밀한 프로젝트였으니, 그것은 한편 1950년대 문단에서 그가 오랜 싸움 끝에 쟁취한 문단의 맹주 자리를 문학사적으로 보증함으로써 안정적으로 보위하려는 책략과도 관련이 없지 않을 것이다.

알다시피 일제 말에 어린 친일문학자로 활약하던 조연현은 해방 직후 조선청년문학가협회(1946년 4월 창립)의 맹장으로 변신한다. 범우파 문인 조직인 전조선문필가협회(1946년 3월 창립)의 전위대로 결성된 청문협은 당시로서는 매우 과감하게 순수문학론을 내걸고 좌익문학과의 격렬한 사상투쟁을 통해 남북분단의 고착 속에서 급속히 성장하였고, 6·25를 거치면서는 오히려 문필협 계열 문인들마저 젖히고 1950년대 문단의 우이

---

8) 조연현, 『한국현대문학사』, 성문각, 1982, 463면.

(牛耳)를 장악하게 된다. 예술원 파동을 빌미로 한국 자유문학자협회(1955
년 창립)가 한국문학가협회(1949년 창립)에서 떨어져나간 사건은 청문협의
주도권에 대한 문필협의 반발을 상징하는 것이다. 이 과정에서 조연현의
맹주적 위치는 확고해졌으니, 1955년 1월에 『현대문학』을 창간하여 매체
까지 장악, 그의 문학사가 이 잡지에 연재된 것도 저간의 사정을 웅변하
고도 남음이 있다.

여기에서 또 하나 유의해야 할 대목은 임화 이래 사용해온 '신문학'대
신에 그가 '현대문학'이란 용어를 의식적으로 내세운다는 점이다.

> 한국에 있어서는 엄격한 의미에 있어서의 "근대"가 없었을 뿐만 아니라 한국의
> 현대적인 과정도 따지고 보면 구라파의 근대적인 과정을 벗어난 것이 아니었음
> 을 알 수 있게 된다. 그러므로 한국의 근대사적인 과정은 그 출발과 함께 구라파
> 의 현대적인 과정과 교류되었기 때문에 한국의 근대사적인 과정은 그것이 한국
> 의 현대사적인 과정이기도 했으며 한국의 현대사적인 과정은 그것이 한국의 근
> 대사적인 과정이기도 했던 것이다.
>
> —『한국현대문학사』, 1956, 26면.

이 주장은 신경향파 등장 전후를 한국 근대문학과 현대문학의 분수령
으로 삼았던 백철에 대한 반론적 성격을 가지는데, 이것이야말로 조연현
의 독창점이다. 그러나 그는 이를 기화로 1930년대 순수문학 또는 모더
니즘만을 우리 문학이 따라야 할 하나의 전범으로 설정하는 데 이용하
고 마니, 더 이상의 생산적인 논의로 발전하지 못한 것이 못내 아쉽다.
요컨대 그의 문학사는 분단체제의 문학적 지배이데올로기로 전화한, 그
래서 그 이름과는 달리 가장 정치적인 '순수문학'을 배타적으로 옹호하
는 하나의 변증으로 떨어지고 만 것이다.

4. 3 · 1운동설

  3 · 1운동설은 하나의 학설로서 제기된 것이 아니라, 1920년대 신문학
운동에 참여한 작가들의 약간은 과장된 회고 속에서 나타나기 시작하였
다. 가령 김동인(金東仁, 1900~1951)의 「문단 30년의 자최」(『신천지』, 1948.3~
1949.8)는 그 대표적인 글이다.

  잃어버린 국권을 회복하려는 3 · 1운동의 실마리가 표면화하기 시작한 것이
  1918년 크리스마스 저녁이요, 민족 4천년래의 신문학운동의 봉화인 『창조』잡지
  발간의 의논이 작정된 것이 또한 같은 날 저녁이었다.
  뿐더러 그 『창조』 창간호가 발간된 1919년 2월 8일은 또한 3 · 1운동의 전초인
  동경유학생 독립선언문 발표의 그날이었다.
  조선 신문학운동의 봉화는 기묘하게도 3 · 1운동과 함께 진행하였다.
  (……)
  민족의 역사는 4천년이지만 우리는 문학의 유산을 계승받지 못하였다. 우리에
  게 상속된 문학은 한문학이었다. 전인(前人)의 유산이 없는지라, 우리가 문학을
  가지려면 순전히 새로 만들어내는 수밖에는 없었다.

  일찍이 김동인은 「조선근대소설고」(『조선일보』, 1928.7.28~8.16)에서 이인
직과 이광수를 근대소설의 개척자로서 평가한 바 있는데, 오히려 여기에
이르면 이들을 괄호치고 『창조』 이후를 신문학의 결정적 기점으로 삼고
있는 것이다. 이 때 신문학이란 근대문학을 뜻할 터인데, 이러한 의식은
3 · 1운동세대라고 명명해도 좋은 1920년대 신문학운동의 담당자들에게
정도의 차이는 있지만 두루 나타나는 현상이다.
  김팔봉(金八峰, 1903~1985)이 "3 · 1운동은 모든 의미에서 우리 민족의 근
대사의 시작"9)이라고 강조한 것도 이러한 의식과 상통할 터인데, 과연

---

9) 김팔봉, 「우리가 걸어온 30년(1)」, 『사상계』, 1958.8.

3·1운동의 획기적 성격은 뚜렷하다. 3·1운동 지도부의 대폭의 평민적 교체는, 개명한 양반층에서 배출된 급진적 엘리트에 의한 권력탈취와 그를 바탕으로 한 위로부터의 개혁 코스를 걸었던 기존의 민족운동과 달리, 독립협회운동 이후 새롭게 전개되기 시작한 광범한 민중의 자발적 동원에 기초한 아래로부터의 혁명이란 방식으로의 전환을 촉진시켰으니, 독립후의 국가를 공화제 아래 조직한다는 합의가 뚜렷해졌다. 다시 말하면, 근대 부르조아 민족주의적 지향이 그 불철저성에도 불구하고 돌이킬 수 없는 대세로 수면 위에 떠올랐던 것이다.

3·1운동이 우리 역사 속에서 하나의 분수령이었듯이, 1920년대 문학도 앞 시기와 날카로운 단층을 이루게 된다. A. 하우저는 유럽에서 7월 혁명(1830)이 단순한 역사적 관심거리로 변한 과거의 문학과 우리의 인생 문제와 직접 관계를 가지는 새로운 문학 사이의 경계라는 점을 다음과 같이 지적하고 있다.

> 스땅달과 발자끄의 소설은 우리 자신의 생활, 즉 우리 자신의 문제, 과거의 세대들이 알지 못하던 도덕적 곤란과 갈등을 다룬 최초의 책이다. 쥘리앙 쏘렐과 마띨드 드 라 몰르, 뤼시 앙 뤼방프레와 라스띠냑은 서양문학에 있어서 최초의 근대인―우리 자신의 최초의 정신적 동시대인이다.[10]

서구에서 7월 혁명이 그러하듯이, 우리나라에서는 3·1운동이 한 경계를 이루고 있으니, 오늘날 독자들의 자연스러운 독서 대상의 상한선이 1920년대 문학인 점을 감안하면 3·1운동설은 일리가 없는 것은 아니다.

그러나 7월 혁명 이후의 문학이 가지는 획기성에도 불구하고 이미 르네상스 이래 서구문학은 근대로 접어들었듯이, 3·1운동 이전 특히 한말 이후 우리 문학은, 진정한 근대문학에는 미달했을지라도 이미 중세문학에 귀속시킬 수는 없는 일이다. 왜냐하면 이 시기의 문학은 중세적인 백

---

10) 백낙청·염무웅 공역, 『문학과 예술의 사회사―현대』, 창작과비평사, 1974, 4면.

성을 근대적인 국민(nation)으로 거듭나게 하려는 계몽주의적 성격이 뚜렷해서 18세기 문학의 근대적 맹아가 새로운 수준에서 개화하고 있었기 때문이다. 따라서 3·1운동설은 우리나라 근대문학이 결정적 단계로 들어섰음을 알리는 일종의 선언으로 간주하는 것이 적절할 듯싶다.

1920년대 작가들의 회고가 아니라, 3·1운동설에 대한 새로운 고구(考究)는 『창작과비평』 그룹의 대표적 이론가의 하나인 백낙청의 「시민문학론」(1969)에서 이루어졌다. 이 글은 1960년대의 참여문학론에서 1970년대의 민족문학론으로 발전해 간 그의 비평적 행보에서 하나의 징검다리 노릇을 감당한 이론비평이기 때문에 기점론을 의식한 단위논문이 아니다. 그럼에도 이 글에서 그는 우리 근대사 또는 근대문학사에서 3·1운동이 가지는 의의를 새로운 수준에서 짚어냄으로써 결과적으로 문인들의 회고에서 제기된 3·1운동설을 한 단계 높였다고 평가할 수 있다.

그는 "갑신년(1884)의 무모한 쿠데타나 외세에 의해 주도된 10년 후의 갑오경장(1894)" 역시 "민중과 호흡이 일치된 운동이 아니었"다고 비판함으로써 "독자적 시민의식의 발달사에서 큰 빛을 발하지 못한다"고 기존의 통설에 의문을 제기한다.11) 이보다는 "대다수 민중과 소수의 선구적 지식인이 하나의 시민의식으로 뭉칠 수 있는 잠재적 가능성"(『민족문학과 세계문학』, 41면)을 보여준 사건으로 갑오농민전쟁에 주목하여 그 기반이 된 동학사상도 "독일의 농민전쟁에 임하여 봉건제후의 지지자로 둔갑해 버린 루터의 종교보다 오히려 시민적인 성격을 갖추었다"(42면)고 높이 평가한다. 갑신정변이나 갑오경장보다 갑오농민전쟁을 더욱 긍정적으로 바라보면서 그는 동학이 "당시 한국 농민층의 몽매성에 근거한 많은 반시민적 요소들 때문에 당대의 가장 선진적인 지식인들의 노력과 일체가 된 진정한 시민의식을 이룰 수 없었다"(42~43면)고 비판하고, 3·1운동이야말로 "우리 민족이 처음으로 근대적 시민의식다운 시민의식을 갖게

---

11) 백낙청, 『민족문학과 세계문학』, 창작과비평사, 1978, 41면.

된” 결정적 계기였다고 지적한다, 물론 지도부의 “영도력의 취약성”이 상징하고 있듯이 3·1운동조차도 “그 시민의식의 빈곤을 결정적으로 드러낸 운동”이라는 비판을 잊지 않고 있지만(44면).

　이와 같은 관점에서 그는 우리 신문학사의 “본격적 출발은 3·1운동 이후의 일”(44면)이라고 못박고, “신문학 〈최초〉의 이것, 〈최초〉의 저것을 들추는 일”의 우스꽝스러움을 꼬집으면서(46면), 한용운(韓龍雲)이야말로 “한국 최초의 근대시인이요 3·1운동이 낳은 최대의 시민시인”(47면)으로 평가함으로써 만해를 한국 근대문학의 진정한 기점으로 내세운 셈이 되었던 것이다.

　이미 지적했듯이 「시민문학론」의 핵심은 무슨 기점론을 전개하자는 것이 아니라, 당시 문학 즉 1960년대 문학에 대한 비판적 진단에 있다. 그는 이 글에서 “시민의식의 퇴조와 소시민의식의 팽배”로 특징지워지는 1960년대 문학이 “4·19정신의 위축과 변질”에서 말미암고 있다는 인식 아래 소시민문학의 극복을 당면과제로 설정하였다(58면). 다시 말하면 3·1운동에서 열린, 그렇지만 일정한 성취 속에 좌절된, 진정한 시민의식의 획득의 새로운 계기로 주어진 4월혁명의 정신이 혁명 이후 퇴락하는 세태 속에서 그 타락을 경계하면서 미완의 과제로 이월된 근대성의 혁명을 당대문학의 새로운 진로로 세웠던 것이다. 3·1운동설은 이와 같은 구도의 한 부분을 차지할 뿐이다. 거기다 「시민문학론」이 근거하고 있는 한국 현대문학사의 윤곽은 이인직·최남선·이광수 등으로 이어지는 상식을 넘어서지 못하고 있어서 3·1운동설은 그 독창성에도 불구하고 하나의 학설이라기보다는 실천적 담론으로 받아들이는 것이 적절하다.

5. 18세기설과 그 수정들

김일근(金一根)은 일찍이 「민족문학사의 시대 구분」(『자유문학』, 1957.7)에서 선구적으로 18세기 기점설을 주장했지만, 이것이 국문학계의 집중적 쟁점으로 떠오른 것은 실증주의 또는 비교문학적 방법으로부터 내재적 발전론으로 전환하는 추세가 명백해진 1970년대에 이르러서다. 정병욱(鄭炳昱)은 좌담 「한국 근대문학의 기점」(『대학신문』, 1971.10.11)에서 18세기 기점설을 제기하고, 이어서 「이조후기 시가의 변이과정」(『창작과비평』, 1974년 봄호)에서 18세기 신흥예술의 새로움을 구체적으로 점검함으로써 논의를 전진시켰다. 그럼에도 그는 이것이 어디까지나 가설이라는 점을 강조하고 있다.

> 전통문학과 신흥문학의 분수령을 18세기로 잡는다는 가설을 전제로 한다면, 근자 학계에서 논의되고 있는 한국문학사에 있어서의 근대문학의 성립시기에 대한 해석도 어느 정도 그 근거를 확실히 할 수 있을 것으로 생각한다. 필자가 말하는 전통문학에 대립되는 개념으로서의 신흥문학에 만일 근대적인 성격이 인증된다면 신흥문학을 그대로 근대문학으로 일컬을 수도 있을 것 같다. 그러나 이러한 단정을 내리는 데는 아직은 세부적인 연구가 좀더 이루어진 다음에 가능하리라는 것을 첨기하여 둔다. (163면)

정병욱이 하나의 가설로서 조심스럽게 제안한 18세기설을 문학사에 구체적으로 도입함으로써 이른바 기점논쟁을 촉발시킨 것은 김윤식·김현의 『한국문학사』(민음사, 1973)다. 원래 이는 『문학과지성』 1972년 봄호부터 1973년 겨울호까지 연재되었는데, 1970년대 문단에서 문지그룹의 태동은 미묘한 파장을 그리고 있었다. 이 그룹은 창비그룹과 함께 당시 문단의 지배이데올로기였던 순수문학론에 비판적이지만, 한편 창비그룹의 민족문학론에도 일정한 거리를 둠으로써, 중립적인 '한국문학'이란 용어선택에서 짐작되듯이, 중간파적 성격을 지향하고 있다.

18세기설의 이론적 골격은 주로 김현이 담당했다. "구라파문화를 완성된 모델로 생각해서는 안된다"(15면)는 명제를 내세우면서 먼저 그는 당시 우리의 의식을 압도했던 구라파문화를 상대화한다. 그와 함께 그는 "한국문화의 식민지성"을 솔직히 인정하자고 제의한다. 이 "감정적 정직성"이야말로 "한국문화의 주변성"을 극복할 계기로 된다는 것이다.

여기서 그는 임화의 이식문화론을 전통단절론으로 규정하면서 그 극복을 주장한다. 이미 구중서(具仲書)가 지적하고 있듯이, 임화의 이식문화론=전통단절론은 "원문비평의 착오"인데,[12] 그 비판은, 한국 근대문학을 전통적인 것과 이식적인 것의 복합으로 파악하되 시민계급의 미성숙으로 말미암아 이식현상을 우위에 두지 않을 수 없었던 임화가 아니라, 한국 근대문학을 오직 서구문학의 기계적 이식으로만 속류화한 백철·조연현 등에 돌려져야 한다. 최근 신승엽이 치밀하게 분석했듯이, 임화의 이식문화론은 "이식성을 탈피하여 진정한 근대문학을 수립하는 것을 당대 문학의 과제"로 삼는 충정에서 제기되었던 것이다.[13]

그런데 김현도 임화를 무조건 비판했던 것은 아니다.

> 임화의 이식문화론은 경제학계의 아시아적 생산양식─정체성과 크게 어울리는 개념이다. 그것은 향보편(向普遍)콤플렉스의 직절한 발로이며, 동시에 한국문학의 가능성에 대한 긍적적 발언이다. 그는 이식문화론을 통해 한국문학이 근대정신에 투철해줄 것을 바란 것이기 때문이다. 50년대의 전통단절론은 그러한 임화의 희망이 망상이었다는 것을 깨달은 자들의 비관적 노성(怒聲)이다. (17면)

김현은 겉으로 임화를 겨냥했지만 속셈은 1950년대의 순수문학론 또는 비교문학적 관점을 비판하였던 것이다. 김현이 "한국문학은 서구문학의 단순한 모방자가 되어서는 안된다. 한국문학은 서구문학과 함께 세계문학을 이루는 한 요소가 되어야 한다"고 주장한 것에서 잘 드러나듯이,

---

12) 구중서, 『한국문학사론』, 대학도서, 1978, 13면.
13) 신승엽, 「이식과 창조의 변증법」, 『창작과비평』, 1991년 가을호, 193면.

임화의 이식문화론과 김현의 탈(脫)이식문화론은 겉으로는 대립적이지만 기실은 당대 한국문학의 이식성, 낙후성, 주변성을 극복하려는 선한 의도를 공유하고 있다.

그러나 임화의 이식문화론에 대한 김현의 불철저한 이해는 "이조사회의 구조적 모순을 문자로 표현하고 그것을 극복하려한 체계적인 노력이 싹을 보인 영정조 시대를 근대문학의 시작으로 잡"(20면)는 비약을 감행하게 한다. 그리하여 그는 유교적 가족제도의 모순을 묘파한『한중록(閑中錄)』으로부터 한국 근대문학사를 시작한다. 18세기설에 대체로 동의하면서도 김용직(金容稷)은 이 작품을 근대문학의 시작으로 삼기는 어렵다는 입장에서 반문한다. 첫째『한중록』의 전아한 내간체가 근대적인가? 둘째 "이조 초에 있었던 왕실의 내분은 이보다 좀더 심각한 것이었다. 그걸 시인한다면 근대의 기점은 거기까지 소급·기승(起昇)되어도 무방한 것인지."[14] 아무리 생각해도 아니다. 하필 선초(鮮初)가 아니라 궁정의 비극은 삼국시대에도 비일비재(非一非再)했다. 전제권력이 한 사람에게 집중되는 근대 이전의 정치제도 속에서 궁정은 음모와 피의 냄새가 짙게 배어있기 마련이니, 왕실은 가족제도를 초월한다.『한중록』은 우리나라의 중세적 궁정문학을 가장 높은 수준에서 대표하는 작품의 하나일 터이다.

『한중록』은 젖혀 두고라도,『한국문학사』가 근대문학으로 내세우는『열하일기』·『구운몽』·『춘향전』·사설시조·판소리·탈춤 등에서 근대성은 분명히 감지되지만, 과연 그들을 근대문학으로 귀속시킬 수 있을까? 조선후기문학은 그 내부에서 중세적인 것과 반중세적인 것이 갈등하고 투쟁하는 단계이지 후자가 전자를 압도하여 마침내 중세의 탯줄로부터 해방된 단계의 문학, 즉 근대문학으로 보기는 어렵기 때문이다.

염무웅(廉武雄)은 18세기설에 대한 수정을 제안하였다. 원래 그는 임화의 이식문화론의 극복을 주창하며 18세기설을 제출한 김현에 비판적이

---

14) 김용직,「근대문학과 비평의 진실」,『창작과비평』, 1973년 겨울호, 962면.

었다.15) 그런데 「식민지문학관의 극복 문제」(1978)에서 입장의 미묘한 변화가 엿보인다.

> 김윤식·김현 공저의 문학사는 (……) 영정조시대의 문학을 근대문학의 기점으로 보는 관점과 각 시대의 작가·작품들을 구체적으로 평가하는 관점 사이의 이론적 통일을 기하지 못한 데에 근본적인 문제점이 있다. 필자는 전자의 관점에는 공감되는 부분이 없지 않으나 후자의 관점에는 동조하기 어려운 부분이 많았다.16)

18세기설에 기운 것이다. 더 정확히 말하면 그는 17세기 후반설을 제안하고 있다. 그런데 이 시기를 근대문학의 기점이라고 꼭 집어서 주장한 것은 아니다. 이러한 모호성은 그의 제안이 "하나의 가설적 시도"(18면)라는 측면에도 말미암지만, 근본적으로 그가 진정한 근대적 민족문학의 웅장한 성취가 이 글이 발표된 당시에도 미래의 과제라는 판단에 더욱 의지하고 있기 때문이다. 그럼에도 그는 진정한 성취에는 미달이지만 17세기 후반부터 "우리 문학은 사회의 제반 변화 속에서 봉건체제로부터 이탈하기 시작"(19면)했다고 지적함으로써 김현의 18세기설과 일정한 호응관계를 이루고 있다.

그런데 유의할 대목은 김현이 18세기 이후 우리 문학을 단선적 연속성에서 파악한 데 비해 염무웅은 연속성 속에서 비연속의 계기들을 간취하는 발생론적 지평을 깔고 있는 점이다. 단적으로 그는 조선후기로 통칭되는 시대를 둘로 나누어 본다.

> 전기는 17세기 후반부터 18세기까지로서 평민계급이 성장하고 봉건지배세력이 이 사회적 변화를 체제의 내부에서 소화하고자 노력하던 기간이요, 후기는 순조 1년(1801)부터 소위 강화도조약(1876)까지로서 민중의 성장을 정치적으로 탄압 억제했던 반동의 시대이다. 문학과 예술 역시 이러한 시대적 추이를 분명히 반영한

---

15) 김현, 「근대소설과 민족의식」, 『일제시대의 항일문학』, 신구문화사, 1974, 155면·159면.
16) 염무웅, 『민중시대의 문학』, 창작과비평사, 1979, 18면.

다고 생각된다. (21면)

이 점이야말로 그의 독창점인데, 이때 비로소 조선 후기에 발생한 근대문학적 징후들이 왜 온전한 의미의 근대문학으로 일찍이 전환되지 못했는가를 설명할 수 있기 때문이다. 그러나 이러한 미덕에도 불구하고 그의 17세기 후반설은 18세기설의 수정이라는 한계를 벗어나지 못한다고 할 수 있다.

한국문학계에서 내재적 발전론을 대표하는 조동일은 그간의 정력적인 연구활동을 집대성한『한국문학통사』1~5(지식산업사, 1982~1988; 제3판, 1994)에서 국문학의 획기적인 통사체계를 수립하였다. 이 체계에서 첫 번째 주목할 대목은 중세문학의 기점을 삼국시대로 소급한 점인데, 이는 고구려의 건국에서 중세의 시작을 보는 북의 관점과 흥미로운 호응을 이루고 있다. 그럼에도 중세의 세계적 지표로서 공동문어(文語)문학과 보편종교에 착목한 그의 시각은 북보다 더욱 논리적 정합성을 갖추었다고 평가된다.

이와 함께 그는 근대문학기점론과 관련해서 매우 독특한 이행기설을 제안하였다. 중세문학에서 근대문학으로 넘어가는 기간, 임진왜란 이후 3·1운동 직전까지 무려 300년 간을 이행기라는 독자적인 시대로서 설정하였던 것이다. 이 이행기는 다시 "최제우가 동학을 창건한 1860년(철종 11년)을 계기로"(『통사』 4권, 1994, 7면), 1기와 2기로 나뉘는데, 그는 일찍부터 동학에 주목했거니와, 황패강(黃浿江)은 「한국문학사와 근대」(『근대문학의 형성과정』, 문학과지성사, 1983)에서 1860년을 근대문학의 기점으로 설정한 바도 있다. 동학의 창건을 가운데 마디로 임진왜란에서 시작하여 3·1운동으로 종결된 이행기를 그는 다음과 같이 명쾌하게 정리한다.

근대문학의 기점은 중세문학에서 근대문학으로의 이행기가 시작되면서 나타났다. 그러나 근대문학의 성립은 이 이행기가 끝나야 가능했다. (『통사』 1권, 1994, 56면)

그러니까 근대문학의 맹아가 임진왜란 직후 싹터서 중세문학과의 다툼 속에서 지속적으로 성장하여 3·1운동 이후 온전한 승리에 이르렀다는 파악이다.

이행기설은 지금까지 중요한 마디로 간주되었던 모든 계기들을 종합하면서 한꺼번에 해결할 수 있는 이점이 있는 고심의 산물이기는 하지만, 이처럼 긴 이행기를 독자적인 시기로 설정할 수 있느냐가 문제다. 그도 이를 의식하여 "유럽의 경우에는 문예부흥기부터 낭만주의운동이 일어나기 전까지가 이행기"(『통사』 1권, 1994, 55면)라고, 그 설정의 보편적 근거로 삼고 있다. 물론 낭만주의 또는 사실주의가 등장한 19세기 이후 부르조아의 거의 완전한 승리와 함께 유럽 근대문학이 확립되지만, 그렇다고 해서 그 이전 시기를 중세와 근대가 다투는 이행기로 보기는 어렵다. 문예부흥 이후 분명한 형태로 떠오른 근대 또는 근대문학에 대해서 중세 또는 중세문학이 아직도 일정한 영향력은 행사하지만 그것은 어디까지나 하나의 잔재로서 존재했던 것이기 때문이다. 우리의 경우는 17세기든 18세기든 근대적인 것이 어디까지나 어린 싹이고 중세적인 것이 막강한 지배력을 행사하고 있어서 이와 같은 맞비교는 어려울 것인데, 이 점에서 이행기설은 18세기 기점설을 더욱 끌어올린 17세기설이라는 성격을 면치 못할 것이다.

6. 북의 1866년설

그 동안의 반북(反北)정책 속에서 엄격히 제한되었던 북의 문학사가 남한 독자 일반에게 공개되기 시작한 것은 1980년대 말부터다. 그럼에도 '북한학'이 거의 황무지에 다름없던 남한의 현실에서 그 전모를 제대로 파악하기란 좀체 어렵다. 이 점에서 민족문학사연구소가 공동연구를 통해서 북의 문학사연구를 실증적으로 정리하고 그 이론적 골격과 구체적인 작가·작품 배치에 대해 비판적으로 접근한 업적『북한의 우리 문학사 인식』(창작과비평사, 1991)을 출간한 것은 좋은 안내로 되고 있다.

이 책에 의하면 북도 초기에는 1900년 이후를 모호한 채 근대문학으로 삼다가『조선문학사』1~5(1977~1981)에 이르러 1866년을 근대문학의 기점으로 설정하였다는 것이다(74~76면).

이와 같은 변모에는 북 사학계의 근대사 시기구분 논쟁의 결과가 반영되어 있다. 1957년부터 1962년까지 진행된 1차 논쟁을 통해 1866년에서 1945년까지를 근대로 규정하였는데, 다시 주체사상이 유일사상 체계로 확립되는 과정 속에서 "근대사의 시·종점도 1860년대 반침략투쟁의 시작으로부터 1926년 김일성에 의해 새로운 성격의 반제반봉건민주주의혁명이 시작되기 전까지의 시기로 설정"(76면)되면서, 기점은 1866년이되 종점은 1945년에서 1926년으로 앞당겨졌다.『조선문학사』는 1866년과 1926년을 각각 근대와 현대의 기점으로 삼는 북 사학계의 통설을 문학사에 충실히 적용하고 있는 셈이다.

그럼 북의 학계는 왜 1866년을 근대 또는 근대문학의 기점으로 삼고 있는가? 아다시피 이 해는 제너럴 셔먼호 사건과 병인양요가 잇따라 일어났다. 자본주의 세계시장에 편입되기를 거부함으로써 그 마지막 고리인 조선왕조에 대한 제국주의의 포화가 집중되기 시작하는 서막에 해당되는 이 두 사건에서 침략자들을 격퇴한 조선의 투쟁은 높이 평가되어야 마땅하지만, 그럼에도 이 사건들을 근대의 기점으로 삼기에는 일말의 의문을 감출 수 없다. 이 반침략투쟁의 근저에는 왕조를 보위하려는 척사위정적 성격이 강하게 자리잡고 있기 때문이다.

설령 1866년을 근대사의 기점으로 인정한다고 하더라도 그것이 근대문학의 기점으로 되기 위해서는 작가·작품과의 상관관계가 일정하게 성립되어야 가능할 터인데, 북에서 내세우는 신재효(申在孝, 1812~1884)의

국문시가 「괘씸한 서양되놈」이나 유인석(柳麟錫, 1841~1915) · 이건창(李建昌, 1852~1898)의 한시들은 아무리 보아도 내용과 형식 양면에서 근대문학과는 거리를 두고 있는 것이다.

따라서 1866년설은 우리 역사 또는 문학사의 실상에 즉해서 설정되었다기보다는, 주체사상의 획기성을 강조하려는 정치적 요구에 응해서 근대의 기점을 소급 · 결정한 것이 아닌가 하는 추측을 가능케 한다. 내재적 발전론을 확고한 원칙으로 삼고 있는 이북 학계의 지적 풍토 속에서 근대의 두 얼굴 가운데 반중세보다는 반침략이 더욱 부각되는 점을 이해할 수 있지만, 반중세와 반침략은 실상 두 얼굴이 아니라 한 얼굴의 두 측면이다. 근대문학은 이 두 측면을 어떻게 하나로 통일하느냐 하는 데 성패가 달려 있다고 해도 지나친 말은 아닐 것인데, 반중세 없는 반침략은 어떤 의미에서는 근대성의 무덤으로 될 수도 있다.

7. 애국계몽기설

나는 민족문학작가회의 1990년도 상반기 심포지엄의 발제『근대문학의 기점 문제』에서 기왕의 기점론들을 비판적으로 개관하면서 그 대안으로 애국계몽기(1905~1910)를 제안한 바 있다.

이 제안은 갑오경장에서 3 · 1운동까지의 신소설을 비롯한 산문작품들을 검토해온 나의 일련의 연구를 중간 결산하면서 도달한 소결(小結)인데, 애초에는 당시 한국문학계에서 이 시기를 통칭해온 개화기문학이란 용어를 해체하려는 의도에서 출발한 것이다. 임화가 이 시기를 '과도기의 문학'으로 명명한 것은 앞에서 지적한 바, 조연현의 「개화기문학 형성과정고」(1966) 이후 개화기문학이란 용어가 그 대신 바짝 유행하였다. 나도 처음 연구에 착수할 때는 이 용어를 수용하였다. 그런데 연구가 진행될수록, 1910년 국치(國恥)를 고비로 이전과 이후 시기가 날카로운 단층을 이루고 있음을 발견하게 되었다. 다시 말하면 앞 시기 문학의 발랄한 정치성이 국치를 고비로 공포의 무단통치 아래 급속히 탈정치화되고 있는 것이다. 그리하여 나는 개화기문학에서 일단 1910년대를 구분할 것을 제안하였다(「장한몽과 위안으로서의 문학」, 1982).

그런데 이렇게 개화기문학에서 1910년대를 떼어놓고 나서도 문제는 남았다. 자세히 검토할수록, 거의 모든 중요한 업적이, 모든 장르에 걸쳐서 모든 노선(의병전쟁이든 애국계몽운동이든 심지어 친일운동에 이르기까지)을 가로질러서 애국계몽기에 집중되고 있었다. 사실 갑오경장의 획기성을 일정하게 평가한다 하더라도 1894년에서 1905년까지의 문학사에서 그에 걸맞은 문학적 업적을 찾는 것은 어려운 일이다. 그렇다면 나라가 반식민지로 전락한 1905년에서 1910년 사이를 개화기문학으로 명명할 수 있을까? 이 용어는 당시의 민족모순을 은폐하는 일종의 근대화 담론이란 성격을 면치 못할 것인데, 그 대신 나는 '애국계몽기문학'을 독자적이고 대안적인 단위로 설정할 것을 제안하였다(「제국주의와 토착자본」, 1985). 이 시기의 소설을 주로 검토하면서 도달한 이 제안은 이 시기 시가의 새로운 성격을 짚어낸 임형택의 「'동국시계(詩界)혁명'과 그 역사적 의의」(1982)에서 크게 고무 받기도 하였다. 이처럼 개화기문학을 애국계몽기문학과 1910년대 문학으로 끊어내면서 해소하고자한 나는 1990년 발제에서 여기서 더 나아가 애국계몽기문학을 근대문학의 기점으로 내세우기에 이르렀던 것이다.

최근 백낙청은 후발사회에서 근대전환의 타율성으로 말미암아 획기적인 근대문학의 출현 여부로 기점을 삼기는 어렵다는 점에서 애국계몽기설에 의문을 던지며 1894년설을 제기하였다. 이것은 갑오경장설로 복귀하자는 것은 아니다. 1894년이 갑오경장뿐 아니라 갑오농민전쟁이 폭발한 해라는 점을 강조함으로써 이 마디의 획기성을 다시금 부각시키고

있는 것이다.[17]

그런데 이 설의 난점은 한국민족주의 형성의 두 주체인 개화파와 농민군이 비극적인 대결 속에 결국 함께 몰락함으로써 국민적 통합의 계기가 이 시기에 무산되었다는 점이다. 두 주체가 상처를 딛고 대중적 운동 속에서 새로운 통합의 기초를 만들어가게 되는 것은 애국계몽기에 와서야 가능했으니, 이 시기에 근대적인 작품군들이 집중적으로 나타나는 것이 결코 우연이라고 할 수는 없다.[18]

임형택 또한 갑오농민전쟁·청일전쟁·갑오경장이 하나의 연쇄를 이루는 1894년에 주목하면서, 특히 청일전쟁이 유구한 중화체제의 붕괴를 가져왔다는 점에서 1894년을 근대 또는 근대문학의 기점으로 설정할 수 있다는 입장을 표명하였다. 이는 1894년이 가진 또 다른 의의를 짚어낸 것인데, 문제는 중화체제로부터의 한국의 일탈이 대일본체제로의 편입으로 귀결되었다는 점이다. 반청친일과 친청반일의 이항대립을 넘어서 한국사의 진로를 하나의 주체적 실존으로 감지하면서 국민국가 또는 민족국가의 건설 속에서 문제를 근본적으로 해결하려는 진정한 근대의식의 단초가 마련된 것은 애국계몽기문학에 와서야 비로소 가능하였기 때문에 1894년에 집중적으로 폭발한 역사적 사건들은 근대문학 형성을 위한 외재적 계기라는 성격을 넘어서지 못한다고 할 수 있다(「한국문학의 근대성을 다시 생각한다」, 21면).

백낙청·임형택의 애국계몽기설 비판은 국제적으로나 국내적으로나 중세 탈각의 획기적 계기로 되었던 1894년이란 마디가 가진 중차대한 성격을 다시금 곰곰이 따져보게 만들었다. 비록 우리 사회는 1894에 주어진 이 계기를 성공적인 근대 진입의 축으로 만드는 데는 실패했지만, 이를 바탕으로 애국계몽기와 그 문학의 근대성은 새로운 단계로 진입할 수 있

---

17) 백낙청, 「문학과 예술에서의 근대성 문제」, 『창작과비평』, 1993년 겨울호.
18) 최원식, 「한국문학의 근대성을 다시 생각한다」, 『창작과비평』, 1994년 겨울호, 20~21면.

있던 것인데, 앞으로 1894년에서 1905년 사이의 운동과 문학에 대한 더욱 정밀한 검토를 거쳐서 관점을 정비하는 것이 과제다.

제3장
동학 보수파의 가사작업

1. 동학과 동학가사

　동학사상은 '동학란'(1894), 갑진민회운동(甲辰民會運動, 1904), 3·1운동(1919)을 통해 한국 민족운동을 지도한 사상적 동력의 하나로 높이 평가되어 왔다. 그러나 최근 한국사학계에서 남북접(南北接) 문제가 제기됨[1]으로써 '동학란'의 성격 규정이 논란의 대상이 되었다. 이에 따라 동학 지도층이 농민층의 진보적 요구를 받아들이고 조직하기보다는 그 발전을 저지하거나 그것에 소극적으로 대응했다는 것이 밝혀져 '동학란'의 동학적 성격보다 농민전쟁적 성격이 더욱 강조되었다. 또한 잘 알려지지 않았지만 매우 중요한 동학운동이었던 갑진민회운동의 성격도 매우 복잡하다. 이 운동은 러일전쟁이 개전된 1904년에 전개된바, 이 운동을 일본에서 주도한 손

---

1) 김의환, 「갑오동학농민항쟁과 남북접문제」, 『나라사랑』 15집, 1974.

병희는 그 목적을 다음과 같이 설명했다.

> 일본 당국과 한정(韓政) 개혁의 밀약(密約)을 굳게 맺은 뒤에 일본을 위하야 로(露)를 치고 일변 국권(國權)을 잡은 뒤에 제정(諸政)을 혁신하면 아한(我韓) 재생의 도 이에 있을 뿐이라.[2]

위의 글에서 주목할 것은 동학의 수권의식(受權意識)이 강화된 반면 척양척왜적(斥洋斥倭的) 성격이 약화되었다는 점이다. 조선 정부와 일본이라는 두 세력과 적대적이었던 동학은 이 시기에 일본과의 비적대적 관계를 획득한다. 이러한 변모는 갑진민회운동의 민족운동적 성격을 심각하게 약화시키는 측면이다. 한편 한국 근대사 내지 한국 민족운동 전개에 있어서 결정적 의의를 가진 3·1운동에 관한 최근의 연구도 지금까지 독점적 지위를 차지했던 3·1운동 당시의 천도교 역할을 상대화시키고 있다.[3] 이와 같은 문제제기들은 지금까지 '동학란'에 집중되어 왔던 동학의 연구를 1894년 이후의 동학의 변모·발전과 동학에서 파생된 여러 종파를 포함하여, 한국 근대사 내지 한국 민족운동의 구체적 전개과정 속에서 더 객관적이고 포괄적으로 검토할 것을 요청하고 있다.

한국문학계에서는 동학사상의 문학적 표현으로서 최제우(崔濟愚, 1824~1864)의 『용담유사(龍潭遺辭)』에 주목하였다. 조동일 교수는 이 가사집을 1860년대 중세 조선이 당면한 대내외적(對內外的) 모순에 대한 적극적 대응으로 파악하여 한말 우국가사(憂國歌辭)의 출발로서 높이 평가했고,[4] 김인환 교수도 이것을 "반침략과 반봉건의 민족혁명"을 노래한 19세기 최대의 시가로 평가함으로써 한국문학사에 더욱 적극적으로 편입시켰다.[5]

---

2) 李敦化, 『天道敎創建史』三篇, 天道敎中央宗理院, 1933, 43면.
3) 安秉直, 『3·1운동』, 한국일보사, 1975.
4) 조동일, 「개화기의 우국가사」, 『개화기의 우국문학』, 신구문화사, 1974.
5) 金仁煥, 「용담유사의 내용분석」, 『문학과 문학사상』, 열화당, 1978.

이와 같은 『용담유사』 연구가 진행되는 한편 최제우 이후 창작된 많은 양의 동학가사가 발굴되었다. 상주(尙州) 동학교(東學敎)에서 간행된 방대한 가사의 존재가 처음 알려진 것은 이상보 교수에 의해서지만,[6] 본격적인 소개는 하성래(河聲來)·유탁일(柳鐸一)·이원주(李源周) 교수에 의해 이루어졌다. 하성래 교수는 국립도서관 소장의 동학가사들을 '남접동학가(南接東學歌)'란 명칭 아래 소개하고 그 개략을 밝혔다.[7] 이어, 상주 동학교당을 답사하고 이 교의 교주이며 이 가사집의 간행자인 김주희(金周熙, 1860~1944)의 아들 김덕용(金德龍) 옹의 도움을 얻은 유탁일,[8] 이원주[9] 교수에 의해서 이 동학가사의 전모가 밝혀졌다. 나는 상기 세 교수의 기초 조사를 기반으로 국립도서관 소장의 동학가사를 재조사하여 그 결점을 보완하고, 1978년 11월에 동학교(尙州郡 銀尺面 于基里 소재)를 답사하여 교인 김병학(68세, 1915년 입도) 옹과 면담하고(崔正如·이원주·필자 참가), 12월에 김덕용 옹과 만나(최정여·이원주·盧泰敦·필자 참가), 기왕의 기초 조사를 조금 더 보강할 수 있었다.

2. 상주 동학교

1922년에서 1933년에 걸쳐 방대한 양의 가사를 간행한 동학교는 어떠한 성격을 가진 동학 교단인가? 동학교에 관한 문헌기록은 다음과 같다.

---

6) 李相寶, 「金大妃의 訓民歌연구」, 『무애양주동박사화갑기념논문집』, 探究堂, 1963.
7) 河聲來, 「새로 찾은 東學노래의 思想的 脈絡」, 『문학사상』, 1975.5.
8) 柳鐸一, 「찾아진 東學歌辭 100여 편과 그 冊板」, 『釜大新聞』, 1974.11.11과 「東學敎와 그 歌辭」, 『韓國語文論叢』, 형설출판사, 1976.
9) 李源周, 「尙州本 東學歌辭에 對하여」, 『계명대학보』, 1976.1.13.

　본파(本派)는 영남 안동(安東)지방에 있는 김낙춘(金洛春)·김주희 등의 발기로 기시(其時) 북접도주(北接道主) 최시형(崔時亨)을 상대로 남접도주(南接道主)라는 명칭으로 각립(角立)한 것이다.[10]

　본교(本敎)는 동학의 비조(鼻祖) 최제우에 사사(師事)했던 김시종(金時宗)이 북접도주 최시형에 대해 남접도주라 칭하고 1908년경부터 경북 안동 지방에 포교하기 시작하여 그 제자 김낙춘을 거쳐 손제자(孫弟子) 김주희에 미쳐 1915년 경북 상주군 은척면에 본거를 베풀고 동문(同門) 김낙세(金洛世)와 협력해서 동교(同敎)의 부흥과 포교에 노력하고 1922년 동면(同面) 우기리에 교당(敎堂)을 건축하고 전도사를 각지에 파견하여 교세의 확장을 꾀한 결과 1929년경에는 경북을 중심으로 충북·강원 등에 약 1500여명의 교도를 획득했지만 그 후 점차 쇠퇴하여 지금은 교도 사오백 명을 헤아리는 것 같다.[11]

　위의 기록(전자는 매우 소략하고 후자는 뒤에서 밝히겠지만 매우 오류가 많다)에 의하면 동학교는 최제우-최시형-손병희로 이어지는 북접과는 계통을 달리하여 최제우-김시종-김낙춘-김주희로 이어지는 남접을 자처하고 있다. 그런데 주목할 것은 최제우로부터 남접의 정통을 이어받았다는 김시종과 김낙춘이 허구적 인물이란 점이다. 김덕용 옹은 김시종·김낙춘이란 인물은 김주희가 동학교의 공인을 위해 지어낸 인물이라고 증언했으며, 교인 김병학 옹도 김주희 생존시 이들의 실재에 대해 들은 바 없다고 증언하고 있다. 실제 「동학교법(東學敎法)」의 연원에도 "一世敎主 水雲大先生, 二世敎主 靑林先生"으로 기록되어 있는데 청림 선생은 김주희의 존호(尊號)이기도 하다. 따라서 동학교는 최제우로부터 직접 북접도주를 이어받은 최시형(1827~1897)에 대해 남접도주 청림을 자처한 김주희가 창설한 것으로 추정할 수 있다.

　여기서 문제가 되는 것이 이른바 남북접이다.

---

10) 吳知泳, 『東學史』, 영창서관, 1940, 240면.
11) 村山智順, 『朝鮮の類似宗敎』, 朝鮮總督府, 1935, 233면.

　　남북접설은 수운선생 당시에 우연히 생겨 나온 말삼이다. 수운선생 사는 곳에
서 해월선생(海月先生. 최시형) 사는 곳이 북쪽이 되여 그것을 북접이라고 일음을
지여 불너 왔었다. 그 말이 수운선생 시대가 지나가고 해월선생이 도 중심자리에
있을 때까지도 북접대도주라고까지 한 것은 알 수 없는 일이였다. …… 갑오란(甲
午亂)을 당하여 전라도를 남접이라 이름하고 충청도를 북접이라 이름하여 서로
배척하게 되었고 ……12)

　　위의 글에서 보이듯 최제우 당시에는 아직 남접이 나타나지 않고 있
다. 그러나 이상한 것은 최제우가 최시형에게 도통(道統)을 전수하면서
왜 북접주인(北接主人)이란 말을 사용했을까, 하는 점이다. 천도교 측 기
록에도 다음과 같이 분명히 나타나고 있다.

　　(1863년) 7월 23일에 대신사(大神師 최제우)가 최경상(崔慶翔, 최시형의 初名)
으로 하야금 북접주인을 정하시고 갈오되 자금(自今)으로 도중(道中)일체사무를
선섭(善攝)하라 하시다.13)

　　북접이란 말은 남접이란 말을 배제하는 것이 아니다. 이 부분의 모호
성이 결국 최제우 이후 동학의 분파작용을 배태하고 있으니, 이것이 직
접적 갈등으로 드러난 것이 '동학란' 때다. 전봉준(全琫準, 1855~1895)은 공
초(供招)에서 남북접을 다음과 같이 구분하고 있다.

　　문 : 동학중에 남접·북접이 유(有)하다 하니 하(何)에 의하여 남북을 구별하느냐.
　　답 : 호이남(湖以南)은 남접이라 칭하고 호중(湖中)은 북접이라 칭한다.14)

　　남북접이 단순한 지역적 구분이 아니라, 마치 16세기 독일농민전쟁 당
시 마르틴 루터와 토마스 뮌쩌의 대립처럼 이념적 갈등임은 잘 알려진

---

12) 오지영, 앞의 책, 136면.
13) 이돈화,『천도교창건사』1편, 천도교중앙종리원, 1933, 45면.
14)『나라사랑』15집, 1974, 115면.

사실이다. 광제창생(廣濟蒼生)의 이념에 철저한 것이 전봉준을 비롯한 남
접이라면 수심경천(守心敬天)의 종교적 측면을 더 강조한 것이 최시형을
비롯한 북접이었던 것이다.

　그런데 남접의 정통임을 자처하는 동학교는 전봉준의 남접과는 무관
하다. 「동학교법」에 그 목적을 다음과 같이 규정하고 있기 때문이다.

　　본교(本敎)는 불문시세변천(不問時世變遷)하고 불간정치득실(不干政治得失)하
　　고 단순한 계천입극(繼天立極)으로 목적함.

　이런 관점에서 동학교는 '동학란', 갑진민회운동, 3·1운동에 참가한
동학을 동학의 본령에서 벗어난 것이라고 주장하며 심지어 김덕용 옹은
전봉준이 남접이 아니라 북접이라고 주장하여 이른바 갑오 남북접 갈등
을 북접 내의 갈등이라고 단정한다. 요컨대 최제우의 동학을 철저히 종
교적 측면에서만 파악한 동학교는 보수적 성격을 강하게 드러내고 있는
것이다.

3. 동학교 교주 김주희

　나는 동학교의 이와 같은 측면을 김덕용 옹이 작성한 「선고행장(先考
行狀)」과 「가첩(家牒)」을 중심으로 김주희의 행적을 검토함으로써 더욱 분
명히 하고자 한다. 남접도주로 자처한 김주희는 자(字) 경천(敬天), 호(號)
삼풍(三豊), 존호 청림 선생, 본관 경주(慶州)로 경신년(庚申年) 10월 3일 충
남 공주군(公州郡) 신상면(新上面) 달동(達洞)에서 태어났다. 그의 6대조가
토산현감(兎山縣監)을 지낸 후 벼슬길이 끊어진 것으로 미루어 그의 가계

는 몰락양반층인 것 같다. 중농(中農) 정도였던 부 윤집(允集, 1823~1881)이 일찍이 최제우 문하에 입도하여(윤집의 입도 시기는 수운이 득도하여 포교한 시기가 1860~1864이므로 이 무렵일 것이다) 그도 어릴 때부터 입도했다 한다.

1894년 즈음의 행적을 김덕용 옹은 다음과 같이 적고 있다.

> 당시 이조말기 국정의 문란, 갑오동학혁명 등 세태가 분요(紛擾)함으로 은거산림(俗離山)하야 수도위주(修道爲主)러시니 일조(一朝)에 황홀대오(恍然大悟)하니 왈(曰) 체천행도(體天行道)라. 고로 남접이라 칭하시다(동학 남북접은 수운선생께서 북접대도주 최해월〈시형〉선생을 명하시였으나 남접은 말씀한 바 없음).

그의 은복(隱伏)은 '동학란'을 전후한 조선 정부와 일본군의 대탄압에도 그 이유가 있으나 보다 적극적인 이유는 그가 동학을 실천적 관심으로서가 아니라 영적 구원을 추구하는 종교적 측면으로서 받아들였다는 데 있다. 그는 속리산 수도를 통해 최제우의 동학을 체천(體天)사상으로 요약함으로써 독자적으로 체계화하여 남접도주로 자처하게 된다. 김주희의 남접은, 현실적 실천을 중시하면서도 동학운동을 어디까지나 종교운동으로 파악함으로써 '동학란'에 소극적으로 대처했던 최시형의 북접과도 다르며, 동학을 기반으로 즉각적인 혁명적 실천으로 나아간 전봉준의 남접과는 더욱 다르다. 요컨대 전봉준이 동학의 진보적인 측면을 대표한다면, 최시형은 중도적인 측면을, 김주희는 그 보수적인 측면을 대표한다고 할 수 있다.

속리산 수도를 통해 득도한 그는 하산하여 제1차 교단 조직을 시도한다.

> 기후(其後) 수학제자(受學弟子) 운집(雲集)함으로 상주군 화북면(化北面) 장암리(壯巖里, 속칭 '장바우')에 교당을 건립하고 포교를 하다가 당시 한일합병의 모든 수난으로 인하야 철폐하고 다시 속리산에 은거하야 지극헌성(至極獻誠)과 수도위주(修道爲主)러니 ……

이 부분은 모호한데 김덕용 옹과의 면담에서 매우 중요한 사실을 알 수 있었다. 이 당시 김주희는 정수기(鄭壽基 또는 廣德)를 교주로 내세우고 경천교(敬天敎)를 조직하여 장암리에 교당을 세우고 교세를 폈다는 것이다. 정수기(김주희보다 10세쯤 연상이라 함)는 원래 동학과 무관한 떠돌이로 어느 물방앗간에서 김주희와 만나 동학에 입도하여 능란한 수완으로 경천교단을 실질적으로 운영했다고 한다. 김주희와 정수기의 결합 속에 발전하던 경천교로부터 돌연 김주희는 결별을 선언(1908년 전후)하고 다시 속리산으로 은복한다. 결별의 주원인은 정수기가 교단을 군대화하여(그는 獻誠 진설식을 陳法으로 했다고 함), 직접적인 실천운동을 준비했다는 데 있었다. 이 운동이 어떤 성격의 것이었는지 알 수 없지만, 1909년을 전후해서 의병전쟁이 가장 고조되었던 점을 감안할 때, 항일적 방향일 것 같다. 우리는 여기서 정수기가 '동학란' 또는 그 후 고조되었던 민중운동에 관여했던 인물임을 추정할 수 있겠다. 이와 같은 갈등으로 김주희가 떠난 후, 경천교는 일제에 의해 탄압되고 정수기도 청주(淸州)에서 옥사했다고 전한다.

나는 경천교에 관한 두 개의 문헌기록을 찾을 수 있었다.

경천교파(敬天敎派)니 본파는 영남인 정득우(鄭得雨, 정수기?−필자)가 설립한 것이니 그것도 그 근본을 알 수 없는 것[15]

南接道主 靑林先生 鄭侍宗 自甲子(1864)以後 隱居金剛山 潛心修道矣. 當於甲午(1894)北接撥亂之際 隱密通諭於南派各布中 戒勿訕動 使之潛伏修道焉. 甲辰(1904)春 弟子中鄭壽基 自願下山 傳道與權秉·吳淵龜·徐秉坤·金世應等 設立敬天敎 將行布敎之際 橫被世人之造言 北接之沮擊 以治安妨害之嫌 竟至於當局解散之令 時則壬子(1912) 十一月也. 其後鄭壽基 因病歸仙.[16]

---

15) 오지영, 『동학사』, 영창서관, 1940, 238면.
16) 韓泰洙, 『靑林敎沿革史』, 靑林敎中央總部, 1923, 22면.

우리는 위의 기록, 특히 후자(물론 남접도주 청림 선생 정시종은 동학교에서 내세우는 청림 선생 김시종처럼 허구적 인물이며 이들은 모두 김주희의 행적과 유사하다)에서 김주희와 정수기가 경천교를 설립한 것이 1904년이고 1908년 김주희가 결별한 후에도 경천교가 1912년까지 존속하다가 일제의 탄압으로 해체되었음을 분명히 알 수 있다. 또한 1915년 김주희에 의해 설립된 동학교와 1902년 김상설(金相卨)에 의해 설립된 청림교가 모두 경천교에 뿌리를 두고 재건된 독립 교단임도 유추할 수 있겠다. 두 교단 모두가 교단의 연원을 남접도주 청림 선생이란 허구적 인물에 두고 있기 때문이다.

이와 함께 부기할 것은 당시 청림을 자처했던 인물이 매우 많다는 점이다. 갑산(甲山)의 이백초(李白初),[17] 삼도봉(三道峰)의 윤청림, 대흥(大興)의 김청림, 계룡산(鷄龍山)의 한청림, 호서(湖西)의 임청림(林靑林)·태청림(太靑林), 묘향산(妙香山)의 박청림[18]이 그들로 이것은 모두 최제우의 유훈(?)으로 알려진 '수종백토주청림(須從白兎走靑林)'이란 문자와 최제우가 최시형에게 도통을 전할 때 사용한 북접주인이란 모호한 명칭에서 배태된 것이다.

이상에서 밝힌 바와 같이 정수기와의 이념적 갈등으로 제1차 교단 경천교 조직에 실패한 김주희는 은복 후 다시 하산하여 동학교를 설립한다.

제자 박제팔(朴齊八)·채명진(蔡明鎭)·채만진(蔡萬鎭)·곽동일(郭東一)·김대용(金大容)·김낙세(金洛世) 등의 간청으로 다시 하산하시와 상주군 송현리(松峴里) 채경석(蔡京錫) 가(家)에 잠시 체류하시다가 을묘(乙卯, 1915) 7월에 상주군 은척면 우기리에 교당을 건립하고 동학본부라 하였다.

당시 동학교 교도의 신원에 대해 자세하게 밝혀지지 않았지만 동학교는 경북 북부 즉 안동·상주를 중심으로 주로 빈농을 교도로 획득한 것

---

17) 오지영, 앞의 책, 238면.
18) 한태수, 앞의 책, 20~21면.

같다(김덕용은 교도의 9할이 가난한 평민들이었다고 한다). 동학의 연원은 영남이지만 이미 1890년대는 호서·호남이 그 세력의 중심을 이루었고 천도교가 출세(出世)한 1900년대 이후는 관서·관북이 그 중심이었다. 동학교는 동학의 북진에 따라 점차 소외된 영남을 중심으로 교세를 잡고 동학의 연원인 남방을 강조하여 북방을 강조하는 천도교와 대립한다.

영남의 보수성을 기반으로 교세를 안정시킨 동학교는 1922년 총독부의 공인을 얻은 한편 이때부터 1933년까지 대대적인 간행사업을 벌인다.『동경대전(東經大全)』을 비롯하여『궁을경(弓乙經)』·『통운역대(通運歷代)』·『도원경(道源經)』·『도화경(道和經)』·『성경(聖經)』·『도성경(道誠經)』 같은 경전과『용담유사』를 비롯하여 총40책에 이르는 가사집을 간행했다. 이와 같이 작은 교단에서 방대한 간행사업을 완성했다는 것은 놀라운 일이다.

동학교는 일제에 대해 철저한 무저항으로 일관했음에도 동학교의 일제에 대한 비타협 때문에 일제는 동학교를 끊임없는 감시의 대상으로 삼았다. 병진(丙辰, 1916)·갑자(甲子, 1924), 두 차례에 걸친 피화(被禍)를 벗어나 일시 안정을 찾았던 동학교는 1936년 공인취소와 집회 금지 통고를 받고 1943년에는 직접적인 탄압을 당하게 된다.

> 계미(癸未, 1943) 10월에 밀회(密會)가 있던 중 교주 이하 교도 다수가 금거(禁擧)되야 교우(教友) 일부는 동년(同年) 12월 익년(翌年) 정월에 석방되었으나 부교주(副教主 김낙세)는 갑신(甲申, 1944) 9월에 대구형무소(大邱刑務所)에서 별세, 교주는 병보석(病保釋) 중 갑신 11월에 별세하였다.

이때 경전과 가사도 압수되어 해방 후에 다시 회수하였으나 일부(가사집 제29책·제37책)는 산일되었다. 이리하여 1930년대 중반부터 쇠퇴하기 시작한 동학교는 김주희의 죽음과 함께 급격하게 교세를 잃고 말았다.

동학은 '동학란'이라는 도의 현실적 실천이란 문제 앞에서 최시형의 북접, 전봉준의 남접 그리고 김주희의 남접으로 분화했다. 이 중 오로지 종교적 관심에서 최제우 동학을 파악한 김주희의 남접은 동학사상의 보수적 측면을 전형적으로 대표한다. 동학교를 포함하여 동학의 계통을 정리하면 다음과 같다.

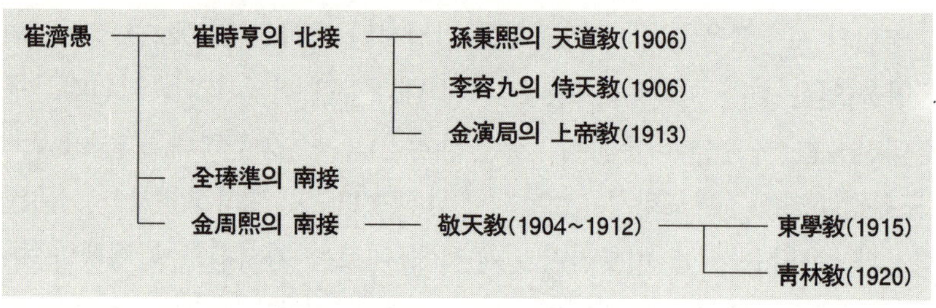

4. 동학교의 교리

동학교의 교리는 천도교의 것과 흥미로운 대조를 보인다.

1) '동학'의 해석

최제우는 동학의 명칭을 다음과 같이 해석했다.

吾亦生於東 受於東 道雖天道 學則東學 況地分東西 西何謂東…吾道受於斯 布於斯 豈可謂以西名之者乎. (「論學文」)

위에서 보이듯 동학의 명칭은 처음부터 서에 대립하는 개념이다. 동은 당시 조선이 당면했던 대외적 모순에 대한 주체적 대응을 표상하는 것이다. 그런데 김주희는 동학을 다음과 같이 해석한다.

東學者 天地萬物 始生於靑龍福德運 而能成四時 故曰東學. (『弓乙經』)

여기서 동은 목(木)·춘(春)·청(靑)과 연관되는 생명의 근원을 표상하여 서보다는 북과 대립된다. 동학교가 청의(靑衣)·보발(保髮)을 고수하는 것도 북접을 이은 천도교가 흑의(黑衣)·단발(斷髮)을 주장(갑진민회운동 때 동학은 단발을 시행하고 검은 옷을 입었다)하는 것과 흥미로운 대조를 보인다. 청림교의 표현을 빌면 북접이 북방숙살지기(北方肅殺之氣)를 응했다면 남접은 남방훈화지기(南方薰和之氣)에 화답한 것이다. 이와 같이 동학교는 민족주의적 성격이 강한 동학의 개념을 보다 관념적으로 변용시켰다.

2) 인내천(人乃天)과 체천(體天)

인내천은 손병희가 최제우의 '내유신령(內有神靈)'이란 개념과 최시형의 '사인여천(事人如天)'의 개념을 발전시킨 천도교사상의 중추개념이다. 인내천은 요컨대 '지기일원실재체(至氣一元實在體)인 한울'의 발현으로서 사람을 파악하는 일원적 세계관이다. 이에 비해 김주희의 체천은 어디까지나 '하날님'을 사람의 바깥에 존재하는 외재적인 실재로 파악하는 이원적 세계관이다. 따라서 전자의 '한울'이 사람 속에 내재하는 것이라면 후자의 '하날님'은 어디까지나 사람이 몸 받아야 할 초월적이고 규범적 존재인 것이다.

이와 같은 차이는 최제우의 주송(呪誦) 중 '시천주(侍天主)'의 해석에도 그대로 적용된다. 전자가 사람 속에 있는 '한울'을 깨닫는다는 주체적 모멘트를 중시한다면 후자는 문자 그대로 바깥에 있는 '하날님'을 모신다는 객체적 모멘트를 중시한다. 이상에서 보이듯 김주희의 체천은 인내천의 인간주의적 성격에 비해서 유교적 세계관에 더 가깝다.

3) 후천개벽(開闢)과 선천회복(回復)

천도교는 최제우 이전을 선천(先天)으로 최제우 이후를 후천(後天)으로 파악한다. 그리고 선천을 타락한 세계로 규정하고 앞으로 다가올 후천을 선천의 극복으로 인식함으로써 후천개벽은 천도교의 실천적 관심의 핵심적 전망을 이룬다. 이에 비해 동학교는 선천을 조화로운 세계로, 후천을 타락한 세계로 파악하고 역사의 현단계를 선천회복의 운(運)으로 규정함으로써 천도교와 대립된다.

요컨대 천도교의 역사관을 진보사관이라고 한다면 동학교의 역사관은 순환사관이다. 따라서 전자가 다가올 세계에 대한 인간의지의 적극적 개입을 중시한다면 후자는 다가올 세계에 대한 소극적 기다림을 중시한다.

4) 교정(敎政) 일치(一致)와 교정 분리(分離)

천도교는 교정 일치를 주장한다.

> 천도교는 전적(全的) 생활을 사람에게 교시하고 그 법리에 의하야 정치사(政治事)와 도덕사(道德事)는 인생문제의 근저에서 결코 분리하야 볼 것이 아니오 유일의 인내천 생활의 표현에서 그가 제도로 나타날 때에는 정(政)이 되고 그가 교화로 나타날 때에는 교(敎)가 된다 함이니 그럼으로 천도교는 세상을 새롭게 함에 있어 정신교화를 존중히 아는 동시에 물질적 제도를 또한 중대시하야 그 양자를 병행케 함을 교정일치라라 함.19)

이에 비해 동학교는 교와 정을 철저히 분리하여 교단을 순수천리(順隨天理)를 통해 영적 구원을 추구하는 종교운동으로만 이끌었다. 이러한 생각이 결국 김주희로 하여금 속세와의 절연, 일체의 무력(武力)에 대한 혐오, 일체의 정치 권력에 대한 무저항·비타협의 길로 일관할 수 있게 한 근원이다.

5. 동학가사의 집대성

동학가사에 대한 구체적 검토는 나의 무능으로 생략하고 앞으로의 연구를 위해 몇 가지 기초적인 문제를 지적하고 해제를 마치기로 한다.

상주 동학가사의 목록은 다음과 같다(이 목록은, 국립도서관본을 정리한 하성래 교수 목록, 啓明大도서관본을 정리한 유탁일 교수 목록을 기초로 재조사하여 그 착종을 밝혔다. 이 가사집은 국한문혼용본과 국문본 2종이 있는데 2종이 다 있는 것은 제목을 한자로 표기하고 국문본만 있는 것은 한글로 표기했다. 이 목록은 가사집의 제목, 수록 가사의 편수, 간행년, 참고 사항 순으로 정리했다).

> ① 『룡담유사』, 8편, 1922(동학교에서 가장 먼저 간행한 가사집으로 최제우 국문노래 「劍訣」은 빠져 있음).
> ② 『林下遺書』, 5편, 1932(김덕용 옹은 이 가사집은 김주희의 창작이 아니라고 함).
> ③ 『창덕가』, 1편, 1925(국립도서관에 "상원갑 삼월 신판"이란 刊記가 붙은 『창덕가』가 있음).
> ④ 『虛荒歌』, 1편, 1932(釜大本 『虛中有實歌』와 同本임).
> ⑤ 『信心篇』, 3편, 1932.
> ⑥ 『警運歌』, 4편, 1929·1932·1933(국립도서관에 同名의 필사본이 있음).
> ⑦ 『내슈도』, 1929(이 책은 가사집이 아님).

---

19) 이돈화, 『천도교창건사』 3편, 천도교중앙종리원, 1933, 67면.

⑧『昌道歌』, 8편, 1932.

⑨『信和歌』, 2편, 1932(釜大本『弓乙信和歌』와 同本임).

⑩『昌和歌』, 1편, 1932.

⑪『心學歌』, 1편, 1932.

⑫『論學歌』, 1편, 1929 · 1932.

⑬『時格勸農歌』, 2편, 1932.

⑭『仁善修德歌』, 1편, 1932.

⑮『漁父辭』, 6편, 1932.

⑯『年時歌』, 1편, 1929.

⑰『警和歌』, 1편, 1929 · 1932.

⑱『相和代明歌』, 6편, 1932.

⑲『解運歌』, 1편, 1932.

⑳『春修歌』, 6편, 1929.

㉑『道德歌』, 5편, 1929.

㉒『昌善歌』, 5편, 1929.

㉓『安心致德歌』, 1편, 1932.

㉔『職分歌』, 2편, 1929 · 1932(釜大本『守氣職分歌』와 同本임).

㉕『明察歌』, 5편, 1932.

㉖『夢中書』, 3편, 1932.

㉗『警世歌』, 1편, 1929 · 1933(국립도서관본『修德活人警世歌』, 釜大本『活人警世歌』와 同本임).

㉘『昌明歌』, 1편, 1932.

㉙(散佚)

㉚『擇善修德歌』, 3편, 1932.

㉛『送舊迎新歌』, 2편, 1932.

㉜『運算時呼歌』, 2편, 1932.

㉝『信實施行歌』, 2편, 1932.

㉞『十勝歌』, 2편, 1932(釜大本『弓乙十勝歌』와 同本임).

㉟『知時明察歌』, 1편, 1932.

㊱『弓乙歌』, 1편, 1932.

㊲(散佚)

㊳『時警歌』, 2편, 1951(해방 후에 국문본만 간행된 가사집).

㊴『不易』, 3편, 1932(이 가사집의 뒷부분 즉 「廣告」 이하는 산문임).
㊵『本義』(未刊本으로 가사집은 아님).

총40책 100편에 달하는 상주 동학가사에서 우선 문제가 되는 것이 작자다. 김덕용 옹에 의하면 제1책 『룡담유사』와 제2책 『임하유서』를 제외하고 나머지는 전부 김주희의 작이라고 주장한다. 그러나 이러한 주장에 대해 하성래·유탁일 교수는 모두 의문을 표하고 있다.

(상주 동학가사는) 김주희 한 사람이 지은 것만 아닌 듯하다. 과거에 여러 사람이 지은 것을 오히려 수집 정리하여 간행한 것이 더 많은 듯하다. 그 까닭은 첫째 『경운가』 중에 「상작서(上作書)」 상편은 손병희의 「무하사」와 같고, 하편은 최제우의 「몽중노소문답가(夢中老少問答歌)」(이것은 「교훈가」의 착오임―필자)의 이본(異本)으로 생각되기 때문이며, 둘째 『춘수가』 중에 「삼신산청림사명혜대사결(三神山靑林寺明慧大師訣)」은 지은이가 명혜대사가 아닌가 생각되고 또 『어부사』의 「전래도지리산오운거사몽중운동시경가(傳來道知理山五雲居士夢中運動時景歌)」는 오운거사의 작이 아닌가 생각되며, 『택선수덕가』의 「청운거사문동요시호가(靑雲居士聞童謠時呼歌)」는 청운거사의 작이 아닌가 생각되기 때문이다 (여기에 『명찰가』 중 「금강산운수동궁을선사몽중사답칠두가(金剛山雲水洞弓乙仙師夢中寺畓七斗歌)」도 첨가해야 할 것이다. 이 가사도 제목으로 보아 작가가 궁을선사일 가능성이 있다―필자). 셋째는 가사의 내용으로 보아 구송되는 동안 이 노래 저 노래가 엇섞인 흔적이 역연하고 특히 『수덕활인경세가』 …… 넷째로는 1932년에 서울의 청림교 중앙총부에서 …… 발행한 『룡담유사』의 부록에는 똑같은 「근농가」와 「팔괘변역가」가 수록되어 있다.[20]

덕용 김씨의 말에 따르면 『임하유서』만은 김주희의 작이 아니라고 하였고 홍우(洪又) 저(著) 『동학입문(東學入門)』의 부록에 『임하유서』와 『궁을가』가 수록되어 있는데 그 작자를 용호대사(龍虎大師) 작이라 한 것을 보아도 상주 간행의 가사가 김주희의 단독저작이 아님은 확실하다.[21]

---

20) 하성래, 「새로 찾은 동학노래의 사상적 맥락」, 『문학사상』, 1975.5, 433면.
21) 유탁일, 「동학교와 그 가사」, 564면.

상주 동학가사는 김주희 개인의 창작뿐만 아니라 최제우 이후 창작되고 전승된 가사들을 함께 거둔 일종의 집대성일 가능성이 높다. 이는 홍우의 책에 수록된 가사들과 김광순 교수 소장의 동학가사 필사본에서 더욱 분명해진다. 전자에는 필사로 전승된 용호대사의 「궁을가」·「임하유서」와 이서구(李書九)의 「채지가(採芝歌)」 6편(물론 작자가 1825년 몰한 이서구일 가능성은 없다)이 수록되어 있다.22) 이 중 「궁을가」는 상주본 가사 제36책『궁을가』유사한 점이 많아 김주희가 이것을 기반으로 장편가사로 개작했을 가능성이 있고, 「임하유서」는 상주본 제2책『임하유서』중 「지지가(知止歌)」와 동일하여 전승된 가사의 재수록임을 알 수 있어서 제2책이 김주희의 창작이 아니라는 김덕용 옹의 증언을 방증하고 있다. 김광순 소장본에는 10편의 전승가사가 필사되어 있는데 이 중 6편은 홍우의 책에 실린 「채지가」와 동일하며 나머지 「삼연가(三然歌)」·「궁궁전전가(弓弓田田歌)」·「삼경대명가(三警大明歌)」·「49년설법가(四十九年說法歌)」는 새로운 동학가사로 앞으로 상주본과 면밀히 대조·검토해야 할 것이다.

이상에서 보듯 상주 동학가사는 전래된 가사의 정착, 김주희에 의한 전래가사의 개작, 그리고 김주희의 창작이 섞여 있을 것으로 추정된다. 만약 이 추정이 사실이라면 상주 동학가사 40책은 1860년 최제우에서 시작하여 1920년대까지 걸치는 동학가사의 집대성이란 점에서 그 의의를 더할 것이다.

동학이 포교수단으로 가사 장르를 선택했다는 것은 매우 흥미로운 문제다. 동학가사의 광범한 창작과 전승은 사대부의 장르로 출발한 가사의 조선 후기 평민화 과정의 연장선상에 파악되는 것이다. 동학가사의 간행이 동학연구뿐만 아니라 우리나라 가사문학의 연구에도 한 도움이 되면 더 바랄 것이 없겠다.

---

22) 洪又,『東學入門』, 일조각, 1977.

초출일람(初出一覽)

「1910년대 친일문학과 근대성－최찬식의 경우」
『민족문학사연구』 14, 민족문학사연구소, 1999.

「이해조의 계승자, 김교제」
『민족문학사연구』 2, 민족문학사연구소, 1992.

「신소설에 나타난 개화의 두 모습」
『역사비평』, 1996년 가을호

「친일문학의 선구자, 이인직」
『친일파 99인』(반민족문제연구소 엮음), 돌베개, 1993.

「애국계몽기의 이해조 소설」
『이해조선집』 해설, 창작과비평사, 1996.

「동아시아의 조지 워싱턴 수용－『화성돈전』을 중심으로」
『민족문학사연구』 18, 민족문학사연구소, 2001.

「아시아의 연대－『비율빈전사』에 대하여」
『문학과역사』 1, 한길사, 1987.

「번안의 의미－『설중매』 연구」
『한국학연구』 3, 인하대 한국학연구소, 1991.

「신소설과 기독교－『성산명경』과 『경세종』을 중심으로」
『인문과학연구소논문집』 3, 인하대, 1987.

「우덕순 노래의 복원」
『인하어문연구』 창간호, 인하대 국문과, 1994.

「한국근대단편의 정립과정」
『한국현대대표소설선』 1(임형택·정해렴·최원식·임규찬·김재용 엮음), 창작과비평사, 1996.

「반아 석진형의 「몽조」」
『인하어문연구』 3, 인하대 국문과, 1997.

「단재 신채호의 「용과 용의 대격전」－서양과 일본, 이중의 충격 사이에서」
『민족문학사연구』 16, 민족문학사연구소, 2000.

「북의 계몽주의문학사 검토－19세기 말~1910년의 문학」
『북한의 우리문학사 인식』(민족문학사연구소 엮음), 창작과비평사, 1991.

「민족문학의 근대적 전환—근대문학 기점론을 중심으로」
『민족문학사강좌』 하(민족문학사연구소 엮음), 창작과비평사, 1995.

「동학 보수파의 가사작업」
『가사문학대계』 1, 한국정신문화연구원, 1979.